西 南 联 大 研 究 文 库

西南联大文学社团研究

李光荣◎著

中 华 书 局

图书在版编目(CIP)数据

西南联大文学社团研究/李光荣著. —北京:中华书局,
2018.10
(西南联大研究文库)
ISBN 978-7-101-13445-2

Ⅰ.西… Ⅱ.李… Ⅲ.西南联合大学-文学-社会团体-研究
Ⅳ.I209.6

中国版本图书馆 CIP 数据核字(2018)第 213504 号

书　　名	西南联大文学社团研究	
著　　者	李光荣	
丛 书 名	西南联大研究文库	
责任编辑	张玉亮　李闻辛	
装帧设计	周　玉	
出版发行	中华书局	
	(北京市丰台区太平桥西里38号　100073)	
	http://www.zhbc.com.cn	
	E-mail:zhbc@zhbc.com.cn	
印　　刷	北京瑞古冠中印刷厂	
版　　次	2018 年 10 月北京第 1 版	
	2018 年 10 月北京第 1 次印刷	
规　　格	开本/710×1000 毫米　1/16	
	印张 27¼　插页 2　字数 400 千字	
印　　数	1-1500 册	
国际书号	ISBN 978-7-101-13445-2	
定　　价	128.00 元	

目　次

原版序言 ……………………………………………………… （1）

第一章　西南联大文学社团综论 ……………………………… （1）

　　第一节　西南联大对于社团的管理 ………………………… （3）

　　第二节　西南联大的前期文学社团 ………………………… （14）

　　第三节　西南联大的中期文学社团 ………………………… （22）

　　第四节　西南联大的后期文学社团 ………………………… （31）

　　第五节　西南联大文学社团的特点 ………………………… （46）

第二章　南湖诗社 ……………………………………………… （75）

　　第一节　南湖诗社的组成与活动 …………………………… （76）

　　第二节　南湖诗社的诗歌成就 ……………………………… （83）

　　第三节　南湖诗社的历史评价 ……………………………… （96）

第三章　高原文艺社 ··· (105)

　　第一节　高原文艺社始末 ··· (106)

　　第二节　高原文艺社的文学创作 ······························ (112)

　　第三节　高原文艺社的地位和意义 ··························· (128)

第四章　南荒文艺社 ··· (133)

　　第一节　南荒文艺社的组成与活动 ··························· (133)

　　第二节　穆旦的诗歌 ·· (141)

　　第三节　林蒲的诗歌和报告文学 ······························ (148)

　　第四节　辛代的散文和小说 ······································ (157)

　　第五节　向意的创作 ·· (164)

　　第六节　祖文、王佐良的小说 ··································· (167)

第五章　冬青文艺社 ··· (173)

　　第一节　冬青文艺社的前期 ······································ (174)

　　第二节　冬青文艺社的中期 ······································ (178)

　　第三节　冬青文艺社的后期 ······································ (183)

　　第四节　冬青文艺社的诗歌创作 ······························ (188)

　　第五节　冬青文艺社的小说创作 ······························ (205)

　　第六节　冬青文艺社的散文创作 ······························ (219)

第六章　文聚社 ··· (239)

　　第一节　文聚社的形成 ··· (241)

　　第二节　文聚社的追求 ··· (245)

　　第三节　文聚社的刊物 ··· (253)

　　第四节　文聚社的特点 ··· (260)

　　第五节　文聚社刊物上的诗歌 ··································· (269)

第六节　文聚社刊物上的小说 ……………………………（280）

第七节　文聚社刊物上的散文 ……………………………（289）

第七章　文艺社 ……………………………………………（297）

第一节　文艺社的组成与活动 ……………………………（298）

第二节　文艺社的出版物 …………………………………（306）

第三节　文艺社的主要创作 ………………………………（317）

第四节　文艺社的特点 ……………………………………（333）

第八章　新诗社 ……………………………………………（339）

第一节　新诗社的成立与活动 ……………………………（340）

第二节　新诗社朗诵诗目标的确立 ………………………（350）

第三节　新诗社的出版物 …………………………………（354）

第四节　新诗社社员的诗作 ………………………………（357）

第五节　何达的朗诵诗 ……………………………………（362）

第六节　新诗社的特点与贡献 ……………………………（370）

尾论　西南联大文学社团的历史地位 ………………………（383）

引用文献 ……………………………………………………（411）

报纸 …………………………………………………………（411）

刊物 …………………………………………………………（412）

著作 …………………………………………………………（413）

原版跋语 ……………………………………………………（419）

新版后记 ……………………………………………………（425）

原版序言

钱理群

作者在本书跋语里提到,在确定选题时,起到"决定性作用"的,是中国社会科学院文学研究所的樊骏先生。作者曾作过文学所的访问学者,樊骏先生是他的导师,按说樊骏先生应该是最恰当的序作者,但樊先生身体不好,任务就落到我的头上了。作者也提到我对他的研究的关注,这也是事实:我和李光荣的交往已有十多年了。那么,我就以一个老朋友的身份,来谈谈读了书稿以后的观感吧。

我拿着这本厚实的书时,首先想到的是:"有人在默默地研究,而且是在遥远的山城。"这是我十年前为贵州一位年轻学者的鲁迅研究著作而写的序言里说过的一句话。在文中我还很动感情地谈到,二三十年前,自己也在贵州做过研究,"为寻找一条资料,解决一个难题,不知道要费多少周折,这其中的艰辛,非亲历者绝难体会"。我因此说,自己"对边远地区的研究者,总是怀有特殊的敬意。而且我深知,在如此艰难的几乎是孤立无援的处境下,要坚持研究,并作出成绩,是需要有一种强大的内在精神的支撑的"(《袁荻涌〈鲁迅与世界文学〉序》)。这大概也是我十数年来一直在关注李光荣的研究的原因所在。

写到这里,我又想起了李光荣的云南老乡、老师,我的老学长蒙树宏先生。王瑶先生在为他的专著《鲁迅年谱稿》所写的序言里,也说到蒙先生"身处南疆,默默耕耘,历时十载,反复修订,这种精神十分可贵"(《鲁迅生平史实研究的新收获》,文收《王瑶全集》第8卷)。这说明,在云南、贵州这样的边远地区,默默研究者是大有人在的,我们在考察"中国当代学术研究地图"时,是不能忽略这一方土地的。而且这种研究也是自有传统的:本书中多处引述蒙树宏先生的论著,显然受到教益和启发,而且不只是具体的学术观点,更有着学术精神、方法的影响。

那么,这是怎样的精神与传统呢?我想把它概括为一句话,就是"老实人做老实学问"。

首先是"老实人"。应该说,在边远地区进行学术研究是有特殊的困难的。除了前文所提到的相对闭塞的文化环境、孤立无援的学术环境之外,也还有边远地区特有的相对懒散、闲适的生活方式造成的人的惰性,繁琐而又温煦的人事交往对人生命意志的销蚀,视野的局限,由此造成的既自大又自卑的心理等等。在这样的生存环境下,要坚持学术研究,是很难很难的,它需要特殊的素质。第一要有对学习、学术的特殊爱好,以至痴迷,有强烈的精神追求,这样才能以读书与研究作为生命的内在需要,作为精神的支撑,才能如本书作者在《跋》里所说,对学术有实实在在的"生命投入",使读书、研究、写作成为自己基本的生活方式、生命存在方式,也才会有鲁迅所强调的"韧性",即所谓"慢而不息"的精神与意志。此外,还必须甘于寂寞,拒绝诱惑,淡泊名利,特别的勤奋,超人的努力,有鲁迅所提倡的踏踏实实"做小事情"的"泥土"精神(《未有天才之前》),等等。这些就构成了我所说的"老实人"的精神内涵。鲁迅说,这样的人,"并非天才,也非豪杰,当然更不是高楼的尖顶,或名园的美花,然而他是楼下的一块石材,园中的一撮泥土,在中国第一要他多。他不入于观赏者的眼中,只有建筑者和栽植者,决不会将他置之度外"(《忆韦素园君》)。

其实,一个真正的学者大概也都是具有"老实人"精神的,并不只局限于边远地区的学者。只不过边远地区的学者要坚持学术,就更需要这样的"老实人"精神的支撑。我还要补充一点,当一个边远地区的学者,有了这样的"老实人"的眼光、胸襟以后,那些一般人看来边远地区的不利因素,又都可以转化为从事学术研究的得天独厚的条件。这就是我在贵州的一次演讲中所说的，"很多事情都要从两面看。比如相对来说，贵州发展机会比较少，但也因此没有多少诱惑，认准一个目标，就可以心无旁骛地做。贵州比较空闲，生活节奏慢，有的人因此变得懒散，但对另外的人来说，这样的闲暇，正可以摆脱急功近利的心态，悠悠闲闲、从从容容、潇潇洒洒地做学问。贵州外在的信息比较少，这自然需要用加强对外交流来弥补，但外在的东西少，却又把人逼向自己的内心，开发内在的想象力和创造力，悟性好的人，正好把自己的生命和学问引向深厚。因此我经常说，贵州是一个练'内功'的好去处"（《我的书院教育梦》）。处于学术中心位置的学者也是要练"内功"的，他的办法，就是身处中心而自我"边缘化"。边远地区的学者却因地理位置的缘故而被客观边缘化了，这未尝不是好事，至少可以把它变为好事，完全没有必要因此而怨天尤人，如果进一步身处边缘而总想自我中心化，那就更是南辕北辙，走岔路了。这本身就是违背做"老实人"的原则的。

应该说，我们面前的这部《西南联大文学社团研究》就是一部"老实人"写的著作。没有持续五年的生命投入和"慢而不息"的精神与功夫，是写不出这样厚实的著作的。更重要的，这里还包含了做"老实学问"的精神与方法。

首先是老老实实地从自己的实际出发，选择研究对象，确定自己的研究方向。这其实就是本书《跋》里提到的樊骏先生和我当年建议李光荣选择西南联大作为自己研究的主攻方向的原因所在。这就涉及近些年许多人都在关心的地方文化研究的意义和地方学者的作用问题。我刚参加了贵州师范大学文学教育与文化传播中心、文学院主办的"地方文化知识谱系建构下的文学研究"学术讨论会，在会上有一个发言，特别强调了作为西部落后地区的地方学者研究本地文化的意义：这是摆脱长期以来的"被描写"的地位，"自己来描写自己"的自觉努力，同时这也是一个"认识自己脚下的土地"的生命的"寻根"过程。而这样的研究，不仅对当下中国所面临的文化重建有重要的启示意义，而且在这全球化的时代，地方文化知识谱系的建构无疑是具有世界意义的。我也是从这样的角度来看本书对西南联大文学、文化的研究的意义和价值的。在我看来,西南联大的文学、文化是在抗日战争的特殊条件下,所形成的云、贵地区的本土地方文化与西南联大师生所带来的外来文化(西方文化、中国传统中原文化与五四新文化)的一次历史性的相遇,正是这样的有着多元文化因素的新型文化,既成为今天云南地方文化的有机组成部分,又具有全国的,以至世界的意义。它的研究内涵是丰富的,研究的天地也应该是广阔的。因此,我建议作者还可以把研究的范围扩大到非文学的社团,当年许多西南联大老师和学生深入云南农村、少数民族地区进行社会学、民族学、人类学等多方面、多学科的调查与研究,这都是非常有意思、有很高的研究价值的。

强调地方学者对地方文化研究的责任和意义,绝不意味着他们的研究只能局限于此:这是不言而喻的。在我看来,前面所说的边远地区外来干扰少、便于逼向内心的特点,反倒有利于作形而上学的追问和思考——当年王阳明最终在贵州"悟道"大概不是偶然的。这或许是我的一个浪漫想象:在边远地区是最适合于做"最实"与"最虚"的这两头的研究的。在这两个方面,地方研究者都是大有可为的。

本书的研究,大概是属于"最实"的研究。于是,我注意到,作者给自己规定的任务和研究策略:研究西南联大文学,从研究文学社团入手;研究文学社团,从弄清楚"基本事实"入手。所谓"基本事实",包括每一个社团从何时,因什么原因而开始;有哪些参加的成员,其组织方式有什么特点;有什么样的文学观念、主张;进行了哪些活动,特别是办了什么刊物;选择什么文体,发表了一些什么作品;在文学创作方法、艺术形式上有什么追求,做了哪些实验;各社团之间又有什么关系……一切分析、结论都应该建立在基本事实的基础上,一切研究都应该建立在准确、全面的史料基础上,这本来都是学术研究的基本常识。所以,一切严肃、认真的学者都十分重视史料的工作;鲁迅就强调,他的小说史研究,在史料上是有"独立的准备"的。这也是现代文学研究的基本经验。王瑶先生在为蒙树宏先生的著作所作的序中,就强调了史料搜集、考订的"基础"意义,并特地提出蒙先生为云南大学研究生开设"鲁迅生平史料研究"课,对"青年研究工作者打好基础,掌握治学方法"的重要意义。李光荣显然延续了这样的治学传统,给本书的写作订立了"以史料说话""尊重基本事实"的原则,"坚信见解人人可发,而材料(事实)是唯一的"。本书在有关西南联大文学社团史料的发掘、搜集、爬梳、辨析、整理上,可以说是下足了功夫,不仅查阅了可以找到的一切文字材料,而且对可以找到的当事人都进行了采访,获取了大量的"口头历史"材料,并且进行了认真的考订。这样,本书就大体上弄清了西南联大文学社团的基本事实,为进一步的深入研究(不仅是西南联大文学社团,而且包括西南联大文学的研究)奠定了坚实、可靠的基础,而且为穆旦、汪曾祺、闻一多、沈从文、朱自清等作家的研究提供了新的材料和研究线索与思路。比如本书提到了对这一时期汪曾祺的十多篇小说的发现,这本身就是一个很有价值的贡献。可以断言,后来的研究者要再来研究西南联大文学社团和文学,是无法绕开本书的。——这又使我想起,当年我们做研究生时,王瑶先生就是这样要求我们的:每一篇重要论文、著作都要做到别人再做同样或类似的课题,都绕不开你,非要参考你的文章不可,尽管后人的研究必然要超过你。我想,王瑶先生这里所说的"不可绕开",不仅是指你的研究,是否达到、代表了一个时期的研究水平,也是指你在史料上是否有鲁迅说的"独立准备",为后来研究提供可靠的基本事实。

或许更加可贵的是,这背后的学风、研究精神。王瑶先生在前引蒙树宏书序里,也是给其"反复考核、力求准确""务求翔实"的"严谨的学风"以很高评价。本书的作者在《跋》里谈到他"为寻找一则资料寝食不安,为求证一条资料费时数月",我也深受感动。这同样是有一个传统代代相传的。本来,学问就是应该这样做的,我会这样大受感动,就是因为这样的做学问的常识现在被抛弃了,学术研究的底线被突破了。许多的"研究",可以不顾基本事实而随意乱说,或者依据未经考订、并不可靠的材料,危言耸听,大加炒作,或者抓住片面的材料而任意发挥,大做文章。在这样的虚假、浮华的时风影响之下,像本书作者这样,甘坐冷板凳,做"老实学问"的"老实人",反而显得不合时宜,并常常被忽视。但也正因为如此,我愿意借本书的出版,聊抒感怀,给边远地区的寂寞的研究者以慰藉,为这样的老老实实的研究作鼓吹——尽管未必有多大作用。

2008 年 11 月 24 日

第一章　西南联大文学社团综论

文学是人类精神沃土上的花木,它不择时地而生,富贵不一定使之繁茂,贫穷并不会让它萎谢,只要精神的土壤不贫瘠,就有文学之花开放。

日本侵略军进犯我北平、天津,国立北京大学、国立清华大学、私立南开大学师生历尽艰辛南集于长沙,又长途跋涉西迁到云南,传承文化,培养人才,组成了名扬天下的国立西南联合大学。西南联大学生虽然吃的是"八宝饭",穿的是"空前绝后"的鞋袜①,却沉浸在知识的兴味中,而内心又时常被痛苦搅动:感时忧世、思亲念友是他们无法消除的隐痛。尽管岳麓山色、南湖风光和翠湖的美景抚慰着他们的心灵,但他们仍然难以彻底"忘忧"。忧痛促进了他们对人生、社会、战争的思考。思考的结果是,有太多的思想感情和人生体验需要表达,于是他们将其形诸文字,写就文章。西南联大的文学创作于是乎蔚为壮观。

文学作品的特点在于交流,在于寻求认同者,而交流和"寻求"的现代表

---

① 西南联大学生戏称掺有多种杂物的米饭为"八宝饭",前露脚趾、后露脚跟的鞋袜为"空前绝后"。

现方式之一是发表。对于声名不具、衣食尚愁的学生来说,最便捷的发表方式是出壁报。于是西南联大的壁报大为兴盛。办壁报需要联合同志、组织力量,因而形成了社团。西南联大的大部分社团就是这样产生的。当然也有先成立社团,再办壁报或刊物的,但相对较少。

西南联大从 1937 年开始到 1946 年结束,共计九年。九年间,在学生中先后产生了一百多个社团。以学科而论,这些社团有政治的、法律的、英文的、历史的、物理的、戏剧的、音乐的……也有生活方面的,属于文学的只有十多个,它们是:南湖诗社、高原文艺社、南荒文艺社、冬青文艺社、布谷文艺社、边风文艺社、文聚社、耕耘文艺社、文艺社、新诗社、新河文艺社、十二月文艺社等。西南联大学生的文学作品,主要是文学社团成员创作的。但一些不以"文学"(或"文艺")命名的社团也创作并发表了大量文学作品,有的还成绩显著,影响广泛,如戏剧团体剧艺社。

关于西南联大的历史分期,尚无定论,但从一般的论述看,大致分为五个时期:长沙临时大学时期(1937 年 8 月至 1938 年 2 月),"皖南事变"前时期(1938 年 2 月至 1941 年 1 月),"皖南事变"后时期(1941 年 1 月至 1944 年5 月),爱国运动高潮期(1944 年 5 月至 1945 年 8 月),反内战时期(1945 年 8月至 1946 年 7 月)。这种分期的主要依据是政治事件。的确,政治对西南联大的影响是巨大的,它几乎决定着西南联大的"命运"。但文学不等同于政治,有其自身的规律。文学与政治有关,似乎又与政治局势的动荡起伏不完全吻合。文学社团也如此。根据西南联大文学社团的历史以及其他社团的消长变化情况,笔者把西南联大文学社团的历史分为三个时期:前期(1937年秋至 1941 年春),中期(1941 年春至 1943 年秋),后期(1943 年秋至 1946年夏)。前期朝气蓬勃,中期沉稳向外,后期健步登高,这是西南联大文学社团的发展轨迹和精神向度。

"综论"的重点是揭示三个时期中西南联大主要社团的基本面貌及文学作为,归纳文学社团的共同特点。但在论述这些问题之前,需要了解西南联大文学社团与学校政策措施的关系,因此,论述从西南联大对于学生社团的管理开始。

第一节　西南联大对于社团的管理

学生工作是学校工作的一个大类,每所学校都设专门的部门管理学生,每个学生工作部门都会制定一些政策,对学生的思想行为、组织活动等做出规定。西南联大亦有其管理机构和规章制度。

学生管理工作的一个方面是对学生团队的管理。学生团队多了,学校自然就会加强团队的管理。西南联大制定了管理社团和壁报的具体规定,对学生团队——社团和壁报进行了有效管理。大体来说,西南联大的团队管理实行"训教合一"方针,体现了民主、自由精神,为人才培养服务,有利于提高学生的团队组织与建设的积极性,繁荣校园文化,在政治气氛紧张的时期,既对上面有一个交代,又保护了学生,其效果是促进了学生社团和壁报的不断涌现,丰富了校园文化,增强了民主自由风气,实现其教育的目的。

文学社团是学生社团的一类,社团管理包括了对于文学社团的管理。

一、西南联大的学生管理机构

1939 年,西南联大按照中华民国教育部的指令,成立了训导处。

在训导处成立前,学生管理工作由教务处负责。西南联大常务委员会第 80 次会议通过的《西南联大学生课外团体作业规则》就是教务处拟订的方案。那时,学生生活方面的事宜,归教务处下设的学生生活指导委员会管,该委员会成立于 1938 年 11 月,马约翰教授任召集人。后遵教育部令,1939 年 7 月 11 日设立训导处,聘查良钊教授为训导长,负责所有训育工作。训导处下设生活指导组、军事管理组和体育卫生组,原教务处的一些工作和学生生活指导委员会的工作归入训导处。

1939 年 11 月 7 日,西南联大校务委员会通过《训导处工作大纲》,对训导处的工作做出规定。其主要内容有:

(一)原则

1.本校训导处遵照部令规定组织,分设生活指导、军事管理、体育卫生三组,秉承常务委员会主持全校训导事宜。

2.本校本训教合一精神,并注重学校事务之教育价值,教务、训导、总务三处,应力求密切合作。

3.本校训导之责任由训导长、教务长、总务长、各学院院长、各系主任及各导师共同担负,训导实施计划,由训导会议决定,交由训导处负责执行。本校原有之生活指导委员会加以扩充,辅助训导处推行训导事宜。

4.本校训导方法,注重积极的引导,行动的实践;对于学生之训练与管理,注重自治的启发,与同情的处置,以期实现严整的生活,造成淳朴的风气。

(二)目标

1.力求北大、清华、南开三校校风之优点在联大有表现机会。

2.就学生日常团体生活,培养互助为公之团体精神。

3.促进学生对于时代的觉悟,与对于青年责任之认识,以增强其参加抗战建国工作之志向与努力。①

《国立西南联合大学校史》认为:"这份工作大纲实际上把两年来的训导工作的主要精神都归纳进去了",其主要内容都是"在训导处建立之前就早已在

---

① 《训导处工作大纲》,西南联合大学北京校友会编《国立西南联合大学校史》,北京:北京大学出版社,2006 年,第 36—37 页。

贯彻的"①。从上面所引的"原则"和"目标"看,西南联大的训导工作是为学校的教育目标服务的,是对学生有益的。从实际的效果来看也是这样。

训导处的日常工作主要有两项:一项是审发学生的贷金和补助,一项是办理学生社团和壁报的登记。查良钊训导长是一位极富同情心的教育家,学生因经济困难找他申请救济,他一般都能批准,家在沦陷区的学生则可享受甲种贷金,他能够真心实意地帮助学生解决困难,学生称他为"查菩萨"或"查妈妈"。学生组织社团或出版壁报必须到训导处申请登记,要求写出负责人和导师的名字,再将有关情况填写在表格上,就能得到学校认可。社团的组织形式和活动内容,壁报的主张和文章的观点,训导处并不过问。当然如果不进行登记就出版壁报,训导处就会予以取缔,待办完登记手续才准予出版。这些都说明训导处是严格按照《工作大纲》行事的。

二、西南联大对学生社团的管理规定

就目前所掌握的材料,西南联大出台过两份关于学生社团的管理文件,一份是《西南联大课外团体作业规则》,一份是《西南联大学生会社管理规则》。因文件对理解西南联大学生社团的组织与活动很有帮助,篇幅也不长,全文引录如下:

西南联大学生课外团体作业规则②

(1938 年 7 月 19 日第 80 次常委会议决)

一、学生课外团体作业以学生自治组织如学生会、级会、系会及学术性质之集合为限。

二、学生团体于组织以前,应向教务处及生活指导委员会商请准许。

---

① 西南联合大学北京校友会编:《国立西南联合大学校史》,北京:北京大学出版社,2006 年,第37 页。

② 北京大学等编:《国立西南联合大学史料》第 5 卷,昆明:云南教育出版社,1998 年,第 623 页。

三、经准许组设之团体，应将简章、成立经过、负责人员呈请教务处登记。

四、学生团体于学期终了时，应将作业成绩向教务处及生活指导委员会作一简赅之书面报告，其无可报告或所报告查与实际不符者，学校得停止其活动。

五、学生团体负责人员，如经改选或有其他更动，应随时呈报教务处。

六、学生团体于其作业之际，应随时向教务处及生活指导委员会请求指导。

七、凡向学校有所商请，如借用课室集会、介绍出外参观等，概以曾经登记之团体为限。

八、本规则于常务委员会公布之日施行。

西南联大学生会社管理规则①

（1939 年 5 月 16 日第 4 次校务会议通过）

一、学生组织会社应以下列性质者为限：

甲、关于学生自治者，如学生自治会、级会。

乙、关于学术研究者，如各种学会。

丙、关于课外作业者，如体育会、音乐会、演说辩论会、出版组织。

丁、关于日常生活者，如伙食团体。

二、凡属第一条所列性质之会社得向教务处请求登记。

三、凡请求登记之会社，应将其简章或办法及负责人名单送呈教务处，经核准后方得登记。

四、学生会社应聘请教职员为顾问。

---

① 北京大学等编：《国立西南联合大学史料》第 5 卷，昆明：云南教育出版社，1998 年，第 623－624 页。

五、学生会社于每学年终了时,应将其工作情形及全体会员名单具报教务处。

六、学生会社职员改选后,应将新职员名单录呈教务处备案。

七、凡学业成绩或平日操行不良者,不得当选学生会社职员。

八、学生会社经费应完全由会员负担。

九、凡经准许登记之会社,得请求借用学校房舍家具。

十、学生会社违反本规则时,教务处得随时取消其登记。

十一、凡学生临时集会应先取得教务处之核准。

十二、本规则自公布日起施行。

这两份文件都公布于训导处成立之前,是教务处起草,常委会或校务会通过执行的。从内容看,第二份文件比第一份文件更全面、具体。两份文件的通过时间相差十个月,大概是在执行第一份文件过程中有一些调整,才修订为第二份文件的。因此,两份文件大体上相同,只在一些细小处有所不同。两份文件的共同要点是:

1. 规定了社团的性质范围;

2. 要求社团登记;

3. 登记内容为社团的主要情况和变更情况;

4. 要求汇报社团的工作情况;

5. 可以向学校借用校舍家具等。

第二份文件与第一份文件的不同是:

1. 将标题中的"课外团体作业"改为"会社管理"。首先,"会社"比"课外团体作业"范围更大,包容更广,其次,"作业"是从社团工作的角度提出的,"管理"是从主管部门的角度要求的,强制力更大。

2. 第二份将会社的性质分为学生自治、学术研究、课外作业、日常生活四"类",每类下面列出"种",更为具体全面。

3. 将汇报工作的时限由"学期终了时"改为"学年终了时",时间延长了一倍,以免"无可报告"。

第二份文件的新增内容有以下几款：

1."应聘请教职员为顾问"；

2."凡学业成绩或平日操行不良者,不得当选学生会社职员"（按："职员"为工作人员,即今社团干部）；

3."经费应完全由会员负担"；

4."学生临时集会应先取得教务处之核准"。

通过以上比较,我们可以看出,与第一份相比,第二份更周至,更具操作性,更清楚地体现出"管理者"的意志。这说明,西南联大对学生社团的管理越来越严密了,尤其是增加的那些条款,更带有"管理"的性质。至于执行的情况,将在下文叙述。

由于第二份文件已周详备至,便于操作,训导处成立后,再没有新草拟和颁布有关社团管理的文件,而是继续执行第二份文件。

三、西南联大对学生壁报的管理规定

对于壁报的管理,西南联大也制定过两份文件,一份是叙永分校的,一份是校本部的。全引如下：

西南联大叙永分校学生壁报管理办法①

（三十年二月七日常委会通过）

一、凡学生出版壁报,必须有壁报社之组织,并须遵照本分校学生会社管理规则,并请登记经核准后方得出版。

二、壁报言论不得违背抗战建国纲领及政府法令。

三、壁报言论不得妨碍学校行政及伤及师生感情。

四、壁报稿件由其编者负责审查,非署真名不得登载,但发表时得用笔名。

五、壁报稿件文责由编者及作者自负之。

---

① 王学珍、郭建荣编:《北京大学史料》第 3 卷,北京:北京大学出版社,2000 年,第 189 页。

六、凡壁报必须张于训导处指定之地点，并不得向校外张贴。

七、凡壁报社违反上列规定时，由训导处斟酌其情节轻重处罚其负责人，并得予以停刊。

八、本办法如有未尽事宜，得由训导处呈奉分校校务委员会修正之。

九、本办法自公布之日起实行。

本大学学生壁报管理办法①

（1944 年 5 月 13 日）

1. 凡学生组办壁报应先由其负责人向训导处申请登记并于每期报端将各该报负责人列注。

2. 各壁报文字撰述人应将其姓名书于每篇首行，不得用笔名。倘有用社团名义者必须由该社团负责人署名方得揭载。

3. 壁报所登稿件如有措辞失当或违反校规者，除令该报停刊外，其负责人及本文撰述人应各予惩处。

4. 本大学学生壁报应以同学间互相观摩作学术上之研究及练习负责发表言论为原则，校外人士来稿概不得揭载。

5. 各壁报应由负责人请定本校教授为各该报导师。

第一份《办法》通过时间是 1941 年 2 月 7 日，"常委会"是叙永分校常委会。叙永分校开始于 1941 年 1 月初，一个月后大约出现了壁报，于是分校根据情况制定了该管理办法。需要说明的是，叙永分校的领导机构设置与本部相同，管理学生的机构仍是训导处，训导处的召集人仍然是查良钊，查良钊不在叙永期间，由褚士荃负责召集，委员有霍秉权、龚祥瑞、樊际昌等。此办法对壁报要求的要点是：

1. 须办理登记手续；

---

① 北京大学等编：《国立西南联合大学史料》第 5 卷，昆明：云南教育出版社，1998 年，第 628 页。

2.对言论提出政治要求；

3.编者和作者共负文责；

4.张贴在指定地点；

5.对违反者的惩处。

此《办法》对叙永分校的学生壁报有规范性，并起了积极作用。在西南联大校本部壁报萧条的时候，叙永分校的壁报能够异彩纷呈，与此《办法》的鼓励和保护分不开。可以看出，《办法》所列条款并没有苛求办报者，只要壁报社履行登记手续，遵守规定内容，就可以自由张贴。叙永分校该年8月31日结束，9月迁回昆明，这份文件只执行了七个月。

第二份《办法》为1944年5月10日西南联大常委会第298次会议决议，5月13日为公布时间。虽然成文时间在第一份之后，但从行文来看，与《叙永分校学生壁报管理办法》没有联系。那么，为什么这个时候会发布这样一份文件？在它出台之前，西南联大的壁报是怎样管理的呢？

在《本大学学生壁报管理办法》公布之前，西南联大壁报多为社团所办，先有社团，再有壁报，登记了社团就不需要再登记壁报，管理了社团也就管理了壁报。即使单独创办一份壁报，也被视为"壁报社"进行登记和管理。所以，在此《办法》公布以前，西南联大不需要专门的壁报管理规定。之所以1944年5月中旬产生此《办法》，是因为这时壁报陡然增多，已往的社团管理规则无法框范当时的壁报了。基本情况是，在"皖南事变"前，西南联大的壁报相当活跃，"皖南事变"后消失殆尽，1943年秋开始复出，至1944年"五四"，猛增到二十多种，学生接着还成立了"西南联大壁报协会"。鉴于这种情况，学校有必要对迅猛增加的壁报进行规范管理，于是训导处拟定了这份管理办法。

《本大学学生壁报管理办法》最为强调的是责任，全文共五条，第1、2、3条讲的都是责任问题。首先是壁报负责人要进行登记并在每期报端标注负责人姓名，以社团名义发表的文章，负责人也必须署名，若"措辞失当或违反校规"，负责人将受到惩处。其次是作者的责任，作者应在篇首署上真名，若文章有严重问题，作者要受惩处。其实第5条请本校教授为导师也有出于责任的考虑成分。另外,还有第 4 条中"校外人士来稿概不得揭载"之语,恐怕也隐含着责任的关系。为什么学校把责任看得如此重要?只要联系当时西南联大的政治环境就知道了。1941 年"皖南事变"和 1942 年"倒孔运动"后,国民党曾两次派要员到昆明抓人,虽然因云南当局和西南联大抵制,"抓人"未得逞,但学校受到的压力可想而知。而作为学校的管理者,他们一方面希望民主、自由运动开展下去,另一方面还要对上级管理部门有所交代,再一方面也是为了在政治上保护学生,履行《训导处工作大纲》,所以,特别强调"责任",以让大家各明其责,好自为之。除责任外,此《办法》似乎没有多少新内容,"请定本校教授为各该报导师"一条,也是由《西南联大学生会社管理规则》中的"应聘请教职员为顾问"转化来的。

四、学生社团和壁报管理规定的执行情况

《西南联大学生会社管理规则》和《本大学学生壁报管理办法》并没有严格地执行,虽然有时也认真过。执行的宽严松紧,多半与政治气候有关。

应该说,西南联大关于学生社团和壁报的管理出台得相当早。第一份文件出台于 1938 年 7 月 19 日,那时,蒙自分校的学生还没有回到昆明本部,而以往的一年是在迁徙动荡中度过的。学校甫定,就出台《西南联大学生课外团体作业规则》,其目的是要把学生的课外组织与活动纳入学校的正常管理,使之健康有序地发展。这对培养人才是有积极作用的。但在 1939 年 7 月训导处成立之前,没有认真执行过相关规定。训导处成立之初,也没有认真执行。由于政治气候恶化,执行才严格起来。严格执行的时间,大约是在 1941 年至 1945 年。1941 年以后,政治高压出现,校园空气开始紧张,学校为了自保并保护学生,加强了各方面的管理。1941 年下半年,师范学院出现了一份《春秋》壁报,这在当时的西南联大,可能是唯一一份壁报,所以影响不小,观看者颇多,还曾引来《云南日报》的记者前来抄录。训导长查良钊谨慎起见,劝主编不要再办,所以该壁报出了三期便停刊了。1943 年下半年,学术性壁报陆续出现，1944年春，民主空气大盛，各种壁报纷纷涌现，这时，学校制定壁报管理办法予以规范，并有过较为严格地执行。这期间，学生若不按学校的规定自行组织社团或张贴壁报，将会被取缔。管理文件刚出台，严格执行在情理之中。日本投降前后，内战的阴影出现并逐渐浓厚，师生的政治热情便越来越高涨，严格的管理受到冲击，尤其是"一二·一"惨案后，校园笼罩在悲痛之中，"惩凶"是师生共同的心理要求，人人都有气要出、有话要说，即使思想观点过头一点，也情有可原，因此，这时的管理又松弛了。

以上是从时间和政治背景上看西南联大对于社团和壁报的管理。从文件的具体执行情况来看，无论在教务处管理时期还是训导处管理时期，基本上是流于形式，不看内容的。训导处最看重的是登记，只要来登记，就取得了"合法"的资格，可以进行活动了。而登记的手续极为简单，只要在表上填写负责人和导师的名字及其自然情况就行了。规则上规定的社团"简章""办法"等从未要求呈报，"工作情形"更没有社团汇报过。学生集会似乎也没有先行办理准许手续。在所有条款中，训导处严格执行的只是"登记"。若不办理登记手续就擅自挂出壁报，训导处会毫不客气地将其没收，等补办完登记手续后，再行退还。至于社团活动的内容和形式，壁报刊出的地点和期数等，训导处从不予以过问。

由于训导处只管形式，不问内容，所以，不同政治倾向的社团和壁报都能在学校存在。这既是《训导处工作大纲》的精神所在，又是学校实行"兼容并包"和"学术思想自由"原则的体现。学校的管理只要求文责自负，不审查稿件内容，不同思想观点的壁报常常就某些问题展开论争，从而形成了西南联大浓厚的民主风气，也影响到社团和壁报生命力的强弱。有的社团和壁报因其工作成绩显著，思想观点得到广大读者拥护，参加者增多，越办越红火，有的则因工作了无生气，参加者稀少，拥护者寥寥而最终消失。应该说，训导处这种"无为而治"的管理态度对于促进西南联大民主空气的形成起了良好作用。

训导处要求社团和壁报进行登记时，在申请表上写明指导教师是谁，也流于形式。因为导师可以根据情况"导"或"不导"。社团或壁报不一定向导师汇报工作，请求指导，训导处也从不过问导师的指导情况，所以，无论社团或壁报组织，还是管理社团或壁报的训导处，都从未要求过导师负责。例如，《春雷》壁报社的导师是李广田，但《春雷》上的文章刊登前从没请李广田过目，其原因是"防止万一因刊登的文章或参加其他活动出了'问题'而连累他"①。当然李广田看了刊出的壁报后，还是提过一些要求，但社里并未照办。而有的社团在申请表上登记了导师的名字，但从未和导师联系，以致若干年后社团骨干记不起导师是谁。这些都说明，导师是虚设的，训导处没有查实过。

最直接的责任人是"登记人"。但登记人也不一定是社长或主要负责人，因为社团或壁报会出于种种考虑而选人去登记。例如，冬青文艺社恢复活动后去训导处办理登记手续时，登记人是何扬、袁成源，壁报上标明的社长、副社长也是他们两人，但实际负责的则是别人。因为他们两人是新从叙永分校回到本部的同学，没有在学校里暴露出政治倾向，不易引起特别注意，而原来冬青文艺社的老社员思想进步，有的遭过打击，出面登记可能不便于开展工作。有的社团若不在学校活动，则无须去登记，文聚社就是这样的。我们还看到一个情况，就是从1943年壁报复兴以后，从来没有因壁报问题处分过一个负责人。《春秋》壁报被劝令停刊，后来负责人因其他原因遭到处分，但那是1941年"白色恐怖"中的事。此后就没有发生因思想倾向而被处分的事了。

《学生壁报管理办法》中有"校外人士来稿概不得揭载"之语，这也是一句空话。有些社团的成员是校外人员，他们的文章就在壁报上揭载过。新诗社的杨明，是中法大学的学生，他不仅在《新诗》壁报发表过作品②，而且由新诗社出版过长诗《死在战场以外的中国兵》。

---

① 李倬：《记〈春雷〉壁报社》，云南省政协文史资料研究委员会等编：《云南文史资料选辑》第34辑，昆明：云南人民出版社，1988年，第497页。

② 李光荣访杨明记录，2004年4月14日，昆明医学院附属第一医院干部治疗科。

总之,西南联大对学生社团和壁报的管理是宽松的。宽松的管理来源于学校的民主自由风气,反过来,宽松的管理又有利于活跃学生的思想,有利于人才的培养,因此西南联大的社团管理是成功的。

第二节　西南联大的前期文学社团

西南联大的前期,经历了剧烈的动荡。1937 年 7 月,战争的硝烟弥漫京津地区,8 月,国民政府教育部即令北大、清华、南开三校在长沙筹备临时大学,11 月 1 日即行开学,由于创办仓促,因此校舍紧张,设施不全,图书匮乏,生活十分艰苦。此时全国上下抗敌情绪昂扬,师生精神状态较佳,大家克服困难,潜心教学,在衡山湘水间留下了许多感人的事迹。不料前方战事吃紧,炮火逼近武汉,长沙不宁,教育部再令国立长沙临时大学西迁昆明,改称国立西南联合大学。全校师生于 1938 年 2 月出发,跋山涉水,历时两个多月抵达昆明,于 5 月 4 日开学。由于昆明校舍不足,设分校于蒙自,异地办学。不久蒙自校舍被征为军用,分校迁回昆明。各学院分散于大西门外和拓东路,师生则散居全城。1939 年 8 月,新校舍筑成,学校终于有了属于自己的校园,得以集中办学。但这时,日本飞机加紧轰炸昆明,有家眷的老师只好疏散到乡下居住,学生则采取"跑警报"的方式——听到空袭警报,立即跑向城外的田野和山间躲避。如果上课时警报响起,则立即下课,出后门跑向后山。为弥补损失,有时老师在树林中继续讲课。1940 年 7 月,越南不保,昆明堪虞,教育部指示做迁校的准备。11 月,成立叙永分校。1941 年初,新生全部在叙永分校上课。这时,"皖南事变"爆发,西南联大随之遭受压力。

尽管生活如此动荡不安,文学活动却始终伴随着西南联大师生。其间,西南联大学生不仅创作了许多重要的文学作品,组织了一些著名的文艺活动,而且建立了一些社团,并且把工作开展得蓬蓬勃勃。在南岳,在蒙自,在昆明,都留下了学生的文学创作、文艺活动和社团组织及其工作的业绩。

下面将对这一时期在文学创作和文艺活动方面做出了突出成绩的社团进行介绍。

一、综合社团

西南联大壁报的兴盛,长沙临时大学时即已开先河。在岳麓山绿树环绕的校舍中,临大文学院的学生已经出过壁报。壁报上发表的文章,主要是关于抗战和岳麓景色的,表达抗战决心、鼓舞抗敌意志以及抒发战争造成的痛苦是其中心内容,关于要不要从军、要不要接受"战时训练"的问题也在壁报上讨论过。南湖诗社的发起人刘兆吉回忆:"在南岳时,曾多次出壁报,对于爱好写诗的人,已经心中有数。"①所以,在蒙自组织南湖诗社很顺利。据此可知,临大文学院壁报的作者有相当一部分是后来南湖诗社的成员,他们曾在南岳壁报上发表过诗歌。至于壁报名称是什么、出了几期、发表文章的篇名等,今天所见资料均无记载,所以无法确定是什么社团办的壁报。

西南联大有名称记载的综合性社团,最早是群社。群社1938年12月底成立,以十几个中国共产党党员和民族解放先锋队队员为核心,联络了二十多个同学共同发起。成立启事贴出后,有近二十人报名。其宗旨是"互相交往,联络感情,增进友谊,举行时事报告和学术报告,开展文娱体育活动等"②。成立会上选出干事九人,社长和副社长各一人,先后聘曾昭抡、余冠英、吴晓铃老师为顾问。干事会下设学术股、康乐股、时事股、服务股、文艺股、壁报股等各自开展活动,后又成立了群声歌咏队。群社的机关报是《群声》壁报,其内容较广泛,有时事分析、文艺创作、新书评介、漫画等。《群声》壁报上发表的文学作品篇名及其内容,不得其详,但它的主编林元即林抡元

---

① 刘兆吉:《南湖诗社始末》,蒙自师范高等专科学校等编:《西南联大在蒙自》,昆明:云南民族出版社,1994年,第125页。

② 邢方群:《回忆群社》,西南联大校友会编:《笳吹弦诵在春城》,昆明:云南人民出版社,1986年,第130页。

却是较为知名的。林元后来创办了《文聚》杂志,再后来参与编辑《观察》《新观察》《文艺研究》,是我国著名的编辑家。《群声》是他编辑才能养成的重要历程。林元也写小说和散文,发表在他主编的《边风》《群声》《冬青小说抄》及后来的《文聚》等刊物上。《群声》的另一位主编陈潜还编辑了壁报《大家看》,张贴在昆明街头,很受群众欢迎。由于群社坚持真理,广泛联系群众,注意解决学生生活的实际问题,在学生中产生了良好的影响,社员发展到两百多人,工作开展得有声有色。正在这时,"皖南事变"发生了,国民党四处查捕共产党员和进步学生。鉴于这种形势,中共云南省工委决定把西南联大已暴露身份的共产党员和部分出面较多的进步学生疏散到乡下隐蔽,而这些人多数是群社社员,同时鉴于群社的政治色彩较浓,指示其停止活动。1941 年 2 月底,《群声》出了"终刊号"。"终刊号"贴出的当天下午,林元撤到乡下。群社至此解散。

1939 年秋,西南联大工学院成立了引擎社。这是一个以民族解放先锋队队员为核心组成的社会科学研究会成员为主体的社团,其性质和特点均与群社接近。在社团成立前,已有部分文艺爱好者编辑出版了《引擎》壁报,社团成立后,《引擎》成了引擎社的机关报,"壁报除发表小说、诗歌外,杂文和评论大都是针对当时国民党政府和社会上的不良风气进行尖锐的抨击。壁报还出版过纪念'五四'和纪念鲁迅的专刊……"①"皖南事变"后,在共产党的指示下,引擎社停止了活动。

在此期间,几个群社的下属团体也相继单独开展活动,成为独立的社团,如冬青文艺社、热风壁报社、腊月壁报社,还出现了几个与群社关系密切的社团,如俄文学习班、木刻研究会等。同时,国民党、三青团组织也公开活动,在学生中组织了几个社团,出版《微言》《明报》《青年》《指南针》《照妖镜》《大学论坛》《熔炉》等壁报。以上壁报均有文学、艺术作品发表。

---

① 许京骐、刘楷:《联大工学院的引擎社》,西南联大校友会编:《笳吹弦诵在春城》,昆明:云南人民出版社,1986 年,第 339 页。

二、戏剧社团

中国现代文学史讲社团一般是从 1906 年诞生的戏剧社团春柳社开始的,而真正现代意义上的文学社团的出现则晚于春柳社十五年。这说明戏剧团体是中国现代文学社团的开路先锋。西南联大文学史的情形与中国现代文学史一样:戏剧演出在前,文学社团成立在后。

长沙临大已活跃着一支文艺队伍。临大学生组织了宣传队,走出校门向当地民众宣传抗日,还组织了演剧队排练节目,到部队慰问演出。岳麓山下文学院的学生则组织了"临大话剧团",参加当地戏剧团体举办的劳军汇演,演出剧目是阳翰笙创作的《前夜》。由于演出水平较高,给人们留下了深刻印象。

1938 年暑期,临大话剧团的一些成员在昆明排演了《前夜》《汉奸的子孙》等戏剧,宣传抗日。有的学生参加了昆明金马剧社《黑地狱》的演出。开学后,一些爱好戏剧的同学准备更好地宣传抗日,便分头联络戏剧人才,酝酿演出。这一举动得到闻一多、孙毓棠、陈铨等老师的支持,演出剧本选定《祖国》。《祖国》是西南联大外文系教授陈铨根据法国剧本《古城的怒吼》改编成的四幕剧,写一位教授不计个人恩怨和安危,与群众一起向日寇和汉奸进行斗争,最后壮烈牺牲的故事。陈铨教授任导演,闻一多教授为舞台设计,孙毓棠老师做舞台监督,并请凤子参与主演。在排练《祖国》的过程中,大家觉得成立一个团体能更有效地工作,于是在 12 月底,组成了西南联大话剧团(简称"联大剧团"),有成员六十多名,主要成员有男同学张道骧、汤一雄、徐贤议、李善甫、汪雨、刘雷、高小文、劳元干等,女同学有"三萱""三华",即黄萱、徐萱、肖庆萱、侯肃华、孙观华、张定华等,请闻一多、陈铨和孙毓棠为导师。成立会上,闻一多、陈铨、孙毓棠、凤子等老师讲了话,同学们发言踊跃,热情很高,会上选出了团长和干事会。在联大剧团成立的鼓舞和推动下,《祖国》排练质量很高。1939 年 2 月 18 日,在新滇大戏院举行了首演。演出获得极大成功,昆明、重庆、上海的报刊迅速作了报道。《祖国》连演八场,至 25 日结束。《祖国》演出成功后,大家的热情更高了,剧团接着又排练了"好一记(计)鞭子"即《三江好》《最后一计》《放下你的鞭子》等独幕剧和云南方言剧到昆明郊区演出。1939 年暑期,曹禺应邀来昆明导演《原野》和《黑字二十八》。其中,《原野》由联大剧团主演,《黑字二十八》由联大剧团、金马剧团、云南艺术师范学校等联合演出。演出从 8 月 16 日开始,直到 9 月 17 日才结束。全部演出场场爆满,昆明为之轰动,其盛况,在"云南话剧运动史上可算是破天荒的第一次"①。1940 年夏,剧团又公演了《雷雨》。在昆明当时的几家戏剧团体中,联大剧团是实力较强、影响较大的一个。

在《原野》和《黑字二十八》演出之后,联大剧团的领导权被三青团篡夺,于是群社和社会科学研究会决定另组一个剧团。经张贴启事征求社员后,1940 年暑假,成立了戏剧研究社,社员很多,主要有黄辉实、潘申庆、施载宣、林元、李典、金连庆、冯家楷、李芳、孙观华等。戏剧研究社首先排演田汉根据鲁迅小说改编的《阿 Q 正传》,请郑婴老师任导演。此剧演员甚多,出场四十多人,加上后台工作等,总共有二百多名同学参加了演出工作。9 月 25 日,在云南省党部礼堂首演。演出一举成功。之后再连演十四场,场场满座。收入除去开支,结余三千多元,全部捐给了昆明学生救济委员会。戏剧研究社还参加过群社组织的下乡演出活动。"皖南事变"后,戏剧研究社被迫停止了活动。

此期出现的文艺团体还有青年剧社和联大歌咏团等。青年剧社演出过《前夜》,联大歌咏团曾在"五四"二十一周年纪念会、昆明广播电台成立广播音乐会和南屏电影院开业演唱会等集会上演唱歌曲。

总的来说,此期西南联大戏剧社团的活动有三点值得注意:第一,剧团不多,主要有联大剧团、联大戏剧研究社和青年剧社三家;第二,独创的剧本几乎没有(只有联大剧团演出过陈铨改编的剧本《祖国》),剧团主要演出他人的剧本,但演出成绩较为可喜,《祖国》《原野》《阿 Q 正传》的演出都获得了

---

① 李济五语,转引自田本相:《曹禺传》,北京:北京十月文艺出版社,1988 年,第 258 页。

成功,尤其是《原野》的演出,在云南戏剧演出史上具有崇高的地位,被史家称为云南戏剧舞台上的四次重大演出之一①;第三,从内容上看,演出的剧目都是宣传抗日、鼓舞抗战情绪的。此期戏剧社团的意义除宣传抗日的良好社会效果外,还在于继承了长沙临大话剧团的精神并开创了西南联大戏剧的良好传统,为西南联大的戏剧发展奠定了坚实的基础。

三、文学社团

长沙临大时,还没有组成文学社团(当时称"文艺社团"),但组织过文学活动。据赵瑞蕻回忆,"在南岳时已有多次诗歌活动,如朗诵会、谈诗会和诗歌墙报等。其中有两期墙报是王煦学长主编的。《穆旦诗选》中最早的一首诗《野兽》,正是在南岳读书时写的,刊登在一期墙报上"②。西南联大在长沙的时间不长,已有这些文学活动,有这样的成绩,相当可观。同学的才能在活动中展现出来,也就被有心人发现了,所以,"到了蒙自后组织南湖诗社时,向、刘两人便邀请在南岳时已知道的喜欢诗的二十几位同学一起参加了"③。

南湖诗社是西南联大的第一个文学社团,因诗社社址在秀丽的蒙自南湖畔而得名。1938年5月20日成立,发起人是向长清和刘兆吉,成员都是中文系、外文系和教育系的学生,主要有穆旦、赵瑞蕻、刘绶松、陈士林、周定一、刘重德、李敬亭、林蒲、陈三苏等二十多人,闻一多和朱自清是诗社聘请的导师。诗社没有明确的宗旨,从今天所见的材料看,研究新诗、创作新诗是诗社坚持的方向,同时也是社员的共同追求。诗社也没有选举组织领导,社务由向长清总理。有导师参加的社员大会开过两次,中心议题是关于新诗的现状与前途问题,闻一多和朱自清两位导师作了指导性的讲话,大家也

---

① 见蒙树宏《云南抗战时期文学史》和吴戈《云南现代话剧运动史论稿》二书。前者为昆明:云南教育出版社,1998年;后者为北京:中国文联出版社,2001年。

② 赵瑞蕻:《南岳山中,蒙自湖畔》(上),《新文学史料》,1997年第3期。

③ 赵瑞蕻:《南岳山中,蒙自湖畔》(上),《新文学史料》,1997年第3期。

踊跃发言,讨论使大家更明确了新诗的前途和方向。诗社创办壁报《南湖诗刊》,共出了四期,刊登诗作数十首。其中不乏好诗,如刘重德的讽刺诗《太平在咖啡馆里》、周定一格律优美的《南湖短歌》、赵瑞蕻被朱自清称为"力作"的《永嘉籀园之梦》、穆旦的《园》等都是可以写入中国现代文学史的作品。这些作品内容上留有战争阴影,艺术上则显示出学院派的精致与完美,既有现实特点,又有浪漫特色,代表了西南联大早期的诗歌风格。此外,诗社还对民间文学给予了关注,刘兆吉采集了当地歌谣十七首,刊登在《南湖诗刊》上,这亦开启了西南联大重视民间文艺的传统。如果说刘兆吉在湘黔滇旅行途中搜集民歌是"个人"行为,那么诗刊揭载民歌表现出的已是"组织"或"群体"态度了,因此值得注意。

1938 年 8 月,西南联大蒙自分校迁回昆明,诗社离开南湖,也就停止了活动。到昆明后,南湖诗社更名为高原文艺社。高原文艺社每两周进行一次活动,吸引了更多同学入社,不久即扩大到四五十人。活动内容多种多样,如"七七"抗战纪念会、"五四"运动纪念会、文艺报告会、诗歌朗诵会等。高原文艺社出过几期壁报,吸引了老师、学生观看,其中一些作品在壁报上刊登后又投到报刊上发表,于是保存了下来,如赵瑞蕻和穆旦的一些诗。1939 年 5 月,香港《大公报》文艺副刊负责人萧乾从滇缅公路采访回到昆明,高原文艺社请他作过一次报告。

也是在萧乾的倡导下,高原文艺社再次更名为南荒文艺社,并且把社员扩大到校外,参加者中有中山大学、同济大学和同济附中的学生,西南联大新加入的学生有辛代、祖文、龚书帜、何燕晖等。社员把文章写好后,交给萧乾,由他编辑发表在《大公报·文艺》副刊上。同时,南荒文艺社还给风子在昆明编的《中央日报·平明》副刊撰稿,成为该副刊的主要支持者。南荒文艺社的主要活动是每周在翠湖海心亭茶室聚会一次,交流情况,畅谈创作心得等。社团没有选出社长和组织领导,由几个热心的同学共同操持社务,主要负责人仍是向长清。每个社员交出一篇作品作为"会费",即在《大公报·文艺》上发表后,稿费归社里。仅凭作品供两份大报的文艺副刊发表一端,就可以看出南荒文艺社的创作质量了。大约在1940年暑期，因社员陆续离校，南荒文艺社无形中逐渐解体了。南荒文艺社对西南联大文学社团历史的创新有两点值得注意：第一，吸收校外社员；第二，与报纸联合。这两个特点均为后来的文学社团继承和发扬。

南湖诗社——高原文艺社——南荒文艺社是西南联大文学社团发展的重要阶段，在西南联大文学社团史上，起着奠基和开拓的作用，它在组织形式、作品发表方式和对民间文艺的重视等方面为后来的社团所继承，尤其重要的是它为后来的文学社团培养和准备了骨干。

在南荒文艺社逐渐走向萧条的时候，另一个文学社团——冬青文艺社出现了。冬青文艺社成立于1940年初，但它的活动却与群社同步，因为它原属群社的文艺小组，那时的创作刊登在林元主编的《群声》壁报上。因创作队伍扩大，文艺小组才独立为冬青文艺社。冬青文艺社最初的成员有林元、杜运燮、刘北汜、汪曾祺、萧荻、王凝、马西林、刘博禹、萧珊、张定华、巫宁坤、穆旦、马尔俄、卢静、鲁马等，聘请闻一多、冯至、卞之琳为导师，后来又加上李广田为导师。冬青文艺社的主要工作是写作和编辑刊物，编辑部设在新校舍18号，作品分类编辑出版。《冬青杂文》为壁报，编辑后张贴在"民主墙"上，由于作品现实针对性强、文风犀利，很吸引人。其他作品分别编成《冬青诗抄》《冬青小说抄》《冬青散文抄》和《冬青文抄》，用统一稿纸抄写后，加上封面，装订成册，陈列在图书馆报刊阅览室里，读者很多。其中一些稿子同时投到报刊上去发表，如穆旦、杜运燮的一些诗和刘北汜、卢静的一些散文。冬青社还受解放区文艺的影响，编辑了《街头诗页》，贴在昆明街头墙上和路边大树上，参加群社下乡宣传时也在一些农村张贴过。冬青社组织过诗歌朗诵会，其中一次朗诵语除普通话外，还用方言和外语，别开生面；另外组织过演讲会，闻一多、朱自清、李广田、卞之琳等都应邀演讲过，1940年巴金来昆明时应邀举行过一次座谈。1941年"皖南事变"后，冬青文艺社把活动转向校外，后来又在学校恢复组织与活动，一直到西南联大结束而解散——这将在下两个时期中介绍。冬青社是西南联大的社团中活动时间最长、成就较高、影响较大的文学社团。

1939年末还出现过一份《边风》壁报，以"边风文艺社"名义主编出版。主办人是林元、辛代、吴宏聪、何燕晖、卢静等，其中林元出力最多。《边风》壁报贴在昆中北院学生宿舍的墙上，大约出过三期。冬青文艺社成立后，边风文艺社的成员集体加入，《边风》因此而停刊。

西南联大的早期是忙乱的：逃难、迁徙、建校舍、躲空袭……西南联大文学社团正是在这忙乱的处境中茁壮成长的，尽管显得行色匆匆，却扎扎实实，开创了西南联大社团文学创作的良好局面。其中，南荒文艺社作为两大报纸副刊的稿件支柱是西南联大文学社团创作实力的充分证明。这时期的西南联大文学社团形成了两股势力：一股是南湖诗社——高原文艺社——南荒文艺社，另一股是群社——冬青文艺社。前一股势力逐渐衰落时，一些成员进入冬青社并且成为创作主力，因此说南湖——高原——南荒为冬青准备了人才也不为过。另外，这一时期文学社团的组织和活动的方法为西南联大后来的文学社团多方继承，也说明了早期社团在西南联大文学社团发展中的奠基作用。总之，西南联大早期的文学社团步履稳健、创作起点高，为后来西南联大文学社团的发展打下了坚实的基础。

第三节　西南联大的中期文学社团

"皖南事变"后，西南联大遭到政治高压，空气显得沉闷，丰富多彩的壁报不见了，民主气氛一扫而空，文学与社团活动随之进入了沉寂期。1941年，在整整一年的时间里，校园中几乎没有重大的政治、学术和文艺活动。1942年1月，西南联大爆发了"倒孔运动"。"孔"为时任国民政府行政院副院长兼财政部部长的孔祥熙。太平洋战争爆发后不久，日军攻占香港，不少著名人士如柳亚子、邹韬奋、何香凝、茅盾，以及西南联大教授陈寅恪等一时无法撤离,而孔祥熙等达官贵人却用飞机运输私人财物,孔二小姐还把洋狗抱上飞机运回重庆。消息传出,西南联大师生震怒,上千人走出校门游行,高喊"打倒孔祥熙"等口号,得到昆明市民支持。游行中群众陆续加入队伍,到了昆明市中心的近日楼前,队伍扩大到两三千人。这次运动唤起了大家的热情,虽然未能改变西南联大的政治空气,但激活了学术气氛,师生把热情投向学术,学校内学术讲座开始盛行。

　　这个时期,西南联大的文学社团一直没有在校内公开活动,而是采取向外扩展的战略,在校外发表作品,校园里显得沉静空荡。直至1943年秋季以后,校园才渐渐显出了活气。

　　一、综合社团

　　1941年初,群社、引擎社等被迫停止活动,跟这些进步社团对着干的一些社团大约因为没有对手而沉寂,于是校园中琳琅满目的壁报消失了,校本部一片冷清。

　　与这种局面相反,西南联大叙永分校的社团和壁报则相当活跃。在叙永分校出现的综合性社团及其壁报主要有《流火》《山泉》《野草》《红叶》等。流火社成员有黄宏煦、朱重浩、许寿谔、涂光炽、周锦荪等十人,壁报内容主要是时事评述、学术探讨、文艺创作等,还辟副刊《鹦鹉》解答大一英文教材中的疑难问题,很受同学欢迎。山泉社成员有袁成源、刘国铤、陈柏松、许芥昱等,其内容与《流火》接近。野草社成员有徐京华、赵景伦、秦光荣等,专登杂文和漫画揭露讽刺现实,内容广泛,受到同学喜爱。《红叶》仅王康一人编辑,内容宽广,活泼生动,请青年教师王志毅为导师,王夫人为壁报画了刊头,用在第一期。叙永分校能有这种自由宽松的文化氛围,大概是离政治文化中心较远的缘故。只可惜壁报上发表的文学作品没有流传下来,无从查考。

　　西南联大工学院在昆明拓东路,离校本部稍远,又是工科学院,遭受的政治压力稍小,因此,上一时期成立的个别社团得以继续活动,如铁马体育会。在这一时期中，同学又发起组织了神曲社。神曲社社长是孙伯昌，后为徐芝应，出版《神曲》壁报，其主编是马骙、屈播威，出刊思想是"不偏不倚地站在大多数中国人的立场上说话"①。当然这不可能做到。壁报上时有文学作品发表。

离校本部较近的西南联大师范学院，情况就糟了。1941年下半年，针对校园死气沉沉的状况，国民党三青团西南联大分团部主任陈雪屏组织一些教授发起"青年的志气和思想"的讨论，在报刊、电台上发表文章。有的文章说青年没有志气，只会闹事，有的文章说青年不关心国家大事，有的文章向青年宣扬"效忠党国"的思想。史地系学生熊德基对此不满，与同学鞠孝铭创办《春秋》壁报，发表文章对教授的观点提出相反意见，认为青年是有志气和理想的。壁报吸引了不少读者，甚至影响到校外，《云南日报》记者也前来抄录。创刊号上还发表了辛辣的杂文和文学作品，如闲人（熊德基）的《竹枝词》其一："力求温饱太无聊，无怪人嗤志气消。奉劝诸君齐发奋，先从刘（邦）项（羽）学吹牛。"②《春秋》出刊到第三期而被训导处劝令停刊。不久，鞠孝铭被开除，熊德基的奖学金被取消。

此期文学创作成就最高的综合社团应数上个时期组成的"战国策派"。其主将陈铨教授此期创作并发表或出版的剧本《野玫瑰》《蓝蝴蝶》《自卫》《金指环》《无情女》等，可谓独领风骚。其中《野玫瑰》被收入《中国新文学大系》，是中国现代文学的代表作之一。可以说，陈铨的戏剧作品是西南联大戏剧创作的一个高峰，同时也是西南联大社团文学创作的高峰之一。战国策派主要系老师组成，发起人雷海宗、陈铨、林同济等，因出版《战国策》半月刊而得名，虽然创作文学作品，但主要意趣在政治探讨。

与战国策派情况相同，即主要由老师组成，编辑刊物，不以文学为主攻

---

① 西南联合大学北京校友会编：《国立西南联合大学校史》，北京：北京大学出版社，1996年，第448页。

② 熊德基：《竹枝词》，云南省政协文史资料研究委员会等编：《云南文史资料选辑》第34辑，昆明：云南人民出版社，1988年，第374页。

方向,但创作文学作品,所编刊物也发表文学作品的团体,还有前期的国文月刊社,此期的边疆人文研究室,后期的时代评论社等。国文月刊社由西南联大师范学院中文系教师组成,主要成员是浦江清、朱自清、罗常培、沈从文、余冠英、罗庸、王力等,出版《国文月刊》杂志,以语文教育为中心,刊物上发过文学作品。边疆人文研究室1942年6月由南开大学组建,创办人黄钰生、冯文潜、陶云逵。陶云逵任研究室主任,出版《边疆人文》,杂志虽然以边疆人文为中心内容,但陶云逵、邢公畹等亦是文学创作的能手。时代评论社1945年10月组成,费孝通、闻一多、张奚若、吴晗等为成员,出版《时代评论》杂志,以社会政治为中心,也发表文学作品。前两个社团由学校决定组织,带有"官方"性质,但出版的刊物比较自由,不具官方色彩,后一个社团则是纯民间的。

以上就是这一时期西南联大与文学有关的综合社团的大致情况。以文学而论,综合壁报上的文学作品大多质量不高,今天能见到的也不多。战国策社、国文月刊社、边疆人文研究室等以老师为主体的社团,创作出了一些高质量的作品,体现了较高的社团文学成就,但本课题侧重研究学生社团,因此不多介绍。

二、戏剧社团

比较而言,在西南联大的各类社团中,戏剧社团恐怕是这一时期公开活动较多的文艺组织了。

早期联大剧团的一些成员迫于压力疏散了出去,但留校的成员仍在继续演戏。1941年7月,联大剧团为劝募公债,在昆明大戏院演出易卜生的《傀儡之家》,1942年春,演出宋之的的《雾重庆》,同年10月,在云南省党部礼堂演出丁西林的《妙峰山》。

也是上个时期成立的青年剧社,1941年发生了分离,分化出去的一些人于5月间组成国民剧社。国民剧社于8月2日至8日在昆明大戏院首演陈铨的《野玫瑰》,观者踊跃。同一时间,青年剧社演出《权与死》(由易卜生《海姐传》改编),意在跟国民剧社较劲。1942年,青年剧社再次演出《野玫瑰》,由于此时该剧受到批判,演了几场就结束了。

《野玫瑰》四幕,描写在上海人称"野玫瑰"的红舞女夏艳华为了间谍工作,与男朋友刘云樵断绝了关系,只身到北平嫁给伪政权"政委会"主席王立民,在危难之时,这位"南方间谍"夏艳华放走了此时也是"南方间谍"的刘云樵及其女朋友,离间王立民和警察厅长,王立民在击毙了警察厅长后病发失明,夏艳华又帮助王立民服毒自杀。夏艳华的所作所为都是出于国家民族的需要,就是抛弃爱人嫁给汉奸也是这样。加之她意志坚强,胆识过人,处乱不惊,她被塑造成一个富有民族意识和集体精神的间谍工作者。夏艳华是体现陈铨所提倡的"民族意识""权力意志""超人哲学"思想的典型形象。尽管剧本有不足之处,但在鼓舞民族精神和坚持反奸抗日这一点上是有积极作用的。当时对它的批判主要是对战国策派"超人哲学""权力意志"及其"恐怖、狂欢和虔恪"文艺观的批判,因为此剧较为典型,被作为"战国策派"思想的代表作批判。

此期还出现了两个新的剧团:怒潮剧社和山海云剧社。怒潮剧社由孙观华和许令德发起,成员有李芳等。剧社与铁马体育会联合,1942年寒假参加学生救济委员会举办劳军活动,到军队中演出小戏。山海云剧社成立于1942年1月"倒孔运动"之后,以叙永分校迁回昆明的同学为主,有三十多人,社长周大奎。同年暑假后,山海云剧社演出陈白尘的《秋收》。1943年10月,怒潮剧社和山海云剧社为一家中学募捐,在云南省党部礼堂合作演出曹禺改编的《家》,影响较大。

此外,1943年5月,中文系学生为欢送毕业同学,借中法大学礼堂演出吴祖光的《风雪夜归人》,不久,外文系学生在云南省党部礼堂用英语演出《鞋匠的节日》,均取得成功。

总之,在此期间,西南联大的戏剧社团举行了不少演出,并取得了可喜的成绩,但几乎没有自己的创作。陈铨教授创作了不少剧本,国民剧社和青年剧社还分别演出了他的《野玫瑰》,但此时陈铨与各个戏剧社的联系均不紧密,因此他的创作不能算作西南联大某个剧团的成绩。

三、文学社团

在恐怖政治的高压之下,冬青文艺社的校内刊物全部停刊,但文学之火却在"地下"运行。社员把文学园地转移到校外,在《贵州日报》上辟专栏《革命军诗刊—冬青》①,主要发表冬青社的诗作。《革命军诗刊—冬青》从1941年6月9日至1942年8月30日共出十期,为时一年多。在其上发表作品的老师有冯至、卞之琳、闻家驷、李广田,学生有杜运燮、穆旦、刘北汜、辛代、罗寄一等。学生的作品有许多优秀之作,有的已成为诗人的代表作品,如穆旦的《春》、杜运燮的《机械士》、刘北汜的《旷地》、辛代的《夜行的歌者》、罗寄一的《角度之一》等。《革命军诗刊—冬青》结束时曾登"启事",说明想集中精力另办《冬青诗刊》杂志,但"这个计划后来因为敌机对昆明的空袭加剧,在昆明印刷有困难,才未能实现"②。《革命军诗刊—冬青》停刊后,冬青社的作品多发在昆明、香港、桂林、重庆以及国统区的其他一些报刊上,数量和质量都相当可观。

与西南联大校本部的处境不同,叙永分校产生了新的文学社。何扬、秦光荣、赵景伦、彭国涛、贺祥麟、韩明谟等并邀请留校任教的青年教师穆旦成立了布谷文艺社,出版《布谷》壁报。以何扬名注册,请李广田为导师。《布谷》壁报每半月出刊一期,内容有评论、小说、诗歌、散文等,作品讲究艺术性,版面讲究装潢,很吸引人。社员不定期聚会,边喝茶,边讨论文艺问题并交流思想感情。李广田导师曾告诉大家:"一定要写自己熟悉的东西,才能

---

① 《贵州日报》原名《革命日报》,设置综合性副刊《革命军》,改名《贵州日报》后,《革命军》副刊仍然保留。所以,《冬青》诗刊初创时名为"革命军诗刊",且一直沿用,到了最后一期才标出"冬青"刊名。笔者以为,用"《革命军诗刊—冬青》"称呼冬青社在《贵州日报》上创办的刊物比单用"《冬青》"称呼更恰当一些。

② 杜运燮:《白发飘霜忆"冬青"》,西南联大校友会编:《笳吹弦诵在春城》,昆明:云南人民出版社,1986年,第325页。

写得深入，才能得心应手。"①《布谷》壁报上的作品，目前见到的是秦泥（秦光荣）的诗《紫色的忧郁》和《为自己祝福》。两首诗都写青春期的苦闷与向往，但侧重点不同，前一首表达"忧郁"，却看到了"照耀着自己的太阳"；后一首诉说"理想"，而又认为必须从"悲愁"中挣脱出来进行"狂热地追求"，才能获得"幸福"，因此，两首诗都显得沉重。两首诗的可贵之处在于强调了信心和追求的重要。分校回到昆明后，《布谷》壁报又在新校舍出了两期，仍属文学性质。这时社员队伍有所扩大，于产、曹绵之、黄伯申、李金锡等便是这时加入的。鉴于校园情形，布谷社也采用向外发展的战略，在广西《柳州日报》借了半个版面，出版《布谷》文艺副刊，共十多期。在《布谷》副刊上发表作品的除本社社员和导师外，还有卞之琳、杜运燮、陈时、祖文等。校园里的《布谷》壁报此时停刊。后因人员分散，组织困难，1944 年初布谷文艺社并入了冬青文艺社。

　　西南联大遭受的政治高压有两次：一次是 1941 年初"皖南事变"后，国民党三青团头目康泽到昆明抓人；一次是 1942 年初"倒孔运动"后，康泽再次来昆明追查主谋。在两次政治高压的间隙，出现了一个纯文学社团——文聚社。文聚社是一个松散的组织，它的活动似乎只是办刊物、出丛书，此外再没有别的形式。它采取的是更为外向的策略，既不在学校训导处登记，也不以一般社团热衷的壁报形式亮相校园，而是向社会公开发行杂志。它非但没有社长、干事这些组织领导，连社员都不是稳定的，它采取以文会友、以作品入社的方式。文聚社的产生，完全依赖其核心人物林元。林元有很强的组织能力和办刊经验，他是群社的骨干分子，和金逊一起主编群社机关报《群声》壁报，并负责编辑《冬青小说抄》，同时，还是《边风》文艺壁报的主编。"皖南事变"发生后，他出完《群声》"终刊号"，遵照地下党的指示悄悄离开学校，疏散到昆明西郊海源河畔一户广东老乡家隐蔽起来。半年后形势好转，

---

① 　彭国涛：《我所知道的李广田先生》，《西南联大北京校友会简讯》（内刊）第 32 期，2002 年 10 月。

他回校上学。出于对文学创作的喜爱,而又不甘西南联大文坛的萧索,1941年10月,他和马尔俄、李典、马蹄等商量办一份文学刊物,得到响应,还得到穆旦、杜运燮、刘北汜、田堃、汪曾祺、辛代、罗寄一、陈时等的支持,遂搭起了社团雏形。鉴于学校政治空气压抑,他们决定到校外办刊物。出刊经费由马尔俄拉广告解决。而后他们向搞文学的老师求助,老师们满心支持,沈从文还为刊物起名"文聚"。1942年2月16日,一本标着"文聚出版社"的《文聚》杂志在昆明问世,西南联大文聚社从此公开活动。

《文聚》宣称是一份"纯文艺"刊物,意思是不谈政治,这首先是一种战略考虑,其次也有艺术追求的意味。正如文学史家蒙树宏说:"《文聚》宣称为纯文艺刊物,言外之意是不过问政治。其实,这是在白色恐怖下的一种自我保护的措施。当然,编者也不满意抗战前期某些作品的口号化、概念化的倾向,有意在艺术上加以追求。完全脱离政治自然是不可能的,也不是他们的本意……这正如林元所说的'政治性与艺术性的统一,则是我们追求的目标'。"①《文聚》的主要内容是反映战争和现实生活,同时也发表了许多表现美的追求和描写丰富精神世界的作品。大家追求着一种共同的东西,那便是美,"一种理想和艺术统一的美,一种生活的美,一种美的生活"②。这是《文聚》的思想和艺术目标。

在《文聚》上发表作品的老师有冯至、沈从文、朱自清、李广田、卞之琳、王了一、罗常培、闻家驷、余冠英、吴晓铃、孙毓棠等,学生和刚毕业的校友有林元、马尔俄、李典、马蹄、穆旦、王佐良、杨周翰、杜运燮、刘北汜、田堃、汪曾祺、辛代、罗寄一、陈时、流金、方敬、许若摩、黄丽生、祖文、赵全章、郑敏、李金锡等。发表作品最多的是冯至、沈从文、李广田、卞之琳、穆旦、杜运燮等。联大以外的作者有高寒、魏荒弩、姚可崑、曹卣、赵萝蕤、赵令仪、何其芳、靳以、金克木、杨刚、袁水拍、程鹤西、江篱、李慧中、姚奔等。可见,《文聚》并不

<hr>

① 蒙树宏:《云南抗战时期文学史》,昆明:云南教育出版社,1998年,第37页。
② 林元:《四十年代的一枝文艺之花》,云南省政协文史资料研究委员会等编:《云南文史资料选辑》第34辑,昆明:云南人民出版社,1988年,第476页。

局限于西南联大,而是一份面向社会、面向全国的刊物。《文聚》上发表的作品,表现出相当高的艺术质量,有的是作家本人的代表作,有的体现出一个时期(代)的水平,有的是某个流派的代表作,有的甚至被认为是中国现代文学的代表作品,如冯至、穆旦的诗,沈从文的小说,朱自清的文论等。因此,文聚社是最值得西南联大骄傲,也是最值得后人研究的西南联大文学社团。

《文聚》创刊号标明"半月刊",但由于战争的原因,从没按时出版,每期间隔大约在两个月以上。1943 年 12 月 8 日出版第二卷第一期以后即行暂停,到 1945 年才恢复。不过,社员的文学创作活动从未中断。这将在下一个时期中介绍。

1941 年下半年,于产联系袁成源、黄平、陈盛年、卢华泽等组成星原文艺社,请李广田为导师,开展活动。但星原文艺社是政治组织,"文艺"是该组织政治活动的保护色,所以,虽摆出过文艺活动的样子,但未见文学创作的成绩。据于产说:他们曾与长沙某日报联系,准备开《星原》文艺周刊,于是,在茶馆里公开写作,让所见者都知道他们是在搞文学创作;稿子确已写出,于产的短篇小说《裕》还请李广田看过,但稿子寄出后一直没有音信,"周刊"流产了。1944 年初冬青文艺社恢复活动,星原文艺社成员以个人名义加入冬青文艺社。在冬青社召开的第二次社员大会上选举于产为社长,何扬为副社长。可是,于产还没来得及组织社务活动,星原文艺社成员全部被列入国民党抓捕人员的名单。在党组织的安排下,他们五人撤离学校,到思茅地区磨黑中学教书去了。星原文艺社不得不停止活动①。

1942 年下半年,马千禾、齐亮等在张光年、楚图南、尚钺等的支持下,在校外创办《新地》文学杂志。马千禾在上面发表小说和杂文,用的是笔名,其他人也用笔名。据马千禾回忆,作品内容以抗战和大后方的社会现实为主。《新地》杂志今已不存。

---

① 于产:《星原文社——西南联大一个鲜为人知的"党的组织"》,于产夫人许真提供笔者的文稿。

这一时期,由于受到政治的压迫,西南联大文学社团的活动处于沉寂状态。然而,许多优秀的作品也在这一时期产生。由于低沉压住了浮躁,作者们能够平心静气地进行思考和探索,故有高质量的作品推出。这时期西南联大文学活动的特点是向外发展。各社团在校外报纸上开辟专栏或创办杂志,自己的作品走向全国,全国的作品也投向自己,创造了与著名作家交流切磋的机会和同台亮相的空间,这就极大地提高了西南联大社团文学创作的水平和档次。

第四节　西南联大的后期文学社团

乌云遮不住太阳,低沉不会持久,萧索必然过去。具有"五四"传统的西南联大青年,脉管里搏动着民主与自由的血流。1943 年秋季开学,西南联大的围墙上出现了一份名为《耕耘》的文学壁报,立刻吸引了大家的注意。另一些文学青年接着以《文艺》壁报响应。其后,《生活》《冬青》《社会》《学习》《民主》等纷纷登场,沉寂已久的壁报渐渐活跃了起来,西南联大出现了新气象。1944 年"五四","民主墙"上的壁报达二十多种,1945 年"五四",增加到三十多种,西南联大的民主气氛空前浓厚。各种演讲会、纪念会、游行集会此起彼伏,西南联大成为昆明著名的"民主堡垒"。是年底,"一二·一"惨案发生,西南联大沉浸在悲怆之中,民主斗争更艰难,同时也更坚定地进入了罢课阶段并且取得了胜利。与此形势相呼应,西南联大文艺活动也空前活跃,作品繁多,演剧盛行,新的文学社团也有组建,文艺创作出现了最为繁荣的景象。1946 年 5 月 4 日,西南联大宣告结束。7 月,学生全部离开昆明北返。复员京津后,一些文艺社团一分为三,在各自的学校继续开展活动。

一、综合社团

这一时期,西南联大的社团有数十个之多,有专门社团如高声唱歌咏队、阳光美术社、剧艺社、文艺社等,有综合社团如现代社、实学社、科学青年社、人民世纪社等,而绝大部分是综合社团。无论专门社团还是综合社团,几乎都办有壁报,其壁报上又均有艺术性较强的文章或文学作品发表,尤其是在抗战胜利后反内战、争民主的斗争和"一二·一"运动中,文学作品在这些壁报上占有重要地位。但在这里,只能选取几个综合性社团来介绍。这一方面是由于篇幅有限,不可能全选,另一方面是用艺术的标准衡量,一些作品质量不高,此外,一些作品未能保存下来,无法言说。

(一)《生活》壁报

《生活》为外文系 1942 级学生的级会会刊。1943 年秋,几位同学以"打破隔膜,增进感情"为目的,发起级会,成立会上,通过了章程,选出了干事,决定出版壁报《生活》。《生活》"提出了三个口号,那就是反映生活、批评生活和改造生活"①。壁报在西南联大后期的生活和斗争中起到了较好的作用。生活壁报社至 1946 年学校复员时解散。

(二)《现实》壁报

1944 年 5 月,国民政府发起宪草大讨论。在讨论中,西南联大一些对政治感兴趣的同学便结社出版壁报,起名"现实",是"觉得这时候每位同学对现实的认识有着迫切的要求"②。《现实》以现实性强、政治性强为特色,尤其以登载美国关于中国的新闻报道受到同学的欢迎。先后参加壁报编辑工作的有王汉斌、谭正儒、向大甘、李凌、陈月开、曾宪邦等。《现实》每半月刊出一期,到西南联大结束时,共出四十期。

(三)《南苑》和《溪流》壁报

"南苑"取昆华中学"南院"之音。当时,文林街的昆中南院住女同学。

---

① 《生活》壁报:《我们的级会》,北京大学等编:《国立西南联合大学史料》第 5 卷,昆明:云南教育出版社,1998 年,第 649 页。

② 《现实》壁报:《〈现实〉两年》,北京大学等编:《国立西南联合大学史料》第 5 卷,昆明:云南教育出版社,1998 年,第 651 页。

《南苑》壁报为西南联大女同学会主办,贴在离南院大门不远的一面墙上,版面不大,都是女同学的心声,内容以时事政治为主。1945年"一二·一"运动中,西南联大女同学会解散,《南苑》也随之消失,另一份壁报《溪流》继之而起。《溪流》的主要编辑是刘晶雯。她是中文系1943级学生,较为活跃,1945年秋她参加女同学会的工作,分管"学艺"即学术和艺术。因此,她曾参加《南苑》后期的工作,继而主管《溪流》。《溪流》与《南苑》相比,似乎更讲究表达的策略,笔调多样,思想稍微隐蔽一些,内容也更活泼,因此更受同学喜爱。三校复员后,《溪流》仍在北大出版,"这涓涓细流却一直奔流到北大灰楼女生宿舍的墙头,奔流在沙滩的校园之中"①。

(四)《春雷》壁报

《春雷》是春雷壁报社的刊物。春雷社1945年春成立,成员有李倬、孙树梓、陈冠商、李忠四人,导师是李广田。《春雷》为不定期刊物,至西南联大结束,共出十期。内容也主要是对国内外局势和校内外的大事发表意见,观点鲜明,"火力"较强,李广田老师曾"告诫我们'火药味'不要太浓了,要注意斗争策略"②,但社员未采纳。稿件"有评论、杂文、诗歌、散文、漫画等,内容有的针砭时局,有的配合学生自治会的工作发表言论,颇受同学们的喜爱"③。

(五)《除夕》壁报

在"一二·一"运动中,一些同学感到个人的力量太渺小,需要组织成集团才能更好地发挥作用,于是发起组织社团,这一天正是1945年的除夕,故起名为"除夕"社。"在开首筹备时,只有十九个人,后来增加到三十九人,后来增加到四十八人,再后来增加到六十六人。社友多是'一二·一'运动时

---

①　刘晶雯:《记忆中的南院》,云南西南联大校友会编:《难忘联大岁月》,昆明:云南教育出版社,1998年,第162页。

②　李倬:《记〈春雷〉壁报社》,云南省政协文史资料委员会等编:《云南文史资料选辑》第34辑,昆明:云南人民出版社,1988年,第497页。

③　李忠:《西南联大给了我今天》,《西南联大北京校友会简讯》(内刊)第32期,2002年10月。

热心工作的人员"①。除夕社由严令武等负责。在"一二·一"运动后期,除夕社坚持罢课到底,对应否复课等问题,与其他壁报展开了长时间的争论。除夕社的最大功绩是编辑出版了《联大八年》一书。在西南联大结束前,"为了总结联大在昆明建校后各方面的活动,《除夕副刊》出版了好几版《联大生活特刊》的壁报,受到了许多同学的欢迎。有的同学建议进一步充实内容,编印成册,作为纪念。《除夕副刊》主编、学生自治会理事严令武接受了这一建议,进一步收集资料,组织和发动同学赶写有关教授、社团、壁报情况的介绍"②,遂成《联大八年》一书。此书于1946年出版,保存了许多珍贵的史料,是研究西南联大必备的读本。

二、戏剧社团

这一时期的戏剧社团不多,主要是剧艺社。剧艺社演出频繁,影响很大,最值得注意的是剧艺社有了自己写作的剧本,因此要重点介绍。但在介绍剧艺社之前,先介绍具有文学创作的高声唱歌咏队。

高声唱歌咏队成立于1945年3月10日,它的前身是"男声合唱小组"。1944年暑假,昆明基督教青年会和学生救济委员会组织西南联大同学到昆明郊区慰问驻军,同时宣传抗日和民主,1945年初再次组织去建水劳军。在这些活动中,渐渐形成了一支七八个人组成的男声合唱小组,在校园里练歌,很是快乐。因为全是男生,他们自己戏称"僧音社",所写的《唱歌通知》也这么落款。由于男声合唱小组的活动得到大家支持,愿意参加的同学越来越多,并且有了女生,遂扩大队伍成立歌咏队。歌咏队取名"高声唱",成立时已有数十人,后来发展到一百多人,负责人是黎章民、严宝瑜、周锦荪

---

① 除夕社:《除夕社》,北京大学等编:《国立西南联合大学史料》第5卷,昆明:云南教育出版社,1998年,第661页。

② 西南联大北京校友会:《国立西南联合大学校史》,北京:北京大学出版社,1996年,第476页。

等。"高声唱歌咏队一成立就宣称'我们要为光明而歌唱'。"①歌咏队既唱洋溢着革命豪情的抗日救亡歌曲,也唱艺术性强的抒情歌曲,还唱民歌。他们参加了1945年"五四"歌咏晚会,参加了悼念冼星海逝世的演出等。在西南联大"一一·二五"时事演讲会开始前,他们高唱反内战的歌曲激起会场的热烈情绪,反动派开枪威胁后,他们竭尽全力唱出《我们反对这个》,用歌声抗议武装镇压,"电线被特务们掐断,电灯熄灭,我们在黑暗里唱,汽灯被拿来点着,会场恢复了照明,头上呼啸而过的子弹越来越低,大会主持人叫大家坐下,我们就坐下唱,后来大家被迫卧倒,我们卧倒后还在唱"②。"一二·一"惨案发生后,他们唱出了《凶手,你跑不了》的警告,"四烈士"出殡游行中,他们以哀婉的悲歌《送葬歌》为烈士送行。复员后,他们分别成立了沙滩、大地、大家唱、群星、南星等歌咏队,继续歌唱。新中国成立后,他们有机会还在一起唱。

以歌曲创作而论,他们首先是填词,后来发展到词、曲并举。高声唱集体填词的如《建设民主新中国》,创作的歌曲如黎章民的《告同胞》《凶手,你跑不了》,严宝瑜的《告士兵》(方其词)、《送葬歌》等。《凶手,你跑不了》是怒斥"一二·一"惨案制造者的:"凶手,你逃不了!就是坐飞机,就是生翅膀,你也逃不了!你逃到重庆,我们追到重庆;你逃到东北,我们追到东北!你飞上天,你钻下地,我们也要追到天边地底……"③这使我们想起闻一多在"四烈士"公祭会上的致词:"今天我们在死者的面前许下诺言,我们今后的方向是民主,我们要惩凶,关麟征、李宗黄,他们跑到天涯,我们追到天涯,这

---

① 黎章民:《"我们的青春象……"》,西南联大校友会编:《笳吹弦诵在春城》,昆明:云南人民出版社,1986年,第419页。

② 严宝瑜:《"一二·一"反内战运动中的西南联大"高声唱歌咏队"和四烈士〈送葬歌〉》,《音乐研究》,2001年第2期。

③ 章民:《凶手,你跑不了》,龚纪一编:《"一二·一"诗选》,北京:人民文学出版社,1983年,第229页。

一代追不了,下一代继续追,血的债是要血来偿还的。"①可见,歌词表达了西南联大师生及全体人民的心愿。此歌在当时是各文艺团体的常演节目,"后来传到广西、上海等地,云南某部队并曾编为军乐曲"②。《送葬歌》歌词是:"天在哭,地在号,风唱着摧心的悲歌……今天,送你们到那永久的安息地,明天,让我们踏着你们的血迹,誓把那反动的势力消灭!"③1946 年 3 月 17 日,昆明学生联合会为"四烈士"举行出殡游行,没有张贴标语,没有高呼口号,在高声唱歌咏队带领下,三万多人的队伍,异口同声唱着这首歌为烈士送行,全部的感情都通过悲怆低沉的歌声表达出来。这是人民群众的心声,是大众的诗歌。

剧艺社的成立时间在高声唱歌咏队之后。它们的成立都先导于昆明基督教青年会和学生救济会组织的劳军演出。1944 年暑假、1945 年寒假两次劳军演出后,西南联大一些爱好戏剧的同学把学生服务处的小会堂改成小剧场,演出《禁止小便》《未婚夫妻》《镀金》等一批独幕剧,并创办了《剧艺》壁报。这些活动为剧艺社的成立做了准备。1945 年秋季开学后,《剧艺》壁报以"剧艺社"名义公开征求社员,人数增加到三四十人,于是正式成立剧艺社。成立会上,选举施载宣为社长,王松声为副社长,程法伋、温功智、孙同丰、罗长友等为干事,聘请闻一多为导师。1945 年 11 月 1 日,西南联大校庆,剧艺社排演了吴祖光的《风雪夜归人》,获得成功。此剧的演出让人们看到了剧艺社不只是能演独幕小戏,也能演多幕大戏。也是这年春天,石凌鹤从重庆来昆明导演《棠棣之花》,剧艺社曾参加演出。不久,田汉领导的新中国剧社到昆明,剧艺社参与多项工作,与之结下了兄弟情谊。年末,"一二·一"运动爆发,剧艺社创作了《匪警》、《凯旋》、《审判

---

① 右江:《你们死了还有我们》,转引自闻黎明等编:《闻一多年谱长编》,武汉:湖北人民出版社,1993 年,第 995 页。

② 黎章民:《我们的青春象……》,西南联大校友会编:《笳吹弦诵在春城》,昆明:云南人民出版社,1986 年,第 426 页。

③ 严宝瑜:《送葬歌》,龚纪一编:《"一二·一"诗选》,北京:人民文学出版社,1983 年,第 227 页。

前夕》《告地状》《民主使徒》（又名《潘琰传》）《血债》《光明进行曲》、
《江边故事》《民主是哪样》《两可之间》等剧本并及时演出，影响巨大。
1946 年 5 月 4 日西南联大结束时，剧艺社演出了夏衍创作的《芳草天涯》。
同月，剧艺社的王松声等在闻一多的指导下参与筹备、组织了彝族民间歌
舞在昆明的演出，开创了民间艺术登上城市舞台的历史纪录。复员后，剧
艺社在北大、清华、南开仍有组织，且演出了多种戏剧。直到今天，剧艺社
社员仍经常联系，组织聚会活动。

剧艺社开创了西南联大戏剧团体自己创作剧本的历史，而且一出手就
是一批，可见其文学和艺术功底之深。这是应该专书一笔的。

1945 年 11 月 25 日，西南联大举行时事报告晚会，国民党军队鸣枪威胁
会场，子弹从与会者头上飞过。第二天，昆明《中央日报》刊登题为《西郊匪
警，半夜枪声》的歪曲报道，西南联大师生大为愤怒。剧艺社一位姓王的社
员立即创作活报剧《匪警》揭露事实，表明真相。社员们立即排练，于 11 月
29 日演出。也是在 11 月 25 日晚会结束时，王松声开始构思并写作广场剧
《凯旋》，在"四烈士"牺牲后一小时，噙着眼泪完成。剧本写抗战胜利后中央
军一名班长在上司逼迫下开枪击毙抗日少年自卫队队长，事后得知这个队
长就是自己日夜思念的儿子，于是羞恨难当，拔枪自杀的悲剧。脱稿后，剧
艺社社员连夜边抄写，边排练，12 月 2 日举行首场演出，观众群情激愤，反响
强烈。接着由罢课委员会组织的几支宣传队分头排练，到街头、农村、工厂
演出，观众无不为之感动，有些国民党军人和警察也感动得和群众一起高呼
口号。此剧仅剧艺社就演出四十多场。后来，剧本还在重庆、武汉、南京、北
平、天津等地演出。三校复员后，北大、清华、南开三校的剧艺社还常演此
剧。演出的生命力和观众的反响足以说明剧本创作的成功。12 月 4 日，昆
明警备司令部公审"一二·一"惨案凶手，采用偷梁换柱手法，将两个死刑犯
当作凶手审判。郭良夫根据这一黑幕，立即编写出独幕剧《审判前夕》揭露
其阴谋。剧艺社马上排练，于 12 月 5 日晚演出，及时有效。与此同时，另一
些社员在排练王松声的另一个街头剧《告地状》。剧本描写"一二·一"惨案

真相和烈士家人的痛苦,真实深刻,12月6日在昆明街头演出,效果极佳。在凭吊"四烈士"的过程中,郭良夫搜集潘琰生平材料,连续三天三夜创作出三幕剧《民主使徒》(即《潘琰传》)。剧本写潘琰的一生,性格鲜明,成就突出。剧艺社及时排练,于1946年1月27日至30日在昆华女中礼堂演出,观众潮涌,座无虚席,剧团只好每晚连演两场。

《凯旋》《审判前夕》《告地状》《民主使徒》四部剧本是西南联大剧艺社在"一二·一"运动中创作的几部思想和艺术质量较高、演出效果很好的剧本,其中《凯旋》和《民主使徒》演出场次多,影响广泛,可以看作剧艺社的代表作品。

三、文学社团

"1943年秋季开学后,西南联大新校舍的围墙上出现了一份名为《耕耘》的壁报,在满墙'招领''寻物''出让'等启事中显得特别突出,引起了同学们的注意。"[①]这份壁报是邹承鲁、袁可嘉、陈明逊等同学组织的耕耘文艺社编辑出版的纯文学刊物。耕耘社以重庆南开中学考入西南联大的同学为骨干,而且基本上是1941年中学毕业考入西南联大的同学,成员还有陆家佺、曾仲端、周锦荪等,负责人是邹承鲁和袁可嘉。邹承鲁在化学系,袁可嘉在外文系。据同舍回忆,袁可嘉"到了大学三年级,由于大量阅读诗作和评论,再加上好学深思,他觉得自己的见解要发表出来,就借别人一架破旧的英文打字机,根本不需要手稿,直接从脑子里打到纸上,一篇篇文章就这样举重若轻地产生了"[②]。耕耘文艺社大约就是在袁可嘉等人这种高涨的创作热情中组织起来的。《耕耘》创刊号上发表了邹承鲁的短篇小说《星》和袁可嘉的几首诗。袁可嘉的《轻骑兵》和《死》等诗也刊登在壁报上。这些作品借鉴外

---

① 王楫等:《文艺壁报和文艺社》,云南西南联大校友会编:《难忘联大岁月》,昆明:云南教育出版社,1998年,第439页。

② 杨天堂:《西南联大时期的袁可嘉》,北京大学校友联络处编:《笳吹弦诵情弥切》,北京:中国文史出版社,1988年,第141页。

国现代主义的手法,表现的内容幽深、空灵,讲求艺术性,但离现实较远,具有唯美主义的倾向。有独立见解、不随声附和的袁可嘉,当时"反对'为人生而文学',反对'文以载道',主张为艺术而艺术,主张文学不能急功近利、为政治服务,而是应当写'永恒的主题'"①。因此,耕耘文艺社被视为"为艺术而艺术"的现代派文学社团。

在沉寂已久的西南联大壁报墙上,出现了这样一份壁报,已为稀罕,壁报又持这种与现实思想不相一致的观点,更是引人驻足观看,引起了读者的思考。很快,一场针对《耕耘》壁报文艺思想的论争开始了。

几个不满当时沉闷空气的同学,正在寻找一种适当的方式以活跃气氛,他们看到壁报有那样大的吸引力,不禁心动,经过简单筹划,一份名为《文艺》的壁报于 10 月 1 日,张贴在《耕耘》壁报旁。壁报的负责人是张源潜和程法伋,参与者有王汉斌、林清泉、杨淑嘉、何孝达等,导师是李广田。壁报同样吸引了众多读者。编辑颇受鼓舞,信心十足,决定半月出一期,每期两万字左右,分小说、散文、诗歌、文艺评论等栏目,编排与装饰力求新颖美观,与《耕耘》的朴素大方形成对比。成员也作了分工:张源潜和刚转入西南联大的王楫写小说和散文,何孝达写诗,王汉斌提供杂文,程法伋写评论。大家都是鲁迅的崇拜者,决心追随鲁迅"为人生"的艺术主张,而对《耕耘》上的作品尤其是诗歌"为艺术而艺术"的倾向不满,于是决定对《耕耘》的唯美主义、象征主义和脱离现实的作品提出批评,发起一场文艺"为人生"还是"为艺术"的讨论。《耕耘》亦不示弱,对《文艺》进行了反批评。他们认为《文艺》上的诗歌充满了标语口号,根本算不上诗。在他们的论辩过程中,西南联大围墙上又出现了另外几份壁报,这些壁报也都站在《文艺》的立场上批评《耕耘》。《耕耘》显得孤立,但并不认为对方正确。论争持续了三四期。虽然论争没有得出结论,但促使双方进一步学习了文艺理论,提高了思想认识,逐

---

① 杨天堂:《西南联大时期的袁可嘉》,北京大学校友联络处编:《笳吹弦诵情弥切》,北京:中国文史出版社,1988 年,第 414 页。

步明确了写作方向。这场论争显示了西方现代派在西南联大的生存处境，同时亦可看作现代派在中国的一个缩影——现代派总是遭受现实派的压力而又顽强地生长着。由于《文艺》壁报在论争中扩大了影响，来稿多了，文章的质量也在不断提高，为以后文艺社的成立打下了基础。

1945 年 3 月，《文艺》壁报公开征求社员，报名者有李明、邱从乙、叶传华、刘晶雯、刘治中等，办《新苗》文艺壁报的王景山和赵少伟则停刊加入《文艺》。26 日晚，正式举行文艺社成立大会。会上选举出总干事程法伋、张源潜、王楫三人，程法伋为总负责，张源潜负责研究工作，王楫负责出版壁报，另举许宛乐为总务干事，何达、叶传华为研究干事，王景山、赵少伟、廖文仲为出版干事。社内分小说、散文、诗歌、理论四个组，社员按平时写作长项自愿参加一组。文艺社的中心工作和宣传园地是《文艺》壁报，而《文艺》壁报诞生于 1943 年 10 月 1 日。虽然社团成立于 1945 年 3 月 26 日，会议决定仍以 10 月 1 日为社庆日。1945 年秋季开学，文艺社再次扩大，招收社员，达到六十余人，成为西南联大当时人数最多的社团之一。彭佩云、孙霭芬等就是这时加入的，郭良夫大约也在这时加入。

文艺社先后组织了一系列活动，这里仍以文学创作为中心作重点介绍。1945 年 10 月 1 日，文艺社举行社庆，《文艺》壁报组织了重点稿件，刊出了四万字的"文艺社二周年纪念倍大号"壁报，即版面比平时大一倍。壁报上的作品，大约有刘晶雯的《我的生活》、李维翰的《逃兵》两个短篇小说，有袁可嘉的《墓碑》《无题》，叶传华的《文》《马死》，刘海梁的《胡琴声里》等八首诗，还有邱从乙的《新与旧》等几篇散文。文艺社接着于 11 月 1 日创办《文艺新报》，王楫任主编，王景山、赵少伟为副主编，刘治中、刘晶雯等参加编辑，四开四版，每半月出一期，公开发行。《文艺新报》的版面基本固定，第一版载文艺评论，第二、三版登散文和杂文，第四版刊小说和诗歌。创刊号第一版刊登了李广田的论文《人民自己的文学》，文中说："文学本来就不是自己玩耍的东西，而是用它来和别人结合、融通，或唤醒别人、鼓舞别人，使大家联合起来,向着恶的进攻,向着更好的道路前进的一种工具。"①这段话可以看作文艺社的文学主张。文艺社一开始提倡文艺为人生,后来在"一二·一"运动中以文艺为武器进行战斗,是这种思想指导下的行动。《文艺新报》出版两期后,赶上 11 月 25 日西南联大时事晚会遭国民党开枪威胁而导致了学生罢课。《文艺新报》立即编出"反对内战号",于事件发生三日后出版,专载揭露晚会事实真相和抗议威胁镇压的诗文及报道。报纸也因此被政府当局勒令停刊。文艺社并不屈服,变公开发行为内部发售,出到第 8 期因经费短缺而停刊。"一二·一"惨案发生的当日,《罢委会通讯》创刊,《文艺》壁报和《文艺新报》编辑部成为其编辑班底,因任务繁重,《文艺》壁报暂停,"一二·一"运动后恢复出版,1946 年 5 月 4 日西南联大结束,《文艺》壁报出了纪念"五四"版,为第 36 期,也是最后一期。1945 年秋,文艺社还印过《缪弘遗诗》。缪弘是外文系 1944 级学生,文艺社成员,从军当翻译。1945 年 8 月 7 日,他随伞兵部队空降于桂林,作战中不幸牺牲,时年不满十九岁。文艺社请导师李广田从缪弘诗稿中挑选出一部分,并题签和作序,王楫写后记,以《缪弘遗诗》之名出版发行,保存了烈士的诗作。

这个时期创作较丰富的还有老牌社团冬青文艺社和上一个时期成立的文聚社。

在西南联大政治空气好转之时,共产党决定做冬青社的工作,使其恢复在校内的组织与活动。几个进步同学以冬青文艺社名义贴出海报,征求社员。从叙永回来的布谷文艺社和星原文艺社都以个人名义全体加入,另有一些同学报名。经过筹备,于 1944 年初召开恢复成立大会,在第二次会议上,选举于产与何扬为社长、副社长。根据党的"隐蔽精干、长期埋伏、积蓄力量、以待时机"的十六字方针,未毕业的老社员没有出面,新的组织也没有举办大的活动,主要是恢复了《冬青》壁报。于产由于被列入特务的暗杀名单而离开昆明,《冬青》壁报上注明的社长、副社长是从叙永回来的布谷社骨

---

① 李广田:《人民自己的文学》,《文艺新报》,1945 年 11 月 1 日。

干何扬和袁成源。《冬青》壁报仍以短小精悍的杂文为西南联大同学喜爱。社员增加后,稿件增多而版面有限,于是在女生宿舍出"南院《冬青》版",由冯积苍负责编辑,在师范学院出"师院《冬青》版",由赵家康负责编辑,后来又在拓东路出"工学院《冬青》版"。冬青文艺社老社员仍以在外发表作品为主要活动,作品多在昆明、重庆、桂林等地的报刊发表,其中发表得最多的是文聚社的刊物。事实上,冬青的老社员和文聚社的主要成员是合二为一的。

文聚社的创作仍和前个时期一样丰富多彩。这一时期文聚社的变化主要有两点:其一是《文聚》杂志变为《文聚》副刊。由于战争和印刷等条件,《文聚》不能按时出版。1943 年 12 月 8 日第二卷第一期出版后,中断达两年之久,至 1945 年元旦才恢复出版,到 6 月出版第二卷第三期后再没有出版。11 月,主编林元和马尔俄创办《独立周报》,《文聚》便成了该报副刊。《独立周报·文聚》上的作品仍保持着较高的水准,如"'一二·一'运动特辑"里刊载了卞之琳的散文诗《血说了话》、李广田的诗《我听见有人控告我》、冯至的诗《招魂》等,这些诗具有强烈的思想感情,又有精湛的艺术形式,其中《招魂》一诗镌刻在云南师大校园内的"四烈士"纪念碑上。其二是出版了"文聚丛书",在 1943 年出版的《文聚》第一卷第五、六期合刊上,刊登了"文聚丛书"广告,一共十部。由于抗战胜利后西南联大北返,最终只出版了三部,即:卞之琳翻译的《〈亨利第三〉与〈旗手〉》、穆旦的诗集《探险队》、沈从文的小说《长河》。冯至的小说《楚国的亡臣》(后改名《伍子胥》)正要排印,西南联大复员,"文聚丛书"的作者和编者亦先后离开昆明,没有印成。这几部作品都是中国现代文学史上的重要著作。

也就在西南联大校园沉寂两年后出现第一份壁报的 1943 年 9 月,闻一多在唐诗课上大谈田间及其朗诵诗,从而在西南联大鼓动起了一股新的诗风。在这股诗风中,涌现出了一个新的社团——新诗社。1944 年 4 月 9 日,十二个爱好诗歌的同学前往离城二十里外的龙头镇司家营,去拜访朗诵诗的倡导者闻一多先生。闻一多把他们带到灿烂阳光下的小树林里,坐在草地上,谈做人,谈写诗,闻一多始终强调诗歌的"新"字,于是他们把诗社定名为"新诗社",把这一天作为新诗社的诞生日。新诗社最初的骨干当然是在司家营聆听闻一多谈诗的十二人:何达、沈叔平、施载宣、康侃、赵宝煦、黄福海等,导师自然是闻一多。这十二人中,有的后来没再写诗,有的则成了著名诗人。新诗社以创作"新"诗为使命,在西南联大、在昆明掀起了朗诵诗运动,为西南联大的文学创作注入了全新的内容和艺术方法,贡献突出。新诗社恐怕是西南联大所有文学社团中唯一一个一开始就有明确纲领的社团。其纲领有四条:"一、我们把诗当作生命,不是玩物;当作工作,不是享受;当作献礼,不是商品。二、我们反对一切颓废的晦涩的自私的诗,追求健康的爽朗的集体的诗。三、我们认为生活的道路,就是创作的道路;民主的前途,就是诗歌的前途。四、我们之间是坦白的直率的团结的友爱的。"[1]在成立之初就有如此明确的思想意识指导社团开展活动,自然是由于闻一多的指导:这四条纲领就是闻一多当天在草地上的讲话精神。在十二人访问闻一多的一周后,新诗社在西南联大学生服务处的小会堂召开成立大会,参加者更多。由于朗诵诗的群众性和鼓舞作用,也由于新诗社的开放态度,新诗社的成员中有相当大的一部分是西南联大校外的人。每次组织活动,参加者有其他大学的,有中学的,有报社的,有政府的,有金融界的,到底有多少,因当时没有登记,谁也说不清。新诗社的组织特点不仅是开放的,而且成员是流动的:"参加新诗社的朋友,不必履行什么手续,愿意来的随时可以来参加活动,不想再参加的,随时可以不告而别……新诗社也没有什么组织机构,除了《新诗》壁报的登记人以外,只选过萧荻、何达为社长。但具体的活动则常由大家轮流主持的。"[2]《新诗》壁报的登记人是沈叔平、施载宣。新诗社除办壁报外,举行过各种活动,最有特色的是千人以上的朗诵诗大会。新诗社的壁报最初名为《诗与画》,后来一些爱好绘画的社友另组阳光美术社,《诗与画》壁报便改称《新诗》。新诗社的创作非常丰富,其发表形式多种多样,有

　　① 新诗社:《新诗社》,北京大学等编:《国立西南联合大学史料》第5卷,昆明:云南教育出版社,1998年,第657页。

　　② 史集:《闻一多先生和新诗社》,赵慧编:《回忆纪念闻一多》,武汉:武汉出版社,1999年,第264页。

的是朗诵,有的是传单,有的贴在街头,有的登在壁报上,只有少数作品发表在报刊上。诗社曾选出部分习作在《七月诗叶》上印成专页,还出版过两部诗集,一部是戈扬的《抢火者》,一部是杨明的《死在战场以外的中国兵》。新诗社培养出了一些诗人,其中最有名的是何达,他后来移居香港,出版过几部诗集。新诗社当时的诗歌成就,亦可以何达的《图书馆》《我们开会》《我们的心》等为代表。

1945年末至1946年初,西南联大还出现了两种文学刊物,一种是《匕首》,另一种是《十二月》。

《匕首》创刊号于1945年12月27日问世,主编是伊洛和许世华,出版两星期后又加入聂静涵。《匕首》以新河文艺社的名义出版,但没有正式成立社团,只由几位同仁出版发行杂志。《匕首》是一本纯文学刊物,出过三期。刊名"匕首",只要看它的创刊日期在"一二·一"惨案之后就明白其含义了。主编伊洛说:"这个刊物得到闻一多、吴晗、李广田、李何林等先生的指导和大力支持,刊名是李广田题署的。"[①]在《匕首》上发表作品的作者有许黎平、林路曦、林晔、苏永嘉、企羊、刘离、魏隆、陈阵、叶松涛等,还刊登过吴晗、李何林的作品,王松声轰动一时并作为剧艺社保留剧目的《凯旋》就是首发于《匕首》第二期上的。

《十二月》署名"十二月文艺社编辑兼发行",但"文艺社"似乎只是一个名义,并未真正地成立,这跟文聚社和新河文艺社以稿件结成"社友"相同。《十二月》的主要负责人是勒凡等,撰稿人与《匕首》有交叉,实际上杂志也是在《匕首》编辑的鼓励和支持下办起来的。他们办刊的动力来自"一二·一"惨案。潘琰与勒凡同是罢课宣传队的队员,"一二·一"当天,他们一同去昆华商校宣传罢课归来,潘琰就被反动派杀害了。夜里,勒凡和一些同学守在"四烈士"遗体前,只觉得有无限的愤怒要抒发,在许世华和伊洛的启发下,

---

① 伊洛:《珍藏了48年的〈匕首〉孤本》,《西南联大北京校友会简讯》(内刊)第17期,1995年4月。

他决定办一个刊物,遂有《十二月》的问世。《十二月》得到田汉及其夫人安娥的支持,田汉还赐稿《学习》。在《十二月》上发表作品的有许黎平、勒凡、天羽、碧竹、王季、苏永嘉、姚多、上官炎、山地、檀艮等。第一期出版于1946年1月20日,第二期出版于同年3月17日。出了这两期后,就被查禁了。檀艮(郭良夫)的剧本《民主使徒》(《潘琰传》)的前两幕就发表在《十二月》第二期上,第三幕准备登在第三期上而没有实现。在第二期所登的《稿约》中,有这样的话:"一、我们欢迎各方面的来稿,凡是文艺创作和文学批评,只要是和我们的方向相同,是真实的内容,我们都愿尽力采用。二、一切抒发个人感情的,或昧暧不明的文章,不管它的艺术价值多高,我们一概拒用。三、我们主张大刀阔斧的文学,极力反对中庸派的虚伪声调;后者请免寄。"①由此可看出《十二月》的思想倾向是健朗的、积极的、充满活力的。

　　1946年春末,三校复员北返前,文艺社、剧艺社和新诗社这三个成立于西南联大后期而又影响较大的文艺社团联合成立了"艺联",准备适应复员后三校分开的形势,有组织有领导地共同开展工作。"艺联"成立后,请导师闻一多和李广田题词。闻一多题:"向人民学习";李广田题:"不只暴露黑暗,更要歌颂光明"②。题词体现了两位老师对西南联大结束后学生文学创作方向的殷切希望。成立"艺联"也显示了这三个文艺社团团结合作,开创新的文艺局面的决心。三校回到平津后,由于地点分散、联系不便和情况各不相同等原因,"艺联"并未组织活动,原先的三个社团仍然按文艺社、剧艺社、新诗社的组织在北大、清华、南开分别开展工作。

　　这一时期的西南联大,自由空气日益浓厚,各种思想、各家学说、各种活动纷纷登台亮相,广大师生政治热情高涨。在这种背景下,出现了百家争鸣的良好局面。同时,这一时期中国的政治局面也发生了巨大转折,抗日战争胜利的狂欢尚未结束,内战的风雨又席卷而来,关心政治的西南联大师生亦

---

① 十二月文艺社:《稿约》,《十二月》第2期,1946年3月17日。

② 西南联大北京校友会编:《西南联大北京校友会简讯》(内刊)第34期,2003年10月。

被卷入,他们为反对内战、争取民主付出了血的代价。在浓厚的民主风气下,各种社团纷纷出现,各种壁报自由亮相,而绝大多数社团的壁报都刊有文学作品,所以这时西南联大的社团文学是最为繁荣的。作为意识形态的文学,一方面真实地反映了西南联大的生活和斗争,另一方面,文学在斗争中也被作为一种武器而使用,这又限制了文学某些功能的发挥而影响了它的品位。不过,由于这一时期西南联大的一些学生作家已经相当成熟,他们出手的一些作品仍然保持着较高的艺术水准,因此,此期西南联大社团文学仍是值得重视的。这一时期西南联大文学最具特色的是朗诵诗。由于闻一多的提倡和受田间、艾青诗风的影响,西南联大校园内出现了一股朗诵诗热潮并波及昆明诗坛,声势可谓浩大。对于朗诵诗,恐怕不能用"静穆悠远"等理论去评价,而应该用新的艺术标准去衡量,这样,我们就会从西南联大的朗诵诗中发现一些好的作品。总之,西南联大这一时期的社团文学以繁荣为特点,以朗诵诗为特色,同时也保持了前两个时期已具有的创作质量。

第五节　西南联大文学社团的特点

20 世纪是一个"组织的世纪"。中国人从来没有像这样被组织过。在 20 世纪,绝大多数人都在某个(些)组织内活动。20 世纪上半期虽然不像后半期那样组织严密,但人们为了聚集力量,争夺生存空间或成就某项事业,往往组织起来,共同奋斗。这就是从 20 世纪初开始,社会组织形式多种多样的原因。在这种社会组织的大环境中,文学界人士也在不断地寻找知音同调,纷纷组织起来,形成各种各样的"社""会""盟"等,一同创造新的文学,从而使中国现代文学打上了"组织的文学"之烙印。笔者以为,有组织的创造是中国现代文学不同于中国古代文学的一个特点。研究中国现代文学史,不难看出社团是中国现代文学的主力军,大多数著名作家主持或者参加过文学社团,很少有与中国现代文学社团不发生关系的作家①。西南联大的文学创造者们,自然也和中国现代文学的创造者一样,组成了各种社团,进行文学创作,并且取得了巨大的成就。于是才有今天我们要研究的课题。

西南联大文学社团的特点有哪些呢? 一切特点都在与同类事物的比较中显示出来。把西南联大文学放在中国现代文学的背景下,并与其他中国现代文学社团相比,可以得出西南联大文学社团具有校园性、开放性、互动性、政治性、成熟性等特点的结论。下面将逐一论述之。

一、校园性

民国时期校园文学社团有多少,没有人统计过。在民国著名的几十个文学社团中,有少数一些是由学生组成的,如创造社、新潮社、晨光社以及湖畔诗社、浅草—沉钟社等。创造社由日本留学生发起组成,不属于某个学校,很难说是校园文学社团。新潮社的发起人罗家伦、傅斯年、徐彦元和杨振声等都是北京大学学生,也有少数教师如周作人、校外人士如孙伏园等加入,且由学校提供办刊经费,不是纯粹民间性质的学生社团。晨光社的基本力量是浙江第一师范学校的学生,其次是杭州女子师范的学生,只有少数是其他学校和校外人员,朱自清、叶绍钧、刘延陵三位老师"既是会员,又是文学顾问"②,虽不全由学生组成,但主体和骨干是学生。湖畔诗社、浅草—沉钟社均以学生为骨干组成,主要在校园活动,与西南联大文学社团的性质较为相近。但这两个社团在学校的管理、社团的活动以及许多具体做法上,与西南联大文学社团又不尽相同。例如,它们无需在学校的规定下活动,因而它们的校园性质没有西南联大的文学社团突出。总体说来,西南联大的文学社团与民国时期的其他校园文学社团相比,有其共同处,也有其不同处。

西南联大文学社团的校园性特点表现在以下几个方面:

① 详见李光荣:《社团与中国现代文学》,《学术探索》,2001 年第 4 期。

② 董校昌:《晨光社与"湖畔"诗派》,贾植芳主编《中国现代文学社团流派》,南京:江苏教育出版社,1989 年,第 758 页。

第一,学生组织

从人员组成看,西南联大的文学社团可分三类:

一类完全由西南联大的学生组成。南湖诗社二十多个社员,全是西南联大蒙自分校文学院的学生。1938 年秋分校撤销,文学院迁回昆明,南湖诗社更名为高原文艺社,社员以原班人马为主力,又吸收了一些学生参加,仍然全是本校学生。西南联大话剧团也基本上是西南联大的学生,虽然凤子参加了剧团的活动,但她不是社员,而类似于特邀演员,剧团的成员不限于一个学院,但也未超出西南联大。由多个学院学生组成的还有耕耘社,社员基本上是重庆南开中学毕业,1941 年考入西南联大的学生。

再一类由西南联大的学生和毕业生、青年教师组成。刘北汜、汪曾祺原是冬青文艺社社员,毕业做了老师后仍继续参加该社的活动,工作变了但"社员"身份没变。布谷社在叙永成立时,在叙永任教的年轻教师穆旦应邀参加了该社。剧艺社的社员中有一位年轻的西南联大"元老级"教师吴征镒。吴征镒一直热心文艺活动,复员后他仍是清华剧艺社的社员。

另一类由西南联大师生和校外人士组成。在这类文学社团中,西南联大的师生是主体,而在师生中,学生是主体,学生包括在校生和西南联大的毕业生。南荒文艺社的基本队伍是高原文艺社成员,又吸收了中山大学、同济大学、同济附中的一些学生,还有一位特殊的社员萧乾。新诗社的开放程度更大,社员入退社自由,参加朗诵者范围广泛,但骨干人员是西南联大的学生。

西南联大的文学社团虽然是学生的组织,但成绩卓著,地位显然,这与学生思想的成熟和文学的热情分不开。西南联大招生不限年龄,有的学生入学时比一些青年教师年龄还大,相当一部分学生毕业时已三十岁上下,年长者达三十五岁。一些学生入学前已工作过,好多同学中途休学工作后再复学,还有极少数曾参加过革命活动。由于年龄偏大,阅历丰富,知识广泛,思想已经相当成熟。西南联大的每一个文学社团都是学生的自发组织,而不是为完成某项任务被动实行的,组织者往往对文学抱有极大的热情,参加者都出自文学爱好。由于自发组织，饱含热情，也就愿意投入，追求成绩。这是西南联大文学社团成功的一个前提。

第二，老师指导

学校的特点和优势是拥有教师。西南联大拥有一批最优秀的新文学作家和造诣高深的学术大师。以对文学社团的影响而言，中文系有朱自清、闻一多、罗庸、杨振声、陈梦家、王力、陈寅恪、沈从文、李广田等，外文系有冯至、陈铨、吴宓、闻家驷、钱钟书、卞之琳等，哲学系有冯友兰、金岳霖、沈有鼎等，历史学系有吴晗、雷海宗、孙毓棠等，政治学系有张奚若、钱端升等，经济学系有周炳林，社会学系有费孝通，数学系有华罗庚，化学系有曾昭抡……这些老师，不仅在各自的专业方面是大师，而且热心于社会活动，对学生产生了不同程度的影响。

西南联大规定：学生社团必须请本校老师做指导。学校先后制定了多份学生会社的管理办法，但是，无论后来的文件如何修正改变，要求请本校教师做顾问或导师的内容始终没变。例如，在《西南联大学生课外团体作业规则》中说："学生团体于其作业之际，应随时向教务处及生活指导委员会请求指导"①，在《西南联大学生会社管理规则》中改为"学生会社应聘请教职员为顾问"②，在《国立西南联合大学叙永分校学生会社管理规则》中规定"学生会社应聘请教师为顾问"③，在《本大学学生壁报管理办法》中载明："各壁报应由负责人请定本校教授为各该报导师。"④从这些文件中可以看出，会社请导师或顾问是必须的，且学校对导师或顾问的资格要求越来越严——由最初的"教务处及生活指导委员会"具体为"教职员"，再缩小为"教师"，最后规定为"教授"。这实际是对导师或顾问学术水平的要求越来越高。

导师与社团的关系有紧有松，对社团的指导有多有少。虽然学校对导

---

① 北京大学等编：《国立西南联合大学史料》第5卷，昆明：云南教育出版社，1998年，第623页。
② 北京大学等编：《国立西南联合大学史料》第5卷，昆明：云南教育出版社，1998年，第624页。
③ 王学珍、郭建荣主编：《北京大学史料》第3卷，北京：北京大学出版社，2000年，第93页。
④ 北京大学等编：《国立西南联合大学史料》第5卷，昆明：云南教育出版社，1998年，第628页。

师的工作从未进行检查,但导师大多都在积极工作,他们的言行对学生的影响是巨大的。例如:朱自清在蒙自阅读南湖诗社的作品,并称赞赵瑞蕻的《永嘉籀园之梦》为"力作",在该社的全体社员会上旗帜鲜明地提倡写新诗,极大地鼓舞了南湖诗社的创作。导师冯至多次为冬青文艺社讲演,将里尔克、歌德的哲学思想和文艺观念传达给社员,促进了西南联大现代派诗歌的成长。李广田替文艺社选编《缪弘遗诗》出版,保存了这位年轻烈士的诗作。沈从文推荐许多学生的作品去发表,成为学界的美谈。闻一多帮助剧艺社的王松声等策划一场彝族民间歌舞的演出,开创了民间原生态歌舞登上城市舞台的历史。

第三,在校园内活动

管理靠的是规章制度。西南联大九年间制定了几份社团制度和壁报管理规定,其中最重要的是《西南联大学生会社管理规则》和《本大学学生壁报管理办法》。这两份规定的共同点是"请求登记"、请顾问(导师)和对违规者给予惩处,"会社管理"着眼于组织情况、工作内容、经费等问题,并有关于使用学校房舍家具和临时集会的规定,"壁报管理"着眼于办报原则、言论责任等。两份文件都没有限制社团自由的条款和苛刻难行的要求。可以说,这些规定是所有管理者都会提出,任何社团都须遵守的基本要求。由此可以推断,学校制定这些规定的出发点不像有的人所说限制学生自由,而是促使社团健康有序地发展。

从具体执行看,亦可看出西南联大对社团管理的宽松。所定"规则"本来就重形式、轻内容,只要是本校学生为举行学术研究、课外作业等都可以组织社团,训导处执行起来,更是只重登记,不重管理。登记时只要在表格上填出负责人和导师的名字,填上简单的自然情况就行了。《会社管理规则》上要求的"简章"和"工作情况",并没任何社团呈报过。据目前了解的情况,没有哪个社团去登记而未获准。训导处如此重"登记",实际是看重"管理",并培养学生的组织观念。如果谁藐视学校的管理,那就不允许了。在管理严格的时期,有的社团未经登记就出壁报,训导处发现后,会将壁报取下（张贴在木板上的），等补办登记手续后，再发还刊出。补办手续时亦未遭刁难。至于刊出的内容如何，只要不"措辞失当或违反校规"，训导处并不管。一个典型的例子是：西南联大某教授被蒋介石请去重庆讲课，回来后，新诗社成员画了一幅该教授以书为阶梯向上爬的漫画张贴在校园，该教授见了，连称"画得像，画得像"，漫画作者并未遇到任何麻烦。

总之，西南联大的管理是一种成功的管理。对于学生社团，学校只要求登记，并对社团在校园内的活动予以支持并负责，这就促进了大家学习、研究和发表言论的积极性，学生纷纷组织社团，出版壁报，参与政治和学术的讨论，最终达到育才的目的。

二、开放性

虽然西南联大文学社团是"西南联大的"，但社团不画地为牢，而是呈现出开放的态势，一方面吸收校外人员参加，一方面以多种方式走出校门，接触社会，展示自己。这当然是所有文学社团的共同路子，因为作品总是需要发表，希望获得更多的读者，当年的新潮社和晨光社也是这么做的，不过，西南联大的文学社团似乎有着自己的特点，或者说，即使各社团都具有相同的开放性，但西南联大文学社团也是同中有异。西南联大文学社团的开放性特点体现在以下一些方面：

第一，社员流动

西南联大的一些文学社团，如西南联大话剧团、剧艺社、文聚社、新诗社等，只有一些基本社员（或称骨干），其他人并不固定，愿意加入则来，不愿即走，有的社员是临时邀请加入，所以社员人数不得而知。这里以文聚社和新诗社为例来谈。

文聚社的发起人是林元，另一个最重要的参与发起的人是马尔俄，《文聚》的编辑人就是他俩。其他最早参与策划创办文学刊物的人有李典、马蹄等，积极响应者有穆旦、杜运燮、刘北汜、田堃、汪曾祺、辛代、罗寄一、陈时等，还有热情支持的老师沈从文、李广田、朱自清、冯至等，这些可算作基本队伍。文聚社既没有召开成立大会,也没有开过社务会议,甚至没有举办过出刊之外的其他活动。社员既无登记,也不交纳会费,无需对社里尽任何义务。因此社员"身份"也就成了问题。在《文聚》上发表作品的人,除上面所说的"基本队伍"外,有西南联大师生和校外作家数十人。这些人与文聚社的关系疏密不一,大约可以把他们看作"流动社员"。

新诗社的骨干当然是最初去见导师闻一多的十二个学生,但他们中有的人和新诗社的关系并不密切甚至没有写诗,而后来加入的人中有的热心社务,成了骨干。新诗社没有什么组织机构,不登记社员,采取"不必履行什么手续,愿意来的随时可以来参加活动,不想再参加的,随时可以不告而别"①的组织"原则",谁也弄不清新诗社有多少社员。新诗社有时举行千人朗诵会,与会者除西南联大学生外,有云南大学、中法大学和各中学的学生,有云南党政、文化、经济等各界的人士,与会者可以随意登台朗诵自己的诗作。他们中的许多人愿意称自己是新诗社的成员,数十年后仍如此。由于成员之间除了诗歌外别无往来,因此互不认识②。新诗社到底有多大,不得而知,因为新诗社的社员流动性太大。

第二,吸收校外社员

西南联大在一定意义上是一所开放的大学。严格说来,要通过入学考试被录取的才是西南联大学生,但实际上,西南联大另有许多名目的学生,如转学生、旁听生、借读生、特别生、重习生、先修生、专修生、试读生、插班生等等,大约有条件、够水平的人办理过手续都可以去读,而旁听生则无需办理手续。西南联大实行学分制,考试严格,修不够学分便被淘汰,所以一般人也不敢去碰。西南联大九年间培养了八千学生,实际上正式录取生不足这个数,而在校内读过书的人则远不止这个数。西南联大上课也是开放的,不仅本校学生可以去听课,外校学生也可以去听,甚至工人、职员、官员都可

---

① 史集:《闻一多先生和新诗社》,赵慧编:《回忆纪念闻一多》,武汉:武汉出版社,1999 年,第264 页。

② 李光荣访杨明记录,2004 年 7 月 14 日,昆明医学院附属第一医院干部治疗科。

以去听,有时名教授上课,座无虚席,窗子外面都站满了人。宿舍也缺少管理,安给学生一个床位,不管学生去不去住。有时宿舍里突然增加了一个人,过一两个学期又不见了,消失一段时间后,又有回来的。学校在管理上如此开放,与教学的严格迥然不同。在这种环境中成长的学生,当然会形成开放的作风,文学社团自不例外。

南荒文艺社是西南联大第一个走向开放的文学社团。该社除在同学中吸收了辛代、陈祖文、龚书帜、何燕辉等新社员外,还新增了方舒春、庄瑞源、陆吉宝、曹卣等外校学生。当时萧乾住在昆明,也报名参加南荒文艺社,当然是特别的社员。南荒文艺社把社员扩大到校外,既扩大了组织的影响,也壮大了自己的力量,因为这几位校外社员都是写作能手,他们都在香港《大公报·文艺》上发表过文章,萧乾自不必说,庄瑞源和曹卣都出过文学著作。南荒文艺社开放组织,吸收校外成员的做法为西南联大的文学社团开了一个好头,后来的一些社团都取开放态度组建队伍。

上述文聚社和新诗社也是在吸收校外社员上很有特色的两个社团。如果说文聚社产生在“皖南事变”后的政治高压中,只好采取向外发展的策略的话,产生于西南联大民主空气高涨之时的新诗社向外发展,则与文学体裁的特点有关。新诗社致力于朗诵诗的创作,而朗诵诗必须走向群体,吸引更多的听众。因此新诗社的队伍是校外成员多于校内成员的,由此可以说,新诗社是西南联大开放程度最高的一个文学社团。

第三,在报纸上开专栏

学生社团缺乏经费,自己创办报刊有困难,因此多为出壁报。但文学作品总要寻找更多的读者,通过报纸办专栏是一条好路子。成熟的报纸发行面广,有相对固定的读者,影响力和影响面都比不可移动的壁报大得多。壁报或内刊与公开发行的报纸相比档次也不一样。在报纸上发表作品,不仅是初学写作者的向往,也是名作家的荣耀。西南联大文学社团能够在报纸上开辟专栏发表作品,证明了文学社团的水平和创造力,同时对社员的创作形成了巨大的推动,还宣传了文学社团自身,因此这种“开放”对文学社团本身是非常有利的。

最先集中在一份报纸上发表作品的仍然是南荒文艺社,但南荒文艺社没有建立起自己的专栏。第一个在报纸上利用专栏发表作品的社团是冬青文艺社。1941 年 6 月至 1942 年 7 月,冬青社在《贵州日报》的"革命军诗刊"上开辟刊中刊"冬青",集中发表作品,前后一年多,登载冬青社的诗作和译诗二十八首。这些诗中的一部分已成为名篇传世。冬青文艺社的这一创举是西南联大文学社团在报纸上由多发作品到创办专栏的过渡,它把南荒文艺社在《大公报·文艺》上"多发"作品推进为"集中"发作品。布谷社更进一步,把冬青文艺社的"集中"发作品推进为"专栏"发作品。1942 年初,布谷文艺社在广西《柳州日报》上开辟"布谷"专栏,是年 5 月终刊。在上面发表的作品虽然没有太大的名气,但也不是平庸之作,如穆旦早期的重要诗作《野兽》,就是在"布谷"专栏上第一次公开发表的。尤其值得珍视的是,该栏目所发的作品,除几位名家的而外,大多数诗包括杜运燮的《拘留所——赠穆旦》都属集外作品。可以说,这个副刊是布谷文艺社为我们留下的一份珍贵遗产。

三、互动性

中国现代文学社团一般都是自立门户,独立"经营"的。尽管有观点一致相互协作的,如后期创造社与太阳社曾共同提倡无产阶级革命文学,但后来反目,争论不休;也有互相联合,共同追求的,如未名社和莽原社,但合作稍显松散;还有社团成员前后连续或相互交叉的,前者如沉钟—浅草社,后者如晨光社与湖畔诗社,但不普遍。所以,独立性应该是中国现代文学社团的总体特征。正是因为具有独立的文学观念和创作并开展论争,才促使现代文学观念趋于成熟,文学创作取得成就,才形成了缤纷灿烂的现代文学和异彩纷呈的文学流派。

与中国现代文学社团的一般现象不同,西南联大的文学社团更多的是共同努力,相互合作,一道发展。在西南联大,同一政治立场的社团之间也有论争,但并不影响其团结协作,不同政治立场的社团之间有斗争,但更多的表现为竞争,并不因此造成私人之间的怨恨。这种风气显然是在民主自由的西南联大这所学校环境中的特殊表现。合作互动并不是没有独立性,相反,西南联大的文学社团都有各自的追求,并在追求中形成了各自的特点。

西南联大文学社团的互动性表现在以下几方面:

第一,各社团成员有所交叉

西南联大文学社团的组织和管理呈开放性,愿则留,不愿则去,没有严格的规约,因此社员完全自主,相当自由。由于社团之间没有界限,社员就可以随意参加不同的社团,于是形成了各社团之间成员互相交叉的现象。

成员交叉首先在于社团之间的相互连续与合作。西南联大的文学社团之间的组织关系有这样两种情况:一种是前后相承,即后一个社团由前一个社团延续下来,前后社团既是独立的,又是相承的,主要有南湖诗社——高原文艺社——南荒文艺社,西南联大话剧团——戏剧研究社——剧艺社两组。这里以后一组为例。联大剧团在全体社员的努力下,在昆明公演了几台大戏,引起轰动,成为昆明最有演出实力的剧团之一。后来,剧团的领导权被三青团成员篡夺,进步同学另组西南联大戏剧研究社,主要成员仍是联大剧团的社员,演出实绩仍然不错。"皖南事变"后,戏剧研究社被迫停止了活动。政治形势好转后,戏剧研究社的骨干又组织剧艺社。剧艺社成为西南联大后期最强的戏剧社团,不仅演出水平高,而且还创作了剧本,并首次把少数民族原生态歌舞搬上城市大舞台,开创了新的历史。另一种是合作共建,即某个社团的骨干再组另一个社团,或者参加支持另一个社团。这种情况主要有冬青社与文聚社,文艺社与新诗社,新河文艺社与十二月文艺社三组社团。在此以新河文艺社和十二月文艺社为例。这两个社团均诞生在"一二·一"运动期间。新河社在筹办《匕首》杂志的同时,帮助同学创办了《十二月》杂志。《十二月》上的作者大多都是《匕首》上的作者。可以说新河社是十二月社的最大支持者。

　　社团的交叉必然带来社员的交叉,或者说社团交叉主要体现为社员的交叉。社员交叉主要有两种现象。一是成员先后加入不同的社团,如:林元最初发起《边风》壁报社即边风文艺社,后是群社的骨干,冬青社的创始人之一,同时也是戏剧研究社的社员,更是文聚社的主心骨;穆旦在西南联大由学生而教师,先是南湖、高原、南荒社的元老,后是冬青、布谷社的社员,还是文聚社的发起人之一。二是成员同期加入几个社团,如:何达是冬青、文聚社的成员,同时又是文艺和新诗社的负责人之一;郭良夫同时是新诗、剧艺、文艺和十二月社的社员。

　　社员如此交叉,造成了社团之间的联系与互动及共同发展的局面。这在中国现代文学社团史上并不多见。

　　第二,有的社团导师相同

　　西南联大从事新文学创作的教师虽然赫赫有名,人数却不多。当过文学社团导师的作家教师有闻一多、李广田、卞之琳、冯至、朱自清、孙毓棠、陈铨等几位。其中担任导师最多的是李广田和闻一多。李广田到西南联大后首先去叙永分校任教。分校学生组成布谷文艺社,请他担任导师。从叙永回昆明,布谷文艺社社员几乎全体加入冬青文艺社,李广田也被聘为冬青文艺社导师。文艺社成立,又聘请他为导师。此外,他还担任了其他一些社团如《春雷》壁报社的导师。闻一多堪称西南联大文学社团的常任导师。在他的鼓励和指导下,学生组建了南湖诗社。文学院回昆明不久,他做了联大剧团的导师。后来冬青文艺社成立,他又被聘为导师。一些学生组织新诗社,他指导了全部活动。剧艺社成立,他再一次被聘为导师。从西南联大第一个文学社团开始,到西南联大结束,闻一多对西南联大文学社团的指导贯穿始终。

　　一个导师指导多个社团,首先会在各个社团中宣扬其基本文学观,影响着各个社团朝某个方向前进。李广田强调作者要写自己熟悉的东西,作品要为人民大众服务,既要暴露黑暗,又要歌颂光明。这些基本思想都在他指导的几个社团中得到了显示。其次会把个别社团的活动安排和工作特色介绍到其他社团,使社团之间互为参考,创造革新。在"一二·一"运动中,李广田指导冬青文艺社办壁报、文艺社出报纸,各扬其长;闻一多指导剧艺社写剧本、新诗社写诗歌、冬青文艺社写杂文,并显其能。再次会把早期社团的经验带到后期社团中来,形成精神传承。学生社团的特点是社员的流动性很大,对于社团的精神与经验的保存,导师起到一定的作用;而对于那些解散了的社团,为保存其精神与经验,导师的作用就更显重要。南湖诗社解散,可南湖诗社重视民间文艺的传统在新诗社和剧艺社中显示了出来;联大剧团消失,可联大剧团用强大的艺术力量去感染观众,为现实斗争服务的精神被剧艺社在"一二·一"斗争中发挥得淋漓尽致。而起到这种连续作用的关键人物是这些社团共同的导师闻一多。

第三,社团之间联合组织活动

联合开展活动在西南联大文艺社团之间是经常的事。大的活动主要有以下一些:

1.为贫病作家募捐

1944 年 7 月,中华全国文艺界抗敌协会发起"筹募援助贫病作家基金"活动。新诗、冬青、剧艺、文艺和其他社团积极响应。其中新诗社通过各种活动,募到三十六万元,占全国后方各大城市募集总数三百多万元的十分之一。西南联大各社团募集的总数超过了"文协昆明分会"的半数,而昆明分会的"成绩就比重庆总会还好"①,因此,西南联大各文学社团和国文学会等不仅受到了"文协昆明分会"表彰,还得到了"文协重庆总会"的表彰。

2.组织文艺晚会

西南联大的集会,有相当一部分是学生社团自行组织的。集会,有学术性的、有文艺性的、有政治性的、有交际性的、有比赛性的等。"皖南事变"后,学生的政治热情受挫,学术活动独兴。1944 年,文艺社发起举行"'五四'与新文艺运动"文艺晚会。此后,社团联合举办文艺晚会在西南联大成为常例。如,1944 年 10 月冬青文艺社、新诗社、文艺社联合云南大学学生会、"文协"昆明分

---

① 老舍:《文协七岁》,《扫荡报》副刊,1945 年 5 月 5 日。

会举办"鲁迅逝世八周年文艺纪念晚会";1945年4月,冬青文艺社、文艺社和"文协"昆明分会联合举办"追悼罗曼·罗兰和阿·托尔斯泰晚会";5月,文艺社、冬青文艺社等校内外七团体联合,举行规模盛大的文艺晚会。

3. 与校外剧团联合演出

以上几次活动不仅是西南联大文学社团的成功联合,而且是与校外团体的成功合作。与校外团体的合作互动,西南联大戏剧团体尤为突出,如:1939年暑假,联大剧团、金马剧社和云南艺术专科学校戏剧电影科联合排演《黑字二十八》;1945年,剧艺社参与新中国剧社演出《大雷雨》《草莽英雄》《鸡鸣早看天》《牛郎织女》等剧;1946年5月,剧艺社联合西南联大学生自治会、民主周刊社和"文协"昆明分会,共同邀请圭山彝族青年来昆明演出少数民族歌舞,轰动昆明城。

第四,成立联合组织

我们知道,在中国现代文学史上,各社团联合组成的高一级团体几次出现,最初是中国左翼作家联盟,后来是中华全国文艺界抗敌协会,最后是中华全国文学艺术工作者代表大会。西南联大社团的联合组织与中国现代文学史上的这三个联合组织相比,有不同之处。首先,西南联大联合的社团,不限于文艺性的,政治生活等性质的社团也参与了联合;其次,它不是统一的组织,只是联合开展活动。

1944年"五四",西南联大的壁报种类急遽增加,大家觉得有组织起来的必要。中旬,各壁报负责人召开联席会议,一致同意成立西南联大壁报协会(简称"报协"),并仿照学校行政领导的设置,推举《文艺》《生活》《耕耘》三家壁报为常委。"联大壁报协会成立时,联大的壁报几乎全体加入(包括师院和工学院的壁报)……'报协'不但是对内反映全体同学的意见,而且对外代表全体同学参加各种活动。"[①]"报协"的活动,主要有两种。一是对内出版联

---

① 何达:《"报联"》,西南联大除夕副刊社编:《联大八年》,昆明:西南联大学生出版社,1946年,第149页。

合壁报。1944年5月,《文艺》和《世风》为编辑者,为反映同学对国民政府给西南联大三十万元"赈款"当如何使用的意见,出刊"联合壁报"。6月,在美国副总统华莱士到西南联大参观前,为传达中国人民的愿望和要求,"报协"组织编排了中、英文两版巨型"联合壁报",中文版用"我们誓对世界上任何帝国的任何面目的法西斯作战到底"为通栏标题。壁报被客人拍摄下来,后来刊登在美国一家杂志上。二是对外举办晚会。1944年,为纪念抗日战争七周年,"报协"与云南大学、中法大学,英语专科学校的学生会联合,举行时事座谈会,参会者上千人。"这是皖南事变以来,昆明市大学生的第一次大规模的联合集会。"①

由于组成"报协"的各社团政治倾向不同,出现矛盾,秋季开学后,以《冬青》《现实》壁报为首,联合观点接近的壁报,另组西南联大壁报联合会(简称"报联"),取代"报协"。1944年,"报联"联合云南各界,举行"纪念双十节、保卫大西南"群众大会。由于爱国民主运动形势发展的需要,"报联"和各级会、系会共同倡议,重新选举产生西南联大学生自治会。学生自治会由专人负责联系校内各社团工作,于是,"报联"的使命结束。

1946年西南联大复员之前,文艺社、剧艺社、新诗社成立文艺联合会(简称"艺联"),准备回到京津后,开展工作。"艺联"续请闻一多、李广田为导师,二位导师对"艺联"寄予厚望,题词鼓励。可惜回到北方,情况变化得出乎人们的想象:导师闻一多被杀害,内战打响,货币贬值,生活穷困,且学校间距离较远,联络不便。不仅"艺联"没法开展工作,就是文艺、剧艺、新诗三社也不能像在昆明那样常在一起活动,只好各社均一分为三,成为北大、清华和南开各自的文艺、剧艺、新诗社。这是后来的情况,在西南联大时,各社毕竟联合过、组织过,结下了深厚的友谊。

---

① 西南联合大学北京校友会编:《国立西南联合大学校史》,北京:北京大学出版社,1996年,第454页。

四、政治性

顾名思义,文学社团是以文学为活动内容与追求目标的。而西南联大的文学社团,在具备文学性的同时,还具备了政治性。这是西南联大那个特定环境中的一种现象。纵观中国现代文学社团,也不是那么纯粹的"文学化",有的甚至与政治关系密切,但它毕竟是文学社团,充其量只是文艺界的政治力量,而不像西南联大文学社团那样,有时候,脱离文学而作为一种政治力量出现在学校生活中,发挥独立的政治作用。

下面让我们看看西南联大文学社团政治性产生的条件以及政治性的表现:

第一,西南联大学生的组织与管理

西南联大的行政机构是真正高效率的精干机构。学校常委会下设五院三处。在五院中,师范学院的学系与其他四院的学系略有重复,不单独计算,文法理工四院共有十八个学系[1]。每个学生都被录入某个学院的某个学系。学生只知自己是某系某级生,而没有"班"的概念。三处中的训导处下设生活指导组,只安排床位、膳食和帮助解决生活上的特殊困难,不像今天的学生处那样对学生实行管理。学校的正常秩序主要靠教师和课堂维持。西南联大实行学分制,达不到规定的学分就不得升级或毕业,学生的淘汰率相当高。这样,学生不得不认真听课,遵守教学纪律。当然,那时的学风非常之好,学生相当自觉,无须跟踪管理。生活方面,学生自愿组成膳食小组,加入某个伙食团,伙食团按一定的标准提供饭食,若要改善生活,学生得设法参与筹办。西南联大的学生是自觉的,同时也是自由的。课外时间全由学生安排,分配的床位可住可不住,食堂可吃可不吃,只要遵纪守法,道德高尚,修满学分,就可以毕业。一句话,西南联大的学生是高度自治的,没有严

---

[1] 西南联合大学北京校友会编:《国立西南联合大学校史》附表,北京:北京大学出版社,2006年,第28页。

格的组织与管理,学校生活却有条不紊,秩序井然。学校在这种自由自在的氛围中,培养了学生的自治能力。梅贻琦常委一再要求学生要自我判断、自我决定、自我选择。而这种独立性的养成与平时的自我管理训练有关。当然,每当面临大事的时候,学生还是希望组织起来,聚集力量,统一思想行动,共同完成任务。

在这种情况下,组成学生自治会就非常重要。事实上,西南联大在昆明八年一直有学生自治会:1938 年,西南联大学生自治会成立,"皖南事变"后,学生自治会由三青团骨干主持,工作无力,1943 年重新成立,因"所有团体活动均为级会、系会或壁报团体所推动,自治会始终保持沉默"①,1944 年,正式成立各系级代表大会,由代表会选举校学生自治会干事,1945 年,改代表选举为全校学生"普选",直至 1946 年结束。我们要明确的是,西南联大学生自治从选举产生到工作内容均由学生自主,学校概不干预。那么,谁来组织学生会的选举呢?在没有其他组织发挥作用的前提下,各种群众团体包括文学社团便是最好的组织力量。因此,西南联大的文学社团在历次学生自治会的改选中都参与了工作。

第二,推动学生自治会的改选

学生自治会虽然是群众组织,但它代表学生的意愿,并领导学生前进,无疑是一种政治组织。推动学生自治会的工作,便是从事政治的活动。在无其他组织依靠的情况下,西南联大的壁报团体(包括文学社团)作为一种政治力量担负起了推动改选学生自治会的工作,从而履行了政治职责。

例如,在抗战形势日趋严峻、民主运动风起云涌的时候,西南联大的学生会"被三青团把持控制,包而不办……可说是名存实亡"②。这样,改选学生自治会势在必行。而首倡者是西南联大壁报联合会。这时,各系的系会

---

① 中道:《学生自治会沿革》,北京大学等编:《国立西南联合大学史料》第 5 卷,昆明:云南教育出版社,1998 年,第 641 页。

② 程法伋:《联大后期学生自治会理事会的活动》,西南联大校友会编:《笳吹弦诵在春城》,昆明:云南人民出版社,1986 年,第 442 页。

和一些级会也相继成立,并参与了改选倡议。1944 年秋季开学后,一场争夺学生自治会领导权的斗争开始了。争夺的双方是国民党三青团和进步势力。在争夺斗争中,冬青文艺社、文艺社、新诗社、耕耘社都发挥了积极作用,还有一些综合性的社团,如生活社、现实社、民主社等也积极参与。各社团首先利用壁报,制造舆论,进行宣传鼓动,呼吁同学们关注选举,选出能真正代表大家、能为大家办事的学生自治会。其次参与制定选举办法,以"级"为基本单位,每二十人产生一个代表,由代表再选举理事会和监事会。最后组织本社社员主动参加,认真投票,并通过社员影响和串联同学,集中多数票,选出大家信得过的人。由于社团成员人数众多,影响面宽,保证了推举出的代表多数是进步和中间同学。终选结果不出所料,理事十七人都是进步和中间的同学,三青团提名的人选全部落选;监事会三人中也没有三青团成员。这样,新一届学生自治会的改选斗争,进步势力获得了胜利。

这一次选举是西南联大学生自治会历史上的一次大转折。从此以后,学生自治会的领导权便牢牢地掌握在进步势力一边,学生会领导全体同学朝着争民主反内战的政治道路上前进,为推进大后方的民主运动做出了贡献。

以后的学生自治会按章程每个学期选举一次,在每次选举中,文学社团与其他社团一同发挥了积极作用。

第三,组织纪念"五四"活动

"五四"运动是一场政治运动。对"五四"的纪念自然也是政治活动。

自 20 世纪 20 年代以来,纪念"五四"运动已成了各大学的传统。1938 年 5 月 4 日西南联大开学之日,蒙自分校的学生就集会纪念"五四",并通过了《西南联大蒙自分校北大同学告全国同胞书》。1939 年,延安西北青年救国会和国民党三民主义青年团都把 5 月 4 日定为青年节,并举行了盛大的纪念活动。可是,1944 年,国民政府却宣布把 3 月 29 日革命先烈纪念日改为青年节,号召举行纪念活动,遂引起爱国人士的反对。为抗议改动青年节的日子,西南联大举行了隆重的活动庆祝"五四"青年节。首先是历史学会于 5

月 3 日举行时事座谈会,请本校教授讲"五四"运动及其意义,接着是 5 月 4
日上午举行国民月会,由"五四"运动的参加者周炳林教授讲《五四运动》。
这一天,《文艺》《耕耘》《生活》等二十多种壁报同时刊出纪念"五四"的文章,
"民主墙"被装饰一新,观者如堵。当晚,文艺社举办文艺晚会,主题是"五四
与新文艺运动",邀罗常培、闻一多、杨振声、冯至、朱自清、孙毓棠、沈从文、
卞之琳、闻家驷、李广田等教师演讲。这一年的"五四"纪念,在西南联大的
历史上被称为"民主精神的复兴"。从此以后,西南联大师生的民主进步活
动出现了多彩的局面。不能忘记,在这一历史的转折点上,有文艺社和其他
文学社团的一份功劳。

1945 年,西南联大学生自治会组织了规模空前的"五四"纪念周,活动内
容多种多样。5 月 2 日,新诗社举办诗歌朗诵会,许多同学、老师和昆明文化
界人士朗诵了诗歌。闻一多朗诵了艾青的《大堰河——我的保姆》,光未然
朗诵自己创作的《民主在欧洲旅行》和艾青的《火把》。他俩的朗诵获得了全
场经久不息的掌声,给大家留下了难忘的印象。5 月 5 日晚,冬青文艺社、文
艺社等七团体联合会举办文艺晚会,邀请在昆明的专家、教授、诗人出席。
晚会有朗诵、有演讲,把诗歌、文艺与政治结合了起来。这次晚会进一步激
发了听众的诗歌和政治热情,为"五四"纪念周画上了圆满的句号。这一年
的"五四"纪念,是西南联大历史上活动内容最为丰富的一周。它是政治的,
同时又是文艺的。西南联大文学社团在其中发挥了特殊的作用。

第四,积极参与民主运动

文学是社会生活的一部分,它不同于政治,但又脱离不开政治。西南联
大的文学社团似乎与政治关系更为密切。这正如综合社团、政治社团创作
文学作品在壁报上发表一样,文学社团也参与政治活动。这里还不是说文
学作品反映了政治,或文学社团举办纪念校庆、"五四"和"七七"抗战等活
动,而是说社员直接参与了政治斗争和用文学作为武器进行斗争。例如,
1945 年 11 月,冬青文艺社、文艺社等十五个社团,联名建议校学生自治会通
电全国反对内战。

1946 年 2 月,剧艺社、文艺社、新诗社、冬青文艺社等十五个团体联名,写了《致师长们的一封公开信》,因复课两个月,"一二·一"惨案的杀人凶手还没有得到应有惩办,"期待师长们为我们力争",信中说:对于教授会表示"决以去就力争","这种时穷节见,知其不可为而为之的精神",深为感动,"希望师长们'以去就力争',而并不希望师长们离开我们",表示"我们和师长们永远站在一起"①。这是纯粹的政治活动。事实上,这种政治活动在整个"一二·一"民主运动中表现得很突出。

"一一·二五"时事晚会遭到云南地方军警破坏,文艺社的机关刊物《文艺新报》第 3 期编成"反内战号外"。云南省军政当局大为恼火,下令取消刊号,禁止出版。第 4 期《文艺新报》改为内刊继续出版,并且把这一期办成了纪念"一二·一"烈士专号。西南联大学生罢课委员会筹备出版《罢委会通讯》,文艺社的骨干全体参与编辑工作,不仅停止了社里的学习、研究等经常性的活动,还把《文艺》壁报也停止了,实际是全力以赴与反动派进行斗争。文艺社在"一二·一"运动期间差不多变成政治社团了。

其他社团也如此。新诗社一边创作诗歌,表达反内战、争民主的强烈愿望,一边举行诗歌朗诵会,激发大家报仇雪恨的决心。戏剧社团从来都是选演他人的作品,不事创作的,可是在"一二·一"运动中,被残酷的现实激发,剧艺社一下子写出了十部剧本,大多数剧本突击排演,推动了"一二·一"运动的发展。高声唱歌咏队也创作出了许多歌曲,并举行演唱,起到了鼓舞士气、坚定决心的作用。在"一二·一"民主运动这个特殊的情景中产生的诗歌、戏剧、歌曲,准确地反映了生活现实,表达了政治内容,使政治和艺术统一,倒是"文艺为政治服务"的一个例子。

还值得一提的是,在"一二·一"运动中产生的新河文艺社和十二月文艺社。新河文艺社在筹备一份文学刊物的过程中,形式发生了极大的变化:

---

① 西南联大十五团体:《致师长们的一封公开信》,《"一二·一"运动史料选编(下)》,昆明:云南人民出版社,1980 年,第 68、69 页。

集会遭威胁、学校已经罢课、同学被杀害、"学联"在组织斗争,大家的战斗情绪炽烈地燃烧,编辑许世华和伊洛于是改变方向,把刊名定为"匕首",并组织了与"一二·一"运动有关的诗文刊载出来。《十二月》则是在"四烈士"的遗体旁构思的。主办人勒凡把受伤的于再送进医院,得到的是死亡的噩耗,更难以忍受的是,他不能不再从医院抬着上午还一块儿出去宣传民主爱国的同学潘琰的遗体回学校! 他守在灵旁,思绪万千,决定办一个刊物,以诗文当武器,讨还血债。刊名"十二月"就是对死难事件的纪念。这两份刊物及其文章本身是"一二·一"运动的产物,它们属于政治无疑。不过它们又是文学,用文学的形式表达政治态度和战斗情怀,政治和艺术密不可分。这一类作品的政治性,以及这类文学社团的政治性更为明显些。

五、成熟性

尽管中国现代史上的文学社团不乏昙花一现的,但成就较大的社团一般都存在历史长,社员在社时间久,因此成就较大。而学生社团的特点则是社员年轻和流动性大。西南联大在昆明八年,既没有历时八年的社团,也没有在文学社里活动了八年的学生。年轻、流动性大和社龄短都是"成熟"的不利条件。所以,大学里的文学社团可谓多矣,而能走向成熟,在文学史上留有地位的却寥寥无几。在这寥若晨星的成熟社团中,新潮社、浅草—沉钟社、湖畔诗社可谓佼佼者。考察西南联大学生社团的文学成就,并不在文学史上这几个著名社团之下,而且,西南联大的成熟社团还不止一个,而是多个。只不过学界对西南联大的文学社团向来缺乏研究,因而不为人知罢了。

为什么西南联大的文学社团能够走向成熟呢? 有社员自身的努力、有时代的关系、有环境的因素等,还有一个特殊的原因是有教授的指导和影响。上文说过,西南联大聚集了一批作家,如杨振声、沈从文、李广田、朱自清、闻一多、冯至、卞之琳、陈梦家、孙毓棠、陈铨、燕卜荪、钱钟书等,他们给予学生的东西是在其他任何地方都得不到的。由于有他们的指导和影响,西南联大学生的文学创作,尤其是文学社团的创作,才能在短期内走向成熟。

成熟与否必定有一个标准。西南联大文学社团整体走向成熟的标准是：有自己的主张和追求，有高质量的文学创作，有独立的风格特点，形成创作思潮或流派。下面就按这几个"标准"考察西南联大的文学社团。

第一，文学主张和追求

青年学生还不具备系统的知识和高深的理论，搞文学创作也一样，凭着对文学的爱好，随意涂鸦。这样的初学者不可能提出一套文学主张。因此，西南联大的文学社团不可能像文学研究会那样，一开始就提出写实主义的主张，而多像创造社那样，本着内心的要求从事文艺的创作。

但是，学生社团有一种优越的条件，那就是有教师的指导。正如晨光社有导师朱自清和叶圣陶一样，西南联大的文学社团无论明确或者不明确，都有老师指导。曾经为新月社设计理论蓝图的闻一多指导了西南联大的多个社团。譬如新诗社，首先在闻一多对田间的夸赞影响下产生动议，在成立之前，同学又专程请教闻一多，当发起的十二人聆听了闻一多对新诗的见解后，一个"新"字深深地种在他们的心田。什么是"新"诗，在他们看来就是"朗诵诗"，就是田间和艾青那样的诗，就是解放区通俗易懂的诗，于是他们决定以朗诵诗为追求目标。他们在社团成立时已拟定了纲领，宣称把诗当作生命，当作工作，追求健康的爽朗的集体的诗，反映生活，实现民主①。这已提出了较为明确的主张和追求了。李广田指导的布谷社和文艺社，一开始就表现出现实主义的创作特色，因为李广田总是告诫学生，要真实地描写生活，写自己最熟悉的东西，深入挖掘题材的蕴涵。文艺社一露面就打出了"为人生"的文学主张，这当然不是他们的首创，却是他们的倾向，以后文艺社一直沿着这条路线前进。

总的说来，在西南联大，前期社团的主张要朦胧一些，后期社团的主张

---

① 见《联大的团体生活·新诗社》，北京大学等编：《国立西南联合大学史料》第 5 卷，昆明：云南教育出版社，1998 年。

要清晰一些。不是说前期的社团没有主张和追求，而是当时未能明确地提出，后来又无人加以总结概括。后期的社团则在前期社团的基础上加以总结和创新，往往能在一开始就提出自己的主张。

还应该注意的一点是，作为社团可能没有明确地提出主张，但作为社员个人却提出了自己的倾向和目标。这表现在社员所写的评论或回忆文章中。例如穆旦通过对卞之琳《慰劳信集》和艾青《他死在第二次》的评论，提出了"新的抒情"，王佐良在对穆旦的评论中总结出倾向于现代主义的道路，杨周翰在对燕卜荪的介绍中阐述了现代主义的路径和自己的追求。

文学社团一开始没有提出明确的主张，但创作出了很好的作品，这在中国现代文学史上可谓常态。文学研究会为人生的文学主张包括写实主义的创作原则是茅盾后来总结出来的，创造社本着内心的要求从事文学创作的主张是郭沫若后来补述的，新格律诗理论产生在1925年而不是新月社开始活动的1923年，其他许多社团也是在文学创作的过程中逐步形成共同主张的。西南联大文学社团的情况与此相同。

第二，创作水平

作家以作品立身。文学社团也一样，靠作家和作品显示地位。因此，创作水平的高低是决定一个社团成熟与否的基本条件。试想，如果新潮社没有杨振声的小说，浅草—沉钟社没有冯至的诗歌，湖畔诗社没有汪静之等人的爱情诗，这几个社团能在无数个大学社团中显露出来而跻身中国现代重要文学社团的行列吗？

西南联大文学社团的创作水平其实不低，但它们的光辉一直包藏在璞石之中。"璞石"未被开凿的原因又有多种，首先，它们是学生社团，大多无力创办自己的刊物（除文聚等社外），不为社会了解；其次，它们地处"画外"云南，难以引起文化中心的注意；第三，西南联大最有成就的是现代主义作品，而现代主义在中国命运多舛；第四，西南联大的作家一直没能成为中国现当代文学的主流作家。总之，璞玉之未开凿，有学生的原因、地域的原因、文艺思想的原因、政治的原因等多种。直到《九叶集》问世，人们才重新"发现"了西南联大文学,西南联大一些文学社团因之被人提起。可是至今为止,除了本书作者的《季节燃起的花朵——西南联大文学社团研究》一书外,再也没有人认真地研究过西南联大文学社团,所以说,西南联大文学社团还是一块开凿不精的璞石。

这里举两个社团的创作来认识西南联大文学社团的创作水平。

据笔者不完全统计,从 1939 年 6 月到 1940 年 8 月这一年零三个月的时间里,南荒社发表在香港《大公报·文艺》版上的作品就有一百一十六篇(次)之多,还不包括名誉社员萧乾和老师沈从文等发表在其上的作品。在这段时期,《文艺》版一共出刊二百八十三期,若以每期平均刊出三篇作品计,共刊载作品应为八百四十九篇。也就是说,南荒文艺社的作品占《文艺》版刊登的作品总数八百四十九篇中的一百一十六篇,其比例约为 7∶1。如此比例,不能不说南荒社是《文艺》副刊的主要支柱。《文艺》是抗日战争时期影响最大的文学副刊之一。当时在《文艺》副刊上发表文章的作家,除西南联大的名宿朱自清、沈从文、冯至、卞之琳、李广田、孙毓棠等外,还有全国著名的作家老舍、茅盾、冰心、夏衍、靳以、朱光潜、艾芜、端木蕻良、何其芳等。南荒文艺社社员的作品与这些大家同版展示艺术风采,并成为该刊的台柱子,恐怕不能怀疑南荒文艺社的创作水平吧?所以,说南荒文艺社的创作水平相当高,绝非溢美之词。

《文聚》共出六期,总计发表作品六十三题,其中文聚社的基本成员即西南联大学生的作品有三十一题,占总数的一半。《文聚》是一本面向全国的刊物,在上面发表作品的名家除西南联大的教师外,有何其芳、楚图南、魏荒弩、靳以、金克木、杨刚、袁水拍、赵萝蕤等。文聚社的社员——西南联大学生作品与他们同刊发表,主要不是出于照顾,而是经过同一艺术标准衡量的。翻开《文聚》第 1 期,可以看到穆旦的《赞美》和杜运燮的《滇缅公路》,这是被公认为两位诗人代表作的诗歌。再往后看,还有刘北汜的小说《青色的雾》、田堃的小说《雨中》、汪曾祺的散文《花园》、流金的散文《新生三续》、罗寄一的诗《角度》等,它们都是这些作家早期的代表作之一。而在第 1 卷第 3

期上,穆旦的《诗》赫然在目,那是被文学史家列入中国现代文学代表作的《诗八首》。除开名家的作品之外,一个刊物推出了这么多的新作家,刊载了这么多的优秀作品,可谓成绩卓著了。而这个刊物、这群新作家都出于文聚社,那么,说文聚社是一个成绩卓著的社团也就毋庸置疑了。

第三,独立风格

风格是作家成熟的标志,同时也是社团成熟的标志。社团的风格来自社团成员的共同艺术追求,有什么样的艺术追求,往往具有什么样的艺术风格。

主编林元在总结《文聚》的时候说:"《文聚》上的文章……共同追求着一种东西,一种美,一种理想和艺术统一的美,一种生活的美,一种美的生活,这就形成了《文聚》的风格。"①这是文聚社的夫子自道。的确,美的追求与表现就是文聚社的风格。文聚社的西南联大作家,都有较高艺术修养,老师们已在文坛上耕耘多年,早已形成了自己的美学风格,学生得到老师的教诲,受过文学的训练,师生共同形成了视艺术性为生命的文学观,在作品中追求完美和精致,捍卫了学院派的文学特点。校外作家多是著名的,在他们的作品中艺术的美表现得较为充分。并且,《文聚》上的作家基本上受过西方文艺思想的影响,善于运用西方现代派的手法表现生活,呈现出与传统艺术不同的特点。这就使文聚社呈现出这样的艺术风格:以现代理念把握生活、处理题材、表达思想、体现艺术、形成完美。

耕耘社也是这种完美主义的追求者。《耕耘》壁报上的作品,无论小说、散文、诗歌、杂感,都给人强烈的艺术冲击,尤其是以袁可嘉为代表的诗歌,故意"隔离"生活,以抒发心灵的感受为主,格调晦涩、朦胧,读起来美,因此,耕耘社的风格是以抒写现代人的心理感受为主要表达内容,追求艺术的超越美感。由于耕耘社的作品过分强调艺术的表现而远离当前政治,引起了

---

① 林元:《四十年代的一枝文艺之花——记西南联大文聚社的出版物》,云南省政协文史资料研究委员会等编:《云南文史资料选辑》第34辑,昆明:云南人民出版社,1988年,第476页。

文艺社的不满。文艺社认为耕耘社为艺术而艺术,作品没有现实意义,也就失去了文学上的意义。耕耘社则认为文艺首先应该是文艺,文艺对于政治和生活的表现,应该通过心灵的抒写和形象的刻画反映出来。耕耘社在论争中捍卫了现代主义的文学思想,坚守住了自己表现美的艺术风格。

与上述社团的风格不同,新诗社则表现出另一种风格。这种风格大约可以概括为一个"新"字。新诗社不仅表现出新的思想、新的艺术、新的诗歌形式,而且诗社的组织形式也是新的。新诗社携带一股新风,把全新的艺术之花吹满枝头,所以,"新"是新诗社的独立风格。

第四,形成思潮或流派

学生社团形成了思潮或流派,这在西南联大以前的学生社团中没有出现。因为要形成思潮或流派,除了社团的成熟度以外,还有一个量的要求。这种量,可能是思想覆盖和影响的范围,也可能是社团的多少。只有在西南联大这样文学社团多、社团的影响面广的学校,才可能出现思潮或流派。

再从文学史上看,现代文学社团具备了一定的量,有了形成思潮和流派的条件,所以形成了以文学研究会为代表的现实主义文学流派,以创造社为代表的浪漫主义流派,以新月社为代表的新格律诗派,以后期创造社和太阳社为代表的革命文学派,以七月社为首的七月诗派等,从而形成了绚烂多彩的中国现代文学。换句话说,中国现代文学之所以有那么多思潮和流派,在一定程度上依赖于文学社团之功。由社团形成的西南联大文学思潮和流派,汇入了中国现代文学思潮和流派的大川巨流,丰富了中国现代文学的色彩。

这里各举一例说明西南联大文学社团与思潮和流派的关系:

思潮仍以新诗社为例。新诗社致力于朗诵诗的创作。朗诵诗抗战前就有人试验,后有高兰等名家出现。1940 年初,冬青文艺社曾编过《街头诗页》,其诗"多半也是'马雅可夫斯基体'或'田间体'"[①]。但这些实践并没有

---

① 杜运燮:《白发飘霜忆"冬青"》,西南联大校友会编:《笳吹弦诵在春城》,昆明:云南人民出版社,1986 年,第 324 页。

引起西南联大诗人的特别兴趣。1943 年秋,闻一多用朗诵艺术大力推荐田间的诗,朗诵诗才引起了同学们的注意。新诗社成立后,多次举行诗歌朗诵会,闻一多、光未然以及新中国剧社的演员等在会上示范朗诵,终于把朗诵诗推向了高潮。由于有新诗社的创作实践和宣传、朗诵的推动,朗诵诗很快为大家接受,成为人们最喜爱的创作形式,以至西南联大后期的诗作大多具有朗诵诗的因素,并且,朗诵诗普及到学校、机关、新闻、金融等各行各业,成了昆明的一股创作和朗诵的思潮。再加上"一二·一"运动的激发,朗诵诗真正成了"集体"的"行动或者工作"①,各大学、中学、工厂乃至街头时有朗诵诗会举办。这股思潮随着三校复员波及北京和天津,一直激励着人们。

流派则以现代派为例。现代主义文学在现代,是与现实主义和浪漫主义同时产生的。但现代主义在中国的发展却很艰难。虽然 20 世纪 20 年代已出现了象征主义诗派,30 年代形成了现代诗派,但到了 40 年代,现代派文学的主流发生了"中断"。由于西南联大疏通了现代派的河道,才使其畅流下去。西南联大能够"疏通"河道,是由于引来了另一支水系。这支"水系"的引水人是英国诗人燕卜荪。燕卜荪在课堂上讲授欧洲新近的现代诗,指导学生读奥登、艾略特、叶芝、狄仑·托玛斯等人的作品,"他们的眼睛打开了——原来可以有这样的新题材和新写法!"②于是,他们——穆旦、郑敏、杜运燮、袁可嘉、林蒲、罗寄一、俞铭传、王佐良、杨周翰、马逢华等,一群青年开始试验、探索现代派诗歌,进而写出了有力度、受推崇、有影响的一批诗作,勃兴了 40 年代的现代主义诗歌。与这个流派相联系的社团主要是冬青、文聚、耕耘等。在谈到西南联大现代主义诗歌流派的成型之时,不该忘记现代主义诗人冯至、卞之琳的功劳,《荒原》的最初翻译者赵萝蕤和介绍者叶公超的影响,以及带有现代主义思想因素的沈从文、李广田、闻一多、朱自清等的推动,但他们只是一种助力,而领军者是燕卜荪。西南联大的现代主义流派

---

①　朱自清:《论朗诵诗》,《朱自清全集》第 3 卷,南京:江苏教育出版社,1996 年,第 256 页。

②　王佐良:《谈穆旦的诗》,《中楼集》,沈阳:辽宁教育出版社,1995 年,第 183 页。

像金沙江一样浩浩荡荡而又默默地流着，一直流到东海边，汇入了后来出现在上海的"中国新诗派"的洪流。

成熟的社团不一定形成思潮或流派，而思潮或流派多数源于成熟的社团。思潮或流派不是检验一个社团成熟与否的标准，但它是成熟社团的最高标志。可以这么说，主张和追求是社团成熟的前提条件，创作水平是社团成熟与否的基本标准，独立风格是社团成熟的标志，思潮或流派是社团成熟的更高准则。西南联大文学社团具备了这些条件，因此是成熟的社团。

西南联大文学社团的活动历史形成了一个山谷形状：前期由南湖诗社到高原文艺社再到南荒文艺社，与冬青文艺社一起形成一座高峰，中期经"皖南事变"出现低谷，后期由于文艺社、新诗社以及冬青文艺社、文聚社诸社团空前活跃再构成一座高峰。在西南联大所有文艺社团中，南湖诗社成立最早，南荒文艺社创作势头最旺，冬青文艺社活动时间最长，文聚社创作成就最高，联大剧团演出成绩最好，剧艺社社会影响最大，文艺社在册人数最多，新诗社校外成员最广。有的社团虽昙花一现，却呈现出灿烂的姿容，如高原文艺社；有的社团源流不远，但独开渠道、自成一派，如耕耘文艺社。文学社团在各个时期都有重要作品问世，总的特点是：前期起点高，中期质量好，后期作品多。戏剧社团既有演出又有创作，二者不可偏废。综合社团的意义也许不全在文学创作，更在于它们和其他社团一道营造了民主、自由、创造的氛围，促进了文学创作的繁荣发展。

西南联大的文学社团当然不止上述这些。有的社团如火星文艺社、两周文艺社，还有今天尚不知名的一些文艺社，或因资料匮乏、或因该社团成就不大，在此付缺。上面介绍的只是西南联大主要的文学社团。西南联大的文学创作因它们的努力而辉煌，它们的成就为西南联大文学增添了光彩。它们之中的一些社团，如南湖诗社、南荒文艺社、冬青文艺社、文聚社、新诗社等，若以文学成就而论，完全可以书入中国现代文学史著，而文聚社则应视为中国现代最有成就的几个文学社团之一。笔者在本次增订中又提出一个新观点：根据文学社团的组成人员、创作思想、文学活动、作品归属等的联系，把西南联大的几个重要文学社团组合为"南湖·高原·南荒""冬青·文聚""文艺·新诗"三个团组，使其创作队伍与文学实力更加强大，成为中国文学史上不可缺漏的书写对象。

此外，文学是人类的精神产物和生活需要，人们随时随地都可以创作它并且渴望见到它。所以，西南联大文艺性质以外的其他社团也创作文学作品，它们的刊物几乎都刊载文学作品，一些教师主办的著名杂志如《国文月刊》等也刊登文学作品且作品艺术质量较高。对于教师办的非文学刊物，一方面由于本著作不研究教师社团的活动，另一方面文学创作在那些刊物上不是主要的发表对象，多少带有丰富内容和培养文学新人的意思，因此没有加以论述。一些学生办的刊物或壁报，如《微波》杂志、《燎原》壁报、《学习》壁报，一方面创作成就不高，另一方面资料欠缺，发表在壁报上的作品，至多只知道篇名或大致内容，见不到实际作品，也只好付缺。

本章的任务止于概述介绍，各文学社团的理论追求、艺术旨趣、创作成就等将在后面各章中逐一展开论述。

第二章　南湖诗社

　　南湖诗社是西南联大的第一个文学社团,是在闻一多和朱自清指导下开展活动的社团。南湖诗社存在时间不长,因而创作的诗歌数量不多,但其成就则不可谓小:有的是诗人的代表作,有的可以列为中国现代优秀诗歌,更为重要的,它是穆旦、赵瑞蕻、林蒲等优秀诗人成长的摇篮,是后来的许多专家尤其是刘绥松、向长清、刘兆吉等文学研究专家的学艺之所,因此它在中国诗歌史上的地位不可小视。如果从大学文学社团的角度而论,以南湖诗社的诗歌创作和培养出来的文学人才之质量,完全应该视它为优秀社团。对于西南联大的文学创作和文学社团来说,南湖诗社具有开创意义:创作了西南联大的第一批文学作品,培养了西南联大的首批作家,开拓了西南联大文学社团发展的道路,它的许多方面为后来的西南联大文学社团所继承。以创作而论,由于南湖诗社水平起点高,为西南联大文学的发展奠定了良好基础,从而促使西南联大的学生创作一直保持着较高水平。所以,谈论西南联大的文学创作或文学社团,必须从南湖诗社说起。

　　但是,由于年代久远和史料匮乏,这个有重要贡献的文学社团的面目已不甚清晰了。笔者经过多年来的多方采访和资料搜集,终于考察清楚了南湖诗社的历史。

第一节　南湖诗社的组成与活动

1938 年,西南联大在云南开学后半个月,南湖诗社即行成立。

然而南湖诗社的酝酿时间却比较长。这得从西南联大师生的"湘黔滇旅行"说起。

日本帝国主义的铁蹄践踏我平津地区,国民政府遂决定将国立北京大学、国立清华大学和私立南开大学迁往湖南,组成"国立长沙临时大学",于 1937 年 11 月开始上课。文学院师生置身于岳麓山云岚雾霭笼罩下的名胜古迹之中,笳吹弦诵,潜心学问,"以待将来建国之用"[①]。不久,前方战事不利,形势急剧恶化,武汉危急,长沙遭轰炸,学校决定再次播迁昆明。迁徙分三路进行:海路坐火车经香港乘船过安南(越南)回滇,陆路乘汽车经广西出国过安南返滇,另一路步行经贵州入滇。步行入滇者称为"湘黔滇旅行团"。湘黔滇旅行团共有二百五十三名学生,另有十一位教师。旅行团团长是中将参议黄师岳,教师组成旅行团的辅导团,黄钰生教授任团长。学生分两个大队,每大队分为三个中队,每中队再分为三个分队。旅行团于 1938 年 2 月 20 日启程[②],至 4 月 28 日到达昆明,历时六十八天,行程一千六百七十一千米,被称为"中国教育史上的一次创举"[③]。

湘黔滇旅行团第一大队第一中队第一分队的十三人中,有中文系 1940 级

---

① 闻一多:《八年的回忆与感想》,《闻一多全集》第 2 卷,武汉:湖北人民出版社,1993 年,第 429 页。

② 湘黔滇旅行团离校出发的时间是 2 月 19 日,当晚宿船上,20 日从长沙启程,故出发日期有"19 日"和"20 日"两说。"20 日说"为最初说法,此从。

③ 张寄谦著有《中国教育史上的一次创举——西南联合大学湘黔滇旅行团记实》一书,北京大学出版社 1999 年出版。

学生向长清和教育系 1939 级学生刘兆吉[①]。他俩原先并不认识,由于旅行团采取同吃、同住、同行的军事化生活方式,他们成了志趣相投的朋友,更具体地说,是诗友。刘兆吉回忆说:向长清"在行路休息或晚上入睡之前,经常拿着小本子写诗,有时还把得意的诗句读给我听,以后干脆把本子交给我,任我翻阅。我是学教育的,但自中学时代即喜欢文学,每天有记日记的习惯,也爱写不新、不旧、不古、不律的歪诗。由于我承担了在闻一多先生指导下采集民间歌谣的任务,常常与向长清一起写,一起讨论作诗、评论古今诗人的诗。现在想来非常可笑,俨然都以诗人自居了"[②]。这话带有自谦的成分,但表明了向长清和刘兆吉对于写诗的兴趣和投入。众所周知,行军旅行是极为艰苦的,更何况是战乱中的长途跋涉!但旅途劳顿丝毫没有减损师生们的豪情和雅兴,他们饱览祖国的大好河山,了解社会风俗和民生疾苦,充实自己的思想和胸怀,为将来成就大业打基础,这正是践行"读万卷书,行万里路"的古训。这两个志趣相投的诗友,一路上不仅写诗和收集民歌,还酝酿着一项宏大的计划——发起成立诗社。旅行不久的一天,向长清同刘兆吉讲述自己到达昆明后,将邀约一些同学成立诗社,出版诗刊的计划,内心充满了憧憬。他征求刘兆吉的意见,刘兆吉完全同意,遂成为第一个响应者和参与发起人。接着他俩商讨了成立诗社的有关细节。作为中文系学生的向长清,早已读过闻一多的著名诗集《红烛》和《死水》,希望能在闻一多的指导下写诗,于是提出成立诗社时要请闻一多当导师。这就是西南联大第一个文学社团最初的酝酿情况。

　　旅行团到达沅陵,被雪所阻,大约是 3 月 10 日晚饭后,向长清和刘兆吉拜访同行的闻一多先生。天空飘着雪花,没有取暖设备,屋里很冷,大家坐在铺着稻草的地铺上,闻一多先生用被子盖着膝头,和他们畅谈诗社和写诗的问题。原本容易激动的闻一多,听了他俩关于组织诗社并请自己当导师的话,却显得较为平静:"闻先生很谦虚,首先说这些年他'改行'了,教古书

[①]　这里的"某某级"系指某某年毕业的学生,今天称为"届",但当时称为"级"。此从旧说。

[②]　刘兆吉:《南湖诗社始末》,云南省政协文史资料研究委员会等编:《云南文史资料选辑》第 34 辑,昆明:云南人民出版社,1988 年,第 465 页。

（指《诗经》《楚辞》），不作新诗了。又说明他对于新诗并未'绝缘'，有时还读读青年人写的诗，觉得比他的旧作《红烛》《死水》还好"①，但他并没有拒绝当导师。接着，闻一多谈了他对新诗的见解。两个学生详细地记在笔记本上。闻一多越谈越高兴，一直谈到深夜。由于得到闻一多的肯定和鼓励，向长清和刘兆吉特别高兴，组织诗社的决心更大了。之后，他俩就成立诗社的细节问题又进行了多次商议，关于诗社的骨干，由于文学院在南岳时曾出过壁报，能够写诗的人他们已心中有数。因此，准备一到昆明就立即成立诗社。至于诗社的名称，一时还定不下来。

4月3日，旅行团尚在贵州途中，奉教育部令，国立长沙临时大学改称"国立西南联合大学"。4月28日，旅行团胜利抵达昆明。由于昆明校舍不敷，西南联大设文学院和法商学院于蒙自，称为蒙自分校。两院师生在昆明休整几天后，又乘火车前往蒙自。5月4日，蒙自分校开学上课。一天，向长清和刘兆吉商量实现旅途中筹划的诗社设想，一起拜访了闻一多先生，得到支持。他们同时想到另一位诗人朱自清先生，又一起前往拜访，朱先生也欣然同意当导师。有两位导师的支持和鼓励，他俩精神大振，立即分头邀请"心中有数"的同学入社，这些同学都表现出极大的热情。诗社的名称以"南湖"冠之，也是由两位发起人商量后提出的，得到大家的赞同。

关于"南湖诗社"的名称，有必要作一些解释。当时的蒙自城很小，朱自清说它"像玩具似的"②，小城南边有一个较大的湖，称为南湖。南湖是蒙自最优美可爱的风景区，同时还是蒙自历史文化的见证与缩影。湖中有三个好去处：瀛洲（三山）、菘岛、军山。蒙自本是滇南政治、经济、文化、军事、交通的重镇，历史悠久，文化发达，读书风气浓厚。据说，康熙年间科考，一举中了六人，蒙自人大为高兴，在南湖兴土木予以纪念：建六角亭以类文笔，掘湖中之土垒三山以为笔架，亭山之间的水域喻砚池，象征蒙自文风之盛。所

---

① 刘兆吉：《南湖诗社始末》，云南省政协文史资料研究委员会等编：《云南文史资料选辑》第34辑，昆明：云南人民出版社，1988年，第465页。

② 朱自清：《蒙自杂记》，《朱自清全集》第4卷，南京：江苏教育出版社，1996年，第398页。

以南湖历来是读书的好地方。闻名遐迩的云南"过桥米线"就产生在南湖，且与读书有关①。这类故事还很多。可见，南湖不仅是一湖风景，还是一湖文化。西南联大师生来到蒙自，即与南湖结缘——分校教室设在湖东南岸的海关大院，男生宿舍在湖东北岸的哥胪士洋行，女生宿舍在湖正北的城中，宿舍和教室隔湖相望。每天，学生们沿湖东堤去教室上课，课余则去南湖读书，可以说，他们成天和南湖交道，朝夕与南湖相处。所以，西南联大的文学社团起名为"南湖诗社"，最为恰当。再说，对于这些从战火中漂泊而至，驻足于此的人来说，南湖给予他们心理的慰藉是无以形容的，甚至在他们眼里，蒙自及南湖恍如北平。陈寅恪欣然命笔："风物居然似旧京，荷花海子忆升平……"②朱自清"一站在堤上禁不住想到北平的什刹海"③，闻一多干脆把蒙自誉为"世外桃源"④，钱穆"每日必至湖上，常坐茶亭中，移暑不厌"⑤。教授的感情和行为如此，学生自然也不例外。这也就是后来南湖诗社的大部分诗作与南湖有关的原因。

准备就绪后，5 月 20 日，南湖诗社在西南联大蒙自分校宣布成立。成员除刘兆吉是教育系的学生外，其他均为学文学的中文系和外文系学生，主要有向长清、穆旦、林蒲、赵瑞蕻、刘绶松、周定一、陈士林、刘重德、李敬亭、陈三苏、周贞一、高亚伟、李鲸石等二十多人。导师为闻一多和朱自清。诗社是一个诗歌爱好者的群众组织，没有以文字拟就明确的宗旨，也没有选举领导机构。社务工作由发起人向长清和刘兆吉负责，又以向长清为主，有事他

①　关于蒙自过桥米线的故事：相传，蒙自有一位秀才，天天在城外的南湖菘岛读书。妻子每天送米线作午饭，由于路远，汤凉了。秀才长期吃冷食，身体日渐消瘦。聪明的妻子想出一个办法，把肉、菜、米线和汤分装，将鸡汤盛在土罐里，带到菘岛，再将肉、菜和米线放入鸡汤之中烫熟，而后给秀才吃。土罐和鸡汤保温效果都好，烫出的配菜色味俱佳，秀才吃后，赞不绝口。由于去菘岛要经过一座桥，秀才将其命名为"过桥米线"，并作歌咏之。过桥米线便传开了。

②　陈寅恪：《蒙自南湖》，蒙自师范高等专科学校等编：《西南联大在蒙自》，昆明：云南民族出版社，1994 年，第 231 页。

③　朱自清：《蒙自杂记》，《朱自清全集》第 4 卷，南京：江苏教育出版社，1996 年，第 400 页。

④　闻一多：《八年的回忆与感想》，《闻一多全集》第 2 卷，武汉：湖北人民出版社，1993 年，第 430 页。

⑤　钱穆：《八十忆双亲·师友杂忆》，北京：生活·读书·新知三联书店，1998 年，第 215—216 页。

俩找人商量解决。穆旦是最热心的支持者之一,贡献也最大。据刘兆吉回忆,在南湖诗社成立之前,"我首先征求穆旦的意见,他不只同意,而且热情地和我握手,脸笑得那么甜,眼睛睁得那么亮,至今我仍记忆犹新……以后凡大会小会,他都按时参加,而且积极投稿……每次出刊,穆旦都带头交稿,有时也协助张贴等烦琐工作……我和向长清有时也请他帮忙审稿……我们往往都听取他的意见"①。

诗社的主要任务是写诗,但写新诗还是旧诗,大家的意见并不一致。有人主张写旧诗,有人主张写新诗。两种观点曾发生过激烈论争。主张写旧诗的人认为,旧诗是中国文学中最为辉煌的品种,是中国传统文化的精华,继承中国传统文化,就应该继承和发扬它,尤其是学中国文学的学生,有责任和义务写好旧体诗;再说,中国人从小就学习古典文学,在儿童时代已经背熟唐诗三百首,加上后来的学习,已掌握了作诗的技巧,写起旧诗来较为顺利,容易写好,大家不能抛弃所长,舍易求难。这些话从继承传统和发挥专长的角度说,自有其道理。但时代已前进,旧体诗束缚了人们的思想,不能反映纷纭复杂的社会生活。主张写新诗的人一方面从时代与社会的要求立论,从表达思想的缜密与便利立论,另一方面认为,新诗自"五四"文学革命以来,已替代旧诗,取得了确定不移的地位,并已逐渐形成了自己的传统,新时代的人应该继承新时代的传统,写新诗。尽管两种观点相持不下,南湖诗社的主要倾向还是坚持写新诗。两位导师也主张南湖诗社应以研究新诗、写作新诗为主。至于写什么样的新诗,没有明确的目标,但有两点可以肯定:一是写抒发爱国之志的抗战诗,二是用艺术的手法反映社会生活和思想感情。这大概可以看作南湖诗社的诗歌主张和追求目标。

诗社办有壁报《南湖诗刊》。这是社员发表习作的唯一园地。当时,云南全省的报纸杂志都很少,何况边陲小邑蒙自。蒙自没有一家报刊,社员发表作品无门。在蒙自,出版的最好办法是石印,但石印成本较高。同学们来

---

① 刘兆吉:《穆旦其人其诗》,《刘兆吉诗文选》,重庆:西南师范大学出版社,2003 年,第 130 页。

自沦陷区,经济困难,没法印行,只能办壁报。壁报《南湖诗刊》的"制版"与
"刊出"有其特点:"制版"是把稿件贴在牛皮纸或者旧报纸上;"刊出"是把制
好的版面贴在墙上。《南湖诗刊》的负责人仍然是向长清和刘兆吉。社员把
诗写好后,交给向长清或刘兆吉,然后由他俩略加修改编排,有时也请其他
同学帮助,"有的稿件写得太潦草,或者字写得太大,占篇幅过多,与其他稿
子不协调,退回去要作者重抄吧,又怕影响他的积极性,向长清就不厌其烦
地代为抄写,有时熬到深夜"①。版面制好后,他俩把它张贴在学校教学区原
海关大院大门进去不远的墙上,算是公开刊出。由于分校初创,"校内张贴
物少,更由于诗作反映出社会现实和师生的心情,并有一定的艺术水准,吸
引了不少师生驻足观看,产生了较大共鸣,有的诗很快传诵开了"②。《南湖
诗刊》共出四期,刊登诗作数十首,多为抒情短诗,也有讽刺诗和长诗。有的
社员如刘绥松曾投去旧体诗数首,诗刊没有登载。所登的诗作中,有一部分
无论以内容还是以艺术而论,都是上乘之作,例如,穆旦的《我看》和《园》,显
示出诗人早期诗作的特色,是诗人成长道路上的重要作品;赵瑞蕻的《永嘉
箬园之梦》长二三百行,充满浪漫才情,被朱自清称为"一首力作"③;林蒲的
《怀远(二章)》《忘题》等具有浓厚的现代主义气息,开西南联大现代主义诗
歌之先河;刘重德的《太平在咖啡馆里》等讽刺诗在师生中流行,誉满校园;
周定一的《南湖短歌》深得新月派的艺术精髓,传诵蒙自数十年……这些诗
代表了南湖诗社的最高成就。其中,《我看》《园》《忘题》《太平在咖啡馆里》
《南湖短歌》等,即使放在中国 20 世纪优秀诗歌行列里也不会逊色。刘兆吉
曾将"庙小妖风大,池浅王八多"的旧联改为"湖浅名气大,社小诗人多"的嬉
联以形容南湖诗社。后来,穆旦、林蒲、向长清、刘重德等人的许多诗作发表

---

① 刘兆吉:《南湖诗社始末》,云南省政协文史资料研究委员会等编:《云南文史资料选辑》第34
辑,昆明:云南人民出版社,1988 年,第 466 页。

② 李光荣访周定一记录,2004 年 10 月 9 日,北京周寓。

③ 朱自清语,转引自赵瑞蕻:《梅雨潭的新绿》,《离乱弦歌忆旧游》,上海:文汇出版社,2000 年,
第 50 页。

在各地的报纸杂志上了。这些诗为中国现代文学增添了光彩,同时也奠定了南湖诗社在西南联大文学社团中的地位。

遗憾的是,壁报不能流传,诗社及其诗歌的影响面较小,不仅社员创作的诗歌没有全部保存下来,就连壁报上刊登过的诗歌也未能存留下来。《南湖诗刊》上登载的诗稿,由负责人向长清和刘兆吉保存。因年代久远,社会风雨,已不存在了。刘兆吉晚年痛惜地说:"我保存的两期……直到'文化大革命',怕作者或因一字一句不当而受到牵连,只好忍痛销毁了。"①今天能够见到的作品,是后来发表在报刊上或作者自己保存的。

南湖诗社最主要的活动除上述创作新诗和出版壁报《南湖诗刊》外,是收集整理民间歌谣。由于刘兆吉平素酷爱民歌,湘黔滇旅行一开始,他就从事搜集工作,一路上,竟然采集到两千多首。到了蒙自,他一边整理编辑这些民歌为《西南采风录》一书,一边继续收集。所得蒙自民歌,今存《西南采风录》中有十七首,推想收集到的数量在百首左右。再就是收集对联。蒙自虽为边地小城,但有浓厚的汉族文化气息,贴对联即是其一。每年春节,家家户户的门边都贴出红红的春联,增加喜庆的气氛。这年的春节因日本大规模侵入,蒙自人家的春联便增添了抗战内容。朱自清说:"城里最可注意的是人家的门对儿。这里许多门对儿都切合着人家的姓。别地方固然也有这么办的,但没有这里的多。散步的时候边看边猜,倒很有意思。但是最多的是抗战的门对儿。昆明也有,不过按比例说,怕不及蒙自的多;多了,就造成一种氛围气,叫在街上走的人不忘记这个时代的这个国家。这似乎也算利用旧形式宣传抗战建国,是值得鼓励的。"②同学们见了,大为高兴,曾上街抄写有关抗战的春联,南湖诗社社员参与其中。可惜所抄的对联已无从查找,只有少量在别人的文章或记忆中保存了下来,如"打倒日本强盗,肃清卖国汉奸""打回老家去,收复东三省",这些春联虽然对得不很工整,但表达出

---

① 刘兆吉:《穆旦其人其诗》,《刘兆吉诗文选》,重庆:西南师范大学出版社,2003年,第131页。

② 朱自清:《蒙自杂记》,《朱自清全集》第4卷,南京:江苏教育出版社,1996年,第399页。

了群众的思想感情。当时,北京大学同学会在蒙自举办民众夜校,好的对联曾被作为范文在课堂上讲解,并由此传开去了。

南湖诗社的社务工作会和思想交流会经常召开。这类会议通常是商量出刊、审稿或者关于某个具体问题的讨论,一般是两人、三五人或七八人,不定期,有事则开,无事则罢,为的是解决某个具体问题。全体社员大会只开过两次,两次都有导师参加。会议漫谈式地进行,涉及面较广,中心议题是关于新诗的现状和前途问题,也谈些关于诗歌创作、欣赏和研究的问题。会上,闻一多和朱自清都作了长时间的讲话,很有指导性。朱自清在讲话中说:"新诗前途是光明的,不过古诗外国诗都得用心学"[①],"朱先生强调新诗应有一定形式,有相宜的格律,要注重声调韵脚,新诗形式问题值得不断探索"[②];"闻先生说话风趣得很,几次说自己落伍了,此调久不弹了,但有时还看看新诗,似有点儿瘾,你们比我们当年写的'高明'"[③]。其中一次,逻辑学教授沈有鼎未经邀请也来参加会议并讲了话,引起社员的极大兴趣。在一次会上,对写新诗还是旧诗的问题有过争议。

7月底,进入学年大考准备,南湖诗社停止了活动。8月18日,暑假开始,蒙自分校迁回昆明。27日,学生离开蒙自,南湖诗社的历史随之结束。

第二节　南湖诗社的诗歌成就

南湖诗社仅存三个多月,在取得重大创作成就的中国现代文学社团中,它属于活动时间较短者之一。由于存在时间短,许多问题未及深入,譬如新诗的种类与形式问题、继承与创新问题等,创作也未形成风格,社员只是凭

---

① 赵瑞蕻:《南岳山中,蒙自湖畔》,《离乱弦歌忆旧游》,上海:文汇出版社,2000年,第132页。

② 赵瑞蕻:《梅雨潭的新绿》,《离乱弦歌忆旧游》,上海:文汇出版社,2000年,第50页。

③ 赵瑞蕻:《南岳山中,蒙自湖畔》,《离乱弦歌忆旧游》,上海:文汇出版社,2000年,第132页。

着个人的兴趣与爱好进行创作,没能创立起诗社的整体特色,但就个体创作而言,确实写出了一些好诗,有的称得上中国 20 世纪优秀诗歌。因此,高水平的诗歌作品是南湖诗社对历史的基本贡献。

下面将对其主要社员的创作成就作一些具体论析:

穆旦时为外文系二年级学生。他写于蒙自的诗,现在留存并可以确认的有两首:《我看》和《园》。照笔者的考察和分析,《我看》写的是南湖及其周边的风景,而且作者是在南湖公园中写成的;《园》写的是海关大院即西南联大蒙自分校教学区的景象,是穆旦向分校的告别诗。

著名诗人赵瑞蕻回忆穆旦在蒙自的生活情景时说:"有多少次,在课余,在南湖边堤岸上,穆旦独自漫步,或者与同学们一起走走,边走边愉快地聊天,时不时地发出笑声;或者一天清早,某个傍晚,他拿着一本英文书——惠特曼《草叶集》或者欧文《见闻录》,或别的什么书到湖上静静地朗读",他说这些就是穆旦写作《我看》一诗的背景,他认为这首诗"那么巧妙地描绘了南湖景色"①。这是知情者的解释、见证人的"证词"。赵瑞蕻当年曾跟穆旦一起在南湖散步、读书、写诗,熟悉南湖的景象,这些话与其说是回忆,毋宁说是记录。就是在数十年后的 20 世纪 80 年代初,笔者所见的南湖景象还和穆旦描绘的几乎一样:

> 我看一阵向晚的春风
> 悄悄揉过丰润的青草,
> 我看它们低首又低首
> 也许远水荡起了一片绿潮。
>
> 我看飞鸟平展着翅翼
> 静静吸入深远的晴空里,
> 我看流云慢慢地红晕
> 无意沉醉了凝望它的大地。

---

① 赵瑞蕻:《南岳山中·蒙自湖畔》,《离乱弦歌忆旧游》,上海:文汇出版社,2000 年,第 130 页。

　　这是诗的前两节,写的全是"看"。"看"的地点应该在湖中的三山。南湖是一个雨水湖,天干时,多数地方露出湖底,春雨过后,湖底长出青草。穆旦写这首诗的 6 月,湖水尚未积满,第一节"看湖景"所见的正是这种情况。不过,"春风""青草""远水"那样温馨多情,自在舒适,则是诗人的特殊感受。我们从中可以感受到南湖给予这些枪炮声仍响在耳际的远方游子的心灵慰藉。第二节"看天空"。蒙自的晴天,永远是那么湛蓝幽深,空中彩云多变,飞鸟悠闲。诗中把"飞鸟""晴空""流云""大地"表现得那样和谐优美,富有感情,让人陶醉。面对这样的景致,诗人抑制不住向往之情,高声喊道:

> 去吧,去吧,O 生命的飞奔,
>
> 叫天风挽你坦荡地漫游,
>
> 像鸟的歌唱,云的流盼,树的摇曳;
>
> O,让我的呼吸与自然合流!
>
> 让欢笑和哀愁洒向我心里,
>
> 像季节燃起花朵又把它吹熄。

　　在这里,诗人融入自然,和自然同悲共喜了。联想到诗人离乡背井,流转数千里的苦难生活,这种感情是自然而又深沉的。这首诗写景绘意,感情流变,结构起伏,语言运用乃至押韵技巧等,都达到了较完美的程度,尤其是情景交融和妙语达意,可谓技艺高超。诗人赵瑞蕻称这首诗为"'五四'以来中国新诗中的精品"①,殊为恰当。

　　《园》写于 1938 年 8 月,时蒙自分校即将迁往昆明。穆旦怀着依依不舍的感情写下这首诗以为纪念。蒙自分校租用的海关大院,是一座美丽的花园。教授浦薛凤记道:"一进大门,松柏夹道,殊有些清华工字厅一带情景。"②作家宗璞的印象是:"园中林木幽深,植物品种繁多,都长得极茂盛而

---

　　①　赵瑞蕻:《南岳山中,蒙自湖畔》,《离乱弦歌忆旧游》,上海:文汇出版社,2000 年,第 313 页。

　　②　浦薛凤语,转引自宗璞:《梦回蒙自》,见先燕云:《三千里地九霄云——宗璞与云南》,昆明:云南教育出版社,2000 年,第 129 页。

热烈,使我们这些北方孩子瞠目结舌。记得有一段路全为蔷薇花遮蔽,大学生坐在花丛里看书。花丛暂时隔开了战火。"①穆旦在这座"隔开了战火"的花园里获取知识,度过了初次远离家乡、心灵痛苦的三个月,得到了慰藉与收获,现在要离别了,确实难舍难分,于是诗人把它的美丽留在文字之中:

> 从温馨的泥土里伸出来的
> 以嫩枝举在高空中的树丛,
> 沐浴着移转的金色的阳光。
>
> 水彩未干的深蓝的天穹
> 紧接着蔓绿的低矮的石墙,
> 静静兜住了一个凉夏的清晨。

多美的景致和诗句! 如今,海关大院变了模样,可它原先的景象被穆旦"画"在这里了。全诗共五节,这是前两节,在诗的末尾,诗人写道:

> 当我踏出这芜杂的门径,
> 关在里面的是过去的日子,
> 青草样的忧郁,红花样的青春。

多么准确的概括,多么恰当的比喻,多么精美的语言! 在海关的三个多月,正是诗人的青春岁月,在美丽中充斥着青春期的忧郁与战乱的忧伤,诗人把它们全都"关在里面",封存起来,希望将来的生活,是与此不同的另一种新鲜景象,将来,或许有一天会前来打开大门,看看"关在里面"的东西呢。这节诗精彩无比,意味深长。由此诗可以看出,穆旦写景状物、抒情表意的功夫已相当高妙了。

赵瑞蕻,时为外文系二年级学生。他在南湖诗社时期的代表作是《永嘉籀园之梦》。这是一首长诗,约两百行,也是南湖诗社的一首最长的诗。诗

---

① 宗璞:《梦回蒙自》,先燕云:《三千里地九霄云——宗璞与云南》,昆明:云南教育出版社,2000 年,第 129 页。

歌是诗人"思念亲人、怀念故乡之作,结合着爱国救亡的感触"①,是在一种特殊的背景和强烈的感情中写成的。"怀念故乡"的缘由自然与南湖有关,南湖使他想起了故乡的籀园。面对南湖,诗人触景生情,思乡心切,而此时硝烟弥漫的故乡又激发了诗人对旧时风景的深切怀念,于是,思绪泉涌,下笔成章。作者对此诗较为满意,可谓得意之作。诗的中间两节是这样写的:

> 永远不会忘记,啊,落霞塘!
> 踏过石桥,在秋天某个傍晚,
> 松台山上丛丛树木掩映,
> 倒影潭中,描绘了美丽的梦幻;
> 还有那雪白的芦苇丛中,
> 一群野鸭游荡,那样安闲;
> 忽然,从潭中跳出几条鱼儿,
> 金闪闪的,又钻入水里边……
> 故乡啊,山光水色活在心中,
> 我怎能忘记,我的爱恋?
>
> 当夕阳在雪山寺后渐渐消隐,
> 晚风吹拂过城头的衰草,
> 满天彩霞把明净的潭水
> 渲染成一片灿烂的仙境,
> 水波轻轻荡漾,那么宁静;
> 我靠着桥上石栏沉思,
> 天色慢慢儿暗淡,抬头忽见
> 西天闪烁着一颗明亮的星……

诗歌描绘落霞潭的"仙境",细腻生动,美丽迷人。上一节写水中之景,

---

① 赵瑞蕻:《梅雨潭的新绿》,《离乱弦歌忆旧游》,上海:文汇出版社,2000年,第50页。

下一节写空中之象,层次分明,色彩艳丽,动静有致,活脱有灵,难怪诗人会反复咏叹:"我怎能忘记,我的爱恋?"诗歌写成后曾请朱自清指正。朱自清1923年曾在温州十中任教,籀园一带的风光他熟悉,对此诗有较深的体会。一天,南湖诗社在一间教室里开会,朱自清前来参加。开会前,朱自清把诗稿发还赵瑞蕻,并向大家夸赞说:"写得不错,是一首'力作'。"连著名诗人、评论家朱自清都如此赞扬,可见这首诗具有相当的水平了。青年学生得到老师这样的褒奖,激动不已,对自己的才能更加充满了信心。可惜长诗稿子遗失,只保存着开头描写温州落霞潭的二三十句,因此改名为《温州落霞潭之梦》,后又改为《梦回落霞潭》。由此诗可以见出诗人踏实的步伐。诗人的艺术才华将在昆明时期充分显示出来。

林蒲时为外文系毕业班学生。他在南湖诗社时期的诗应该有多首,但林蒲的诗很少标明写作日期,1956年出版的《暗草集》中收了他许多30年代至40年代的作品,也没按写作时间排列,所以,没法判断哪些诗歌写于蒙自。在《暗草集》中,只有最后一首《怀远(二章)》标明"一九三八年冬,蒙自"。1994年出版的《艾山诗选》选了这首诗,并在诗末标明了同样的时间地点。但让人怀疑这个"冬"有误,因为没有材料表明林蒲是年冬天在蒙自。"冬"应为"春"或"夏",也就是说,这首诗应该写于蒙自分校的南湖诗社时期。这首诗题下有序言:"寄北平心舟兼赠海外人李宁",可知,这首诗有明确的读者对象,写作内容自然也是作者和具体读者之间的事了。由于不知道他们之间的"事"具体为何,读来有些费解,但大意还是清楚的。诗歌紧扣一个"怀"字着笔。第一章起于一个故事,因"长城缺了口",北方的骆驼队来了,胡沙来了,白雪来了,北平没有了春天,没有了蓝天的鸽铃声。这是用了象征和暗示的写法,那个年代的人一看就知其意,今人若了解战争背景,也就知道"骆驼队""胡沙""白雪"象征什么,"春天""鸽铃"又意味什么。这首诗在表现方法上是现代的,值得称赞。第二章头一句是"晨起,接来书:"这里用了冒号,下面的诗行则用了引号,说明诗歌是引述"来书"的内容。"来书"从梦写起,梦中两人在一起逛西长安街,"来书"说从他处知道你跨越了祖国南方的河山,令人敬佩,并预知必有"丰收"。这首诗的表达极为新鲜,也许作者真的收到了友人的来书,也许只是假托来书的形式告诉友人自己的近况。这样的表达的确新鲜别致,十分简练,不同于传统诗歌,所以是现代的。两章诗都有一些共同的特点,除现代性而外,还有构思的特别、表达的新颖、文词的简练、感情的隐藏等特点,而诗句的散文化亦值得注意,总之,这些特点都可以归结到现代派诗歌中来。如此,林蒲的诗就值得我们格外注意了。

历史学家张寄谦的《中国教育史上的一次创举——西南联合大学湘黔滇旅行团记实》选录了林蒲的一首诗《忘题》,这诗首先收录在1960年出版的《埋沙集》中,没有注明写作日期,张寄谦也没考证何时写成,但把它放在反映湘黔滇旅行的文章中,所以在这里谈一谈。诗歌写旅行的实际和感想,下笔以换草鞋表明旅途长远,但旅人的步履是轻快的,他们"朝随烟霞,暮从归鸦",征服了一重重山水;后一部分以一个奇妙的比喻收束:"旅行人已是一颗/离枝果实。"你尽可由此想到春天的花香或者秋天的成熟,但这样的分辨似乎没有意义,旅人只相信现实,因为旅行认可的是行走的力量和走过的路程,就像"足底已习惯途路的沉默"一样。这首诗前一部分表现旅行者的艰辛与豪情,后一部分表达对于旅行的理解,虽然带有一些浪漫主义的色彩,但总体上是现代主义的:

> 总共换上第几只草鞋了
>
> 沉着的行脚仍然
>
> 和云彩一样轻快
>
> 眼底是几重山水
>
> 无从问朝随烟霞
>
> 暮从归鸦
>
> 旅行人已是一颗
>
> 离枝果实
>
> 管它曾否有花香

蜜蜂细脚的蠕动

成熟的意义代表

春天呢或是秋天

足底已习惯途路的沉默

　　林蒲在《从我学习写诗说起》一文中，说自己早期的"习作诗篇有《天心阁》《古屋三章》《老舟子》《天马图》《石榴篇》等"①，但未说明这些诗写于湘黔滇旅途、蒙自还是昆明，从上下文也无从判断，只好留待《高原文艺社》中去谈。这里只想说明，林蒲写于南湖诗社的诗歌具有浓厚的现代主义色彩，开启了西南联大现代主义诗歌的先河。

　　刘重德时为外文系毕业班学生。写于蒙自的诗有七首流传下来，是南湖诗社社员中能够确认的蒙自诗存留最多的一位。这些诗有《理想》《毕业生的群相》《萤》《家乡的怀念》《灯蛾》《题赠林蒲》和《太平在咖啡馆里》等。这些诗基本上是速写性质的，是刹那间的思想的记录。例如《题赠林蒲》写的是生活，表达了诗人对于生活的理解，是在毕业分别之际赠与林蒲的。诗歌把生活说成"幻想"，又将幻想比作"草"，荣枯交替，不绝于大地，而诗歌的重心也就落在了"希望"上："生活/是成串的幻想/希望连着希望。"诗人希望学友满怀"希望"地生活，像青草一样生生不息。在抗战的艰苦年代，这种生活态度尤其可贵。这首诗的思想和艺术都是清新的。而《太平在咖啡馆里》则是流行一时的诗歌。诗歌针对"一些纨绔子弟、浪荡青年，不知发奋读书，终日嬉戏，把宝贵光阴消磨在有安南少女做招待的咖啡馆里"②的现象而作。由于现实针对性强，又有深刻的讽刺意味，音调铿锵，易于记诵，在《南湖诗刊》上一发表，很快就流传开了。此诗不易查找，兹录于下：

---

　　① 艾山：《从我学习写诗说起》，《华风》[美国]第 2 期，1996 年 12 月。

　　② 刘重德：《跋山涉水赴联大　读书写诗为中华》，蒙自师范高等专科学校等编：《西南联大在蒙自》，昆明：云南民族出版社，1994 年，第 38 页。

太平在咖啡馆里！

谁说

中国充满了炮声？

充满了呻吟？

充满了血腥？

看——

南湖鸬鹚鸟

正在痛饮，

徐徐清风

在平静的水面上

划起无数

悠闲的纹。

看——

世外咖啡馆

正在宴会

谈笑风生，

在酸涩的柠檬里

浸透无数

空白的心。

谁说

中国失去了太平？

失去了舒服？

失去了欢欣？

太平在咖啡馆里！

诗歌就地取材，却又字字得当，因此对现实的讽刺透彻惊人。对比手法的运用很好地表现了主题,一边是"炮声""呻吟""血腥",一边是"太平""舒服""欢欣",然而,"宴会""谈笑"显示出的是"空白的心",这种"心"只能引"另类"的鸱鸮、清风、波纹为同调,而不能有益社会人生。这首诗无论在思想和艺术上都堪称中国现代诗歌的上乘之作。作者说:"《南湖诗刊》虽系手写壁报,但不乏脍炙人口的佳作……我曾以笔名刘一士在壁报上写了一首讽刺诗,也受到不少同学的欣赏,传诵一时"[①],信然。

周定一,时为中文系三年级学生。他写于蒙自的诗,保存下来的有《南湖短歌》《雨》《赠林蒲(并序)》等几首。这几首诗,每一首后面都有写作说明。《雨》的说明是:"1938 年 5 月某日,独坐蒙自海关屋檐下,大雨滂沱,写此。时与友人组南湖诗社初成,出《南湖》壁报第一期,乃刊出。"这首诗取眼前之景而写之,像一篇速写,生动地描绘了作者当时所见所闻的情景,很是生活化。《赠林蒲(并序)》注明:"1938 年 7 月写在将离蒙自的林蒲纪念册上。"这首诗重点写林蒲步行三千里的壮举及文学创作成果,表达深厚的友情。《南湖短歌》尾注:"1938 年 6 月作于蒙自南湖。曾在南湖诗社所办的《南湖》壁报上刊载过,大约是在第二期。"这是一首非常优美的诗,赵瑞蕻回忆当时的情况说:"《南湖短歌》大家很夸奖,实在是难得的创作。"[②]《南湖短歌》全诗如下:

> 我远来是为的这一园花。
>
> 你问我的家吗?
>
> 我的家在辽远的蓝天下。
>
> 我远来是为的这一湖水。
>
> 我走得有点累,
>
> 让我枕着湖水睡一睡。

---

① 刘重德:《跋山涉水赴联大 读书写诗为中华》,蒙自师范高等专科学校等编:《西南联大在蒙自》,昆明:云南民族出版社,1994 年,第 37 页。

② 赵瑞蕻:《南岳山中,蒙自湖畔》,《离乱弦歌忆旧游》,上海:文汇出版社,2000 年,第 132 页。

让湖风吹散我的梦，

让落花堆满我的胸，

让梦里听一声故国的钟。

我梦里沿着湖堤走，

影子伴着湖堤柳，

向晚霞挥动我的手。

我梦见江南的三月天，

我梦见塞上的风如剪，

我梦见旅途听雨眠。

我爱梦里的牛铃响，

隐隐地响过小城旁，

带走我梦里多少惆怅！

我爱远山的野火，

烧赤暮色里一湖波，

在暮色里我放声高歌。

我唱出远山的一段愁，

我唱出满天星斗，

我月下傍着小城走。

我在小城里学着异乡话，

你问我的家吗？

我的家在辽远的蓝天下。

　　诗歌名曰"南湖短歌"，实为"南湖颂歌"。南湖美景，使诗人产生了错觉："我"远来为的似乎不是读书，而是为的"这一园花""这一湖水"。因此，"我"要好好地享受这花、这水。诗人"枕着"湖水睡，湖风吹散落花，堆满诗人的胸，诗人的感觉似真似梦，在湖堤上，影子和柳枝一块儿舞动，情不自禁地挥手作别晚霞,还有牛铃声,还有山火,还有满天星斗……诗人激动得放声高歌。但是,"我"却总不能尽兴徜徉,故国的钟声,江南、塞上的景象不时跳跃在"梦里",幸好有牛铃声把惆怅带走,"我"才能高歌,但无奈的是唱出的歌声也是"一段愁",因为,"我的家在辽远的蓝天下"。这首诗的第一个意思是描绘出优美的意境:蓝天下的一园花、一堤柳、一湖水,湖水的柔波映照着晚霞、野火、星斗、月光,还有音乐般隐隐约约的牛铃声,这样的景象真令人陶醉!诗歌的第二个意思是表达诗人的陶醉与享受,如梦似幻,以至放声高歌。但诗歌却一而再,再而三地表达出另一个意思:挥不去的战争愁绪。所以,这首诗非常准确而深刻地表达了从战云下远道而来的西南联大师生置身南湖美景中的心情。这首诗一共九节,每节三行,每行六至十字,基本上是一、三句长,第二句短,具有"建筑的美";这首诗所写的蓝天、落花、湖水、堤柳、晚霞、野火、暮色、星斗、月光等都是有色彩的,而且颜色丰富,美丽如画,诗歌用词讲究,语言精练,表情达意准确,具有"绘画的美";这首诗每句三至四顿,节奏鲜明,每节一韵,句句同韵,读起来朗朗上口,具有"音乐的美"。所以,这首诗在艺术上深得新月派之精髓。笔者曾问周定一先生:"《雨》和《南湖短歌》艺术上不是一路,是有意为之,还是偶然形成?"他答道:"初学写诗,尚未定型,无所谓艺术追求。读过一些诗,脑子里有印象,知道诗怎么写,但写时并没想去模仿,根据当时的心情,自然地写出来,以能充分地表达思想和感情为宜。"①也许确实是这样,这首诗并不是刻意雕琢的一类,自然流畅,行止自如。总之,这首诗融情于景,具有中国古诗的意境美,又具备新月派诗歌的"三美"特点,所以,它进入中国现代优秀诗歌之列是当之无愧的。

以上分析了南湖诗社的代表作。写诗固然是诗社的主要任务,但南湖诗社的工作不仅是诗歌创作,还有其他,如散文创作和民歌收集。由于散文的文体形式离诗较远,南湖诗社并未提倡,在此不作论述。收集民歌则是南

---

① 李光荣访周定一记录,2004 年 10 月 9 日,北京周寓。

湖诗社的工作内容,虽然收集工作只是少数社员进行,但作为口头创作之诗的民歌,曾在《南湖诗刊》上登载过,所以在此要作评介。

南湖诗社的发起人之一刘兆吉当时一直沉浸于民歌的搜集与整理之中。西南联大迁徙开始,闻一多先生指导他进行采风。一路上,他克服长途跋涉的艰辛和遭遇强梁土匪的危险,独自走村串寨,访老问幼,搜集民歌。到蒙自后,他主要做两方面的工作:编辑所得民歌为书,继续搜集蒙自民歌。他从两千多首民歌中,选出七百七十一首,编成《西南采风录》一书。在《西南采风录》中,有蒙自民歌十七首,其中情歌十二首、儿歌五首。这些民歌反映了人民群众真实的感情和朴素的愿望。如:

> 隔河看见甘蔗黄,
> 可怜甘蔗可怜郎;
> 可怜甘蔗空长大,
> 可怜小郎未成双。(《情歌》第六百一十九首)

> 洋烟开花口朝天,
> 我劝小郎莫吹烟;
> 吹上洋烟非小事,
> 黄皮瘦脸在人间。(《情歌》第六百二十八首)

> 豌豆菜,绿茵茵,
> 隔河隔水来说亲。
> 爹爹哭声路遥远,
> 妈妈哭声水又深,
> 哥哥哭声亲妹妹,
> 嫂嫂哭声小妖精。(《儿童歌谣》第二十五首)

这几首民歌极富"蒙自意味":甘蔗是蒙自最普遍的经济作物,"吹烟"即抽鸦片,边疆一带有许多人由于无知抽上了鸦片,豌豆是云南较为普遍的农作物。民歌就地取材,取喻成譬,十分得体又具有地方特色。比兴手法是中国民歌的传统艺术,这几首民歌中运用自如。在内容上,第一首传达爱情信息,第二首劝戒恶习,第三首巧妙地用哭诉的内容刻画出嫁女的心理,独具特色。《南湖诗刊》曾刊登刘兆吉采集的蒙自民歌,可见诗社对民歌的重视。收集并保留了蒙自民歌和编辑民歌集《西南采风录》,是刘兆吉和南湖诗社对文学史的一个独特贡献。

第三节　南湖诗社的历史评价

作为一个文学社团,南湖诗社仅存三个多月,实在太短了。三个月,诗人们的创作尚未展开,才华还未充分显示,就戛然而止了,它给历史留下一个感叹!所幸它的结束并不是因为内部的分离,组织的解散,或者被政府查封,甚至遭日本飞机炸毁等,而是因为学校的迁徙。到了昆明,它的生命仍在延续。只是因为离开了南湖,再叫"南湖诗社"已名实不符,而改名为"高原文艺社"。

由二十多人组成的南湖诗社,在三个多月的时间里,写出了百首诗歌,数量并不算大。而其创作的质量却令我们刮目相看。如上所说,穆旦的《我看》《园》,赵瑞蕻的《永嘉籀园之梦》,林蒲的《怀远(二章)》《忘题》,刘重德的《太平在咖啡馆里》,周定一的《南湖短歌》各具特点,称得上中国新诗的上乘之作,而把《我看》《太平在咖啡馆里》《南湖短歌》等放在中国现代优秀诗歌行列里,也不会逊色。一个社团能取得这样的创作成就,不应该被后人忘记。因此,高水平的诗歌作品是南湖诗社对历史的首要贡献。这在上文已有较详细的分析,此不赘述。

南湖诗社培养文学人才的功绩也应当载入史册。学校以培养人才为目的,学校的文学社团自然也有育人的功能。南湖诗社作为西南联大的一个文学社团,不仅育出了许多文学人才,而且育出了许多文学大家,育人功绩巨大。为什么南湖诗社能够取得这样好的育人功绩？有以下两个原因：首先，南湖诗社的社员是具有一定创作基础的诗歌爱好者。由于爱好，必然会去钻研，自然舍得投入，这就为成才奠定了前提条件。社员绝大多数是中文和外文两系的学生，而且都是大学二至四年级的学生，受过系统的文学教育，已经"知道诗怎么写"。进入诗社以后，在一种创作氛围的激励下，写诗的热情更高，练习的机会更多，而且诗友间能够相互观摩诗作、切磋诗艺，所受启发更大，这样，提高与进步就很快。其次，南湖诗社有全国第一流的诗人做导师。我们知道，朱自清是"五四"诗坛的宿将、现代第一份诗歌杂志的编辑，闻一多是新格律诗派的理论家和代表诗人。蒙自时期，虽然他们不再写诗，但他们诗情仍在，诗艺满腹。他们做诗社导师，指点必在肯綮而周至。在南湖诗社召开的会上，他们作长时间很有指导性的发言，在平时，学生可以随时接近请教。南湖诗社还从来稿中"选了一部分给闻、朱两位指导教师过目"①，他们总是仔细阅读和修改。赵瑞蕻在《梅雨潭的新绿》中说："朱先生总是认真地看我们诗社交给他的稿子，提出意见；还同我们亲热地在一起讨论新诗创作与诗歌研究等问题。"②有名师的指导，社员写作水平的提高更快。由于这两个原因，再加上社员的天资和勤奋，南湖诗社的育人成绩十分显著。这里分五个类别来看南湖诗社培养起来的人才——

一、著名诗人

从南湖诗社走出去三个著名诗人：穆旦、赵瑞蕻、林蒲。他们三位虽然在进入西南联大以前都写过诗，但优秀作品并未产生。这时，穆旦写出了被赵瑞蕻誉为"'五四'以来中国新诗中的精品"的《我看》③，赵瑞蕻写出了被朱

---

① 刘兆吉：《南湖诗社始末》，云南省政协文史资料研究委员会等编：《云南文史资料选辑》第34辑，昆明：云南人民出版社，1988年，第466页。

② 赵瑞蕻：《梅雨潭的新绿》，《离乱弦歌忆旧游》，上海：文汇出版社，2000年，第50页。

③ 赵瑞蕻的这句评语写于1997年，离穆旦此诗创作已六十年了，而这时赵瑞蕻已是著名的文学翻译家和教授，因此，此评可以视为一个文学研究家的历史判断。

自清称为"力作"的《永嘉籀园之梦》,林蒲写出了现代性意味浓厚的《怀远(二章)》。后来,穆旦成为"西南联大三星"之首、中国新诗派最著名的代表作家;赵瑞蕻成为风格独具的浪漫主义诗人;林蒲旅居美国,被美国学者称为"一位默默地耕耘在诗坛上的爱国诗人"①。一个诗社成长起来三个著名的诗人,南湖诗社功莫大焉。

二、著名文学研究家

从南湖诗社走出去,后来成为著名文学研究家的主要有刘绶松和向长清等。刘绶松是《中国新文学史初稿》的著者,中国现代文学学科的开拓者之一,此外,他还有《文艺散论》《刘绶松文学论集》等学术论著问世;向长清在中国古典文学尤其是戏曲研究方面有很大贡献,正式出版的著作就在一百万字以上,还有许多未整理的文稿包括写于西南联大时期的文学作品。

三、著名文学翻译家

后来成长为著名文学翻译家的南湖诗社社员有穆旦、赵瑞蕻、刘重德、李敬亭、陈三苏等。穆旦和赵瑞蕻的翻译和对外国文学的研究大家熟知,此从略。刘重德是湖南师大外国语学院资深教授,翻译了许多外国著作,提出了著名的"信、达、切"翻译理论。2003 年,湖南师范大学出版社出版了《刘重德翻译思想及其他》一书,对他的翻译贡献进行研究。李敬亭是河南大学外国语学院德高望重的教授,著作等身,对学科建设和学院建设做出了重大贡献。陈三苏是林蒲的夫人,任教于美国,是著名教授,将许多中国文学作品译为英文,很受敬重。

四、著名文艺心理学家

刘兆吉在西南联大学的是心理学和教育学,后来在西南大学教心理学,

---

① 于建一:《我所知道的诗人艾山》,《人物》,1996 年第 3 期。

硕果累累,德高望重,他对文艺心理学的研究多有贡献,并且开创了美育心理学学科,是中国著名的文艺心理学家。他逝世后,西南师范大学出版社出版《刘兆吉文集》予以纪念,在文集的怀念文章中,有多篇屡屡讲到南湖诗社对他的影响。

五、著名语言学家

语言与文学不可分家,语言学家必须懂文学。中国社会科学院语言研究所研究员、名誉学部委员,曾主持《中国语言》杂志的常务编委、《红楼梦语言词典》主编周定一,曾是西南联大的诗人,南湖诗社的代表作家。他成名后,对南湖诗社给予他艺术滋养的恩惠抱以深切的怀念。中国社会科学院民族研究所研究员陈士林在民族语言学界,特别是藏缅语研究领域享有很高的声望,他还在彝族语言研究方面做出了多种开创性的贡献。

当然,著名诗人、文学家、教授和研究员的出现是多种因素作用的结果。南湖诗社的社员能够成长为诗人或专家学者,起决定意义的还是他们所学的专业,诗社只起辅助与促进的作用。以上论述南湖诗社的作用,绝不是忽视其他因素,而是要讲明这么一个客观事实——经过南湖诗社而后成为著名诗人或专家的主要有哪些社员,他们与南湖诗社的关系怎样。因为,他们后来对文学的感觉与兴趣的保持,文学创作和研究成果的取得与南湖诗社的哺养关系甚大。赵瑞蕻在怀念西南联大及其师友的系列文章中以饱蘸感情的笔墨多次写到南湖诗社。刘绶松生前,有人与他谈起《中国新文学史初稿》以诗歌部分写得最好时,他不无得意地说:"我原先就是写诗的嘛!"①今存刘绶松诗稿,最早的作品就写于西南联大迁徙途中和南湖诗社时期。刘兆吉的话也许更有代表性:"这些年来,我在研究文艺心理学和美育心理学方面稍有成绩,这与南湖诗社培养了我对文学的兴趣不无关系。总之,南湖

---

① 刘绶松语,转引自李光荣:《南湖诗社》,《新文学史料》,1994年第3期。这话是1993年樊骏先生告诉李光荣的,因樊骏不愿在文章中出现自己的名字,故当时未作注。

诗社在培养文学兴趣和创作能力方面是起了良好作用的。"①

在论述南湖诗社的历史功绩时,也不能忘记它对于民间文学的贡献。蒙自的民间文学丰富多彩,富有特色,但历史上从没有文化人真正看重过它的价值。南湖诗社是第一个发现它的价值的团体。南湖诗社的社员,有的走向街头抄写对联,有的深入街坊和农村收集歌谣,做了许多开创性的工作。在这方面,成绩最为突出的是刘兆吉。刚有成立诗社之动议的时候,他就在收集歌谣。他在跋涉湘水黔山之中,常常"旁逸斜出"式地走进农舍茶肆,向普通百姓打听歌谣。到了蒙自,他一面继续收集,一面在闻一多指导和朱自清的鼓励下,把所得歌谣筛选、编辑为《西南采风录》一书,是为中国现代第一部个人采集编辑而成的民歌集。我们知道,"五四"以后,北京大学曾发起征集歌谣工作,开风气之先,成为一时之盛事。此后二十年间,这项工作不再引起高等学府的关注。直到西南联大播迁途中,才有刘兆吉的壮举。在具体做法上,北京大学以歌谣征集处的机构向全国征集,收集者未出校门。南湖诗社则直接深入民间去考察、收集。两者比较,后者无疑比前者又进了一步,这样得来的东西也更本色一些。所以,歌谣学家朱自清高度赞扬说:"以个人的力量来做采风的工作,可以说是前无古人的。"②而且收集西南三省的民歌也是前无古人的。北京大学征集到的民歌,虽然有湘黔滇的,但其数量远不能与南湖诗社相比。湘西、贵州、云南一带,历来被视为蛮荒之地,是充军流放之所,其歌谣向来不被中原文化圈内人士看重,刘兆吉第一个注意了它并做了收集,这是一种创举。今天看来,《西南采风录》收录了20世纪30年代的民歌,也就"收录"了30年代湘黔滇的社会面貌、民风民俗、语言艺术,正如教育家黄钰生所说:《西南采风录》"是一宗有用的文献。语言学者,可以研究方音;社会学者,可以研究文化;文学家可以研究民歌的

---

① 刘兆吉:《南湖诗社始末》,云南省政协文史资料研究委员会等编:《云南文史资料选辑》第 34 辑,昆明:云南人民出版社,1988 年,第 468 页。

② 朱自清:《〈西南采风录〉序》,《朱自清全集》第 4 卷,南京:江苏教育出版社,1996 年,第 412 页。

格局和情调"①。南湖诗社和刘兆吉,功莫大焉!

还不能忘记南湖诗社对于西南联大文学社团的发展所起的奠基和开路作用。这是南湖诗社对于西南联大最重要的历史贡献。南湖诗社是西南联大的第一个文学社团,它开创的种种方法为西南联大后来的文学社团所参照,它创作的作品成为后来西南联大学生的借鉴对象,它培养的人才在后来的文学社团中发挥了骨干作用,它在许多方面为西南联大文学社团的建立和发展提供了有效的经验。例如:

以组织方式而论,南湖诗社采取由发起人单独邀请同学入社和请教授为导师的方法。邀请同学入社可以保证把最有文学创造力的同学吸收为社员,组织起一只优秀的文学队伍。采用这种方法,要求发起人具备两个方面的条件,一是事先掌握人员情况,二是有包容的气度。向长清和刘兆吉对于请哪些人进入诗社早已心中有数,所以组织南湖诗社相当顺利。他们并不狭隘,也无门派,而且虚心,所以能把同学中的写诗能手网罗在一起。在战争年代,同学们经历过颠沛流离之痛,却意外地到了一个"世外桃源"似的地方,感慨必然很多,诗歌正是这些热血青年倾吐内心感情的工具,因而诗作纷纷涌现。社员文学起点高,创作力旺盛,诗社吸引力大,凝聚力强,所以南湖诗社办得很兴盛。由于这种方法有效,不仅为高原文艺社、南荒文艺社采用,而且为冬青社、文聚社等社团采用。南湖诗社请了两位前辈著名诗人做导师,这也是维持诗社兴旺、保证诗歌质量的条件。学校初到云南,一切尚未就绪,并没有规定社团须请导师。南湖诗社请导师出于自愿。由于有导师做指导,诗社的发展和创作的提高得到了保障。譬如审稿,是诗社负责人把关的,刘兆吉说:"我们自然也不愿把审读同学们的壁报稿件来打扰他们(按,指导师),但同学们不知底细,以为是指导教师在把关"②,所以要求作者修改稿件甚至不用其稿,也没有引起作者的反对。导师的指导,保证了诗社

① 黄钰生:《〈西南采风录〉序》,《西南采风录》,北京:商务印书馆,2000年,第1页。
② 刘兆吉:《穆旦其人其诗》,《刘兆吉诗文选》,重庆:西南师范大学出版社,2003年,第131页。

在健康的道路上迅猛发展。由于导师指导的成效显著,后来请导师指导成为西南联大一些文学社团开展活动的自觉行为。例如,文聚社虽然没有明确哪些是导师,但沈从文、朱自清、冯至、李广田在实际上指导了社团的工作。

以艺术追求而论,南湖诗社始终保持了学院派追求完美和精致的特点,为西南联大文学开辟了道路。笔者曾在一篇文章中发过这样的议论:"刘重德的《太平在咖啡馆里》所表达的,自然是关心笼罩在'炮声''呻吟''血腥'中的祖国命运这样一种神圣的责任感;周定一的《南湖短歌》婉转地吟唱的也正是因为战争背井离乡的游子对于'辽远'的'故国'的无限思恋——他们都属于抗战文学的组成部分。但在另一方面,不管生活如何艰难,他们都没有忘却自己是缪斯的使者,继续不倦地追求艺术的精致与完美,保持了作为校园诗人的学院派特色。他们的诗作与当时风行诗坛的直接诉诸群众,进行战争动员的街头诗、朗诵诗、传单诗,又有明显的差异。如今回头来看,其中葱郁的诗意,不是更值得咀嚼和回味吗? 过去,我们往往忽略了这类作品以及它们的这种特点。"①现在看来,这些话仍然是正确的。刘兆吉也说:"南湖诗社在国难当头、颠沛流离的困境中诞生。这些老小诗人,不是苦中作乐,也不是像屈原那样忧愁幽思而用《离骚》的心境成立诗社,而是想用诗抒发爱国之志,以笔为枪,宣传抗日救国。但是也反对'哭天嚎地''冲呀''杀呀'的口号诗,要求以诗的艺术语言,感人肺腑的思想感情来教育大众,也教育自己。"②这话虽然是回忆时说的,却道出了当时的实情,南湖诗社留下的诗作也证明了这一点——这正是南湖诗社开拓的西南联大艺术道路。西南联大文学一直在这条道路上前进。

南湖诗社的历史贡献还表现在对"湘黔滇旅行团"的报道。一群书生,用自己的双脚征服了祖国西南三千五百里崇山峻岭,这是何等的壮举! 他

---

① 李光荣:《南湖诗社》,《新文学史料》,1994 年第 3 期。

② 刘兆吉:《南湖诗社始末》,《刘兆吉诗文选》,重庆:西南师范大学出版社,2003 年,第 62—63 页。

们是怎样克服困难,完成这一历史创举的?在征途中,他们做了什么,得到了什么收获?"旅行"使他们的思想发生了什么变化?对这一切,人们很想知道,而南湖诗社首先作了报道,使人们得以了解。向长清(向意)写的《横过湘黔滇的旅行》是第一篇对于旅行团的综合介绍,林蒲写的《湘黔滇三千里徒步旅行日记》也是较早见诸报端的关于旅行团的文字。由于作为诗社的"南湖"不关心散文创作,将在《高原文艺社》一节中再作分析。

总之,南湖诗社在诗歌创作、人才培养、民歌收集、社团活动以及散文通讯等方面取得了不小成绩,为中国现当代文学创作增添了新的内容,并且参与造就了西南联大的第一批作者和新中国文化研究的多方面人才,同时也为西南联大的文学发展和社团工作开辟了道路。所以,人们在论及西南联大文学的时候,总是要说到南湖诗社。

第三章　高原文艺社

　　高原文艺社作为一个独立的社团，是西南联大的第二个文学社团。但以组织和活动而论，它是南湖诗社的延续——它的主要成员和基本骨干是南湖诗社的成员，社团的负责人还是南湖诗社的负责人，它的组织与活动方式仍是南湖诗社的基本方式。或许正因如此，西南联大的师生在谈到两个社团的关系时，使用的都是"改名"而不是"重组"一词。可是，在他们所有涉及高原文艺社的言论中，又都把它当作一个独立的社团。考虑到改变习惯有许多周折，这里还是从旧，把高原文艺社作为一个独立的社团来研究。

　　赵瑞蕻先生生前曾经多次谈到高原文艺社，而且每次谈到都充满感情。朱自清、林蒲、刘兆吉、许渊冲诸先生的文章也讲到过高原文艺社。高原文艺社的作品显示着它的文学实力，高原文艺社的社员后来成为著名作家的有多人，据此，可以肯定地说，高原文艺社是西南联大的一个重要的文学社团，即使在中国现代文学社团史上，也不能忽视高原文艺社的存在。可是，对于这样一个有一定成就的文学社团，至今未见一篇专门的记录和完整的回忆文章。假若把当事人谈论高原文艺社的所有文字集中起来，恐怕不会超过五百字，而不重复的有效信息只在一百字左右。当然，记载不多不能说明高原文艺社没有研究价值。历史上时人淡漠而后人看重的人和事很多。高原文艺社是否属于此类,有待读者判断。值得庆幸的是,笔者经过几年的调查与访问,搜集到了一些材料,终于可以说清高原文艺社的来龙去脉和成就地位了。

第一节 高原文艺社始末

1938 年 8 月 17 日,西南联大蒙自分校结束,文学院随分校迁回昆明。南湖诗社社员依依惜别南湖,从碧色寨登上了滇越铁路开往昆明的列车,挥手告别蒙自。

诗社离开了南湖,再叫"南湖诗社",名不副实了,于是改名为"高原文艺社"。对于这个名称,周定一先生作了这样的解释:"云南昆明当然是高原,尤其对于北京、天津这些海拔较低的地方去的人,感受最为新鲜,所以大家同意这名称。"①

12 月 1 日,新学期开课②。不几日,大家便在学校租用的昆华农校的一间教室里举行了高原文艺社第一次社员大会。会上宣布了改"南湖诗社"为"高原文艺社"的决定,重申了南湖诗社已形成的几项原则,即以新文学创作为宗旨,以创作服务于抗战和反映现实的作品为主要方向,以崇高的艺术品位为追求,以壁报为发表作品的基本园地,积极开展各种活动,壮大组织。会议选举向长清和刘兆吉为本社负责人,要求社员积极写稿,并将稿件交给两位负责人,由他们组织出版壁报。出席会议的是南湖诗社除毕业离校之外的全体社员,有向长清、刘兆吉、赵瑞蕻、周定一、穆旦、林蒲、陈三苏、王佐

---

① 李光荣访周定一记录,2004 年 10 月 9 日,北京周寓。
② 据西南联大校历,1938—1939 学年第一学期于 1938 年 12 月 1 日始业。

良、杨周翰、陈士林、周贞一等，这些人是高原文艺社的骨干。后来，高原文艺社发展了一些社员，有何燕晖、于仪、邵森棣、王鸿图、陈登亿、周正仪、李延揆、杨苡、张定华等。

学校规定毕业生交毕业论文的最后期限为 1939 年 6 月 15 日。这学期升入大四的刘兆吉无暇顾及社团的领导工作，高原文艺社的负责人实际上只是向长清一人。刘兆吉先生生前给笔者的信说："从蒙自回昆明后我是毕业班，忙于写毕业论文，联大的文艺团体活动我都参加听讲，但无精力参与组织领导工作了。"①

高原文艺社与南湖诗社的最大区别是，南湖诗社只写诗歌，而高原文艺社不仅写韵文，还写散文，所以高原文艺社的创作比南湖诗社丰富。高原文艺社的集体活动主要是出版壁报和举办讲座，也组织过郊游。

《高原》是高原文艺社创办的壁报，每两周一期，内容丰富，版面考究，很吸引人。周定一先生回忆说："高原文艺社的壁报张贴在昆华农校教室外面的墙上，方法与《南湖诗刊》一样，先贴在牛皮纸上，再贴在墙上。"②壁报上刊登过什么诗文，至今已无从详考。有的文章在壁报上刊登后，又发表在当时的报刊杂志上，有的作者保留了原稿，所以今天可以找到一些当时的作品。例如：穆旦的《合唱二章》《防空洞里的抒情诗》《一九三九年火炬行列在昆明》《劝友人》，林蒲的《湘江上》《下益阳》《桃园行》《寻梦》《陈金水》《二戆子》《天心阁》《古屋三章》《老舟子》，向意的《横过湘黔滇的旅行》《许婆》《小客店》，刘兆吉的《木乃伊》《古董》《何懋勋之死》，周正仪的《告别》等，都撰写或发表于此时。这些作品反映了高原文艺社文学创作的成就。《高原》每次刊出，都吸引了许多同学，其中还有老师观看。六十多年后，张定华先生回忆起当年读《高原》的情景，语气中还充满了钦佩："像赵瑞蕻，他们在农校教室外面墙上张贴的诗，特别长，我们简直佩服极了！他们才是大诗人。与他们

---

① 刘兆吉致李光荣信，2001 年 5 月 28 日。

② 李光荣访周定一记录，2004 年 10 月 9 日，北京周寓。

相比,我给他们的作品就显得幼稚了。"①周定一先生也说:"许多社员都在上面发表作品,赵瑞蕻、穆旦等人的诗仍然是较引人注目的。"②可知《高原》在同学中产生的影响是巨大的。

关于《高原》壁报,当时的《朝报·副刊》发表了一篇名为《联大壁报》的文章,作者署名君竹,文中有一部分写到它,是十分难得的原始材料,现录于下:

> 为高原文艺社主编,每两星期出刊一次,内容多诗,亦间有散文,诗及散文中,也有相同(按,疑为"相当")成熟的作品,惟内容太偏重为艺术而艺术,一群青年藏在象牙塔内,耳眼忘了注意遍地烽火的时代,总是不正确的。③

文章同时写了《腊月》《大学论坛》《青年》等壁报。作者认为《腊月》最好,《高原》次之,《大学论坛》又次之,《青年》最差。可以看出,作者的评判标准是时政。《腊月》能及时反映现实,针砭时弊,所以最好;《大学论坛》因文章内容不符实际,遭到同学反对,很快夭折;《青年》为三青团所办,思想落后,所以最差。这篇文章的作者情况不详,可以肯定是一个思想进步者。由于政治思想不能代替艺术观念,进步者也就不一定是最好的艺术鉴赏家。以作者的政治观点来衡量文学刊物并没有错,但以他那种直观显露的眼光来看文学作品就会出错。事实上,《高原》上的作品,虽然讲求艺术性,但不是"为艺术而艺术"的作品,这群青年不但没有"藏在象牙塔内,耳眼忘了注意遍地烽火的时代",相反,正在用艺术作品为抗战鼓与呼,只不过他们没有像这位作者所希望的那样用直截了当的口号似的语言罢了。

高原文艺社社员还把作品投到香港《大公报》去发表。昆明办起了《中央日报》和《今日评论》等报纸杂志后,社员又将作品投去发表。由于稿件质

---

① 李光荣访张定华记录,2004 年 10 月 3 日,北京张寓。

② 李光荣访周定一记录,2004 年 10 月 9 日,北京周寓。

③ 君竹:《联大壁报》,《朝报·副刊》,1939 年 11 月 9 日。

量上乘,高原文艺社逐渐成为这三份报刊文学稿件的主要支柱,上述作品就大多发表在这三份报纸和杂志上。

高原文艺社主办过几次讲座,主讲人有本校教师,也有校外作家。例如,1939 年 1 月 8 日,曾请朱自清先生讲"汉语中的隐喻与明喻问题"。朱自清是社员们的老师,社员常去听他的课,平时接触也较多,所以社员对此次讲课记述不多。而请校外的作家讲演,大家感到新鲜,印象也特别深,后来的回忆也多一些。又如,5 月 7 日,请旅居昆明的沈从文先生讲"文艺创作问题"。当时西南联大还没有聘沈从文任教,只能算他校外作家。地点在昆华农校东楼二楼的一间教室。许渊冲先生记下了这次讲演的大意:"文学青年要把人生当小说看,又要把小说当人生看。不要觉得别人平庸,其实,自己就该平庸一点。伟大的人并不脱离人生,而是贴近人生的。文学青年从书本中得到的经验太多,从实际生活中得到的经验却太少了。"①这次讲演影响很大,会上"有人提到,英国人说,英国能不能保留印度,是次要问题,但英国决不愿没有莎士比亚。而中国呢? 日本占领了中国大片土地。日本人错了,我们中国大后方,甚至沦陷区,始终有如沈从文先生一类明智之士,继续给我们指导。失土的收复,是迟早的事!"林蒲认为,"话说得很对,说出了人人心上的话了"②。再如,5 月 28 日,请萧乾先生作"关于文学创作"的讲演,萧乾事先只同意开个座谈会,于是讲演在昆华农校东楼二楼的一间教室里举行。许渊冲说:"谈到创作和模仿的关系,我记下了他的一句名言:'用典好比擦火柴,一擦冒光,再擦就不亮了。'谈到理论和实践的关系,他说:'理论充其量只不过是张地图,它代替不了旅行。我嘛,我要采访人生。'"③那时,萧乾只有二十九岁,已是大名鼎鼎的作家和编辑:小说《梦之谷》刚出版,任《大公报·文艺》副刊的编辑。年轻的萧乾给那些大学生巨大的鼓舞。讲座开阔了社员的眼界,促进了大家的创作,作用不小。这样的讲座,尤其像

---

① 许渊冲:《追忆逝水年华》,北京:生活·读书·新知三联书店,1996 年,第 61 页。

② 林蒲:《沈从文先生散记》,《华风》[美国]第 2 期,1996 年 12 月。

③ 许渊冲:《萧乾和卞之琳》,《诗书人生》,天津:百花文艺出版社,2003 年,第 94 页。

后两次,由于南湖诗社地处偏僻,不可能有,因此它是高原文艺社利用优越条件的一个创举。

此外,高原文艺社还组织过郊游等活动。1939年初春,高原文艺社部分社员去西郊的海源寺踏青,其乐融融。

关于高原文艺社的结束时间,由于有两份材料记载相左,要确定下来颇费周章。这两份材料,一份是南荒文艺社的成立,一份是前述《朝报》上的《联大壁报》一文。南荒文艺社是萧乾倡议成立的。他为了组织《大公报·文艺》版的稿件,建议以高原文艺社为主体,吸收外校和本校在《大公报》上发表过文章的其他同学,组成南荒文艺社,写出的稿子供他选用。这个时间在1939年5月下旬。可是,《朝报·副刊》上发表的《联大壁报》一文,介绍了高原文艺社的机关刊物《高原》,发表时间是同年11月9日。就是说,至少在作者写文章的时候《高原》就已存在,而《高原》存在就意味着高原文艺社存在。这就可能出现几种可能:一种是高原文艺社这时并未变为南荒文艺社,一种是两个社团同时存在,一种是南荒文艺社成立的时间在这年11月之后。实际上,三种情况都不存在。先说第一种,所有涉及高原文艺社及南荒文艺社来龙去脉的材料,都无一例外地说高原文艺社变成了南荒文艺社。南荒文艺社有两位健在的骨干,一位是方龄贵,一位是周定一。笔者访问他们的时候,方龄贵先生说:“南荒文艺社,前身是高原文艺社”①;周定一先生说:“南荒文艺社仍以高原文艺社为骨干,而高原文艺社又以南湖诗社为骨干,‘南湖’‘高原’‘南荒’就形成了先后继承的关系。”②文字材料和当事人都“异口同声”,我们不能不相信南荒文艺社是高原文艺社变来的了。明确了这一点,第二种情况不可能存在也就顺理成章了。关于第三种,似乎《联大壁报》的发表时间是高原文艺社11月还存在的一个铁证,但是,在这篇文章发表前一个多月的10月4日,《大公报·文艺》上刊登了林蒲的小说《人》,文章后面

---

① 李光荣访方龄贵记录,2004年5月21日,昆明方寓。
② 李光荣访周定一记录,2004年10月9日,北京周寓。

标明"南荒社"三字,说明南荒文艺社早在 10 月前就存在了。以上三种情况
都不存在,那么,问题出自哪里呢? 就出自《联大壁报》一文。此文未标明写
作时间,或许成文较早。刊登文章的版面是"副刊",而副刊不大讲究时效
性,文章在编辑部压了一段时间是可能的。此文不是新闻,也不见得重视时
效性,意即作者写它的时候也许《高原》已停刊了,旁证是《大学论坛》。《联
大壁报》一文说《大学论坛》"只出了两期,就停刊了"。《大学论坛》是历史系
同学 1938 年创办的壁报①,《国立西南联合大学校史》说 1939 年 6 月《大学
论坛》参与对于时政问题的论争②。从 1938 年到 1939 年"只出了两期",那
么,作者写此文时已经停办无疑。此文在序言中说:"本文的目的也就是谈
谈一年多的各种壁报的动向。"《大学论坛》已停,还有什么"动向"呢? 方知
"一年多"几字的重要。文章是谈"一年多"以内的"各种壁报"包括已"停刊"
的,而不是"当前的"壁报。所以,《联大壁报》一文的发表时间不能证明高原
文艺社的存在。如果以《大学论坛》6 月停刊作比照,《高原》在 6 月停刊是可
能的。那么,高原文艺社结束的时间是 5 月还是 6 月呢? 我们知道,萧乾参
加了南荒文艺社的成立会。而萧乾此次离开昆明的时间是 5 月底,此后萧乾
直到 9 月出国都没再来昆明。所以,南荒文艺社诞生、高原文艺社结束的时
间应是 5 月无疑。当然,高原文艺社不一定立即停止活动也是可能的,因为
它还有一些工作需要收尾,例如一些稿件要继续刊出,6 月还出过壁报也未
可知,这样,说高原文艺社 6 月份结束也是可以的。不过,在没有直接的证据
证明高原文艺社 6 月有过活动的情况下,还是把它的结束时间确定为 5 月为
妥。

　　结论是:高原文艺社确立于 1938 年 12 月初,结束于 1939 年 5 月末,成
员有向长清、刘兆吉、赵瑞蕻、周定一、穆旦、林蒲、陈三苏、王佐良、杨周翰、
陈士林、周贞一、何燕晖、于仅、邵森棣、王鸿图、陈登亿、周正仪、李延揆、杨

---

　　①　许渊冲:《西南联大的师生》(续),《诗书人生》,天津:百花文艺出版社,2003 年,第 266 页。
　　②　西南联合大学北京校友会编:《国立西南联合大学校史》,北京:北京大学出版社,1996 年,第
499 页。

苡、张定华等,主要负责人是向长清。高原文艺社以出版《高原》壁报、举办文学讲座为主要活动,也组织过郊游。高原文艺社由南湖诗社转化而成,又因组建南荒文艺社而解体。

第二节　高原文艺社的文学创作

文学社团有其特殊性。作为团体的活动结束后,作为个体的创作还可能继续一段时间,再说团体结束前创作的作品后来也要发表。这种情况相当复杂。就高原文艺社而言,本书把该社结束后的短时期内发表出来的作品仍算作该社的,对于个别未参加新组的南荒文艺社或其他社团的社员,其活动和作品发表的时间则算得更长一些。

与南湖诗社相比,高原文艺社的创作不仅品种更为丰富,而且数量也更多。诗歌仍然是高原文艺社的主要创作,此外,不仅散文和小说有了显著成绩,戏剧创作也有了新的成果。所以,高原文艺社虽然只存在半年,但其创作成绩是巨大而可喜的。

下面将分文体对高原文艺社的创作进行论述。

一、诗歌

高原文艺社的诗人中,最引人注目的是赵瑞蕻、穆旦和林蒲。

赵瑞蕻在西南联大诗名很盛,那时,"他对诗的爱的确是热烈的"[1],同学给他起了一个雅号——"Young Poet"。他写了很多诗,而且很有吸引力,同学很崇拜他。可惜他在高原文艺社的诗几乎没有留存下来。南荒文艺社成

---

① 周班侯:《我们年轻的诗人——给赵瑞蕻》,姚丹:《西南联大历史情景中的文学活动》,第7章"附录",桂林:广西师范大学出版社,2000年,第313—316页。

立时,由于他即将进行毕业论文写作,没有参加活动,但诗情总来扣他的心扉,倒有几首诗保留了下来,特在此作一些介绍。

一首是《遗忘了的歌曲——赠 L. Y.》,原题《Arlettes Oublie'es——赠 L. Y.》。改为现题时,诗句也作了改动,其中改动最大的是删去了末尾的两行:"倚枕遥听邻鸡的长鸣,我知道将是黎明的时分了。"诗歌是写给一位少年伙伴的,那往日的情景、少年的幻想,很是美丽迷人。开头结尾都问对方是否还有"水样的心情",扣人心扉。被删去的两句既是写实,又是暗示,预示着诗人的期望。这是一首优美的抒情诗。诗人说,是沈从文先生推荐到《今日评论》杂志上去的①。另一首仍然发表在《今日评论》上,同样也是沈从文推荐去的。作品题为《诗》,较长,写想象,甚至是幻想,古今中外、天上地下、高山流水、动物植物、文化创造等无所不包。诗歌繁丽丰富,跳跃着迷人的色彩和景象,一些诗句很优美,如"春日黄昏茜色的云华/沾染上香草味,摇曳着金铃",有的比喻新鲜奇特,如"学会了沉默,像条冬蛰的蛇"。但诗歌的弱点也在这里,似乎诗人在展示自己写景抒情的才华,任凭思绪的流动,而缺乏剪裁与节制。这种"无节制"在《昆明底一个画像——赠新诗人穆旦》中仍继续表现着②。这首诗写昆明"跑警报"的生活,不按时间顺序叙事,把古代和现代的许多人和事交织在一起,造成一种"混乱"和丰富。诗歌通过躲避空袭时人们画画、下象棋、谈天、遐想等现象的叙写,表现出人们对于战争生活"接受"的"平常心",末节的"愤怒""抗争""高唱",反映出人们对于战争的态度。姚丹说:"对于个人日常生活的'庸常性'的关注,在联大诗人中王佐良处理得最好,但开风气之先的却是赵瑞蕻的这一首'画像'。"③以缓慢冗长的散文句式表达繁丽丰富的内容是诗人当时的一种探索,从此诗的副标题看,再联系到穆旦的《一九三九年火炬行列在昆明》,可以推断这两个睡在上下床的"兄弟"正在做着一种诗歌的语言实验。

---

① 赵瑞蕻:《想念沈从文师》,《离乱弦歌忆旧游》,上海:文汇出版社,2000 年,第 81 页。

② 后来作者对此诗从标题到内容都作了多次改动,此依据原本。

③ 姚丹:《西南联大历史情景中的文学活动》,桂林:广西师范大学出版社,2000 年,第 232 页。

　　这几首诗发表的时间都在高原文艺社结束之后,严格说来已不是高原文艺社时期的作品,但赵瑞蕻是高原文艺社的代表诗人,由于文学社团结束后还有一段延续时间的特点,把它们看作高原文艺社的作品也不为错。从这些诗看来,赵瑞蕻的诗属于浪漫主义派,感情浓烈,意境清新,色彩鲜明,上口易读。以散文入诗亦是他的特点,不过这种实验没有成功,他不像艾青,达到了"散文化"的程度。另一点值得注意的是,大量使用括号里的诗句,这可以增加诗歌的容量,表达诗人的多维思索,有时还可以形成表达上的多角度和多层次,它与散文诗句的运用相连。

　　穆旦写于高原文艺社时期而又留存于今天的诗有《合唱二章》《防空洞里的抒情诗》《一九三九年火炬行列在昆明》等几首。这几首诗显示诗人正在进行多种诗歌的探索,其诗风也在探索中发生着变化。

　　《合唱二章》原题《Chorus 二章》,收入《穆旦诗集(1939—1945)》时改此题。这首诗大气磅礴,诗人似乎在"指挥"人类历史和山川自然一起"合唱"。我们无法知道是什么事件给予诗人这样的感兴,使他写出这样一首具有浪漫气息的诗歌。第一章写社会:"看怎样的勇敢,虔诚,坚忍,/辟出了华夏辽阔的神州",在巨变中,"埃及、雅典、罗马从这里陨落",就连神州,这时也"在岩壁上抖索",因为"一只魔手闭塞你们(按,指'黄帝的子孙')的胸膛"! 于是诗人决心"以鲜血祭扫""庄严的圣殿"。显然,这里有战争的阴影,古国遇到的挑战以及"你们"的"合唱",都是为了战争。第二章写自然:帕米尔高原:昆仑、喜马、天山,"迸涌出坚强的骨干","向远方的山谷、森林、荒漠里消溶",于是,"人们""睡进你们的胸怀","化入无穷的年代"……这一切都是"我""用它峰顶静穆的声音"的"歌唱"。这一章颂扬自然的伟大和人们对于祖国山川的热爱。在收入集子时,作者对这首诗作了改动,对第二章的改动尤大。《防空洞里的抒情诗》采用反讽手法写人们在躲避空袭时的种种表现,诗歌还把古人和今人交叉在一起,表达了诗人对于死的看法,最后诗人发现楼被炸毁了,过去的"自己"也死了。读完诗后会发现,诗里并没抒情,而有的是现代诗的一些气息——反叛传统。《一九三九年火炬行列在昆明》

是一首近百行的长诗,不仅诗篇长,诗行也长,有的一行长达五十多字,琐碎、冗长、缓慢,读来不像诗。这首诗写于 1939 年 5 月,和写于 4 月的《防空洞里的抒情诗》在使用句子上很接近,是以文为诗的典型,说明诗人这时正在进行一种诗体试验。半年后,赵瑞蕻写了《昆明底一个画像》以"赠新诗人穆旦",考其内容,赵瑞蕻的诗与"赠"毫无关系,而且特别点明"新诗人",说明作者把穆旦引为同调,赞赏穆旦的试验,才用这种"穆旦体"写诗相赠。这种探索在穆旦后来的诗里仍继续着,如《蛇的诱惑》《玫瑰之歌》等,而最成功的作品就是《赞美》。

　　如果说穆旦在南湖诗社时期,浪漫主义还占优势的话,高原文艺社时期浪漫主义开始退位了,这几首诗正反映出穆旦由浪漫主义向现代主义的转变。姚丹分析《一九三九年火炬行列在昆明》和《昆明底一个画像》后说:"穆旦和赵瑞蕻的诗歌都非常明显地带有从'浪漫主义'向'现代主义'转变的艰难生涩乃至混乱的痕迹。"[1]这种"艰难生涩""混乱"表现在诗意和诗句的无提炼上,作者把诗歌当作散文来写了。几个月后,穆旦发表文章批评"自然风景加牧歌情绪"的"旧的抒情",显然也是在清算自己的过去。不过,赵瑞蕻没走多远又回到了浪漫主义的道路上,穆旦则在现代主义的道路上坚定地走了下去。总之,对于穆旦来说,高原文艺社的意义在于标志着他诗风的转变。

　　林蒲在谈到自己写诗经历的时候说:我"报考以文化当国防的北京大学,幸被录取……卢沟桥七七事变对日抗战爆发,就读由北大、清华、南开组成的国立长沙临时大学,后随学校组织的'湘黔滇三千里徒步旅行团'徒步抵昆明,费时七十余日,辗转迂回西南天地间,习作诗篇有《天心阁》《古屋三章》《老舟子》《天马图》《石榴篇》等,收集在《暗草集》中。这些习作,像在《印诗小记》所说,都是'聊备一格'的"[2]。林蒲这时对新诗特别有兴趣,创作的

①　姚丹:《西南联大历史情景中的文学活动》,桂林:广西师范大学出版社,2000 年,第 231 页。

②　艾山:《从我学习写诗说起》,《华风》[美国]第 2 期,1996 年 12 月。

诗歌当然不止这些,但无法肯定哪些诗写于此时,就连这几首,也无从确认是写于旅行途中还是南湖诗社时期,抑或高原文艺社时期,但肯定不会在此后,所以只能在这里谈。林蒲的诗,思路开阔,概括力强,往往思接千载,视通万里,"笼天地于形内,挫万物于笔端"①,不限于一时一地一事,显出了作者博大的心胸和气度。如《天心阁》,既描写了岳麓山上天心阁的现实美景,又写了岳麓山的沧桑历史,诗歌把眼前的实景和观念中的历史各截成数段,交叉组合在一起,远近错落,虚实相生,有着生动的现实感和纵深的历史感,表达出深厚的爱国情怀,是深刻的"抗战文学"。在诗歌形式上,自然与历史的交叉错落犹如双声部合唱,再用分散于各处的括号里的诗句表达诗人的各种思想感情,又增加了一个声部(或者说"朗诵"),整首诗就像多声部合唱,丰富多彩。这正是"聊备一格"的典型。的确,以上几首的体式各不相同。又如《石榴篇》,由古代而现实,又由现实而古代,写石榴的"相思"意蕴,把古代和现实融为一体,甚至难分古今了。开头和结尾都有"千万年"之语,即形成了首尾照应的格式,有如戏剧的闭锁式结构,又表达出石榴所包含的"千万年"不变的"相思"意蕴。这些诗歌说明,林蒲此时正在进行诗体探索,且是富有成效的,因此才各首不同。不过,无论如何变化多端,有几点是相同的,如把感情掩藏在叙述描写之中,如在一首诗中采用多角度叙述,如打乱时空顺序,如引语的多处运用(诗前引,诗中引,有的诗尾还引),如形式上的括号诗句等。

联系穆旦和赵瑞蕻以文为诗的试验,可以认为高原文艺社这时正在积极地进行诗体探索。林蒲曾描述过这种探索:"新写成的诗,交换阅读,批评诗该怎样写,用哪种文字和技巧,这些基本问题,讨论起来有时很融洽,有时各抒己见,有时折中取义……那时,我们虽身在昆明、蒙自,不太容易得到外界的消息,然何者为现代诗与现代诗人也颇闻火药味。"②可见,现代诗是高

① 陆机:《文赋》,郭绍虞主编:《中国历代文论选》第1册,上海:上海古籍出版社,1979年。

② 艾山:《从我学习写诗说起》,《华风》[美国]第2期,1996年12月。

原文艺社社员追求的一个方向。其中一些东西，如以文为诗、打乱时空、括号诗句等还是他们的一些共同点，而且对诗句提炼不够也是他们诗作的共同缺点。相比起来，在诸多诗人的探索中，林蒲更为多样化一些，对现代诗的试验也更自觉些，因而他的诗歌多透露出现代主义的因素。可以说，林蒲是西南联大第一个较成功地迈进现代诗歌行列的诗人。

二、散文

散文是高原文艺社创作的一个亮点，其中又以反映"湘黔滇旅行"的作品最为成功，代表作者是向意和林蒲。向意和林蒲是南湖诗社的中坚分子，写作的兴趣首先在诗歌，但他俩留存下来的可以确认为南湖诗社和高原文艺社时期的诗歌却不多。尤其是向意，他是南湖诗社的发起人、组织者和领导者，也是高原文艺社的领导者，但他在南湖诗社时期的诗几乎都未保留下来，在高原文艺社时期的只见一首《吊捷克》。从现存作品看，他俩散文和小说的创作成就更大一些。

向意的《横过湘黔滇的旅行》写于南湖诗社时期，由于南湖诗社不注重散文创作，在此介绍。《横过湘黔滇的旅行》是第一篇发表于报刊，向人们介绍西南联大湘黔滇旅行团旅行经历的文章。文章采用综合报道的方法，报告人们所关心的旅行生活。文章既没有采取日记体写法，也没有采取分类写法，而是围绕"旅行"二字，点线结合，串珠成文。一群文弱书生，是怎样走过三千里河山，创造世界教育史上的奇迹的？这是人们第一个要问的问题。文章"回答"说：每天雄鸡初唱之后，三百多人就起床了，睡眼惺忪地卷起被盖，送到行李车旁，然后开始了一天的生活，"行军的开始，的确我们都曾感到旅行的困难。腿的酸痛，脚板上磨起的一个个水泡，诸如此类，实在令人有'远莫致之'的感觉"，"奇怪的是到了第十天之后，哪怕是最差劲的人，也能丝毫不费力地走四五十里"。每天，宿营在学校、客栈、古庙、农家，"有时候你的床位边也许会陈列得有一口褐色的棺材；有时候也许有猪陪着你睡，发出一阵阵难闻的腥臭气；然而过惯了，却也就都并不在乎。不论白天怎样感觉到那地方的肮脏,一到晚上稻草铺平之后,你就会觉得这是天堂,放倒头去做你那甜蜜的幻梦"。湘黔滇山高路险,他们是怎么征服的呢?这是人们的第二个问题。文章"回答":"虽说走惯了,我们对于山却仍然没有好感","一路上我们也爬够了无数险峻的山峦,假如你看到五里山、镇雄关、关索岭之类的地方,你会觉得南口、居庸关也不过是那么平淡无奇","夹路的山从湘西直送我们到贵州的平坝,蒙蒙的滂沱大雨直送我们过贵州的境界"。那时,湘西、贵州兵匪横行,强梁出没,这群文弱书生又是怎样对付的?这是人们的第三个问题。文章简捷"回答":"我们一路上并没有什么不幸的遭遇。"关于土匪,文章揭露了官逼民反的事实。茶馆掌柜说:"几个月里头就抽了几次壮丁,五个丁要抽四个,抽的抽走了,逃的逃上了山啦。"官场黑暗,欺压百姓,百姓才不得不做匪为生!另一个地方的老掌柜说:"出了钱就是匪也可以保出来,没有钱你就千真万确的是匪。要砍头!""一有军队过路,就挨家挨户地派粮食",区长"是得了一大笔钱了的"。文章还报告了贵州被鸦片烟毒害的严重情形和一些地方的习俗。的确,从湖南到云南有不同国度之感,作者最后感慨道:"三千多里是走完了,在我的心头留下了一些美丽或者惨痛的印象。恐怖的山谷、罂粟花、苗族的同胞和瘦弱的人们,使我觉得如同经历了几个国度。"作者大约只想作旅行的表层报道,没有写出细致的情况和深入的感受,更兼文章组织上的无规则,影响了它的传播。

林蒲在湘黔滇旅行中写有日记,后来他把日记整理成文,陆续投到报刊上发表。由这些作品可以看出作者在旅行途中的用心——观察、谛听、采访、记录,收获并保存了多么丰富的材料!第一篇《湘江上》记旅行团出发夜宿船上,沿江而行,到达清水潭的经历。第二篇《下益阳》讲从清水潭到益阳,而后开始步行。第三篇《滨湖的城乡》写旅行团从益阳到常德的经历,分《雾的人》《军山铺》《太子庙》《石门桥》《善卷村》《春申墓》《五倍子商》《滨江之城》八节,采用倒叙手法,先写常德,而后从益阳一路写来,最后又回到常德。第四篇《桃园行》述从常德到桃园,在桃园逗留的日子,分《船上谈兵》《在浔阳》《茶店之夜》《桃花园》四节。作者本要继续写出发表,却因别的原因停止了。这四篇作品（前两篇称为"旅行日记"），均未采取日记（记叙文）的写法，而是散文，作品内容多样，手法不一，是优美的散文。在这些作品中，"旅行"只是写作的线索，见闻才是作品的内容，而主题是抗战。作品围绕着抗战的"民气"来写，写人们对抗战的认识，参战的勇气，对胜利的信心，是鼓舞读者的"抗战文学"。文中写了一些奇人奇事，如常德的"雾的人"——一个英勇作战丢了四肢的残疾人，他非常自信而乐观，他有学问，"跟穿长衫的读书人，讲四书五经、物理、化学；和拉车的论股劲臂力"，而骂"吃粮家""胆怯丢人"。只几百字，活脱脱一个奇人被写了出来。林蒲的散文，文笔活泼生动，读来饶有兴味，几篇之中，每篇各不相同，一篇之中，一节与一节各不相同。譬如结尾，《湘江上》写艄公许诺带大学生们去看洞庭湖的"湖蛮子"，但因甘溪港水浅，船退歇清水滩，去不成了。作品写道："我们舍舟登陆的时候，像丢下东西在他的船上忘了拿走似的，艄公訇然响亮的话语，赶着我们的脚跟来了：'没看那湖蛮子，没可惜呀？下次来？'// 下次？——""丢下"的"东西"送回来了，却是一个空愿，真是意犹未尽，余音缭绕。这类文字在文中随处可见。

此外，林蒲还有《寻梦——还乡杂记》一文，讲家乡人去马寺"寻梦"的风俗，记述地方文化和风土人情。文章发表时编辑介绍作者说："林蒲先生……文字清新朴实，尤长于组织故事，为西南青年作家中最有创造性之作家。"[1]此言是符合实际的。

三、小说

高原文艺社的小说是西南联大学生小说创作的起步，多数描写抗战内容，是传统意义上的"抗战文学"，但在我国抗战文学中又有其特点，值得注意。代表作者是向意、刘兆吉、林蒲等。

向意的《许婆》或许是西南联大学生发表的第一篇小说。这是一篇现实

---

① 《本期撰者》，《今日评论》第 1 卷第 25 期，1939 年 6 月 18 日。

性很强的作品,故事发生的地点应在昆明,大约是根据日本飞机轰炸昆明的事实创作的。主人公许婆是一个普通的市民,过着平静而自足的生活,"鱼呀肉呀的吃不了",可是,战争来了,她的生活被打乱了。大儿子被征去当兵,二儿子在外来的一所大学里找到一份工作,他时常拿些衣服回来让自己帮着洗洗。后来,她在一户外省来的年轻夫妇家当上了保姆,日子也还好过。但有一天,日本飞机来了,扔下一枚枚炸弹。从此,人们疯了似地跑警报。有一次,许多飞机对大学区狂轰滥炸,她的二儿子被炸死了。她赶到现场,见到儿子的惨状,惊吓得哭不出声。她走到街上,"一颗心简直和午前的市街一样冷清和阒寂,也许压根儿她就忘了世界上有一个自己"。此后,人们叫她"疯子",都怕她,躲她。她失业了。十月深秋的一天,她不知不觉地走进自己做保姆的人家的大门,那家人惊慌失措,她退了出来。走在街上,她想到大儿子正和伙伴作厮杀前的准备,想到一具冰冷的血淋淋的尸体,想到飞机,最终想到死。而一想到死,"她像是寻到了一线真理,望着那辽远的蓝天下的陌生的世界,像一个老年的和尚一旦彻悟了金光大道"。作者以全知全能的主观叙述法讲述故事,以十分冷静的笔调描写人物心理。许婆孤独、空虚但怀有希望地死去了。她的寂寞让人想起鲁迅笔下的祥林嫂和契诃夫笔下的姚纳。作品受十九世纪欧洲小说的影响较深,开头有较长的环境描写,而后有冷静细致的心理描写。许婆的"现在"行动仅仅是从凳子上起身走向青年夫妇家而后"回到那条冷清的路上",其他全是作者的描述。作品创设了凄凉冷清的气氛,让人感到"契诃夫味"。这篇小说以刻画人物心理见长,环境气氛协调,只是人物的行动和冲突较少,给人压抑感,但这样的处理又符合了作品的情调。

向意接着创作了《小客店》,写一位十几年没回家的北平大学生于抗战中回湘西老家,可老家小城被叛军占领,他只好投宿小店,在与三位客人的交谈中知道了小城情况。第二天,叛军离去,他得以回家。作品写出了湘西的社会面貌和民众的抗日情绪,现实意义浓厚。小说故事简单,人物不多,笔力集中,追求人物心理刻画,多用侧面手法,笔调细腻。但把《许婆》表现出的沉静和细致发展到了行文沉闷不畅的程度，读来有些费劲。

刘兆吉这时的兴趣转移到了小说上，虽然毕业在即，功课甚紧，他还是没有放下创作之笔，连续创作了《木乃伊》《古董》等小说。这两篇作品的发表时间虽然在高原文艺社改为南荒文艺社之后，但作者1939年夏毕业去了重庆，其创作时间仍在高原文艺社时期，而且作者没有参加南荒文艺社，所以在这里论述。

《木乃伊》写一个大学生的变化，很有现实性。"木乃伊"本名居静，"木乃伊"是半年前同学给他起的绰号。抗战爆发后，同学们整天忙于宣传抗战，居静由于不会唱歌、演讲、写标语，只能当一名听众和旁观者，他又不轻易表露自己的态度和感情，同学便给他起名"木乃伊"。他认为，获得这个绰号，"是由于他的性格太好静了，因之也联想到居静这名字太不吉祥"，遂起别号"战鼓"。他的性格也随着别号而改变了。他摘抄新闻，编写壁报，宣传抗战。但不知者仍然叫他"木乃伊"。为了"雪耻"，在一次集会上，他发表慷慨激昂的讲话，获得了成功。接着他在《新生》文艺壁报上发表"由惊人的时髦字句""炸弹、头颅、血花、死呀、冲锋呀、民族观念呀、国家意识呀"组成的诗文，遂被别人充分认识了他——"战鼓"。不久，《新生》推荐他为总编辑，他干脆把壁报名称改为《战鼓半月刊》。这时，他写的诗文都用惊叹号，而且总是三个连用，"他有一篇十行的新诗，竟用了二十八个惊叹号"。接着，他被选为学生自治会主席，进而被委任为救国会干事。他成天忙于开会、写文章，喜欢得到别人的安慰（夸赞）。但是他很少上课，月考交了白卷。他进而鼓动同学罢课，以反对学校的"奴性教育"。不过，同学似乎不买他的账，照样上课。他于是转而痛恨这帮大学生"没有国家观念，民族意识，都是一群书呆子"，气愤地说："我再不愿意和这些'木乃伊'为伍了。"作品最后写道："在学期终了，举行考试的前一个星期，他因为救国工作繁忙呈请休学了，从此以后同学们很少再看到他了。"居静的转变实在太快了。但又不是没有根据的。所谓时势造英雄嘛。只要人肯改变自己，在风云变幻之际，是很可能发生突变的。居静由于想改变自己的性格和形象，积极适应时代的要求，而环境接受他,社会认可他,潮流推动他,即主客观相适应,他就能实现转变,成为潮头人物。但作为一个大学生(当时大学生很少),变成一个在后方喊喊口号的"职业"救亡工作者,是好是坏?这很难说。不过,作者是持否定态度的。有两点可以预见:一、为适应环境而迅速变化的人,难保今后环境变了不会发生别的变化;二、国家需要文化人才,所以易地办学,而停学救亡,不符合"抗战建国"之国策。《左传》有言:"不有居者,谁守社稷?不有行者,谁捍牧圉?"①前方和后方是相互联系、相互支持的。我们相信,"木乃伊"这个形象的塑造是有现实依据的,且这个形象一直"活"在中国社会,在各个历史时期都能看到,可以说,这是一个独特的、不朽的形象。

《古董》写一个聪明人制造了一个假古董,再进行炒作,使其价钱越来越高,名声越来越大,以至"三位学者的降临",其中一位外国汉学家抢购了它。作者通过这个以假乱真"哄老外"的故事,揭露世相,刻画人物心理,具有喜剧意味。小说表面讽刺那些迷古者,实际意味深长:由于人们的趋向,为造假者提供了生存空间,假冒伪劣的人和事由之产生。

刘兆吉生于山东,从小听惯了各种各样的故事,受古代小说的影响很深。他的作品故事性强,人物和事件的来龙去脉讲得清清楚楚,即使作品的笔调也是故事性的;作品全知全能的叙述方式,也可以看作继承了古代小说的常用方法;作品语言干练,描写简洁,不作铺张扬厉,环境描写、人物描写、心理描写都简洁明了,大有古代小说的韵味;就连起绰号的方法也保留了中国古代小说的传统,两篇小说的主人公都有绰号,《木乃伊》甚至以绰号和名字的变化结构小说,贯穿全文,深得古代小说艺术之妙。

林蒲在写作诗歌和散文的同时,开始了小说的试作。这时的小说主要有《陈金水》和《二戆子》等,作品显示出林蒲小说的创造才能。从艺术上看,这些作品受中国古代小说的影响较大,讲故事,写性格,结构完整,语言简练,同时,也吸收了外国小说的一些特点,注意环境描写和情调渲染。在思

---

① 《左传·僖公二十八年》。

想上,它们写的都是宣传抗战、打击侵略者的,属于"正统的"抗战文学作品,有强烈的现实意义。

祖国宝岛台湾邻近日本,因此较早遭受日本的荼毒。1937年日本全面侵华开始,曾大量征调台湾青年充当日本军人,替日本进攻大陆。《陈金水》写的就是一个在"八一三"上海战争中负了伤,回家养病的台湾老兵陈金水。回到台湾后,陈金水整天躺在竹林下乘凉,衣食无忧,悠然自得。忽然有一天,来了一个人,通知他立即到村边去集合。他上了车,被拉到"皇军"的驻所,一个军官和他谈话,原来是他沪战中的上司。上司交给他一份新的工作:到厦门、漳州一带执行一项特殊任务。他和一个日本人、另一个中国人上了船。日本人武井是头,在船上,武井任意鄙视、污蔑中国人,说中国人像猪一样,甚至直接称他俩"笨猪"。陈金水忍受着侮辱,思想产生了激烈的斗争。他们在鼓浪屿下船,等了六个月,而后以南洋华侨的身份来厦门。在集美码头,被警察盘问,假称星洲华侨的日本人武井,准备的知识用完,露出马脚。陈金水乘机揭露,另一个中国人证明,警察抓捕了武井。接着我国军警在泉州一带冒充染料房的屋里,抄出了几十捆以"万事大吉"红色布条为暗号的东西,进而粉碎了敌人的一次军事计划。陈金水和另一个中国人立了大功。作品歌颂了陈金水的民族意识和爱国精神,是直接描写反日的"抗战文学",在当时具有社会意义。但作品精练不够,故事有些散漫,人物性格不太明显,在艺术上显得不够老练。

《二戆子》克服了《陈金水》中的毛病,这篇作品是林蒲和一帆合写的。小说写的是一个名叫二戆子的农民兵,临时受命,带领小分队执行任务,打了一场漂亮的伏击战的故事。故事写得相当简洁:在十一人的队伍中,有大学生、公务员、小学教员,还有一个穷苦出身、性格直笨的二戆子。在一次巡查阁子岭(穆夫关)的任务中,大队长偏偏把队长的职务交给这位没有文化且笨直的二戆子。大家不服,不大听他的指挥。他们到了当年穆桂英显威风的地方时,来了二三十个日本兵。二戆子当机立断,要大家隐蔽,来一次"套黄狼"。当敌人走近,有人要开枪射击,他坚决不允,果敢地以军令从事。

待敌人到了面前,他一声令下,手榴弹猛投,敌人还没有反应过来,就被炸翻在地,二三十人,只剩三个滚落山底。老吴要追,被他阻止。他带领队伍迅速撤离。到了岭上,只见敌人的炮火集中轰炸刚才的战场,连石头树根都被炸开了。大家始信二戆子判断的正确。这时,二戆子让大家坐着听炮声、看战场,自己则飞快离开,去找游击队司令,"要来第二次的'套黄狼'!"那些知识分子不得不佩服这个没文化的憨笨之人的指挥才能了。二戆子形象塑造得相当成功。他平时老实憨厚,可打仗却异常聪明,是一个优秀的军人。小说一开始集中笔墨写他的"戆"——憨厚、老实、嘴笨、朴素、节约、惜物、家苦,而他带领队伍执行任务时,则显得沉着机智、胸有成竹、指挥得当。他地形熟、历史熟、战法熟,时机把握得恰到好处,所以能打出漂亮的伏击战。之后,他还当机立断,搬兵来打更大的胜仗。小说把写人物性格作为主要任务,让故事为人物性格服务,做到了性格鲜明、故事集中、篇幅简短,实是短篇小说的佳构。读这篇小说,让人想到《荷花淀》,其人物、故事、格调尽可与《荷花淀》媲美,只是作品还缺少《荷花淀》的诗情画意,少一点匠心安排。尽管如此,它还是算得上中国现代的优秀短篇小说之一。

四、戏剧

戏剧文学是高原文艺社新的开拓,由于南湖诗社没有戏剧创作,高原文艺社的剧作即是西南联大的第一批戏剧作品。高原社之后,很少见学生社团的剧作,直到剧艺社,才取得了较高的成就,其间相隔约六年。因此,高原文艺社的戏剧作品,无论成就高低都值得我们珍视。留下戏剧作品的高原文艺社社员是周正仪和刘兆吉。他们的作品成就虽然不很高,但开创之功不可磨灭。

周正仪是高原文艺社的新社员,他这时的作品,仅见独幕剧《告别》。作品写一个年轻医生"告别"亲人到前方医院去工作的事,反映了青年的抗战热情。故事梗概是:为抗战的情绪驱动,外科医生张志济主动报名去前方医院服务。上船前,带着行李来跟女友黄绯霞告别,希望女友和他一起去前方。可是,女友不愿意去,也不希望他去。她假装同意,说是出去收拾行装,实际是去给张母打电话。而后她回来稳住张志济。张母带着小儿子立即赶来。在母亲面前,张志济推说自己哪儿都不去,并问母亲听谁说自己要走,张母掩饰,十岁的弟弟说出是黄绯霞打的电话。事已至此,张志济转而做母亲的工作,说自己是国家的技术人员,去当医生,不上前线,没什么危险;说请母亲替受伤的将士想想,他们多痛苦;说自己若是做工或种田的,早已被征走了;说母亲都疼爱儿子,"把您疼爱儿子的心,放开去疼爱别人,让您的儿子去救别人的儿子!"张母听后,擦干眼泪,同意儿子去,并要亲自送儿子上船。临行,张志济对黄绯霞说:"没想到你是这样一个人!"留下黄绯霞一个人失神地立在台中。

此剧篇幅短,场景小,故事简单,难以出大效果。但故事有变化,有起伏,因而有"戏"。作品意在歌颂青年抗战爱国的决心和行动,也清楚地表达出了主旨。惟其"清楚",艺术上显得不丰富、不细腻,思想上有些"直白",有借人物之口说"动员词"的弊病。此外,还有细节挖掘不够、语言直露、人物感情不够细致的缺点。这也是抗战初期一般文学作品艺术不够精致的通病。

虽然如此,黄绯霞的心理刻画还是较为突出的。她是一个很有心计的青年,暗自做着自己的事却不露声色。她听到张志济要走,并不惊讶,还责备"你为什么不早同我说?"明白张志济想要自己一同走,先答应下来,还说父母那里没问题,了解到张母不知儿子走的情况,就借收拾行李为由出去悄悄打电话给张母,借他人之力以达到自己的目的。听到张母的汽车声,还假装不知,说是过路的汽车响。张母询问儿子,她又装给张志济看,先替他藏药箱,后帮助掩饰说:"他是到我这儿来玩的。"张志济追问出消息来源,她"扭头旁视",不得不面对时,她才说:"志济,对不住你。"最后,她又解释成"完全为了爱你"。这个两面人,"表演"很到位,但最后还是落得失败、孤立。而主人公张志济则写得简单了些:要女友同走,却临时告知;说服母亲只用了十几句话;对黄绯霞的心理毫无认识等。他有强烈的民族意识和国家观念,具有崇高的职业道德,主动要求去前方医院,是一个有作为的好青年,但他为什么一定要采取"出走"的方式呢?作品解释为担心母亲不让走,可是后来他轻松容易地说服了母亲,这说明他识人不深,该告的不告,不该告的告了,把亲人的态度判断反了,其昏昧不明可知。因此,这个形象的塑造没达到作者的意图。

刘兆吉的两幕剧《何懋勋之死》写西南联大投笔从戎的学生何懋勋英勇抗战、壮烈牺牲的故事。何懋勋,又名何方,江苏扬州人,1935年考入南开大学经济系,抗战爆发后随学校进国立长沙临时大学学习。1938年赴鲁西抗日根据地参加抗日救亡工作,任山东省第六区游击司令部青年抗日挺进大队参谋长。1938年8月在齐河县县城外战场英勇牺牲,时年二十一岁。刘兆吉也是南开大学哲学系的学生,与何懋勋同级,又一起经历国难,到长沙学习,感情深厚。何懋勋牺牲后,刘兆吉怀着十分崇敬的心情写下这个剧本,以纪念老同学。

剧本根据何懋勋的事迹编写,实际是何懋勋的"文学传记"。在何懋勋二十一岁(剧中二十三岁)的生命中,选取哪些事件来写,反映出作者的态度。此剧没有选择他的出身,没有选择他的少年事迹,也没有选取他和自己的同学情谊,而是集中写他牺牲前两个晚上的活动,这是要突出他的抗日英雄特色。剧本分两幕,第一幕写何参谋长在抗日队伍中处理军务,深夜伏案工作,并主动要求参加挺进队冲锋陷阵,受命任队长;第二幕写何队长带领挺进队到达目的地,准备攻城,不幸被汉奸出卖,遭敌袭击,为国捐躯。

作者这样选择和处理题材,意在刻画一个能文能武、智勇双全、很有前途的军事人才。作品基本上实现了这个目的。我们看到的是一个夜以继日,刻苦工作,起草檄文的"笔杆子",并从侧面知道了他能出高招,克敌制胜,他虽然体弱有病,但能带领部队日行一百三十多里,布置战术,准备战斗,对于可能出现的情况和汉奸的行为,已有预料,只是估计不足和防范不力才遭出卖,最后在敌人袭击中身负重伤,又遭毒刑,但英勇无畏,壮烈牺牲。一个抗日英雄的形象傲然屹立在读者眼前。

　　剧作对范素娟形象的刻画尤见功力。范素娟的性格特点是淘气、爱哭、深明大义和智勇兼备。她喜欢使气，说话常常"反弹琵琶"，打打闹闹，嘻嘻哈哈，似很幼稚，但其内心却很有主见。她易动感情，随便一点事就哭，但更多的是为关心他人而哭，可见她心地很善良。她有强烈的爱国心，支持爱人上战场，自己也英勇地上战场，这时俨然不像一个爱哭的女孩。她担任侦探任务，完成得很出色，巧妙的化装，哄得过所有的人，当挺进队员全部牺牲了的时候，是她用仅有的子弹，一枪一个消灭敌人，报了大仇，自己也杀身成仁。这个形象在现代文学中是光彩而又独特的。

　　情节的丰富性是此剧的特点。剧本不仅仅表现主人公的作战牺牲，而且表现了他的其他方面。例如，他是"一个英勇多谋的领袖人才"。剧本写他作战勇敢，能出谋划策而获得胜利，深夜批阅文件，起草宣言，带兵打头阵等。剧本还写了他的爱情纠葛。他和司令员的女儿范素娟建立了恋爱关系。由于范素娟性格特别，他们相处充满了悲喜意味。但是，坚持抗日，英勇无畏，敢打头阵是他俩共同的思想基础。最后，他俩双双英勇牺牲。读罢作品，令人油然而生崇敬之情。

　　作品的结局是悲剧，但这不是性格的悲剧，而是战争的悲剧、故事的悲剧。主要人物全都牺牲了，读后深感沉闷。虽然范素娟杀死了日军头目和汉奸，给读者心理带去了一些平衡，但作品没有暗示出胜利的希望，给人一片黑暗。况且，何懋勋和他所带挺进队的精兵强将不是死于战斗，而是死于战前，让人有"出师未捷身先死"的慨叹。而其根本原因又在于何懋勋未能有效地防范汉奸，这是有损于"英勇多谋的领袖人才"形象的。作品这样写，也许战争本身就是这样，也许是 1939 年作者看不到胜利的前途而如此表现。但无论如何，作者把战斗描写得简单了些。例如，假若何懋勋悉心布阵，顽强战斗而最后牺牲，艺术效果就会好得多。如果说写何懋勋的牺牲情节有失误的话，写他体弱多病则是败笔。弱病与他的智勇没有关系，与他的牺牲也没有关系，至多只能表现他工作的忘我，以及对于表现爱情和范素娟的性格有作用，作品却把它放在开头大肆渲染，给人把一切苦难都集中在歌颂对象身上的感觉,在艺术上起到了相反的作用。

通过以上介绍和分析,可以得出这样的认识:高原文艺社在诗歌、散文、小说、戏剧方面都取得了可喜的成绩,又以散文和小说的成就更大,诗歌和剧本次之。散文如林蒲的湘西旅行系列《湘江上》《下益阳》《滨湖的城乡》《桃园行》,小说如向意的《许婆》、林蒲的《二戆子》、刘兆吉的《木乃伊》等可以视为西南联大文学的代表作品。诗歌如林蒲的《天心阁》、穆旦的《防空洞里的抒情诗》、赵瑞蕻《昆明底一个画像》的探索精神及其留给后人的讨论话语也值得注意。话剧剧本如刘兆吉的《何懋勋之死》和周正仪的《告别》,虽然有所不足,亦可看作抗战前期话剧的一个收获。经过高原文艺社的培育,后来成名的著名作家和文学研究家是穆旦、林蒲、赵瑞蕻、王佐良、杨周翰、向意、刘兆吉、陈士林、陈三苏、张定华、杨苡等。一个存在时间仅有半年的文学社团,能够取得这样的成绩,十分难得!这些成绩决定了高原文艺社在西南联大文学社团中的重要地位,同时也表明,即使在整个中国现代文学社团史上,高原文学社也应当受到关注。

第三节　高原文艺社的地位和意义

在西南联大文学社团的发展史上,高原文艺社的意义首先在于承上启下。它上承南湖诗社,下启南荒文艺社,是西南联大早期文学社团发展中的重要一环。以组织形式而论,它是南湖诗社在昆明的存在形式,其名称由南湖诗社改变而得,其骨干是南湖诗社的社员,其主持人与南湖诗社相同。同样,它的成员后来又成为南荒文艺社的骨干,它的主持人成为南荒文艺社的主持人。因此,高原文艺社是由南湖诗社到南荒文艺社的过渡。以宗旨和追求而论,它继承了南湖诗社坚持新文学创作的宗旨,拒绝文言文创作,把西南联大的新文学创作推上一个新台阶。它继承南湖诗社坚持艺术性的追求,拒绝标语口号和浅薄的描写,发展了南湖诗社的文学创作。它坚持南湖诗社表现理想与反映现实相结合的思想,既表现了崇高的追求,又反映了师生的精神面貌、云南的实际和全民抗战的情绪,没有使文学成为象牙塔里的摆设。总之,它继承并开创了西南联大学院派文学的传统,而这种传统又由它带入了南荒文艺社并在那里发扬光大。所以,高原文艺社在西南联大文学社团中的承启作用首先值得注意。

同时,还应看到,高原文艺社是一个独立的社团。它的组织虽然以南湖诗社社员为主干,但它又发展了一些新社员,已不是单纯的南湖诗社了。它以独立的名称开展活动和对外交流,它创办的壁报叫《高原》。《高原》上刊登的作品不再是南湖诗社或南荒文艺社等其他文学社的,社员此时投到校外刊物上发表的稿件也只属于高原文艺社。尤其值得注意的是,高原文艺社继承并发展了南湖诗社的创作。虽然有的作品与南湖诗社保持着联系,但它们还是只能算作高原文艺社的作品,而不看作南湖诗社或者两个社团共同的成果。例如,有的作品南湖诗社时期已经构思,到高原文艺社才写出来,有的作品南湖诗社时期已经写出,到高原文艺社又作了进一步修改或者发表出来,这样的作品一般都看作高原文艺社的成果。另外,高原文艺社主办的讲座与南湖诗社没有任何关系,朱自清、沈从文、萧乾的演讲,是以高原文艺社的名义邀请去的,听众也是高原文艺社社员而不再是南湖诗社社员了。

高原文艺社的最大贡献在于文学创作。它创作了一大批文学作品,尤其在文学体裁的扩大上,对西南联大的文学发展做出了重要贡献。南湖诗社的性质决定了它只创作诗歌,高原文艺社打破了南湖诗社的局限,既创作诗歌,也创作其他体裁的作品。可以这么说,诗歌仍然是高原文艺社的主要方向,尤其在《高原》壁报上,诗歌是最引人注目的文体。诗人之中,林蒲、穆旦和赵瑞蕻最受人欢迎,他们引进了现代主义方法,创作的诗歌既不同于传统的,又不同于20年代至30年代的中国现代诗,体现了中国诗歌发展的新路向。林蒲这时创作了多种多样的现代诗,可以称为现代主义诗人了。穆旦和赵瑞蕻对于诗歌散文体的探索，虽然没有取得重大的成果，但其精神值得注意，因为两年后即有优秀的作品诞生。高原文艺社的散文与南湖诗社有着密切的关系，有的作品在蒙自就投了出去，有的作品在蒙自已开始了创作，但成果问世于高原文艺社时期，所以记在高原文艺社名下。这些散文尤以反映西南联大湘黔滇旅行团生活的最有价值，它们首次把世界教育史上的"长征"情形公诸于世，是后人研究西南联大旅行团以及湘黔滇社会的第一手资料。林蒲的作品手法多样，不拘一格，表现出作者很高的创作才能和良好的创作势头。小说是高原文艺社的新体裁创作。南湖诗社没有小说创作，高原文艺社则出现好几位小说作家，创作成就显著的有向意、刘兆吉和林蒲三位。他们都写出了代表自己本时期水平的作品，向意的《许婆》、刘兆吉的《木乃伊》、林蒲的《二戆子》，即使放在中国现代优秀短篇小说中也不逊色。虽然他们小说还没有形成共同的艺术追求，但各自的艺术水平都达到了"优秀"之列。这些小说的共同特点是直接描写了反抗日本侵略的内容，这不仅在西南联大的小说中是新鲜的，即使在西南联大全部文学中，也是较早的"抗日文学"。因此，高原文艺社的小说，从思想到艺术都值得我们重视。戏剧是高原文艺社的特殊贡献。南湖诗社自然没有戏剧创作，高原文艺社也没有专门提倡戏剧创作，但高原文艺社的社员写出了戏剧作品，这是西南联大的第一批戏剧文学。此前，只有陈铨教授根据一个法国剧本改编了多幕剧《祖国》，另有一个学生创作了一部独幕剧，此外就再没有其他作品了。周正仪的独幕剧《告别》和刘兆吉的两幕剧《何懋勋之死》就是西南联大较早的一批剧作了。严格地说，这两个剧本在艺术上都还显粗糙，但作为起步的作品，有这样的成绩应该肯定。在它们之后，西南联大很少有剧本问世，直至"一二·一"运动期间，才爆发出一大批剧作，所以，周正仪和刘兆吉的戏剧开拓之功值得赞许。

高原文艺社是一个具有开拓精神的社团，在西南联大的文学发展中，它首先开拓了南湖诗社铺垫的诗歌道路，拓宽了诗体，丰富了诗歌的表现力，并且拓宽了现代主义诗歌的道路，使西南联大的现代诗出现了欣欣向荣的气象。其次，它开拓了西南联大学生文学创作的新品种，小说和戏剧是高原文艺社的新贡献，从此西南联大学生创作的主要文学体裁齐备了。再次，它进一步培育了文学创作人才，从南湖诗社到高原文艺社培养起来的文学人才，输送到南荒文艺社以及冬青社和文聚社后，显示出了卓越的创作才能，把西南联大的文学创作推向了高峰。此外，高原文艺社的作品，无论诗歌、散文，还是小说、戏剧，都显示出了优秀的资质，这是十分可喜的，以后西南联大文学社团的创作就沿着高原文艺社铺垫的道路顺利发展了。所以，高原文艺社在西南联大文学社团的历史上应当具有重要地位，不仅如此，在中国现代文学社团史上，也应为它书上一笔。

　　高原文艺社给《大公报·文艺》和《中央日报·平明》两大报纸副刊和《今日评论》杂志提供稿件的做法，也值得肯定。由于经济的原因，学生社团很难创办自己的报刊，"借地生财"即借他人的报刊发表自己的作品，实在是一个好办法。一方面，社员的作品有了发表的园地，另一方面，报纸杂志也有了依靠而不至于发生稿荒，这是双赢的事。正因为高原文艺社的稿件质量较高，才被《大公报·文艺》副刊编辑看重，将其组合发展为南荒文艺社，专为《大公报·文艺》提供稿件。也正是因为这个，高原文艺社才完成了历史使命。高原文艺社结束和南荒文艺社诞生这件事本身，就说明了高原文艺社的创作水平和历史地位。因为，《大公报·文艺》副刊是当时全国著名的文学大家发表作品的园地，与大家同刊发表作品的作者，其成就不能算低，为这个副刊提供稿件的社团，其地位也不应低估。

第四章　南荒文艺社

　　如果说高原文艺社因刘兆吉、赵瑞蕻、林蒲等社员的回忆文章提及，还为文学研究界有所知晓的话，南荒文艺社则不为人知了，以致相关的《国立西南联合大学校史》《〈大公报〉百年史》等史著和《萧乾传》《〈大公报〉与中国现代文学》等专著都未提及：它已经被人们遗落在历史的尘埃中了。幸好，南荒文艺社的两位骨干——方龄贵先生和周定一先生还健在。通过他们的介绍，我们得以了解南荒文艺社的基本轮廓，再经过仔细调研考证，终于弄清了南荒文艺社的基本面貌和创作成就。

第一节　南荒文艺社的组成与活动

　　南荒文艺社由高原文艺社转化而成，是因萧乾倡导而组织起来的文学社团。

　　1939 年春天，身为香港《大公报》记者、"文艺"副刊编辑的萧乾赴滇缅公路采访,途经昆明。他从沈从文、杨振声、王树藏等处了解到西南联大高原文艺社的一些情况,知道半年多来在香港《大公报·文艺》上发表作品的西南联大学生大多数是高原文艺社的成员,于是产生了把昆明地区的学生作者组织在一起的想法。随后,他找了高原文艺社负责人,向他们介绍了社外作者,其结果便是南荒文艺社的成立。

这里有必要介绍一下上述几人以及香港《大公报》与西南联大的关系。天津《大公报》的文艺副刊编辑原先是杨振声和沈从文,1935 年,沈从文推荐刚从大学毕业的萧乾去天津《大公报》做文学副刊编辑工作,萧乾完全依靠杨振声和沈从文进行编辑。编辑方针是杨振声和沈从文帮助确定的,基本作家队伍是杨振声和沈从文组织的,乃至副刊《文艺》也是沈从文与萧乾共同策划并编辑的。后来萧乾出任上海版《文艺》副刊编辑,一些稿件也经过杨振声和沈从文之手转交给他。"八一三"战起,上海版压缩版面,《文艺》在裁减之列,萧乾因之被遣散。他流亡到武汉,与杨振声、沈从文等编辑国文教科书。武汉战事吃紧,又和他们一起长途跋涉到达昆明。这时天津《大公报》搬到汉口,他应邀在昆明遥编汉口版副刊《文艺》,稿件主要靠杨振声和沈从文组织。不久,大公报社筹办香港版,请萧乾前去复职。接到召唤,萧乾犹豫不决:在交通阻隔、作家朋友四散的战争年代,远去香港创办一份文学副刊,谈何容易!又是杨振声和沈从文帮助他下定了决心。7 月下旬,萧乾包里装着沈从文的作品,心里装着"稿件不用愁"的慰藉,踌躇满志,从昆明启程赴香港就任。8 月 13 日,《文艺》副刊随《大公报》开版,开篇之作就是沈从文的《湘西》。香港版《文艺》副刊大约每两到三天出一期。《湘西》连载四十三次,直到 11 月 17 日结束,为《文艺》支撑了三个多月。这给仓促创办的副刊编辑提供了充分的组稿活动时间。在这段时间里,萧乾联系上了许多老作家,同时结识了一些新作者,收到了数量不少的稿件,解决了编辑的材料问题。而在昆明一方,沈从文不负所言,不仅亲自撰写稿件,还发动身边的朋友和西南联大师生创作作品,组织了大量稿件输送到香港。西南联大的教师作家孙毓棠、卞之琳、李广田、朱自清等本与萧乾是故交,当然会赐稿支持。学生的文稿，则基本上是经过沈从文修改之后再转寄给萧乾的。校外学生的稿件也基本如此，如国立艺专学生李霖灿的长篇报告《湘黔道上》，每一次发表都倾注着沈从文的心血。汪曾祺、林蒲、赵瑞蕻、辛代、流金、杜运燮、李霖灿等作家后来成名后，在回忆中都说到沈从文先生为他们改稿、寄稿的事。对于萧乾而言，老师的稿子自是求之不得，学生的稿子一方面经过沈从文的润色和把关达到了较高的水平，另一方面就《文艺》培养文学青年的传统而言也应该热情接纳并推出。这样，西南联大作者发表在香港《大公报·文艺》上的作品之多，如果按作者所在的单位来计，其数量高居第一，以至没有哪一个单位能够望其项背。试想，假若没有沈从文和西南联大师生的支持，萧乾在"准备几近于无"的情况下，"空手来负起这份编辑责任"[1]，几乎无能为力。正如他在总结半年来的《文艺》时说：要编好一份文学副刊，"即使一个神通多么广大的编者，在今日交通脉管时断时续的情形下，全凭自己也一筹莫展的"[2]。由于萧乾深知这一点，他在编辑香港《大公报·文艺》的全过程中，表现出对于西南联大作者的倚重，即使在他以杰出的编辑才能，聚集了往日的作者并引来了文学新人的支持，获得了宽广稿源的情况下，他仍然倚重于沈从文和西南联大。倡导成立南荒文艺社，就是萧乾倚重沈从文和西南联大的一个例证。除开在稿件上依靠沈从文、杨振声和西南联大外，萧乾和西南联大还有另一层私人关系：当时在西南联大读书的王树藏是他的妻子。萧乾去香港后，杨振声和沈从文一直帮助照顾着王树藏。这次他到昆明，就是杨振声、沈从文和王树藏三位接的站。

　　萧乾想把昆明的学生作者组织在一起，一方面是要为《大公报·文艺》组织稳定的作家队伍，另一方面是为了减少老师沈从文为《文艺》组稿、改稿以及寄稿的操劳。因为学生的稿件可以先交到社里，由社里作初步修改，然后直接寄给他，由他选编在《大公报·文艺》上发表。对于高原文艺社的一

---

[1]　萧乾：《寻朋友——并为〈文艺〉索文》，香港《大公报·文艺》第395期，1938年8月13日；汉口《大公报·战线》第169号，1938年8月15日。

[2]　编者：《新正预告：1939年的文艺》，香港《大公报·文艺》第486期，1939年12月31日。

些作者,萧乾较熟悉,因曾发过他们的稿件,所以,他很快找到了向长清等高原文艺社负责人,并把在《大公报·文艺》上发表过作品的西南联大校内外学生作者介绍给他们,希望他们吸收为社员。高原文艺社的骨干从壮大社员队伍、团结校内外更广泛的学生的角度考虑,接受了萧乾的建议。但是,高原文艺社作为西南联大内部的一个学生组织已成为事实,不便吸收外校人员,且"高原文艺社"之名,又为国立艺术专科学校的文艺团体所用,须得另起名称。经过认真讨论,他们决定另组一个文学社团。社团以西南联大高原文艺社为班底,吸收校内外学生作者参加。在考虑起用新的名称时,大家提出了不同意见,最后确定为"南荒",意为"开发南方的荒地",从文艺的角度说,就是"开发南方的文艺荒地"。萧乾对此极为赞成,并且主动报名参加,成为南荒社的一员。

南湖诗社因离开南湖更名为高原文艺社,高原文艺社因组成南荒文艺社而停止活动。这样,南湖诗社、高原文艺社和南荒文艺社构成了一条发展链。若以组织情况和文学观念而论,可以把它们看作一个社团的三个发展阶段,但依西南联大学生的习惯,这里仍然把它们分作三个社团看待。

六十五年后,问起"高原文艺社"为什么变成"南荒文艺社"时,当年的骨干周定一先生解释道:"主要是扩大了队伍,而且是吸收了校外的成员——社员变了;创作也不限于高原文艺社的诗歌、散文,增加了小说、报告——文体变了;而且作品发表形式也不再是壁报,而以报纸为主——载体变了,所以改名为南荒文艺社。"①这位语言学家说话很讲究语句的顺序及其逻辑关系。而另一位当年南荒文艺社的骨干,现在是历史学家的方龄贵先生似乎更注重历史事实,他向笔者提供了基本成员的名字及其基本情况。他说:"南荒文艺社以高原文艺社为前身,所以成员以西南联大学生为主,同时吸收了校外的一些学生为成员。西南联大的学生中又以中文、外文、历史系的人为主,骨干是林蒲、陈三苏、穆旦、向长清、祖文、周定一、龚书炽、何燕晖、

---

① 李光荣访周定一记录,2004年10月9日,北京周寓。

王佐良和我等。外校学生有中山大学、同济大学、同济附中的,骨干是同济大学的庄瑞源、陆嘉,同济附中的曹卣,中山大学的方舒春等。萧乾也报名参加了南荒文艺社,当然是名誉社员。"①关于成员,周定一还提供了陈士林、周正仪、邵森棣、杨周翰、赵瑞蕻等。他们都是高原文艺社社员。方龄贵没有参加高原社,对他们不太熟悉。

　　1939 年 5 月底,南荒文艺社在翠湖公园里的海心亭举行成立大会。社员绝大多数到场,萧乾也出席了。成立会上,大家踊跃发言,纷纷表达要创作出反映抗战、鼓舞斗志的作品。萧乾讲话并希望大家深入生活,读懂"社会"这本书,写出表现人生的深刻作品,然后由社里寄给他,他负责在《大公报·文艺》副刊上一一推出,以产生更广泛的社会效果。南荒文艺社既没有确定宗旨,也没有制定章程,只是要求大家努力写作,争取多发作品,无愧于抗战的伟大时代。会上没有确立组织机构、选举领导人,社务工作仍由原高原文艺社的主持人向长清负责,靠几个热心的社员共同主持②。会议提出全体社员每周集会一次,联络感情,商讨创作问题。关于社费,采取"以文代费"的办法,要求每个社员向社里交一篇作品,文末注明"南荒社"几字,社里推荐发表,稿费归社里。这就是后来香港《大公报·文艺》和别的报刊上一些作品后面出现"南荒社"或"南荒文艺社"字样的由来。南荒文艺社主要在校外活动,没请导师,至于老师对个别学生的指导和帮助,如沈从文老师对林蒲、辛代等人的指导,属于个人交往。

　　南荒文艺社成立后开展的主要活动是每星期集会一次,地点在翠湖海心亭。大家一边喝茶,一边自由交谈,并非正式会议,像一个沙龙。主要内容是社员相互交流情况和传阅作品。例如:写了什么作品,是怎么构思、怎

---

　　① 李光荣访方龄贵记录,2004 年 5 月 21 日,昆明方寓。

　　② 关于南荒社的主持人,2004 年 10 月 9 日李光荣访问周定一先生时,周先生肯定地说:"向长清仍是南荒文艺社的主持人。也就是说,向长清主持了南湖、高原、南荒三个文艺社团。"但 2005 年 3 月 15 日李光荣在与方龄贵先生的电话中,方先生说:"南荒文艺社的负责人不是向长清,而是林蒲。"事实是,林蒲 1939 年秋去贵阳花溪工作,不可能主持南荒社的事务。而在此前,他参与主持过南荒社的工作则完全可能。因此,此处仍然认定向长清是南荒社负责人。

么写的;最近读了什么作品或书,有什么特点,是否愿意推荐给别人看;遇到了什么人和事,打算怎样反映生活等,当然对社里的工作也提出建议。传阅作品即各人将自己的作品带来给社友阅读,读后提出修改意见,一时读不完的则带回去读,下次再带来交换。还有就是社员利用集会的机会将自己满意的作品交给主持人。有的外校社员由于学校不在昆明很少参加集会,例如中山大学的方舒春(时中山大学设在澄江县)。南荒文艺社的另一项活动是修改并推荐稿件。稿子交到社里后,主持人自己阅读或请人审读,有的代为修改,有的提出意见转作者自己修改。比较好的稿子由社里寄给萧乾或其他报刊。由于社员大部分发表过文章,与报刊编辑熟悉,许多时候是社员自行投稿。

关于投稿,方龄贵先生还讲述了这么一段插曲:"当时昆明《中央日报·平明》副刊的编辑是凤子,她前来约稿,南荒社答应了。可是有一次一个社员投去的稿子,她没发表,惹怒了作者,不知是谁提议对她封锁稿件,大家都不给她投稿,结果她闹了稿荒。"方先生接着说:"那时年轻,很调皮,干了这么一件事,后来想起,实在没有必要。"①查《中央日报》,"封稿事件"大约发生在南荒文艺社成立之初。1939 年 5 月南荒文艺社社员的作品频频出现在《平明》副刊上,6 月突然消失,仅见陆嘉的一篇散文。陆嘉是同济大学学生,不住昆明。他的文章或许早就投去,或者他不知"封稿"之约而投去。7 月《平明》的期数减少,或许与稿件不足有些关系。《平明》为每周三版,7 月初突然中断,至中旬才见恢复。而中旬起,有南荒社社员的作品出现,到了 10月,南荒社作品开始增多,不过数量已不如 5 月了。"封稿事件"虽为南荒社青年意气所为,但也从一个侧面说明了南荒社的地位和南荒社社员的自信——南荒社需要报刊,报刊也需要南荒社。

南荒文艺社充满了创作活力,其作品在《大公报·文艺》《大公报·战线》《中央日报·平明》和《今日评论》等报纸杂志上频频出现,以至南荒文艺

---

① 李光荣访方龄贵记录,2004 年 5 月 21 日,昆明方寓。

社成为抗战大后方文艺报刊倚重的一支骨干力量:香港《大公报·文艺》离不开它;它封锁稿件,《中央日报·平明》就闹稿荒。仅以香港《大公报·文艺》为例,在一年多时间里,南荒文艺社社员在上面发表的作品,据不完全统计,就有五十六题,分一百一十二次刊出,其中不包括名誉社员萧乾和老师的作品。如此丰富的发稿量,对于一个学生社团来说是十分可观的。并且作品几乎出自七八个骨干名下。我们看到,在香港《大公报·文艺》上,南荒社的作品有许多处于该版首篇位置,有时同一期上刊载了同一作者的两篇作品,有时全版皆是南荒社的作品,甚至第 781、783、784 相近的三期都是南荒社和西南联大老师的作品。《大公报》是当时最著名的报纸之一,《文艺》是最有吸引力的文学副刊,大多刊登名家之作,一般作者则以在上面发文为荣。而南荒社的作品在《文艺》上出现了一百多次,这足以说明南荒社文艺水准的上乘。事实上,南荒社在《文艺》上发表的作品,有许多是传世之作,例如,林蒲的《湘西行》、穆旦的《从空虚到充实》、辛代的《野老》、祖文的《端午节》、王佐良的《老》、庄瑞源的《吓》、曹卣的《一百一十户》等,在当时即产生了较大影响,今天看来仍是好作品。

1939 年 9 月初,萧乾赴英国讲学,遂中断了与南荒文艺社的联系。但是,香港《大公报·文艺》与南荒社的联系始终保持着。萧乾离港之前,推荐杨刚继任。杨刚继承了萧乾的编辑思想以及人员关系。据方龄贵先生说:"萧乾走前给了杨刚一份名单,凡是给《大公报·文艺》写文章的人都在上面,其中包括南荒社的社员。"①这样,南荒社与杨刚继续保持着良好的关系。事实上,南荒社在杨刚编辑《大公报》时期发表的作品比萧乾编辑时更多一些。原因是多方面的:一方面,在南荒社的活动时间内,杨刚编辑《大公报·文艺》的时间比萧乾长;另一方面,南荒社成立后很快进入了学年考试复习准备阶段,社员无暇多写作品;再者,也还有南荒社的组织与创作正处于发展阶段、越到后来越成熟的缘故。

---

① 李光荣再访方龄贵记录,2004 年 6 月 14 日,昆明方寓。

南荒文艺社主要创作诗歌、小说、散文,有时也写报告文学和文艺评论,而以小说和散文的成就较高。小说的主要作者是辛代、庄瑞源、林蒲、曹卣、向意、祖文、王佐良等。小说反映的生活面较为宽广,大后方、沦陷区、滇缅公路甚至抗日前线都写到,但基本上都没超出他们的生活经验范围,所以读来真切,这些青年作者善于学习、借鉴和创新,大胆想象并运用新方法,在艺术上多有突破。散文的作者更多,林蒲、辛代、向意、庄瑞源、曹卣、祖文、吴风、陆嘉、周定一等都发表过作品。他们的散文(包括报告文学)有四大内容:一是迁滇途中的见闻和艰辛,向意、辛代、陆嘉、林蒲、周定一应为这方面的代表作家,他们首次把湘、川、滇、黔、粤等地的山川景物、风土人情,旅途中所遇的奇险惊异公诸于世,成为人们认识这些地方的最初材料;二是云南的生活与见闻,云南山水的秀美,昆明文化的殊异,学生生活的艰苦等,都是他们散文描述的中心对象;三是有关战争,滇缅路、空军、射飞机、抓俘虏、跑警报等在他们的作品中都有反映;四是对故乡的怀念,家乡的人、家乡的事、家乡的景物、家乡的风俗,这些是游子不可忘怀的,因此常常在他们的笔下出现。诗歌作者主要是穆旦、杨周翰、赵瑞蕻、吴风等,林蒲和向意偶有诗作。这些诗人的作品基本上是抒情诗,表达作者心灵深处的话语。文学评论是西南联大学生以往没有发表过的文体,此时出现在香港《大公报·文艺》上,是值得注意的。文学评论主要有穆旦论艾青和卞之琳的诗,王佐良论书评写作等,殊为可贵。

正当南荒文艺社处于良好发展势头的时候,一些骨干和社员因毕业、工作或学校搬迁等原因相继离开了昆明。1939 年 7 月,周定一、陈三苏、陈士林、周正仪等毕业离校,邵森棣、林蒲离昆他去,1940 年 6 月,向长清、龚书炽、赵瑞蕻也相继毕业。这期间,有的社员如王佐良、杨周翰、穆旦、祖文等毕业留校任教虽在昆明,但工作重心转移,对社团的活动关心少了。1940 年夏,中山大学搬回广州,是冬,同济大学迁往四川李庄。至此,南荒社骨干已去大半,尤其是主持人向长清离开昆明,南荒社失去核心人物,社团也就没再活动了。

南荒文艺社没有宣布解散。在团体停止活动后,作为个体的社员仍在继续创作和发表作品,这段时间刚好在暑假,正是个人进行创作的好时机,所以南荒社的实际活动时间还要长些,大约可以算到1940年暑假末。

第二节　穆旦的诗歌

穆旦是南荒文艺社社员中只写与诗歌有关的文字的唯一一人,其成就也以诗歌最为突出。他对诗歌的热爱到了痴迷的程度。王佐良在论穆旦时说:"这些联大的年青诗人们","在许多个下午,饮着普通的中国茶,置身于乡下来的农民和小商人的嘈杂之中,这些年轻作家迫切地热烈讨论着技术的细节。高声的辩论有时伸入夜晚:那时候,他们离开小茶馆,而围着校园一圈又一圈地激动地不知休止地走着"①。穆旦这时创作和发表了《劝友人》《从空虚到充实》《童年》《祭》《蛇的诱惑》《玫瑰之歌》《漫漫长夜》《在旷野上》等诗,这些诗在关于穆旦的论文中时常被论及。

在介绍南荒社时期的穆旦时,还必须从《防空洞里的抒情诗》谈起。这首诗虽然写于高原社时期,但发表时末尾注有"南荒文艺社"几字,是穆旦提交的"社费"。这首诗对于穆旦的意义,在于奠定了他在南荒社时期的诗歌基调:内容上的自我解剖,形式上的散文化。此诗写人们在防空洞里的所言所想所做,琐屑杂乱,没有任何重大的意义,不仅消失了空袭的紧张感,反而把躲空袭当作"消遣的时机",进行着毫无价值的"抒情"。诗人对这种态度是反感的、厌弃的:"我是独自走上了被炸毁的楼,/而发见我自己死在那儿/僵硬的,满脸上是欢笑,眼泪,和叹息。"诗人将自己分裂成两个"我",让那个空虚无聊的旧"我"死去,表达出诗人对自我的审视与企图更新的愿望。诗

---

① 王佐良:《一个中国诗人》,见《穆旦诗集》,北京:人民文学出版社,2001年,第118页。

歌结构松散,诗句长短无序,语言缺乏诗味,这是对传统诗学的反拨,对新诗别径的探索。这种新意也许是穆旦看重这首诗,把它作为代表作品提交南荒社的原因。论者多注意这首诗的反讽、分裂等现代手法,反而忽视其思想意义。实际上,这首诗反映了穆旦积极进取的人生态度,诗中对于现实人生的厌弃和对旧"我"的告别,就是这种人生态度的表现。

在这种人生观的指导下,穆旦写了《劝友人》。这首诗表面上是"劝友人"不要为"失去的爱情"苦恼,要为创造"千年后的辉煌"而努力,实际表现的是穆旦的志气和胸怀。诗歌巧用我国民间"每个人都是天上的一颗星星"的传说,告诉友人,你这颗"蓝色小星"千年后也要"招招手","闪耀"出"光辉",其思想精神积极向上。

由此可见,积极向上的人生观是穆旦在南荒社时期诗歌的首要内容特色。而且,它还是穆旦此时所有诗歌内容的思想基础。论者津津乐道的内心反省、自我解剖、灵魂拷问都是建立在这种人生态度之上的。

表达抗战思想内容是穆旦南荒社时期诗歌的第二个内容特色。这也是为以往的研究者忽略了的内容。为突出穆旦诗歌的现代性,强调其心灵表现是正确的,但也要看到穆旦诗歌作为"抗战文学"的业绩。

《祭》就是一首抗战诗。此诗原题《有钱出钱,有力出力》,其表现手法是现代主义的,但其内容是传统意义上的抗战诗。它不像一般流行诗那样喊叫,也没有豪言壮语、英雄形象,而是将写实和写意结合,象征和暗示同构。出力牺牲者"瞑目的时候天空中涌起了彩霞,/染去他的血,等待一早复仇的太阳",后方出钱者虽然跳狐步、喝酒,但"身上/长了刚毛,脚下濡着血"。这"血"就是"钱"的暗示,就是"祭"。后方的朋友以血祭奠前方的战死者,也是为抗战出钱出力出精神。由于《探险队》没有收入这首诗,也就为后来的选本遗漏,多数论者无从知道,这恐怕是论者忽略此诗的原因。

《漫漫长夜》也是一首抗战诗,是"有钱出钱,有力出力"的另一种抒写。诗歌把"我"确定为一个"老人"。"老人"是一个象征,是诗人自我心态的画像。此方法使人联想到鲁迅在《野草》里常写的"梦见自己"变成了什么。

"老人""默默地守着/这迷漫一切的,昏乱的黑夜"。"黑夜"也是象征,象征"老人"所处的环境。"老人"在"黑夜"里耳闻或目睹"无数人活着,死了":"那些淫荡的梦游人",那些"阵阵狞恶的笑声","我"都"不能忍受"。但是"我的孩子们战争去了","我"没有了助力,只能"默默地躺在床上",任凭"黑夜/摇我的心"。"我"想"搬开那块沉沉的碑石",放出"许多老人的青春",可"我"失去了能力。这里隐含了诗人对于自己有心无力的批判。"我"像厌恶"防空洞里"的人一样,厌恶身边这群死了的活人,想同去做一些有益国家民族的事,可是失去了行动的能力。明于此,便可理解诗歌为什么要写杀海盗了。诗中用同义反复的形式表达了"老人"对于"杀死""海盗"的正义战争的支持态度,表达的正是作者的抗战态度。末两行的"为了"可以理解为"因为","期待"是对胜利的期待,"咽进""血丝"是说自己忍受着痛苦,支持"孩子们"去赢得战争的胜利。"血丝"使人想到艾青的《吹号者》里的号兵"吹送到号角里去"的"纤细的血丝"。整首诗的内容仍然是幽暗的,环境黑暗,众人狞恶,海盗凶残,"我"却不能像年轻人那样跳出环境,摆脱众人,以行动去参战,而是一个"躺在床上"的"老人"。此诗对于自我的批判是深刻的。虽然此诗只是写了抗战的愿望,但其精神是积极的。"老人"的意象可能是"穆旦们"的一个共同认识,此时穆旦的好友王佐良写有小说《老人》,也是极言老人无用,虽然他俩笔下"老人"的具体含义各不相同。

《漫漫长夜》已表现出思想和行动的矛盾,已有强烈的内心冲突,而把内心冲突表现得紧张剧烈的是《童年》和《玫瑰之歌》。事实上,思想和行动(理想和现实)的冲突是穆旦诗歌最为精彩感人的内容,它是南荒社时期穆旦诗歌内容的第三个重要特色。

在《童年》一诗里,"历史"与现实相对,"蔷薇花路"象征物质的诱惑,"历史"意味着过去,"野兽游行"意味着自由。"我"翻阅历史,查看"文明",可现实总在引诱"奔程的旅人""丧失本真"。诗人厌恶这样的现实,"停留在一页历史上","摸索"大自然未经人类文明濡染时的"滋生""交溶""矫健而自由"。但那终究是"美丽的化石","我"此时听见的是"那痛苦的,人世的喧声"。"我"无奈地丢失了"童年",而被抛入"今夜的人间","望着等待我的蔷薇花路,沉默"。可见,诗中的矛盾斗争是紧张激烈的。

《玫瑰之歌》表现"现实"与"梦"的冲突。全诗由三章构成。第一章《一个青年人站在现实和梦的桥梁上》写选择的两难。诗的开篇说:"我已经疲倦了,我要去寻找异方的梦。"而"现实"却"拖"住了"我"的脚步:"你带我在你的梳妆室里旋转,/告诉我这一样是爱情,这一样是希望,这一样是悲伤,/无尽的涡流飘荡你,你让我躺在你的胸怀。"而"我"怀疑现实的"真实"性,并且"在云雾的裂纹里,我看见了一片腾起的,像梦",所以要"离去"。"现实"的温暖与腐蚀,"梦"的美好与召唤,定下了全诗的基调。第二章《现实的洪流冲毁了桥梁,他躲在真空里》,继续写"现实"与"梦"的矛盾。"我"被爱人领入了迷宫,"在那里像一头吐丝的蚕,抽出青春的汁液来团团地自缚",温暖、舒适、体面的家庭羁绊着"我",使"我"失去了奔向理想的勇气,"我蜷伏在无尽的乡愁里过活"。"我"想到老来回忆这种"真空"的生活,将会"对着炉火,感不到一点温热"。"我"仍然想"离去",但已失去了先前"去"的叫唤,只是"期待着野性的呼喊"。上一章的"你",这一章的"她"——爱人及温暖的家都是现实的比喻。第三章《新鲜的空气进来了,他会健康起来吗》①有了转机,湖水、莺燕、新绿、季节、"观念的突进"等唤醒了"我","我"意识到前两章的"现实"——"爱情""太古老了","太阳也是太古老了","没有气流的激变,没有山海的倒转,人在单调疲倦中死去"。于是"我"要"突进"! 因为"我看见一片新绿从大地的旧根里熊熊燃烧,/我要赶到车站搭一九四〇年的车开向最炽热的熔炉里"。这时的"我",有过多的无法表现的情感,"一颗充满着熔岩的心/期待深沉明晰的固定",又如"一颗冬日的种子期待着新生"。不过,"我"始终没有行动,而较多的用了"期待"。因此,这首诗表达的仍然是诗人面对现实与理想的矛盾冲突而表现出来的内心苦闷与呼喊。

对于生命意义的探讨是穆旦南荒社时期诗歌内容的第四个特色。

---

① 此章原题为《变成一条小蹊,他将要浮海而去》。此据《探险队》改。

《从空虚到充实》是这一特色的代表。此诗发表时,诗后有"南荒文艺社"几字,是穆旦交给南荒社的第二次"社费"。诗歌表达了在战争的特殊年代,诗人对一个人应当"怎样爱怎样恨怎样生活"的深刻思考。"洪水"是日本侵略战争的象征,它在诗中反复出现,给人以巨大的恐怖:"整个城市投进了毁灭,卷进了/海涛里。"身处这种环境的人应该怎么办?"固守着自己的孤岛","播弄他的嘴,流出来无数火花"?或者,"把头埋进手中",任"血沸腾"地听"成队的人们正歌唱,/起来,不愿做奴隶的……"或者,去沦陷区的荒乱环境中写《中国的新生》,而"得救的华宴"却是"硫磺的气味裂碎的神经"?这些都不是"我"的选择。由于"我"在"洪水"中失去了一切,由于"洪水""在我们的心里拍打",而在"原野上丢失的自己正在滋长","我们"将因此变得更加轻松和充实!诗分四章,揭示自我内心的矛盾和斗争,表明自我由高谈阔论的无聊到上战场的过程①,但"我"似乎没有在抗击"洪水"中获得真正的充实,因为"我""只等在春天里缩小,溶化,消失",而没能在战场上获得新生。诗歌描写的是思想的过程而不是行动的过程,因此"我"长于思想短于行动。

《蛇的诱惑》则是一首关于"生的命题"的诗。在战争与贫困的苦境里,面对物质的吸引——蛇的诱惑,怎么办?每一个人都接受着灵魂的拷问。诗前有四段引言,交代了写作的背景,这是理解全诗的钥匙。人被蛇第一次诱惑,放逐到地上来,"生人群"被蛇第二次诱惑,"有些人就要放逐到这贫苦的土地以外去了"。此诗可以说是"我"陪德明太太去百货大楼选购东西时的感想。当然这些都是诗歌创设的情景。夜晚把人分成了两极,一极是富人的狂欢,一极是穷人的痛苦。"老爷和太太站在玻璃柜旁/挑选着珠子",穷人则在"垃圾堆,/脏水洼,死耗子,从二房东租来的/人同骡马的破烂旅居旁"呻吟。黑夜中两极生活的对比更增添了蛇的诱惑的力量,即诗人灵魂搏斗的力度:"哪儿有我的一条路/又平稳又幸福?"人偷吃了智慧的果子后,得到的是"阿谀,倾轧,慈善事业","贫穷,卑贱,粗野,无穷的劳役和痛苦……"但人却在困境里创造

---

① 此诗初刊时有"于是我病倒在游击区里"等十七行,收入《探险队》时删去。此据初刊版而论。

了"文明的世界"。这时,蛇又施展了第二次诱惑,一些人随它而去,得到了物质享受的快乐,但同时,又得到了"诉说不出的疲倦,灵魂的/哭泣","陌生的亲切,/和亲切中永远的隔离"。这两次诱惑也就形成了"两条鞭子":一条是生活的痛苦,一条是富裕的寂寞。诗中有两次对于"活"的发问,两次问的是生命的两个层次:第一次是物质层面的生存问题,第二次是精神层面的生存意义问题。两个问题所带来的是"两条鞭子":生活的痛苦与寂寞。诗人痛苦地喊道:"呵,我觉得自己在两条鞭子的夹击中,/我将承受哪个?"在许多人追求金钱物质的热潮中,诗人看到了物质背后扬起的另一条鞭子,其目光更为深刻。而"阴暗的生的命题"的自我拷问也就异常严峻了。

穆旦这时期的诗歌已经脱离了单纯情感的抒发,而表现为心灵的抒写,他的每篇作品都是对自我思想灵魂的深刻揭露,而其揭露又带有批判性质。因此,孙玉石用"诗人的心灵的自审或'拷问'"来描述穆旦这时期的诗歌表现是恰当的[①]。但我们要看到,穆旦的这种拷问不是脱离现实的抽象的哲学探索,而是在中国社会特定的现实环境中产生的。穆旦刚进入青年时期就经历了太多的痛苦。十九岁的穆旦随南开大学"校卫队"辗转到长沙临时大学外文系读书,不足二十岁的他又随"湘黔滇旅行团"从长沙步行到昆明,后随学院辗转于蒙自、昆明。这期间,抗日战场节节失利,国土大片沦丧,大后方人民的生活水平急剧下降,学生的温饱都成了问题。在这种情况下,多数学生靠打工维持生计完成学业,一部分人休学工作以攒钱读书,有的人则干脆离开学校去经商发财。穆旦这时读四年级,自然不便外出兼职,其艰难困苦可想而知。但穆旦的诗作写出的并不是个人的痛苦,是在这种环境下人们共同的感受,这就使他那些富于现代主义色彩的作品冲出了个人的圈子,而具有了大众的色彩。因此穆旦诗中的"我"显得很复杂,有时是作者自己,有时包括吟咏对象,有时代表着一个群体。我们看到,诗中的"我"往往面对物质的诱惑、大义的吸引、理想的明丽、爱情的温暖与自己处境的艰难而又

---

① 孙玉石:《中国现代主义诗歌史论》,北京:北京大学出版社,1999年,第384页。

必须在其中做出取舍,这个取舍的过程便是心灵的拷问过程。在拷问的过程中,我们看到了诗人(及大众)跋涉的脚步和向上的力量,有人说穆旦的作品充满了矛盾、困惑与斗争,其主要表现或集中表现正在这个时期。

这个时期穆旦诗歌的艺术表现往往具有很多"发现底惊异"①,甚至每一首诗歌中都出现了让人感到"惊异"的句子。例如:

> 我看见谁在客厅里一步一步地走,
>
> 播弄他的嘴,流出来无数火花。(《从空虚到充实》)

> 细长的小巷像是一支洞箫,
>
> 当黑暗伏在巷口,缓缓吹完了
>
> 它的曲子:家家门前关着死寂。(《蛇的诱惑》)

> 一片新绿从大地的旧根里熊熊燃烧。(《玫瑰之歌》)

这些句子确实是中国以往的诗作里所没有的,它给一首诗增添了亮度。但是,诗中也仅限于有许多这样让人感到新鲜和震动的句子,而没有达到整首诗的精美的高度。郑敏说:"穆旦不喜欢平衡。"②但这种平衡指的是内容上的和谐,即矛盾的解决。如果艺术上也以不平衡为上,绝不可能成为好的作品。在这个时期,他的几首较长的诗歌均缺乏严格的剪裁和良好的布局,有的地方显得臃肿松散甚至杂乱,诗句有的啰嗦冗长缺少提炼,那种"满载到几乎超载"③的诗句还没有出现。穆旦此时正在进行着高原文艺社时已经开始了的散文化试验,因此,诗句的散文化应该是他此时的一个特点。他认为"诗的散文美""是此后新诗唯一可以凭借的路子"④。而这话正是他在创

---

① 穆旦:《致郭保卫的信(二)》,曹元勇编:《穆旦作品集·蛇的诱惑》,珠海:珠海出版社,1997年,第223页。

② 郑敏:《诗人与矛盾》,杜运燮等编:《一个民族已经起来》,南京:江苏人民出版社,1987年,第32页。

③ 郑敏:《诗人与矛盾》,杜运燮等编:《一个民族已经起来》,南京:江苏人民出版社,1987年,第33页。

④ 穆旦:《他死在第二次》,香港《大公报·文艺综合》第794号,1940年3月3日。

作以上诗歌的同期说的。但是,他把艾青提倡的"散文美"变成了散文化。因此他这时的诗失去了诗歌语言的凝练紧凑,而成为散文句式的泛用,也就缺少了诗味。或许这是他后来所说的"'非诗意的'辞句"[1],但"非诗意"不等于无诗味,紧凑凝练是不可缺少的。这些都说明穆旦此时的诗歌在艺术上还是不完全成熟的,它还带有转变期的痕迹,诗人还在艰难地探索。

总的说来,穆旦在南荒社时期仍处于诗歌创作的转变与发展之中。南湖诗社时期,穆旦以浪漫主义为主调,高原文艺社时期开始向现代主义转变,南荒文艺社时期基本实现了转变。这时,穆旦的诗作全是现代主义的,虽然表现出了深刻的锐气,有了一些力作,但十分成熟的作品还没有出现。他这时的作品,充满了"发现底惊异",但整首诗还没有达到完美、精致。但我们知道,那种完美的诗歌已经呼之欲出了。所以,南荒文艺社是穆旦诗歌道路上的一个重要阶段。

第三节　林蒲的诗歌和报告文学

我们欣喜地看到,具有"散文美"和"中国化"的诗歌在南荒文艺社的另一个作家林蒲笔下出现了。先请看这首诗:

> 阶前
> 看山茶花
> 含蕾,一朵朵
> 慵懒地开,谢
>
> 猫儿蜷伏门槛外

---

[1]　穆旦:《致郭保卫的信(四)》,曹元勇编:《穆旦作品集·蛇的诱惑》,珠海:珠海出版社,1997年,第229页。

对九月嫩阳

垂盖瞌睡的眼

无暇规计天边时日

白鸭子

（扁嘴代手）

摸捉鱼虾

屋角打谷声

减轻了禾堆的重负

灰色牛，蹲池畔

阔大的芭蕉叶

张着，圆圆像雨伞

通城的大路

人影踏人影

来了，又走了

昨夜水凫

留下的足印

斜挂云端

补红萍空隙

铺舒静止的

湖面①

　　姚丹评论说："这是一首近乎'完美'的乡居素描。"②全诗用散文的情愫、散文的句式描绘出乡村生活的图画。其诗美体现在散点式的构思、分层次

---

　　① 此诗名《乡居》，收入《暗草集》，与初刊版相比，标点分行和用字略有不同，有的系明显错误，此处对照两版而取其佳者。

　　② 姚丹：《西南联大历史情景中的文学活动》，桂林：广西师范大学出版社，2000年，第231页。

的描写、点面结合的画面以及提行排列的句子等散文特征上。用散文方式写诗，固然是"现代"的，同时，诗中又充满了浓浓的"中国味"。这不仅一眼就能看出诗歌所写的是中国——云南的乡村，而且字里行间流露出中国人的审美情趣。这是千古以来，中国文学表现着的闲静："慵懒"的花，"瞌睡"的猫，鸭子、水牛、水凫、山茶、杨柳、芭蕉、红萍，一切都幽闲宁静地生存着，完全是一幅"绿树村边合，青山郭外斜"的景象，这又是一幅千古以来中国人所追求的生活境界——完美和谐：动物各得其所，植物自适其性，人与自然和谐共处。这样的诗在此时林蒲的创作中不少，又如《羽之歌》：

> 翩翩地
> 说走就走，
> 雨，止不了你
> 已奔腾的心吗？
>
> "一走，怕不见得会再来。"
> 说着，低下头，默默
> 让眼儿又一度泛滥这云山
> 让回思润色
> 你怀念的彩画吗？

这首诗写送别，情意绵绵，思绪缱绻，开头请雨止行，借山挽留，两个问号，标点出深沉而又婉转的感情。诗歌采用以景寓情的写法，取眼前之景，抒送别之情。最后写亲人走后"冷寂"的心，仍然通过身边景象写出，末句问："这是我们的旧居吗？/池水已深了半尺"，意象明晰，情景交融，无限思念深不可言。这种思维与表达完全是中国意味的——"桃花潭水深千尺，不及汪伦送我情"；"君问归期未有期，巴山夜雨涨秋池"；"池塘生春草，园柳变鸣禽"……都可以成为我们的联想。而此诗的结构，诗行的排列，乃至诗句的选用，又都有"散文美"的特色。对于诗歌"散文美"的探索，本是高原文艺社的追求，穆旦、赵瑞蕻、林蒲都是积极的实践者，而他们的诗歌表现又有所不同。相比之下,林蒲的表现更为简练,也更为成熟一些。在南荒社时期,林蒲的诗歌已经达到中国化的"散文美"高度了。

早在南湖诗社时期,林蒲就进行了现代主义诗歌的创作,至高原社时已基本成熟,而南荒社时又出现了新的趋向:向中国传统诗歌趋归。可以说,林蒲是西南联大学生中最早迈向现代主义,又最早将现代主义"中国化"的诗人。他具有现代主义的思维和表达技能,又具有中国传统诗歌的情愫和意趣。因此,他的诗,读来既觉得新鲜,又感到传统,完全消除了现代主义的生涩难懂,易于理解和接受。《羽之歌》送别后回家,感到"家归的路是瘦长的",同样写离别,则说:"我承受:/凉风吹过/燕子穿过/雁影掠过/过路人的/脚步踩过。"[①]这样的情绪和诗句,你说它是现代主义的,还是中国传统的?

林蒲不愧为沈从文的得意门生,在文体的探索上他也像老师那样用心。沈从文被称为"文体作家",林蒲对诗体的试验也是多种多样,他写于西南联大的几十首诗,在诗体上都做了各种探索,他在《暗草集·印诗小记》中说:"大半习作,都是'聊备一格'的。"[②]"聊备一格"不是只备一格,而是每首各备一格,意即"大半习作"都是进行各种诗体探索的结果。"聊备一格"四字,真正反映出诗人的探索精神。

林蒲不仅探索多种诗体,也探索多种文体,他是文学创作的多面手并在多方面取得了成就。1940 年春,他的小说、散文集《二戆子》出版,收《陈金水》《桃园行》《二戆子》《兄弟间谍》《区长》和《人》六篇作品。集子一出版,立刻受到好评。杜文慧在《大公报》上发文指出:"无可否认,林蒲先生这本《二戆子》是从血的生活中收获而来的。他的文章没有一点忧郁,反之,是气魄豪壮,行文刚健的……他的作品是很有真实的动人的力量。"[③]《二戆子》是西

---

① 林蒲:《秋思》,《暗草集》,香港:人生出版社,1956 年,第 111—112 页。按,诗中的"过路人"原为"路过人",此根据语言习惯改。

② 林莆:《印诗小记》,《暗草集》,香港:人生出版社,1956 年,第 4 页。

③ 杜文慧:《评〈二戆子〉》,香港《大公报·文艺综合》第 826 号,1940 年 4 月 28 日。

南联大学生的第一本文学作品集。集子内容的最大特点是描写人民群众的抗日情绪和斗争，或者写抗日愿望，或者写抗日活动，或者写抗日战斗，是典型的抗战文学。这说明，作者是站在时代的前列和民族的前列从事文学创作的，作者也典型地代表了西南联大师生的思想愿望。集子中的前三篇是高原社时期的作品，后三篇才是南荒社时期的作品。

后三篇之中，《人》写得最好。杜文慧说："不论在技巧或内容来讲，这篇都是最成熟的、最动人的。"①《人》在《大公报》上发表时，末尾有"南荒社"三字，是林蒲交给南荒文艺社的"社费"。这篇作品写的是真人真事，发表时，报纸上同时刊出了达拉的照片，照片上有主人公的亲笔签名，此照片更能证明作品描写对象的真实，再从作品的笔调和风格判断，此文属于报告文学。作品的内容是：达拉的父母是印度人，为了生活，他们去马来亚太平的一个橡胶园工作。儿子出生后，父亲给他起名"达拉"。达拉是"火"的意思，希望儿子光明、热烈、造福于人类。祖母想念儿子，托人捎信来要他们回恒河故乡。"达拉暗自伤心着。想到舍弃同伴，舍弃熟识的和自己同年长大的橡胶园，他暗自流泪。"他提出独自留下照看"奶园"，可爸爸不许。于是爸爸带着全家取道新加坡搭轮船回乡。从此，达拉过上了印度的生活。几年后，达拉一家又回到马来亚半岛。达拉上学，开汽车，服了四年兵役。他不愿和其他小伙子一样当巡捕，于是他在童年时的中国伙伴王亚能开设的汽车公司里做了一名司机。后来，王亚能的祖国遭到了灾难，"一二·八"过后，来了"七七""八一三"，丢了上海、南京、徐州、武汉。"但没有关系，我们要持久战"，领袖这么说。于是国人有钱出钱，有力出力。招募汽车司机回国服务的消息传开，达拉找到王亚能说："我也想报名去中国服务。"王亚能说："这是我们的事。""'你们的事，就是我的事，我要去！'小时候听来的拔刀相助的事钳制着他的喉头。"登记处报名的华侨排着长长的队，轮不到他。他几次被拒绝，但他坚持苦求，终于获准。他和应征华侨一起乘车到新加坡，但他的护

---

① 杜文慧：《评〈二蹙子〉》，香港《大公报·文艺综合》第826号，1940年4月28日。

照有问题,主管人员说:"你是帝国的人民,帝国不能答应你!"达拉脱口而出:"那我就请求改籍。我从小就跟厦门人一起长大的。准我改籍好了。我要做中国人!"改籍后,"他吸饱力量神采奕奕地下楼梯来。他自由了。他胜利了"。"4 月 4 日,船到中国,达拉到中国了。"从此,达拉驾着汽车驰骋在中国的高原上,运输抗战物资。他想到:"两千年前的阿育王派遣东来的使者,不正是迈着这沉重的乡土步伐,跨过这大山,给两大古国搭起一道精神桥梁?"作品最后说:"人的名字叫达拉,叫做火。// 人代表光明,人是光明。"

作品笔墨集中于达拉身上,最细腻精彩的是达拉请求来中国的一段。虽然报告文学的主旨是记事,但此篇在记事中注意写人。达拉那伟大的同情、重友谊的为人、倔强的性格、坚强的意志和热情的品质无不给人以深刻的印象。这是这篇作品成功的主要之点。作品结构匀整和谐,按照人物成长顺序严格剪裁,使结构为人物性格的刻画服务,这是艺术匠心的显现。林蒲作品的语言向来色彩浓烈,简洁明丽,生动形象,富有感染力,此文亦如此。内容上的爱国主义、抗战精神、国际援助无不体现出时代特征和恒久魅力,在当时,血肉筑成的滇缅路是中国的交通大动脉,抗战物资的运输是人们关心的事情,驾驶汽车的华侨机工则是青年崇拜的"祖国之光"[1],这样的内容必然使作品产生巨大的影响力。所以,无论以艺术或内容而言,这篇作品都应该列入中国优秀报告文学的行列。

林蒲的报告文学,在当时影响最大的是《湘西行》。《湘西行》发表时,"由于该文对于湘西独特的风俗民情描写得极为出色,被人误认为是出于沈从文之笔"[2]。的确,这部作品在思想价值和艺术风格上都直追"湘西圣手"沈从文。武汉丢了,广州丢了,甚至长沙也丢了,湘西在抗战中的地位愈加突出,这不仅因为它的后面就是中华民国的陪都重庆,还因为湘西民风强悍,"无湘不成军",因为湘西层峦叠嶂,易守难攻,如果这样的地方丢了,中

---

[1] 西南联大话剧团敬送华侨机工服务团的旌旗上所书之语。

[2] 于建一:《我所知道的诗人艾山》,《人物》,1996 年第 3 期。

国的大厦就摇摇欲坠了。所以,《大公报》对于湘西倍加关注。1938 年《大公报》在香港复刊,第一天就刊登了沈从文的长篇纪实散文《湘西》,两年后,又推出另一部长篇报告文学《湘西行》。读者很容易把两部作品联系起来,把社会影响不大的"林蒲"误认为沈从文的笔名。《湘西行》分三十六节,于1940 年 4 月 26 日至 6 月 10 日在《学生界》和《文艺》两个栏目交替刊发。此期的林蒲,成了《大公报》的"专栏作家"。尤其是 5 月,每期《文艺》都有林蒲的名字出现。或许可以把《大公报》的 1940 年 5 月称为"林蒲月"。至此,林蒲在中国现代散文界有了一定的地位。

关于《湘西行》的文体,有人认为是文学通讯,有人认为是纪实散文,笔者把它看作报告文学。事实上,文学通讯、纪实散文、报告文学较为相近,甚至它们之间难以找出本质的差别。笔者说它是报告文学,基于该文的创作历程:林蒲参加了西南联大湘黔滇旅行团,"一路找机会和老百姓接触,摆龙门阵,考察农村生活和战争对老百姓的影响。沿途采集民歌、民间故事,写了十分详尽的笔记。后来根据这些草稿,开始写《湘黔滇三千里徒步旅行日记》"①。对湘西,林蒲是一个"采访者",不具备沈从文那样深厚的"湘西文化底蕴",不可能写出具有深厚历史文化内涵的散文,他在处理题材时,又没有按照时间、地点、人物、事件、起因、结果这样的构思方式写成通讯,而是采用了文学手段叙写人物和故事,并加入了许多切身感受和主观评价,这样的写作观念和方式,主要是"报告文学的"。

《湘西行》共五节:一、宿营官;二、绿林朋友;三、雨雪沅陵;四、二医;五、晃州汛。作品首先反映的当然是西南联大湘黔滇旅行团的旅行情况。宿营官即旅行团各分队中管住宿的同学。出门在外,住宿是大事,大部队旅行,住宿更是难事。同学自带行李,借老百姓的房子打地铺住宿,床垫往往是一把草,房子则更糟糕了。同学们意见大,宿营官不好当。可这位曾"对日本人比过枪尖尾"的老大哥同学先人后己,任劳任怨,带头克服困难,笑逐颜开

---

① 陈羽音:《艾山散文简介》,《华风》[美国]第 2 期,1996 年 12 月。

给人信心。在毛家溪，夜深去睡觉，在微弱的烛光下发现床边墙角放着一具油漆棺材，令人毛骨悚然，夜不成寐。同学中关于僵尸的故事乘势泛滥起来，弄得一个个瑟缩着身体不敢入睡。疲劳终于战胜了恐惧，迷迷糊糊地睡去，却听到一声尖叫，从棺材头跳出一只猫，胆大者喊声"打——"，一屋子人惊魂不定，待明白是怎么回事，鸡声已微振耳膜了——可今天还得赶几十里路！在张山冲，分队分到的住房在猪牢旁，臭味弥漫，难以忍受。大队长特许分队自行去找房子，但借告无着。"我"和宿营官出去，直到睡眠号响了才回来，"同伴们的鼾声盖过猪牢边偶尔飘起的声息"。城里的白面书生在困乏的煎熬下也能适应龌龊的环境。

湘西土匪著名，这些文弱书生能通过道道关口吗？请看这一段惊心动魄的旅行吧——出发前，团长训话："此去路途远，山势险，同胞们穷，绿林朋友多……假如碰到意外，闻到枪声响，大家马上就地卧倒下来！"在这种气氛中旅行，恐怕难以有快感了。好在一日无事。晚间，队长出席紧急会议回来传达："从常德走河道的行李船被抢了。三百多绿林朋友经碣滩过大小油溪尾着我们走来。""计算路程，就在今晚——"，又是一个不眠之夜。所幸一夜无事。第二天，团部通过当地政府派去与绿林朋友接洽的人回报：他们给情面，不为难大学里的先生。在区里派来的人带领下，旅行团集队出发。到一处树林茂密的地方，果有绿林朋友。山中传来三声枪响。领路人爬上一个土丘，摘下毡帽往空中扔了三下。山中又一声枪响，大家顺利过关。一颗悬着的心落了下来。

乡土民情，奇风异俗，自然是作者所关切和描写的。"我"喉咙疼，找到了江湖医生"刘半仙"。他正在弹琴。"我"告诉他病情，"他似听不听地埋首理弦调。和好了强弱高低，他又弹下去了：'梅花透骨寒，晚来溪边望，长官，您的病是小病，不碍事！'他随唱随代我解病理，'雪压小桥翻，老哥哥，小姑姑，长官，你给头烧耳热？'他重复我的答话，拉成调子入谱，'呀呀呀，说这病来本非轻……'他一再谈下去，直到一曲终了，仿佛是以'碰到我刘半仙找活命'这一句答复我的话作结的"。接着，他开了药，才看舌苔什么的。"先开药材,再看病症",这样的药自然无须吃。而在临近贵州的晃县,旅店老板说:上面通知,为了让出房子欢迎"长官"大学生,三四天没买卖了;晚上还有巡逻警察,关照学生夜间不要单独出门。旅行团在此休整,"我"和同学去理发、洗澡,误入窑子。一位老板还领他们去赶场,看买卖情况,听唱本,还远眺了贵州地界。与来路各地相比,晃县的人更热情,政府更负责任,老百姓更关心大学生,但社会也更复杂,民风更为粗犷。

林蒲笔力简劲而活泼,其文总是那么具有吸引力。例如,介绍沅陵极为经济:"沅陵,这湘西的重镇,沿辰水直上铜仁,溯沅水经玉屏入镇远,公路连贵阳,连昆明贯穿我们的大西南。"描写雪景饱含情意:"雪盖沅陵,雪盖伏波宫。天低垂着,天沉重地压着山,压着水。水从奇峰峭壁中拔出,流过回互的溪涧,流过江,摇撼如叶的帆船,摇撼昔日马将军抉择的途路走了","沅陵在下雪,雪压虎溪山,雪压万千人家"。作者揭露官场勾连,蒙蔽上司坑害百姓,则是另一副笔墨:"平时官官相荫,考察专员来了,还不是'同是枝儿叶儿,同是一棵树上的人物'。有了银水(子)当盘费,有烟抽,有女人玩,专员们给上峰呈报上,也就有了花鸟,有了春天,有了繁荣了。"痛斥社会盘剥则说:"'人皮剥了剥猪皮!'哪里有法有天呢?"作品的语言如此丰富多彩,在选材、结构、表现手法等方面的特点也值得很好地研究。

据有关材料显示,林蒲曾计划写《湘黔滇旅行记》,并已写出第一部《湘西行》和第二部《黔东散记》,后因出国求学,为生活奔走而未完成。实际上,题为《湘西行》的内容只是"湘西旅行记"的后半部分,前半部分包括此前高原社时期所写的《湘江上》《下益阳》《滨湖的城乡》《桃园行》四篇。前半部分多写抗日的民气,后半部分多写旅行的奇遇,而风光景物和民风民情则是贯穿前后的内容。前后部分在结构和写法上大体一致。两部分合在一起,是一部相当生动完美的长篇报告文学。

第四节　辛代的散文和小说

和林蒲一样深情抒写赴滇旅途的是辛代。辛代本名方龄贵,1938 年考入西南联大历史系,毕业后接着读研究生,研究生毕业留校任教。

西南联大湘黔滇旅行团出发时,辛代在湖南永丰镇(双峰县)读中学。1938 年 7 月,他中学毕业并参加了高考后,去长沙等候发榜。长沙危急,他和另外五个同学相约去重庆,于是开始了由湘步行入川(当时重庆属四川省)的历程,历时四十六天,到达重庆。登上朝天门码头,迎接他的是一大喜讯——西南联大新生录取榜上,自己的名字赫然在目! 他立即奔赴昆明,走进西南联大教务处,已是新生报到的最后期限。入学后,湘川路途中所遇的奇事险情总在心头回荡,在沈从文老师的鼓励下,他写成一篇篇文章,以"辛代"为笔名发表。"辛代"是端木蕻良替他起的,意为"辛苦的一代"。

辛代的文章不同于林蒲按旅行路线写出,构成一部"旅行记",而是选取路途中新鲜、有趣、惊险、刺激的人和事,形成一篇篇纪实散文。其中较出色的有《旅伴》《野店》《酒仙》《家长》《同乡》《马槽口》《荒村》《投宿》《蜀小景》《野老》等十几篇。

《旅伴》记述大家初出长沙,行李即被一个烂眼边的人骗走的遭遇。《野店》叙写在三角坪夜晚投宿的经历。《酒仙》写一个店老板。在湘西,由于怕途中遇匪,大家在店中等候汽车。初得不到店家信任,三天后,情况大改。老板娘主动聊天,老板劝大家喝酒。老板酒酣兴高,讲出了他的经历。文章写道:"镇上贴出壁报来了,说南京、徐州、上海、北平已同时克服……老板乐得闭不上口,眼睛笑得更歪斜了:'先生! 南京北平都收转来,我不吃饭都可以饱了!'"显见"酒仙"的胸怀广大。《家长》描述一个追赶妻儿的人,表现深刻。《同乡》写一个异地"老乡",最为有趣。湘西某小城,地小人多,天色渐黑,找不到旅店。这时,一个小公务员模样的人前来打招呼。他说自己是从长沙来的,要到四川永绥去,在此等伴。他听口音认定大家是"安徽老乡",主动领"我们"去找旅店。安顿好后他走了,过一会儿,他带同乡会的一位负责人来看大家。明明口音不同,却不由分说把几个东北人划入安徽人氏。大家因此得了许多关照。为了不叫这位好心的"老乡"失望,大家于是将错就错,索性冒充说"我们是安徽滁县人"。文章结尾写道:明早"上了路,再与同伴来讨论我们做滁县人还是东北人的问题尚不嫌迟"。

湘西的经历复杂、艰难、有趣,四川的旅程则险峻、惊异、新奇。相邻的土地,形状不一,民情异趣。《马槽口》记述遇匪的经历。由龙潭去西阳有两条路,为避土匪,大家选择了比古道长三十里的新路。店伙计说:"过了马槽口就渡过关口了。""马槽口"三字便印在大家脑海中了。"这就是马槽口,公路与小山道的交点。山高而秃,荒凉得几乎令人不能忍受。""先到的人在路边休息,到最后一人的脚步刚一踏上公路时,突然从后山小竹林中闪出四条影子。这四个人打扮完全如水浒中人物",他们用枪和大刀威逼着,搜查大家的行李,然后又把大家逼到山弯处,要大家脱衣"检查"。这时,远处传来汽车声,土匪被吓,拿着大家的行李跑了。要不然,大家的衣服都将被剥光。《荒村》记述四川途中几次遇"匪"均化险为夷的经历。《投宿》写夜晚投宿,没床没饭,围着火塘讲故事驱赶饥饿和劳累的经历。《蜀小景》记述一群在大山中背盐巴的人,他们之中有老人也有小孩,背着沉重的盐巴,在陡峭险峻的山道上爬行,一步一滴汗,太阳西下而路途遥远。这是多么艰难的生存方式,在那些瘦弱的躯体中包裹着多么坚强的毅力!《野老》叙写大山中的一位文化老人。旅伴饭没吃完,走来一位老人,是邻居。"这老人鬓发皆白,身体魁梧如一棵老松,那么壮,那么结实。"交谈中得知,他今年七十三岁,一生"从没有登过对面的山峰看一看外面有怎样的世界","还没有踏过十里以外的土地,只在这小小的山湾里寂寞地活着"。但他知道外面的许多事情。他说"打走日本人才有太平日子",他问"长沙丢了没有?"他知道北京是皇帝住的地方,"那里有皇宫,有金銮殿,有万寿山,还有大雪铺地像灰面",他突然问:"你看见过梅兰芳吗? 天下美男子!""我"感到惊奇。店主人解释说:

"这老人年轻时候走过红,川戏是拿手,扮老生,登台出大风头,逗引全城好女子为他发痴发疯。"在大家的央求下,他唱了一段"崇祯煤山上吊"。外地人虽然听不懂内容,但那腔调板眼透露出行里人的本色。一个足不出山湾的文化野老活现于读者眼前。四川多奇人!

以上十篇作品皆写湘川旅途,但互不重复,各显特色。这些作品贯穿着"奇、险、趣"三字,以奇人、险情、趣闻为取材依据,给人以新鲜和刺激感,不像林蒲那样注意社会面的拓展和民风民俗的揭示,而显出单纯的品质。以艺术而论,这些作品每一篇都是精致的散文,都有一定的艺术价值。由于注重抒情写意,或可称为散文诗。作品无论写景、叙事、记人都真实生动,形象逼真,富有吸引力。这些作品往往短小精悍,结构紧凑,达意精确。作者在语言表达上有着特别的功力,首先是能把普通内容生动形象地表现出来,其次是刚健有力,不拖沓,不沉滞。这里以《蜀小景》为例分析作者的艺术尤其是语言方面的特点。该文内容包括叠嶂起伏的大山、山中背盐的人、孤独的人家、老太婆、迎亲行列、打尖、奔店、日暮途远的惆怅等,均放在山与人的变换描写中表现出来,因山大而人稀,因人稀而山幽,人行山中,拉活了一座青山。作者是写山中行人的行家里手。请看写背盐人的一段:"他们默默无声沉重的走着,在陡的山道中上上下下,(这里有孩子也有老人)到累了的时候,最前头的一个'咻——'一声停下来,把那拐杖放入石头上的小洞里,上端支撑着背上的背篓,这就叫'休息',小石洞的用处也可以知道了。这'咻——'的声音挨个传下去,挨个停下来,像军队里传达一个号令那样。那'咻——'的一声该是怎样一种生活的唏嘘啊。"语言的准确简练可见一斑。

《一支插曲——大时代的小泡沫》发表时末尾有"南荒文艺社"五个字,是辛代交的"社费"。文章写一个大学生凌晨醒来躺在床上的思绪。昆明虽然四季如春,冬天还是寒冷的。"我"从东北敌占区来春城读书,家里寄不来钱。为了吃饭,在秋天把被子卖了。在冬天的半夜,"我"被冻醒了,不由得想起两月前被卖掉的棉被;一阵饥饿袭来,又想到明天没了饭费。在冷和饿双重煎逼下,"我"的思维也特别活跃,想到北方,想到母亲,想到贫困而自杀的大学生;又想到自己的使命和责任,应该活下去,且不能到邮局去当一个小职员,还应替前线牺牲的人担负起双倍的担子;最后仍回到明天的饭费上——贷金发不下来,稿费收不到,几个朋友处都已借过钱了。突然又想到明天的七堂课和一个小考。"我"又冷又饿又焦急,没了睡意,睁开眼,屋里已有些苍白,隔街某大学的晨号响了。但是,仍没有想出筹饭费的办法,可典卖的衣服已经典卖光了,唯有几本书值点钱,可出让告帖贴出去十几天了,还无购者问讯……文章用意识流方式写成,"我"凌晨躺在床上,任凭思维"流动",文字由细致到粗疏、由具体到简略、由缓慢到快速、由精密到跳跃,段落也由长到短,无论"我"的思维如何放得远,涉及事情如何多,又都维系在"冷"和"饿"两个字上:冷醒了,饿跟着来,不能不破解难题——饭费。由于思维活动有集中点,加之用了意识流的创作方法,文章所写虽然琐碎,但不混乱,这是此文的成功之处。文章写的是作者的实际生活,环境、人物、事件都很真实,易于为读者接受。大后方这类以学生的穷困生活为题材的作品很多,此文是其中的佼佼者。

像《一支插曲》一样记述作者在云南的生活和感想的作品还有一些,它们大多是一些短小的篇章,富有散文诗的情调。《高原散记》《夜景》《雨天的记忆》等都是这一类文章。

除了记述来滇旅途和昆明生活两类作品外,辛代写得最多的是对家乡的怀念和抗战的愿望。辛代是吉林省扶余县人,故乡不幸,落入日寇手中,十多岁开始就逃难他乡。对于他来说,怀念故乡与驱逐日寇几乎是同一件事。最能说明他的这种思想甚至是"情结"的是1939年9月18日这天,他发表了三篇文章:《九月的风》《八年》《祭》,且前两篇同时刊登在《大公报·文艺》上。一个版面刊登同一作者的两篇作品,这在名家尚属不多,何况是一个年轻的学生作者呢? 同一天发表三篇同一主题的作品,恐怕在中国现代文学史上也不多见。这一方面说明了作者旺盛的创作能力和高超的艺术表现力,另一方面说明了作者对于"九一八"的深刻记忆。辛代怀念故乡与反映抗战的作品有散文和小说两种。

辛代的散文有《弟弟》《平原》《长城》《悼》《祭——纪念"九一八"八周年》《沙》等篇。其中《弟弟》和《平原》可为代表。前一篇通过弟弟形象的描写及弟弟的来信写出了作者对亲人的无限思念并表达出抗战的思想,结尾想象日本侵略军制造的另一种悲剧:兄弟搏击于战场。此文虽短,可结构恰当精巧,语言流畅,含义深刻,所以,列为当期《大公报·文艺》第一篇文章刊出。

《平原》的风格与《弟弟》迥异,显出一种恢弘博大之气。在辽阔的东北平原上,世代繁衍生息着中国同胞。他们的祖先从华北跑来关东创立基业,后代在这片土地上恋爱、生育、耕种、收获。作品选取秋天收获的美好季节,丰收、恋爱,人们对这片土地投以深情的爱。可是,"一个秋天,这秋天完全如以前的秋天,只是平原上平添无数灾难了,老年人南望王师,小伙子们却拿起以前打兔子打火鸡的火枪,在冰雪里和另一种兽类战斗。望望这平原大野,他们想起了祖先创业的艰难,他们想起了'跑关东'"。言犹未尽,寓意深刻。作者善于提炼出精巧的句子表达普通的意思,有类于外国诗的"机智"。作品文学性强,富有吸引力。编辑有言:"《蜀小景》与《平原》的题材均是他专长的。"①

辛代小说主要有《无题》《纪翻译》《九月的风》《八年》《孩子们的悲哀》等篇。《无题》后改名为《梦生女》,描写北方妇女的命运。主人公小珠出生前父亲就死了,出生后母亲改嫁,奶奶把她养大。奶奶临死时告诉她:你妈"还活着"。两个月后,她被接去当童养媳,受尽折磨。她屡屡托人带信给母亲,均无消息。一天,一个四十岁左右的憔悴女人来找她,向她讲述了母亲的悲惨命运。她认定这人就是她母亲,并且愿意养她时,那人走了。两代,不,三代妇女的苦难命运包容在一个短篇之中,可谓字字千金。人物性格尤其是小珠的性格明朗感人。

《纪翻译》写一个汉奸的悲哀,是一篇十分难得的小说。纪天民是日本

---

① 《本期撰者》,《今日评论》第 2 卷第 9 期,1939 年 8 月 20 日。

皇军中尉翻译官。他效劳"皇军",帮助参事官小野田剿过"马贼",检举过"思想犯",致使许多"反满抗日"分子的生命化为灰尘。"三年里,他忠实得像一条狗对它主人那样服侍着小野田。"可是,他爱上的女人被小野田看中。小野田还警告他:"亡国奴有恋爱么? 小心你自己!"他感到了"悲哀",想起了远方的父母,想起了三年前的自由生活。可如今……他想起自己说"全村人都不是好东西",致使全村壮丁被枪杀,还被割下头悬挂于城门;想起自己说校长、教员、学生"都是反抗帝国的坏蛋",致使三百多性命完结。夜深了,他感觉"好像有无数幽灵向他索取性命",他感到"可怕"。作品仍然采取意识流的方法,让纪天民在暮秋的夜晚,听着小野田的鼾声,点燃一支烟,坐着想心事,想着想着,悲哀侵袭心头,恐怖笼罩全身。汉奸没有国家、民族、道德和良心,有的是他自己。"壁钟响了十二下",对于血债太多的人,夜是"可怕"的。这篇小说对于汉奸的思想、行为、心理乃至灵魂的揭露是深刻的,意识流方法在集中、深入地揭示人物心理方面发挥了很好的作用,使得作品篇幅虽短,思想却深刻而突出。总之,这篇作品的主题、内容和艺术表现,在1939年的文坛上,是不可多得的。需要指出的是,辛代使用的意识流不同于西方主要描写潜意识的活动,而更多的是显意识的活动,人物因环境引起了思考,渐渐地进入了一种"自我"的思维状态,这时,潜意识出现,分不清显意识还是潜意识了,最后又回到显意识上来。小说《纪翻译》是这样,散文《一支插曲》也是这样。西南联大后来的文学作品如汪曾祺所使用的意识流也是西方意识流手法的变异。

《九月的风》反映"九一八"事变,是一篇力作。1931年9月18日,日寇攻打北大营,东北军旅长王以哲带领部队撤出沈阳(其他部队早已随"少帅"去了关内)。沈阳变成了屠场,变成了血海。东三省随之沦陷,东北成了日本关东军的乐园。小说以散文笔调写成,大气磅礴,结构完整。全文分四节,外加序曲和尾声。"序曲"展现出丰饶的原野,农民的收成,一派美丽喜人的秋景;第一节写古城沈阳的政治形势,关东军搞军事演习,王旅长担忧,平静中隐伏着杀机;第二节"九一八"事变发生,关东军要求王以哲军在四小时以内撤出沈阳,王集合全旅,跪求撤退,天色破晓,北大营一旅人向东山嘴退去;第三节写日本人进城后的暴行;第四节记述市民的生活和军人自动的零星战斗;"尾声"悲情笼罩,九月没有丰收的喜悦,九月的风将哀怨扩散,九月的哀风一吹八年。这篇小说的最大特色是感情浓烈。作品像一首抒情诗,从"序曲"到中间各节再到"尾声"一路写来都充满感情,如王旅长集合全体官兵,官兵要求打开仓库拿出武器,死守沈阳的气势可以掀动天盖,王以哲跪求全旅,悲情激荡山河,因此,气势雄伟亦是这篇小说的特色。小说未刻画主人公形象,而群体形象鲜明,这是散文体小说的特点。这篇小说不仅在辛代的作品中是特出的,就是在抗战前期的作品中亦是特出的。

《孩子们的悲哀》亦是一篇力作。小说写"博物"老师柳先生被学校辞退,"我"和班长挽留柳先生的事,表达出抗日爱国的情绪。情节是这样的:"我"看到柳先生"因故去职"的通告,大为震惊,班长小郑正好路过,便和他分析问题,决定发动全班同学挽留柳先生,班长和"我"被推为代表向学校反映。于是,"我俩"去找教务长,教务长让去找校长。"我俩"到了校长室,几经询问,校长才说柳先生不听警告老在课堂上讲时事,总与同学接触。"我俩"提出挽留柳先生,遭校长拒绝。"我俩"满腔愤恨地离开校长室,直接去找柳先生挽留。方知柳先生家很贫困,师母说他上山打柴去了。"我俩"决定去接柳先生。见面后,"我俩"把校长的态度告诉柳先生,他却说"不能怨校长"。"我俩"代表全班挽留柳先生,他说已经不可能了,并说他打算去当义勇军。"我俩"立即表示愿随老师去,老师想了想说:"我看你们最好到关内去。"这一天,"我"很晚才回到家。"我"病了,睡不着,夜里告诉爸爸:"我想到关里去!"这篇小说也许写的是作者自己的事,所以真实,自然。小说篇幅不长,但人物较多,而各个人物的性格都轮廓分明。柳先生秉持公心、立场坚定、刚强不屈,决心战斗到底。"我"和小郑倔强、爱国、充满热血,但年少无知。校长胆小怕事,求全枉屈。小说以"孩子"的眼睛和心灵反映伪满洲的形势与人心,这在西南联大作品中是开创性的。不过,"孩子"与校长的对话过于成熟了些。

辛代的几篇小说各不相同,说明他在进行着各种探索,但有一些是共同的特点,即内容都反映抗日战争,地点都在东北,文笔刚健有力,语言直爽流利,风格沉郁豪壮。

第五节　向意的创作

向意的小说不同于辛代,表现出冷静幽暗的风格。这在《日阵里》体现较充分。作品记述几个同学逃出北平城的惊险经历,用冷静、客观的态度叙述,风格类似叶圣陶小说。作品不以刻画人物性格为主,而注意交代逃难的过程,故事真实,与其说是小说,毋宁说是报告文学更为恰当。

另一篇《兽医》则写得相当精彩,可以看作向意小说的代表作。小说以"我"为叙述者,写一个残腿兽医。十年前,"我"在一个村子里认识了一个兽医,他是一个健全的人。那时我对医道无兴趣,对其医术不甚了解,只知兽医水性很好,要是谁把东西掉水里了,只要跟他说几句好话,无论水有多深,他都能泅下去把东西摸上来。"我"和孩子们很崇拜他,跟他学游泳。后来,"我"离开了村子。十年后,"我"又回到村子去,见一个熟面孔的人撑着拐杖迎面走来,来人先开口,才知道他是兽医。他邀"我"至家。之后"我"有了外伤,就到他那儿讨草药。交谈中得知,他家三代行医,他读过书,知道许多故事,他还说几个月前曾被在部队的表兄邀去当军医。一天,他约"我"去喝酒,酒至半酣,"我"终于忍不住问他跛脚的事,他说:"以前不是跟你说过去部队当军医吗?去年秋天,部队撤退时,我受了伤,于是被日本兵抓住了,知我是草药兽医,把我留下了。我被两个日本兵看守着医治病马,没有自由。到了夜里,他俩一个留守,一个总外出去欺负妇女。想到日本兵作孽,恨死了,晚上一闭眼就会看到自己医好的马踏过庄稼、鲜血和尸首。于是我决心不让这些马再去帮助作恶。我采来毒药藏好。一天晚上,两个日本兵都出去了。我乘机毒死了圈里的马,带上匕首逃走。逃到田边,见那两个日本兵正在打架,天黑看不清,我躲在田埂旁,看到一个兵把另一个闷死在田里而后歪歪倒倒地走过来,我拔出刀猛然刺去,杀死了他。跑了几步,突然想到逃不过路边的岗哨。于是决定从悬崖边游水过去。我从两丈多高的岩石上跳下去,水声引来杂乱的枪声。我沉入水底,任河水冲了几里。爬上岸,河那边又打过来几枪,我的腿被打断了,昏倒在沙洲上。不知什么时候被村民救回家,然后就跛了脚。""我"听完他的故事,心中更增一份崇敬。小说仅两千多字,一个身怀绝技、有勇有谋的军医形象跃然纸上。他没有叱咤风云的举动,也没有什么豪言壮语,只是行医用世,踏实做人,他有国家观念,民族气节,能义务从军,做了俘虏后,又毒马杀敌,立了战功,最后丢了一条腿,也泰然处之,毫不后悔。他是一个普通的群众,具有高尚的灵魂。这样的民众是中国抗日战争取得胜利的基本保证。小说开头大写兽医的泅水本领,埋下伏笔,后来写泅水逃生,照应开头;结构上运用插叙,显得紧凑而有起伏变化,可以见出作者构思的匠意。作品一反过去沉滞不畅的笔调,语言简洁明快,色彩鲜亮。

向意在南荒社时期进入了四年级,准备写作毕业论文,没有多少时间和精力创作文学作品,因此作品较少,而更重要的一个方面,是向意的创作态度十分谨慎。他是南湖、高原、南荒三个社团的主持者,理应带头多发作品,可他的作品并不多。这时期他的作品,除以上两篇小说外,还有散文、诗歌各两篇。

散文《我的家》文尾有"南荒文艺社"几字,是作者交给南荒社的"社费"。文章主要写家乡人的性格:粗野、刚毅、好打架,"从不甘让半点委屈隐藏在心的深处"。这种性格的形成与家乡的环境很有关系。譬如家乡的路,有陆路和水路两种。水路缓慢,陆路较快,且有同行者交谈的快乐,因此人们多走陆路,也就养成了这样的性格。家乡居民多苗族。文章记述了作者在一个山镇的叔叔家居住看苗族生活的情形,还有住在辰州看河船的日子。家乡是宁静的、繁荣的。此时,作者身在远方,想着家乡,打探着家乡的消息,听到家乡遭受了危机，非常担忧，知道危机解除而由衷喜悦。这"家乡"，大处说指湘西，小处说是"上河"，即"沅江上流桃源以西的各县"。文章在娓娓的叙述中饱含着感情。

另一篇散文《在南岳》是回忆长沙临时大学文学院生活的。全文分六节，作者从到南岳写起，至离开南岳结束，每节大约自成一个中心，但总主题是写山，具体内容有爱山、识山、登山、见山、送友离山等。作者表面写山水，内里写人生。他探索古人建庙的精神、历代朝山者的心理、山村坟墓的历史、人们对待虎群的方法，其中都蕴涵着人文精神，所以，文章在送友之后写道："从那时起我真正认识了人生。"原来如此，作者读书之外四处登山，文学院师生教学之余游山玩水，其志不在山水之间也。这篇作品是有意义的，但在表达上较散。"散"是向意散文的一贯特点，从《横过湘黔滇的旅行》到《在南岳》都是这样，随思所往，任笔而去，无一定章法，在混乱中求得平衡。

作为南湖诗社的首倡者，向意的文学兴趣应该说主要在诗歌方面，但他发表的诗歌也不多，这时期有《吊捷克》和《火》两首。《吊捷克》是一首国际题材的作品。1939 年 3 月，德国军队侵占捷克，首都布拉格陷落。诗人对捷克不战而败予以谴责，"惧怕战争的／终被征服了"，"看半天晚霞——／人齐解甲"，同时对其亡国又表示了深沉的惋惜，"地图上又少了一块鲜明的颜色！"这首诗的意义在于表现出了西南联大学生的胸怀：他们关注着世界反法西斯战争的形势，他们同情被侵略的国家和民族，同时也希望遭到侵略的人民拿起武器捍卫主权。

《火》可以看作一首叙事诗，记述"长沙大火"。作品通过两个朋友在大火中的表现写出人民对待战火的态度，从主题思想到艺术构思都是相当好的。大火初起，人们惊慌失措，俩朋友渐渐明白："放火的倒是自己。"但他们没有怨怒，没有哭喊，且迅速理解了大火的意义："算什么，没有毁灭哪来创造，／看别人跨进屋你甘心？"接着，他们亲手把自家精致的家具劈成柴，把珍贵的字画撕毁，并且浇上油点燃火，烧毁。虽然他们也痛惜"多少年堆积的繁华""成功（为）一片墟烟"，惋惜"这一回／摧毁了多少历史的名称"，但他们坚信"伟大的历史"没有"毁灭的时候",更相信大火将"无比的光辉照耀着前途,/在乱山丛中去等待天明"。多好的人民,多伟大的精神啊！他们自觉地支持国民党"焦土抗战"的方针,他们为战争的胜利做出了多么巨大的牺牲！所以,此诗歌颂的是人民的品质,抗战的精神。这首诗从市民的角度反映战争,采用通俗的语言和对话的形式,使形式与内容达到了高度统一,就连人物的态度、思维、行动、语言都符合市民的精神,透露出现实主义的力量。这首诗不仅在西南联大文学中是一个特例,就是在中国现代文学反映长沙大火的作品中也是较早的,因此其历史价值较为明显。以写作而论,此诗从内容到形式都堪称力作。

第六节　祖文、王佐良的小说

祖文不同于向意进行多种体裁的创作,而是专写小说,作品虽然不多,但成就不小。祖文小说的题材多样,但最集中也最突出的是抗战题材,而抗战题材在他的笔下也是多种多样的。

《端午节》是祖文最早的小说。小说以第一人称形式写成。"我"生活在冀北沦陷区,时常感到恐怖的压抑,提出"到南方去",可爸不放心,"我"体谅他的心情,没有争辩。这天是端午节,"我"拿着鸟套去捕鸟。在田边,见五个日本兵扛着枪走过来,"我"吓得躲在沟里,看到日本兵嚣张的气焰,感到非常愤慨,同时感觉自己的窝囊。接着想起福星的事。福星前几年闯荡"关外",大家以为他发了财,但有人却在饭店见到他,原来他被日本人抓去当东洋兵,日军用中国人打中国人！这时来了一个十一二岁的小孩,他聪明机灵,帮助"我"捕到了两只"黄大奶"。把雀送回家后,"我"上街买新雀笼,见三辆日本汽车发疯似的从集市上驶过,三个孩子躲闪不迭,被压死了。"我"从血肉模糊的脸上认出,其中一个就是帮助"我"捉到雀的那个孩子！"我"

说不出话,飞快跑回家,打开鸟笼,放走了"黄大奶"。爸爸可惜地问我:"好不容易才捉到的,怎么放了呢?""我"答非所问并坚决地说:"爸爸!我还是到南方去!"小说中的"我"或许就是作者自己,因此写得真实感人。作品内容丰富,在结构上颇显心机:首尾照应,中间穿插恰当,以鸟喻人——笼中鸟放飞了,沦陷区的"我"也应该到南方去了。在描写方面,主人公"我"的心理和行为自然准确,把"我"的心理转变与发展放在情节事件的发展当中展现,尤显得扎实有据。那个大胆开放、富有捕鸟经验的小孩也写得可爱而形象突出。文中的所有事件又都为"我"的形象作了铺垫,把一个不甘忍受屈辱与欺凌的青年形象凸现了出来。

《刽子手》是一篇特出的小说,小说中的刽子手老杨,是"战区保安队"在刑场上专司杀人的刽子手。小说开篇写"战区保安队"的"神气",他们在城里横行霸道,作威作福。"我"对他们的行径非常愤恨。一天上街,"我"看着满街的"日本迹象",心里暗暗地骂着。突然有人拍"我"的肩,吓了一跳,原来是老同学老杨。他约"我"去家里。"我"知道他在跟保安队赵大队长干事,而且很"红"。他却说自己被"刷"了。原因是他在枪杀一个庄稼人——他们硬说是共产党雇来的便衣队员时,装错了子弹,把他的脑袋炸碎了,从而违背了大队长"留个全尸"的命令。因为死者家属层层花钱,大队长答应了给留全尸的,这下弄得大队长不好向人家交代了,于是被"刷"——他为失去这份"工作"而叹息。他还讲述死者的女人如何哀求刽子手们不要杀她丈夫,如何第二天死在枪杀丈夫旁边的小树上——她已三个月身孕,"死一个,死三个"了。老杨讲述这些时,不带任何感情,但他对赵大队长及日本人可畏惧了:"咱们这地方,人们死、活——只要赵大队长一句话……可是,他们就怕日本仔",他把自己的不满和追求化为一声叹息:"如今这个世界呀……大鱼吃小鱼,小鱼吃虾米,虾米吃紫泥。"这是一个没有是非、没有灵魂、没有人性的动物。作品对老杨的揭露和批判是相当深刻的。作品的表现手法亦很特出:没有写刽子手的面貌,也没有写他的心理和行动,只写了他的语言,通过他的讲述写出他是一个什么样的人,这种手法可谓高妙。而写他的语言不惜笔墨,大段大段,拉拉杂杂,表现出作者的厌恶心理。作品中的"我"是叙述者,也显示出了性格特征。这篇小说不仅取材独特,而且人物刻画成功,艺术手法高超,显示出作者的文学功力。

《他卖了他的松树》揭露抽大烟的危害。尹保长从十五岁开始抽鸦片烟,很有钱的家底,全被他"抽"光了,现在一家人住在做村公所的寺庙里。因无钱抽大烟,只好把他家最后的资产——松树卖了。尹保长身为基层官员,但不利用职权危害人民,他明白事理,为人正派,且"心肠好,不骗人",还有爱国心。从尹保长三次求"我"为儿子谋一个小工,而且作品以此为结尾,把卖松树和为儿子谋工作联结在一起,说明作品是表现人性的。这样一位清官、慈父、好人卖光家产来抽大烟,可见鸦片害人之深。

《老瘸子》以"我"为叙述者,讲述一个老妇人爱她的儿子的故事。她的拴儿被日本兵打死了。在村里的"驴皮影"演唱会上,她见到日本兵,立刻从人群中挤出,愤怒地瞪着日本兵要"拴儿"! 小说歌颂了母爱,表现了人性。在"谁敢和日本人作对"的氛围中,这个瘸腿的、爱笑的母亲表现得多么勇敢。这位母亲形象鲜明突出地站在读者面前了。

祖文的作品取客观描写的态度,对所写事件不作表态,感情隐藏在文字的后面,所以是冷静的现实主义。这一风格与向意相近。以第一人称"我"为叙述者是祖文小说的第二个特点。他的小说每一篇中都有"我"。"我"在文中既是叙述者,又是见证人,有时还起到结构作品的作用。第一人称叙述的好处是真实可信。祖文小说的另一个特点是,开头不惜用较多的文字交代环境,而后才出现主人公,才讲故事。这大约是受欧洲小说影响的缘故。但他写环境不是静态描写,而是通过"我"的行动带出,"我"的眼睛看见,所以并不沉滞,文末还有照应,这样,景物与全文融合在一起了。

王佐良向来不轻易发表作品,但只要一发表,就会得到好评。他在1940年6月上旬,发表小说《老》,反映武汉陷落后的情形。作者一反战争文学中大悲大哭、悲观失望的格调,以一种乐观昂扬的笔调在失利中写出了胜利的希望,这在抗战相持阶段前期的作品中是十分难得的。小说开头写道:"一九三八年十月尾梢。明朗的秋空,那样适宜于大空战的,逐渐灰暗下来。武汉已经死亡。"这开头似常见,实则很妙,交代了时间、背景,制造了气氛、埋下了伏笔。为了恢复武汉的生气,商会办公楼里正在召开一次会议,出席者是日本田中少佐顾问、维持会会长孙茂祥、公安局长"王镇守使",议题是如何使各大商店开业,如何维持治安。田中说司令要求三天以内商店开业,王镇守使说:"得先召集一队警察,协助皇军的宪兵",王局长要求去难民区招兵,但军费呢? 田中说:"问孙会长。"此时孙会长正在焦虑去哪儿找店主们来开业,手里没钱,于是对王说"许你向财务委员会去要"。这是推诿,两人于是吵起来。王局长怒,握紧拳头伸过去,被田中抓住。孙会长见状立即变了笑脸。田中就势"把二个'老年中国'的手给牵在一处","会议在友善的空气里终结",尖锐的汽笛声为会议画上了句号——"老年中国"以外的"青年中国"们此时正驾飞机炸毁机场,击落日机,轰炸油库。声音传来,田中跳到门外,那两个"老年中国"在沙发上战栗。他们走出商会,孙会长被"年青的手"枪杀。田中执着王局长干枯的手,突然感到"除了青年的中国,这世界是太旧太老了","帝国的威望、帝国的财富就只能吸收几个老头子"。"南京维新政府"是些老头子,"北京政府"更是些老头子,"汉口维持会长"五十八岁,"公安局长"六十一岁,"老头子的中国是只会谈天的"。"老年中国"倒向了日本,"青年中国"则在战斗:他们"拖着三十师团的皇军向一个地方走:那是泥淖,那是无收获的胜利,那是灭亡";他们正在炸毁停放在机场上的日本飞机。作者满怀激情地写道:"新的中国在那上面,年青的一代在那上面!"作者以"老年""青年"来看中国前途,所以,武汉陷落了,作者并不悲观,而是满怀收复的希望。因为日本得到的是"老年中国",而击溃他们的则是"青年中国"。小说具有磅礴之气,豪迈奔放,文辞端庄典雅、简洁凝练而又优美,既善于描写环境,又长于人物行动和心理刻画,伏笔巧妙,象征、比喻、暗示等修辞手法运用出新,小说表现了作者较高的艺术修养,体现出典型的学院派风格。

《老》末尾有"南荒文艺社"几字,是王佐良交出的一篇高质量的"社费"。

综上所述，西南联大南荒文艺社成立于 1939 年 5 月，结束于 1940 年 8 月，它是由萧乾倡导，从高原文艺社发展而成，社员以西南联大学生为主体，吸收昆明地区外校的学生参加，另有特殊社员萧乾。南荒文艺社的组织意图是为香港《大公报·文艺》提供稿件，所以作品多在该报发表，同时也在昆明和重庆等地的报刊上发表。南荒文艺社不仅是西南联大早期文学社团中创作成就最高的社团，也是西南联大所有文学社团中成绩最为突出的社团之一，同时还是对中国现代文学做出了较大贡献的成熟社团。考其成功的原因，大致有三：

一、存在时间长。时间的长短是相对而言的。南荒文艺社前后共计十五个月，与中国现代文学史上卓有成就的社团相比，存在时间实在太短了，但与其前身南湖诗社和高原文艺社相比，又算长的了。南湖诗社存在四个月，高原文艺社存在六个月，两个社团存在的时间相加，还不及南荒文艺社长。存在时间长，就意味着展示创作才能的时间长，排除其他条件，仅以时间而论，南荒文艺社取得比南湖诗社和高原文艺社更大的成就是情理之中的。

二、创作起点高。南荒文艺社的成熟品格并非平地飞升，而是建立在南湖诗社和高原文艺社基础之上的，这两个社团培养和锻炼出来的创作人才，如穆旦、林蒲、向意、王佐良等，到南荒文艺社更显出作用，取得的成绩更大一些；另一个原因是社团加入了生力军，原高原文艺社以外的新社员，如辛代、祖文等，入社前都在香港《大公报》及其他报刊上发表过作品，具有较好的创作基础，他们进入南荒，不仅增添了南荒的实力，而且与南荒老社员（原高原文艺社社员）之间暗中形成了"比赛"，大家竞相创作和发表作品，从而增强了南荒社队伍的整体活力。

三、组织开放。学生社团一般是本校学生的内部组织，南湖诗社、高原文艺社都是这样，而南荒文艺社不仅吸收了外校学生，而且扩大到社会人员。庄瑞源、曹卣、陆嘉、吴风等外校学生为南荒社贡献了大量作品，记者兼编辑的萧乾对南荒社的作用更不可低估，他不仅发起组织了南荒社，而且把南荒社的作品不断推出,激发了南荒社社员的创作热情。此其一。其二,学生社团的刊物一般是壁报,读者有限,难以流传,因而影响有限,南湖诗社、高原文艺社都办壁报,而南荒文艺社则与报纸副刊联手,作品不仅有了正式发表的机会,而且读者面更为广泛,还可以传之后世,这样,南荒社的影响就更广泛更长久。由于萧乾把南荒社介绍给了继任的杨刚,杨刚在《大公报·文艺》上刊发了大量南荒社的作品,这对南荒社的创作激励相当大。南荒社的成就与之大有关系。组织开放是南荒文艺社的一个创举,它对西南联大文学社团产生了重大影响,其经验为后来的文学社团所吸取。

在中国现代文学史上,像南荒社这样的文学社团不少,但取得南荒社那样的文学成就的社团却不多——其作品成为当时最著名的全国性报纸副刊的主要稿源,一些作品在当时即产生了较大影响,今天看来仍为现代文学的佳作,因此,南荒文艺社在中国现代文学史上应有一席地位。但是,这样一个贡献不小的文学社团,七十年来却被人们遗忘了,这是令人遗憾的。从这个角度来说,发掘南荒文艺社的历史与价值也算是对中国现代文学社团史的一个贡献。

第五章　冬青文艺社

　　在南荒文艺社逐渐停止活动的时候,另一个文学社团——冬青文艺社诞生了。

　　冬青社携一股旋风搅动了西南联大校园,新校舍的文学活动从此更加活跃了。而当冬青社兴旺发达、蒸蒸日上之时,西南联大遭受了"皖南事变"后的政治高压,冬青社于是采用南荒社的办法,把活动转向校外,西南联大的文学活动亦随之冷清。当政治形势好转后,冬青社又在校内恢复活动,与其他社团一道开创了西南联大文学生机勃勃的发展局面。

　　冬青社的这种活动轨迹,几乎与西南联大的政治生活同步。因此,弄清了冬青社的历史,就明白了西南联大文学社团的发展历史乃至文化生活的大致面貌。

　　《国立西南联合大学校史》说:"冬青文艺社,是联大文艺社团中历史最久、影响最大的一个。"[①]除历史久、影响大之外,冬青社恐怕是西南联大文学

---

①　西南联大北京校友会编:《国立西南联合大学校史》,北京:北京大学出版社,2006 年,第 334－335 页。

社团中最具有包容性的社团。在组织上,冬青社吸纳了多个文学社团而雄厚壮大;在创作上,冬青社兼备各种创作方法和风格而丰富多彩。冬青社在诗歌、小说、散文方面的贡献不小,此外还有杂文和批评。这些作品以抗战文学的独特风貌出现在历史上,为 20 世纪中国文学百花园增添了奇花异卉。

以上这些决定了冬青社在西南联大历史上的特殊地位。在一般论者眼里,冬青社几乎是西南联大的代表社团,因而时常被有关西南联大的论文提及。

近二十年来,随着中国新诗派被广泛评价,穆旦、汪曾祺等西南联大作家的地位得到肯定,西南联大文学于是被学术界逐渐关注,冬青社也被写入中国现代文学史而为更多的读者了解。

但是,冬青社的一些历史细节并不清晰。迄今为止,关于冬青社的专文只有杜运燮《白发飘霜忆"冬青"》和《忆冬青文艺社》两文(实为一文的两种表述)。作为冬青社的骨干,杜运燮的回忆文章当然是最具权威性的珍贵材料。但年代久远,一些问题记忆不清,一些地方谈得不够细致等,都是在所难免的。

本章在描述冬青社历史的过程中,将对一些不清楚和未确定的史事进行辨析考证。结论正确与否,切望方家指正。

第一节　冬青文艺社的前期

冬青社是由综合性社团群社的文艺股独立而成的。

成立会召开时,窗外一排冬青树在隆冬时节迎风斗寒、翠绿挺拔,大家一致同意以"冬青文社"命名,又称"冬青文艺社"。冬青社最初的成员有林元、杜运燮、刘北汜、汪曾祺、萧荻、马健武、刘博禹、萧珊、张定华、巫宁坤、穆旦、卢静、马尔俄、鲁马等。由林元、吴宏聪、辛代、吴燕晖等人组成的边风文艺社停止活动，集体加入冬青社。关于冬青社的领导人，目前所见文献，只有杜运燮在一封信中说："当时林抡元和我作为公开的冬青社负责人"①，他们作为负责人似乎不是选举产生的，可知冬青社没有设立领导机构。在当时的活动中，出力最多因而也可以称为核心人物的是林元、刘北汜、杜运燮等人。冬青社成立后，请闻一多、冯至、卞之琳先生为导师，后来增加了李广田先生。

　　关于冬青社的成立时间，《国立西南联合大学校史》第 337 页说"1940 年初"，第 387 页又说"1940 年 9 月"，出现了自相矛盾的情况；《闻一多年谱长编》作"1940 年 12 月"；另有《记冬青社》云："有联大就有'冬青'"，显然有误，不过，作者在下文作了修正："在群社里，有一群爱好文艺的同学为着展开集体的文艺活动，就组织了冬青社"②，但没有说出"组织"冬青社的具体时间。该书第 50 页在《八年来的文艺活动》中又说："冬青社，二十九年三月成立。"③不但与上文的说法不同，还与取名"冬青"不符，不可采信。笔者根据群社的历史和杜运燮《白发飘霜忆"冬青"》一文，认定冬青社的成立时间是 1940 年初。

　　冬青社成立后，主要工作是出版《冬青》壁报。壁报的刊头是吴晓铃老师题写的，刊出地点在新校舍进门右边的围墙上。由于社员创作力旺盛，各类作品越来越多，壁报容纳不下，社里决定编辑手抄本"杂志"。当时刘北汜、萧荻、田堃（稍后进西南联大）等社员住在新校舍学生宿舍第十八舍，遂把编辑部设在那里。编辑部收到稿件后，加以分类编辑，用统一稿纸抄写，加上封面，装订成册，就算"出版"。"出版"的"杂志"陈列在学校图书馆报刊阅览室的书架上，供人翻阅。以这种形式先后"出版"的杂志有《冬青小说抄》《冬青诗抄》《冬青散文抄》《冬青文抄》四类。此后，《冬青》壁报便只登杂文，遂成"冬青杂文壁报"。《冬青》杂文壁报大约每两周一期，除"皖南事变"

　　①　闻黎明、侯菊坤编：《闻一多年谱长编》，武汉：湖北人民出版社，1993 年，第 599 页。

　　②　公唐：《记冬青社》，西南联大除夕副刊社编：《联大八年》，昆明：西南联大学生出版社，1946 年，第 132 页。

　　③　资料室：《八年来的文艺活动》，西南联大除夕副刊社编：《联大八年》，昆明：西南联大学生出版社，1946 年，第 50 页。

后停止过一段时间外,一直贯穿冬青社始终,是冬青社的"机关刊物"。冬青社的其他刊物是《街头诗页》,这是为了配合抗日宣传活动而创办的,张贴在文林街和其他街道的墙上,有时张贴在路旁的大树上。

"'冬青'的影响绝不止于启蒙作用和教育街头的民众,它还从事深刻的研究工作,用以提高写作的艺术水准。它不是为艺术而艺术,也不认为宣传即等于艺术,它抱定文艺并不超然于政治的观点,而唯有艺术水准愈高的作品愈有政治的作用。"①这段写于1946年的话涉及冬青社的文艺观,说明冬青社在当时已经较好地处理了文艺与政治的关系。从冬青社的创作实际来看,冬青社确实是追求"艺术水准",用高超的"艺术水准"发挥文学作品"政治作用"的。这种主张使冬青社的创作在抗战文学中保持着较高的艺术品位,而区别于一般流行的标语口号式的宣传作品。由于确定了这种主张,冬青社才能吸收"不同文艺思想倾向、学习不同写作风格的同学,也联系了不少教师和校外的作家和文艺爱好者"②,冯至后来也说:"冬青社成员的文艺思想并不一致,它却团结了大批联大同学中的文学爱好者。"③就是说,冬青社是以文学思想为基础的结合,而不是以政治态度为标准的组合。因为以文艺思想为组织基础,所以冬青社能够兼容不同文艺思想倾向和写作风格的同学。

除创作和出刊外,冬青社在这一时期还开展了多种活动,今天能够确定的有以下几项:

第一类是诗歌朗诵会。朗诵节目的形式多有变化:一种是社员自己朗诵自己的作品,这多半具有切磋技巧的性质;一种是请校外诗作者参加朗诵,如有一次,邀请旅昆诗人雷石榆参加;再一种是用多种语言朗诵,有汉语、英语、法语、俄语等,也有用国语和方言的,如用广东话。这一次,导师冯

---

① 公唐:《记冬青社》,西南联大除夕副刊社编:《联大八年》,昆明:西南联大学生出版社,1946年,第133页。

② 杜运燮:《白发飘霜忆"冬青"》,西南联大校友会编:《笳吹弦诵在春城》,昆明:云南人民出版社,1986年,第323页。

③ 冯至:《昆明往事》,《冯至全集》第4卷,石家庄:河北教育出版社,1999年,第357页。

至和外文系闻家驷、陈嘉教授等参加了，雷石榆也应邀参加了。

第二类是演讲会。杜运燮回忆说："第一次演讲会是闻一多先生主讲。当时闻先生住在城外龙头村，林抡元和我专程去邀请他。在那以前，闻先生在研究中国古典文学，为冬青社发表演讲，是他多年来第一次出来支持一个进步团体。"①杜运燮在给闻黎明的信中又说："闻先生那天是专程来联大为冬青社作演讲的，我和林抡元到联大新校舍后门去接他。会场设在联大校门内靠右边的一间教室。听讲的除冬青社社员外，还有不少其他慕名而来的听众。"②从这两段话可以看出冬青社第一次演讲的组织情况。《闻一多年谱长编》认为冬青社成立于1940年冬，因此把所引杜运燮的信放在是年12月，这值得商榷。上文说过，冬青社成立于1940年初，此次演讲在冬青社成立不久，大约是1940年春。冬青社此后还举办过多次演讲会，但无具体记载。

第三类是纪念会。例如，冯至《昆明日记》1940年10月19日载："早上山，晚下山，应冬青文艺社鲁迅逝世四周年纪念会讲演。"③关于此次纪念会的情况，目前只见到冯至《昆明往事》中的一段话："我记得那晚的讲演是在联大校舍南区的一个课室，我只谈了些我对鲁迅的认识，没有比较全面地阐述鲁迅的精神。"④

通过以上刊物与活动，冬青社在西南联大产生了较大影响，参加者多了起来，田堃、黄丽生、罗寄一、王恩治、张世富等人就是在这期间加入的。

1941年初，"皖南事变"发生，国家政治坠入黑暗，昆明和西南联大遭受高压，群社被迫停止活动，林元、萧荻等较为暴露的左派积极分子疏散出昆

---

① 杜运燮:《白发飘霜忆"冬青"》，西南联大校友会编:《笳吹弦诵在春城》，昆明：云南人民出版社，1986年。"龙头村"疑为"龙院村"之误。当时闻一多住在昆明西郊龙院村旁的陈家营，从昆明去陈家营需经过龙院村。闻一多第一次支持的团体是南湖诗社，若说为社团作专题演讲，这倒是闻一多多年来的第一次。

② 见闻黎明、侯菊坤编:《闻一多年谱长编》，武汉：湖北人民出版社，1993年，第599页。

③ 冯至:《昆明日记》，《新文学史料》，2001年第4期。

④ 冯至:《昆明往事》，《冯至全集》第4卷，石家庄：河北教育出版社，1999年，第357页。

明,生气勃勃的校园顿时冷清了下来。在这种形式下,冬青社停止了壁报和手抄本杂志的刊出,把活动转向校外。冬青社的前期于此结束。

冬青社从1940年初成立到1941年初停止校内公开活动,仅为一年,是冬青社三个时期中最短的。这时期冬青社开展的活动,在当时西南联大的社团中是有特色且成绩突出的。陈列于学校图书馆的《冬青小说抄》《冬青散文抄》《冬青诗抄》《冬青文抄》,是西南联大独有的手抄本文学杂志。《冬青》杂文壁报的内容和文风在校园林林总总的壁报中独标一格,在校内外享有盛誉。诗歌朗诵会别开生面,演讲会吸引了众多听者,作家纪念会校内独有。正是这一系列富有特色的活动,使冬青社成为西南联大早期的一个著名团体。另外,由于作品得到展示并产生了一定影响,社员创作热情高涨,加上导师的指导和相互间的切磋,创作能力得到锻炼,水平得到提高,为下一个时期在报纸上开辟专栏和创办杂志打下了基础。因此,这个时期的成绩和作用不可忽视。

第二节　冬青文艺社的中期

在1941年初,冬青文艺社把活动转向校外,与报纸联系办专刊。这结果,首先是《贵州日报》上《冬青》诗刊的创办。

《贵州日报》原名《革命日报》,有综合性副刊《革命军》。冬青社联系时,《革命日报》已改名《贵州日报》,但《革命军》副刊仍然保留,所以,1941年3月17日《冬青》诗刊发刊时,叫《革命军诗刊》。可能是由于《革命军》副刊诗稿的积累,第1期上没有西南联大的作品。接着出了两份"第2期",4月25日出刊的第2期上没有西南联大的作品,6月9日出刊的第2期,刊头上标明"昆明西南联大冬青文艺社集稿"。这一期上西南联大的作品有冯至的《十四行一首》、卞之琳的《译奥登诗一首》、杜运燮的《风景》、穆旦的《在寒冷的腊月的夜里》。第 3 期于 7 月 21 日出刊，这一期全是西南联大的作品，有冯至的《十四行一首》、闻家驷的《错误的印象》（译魏伦诗一首）、穆旦的《五月》、杜运燮的《我们打赢仗回来》、刘北汜的《消息》。第 4 期于 1941 年 9 月 12 日出刊，其中西南联大的作品仅有杜运燮的《十四行二首》，且未标明"冬青文艺社集稿"字样。第 5 期于 10 月 6 日出刊，属于西南联大的作品有冯至的《有加利树》、穆旦的《我向自己说》、辛代的《夜行的歌者》。第 6 期于 11 月 27 日出刊，刊登的西南联大作品是穆旦的《潮汐——给运燮》、杜运燮的《天空的说教》、闻家驷的《祭女诗》（译雨果诗一首）。第 7 期于 1942 年 1 月 26 日出刊，没有西南联大的作品。第 8 期于 2 月 27 日出刊，西南联大的作品有李广田的《光尘》、穆旦的《伤害》、杜运燮的《诗二首》、刘北汜的《幸福》、罗寄一的《角度之一》《黄昏》。第 9 期于 5 月 26 日出刊，属于西南联大的诗是罗寄一的《犯罪》，穆旦的《春》，杜运燮的《机械士——机场通讯一》，冯至、卞之琳译的《里尔克诗两首》。第 10 期于 7 月 13 日出刊，所登西南联大的作品有冯至的《译盖欧尔格诗一首》、穆旦的《黄昏》、刘北汜的《旷地》、罗寄一的《月·火车》、杜运燮的《在一个乡下的无线电台里》。第 11 期于 8 月 30 日出刊，西南联大的作品有黎地的《华伦先生》、刘北汜的《水边》、杜运燮的《向往》，这一期的刊头改为"冬青"。正是《冬青》刊名问世的这一期末尾，刊登了《联大冬青文社启事》："冬青文社诗刊出刊到这一期为止，已整整有了十期，我们很感激报馆方面给我们的帮助，同时也想在这里暂时做一个结束。我们有筹出《冬青诗刊》的意思……"一亮出招牌就宣告"结束"，这或许是现代文学刊物中的一个特例，所以应算冬青社的一个奇异之处。

通过以上介绍，我们可以得出这样的认识：首先，《革命军诗刊—冬青》的负责人是刘北汜[①]。他不仅是联系人，而且是"集稿"人。他负责组稿、选稿并初步编辑。当然，排版、校对是报馆的事。其次《革命军诗刊—冬青》是

[①]　由于"冬青文艺社集稿"的诗刊包括部分《革命军诗刊》和《冬青》，所以用"《革命军诗刊—冬青》"作为冬青社在《贵州日报》上所办诗刊的名称。这比单用仅出现过一期的"《冬青》"之名来称呼更符合实际。

开放的。诗刊上除发表西南联大老师的诗作外,还发表了许多校外诗人如林庚、金克木、孙望、贾芝、雷石榆、蒲柳芳、张煌、上官柳、杨刚、谢文通、李白凤、黑子、令狐令德、腾刚、梁止舟、施蛰存、陈占元等人的诗。再次,《革命军诗刊—冬青》是一份高质量的刊物。上面发表的校外诗人的诗,如汪铭竹的《纪德与碟》、金克木的《诗二首》、杨刚的《清道》,以及林咏泉的《我们在筑胜利台》等都是著名的诗歌。西南联大的诗歌作品,最引人注目的是冯至的十四行诗。这个诗刊还是冯至《十四行集》的最初发表刊物。社员的诗歌中较为成功的,有穆旦的《春》《五月》,杜运燮的《机械士》《我们打赢仗回来》,罗寄一的《角度之一》等。最后,《革命军诗刊—冬青》是冬青社首次对外公开的大型活动。诗刊首次向文学界打出了"冬青文艺社"的招牌,并随报纸传向更宽的范围。又由于诗刊上的作品质量上乘,显出了冬青社的创作实力,在文学界产生了良好的影响。

关于"筹出《冬青诗刊》"之事,杜运燮说:"这个计划后来因为敌机对昆明的空袭加剧,在昆明印刷有困难,才未能实现。"①《冬青诗刊》没有办成,却办成了另外两份刊物,一份是《文聚》杂志,一份是《中南文艺》副刊。

1941 年 10 月,疏散到郊区的林抡元回校复学,与冬青社的骨干马尔俄、穆旦、杜运燮、刘北汜、田堃、汪曾祺、辛代等商量筹办杂志,大家积极支持。接着他又向一些老师约稿,得到应诺和鼓励。于是,1942 年 2 月,一本纯文学杂志《文聚》在昆明问世。创刊号上所登的作品全是冬青社社员和老师的创作。从第 2 期开始,作者逐步扩大到校外,但直至最后一期,每一期上冬青社及西南联大的作品都占多数。因此,说《文聚》是冬青社开辟的另一块阵地,不会有错。但冬青社和文聚社的关系颇为复杂,需另文论述。在此要强调的是,文聚社和冬青社是一脉相承的,至少应当把文聚社看作从冬青社发展出去的一个社团,且两者保持着密切联系。

---

① 杜运燮:《白发飘霜忆"冬青"》,西南联大校友会编:《笳吹弦诵在春城》,昆明:云南人民出版社,1986 年,第 325 页。

　　1943 年 5 月,刘北汜接编《中南报》(三日刊)的副刊。《中南报》为四开小报,创刊于 1943 年 3 月,第四版为文艺副刊,名《火炬》,后改名《南风》,均与其他报纸副刊重名。刘北汜接编后,定名为《中南文艺》。5 月 7 日,《中南文艺》第 1 期问世,上登李广田的论文《论目前的文艺刊物》、刘北汜的散文《小化·光热》、《奥登随感诗五首》(佚名译)等。5 月 14 日,第 2 期刊出李广田的论文《论文章分类》、穆旦译泰戈尔的散文诗《献歌》、祖文的诗《那些日子》。5 月 21 日,第 3 期上有辛代的散文《旅人手记》、黄丽生的散文《欲望》、魏荒弩译达耶夫斯基(捷克)的散文《逢》。5 月 28 日第 4 期面世,上有李广田的散文《青石》、杜运燮的诗《星子·金字塔》。这份报纸存世不多。从以上几期的文章作者看,它继承了《冬青》诗刊的方针,立足于冬青社及西南联大,也采用校外的稿子;从文章体裁看,它以散文和诗歌为主,值得注意的是它注重发表文学论文。《中南文艺》虽未标出"冬青文艺社"之名,但具有冬青社刊物之实。

　　除自己的刊物外,云南省内外的报纸杂志上都发表过冬青社的作品,且数量颇多。

　　冬青社的小型聚会时常举行,地点多在金鸡巷 4 号。1941 年初,刘北汜、萧荻、萧珊等冬青社社员搬到金鸡巷 4 号住,"这个住所,也就成了一部分冬青文艺社社员经常碰头的地方"[①],"'冬青'社的同学也常在这里集会"[②]。1941 年 7 月,巴金到昆明,就住在那儿。刘北汜回忆说:"听说巴金来了,不少朋友都到金鸡巷来看他。有的我不认识,或没遇到,我遇到的,记得的有沈从文夫妇、卞之琳、金克木、庄重、方敬、赵瑞蕻和杨苡夫妇以及开明书店的卢先生。联大冬青文艺社的杜运燮、马西林、田堃、巫宁坤等也都来过。"[③]通过这些文字,可以想见当时金鸡巷 4 号小楼上高朋满座、谈笑风生的情景。

　　冬青社还请巴金座谈过一次。杜运燮回忆:"冬青社通过萧珊,请巴金

　①　刘北汜:《四十年间》,《百花洲》,1983 年第 2 期。

　②　萧荻:《最初的黎明》(自印),2005 年 8 月,第 12 页。

　③　刘北汜:《四十年间》,《百花洲》,1983 年第 2 期。

和我们开过一次座谈会。为了尊重巴金的意见,参加座谈会的人不多。"①

在金鸡巷 4 号的座谈或小型集会情形,居住者没有叙述,倒是汪曾祺在散文中有两处生动的"回放":"这小客厅常有熟同学来喝茶聊天,成了一个小小的沙龙。沈先生常来坐坐。有时还把他的朋友也拉来和大家谈谈。老舍先生从重庆过昆明时,沈先生曾拉他来谈过'小说和戏剧'。"②"金(按,金岳霖)先生有一次也被拉了去。他讲的题目是《小说和哲学》。题目是沈先生给他出的。大家以为金先生一定会讲出一番道理。不料金先生讲了半天,结论却是:小说和哲学没有关系。有人问:那么《红楼梦》呢?金先生说:'红楼梦里的哲学不是哲学。'他讲着讲着,忽然停下来:'对不起,我这里有个小动物。'他把右手伸进后脖颈,捉出一个跳蚤,捏在手指里看看,甚为得意。"③小说家笔下的情景充满了生活气息。

从叙永分校回来的一些爱好写作的同学李金锡、唐振湘等这时加入了冬青社,李广田被聘为导师,所以,冬青社的刊物上有李广田的作品,集会上有李广田的演讲。经常和李广田联系的人是刘北汜。冬青社虽然不在学校举行大的活动,但力量更壮大了。

1942 年,大约可以称为西南联大的"学术讲座年"。而在此之前的 1941 年秋,冬青社曾请老舍作过一次演讲。老舍应罗常培之邀从重庆到昆明,同时也是为了促进云南抗战文艺工作,冬青社借机请他作了一次关于写作的演讲,地点在新校舍一间大教室里。像这样的学术演讲冬青社还举行过几次,朱自清、李广田、卞之琳等老师都讲过。关于卞之琳的演讲,杜运燮记得较清楚:"他的讲题是《读书与写诗》,是由我记录的,发表在 1942 年 2 月 20 日香港《大公报》上。那次演讲会在昆中南院'南天一柱'大教室举行,听众

---

① 杜运燮:《白发飘霜忆"冬青"》,西南联大校友会编:《笳吹弦诵在春城》,昆明:云南人民出版社,1986 年,第 326 页。

② 汪曾祺:《沈从文先生在西南联大》,《汪曾祺全集》第 3 卷,北京:北京师范大学出版社,1998 年,第 470 页。

③ 汪曾祺:《金岳霖先生》,《汪曾祺全集》第 4 卷,北京:北京师范大学出版社,1998 年,第 146 页。

很多,我介绍时特别指出,卞之琳不仅是知名的诗人,而且大家都知道他前不久刚从解放区回来,并发表过在那里写的新作《慰劳信集》。"①

不过,冬青社在校内公开举办的学术讲座并不多。这时期冬青社的主要活动是创作和办刊,并且取得了巨大的成就。可以说,这时期冬青社的创作最为丰富和优秀,创办专刊更是本期独有的。社员埋头写作,专心经营刊物,以多发作品为追求,所以成绩显著,例如穆旦、杜运燮的诗,刘北汜、田堃的散文,卢静、汪曾祺的小说,都是较为突出的。历史证明,在西南联大遭受政治高压的时期,冬青社采取"在内收敛,向外发展"的活动方针是正确的。对于西南联大来说,冬青社这一时期的活动,不仅保持了西南联大学生的文学力量,而且保持了西南联大学生的进步力量。所以,冬青社的中期活动及其成就,无论对于西南联大文学社团的发展,还是对于西南联大的历史构成,都是很重要的。

第三节　冬青文艺社的后期

1944 年初,冬青社恢复在校内的组织与活动。据何扬回忆:"1942、43年,西南联大的政治气氛浓厚了,新的西南联大地下党想组织一支左派文艺队伍,考虑到冬青社在学校影响较大,决定以冬青社名义组织文艺团体,党派袁成源与我商量恢复冬青社。"②他们经过筹备,主要是取得一些文学爱好者的支持,便以冬青文艺社的名义张贴通知,内容是举行冬青文艺社社员大会,并征求新社员。过了几天,在一间教室里召开大会,出席者约三十人。冬青社老社员没人出席。会议召开了两次。在第二次会上,大家推选于产

---

① 杜运燮:《白发飘霜忆"冬青"》,西南联大校友会编:《笳吹弦诵在春城》,昆明:云南人民出版社,1986 年,第 327 页。

② 李光荣访何扬记录,2004 年 10 月 14 日,北京何寓。

为社长,何扬为副社长,决定恢复《冬青》壁报的出版。会后,于产还没有来得及做任何工作,就被迫离开了昆明。冬青社社长由何扬继任。所以,去训导处登记并在《冬青》壁报上标出的社长是何扬,副社长是袁成源。导师仍然是闻一多、冯至、卞之琳和李广田。

新的冬青社主要由四方面人员组成:布谷社社员、星原社社员、新入社的社员和少数老社员。这里有必要介绍一下布谷社和星原社。布谷社是1941年春成立于叙永分校的文学社团,由何扬、秦泥、赵景伦、彭国涛、贺祥麟、韩明谟和穆旦等人组成,导师李广田,出版《布谷》壁报。壁报每半月一期,内容有小说、诗歌、散文、评论。同年8月布谷社随分校回到昆明,继续在新校舍刊出《布谷》壁报,但受冷遇,出版两三期后遂停止。而后像冬青社那样,在《柳州日报》上创办了《布谷》副刊。此时,大多数成员以个人名义加入冬青社。星原社大约成立于1942年,是一个以文艺为掩护的政治团体,由陈盛年、黄平、刘波、卢华泽和于产组成,他们在茶馆公开举行“社会主义现实主义与社会主义浪漫主义”的讨论、写文学作品,实际是在学习政治理论,搞政治活动。他们全体以个人名义加入冬青社,动机也是为了在冬青社的旗帜掩护下进行星原社的政治活动。可惜入社不久,星原社全体成员被列入特务的“黑名单”,他们不得不迅速撤到乡下。

关于冬青社恢复的时间,一般认为在“‘倒孔运动’之后”①,《国立西南联合大学校史》说“1944年夏”。“‘倒孔运动’之后”只是一个概说,“1944年夏”不知有何依据,前一说不确切,后一说不正确。实际上,冬青社召开恢复大会的时间是1944年1月上旬。于产曾有《星原文社》一文,讲到冬青社的恢复情况和自己被选为社长而后匆匆离开、由何扬继任的经过。我们认为于产的回忆是可靠的。一个人对于被选为社长的记忆是深刻的,况且作者

---

① “倒孔运动”:“孔”为孔祥熙,时任国民政府行政院副院长兼财政部部长。1941年12月日军攻占香港,包括西南联大教授陈寅恪在内的许多著名人士都因没有交通工具无法撤离,孔家却用飞机运输财物甚至洋狗,引起国人愤慨。消息传来,西南联大学生于1942年1月6日自发集队上街游行抗议。

是理直气壮地弥补"竟被遗忘"的史书缺漏。此文是于产的遗墨,笔者见到它时尚未整理成正式文章,后来其家属又征求了西南联大其他知情校友的意见,而后刊登在《西南联大北京校友会简讯》上了。文中仍然用了"'倒孔运动'之后"的说法,而于产等从昆明出发以至到达滇南磨黑的时间是1944年1月,可见"'倒孔运动'之后"实在是西南联大师生的概说之言。于产被选为冬青社社长而又匆匆离开,那么他离开西南联大的日期对于确定冬青社恢复的时间至关重要。关于于产等离开学校并到达磨黑的这段时间在1944年1月的说法,除于产的这篇文章外,还可举陈盛年的《怀念刘波同志》、秦泥的《你好吗?于士奇》(于士奇即于产)、《从"老黄校"到"滇西王"》以及萧获的《吴显钺同志逝世十周年祭》等文为证。陈盛年和于产一起去的磨黑,秦泥稍后到磨黑,与于产同在一所学校任教,萧获早于于产去磨黑,吴显钺是磨黑中学的校长,于产等此去磨黑,任务就是接替磨黑中学的工作,让萧获、吴显钺等回西南联大复学的。这么多"当事人"的文章都说于产等离校并到达磨黑的这段时间在1944年1月,这个时间应不会有错。以当时的交通条件,从昆明到磨黑需要半月左右时间。所以,可以推断冬青社的恢复时间是1944年1月上旬。

1944年1月上旬在"倒孔运动"之后,符合冬青社恢复组织的时间是"'倒孔运动'之后"的概说。但离1942年1月的"倒孔运动"整整两年,是否太"后"了一点?冬青社会不会在1942或1943年恢复组织呢?这个可能性不大,因为当时的政治环境不允许。1942年虽然爆发了"倒孔运动",但游行后"此次行动即告结束","不久,康泽再次来昆,追查倒孔游行主使人"[①],可见形势仍然十分险恶。在这种形势下,1942年西南联大的活动是文史讲座,讲座持续到1943年暑假。大约在1943年秋《耕耘》壁报出现以前,新校舍的墙上没有其他壁报,也就是说,此前社团活动尚未恢复。张源潜回忆《耕耘》壁报创刊时的校园景象说:"1943年秋季开学后不久,新校舍北区的围墙上

---

① 西南联大北京校友会编:《国立西南联合大学校史》,北京:北京大学出版社,2006年,第341页。

出现了一种名叫《耕耘》的壁报,它在'招领''寻物''征求''出让'一类启事的海洋里,显得十分突出,也给沉默了两年多的校园稍稍增添一些生气,因此吸引了不少同学驻足观看。"①张源潜是西南联大校史专家,写文章很慎重,且这篇回忆文章的"初稿曾请程法伋、王楫、王景山、赵少伟、刘治中等看过,作了修改和补充"②,可见文章不是一个人的记忆。所以,冬青社恢复组织与活动的时间,不可能在1942年至1943年。况且,至今没有发现在1944年春以前关于冬青社在校内的活动材料。这就无法证明冬青社恢复于1944年之前。

冬青社重组后,主要工作是复刊了《冬青》杂文壁报,并使之保持原先的风格,产生了较大影响,稿件越来越多,甚至出现积压。于是创办了南院《冬青》版、师院《冬青》版和工学院《冬青》版。一报四版,这在西南联大壁报史上独一无二。南院是女生宿舍区,位于文林街南面,由女生冯积苍负责编辑;师院在龙翔街,由赵家康负责编辑;工学院在拓东路,负责人不详,新校舍《冬青》壁报的实际负责人则是袁成源和高彤生。壁报是新组冬青社最主要的文学活动,老社员几乎无人参与。

这时期老冬青社的情况比较复杂,有的已经毕业,有的即将毕业,有少数仍在读。离校工作的仍关心冬青社,如林元、刘北汜、萧珊帮助刊发了许多冬青社的作品,即将毕业的也关心冬青社,但无心为《冬青》壁报写稿和参加冬青社的活动,在读的或者为弥补离校期间(从军或疏散)耽误的学习,或者参加了别的社团,而更多的是出于对新社员的信任,很少参加冬青社的活动。老社员凭着厚实的创作积累,不停地写稿,他们仍然坚持前一时期向外发展的路线,在昆明内外的报纸杂志上发表了许多作品,继续保持着冬青社的良好创作势头。

---

① 张源潜:《回忆联大文艺社》,西南联大校友会编:《笳吹弦诵在春城》,昆明:云南人民出版社,1986年,第365页。

② 张源潜:《回忆联大文艺社·附记》,西南联大校友会编:《笳吹弦诵在春城》,昆明:云南人民出版社,1986年,第380页。

这种情况表明,后期冬青社是双轨运行:一条是新社员在校内开展活动,出版《冬青》壁报;一条是老社员在校外办报刊和搞创作,发表作品。两条道路并行发展,共同构成了丰富多彩的冬青社后期。

不过,新老社员并不是在各自的轨道上比赛速度而互不闻问,他们也曾在一起交流、联欢、集会。例如,1945年夏,在英国花园举办游园活动,有新社员二十多人到场,刘北汜接到通知,从二十里外赶来参加,还一起照了相。同样是1945年夏,在《民主周刊》编辑部院子里集会,大多数新社员和杜运燮参加,导师闻一多和李广田也参加了。

后期冬青社还和其他团体联合开展过一些大型活动。如1944年10月19日,与"文协"昆明分会、云大学生会、文艺社、新诗社等,在云大至公堂举行鲁迅逝世八周年纪念晚会,昆明文化界人士徐嘉瑞、楚图南、尚钺、李何林、姜亮夫、朱自清、闻一多等出席并演讲,他们从各个角度肯定了鲁迅。1945年4月22日,与西南联大文艺社联合举办罗曼·罗兰和阿·托尔斯泰追悼会,楚图南、闻家驷等到会演讲。同年5月5日,与"文协"昆明分会,云大文史学会,中法大学文史学会,西南联大国文学会、外国语文学会和文艺社联合,在西南联大"民主草坪"举行文艺晚会,徐嘉瑞、楚图南、尚钺、罗庸、李何林、闻家驷、朱自清、闻一多、冯至、李广田、卞之琳等出席并演讲,纪念"五四"运动。会上,闻一多发表了《艾青和田间》的著名演讲。

前文说过,冬青社在校内恢复组织与活动,本是西南联大党组织建立左派文艺队伍、利用文艺进行政治活动的方式,所以,后期冬青社除文艺活动外,还举行过一些政治活动,表现出较浓厚的政治色彩。其中最突出的是被选为西南联大壁报联合会常委,代表学校壁报团体对外联系,接着,"报联"与一些级会、系会倡议并推动校本部学生自治会改选,取得了成功。

1946年5月,西南联大结束,冬青社随之结束在昆明的活动。回到北平后,北大、清华的冬青社员还有过一些活动,但已属强弩之末,未形成大的气候。

数十年来,冬青社的社员虽然在不同的岗位上工作,却有三十余位成了著名作家、教授、研究员、编辑和记者等文学和文化名人。

第四节　冬青文艺社的诗歌创作

或许是年轻人诗情浓郁的缘故吧，冬青社的诗人较多，较有名的是穆旦、杜运燮、萧珊、汪曾祺、刘北汜、萧荻、巫宁坤、卢静、田堃、罗寄一、于产、刘波、李金锡、黄丽生、白炼、秦泥、王佐良、辛代、陈时、杨周翰等。这里选介几位的诗歌。

一、穆旦的诗

在冬青社时期，穆旦创作了七八十首诗歌，几近他一生创作诗歌总数的一半，而且，他的前期代表作全是这期间写成的，冬青社时期的穆旦，是一个成熟的诗人、杰出的诗人。除开文聚社名下的《诗八首》和《赞美》等，被公认为穆旦代表作的冬青社时期诗歌有以下几首：

1940年11月，或可称为穆旦诗歌创作的黄金月，在这个月里，穆旦一连写出了三首著名的诗歌——《还原作用》《我》《五月》，揭示现代人的生存处境：阴谋、孤独、挣扎、绝望。《还原作用》发表后，被闻一多选入《现代诗抄》。穆旦说：此诗"表现旧社会中，年轻人如陷入泥坑中的猪，（而又自认为天鹅），必须忍住厌恶之感来谋生活，处处忍耐，把自己的理想都磨完了，由幻想是花园而变为一片荒原"①，但人还得"开始学习着在地上走步"。所以，此诗写出了人的无奈与挣扎。《我》写现代人的孤独、隔绝与仇恨。人自从离开了母体，便"离开了群体"，成为"残缺的部分"，"遇见部分时在一起""狂喜"，"伸出双手来抱住了自己"，结果"是更深的绝望"。人间彼此隔绝，"我""想冲出藩篱"，而最终"锁在荒野里"的，"永远是自己"。于是转而"仇恨着母亲给分出了梦境"。《五月》以新旧诗歌对照的方式表现现实生活中古代

---

① 穆旦：《致郭保卫的信（四）》，曹元勇编：《穆旦作品集·蛇的诱惑》，珠海：珠海出版社，1999年，第228页。

与现代两种力的对立,古代"万物滋长天明媚",而"现代"则充满了"无尽的阴谋"。"我""得到了二次的诞生"后便成了新文化的主人,"我"游行过后,被街道倾出,"谋害者"一面谈"救济",一面任人"扑进泥沼",口头"凯歌着五月的自由",手却"紧握一切无形电力的总枢纽"。一边是宁静和美的古代传统生活,一边是现代民主自由政治被个人掌控,"一个封建社会搁浅在资本主义的历史里","谋害者""守住了"这"古老的监狱"。

　　问题是,这样的现实感受和思想怎么用诗歌形式表现呢?穆旦说:"用了'非诗意的'辞句写成","这种诗的难处,就是它没有现成的材料使用,每一首诗的思想,都得要作者去现找一种形象来表达"①。这种"非诗意的"辞句、新的"材料"和"形象"在上面几首诗中,表现为"猪梦见生了翅膀","挖成一颗空壳";"从子宫割裂","锁在荒野里";"勃郎宁、毛瑟、三号手提式";"历史的扭转的弹道","电力的总枢纽"等。这些词句是以前的中国诗歌中没有的,也是一般人不用以入诗的,它们的确是现代的、新鲜的材料和形象,用在诗里,更准确、强烈地表达了诗人的感受和思想。

　　1942 年 2 月,是穆旦诗歌创作的又一个黄金月,他连续写出了《春》《诗八首》和《出发》。《春》发表于《贵州日报》副刊《革命军诗刊—冬青》上。穆旦的学友周珏良说:《春》"无论在何时何地都会被承认为一首好诗"②。请看《春》——

> 绿色的火焰在草上摇曳,
>
> 他渴求着拥抱你,花朵。
>
> 反抗着土地,花朵伸出来,
>
> 当暖风吹来烦恼,或者欢乐。
>
> 如果你是醒了,推开窗子,

　　①　穆旦:《致郭保卫的信(四)》,曹元勇编:《穆旦作品集·蛇的诱惑》,珠海:珠海出版社,1999 年,第 229 页。

　　②　周珏良:《读穆旦的诗》,王圣思编:《"九叶诗人"评论资料选》,上海:华东师范大学出版社,1996 年,第 315 页。

> 看这满园的欲望多么美丽！

在春色的诱惑中，诗人的自我欣然投入了：

> 蓝天下，为永远的谜迷惑着的
> 是我们二十岁的紧闭的肉体，
> 一如那泥土做成的鸟的歌，
> 你们被点燃，却无处归依。
>
> 呵，光，影，声，色，都已经赤裸，
> 痛苦着，等待伸入新的组合。

这是写春天的景象还是青春期的感受？自古以来，咏春诗多了，有哪一首诗像这样写的？王佐良说：这里"不止是所谓虚实结合，而是出现了新的思辨，新的形象，总的效果则是感性化、肉体化，这才出现了……绝难在中国过去的诗里找到的名句，从而使《春》截然不同于千百首一般伤春咏怀之作。它要强烈得多，真实得多，同时形式上又是那样完整"①。独特、创新是穆旦诗歌的最大特征，他的每一首著名诗歌都是这样的。穆旦诗歌还有许多现代派的特征，这一首也一样："敏锐的知觉和玄学的思维，色彩和光影的交错，语言的清新，意象的奇特，特别是这一切的融合无间。"②

《出发》写于穆旦参加远征军从昆明出发去缅甸之前。本来，作为助教的穆旦可以不从军，但他毅然报名去了。但是，穆旦的内心是反战的。他揭露战争的本质是追逐最大"利润"："最古老的职业，越来/我们越看到其中的利润"；他批判战争严重违背人性："从小就学起，残酷总嫌不够。"③反战并不等于逃避战争，穆旦对战争的辩证法有清醒的认识：用残酷克制残酷，以战争制止战争。所以，无论战争多么违背人性，多么摧残人生，战争的否定者

---

① 王佐良：《谈穆旦的诗》，《中楼集》，辽阳：辽宁教育出版社，1995年，第182页。
② 袁可嘉：《诗人穆旦的位置》，杜运燮等编：《一个民族已经起来》，南京：江苏人民出版社，1987年，第15页。
③ 穆旦：《野外演习》，李方编：《穆旦诗全集》，北京：中国文学出版社，1996年，第197页。

都要坚决参战。在这种思想背景下,穆旦写出了《出发》这首关于战争与人性、上帝与人生的绝唱:

> 告诉我们和平又必需杀戮,
> 而那可厌的我们先得去欢喜。
> 知道了"人"不够,我们再学习
> 蹂躏它的方法,排成机械的阵式,
> 智力体力蠕动着像一群野兽,
>
> 告诉我们这是新的美。因为
> 我们吻过的已经失去了自由;
> 好的日子去了,可是接近未来,
> 给我们失望和希望,给我们死,
> 因为那死的制造必需摧毁。
>
> 给我们善感的心灵又要它歌唱
> 僵硬的声音。个人的哀喜
> 被大量制造又该被蔑视
> 被否定,被僵化,是人生的意义;
> 在你的计划里有毒害的一环,
>
> 就把我们囚进现在,呵上帝!
> 在犬牙的甬道中让我们反复
> 行进,让我们相信你句句的紊乱
> 是一个真理。而我们是皈依的,
> 你给我们丰富,和丰富的痛苦。

在所有描写人性和战争关系的诗里,恐怕没有哪首诗比这一首更深刻了!人在被动中、在矛盾中、在不情愿中、在极端无奈中,去"蹂躏"人,以兽性毁灭人性。而且"这是新的美",因为必须用战争制止战争。诗人把这种不人道视为不解的"人生"密码:"被制造"又"被否定"。诗人再把所有的不解都归为"上帝"的"计划"中的"现在"。诗人没有给出摆脱"丰富的痛苦"的答案,大约谁都给不出,正如"那可厌的我们先得去欢喜"一样。诗歌对于战争给予人的矛盾和无奈,战争迫使人放弃和依从,战争把善良的人变为残酷,一句话,战争对于人性的践踏和扭曲的描写触目惊心! 因此,《出发》进入了闻一多选编的《现代诗抄》。郑敏说:"穆旦的语言只能是诗人界临疯狂边缘的强烈的痛苦、热情的化身。它扭曲,多节,内涵几乎要突破文字,满载到几乎超载,然而这正是艺术的协调。"①

出征归来,穆旦缄口不言其出生入死的经历,"只有一次,被朋友们逼得没有办法了,他才说了一点,而就是那次,他也只说到他对于大地的惧怕,原始的雨,森林里奇异的,看了使人害病的草木怒长,而在繁茂的绿叶之间却是那些走在他前面的人的腐烂的尸身,也许就是他的朋友们的"②。而在这场遭遇过去三年,抗日战争胜利的第二个月,穆旦写出了另一首绝作《森林之魅——祭胡康河上的白骨》。诗歌采用诗剧的形式,以"人"和"森林"的对话,写出了人的死生与自然的关系。"森林"说:"欢迎你来,把血肉脱尽","人"对死进行了艰苦卓绝的"抗争",但最终只能无可奈何地说:"绿色的毒,你瘫痪了我的血肉和深心!"人在原始森林中显得渺小无能:"身体还挣扎着想要回返,/而无名的野花已在头上开满。"诗人对死难战友的祭奠并没有大哭大悲,也没有空许祝愿,而是真实地写他们汇入了美丽,获得了新生,化为长久:"我要把你领过黑暗的门径;/美丽的一切,由我无形的掌握";"一个长久的生命就要拥有你,/你的花你的叶你的幼虫";"没有人知道历史曾在此走过,/留下了英灵化入树干而滋生"。这样的表达,确实是旷古所无的,"这诗章以其思想的深沉,情感的融合与风格的透明该是中国新诗坛里的最高成就之一,也是作者诗集里的冠冕",唐湜这样评价《森林之魅》,并把它与

---

① 郑敏:《诗人与矛盾》,杜运燮等编:《一个民族已经起来》,南京:江苏人民出版社,1987年,第33页。

② 王佐良:《一个中国诗人》,见《穆旦诗集》,北京:人民文学出版社,2001年,第119页。

《神魔之争》称为《穆旦诗集(1939—1945)》的"两篇压卷的大作"①。《神魔之争》有五个角色:"神"与"魔"的争斗象征两极的深层矛盾,"林妖甲"和"林妖乙"则代表人类遭受苦难而无能为力,"东风"凌驾于神魔之上,平衡着善恶的冲突与对垒,昭示着诗人对人性固有的复杂性的深刻认识。

以上诗歌不仅是穆旦的代表作,也是 20 世纪中国诗歌中的优秀作品。

二、杜运燮的诗

杜运燮曾跟随林庚学诗,1939 年转入西南联大,师从冯至、卞之琳、闻一多等,又与穆旦、汪曾祺、赵瑞蕻、郑敏、袁可嘉等交情深厚,诗艺精进,成为西南联大和大后方著名的诗人。杜运燮在西南联大六年之中三年从军,"军龄"尤长,曾到过印度、缅甸抗日,写了一些军旅和国际题材的诗,这是他对西南联大文学的独特贡献。杜运燮在冬青社时期的诗作收在《诗四十首》和《南音集》两本诗集里,再加上一些未入集的,杜运燮此时期的诗约有七八十首。2000 年,人民文学出版社出版《杜运燮 60 年诗选》,将其诗歌分为社会时感、人生感悟、物象、雪泥鸿爪、情思和讽刺·轻诗六篇,冬青社时期的诗分属其中。不过,杜运燮早期的诗歌还有其他分法,例如,根据题材,可以分为社会、心理、人物、山水、军旅、国际等六类。社会题材可以《滇缅公路》《追物价的人》为代表;心理题材可以《乡愁》《浮沫》为代表;人物题材可以《盲人》《被遗弃在路旁的死老总》为代表;山水题材可以《山》《登龙门》为代表;军旅题材可以《命令》《一个有名字的兵》为代表;国际题材可以《马来亚》《恒河》为代表。

上列诗歌都是杜运燮的著名作品,例如《登龙门》:"造物者在沉思:丰厚的静穆!/他正凝神在修改他的创作。/至高的耐性与信心使他永远微笑,/为作品的完成,他要不倦地思索。"这里包含着一个古老的故事:有一个道

---

① 唐湜:《穆旦论》,王圣思编:《"九叶诗人"评论资料选》,上海:华东师范大学出版社,1996 年,第 349、348 页。

士,为创造石刻艺术,独自在昆明西山巉岩上打凿石道,修造石室,并在室中凿浮雕,造石像……诗中的"造物者"指的就是那位刻石道士,"丰厚的静穆"是道士沉思的形象。由于他的创造,昆明有了著名的风景旅游点。从那时起,每一个观光者都要爬西山、登龙门,一览石室雕塑,眺望滇池景色。"微风如灵感不绝地从水面流过,/远山的顶巅有阳光不断闪烁;/白色的鸟翅颠簸着匆匆掠过,/云影在水底被浸成没有轮廓。/忽然她抬头,笑容满面,伸着手/连说'有了,有了',望远处指着,/原来阳光又烧白了另一块/大云彩,湖树后面还有村落。""造物者"从自然和人间获得灵感,创造了他那永恒的绝世佳作。诗人故意把"他"写成"她",可能把"造物者"——道士当文艺女神看了。这是咏风景,也是咏人的伟大创造,自然美景、人间景象、艺术创造,在"丰厚的静穆"中融合成伟大的石刻,吸引着千万来者登龙门。古老的故事还没有讲完:道士凿好了一切,最后雕魁星手里的笔,笔一雕成,就大功告成,他将搁锤修养了。可是,在雕刻笔尖的时候,一不小心,笔尖断了! 道士沮丧不已,想自己一生追求艺术,最终的成果却是残品,万念俱灰,纵身一跃,从龙门跳下万丈悬崖,掉进滇池,以身殉职了! 故事十分悲壮,可诗人舍而不用,只取创造的精神和用世的态度,摒弃失败悲观的情绪,表现出积极的思想。

以艺术风格论,杜运燮对中国诗坛的最大贡献是机智风趣、轻松幽默的诗歌。"他往往用轻松的笔调处理严肃的题材,把事物中矛盾的、可笑的实质揭示出来。"[①]杜运燮十分关心现实社会问题。在当时的部队里,战士病了,重者惨死,轻者被遗弃后方。昆明街头出现了许多病兵,被称为"病兵问题"。杜运燮为此写了《被遗弃在路旁的死老总》,以一个病兵的口吻,用通俗流畅的语言写他临终的微愿:要一个墓。"老总"倒在路旁,只有思维还存在,他想到死后,狗、野兽、乌鸦撕他的血肉,恐怖极了,他以无言的声音,向不知是谁的人,悲哀地乞求:"啊,给我一个墓,/随便几颗土。/随便几颗土。"诗中细腻的心理描写,深刻的恐惧,自卑的心态,以及自嘲的笔调,读来

---

① 袁可嘉:《〈九叶集〉序》,辛笛等:《九叶集》,北京:作家出版社,2000年,第3页。

令人心酸，其美学力度胜过正面的表现，比揭露批判更震撼人心。抗战胜利了，大家欢欣鼓舞，可是，那些"农民兵"呢？他们付出了生命代价，得到了什么？《一个有名字的兵》[①]是一首"轻松诗"，写张必胜的两次严肃人生："一次在家里种田，/另一次是当兵。"种田时他"好比铁做的牛，犁田割稻样样都行；样样都比人家多一倍"；当兵后他包做重活脏活，十分讨人喜欢，上火线负了伤，双腿被锯掉。这样严肃的人生，读来却十分轻松，因为种田时插入了"讨老婆"的话题，当兵时多了有关他肯干又不怕吃亏的内容和风趣的描写。憨厚能干的张必胜，立过战功的张必胜，抗战胜利后三个月，奇怪地死在了路旁。他死了与他活着一样，没有得到人们的任何关心。诗歌以轻松的笔调，写严肃惨淡的人生，是深刻的含泪的笑。另一首名诗《追物价的人》则带有夸张色彩：

> 物价已是抗战的红人。
>
> 从前同我一样，用腿走，
>
> 现在不但有汽车，坐飞机，
>
> 还结识了不少要人，阔人，
>
> 他们都捧他，搂他，提拔他，
>
> 他的身体便如烟一般轻，
>
> 飞。但我得赶上他，不能落伍。
>
> 抗战是伟大的时代，不能落伍。
>
> 虽然我已经把温暖的家丢掉，
>
> 把好衣服厚衣服，把心爱的书丢掉，
>
> 还把妻子儿女的嫩肉丢掉，
>
> 而我还是太重，太重，走不动，
>
> 让物价在报纸上，陈列窗里，

---

① 《一个有名字的兵》发表在《独立周报》副刊《文聚》上，本应属于文聚社的作品，但从风格上考虑，放在此节中介绍。

统计家的笔下,随便嘲笑我。

啊,是我不行,我还存有太多的肉,

还有菜色的妻子儿女,她们也有肉,

还有重重补丁的破衣,它们也太重,

这些都应该丢掉。为了抗战,

为了抗战我们都应该不落伍,

看看人家物价在飞,赶快迎头赶上,

即使是轻如鸿毛的死,

也不要计较,就是不要落伍。

诗歌把物价比做"红人",人们都在追,即使丢掉一切——"温暖的家""妻子儿女的嫩肉""心爱的书""重重补丁的破衣",甚至身上的肉,甚至死,都在所不惜地追,"就是不要落伍"。诗歌全篇反话,无一句评论,严肃的主题和滑稽的表现构成强烈的反讽,世道的荒诞昭然若揭。诗歌在揭示要人、阔人囤积居奇、哄抬物价的同时,写尽了普通百姓生存的辛酸,令人哭笑不得的,还是"为了抗战","应该不落伍",突出了政治与民生的荒唐关系。诗歌采用讽刺的语言、嘲弄的口吻、诙谐的笔调、轻松的风格,让人读后欲笑无声,欲哭无泪,这确实是一首思想深刻、艺术卓越的独特诗歌。杜运燮说:"艾略特和奥登的现代派表现手法我都特别感兴趣",而"更喜欢奥登"①,他的这一类充满了机智、朝气和锐气的轻松诗,的确是得了奥登诗歌之神韵的。

以上作品及其特色,证明了杜运燮是冬青社的代表诗人之一,同时奠定了他在中国现代诗歌史上的地位。

---

① 杜运燮:《答王伟明先生问》,《杜运燮60年诗选》,北京:人民文学出版社,2000年,第375、374页。

三、罗寄一、王佐良、杨周翰的诗

罗寄一、王佐良和杨周翰的诗没有穆旦和杜运燮多,但他们对诗艺相当用心,因此,他们的诗歌同样表现出浓郁的艺术色彩,具有较高的艺术品位,属于现代主义诗中的艺术派。

罗寄一是冬青社元老,他发表了许多诗歌和散文作品,《西南联大现代诗钞》收入他的《诗六首》等十七首,实际上,罗寄一发表的诗远不止这些。

罗寄一无缘像穆旦、王佐良等那样聆听燕卜荪的"现代英诗"课,直接秉承现代派诗歌的真传,但他有幸和杜运燮、穆旦、王佐良、杨周翰等一起学习奥登,形成了现代派诗歌的特色。罗寄一的诗和穆旦较为接近,内容上表现着黑暗社会的巨大压力和个人的反抗,个体精神的分裂与冲突,拷问自我的灵魂,艺术上多用新鲜、繁复的意象表达艰涩的思想;风格上倾向奥登又不同于奥登,实际是更宽泛的现代派。《诗六首》是典型代表。被闻一多选入《现代诗抄》的《月·火车》在"夜底露水冷,夜的露水轻"的氛围中感受火车在月下奔驰的情景,想象古今人事。诗人所见所感所想是"冰冷""飘摇""战栗""跌碎""可怕""忧戚""激怒""迷茫""绝望""废墟,坟地,荒野的连绵",且全诗不长,而"废墟,坟地,荒野"数次反复,构成了诗歌的主旋律,可见,诗人对现实世界的理解是暗淡的,充满了批判精神的。不过,诗人并没有绝望,在长诗《序——为一个春天而作》的结尾写道:"我的清醒,为一个春天所准许的清醒……"因此他的诗不教人沉沦,尤其那"然而一个希望已经诞生"的兴奋,多像穆旦"然而一个民族已经起来"的欢呼。诗人的特点是,绝不用单一的眼光看世界,往往写出多元的感情和事物,例:"温暖里也掺和黑色的忧郁"(《草叶篇》),"可悲的笑脸"(《珍重》),"让你甜蜜的/波纹溶入那美丽的'痛苦'的化身"(《音乐的抒情诗》)。以下几句也许是诗人的心灵塑像:"永远像胜利或战败的士卒/在山与山间有限的平原,力竭声嘶/渴想同一朵白云散去吧,天边的/光的温柔又注入绝望的爱恋。"(《间隙》)诗人不满社会、批判现实、解剖自己,同时热爱生活,但诗却有些晦涩难懂。在西南联大作家中,罗寄一才是穆旦真正的知音同调。

身为助教的王佐良和杨周翰,与冬青文学社团的关系有些"若即若离",有时也参加社团的活动,为社团写稿,但不积极,这可能决定于他们的人生目标:喜欢文学创作,但不一定要成为作家。这种态度与穆旦大不一样。其实,他俩有很好的文学感觉,写出过很好的诗,是较有名的诗人。他俩和穆旦一同探讨理论、切磋诗艺的故事已成为文坛佳话。

王佐良的《异体十四行》是为人称道的。这组诗的写作时间跨越了1941年—1944年,其中的几首单独发表过,组合发表时名《诗抄》,后人入集时才定名《异体十四行诗八首》。这八首诗不同于穆旦的《诗八首》写恋爱的过程,而是写男女两人在一起的生活,可以称之为"新婚爱情诗"。诗歌着重表现家庭生活的"凡庸性":买菜做饭,互相"驯服",熟悉的表情,烦琐的家务,欢乐与厌倦交会,而中心词则是"烦腻"——"烦腻是过分地敏感","我们拥抱在烦腻里","过去的,要求的,交会在产床上",使那早就设想的山水绿草的旅游变成了"梦"。王佐良、罗寄一、穆旦都以组诗写出了爱情,粉碎了浪漫主义的爱情梦幻。《诗二首》是闻一多选入《现代诗抄》的诗篇。第一首写"农民兵",作者提炼出他们的特征:姿势是"直立",心理是"愚笨"。"直立""愚笨"反映出的是憨厚且服从。面对被要求的一切哪怕是"死",他们都"直立"。这种"愚笨"生成于他们生活的环境——"土地""村子""粗糙的儿女和灾难"。正是这种"愚笨"和智者的"嘴唇",使他们遭受了惨痛的命运。那些"用敏感的文字凝思"的"长身的瘦子","写了长长的/书,证明愚笨的优越",于是,他们被送上战场,"我们"则留在后方。"于是你的兄弟和我的丈夫""给你我吞灭"。诗歌对农民兵不是遥远的同情,而体现出同化了的感受:诗歌先揭示出他们特征的来源,又批判"我们"把他们送去当兵,在揭示他们受不尽的磨难之时,承认他们是"兄弟"和"丈夫"。当别人正在为自己的艰难呻吟的时候,西南联大的现代主义诗人们已经被别人的痛苦煎熬着了。更使他们痛苦的是"愚笨是顽强而不倒的","记载了愚笨的历史,/又被愚笨开了玩笑"。

王佐良的诗构思巧妙,表现深切,语言凝练而精粹,如:"顾虑如蛇","烦腻是过分的敏感"等。

《西南联大现代诗钞》收了杨周翰的两首诗,这两首诗来自闻一多的《现代诗抄》。实际上,杨周翰当时创作的诗歌不少。杨周翰和杜运燮一样,从奥登那里摄取了人性的光辉,诗歌多取身边的人事和见闻加以歌咏。他有一组十四行诗:《生命的延续》《离别》《旅行》,写婚姻生活,充满了人情味。《旅行》被选入《现代诗抄》,但不知何故变成了《女面狮》这个奇怪的题目,《西南联大现代诗钞》跟着出错,也写成《女面狮》。诗写蜜月旅行,明朗生动,如:"绿草上翻筋斗的阳光向车窗欢呼,/车轮单调的韵律又把它碾伤。"他在另一首诗《山景》里采用奥登那种"俯瞰式"取景法:"山峰拥挤着山峰,衰老/干枯的岁月榨出一滴树,/又在空中升华,像贫民窟/屋顶上一撮黄色的小草",相当生动形象。《哀求者与合唱队》以诗剧(歌剧)形式写成,分"哀求者"和"合唱队"多声部表现,"哀求者"诉说心灵的痛苦,"合唱队"强化感情,加深内容。诗歌音乐感强,"合唱"使音调浑厚。这首诗是西南联大诗歌戏剧化理论的成功实践。

罗寄一、王佐良、杨周翰与穆旦、杜运燮都是奥登的中国"弟子"。除上述"有诗为证"外,杨周翰当时曾撰《奥登——诗坛的顽童》一文,介绍奥登诗歌的艺术,王佐良后来解释他们喜欢奥登的原因:"他的诗更好懂,他的那些掺和了大学才气和当代敏感的警句更容易欣赏。"[①]

四、陈时、萧珊、白炼的诗

陈时思想偏执,感情浓郁,天生的诗人气质,林元说他"天真纯洁、有才华","灵魂像水晶一样透明"[②]。陈时受现代主义影响不深。他发表了许多诗歌和散文,诗歌取较客观的态度,忧愤深广,散文感情醇厚、文采华美,诗

---

① 王佐良:《穆旦:由来与归宿》,杜运燮等编:《一个民族已经起来》,南京:江苏人民出版社,1987年,第2页。

② 林元:《碎布集》,北京:文化艺术出版社,1991年,第385页,第385页。

味浓烈,称为散文诗。1937年所作的《标本》被闻一多收入《现代诗抄》。冬青社时期的创作多描写山水景观,如《四川公路》《黄果树大瀑布》,散文如《花》《翠湖草·仙人掌》;同时也有抒发抗日情怀之作,诗如《微尘》,散文如《大学园地》。《微尘》宣扬战斗的豪情:"欢乐是我们粉碎敌人的心胸,/欢乐是我们消灭敌人的炮火,/欢乐是我们的歌声。/敌人的炮火/仅仅是微尘。"然而,丑恶的生活投射在陈时感情上的是悲愤、忧郁和寂寞,这种感情是他西南联大时期的主调,请看以下作品的题名:《春愁》《昆明的忧郁》《星期日的忧郁》《昆明的寂寞》《老之将至》,这种感情延续到发表在《文聚》的作品上,就是《悲剧的金座》。最终,陈时被这种感情烧毁了,再也听不到年轻生命的歌咏了。陈时的散文诗比他的诗歌更好,诗歌略显朴实,想象与优美有所欠缺,散文诗则想象开阔,思绪纵横,感情浓郁,诗意葱茏。郭沫若说自己的一些诗不像诗,而戏剧倒更有诗意。陈时的创作有类于此。例如散文诗《星期日的忧郁》,下笔就说:"今天,我是太忧郁了。"接着说他一天的生活:带着小手枪,本要去大观楼打水鸟,却进了礼拜堂。"我们歌唱人类纯真的感情。//我们歌唱人类的忧郁,世纪的忧郁。//我们歌唱真、善、美。//我们歌唱。//当我们低着头,闭着眼睛祈祷时,我们如听见上帝的声音,听见像梦的轻妙的音乐。"礼拜解除了"我"的忧郁。但只是暂时的。作者并非在此宣扬宗教。接下去讲昨晚的一个梦:梦见自己去上海做秘密抗日工作,"我"拔出手枪对着敌人的胸口,看他们卑鄙恐怖的情态,一声枪响,演完一个第二天在报纸上登载的喜剧。可这不是现实。作者想打碎黑暗,实现理想,但不能行动而郁闷忧愤,这是他的深刻矛盾,"忧郁""寂寞"的总根源。作者的形象倒有似30年代的小资产阶级知识分子了。

萧珊不仅是冬青社较早的社员,她的住所还一度成为冬青社的活动场所,她离开西南联大后,又引荐冬青社的作品发表,因此可以说,她对冬青社有组织之功。萧珊的诗作不多,所写都是自己心中的感受,可以归为抒情诗,诗歌大多是青年、生命、家庭的歌咏,可以称为"青春诗"。《诗三首》可为代表。第一首前两节:"我需要年青,/活在年青,/别让我叹息衰老,/哭泣白发和皱纹；/我要活着，活着饮尽一切，/而后悄然而去，依然年青！"需要年轻，需要爱情，这是人类的共同愿望。萧珊歌咏自己的情怀，也是歌咏人类向往美好的愿望。第二首写梦境："在奇异的黄昏前面，像往日/我们共同歌颂蔚蓝，春在荡漾/彩色的云霞，青春自身/也似往日，以信任交换了信任，/絮语：'记忆中生命永久/黄昏的记忆不灭！'""骤然断梦"，感叹"生命真的太短促，太短促！"第三首写深夜独自回家的感受，末尾见"远远一盏灯，一张笑脸"，欢呼"到家了，到家了！"家的温暖不写自现。萧珊的诗在内容上歌颂美好，在艺术上追求和谐，《颂》吟咏农人及其创造的美景与生活，由衷感叹："你们自己就是一曲和音！"而对于灾难——不和谐的因素，诗人感到悲哀："海满了/潮在上升/波涛吞食了渔人的网"，"我却食陈年的悲哀当欢喜"——在悲痛中追求和谐。

白炼的诗歌多取现实生活题材，表现出现实主义的特征。《夫妇两个》采用十四行的形式，写望望太阳可以断定时刻，看看风向和云色知道雨何时下地的一对夫妇，操劳半年，在稻穗初放时遇上干旱，禾苗枯萎了，如此有智慧的两个人，"为什么却不知道自己的明天？/是你们负了命运之神，还是神辜负了你们？"这首诗具有当时所说的人民性，艺术上也相当成功，但没有深入农民的内心，没有超出"悯农诗"的思想范畴。《新生》则有着崭新的意义：一棵千年老树枯了，"赤裸裸的枝干/在冷风里抖索，悲哀地，孤单单地，/像一个飘零老人饿死在他乡的枯骨"，乌鸦带走了小雏，林鼠、蚂蚁、蛀木虫"互相庆祝"美居，旁边的年轻白杨得意地斜睨眼看着。"却谁知一阵风雨洒过，/就在枯树的根上，轻轻地，轻轻地/钻出一枝苗壮的嫩苗，/像初生的小犊，光着眼。"老树的形象多么新鲜！这个形象是写实，同时也是象征。它让我们想到古老的中国，封建社会"僵死"后，在近代求新求变中获得了新生；想到传统文化，"之乎者也"枯萎了，"五四"新文化就是传统文化发出的"嫩苗"；想到抗战，中国丢了河山，但不会灭亡，中国大地一定会长出新苗……此形象实在多义，它可以远比沈尹默《月下》的"我"，近比戴望舒笔下的"雨巷"，后比舒婷的"橡树"，堪称现代文学的著名形象。而它出现在抗战的艰难岁月,自有一层特殊的意义和价值。诗中的两个比喻富有创造性,让人过目不忘。《追》塑造了一个追求者的形象"你","你永远走着",不断寻找,找到"像美人的眸子一样晶莹,/比皇冠上的钻石还要闪耀"的小石,"轻轻地丢在身后";爬到悬崖绝壁采到石笋,"又立刻向身后丢了",跃入结冰的水中,摸到了所要寻的花石、蓝天、绿树,"跳出来又匆匆地往前去了","除了不断地寻找,/你永远不会有执著"。这是一个堂吉诃德式的人物,不断前行、不断探索、不断寻找,这种精神正是科学研究及人类活动所需要的。作者对形象不着一字褒贬,但颂扬之情隐藏在字里行间,这正是现实主义的笔法。

五、秦泥的诗

秦泥是"叙永级"学生,布谷文艺社骨干。他参加冬青社后,曾两次离校勤工俭学,与冬青社的联系并不紧密,但他却是冬青社后期一个重要的诗人。今天所见秦泥写于西南联大时期的诗近三十首。这些诗记录了他的心路历程和生活经历,具有一定的史料价值。在艺术上,这些诗在冬青社诗歌中独标一格,那就是浪漫主义特征。秦泥是个极富浪漫主义气质的诗人,这是他的诗歌呈现浪漫主义色彩的决定因素。他入学在叙永,没接受现代主义的训练,回昆明后,未能濡染现代派诗风,而自己坚守浪漫主义,对现代主义取拒斥态度,这是他没有走向现代派而呈现浪漫主义诗风的思想因素。现实条件是,随着民主斗争的激烈,在后期的西南联大校园,现代主义没有多少生存空间。秦泥成长在这样的环境里,没走向现代派也是自然的。坚持形成了独特性,正是秦泥的坚持,使他成为冬青社以及西南联大后期的一个独特的浪漫主义诗人。

浪漫主义诗歌注重想象,往往用虚构的形象表达思想。秦泥的诗虽从现实取材,但写的却不一定是现实内容。例如,写于叙永的《紫色的忧郁》,先说自己感染了沉重的紫色的忧郁,后说:"那一天/黎明带着光和热/来叩开/这人间黑暗而阴冷的大门了/我将用晶莹的朝露/清洗我心头紫色的忧郁/永远地脱卸掉/我这件紫色的灵魂底外衣/迎着春风、野花与阳光/我将跨上一匹骏马/在这无边无际的绿色的原野上/奔驰、奔驰……"这全是诗人的想象：黎明、光和热、朝露、春风、野花、阳光、骏马、原野只存在于诗人心中。

　　注重理想表达是浪漫主义区别于现实主义的本质特征。浪漫主义也反映现实，但浪漫主义作家笔下的现实是经过作家理想化了的，夸大缩小或者变了形，往往只是现实的影子或特征，而不是实际。秦泥见过太多的苦难，自己的家乡也沦陷了，但他往往以理想的情怀去面对现实。一座"怕与这贫瘠的田地/有着同样古老的年纪"的"颓圮的石桥"，诗人却深深地爱着它，因为它所取的景象是美的："他神般的静穆/让山溪喘着白沫奔过桥下/让山风吹动着两岸白发般的芦花/听磨房的有着民谣风的歌唱/或者，看成群的白鹭/飞落在山与树交织成的天边……"尽管诗人如此美化，读者也可以看出，这些美景是诗人的独特眼光所见，或者竟是诗人心中的美景。接着，浪漫主义者又要驰骋想象了："呵，什么时候/这座桥才会变成天上的虹呢？/永远年青，永远美丽/呵，什么时候/人们走过这座虹般的桥/可不是到那讨厌的小镇上去/而是到别一个幸福的梦乡去呢？"(《桥》)

　　浪漫主义注重感情的抒发，往往用感情去点燃读者心中之火，让人跟着他呼喊，跟着他狂笑，跟着他哭泣。长诗《一个伤兵之死》叙写了一个"病兵"惨死街头的情景，诗人以深厚的感情去作正面描写，读来令人同情和愤慨，与杜运燮《被遗弃在路旁的死老总》的风格截然不同。"他说他也是抗战军人/他说他也打过日本/他不是普通的乞丐呵/有他手中发光的勋章为证/有他残缺了的一条左腿为证"，他乞讨不到东西，他发热，昏倒在广场上，被洪水淹没窒息，而"手中的一枚勋章冷冷地闪着光……"诗人忍不住写道："黑色的土地呵/因为羞辱，你痉挛地战栗吧/黑色的天空呵/因为激愤，你高声地咆哮吧/你们是他唯一的见证/请佑护这屈死者的灵魂……"秦泥说："闻一多先生很欣赏并多次朗诵过这首诗。"①的确，这首诗适合朗诵并令人震

_____

① 　李光荣访秦泥记录，2004 年 10 月 3 日，北京秦寓。

撼。但闻一多没把它选入《现代诗抄》,这不说明此诗在艺术上有什么问题,而是因为它不属于"现代诗"。

在观念上,浪漫主义者经常以"世界立法者"的姿态居高临下地评判世界,正如王佐良诗所说:"我们凭借正义,穿起了短裤,/要做所有球场的裁判员。"(《诗两首》)秦泥确有这样的姿态,如他的《狂歌篇》这样写道:

> 因为受伤太重
> 血流过多
> 因为积病太深
> 半身不遂
> 中国!
> 我要输给你
> 我滚沸的鲜血
> 我要用狂歌
> 摇撼你底
> 每一根麻痹的
> 神经!
>
> 救世主降生了
> 瞎眼的
> 重见光明
> 聋的
> 听见真理的声音
> 喑哑的
> 放声狂歌吧
> 瘫痪的站起来
> 跑吧!
>
> 因为救世主已经降生

　　　　因为救世主

　　　　就是

　　　　觉醒的我自己呀!

从这里,我们仿佛读出了《女神》的声音。

秦泥喜欢把自己的诗称为"歌",也是浪漫主义美学观的表现。他的诗题有"夜歌""狂歌""唱给海的一支恋歌""绒线衣之歌""北平悲歌"等,五十年后,他把自己的诗集取名《晨歌与晚唱》,把早期作品称为"早上的歌",把晚期作品称为"晚上的歌"。此外,研究他的诗题,还会发现诗题本身就有着强烈的抒情性。其实,他自己就说:"我是一个理想主义者。"(《二十五自吟》)因此,认为秦泥是浪漫主义诗人是有根据的。

由于秦泥的存在,我们认识了冬青社艺术风格的多样性、组织形态的包容性。

第五节　冬青文艺社的小说创作

大学生初登文坛,还不知道自己的长项是什么,各种文体都试验一下,各种样式都涉足一番,于是,冬青社尝试小说创作的社员不少,举凡汪曾祺、卢静、李金锡、林元、刘北汜、黄丽生、田堃、顾回、白炼、马尔俄、辛代、王佐良等都写过。不过,后来坚持小说创作,成为小说名家的社员却不多。冬青社的小说创作量大面广,风格各异,以现实主义居多,现代主义次之,浪漫主义极少。

一、汪曾祺的小说

汪曾祺是冬青社进行小说探索,并取得重大成就,后成为小说大家的社员。了解汪曾祺的人都知道,他去昆明是受了沈从文的吸引。当他到达昆明之时,西南联大聘请沈从文为师范学院副教授①。他的考试如有神助,在发高热、头脑昏昏的情况下走进考场,竟然考上了。那是 1939 年。从那时起,一段文坛上的师徒佳话开始了。不久汪曾祺参与发起组织了冬青社。这在汪曾祺那里,犹如建立了一间实验室。他在其中进行了多种小说文体试验。"试验品"经沈从文"鉴定"后,一篇连一篇问世。笔者所见汪曾祺写于冬青社时期的小说二十多篇,1998 年北京师范大学出版社出版《汪曾祺全集》收入八篇,仅占三分之一,尤其是 1943 年以前的汪曾祺小说,笔者所见十篇,《全集》仅收入两篇。鉴于人们对汪曾祺早期小说知之不多的情况,本节所论多以 1943 年以前的作品为主。

今见汪曾祺最早的小说是《钓》。《钓》写于 1940 年 4 月 12 日,发表于 1940 年 6 月 22 日。作品写"我"去钓鱼的经过。在一个雨霁的午后,"我"无所事事,百无聊赖,遂砍来竹子做成鱼竿,拴上钓丝,找了诱饵,去钓鱼。"我"边走边观察景物,待到把鱼钩抛在水面,就去欣赏河水,回忆故事,驰骋想象,体味景象,结果自然一无所获。"我"索性把诱饵抛入水中,把钓竿插在河边,空手回去了。结尾说:"我钓得了甚么? 难得回答,然而我的确不是一无所得啊。"这篇作品故事性不强,人物形象不鲜明,很像散文,这说明汪曾祺当时还没有明确的文体界限。自然也可以理解为汪曾祺淡化小说情节的尝试,但很难说是有意为之。这篇作品显示了汪曾祺特殊的语言敏感和运用语言的能力,但微嫌雕琢,不够平常自然,还留有沈从文批评的"两个聪明脑壳打架"②的语言痕迹,是汪曾祺作品走向生活化之前的"创作证据"。这可能是汪曾祺交给冬青社的文稿,是为履行社员职责而创作的,或许先行刊登在某一期《冬青小说抄》上,因得到较高评价,才投报刊发表的。

---

① 许多人说汪曾祺报考西南联大是奔沈从文先生去的。对此,汪曾祺曾在《自报家门》中辩白:"不能说我在投考志愿书上填了西南联大中国文学系是冲着沈从文去的……但是'沈从文'是对我很有吸引力的,我在填报前是想到过的。"其实,沈从文和汪曾祺是同一个学期进入西南联大的。

② 汪曾祺:《沈从文先生在西南联大》,《汪曾祺全集》第 3 卷,北京师范大学出版社,1998 年,第 465 页。

《钓》问世之后，汪曾祺接连发表了《翠子》《悒郁》《寒夜》《复仇》《春天》《猎猎》《灯下》《待车》《谁是错的》《结婚》《除岁》等短篇小说，形成一个创作的小高潮。

《翠子》，写于1940年11月，发表于1941年1月。小说的主要人物三个：翠子、父亲和"我"，次要人物也是三个：大驹子、薛大娘和高家伯伯。一个五千字的短篇，出场六人，不为少了。小说分前后两部分，前部分"我"和翠子等待父亲回来，后部分"我"和父亲谈话。大致内容是：近来，有两件事"我"不能解：一是父亲天天出去，每晚回来都带一支白花，这种花只有娘的坟地才有；二是小保姆翠子常常发呆，也不给"我"讲故事了。入夜，久等父亲不来，翠子先做饭给"我"吃，并伺候"我"睡觉。父亲回来时，"我"还没睡着，便向父亲汇报一天的事：翠子正在煮莲子汤给父亲吃；今天高家伯伯来，对"我"说"教爷替你再娶个妈"，留下一封信；晚饭吃的青菜是"我"和翠子去园里，大驹子给挑的，薛大娘看见的。"我"说："翠子让你明儿别出去了，为你做生日，她办菜！"最后，"我"要求父亲"不要让翠子走"。父亲却说："我要翠子回家，她长大了，留不住。""我"哭了，不知何时入睡的。第二天醒来，父亲已起了床，翠子站在"我"床边，眼睛红红的。小孩如何懂得大人的心思？小说以孩子的认知能力观察大人，有一种朦胧美。文中透露出的关系是：父亲天天去娘的墓地，翠子有许多心事，她家里替她找了一个跛足男人，而她和大驹子互有好感，父亲对她也有难言的隐衷。小说的事件不构成前因后果，"我"也起不到串联全部事件的作用，完全是围绕翠子和父亲的心事展开，用了散点描写法。小说仅仅写家中一段平常的生活，笔法细腻，多以神态、动作、语言暗示人物心理，体现了"中国作风"。就总体而论，这篇小说是现代派的写法，淡化情节、淡化矛盾、淡化人物、淡化结构、淡化主题，注意表现生活实际，甚至不排斥细小琐屑，用语通俗化而富有表现力。《翠子》不仅反映了汪曾祺的探索精神，而且奠定了汪曾祺小说艺术的基础，他后来的小说艺术特色有许多都可以在这里找到影子。

《悒郁》是一篇"微型小说"，仅一千多字，描写少女银子情窦初开的心理,贴切入微,十分迷人。秋天的一切都是成熟的,也是忧郁的。银子沿着恬静的溪流漫不经心地走着,一会儿自己叫自己的名字,一会儿自己跟自己说话。可事与愿违,她希望看见马,却偏偏看见了牛。她真的做起了"骑着马"奔跑的游戏,还到河边去"饮马"。她感到心跳剧烈,伸手一摸,脸无端地红了,很害羞地往草地上一伏。她似乎听到妈妈在叫她。这时,隔山有人吹芦管,她唱了首山歌,对方回唱,是情歌,她不答。回到家,饭已摆到桌上了。吃饭时,爸对妈说:"银子长成人了",还默默地笑。她不能忍受,把筷子一放,飞跑出门,向树林跑去,想哭一会儿。银子感到"地面一切都在成熟",她无目的地往外走,发呆,看天,看自己的脚尖走路,看草有没有被马啃过,见牛也要说上几句,对一切都有兴趣,幻想着骑马、飞、高兴地唱歌,她感到母亲呼唤的温暖,觉得父亲的话和笑都在刺激自己。这一切准确细致地刻画出少女的心理,她莫名的烦恼、忧郁、敏感,情绪变幻不定。小说通过人物自言自语、唱歌、幻想和心理、行动、景物描写等刻画人物形象,大得中国古代小说的神韵,同时又用西方意识流方法写人物心理:"时近黄昏","银子像是刚醒来,醒在重露的四更的枕上",还在追忆梦,其时她已在外面边走路边想心事了。小说的语言极为考究,绘声绘色,明朗传神。《悒郁》让人想起《边城》,尽管它们有诸多不同,但在人物形象的塑造上,作品的艺术成就上却不相上下。学生直追老师,实在令人欢喜!

《寒夜》写一群人在村口车棚里守夜的场面,《灯下》写一群人在店铺里的活动,两篇作品有如老师布置的场面描写训练,具有浓重的散文笔调。《春天》写几个人的童年情事,写法上有些独特。《猎猎》写一个瞎子夜间坐船航行的经历,辞句优美。《结婚》写一对大学生的恋爱婚姻,表现人性的崇高。《除岁》叙述一个凄清的年夜,是汪曾祺作品中极少涉及政治的小说。收账人回报时摇头叹气,远处传来低郁的炮声,父亲算完账说:"还好,亏不了多少,够开销的。"他接着说,今年生意很难,恐怕只有材板铺子有点赚头。并说:"为了抗战,商人吃点苦是应该的"。然后让"我"写春联"频忧启瑞,多福兴邦。"写完,爷儿俩喝一盅。有人敲门,是"公会"主席,他说前线战况很好,抓到了替敌人收米的汉奸,"市面要紧",你们得支持。父亲和"我"干杯后,眼睛全飘在春联上:一片希望的颜色。小说从容不迫地叙述,把战争灾难平淡化、生活化,抗战思想坚实,无提炼痕迹。

《谁是错的》可以看作汪曾祺早期的另一篇精心之作,体现了作者对于人性、人的心灵和精神境界乃至生活的一种哲学探讨。小说的题目就是一个"问题"。题下有题记:"生命的距离:因为这点距离,一个人会成为疯子,另一个人呢,永远是好人。"题记可以帮助读者理解这篇作品。小说虽为探讨哲学问题,但却集中于人物心理刻画,无旁逸斜出之笔,体现了作者对于人物心理及性格刻画的一贯功力。小说开篇写道:"我想,我必须去找一找路先生,向他详细地解释清楚……我被自己不小心的几句话,带到倒霉里来了。"是几句什么话,如此重大? 而作者接下去却走笔去写人物的感受。这就截断了故事,把讲故事和写人区分开了。下面写"我"一直在自责,读者却越想知道原委。可小说转而介绍路先生的外貌,实际是再次埋下伏笔:"他一切都好,只是左耳下有一个樱桃大的小瘤,好象和生命或身份不大调和,悬缀在那地方。"这时小说再次宕开去写樱桃。而后才道出原委:上午,"我"和路先生谈话时,他关切地问"我"的父亲,"我"却挖苦讽刺了他,而后飘然离去。"我"一下午想来都难受,不得不去向他道歉。至此,方知小说是倒叙,然而是怎样几句话仍然没说。接下去又有一段"买樱桃"的心理描写。最后进门,"路先生见我来,一把就握住我的手……只觉他的手更较往日柔滑,也较往日温暖。""我"羞怯地解释道:由于梦见父亲打我,所以厌恶你问我父亲,以致说您左耳下的那个肉瘤是多余的。路先生却说:"本来是多余的!"然后要我明天陪他去割掉。我大为惊讶,心事尽释。路先生形象宽厚、大度、实事求是,"我"冲动、紧张,能勇于承认错误。小说结构十分讲究,伏笔运用很好,主线、副线交错,故事却讲得若断若续,情节几次断开,几次续上,而起贯穿作用的是"我"的心理活动。

之后,汪曾祺又发表了《序雨》、《小学校的钟声》、《复仇》(第二篇)、《老鲁》、《膝行的人》、《磨灭》、《庙与僧》、《醒来》等多篇小说。其中,《序雨》可能是一部中篇小说,但只发表了"引子"和"第一章",没见下文,十分可惜。它应该是汪曾祺早期作品中唯一的一部中篇,要是能找到下文该多好? 写这些小说时,汪曾祺已经肄业于西南联大,在昆明做中学老师了,但这些作品仍延续他大学时的文学观念和艺术风格,说明他在大学时小说创作已经基本定型。

汪曾祺在冬青社时期的小说基本上是写"我"的:写"我"的家、"我"的儿童时代、"我"的故乡、"我"的生活、"我"的朋友、"我"的熟人,较少超出"我"的生活经验范围,而完全靠虚构形成。

由于作品中有"我"参与,决定了汪曾祺的小说具有主观性和抒情性的特点。他的小说往往从"我"的角度选材、取景、写人、叙事,较少从"他者"的立场观察并描写人和事物。从汪曾祺的小说中不难感觉出"情"来。只不过,他很懂得艺术的融合与节制,往往把感情融合在具体的对象中去描写,很少作独立的或者抽象的抒情,也不歌哭不止,任情恣肆,大段大段地抒情。许多时候他淡淡地叙述,平静地描写,客观地介绍,但语句间却包蕴了深厚的感情。主观性和抒情性不是浪漫主义的"专利"。汪曾祺也绝不是浪漫主义作家。

但是,主观性和抒情性与"淡"是矛盾的。汪曾祺小说的总体风格特征是淡,这是大家公认的。汪曾祺的早期小说已表现出淡的特点了。或曰,既言主观抒情,又说淡,不是自相矛盾吗? 不一定。笔者认为,淡不是平淡,不是乏味,也不是没有感情;淡是看透一切的态度,冷峻睿智的目光,平和冲淡的心情,老辣独到的笔调;淡是除却毛躁,摒弃火爆,过滤浮躁,冷凝热情。所以,淡里边可能折射出主观态度,会隐含着热烈的感情。要做到淡是相当困难的,可这位二十来岁的青年却做到了。这里不想掉书袋去论证汪曾祺早期小说的淡,只要读一读上面所举的几篇小说,就会对上述观点有所体认了。

和谐是汪曾祺小说的美学追求和总体特征。在汪曾祺的小说中,少有深刻的矛盾、剧烈的斗争,更多的是人与人的和谐、人与景物的和谐。从这里,我们可以看出汪曾祺对沈从文先生的继承。在汪曾祺的小说中,即便有矛盾冲突,也都淡化处理了,或者不渲染悲情,或者双方和解。在《谁是错的》中,"我"讥讽了路先生的生理缺陷,犯了不厚道的错误,后悔不迭,忐忑不安,去向路先生道歉,可路先生正视事实,毫不介意——双方本来就没有冲突嘛。《复仇》中,复仇者谨记"这剑必须饮我仇人的血"的父亲遗嘱,寻找仇人多年,但当他认识到仇人的负罪心理和伟大壮举后,收回宝剑,和仇人一起干起了凿岩开路的事业。

　　汪曾祺的小说艺术取中外并举、古今兼容的态势,一开始就走在继承、借鉴与创新的道路上。他不像穆旦等现代主义作家,有过较长一段学习、借鉴甚至模仿的过程,他一来就表现出了中国化的特色。这大约与沈从文先生的引导分不开。沈从文教学采用从创作实践学创作的方法,跳过了从"理论到实践"的模式,不依"主义"或"派",听者要能自"悟"艺术真谛。汪曾祺小说淡化故事情节甚至淡化主题意义,着重刻画人物心理的做法,深得语言艺术之三昧,但这有可能是从沈从文"要贴到人物来写"的话里悟出来的。总之,汪曾祺师从沈从文有别于穆旦等师从燕卜荪,所得必然不同。我们看到,汪曾祺小说通过神态、动作、语言暗示人物心理的写法,注意色彩和传神的语言功力,写心理而不作大段单独描写等做法都是中国特色,而意识流方法、散点透视法、"蒙太奇"借用法、抒情性与戏剧性等又是从外国作品中借鉴的,这两个方面统一在他和谐恬淡的美学风格之中。汪曾祺是中外文学艺术精华的集成者,同时又是现代小说的独创者。

　　多种手法的运用是汪曾祺小说的一个突出表现。叙事、描写、抒情、议论并用,心理描写、景物描写、场面描写、外貌描写兼具,白描、含蓄、留白、意识流、散点透视、蒙太奇、戏剧性等方法同举,构成了艺术手法的多样性。再加上结构多种多样,开头和结尾各不相同,语言手段丰富,形成了汪曾祺小说的另一个特点:体式多样。我们发现,汪曾祺写在冬青社时期的二十余篇小说,篇篇不同,即使是由《复仇》改写的《复仇》(二),写法上亦有很大的区别。这与老师沈从文的培养有关。沈从文当年曾被称为"文体作家",他曾进行过各种小说文体的探索,汪曾祺继承老师的精神,继续探索各种小说体式,呈现出多样不同的文体格式,这种精神是值得肯定的。

二、林元、刘北汜的小说

林元和刘北汜的小说在当时都是有地位的。林元在《文聚社》一章介绍,这里专讲刘北汜。《文聚丛书》计划中有一本刘北汜的短篇小说集《阴湿》,没有出成,但后来他的小说编成集子,收入巴金主编的"文学丛刊",于1946年5月出版了,1981年又改题《山谷》重印。在《山谷》所收小说之外,刘北汜还发表过《期待》《暗夜》《青色的雾》等,颇受好评。

《山谷》里的四篇小说,可以看作刘北汜的代表作。第一篇《雨》,写小知识分子的生活。主人公李子魁在一家茶馆里以代人写书信、呈文等为生,无事时义务为人读报。次要人物姓江,靠说书为生,也在这家小茶馆里。老板靠他们招徕茶客,愿意为他们提供方便。李子魁是一个正直、有民族感的知识分子,他听不惯"飞龙传""彭公案"一类评书,那是在旧梦中寻找精神寄托,因此有意无意地跟说书人作对,但茶客却爱听彭公案,不愿听新闻,把他赶出了茶馆,老板也说他是"说谎大王",叫他以后少来。原来,报纸比彭公案还假!李子魁和说书人都处于困顿之中,却为争夺生存空间而互相倾轧。他们的出路在哪里呢?作品让人深思。

第二篇《暑热》把一个知识分子放在一群庸众中去观察,揭示出知识分子的生存困境。小说的出场人物很多:房东和房东太太及其儿女,老太婆和丈夫及其女儿,司机、木匠、挑夫及其女人等,而居于中心地位的是家庭教师,一个小知识分子。傍晚天气热,院里人都坐在大柏树下乘凉闲谈,家庭教师却总是与大家谈不到一块儿,房东给他下了一个结论:"黑与白当然不能交朋友,一交就是灰了,连本性也交掉了。"可这个家庭教师却愿意多管闲事,帮助或安慰别人,却总不被别人接受甚至遭误解,他在人们心目中的地位极低,连房东小孩都欺负他,最后,被房东家扫地出门。家庭教师是一位正直、善良、高尚、富有同情心的知识分子,但他的思想性格、生活习惯、行为作风与大杂院里的人无法融合,所以演成了悲剧。作者把这位从外省迁徙来的人放在一群庸俗不堪的小市民之中去观照,表现了两种文化的冲突,自然也有惺惺相惜的感情成分。

第三篇《山谷》写普通老百姓对于抗战的支持和贡献,批判的矛头直指日本侵略军。由于日本飞机猛烈轰炸昆明,政府实施机场修筑,居住在山谷附近的农民被征为民工。伢子的爸爸做了民工,一天,他与大伙进山炸石头,被炸起的石块打死了,妈妈又接着去机场工地当了碎石工。小说通过小孩和爷爷的对话揭示主题。伢子不知道父亲已死,要爷爷领他去工地看爸爸妈妈如何做工,路上碰到二叔和三叔,谈话中伢子才知道爸爸死了,如何死的。作品没有政治套话,没有豪言壮语,通过朴实的叙述讲述了工地的紧张、修筑的忙碌、民工的精神、老百姓的牺牲,从而控诉了日本侵略的罪恶。

第四篇《机场上》反映机场建设者的生存状况。这些建设者,从全国各地聚集在一起,住在简陋阴暗的工棚里,生活条件极其艰苦。这且不算,他们还受到工头的剥削与欺骗。他们干完一天的活之后,酗酒、打架、争斗、玩女人,讲着粗鲁的丑话,打发生命与时光。他们有时拿不到工钱,甚至生命不保,不寻求刺激难以度日。而那个工头,为了独吞工人工钱,卷款逃走,竟把仇人和心腹好友一齐推下了山谷。他跑后,愤怒的工人又把他的另一个心腹扔下了山谷。小说如一出闹剧,混合着忙碌、繁乱、吵闹和嘈杂的声响,构成一种情调。这种情调是那种环境生发出来的,因而是恰当的。

刘北汜和林元一样,都采用现实主义的方法进行创作,取材现实,注意反映实际生活,描写普通人的生存状况。如果说,林元主要反映大学生和农民(渔民)生活的话,刘北汜则主要反映小知识分子和农民工的生活,更为底层一些。刘北汜取批判的态度对待作品中的人和事,极少正面歌颂的形象,每个人都挣扎在艰难的境遇之中,极少高尚的思想境界,他们奋斗、争夺的只是人类生活中最低层次的生存问题。这与刘北汜在昆明的生活经历有关,他说:"我熟悉他们,我就生活在他们身边。他们的生活环境,也正是我所经历、或耳闻目睹的。"①所以,刘北汜的小说有强烈的现实性。

社会生活的实际决定了刘北汜作品的悲剧色彩。他小说中的人物基本上是悲剧人物。李子魁的饭碗被说书人砸了,家庭教师丧失了租住的房屋,伢子没有了年轻的爸爸,《机场上》的民工,死的死了,活着的拿不到工钱,都在生存线上挣扎,而且几乎是生存无路。这些悲剧从各个方面警示读者:这个社会不改变不行了。

刘北汜的小说都采用作者全知全能的叙述方式,所有的事件都是作者讲述,所有的人物都由作者调度,景物虽然有的是作品中人物所见,但都掌控在作者笔下,这就使小说的客观效果受损。当然,全知全能有其好处,那就是叙述清楚流畅,行止自如,作者可以较主观地调度人物事件乃至景物用具,但毕竟有其"视觉盲点"存在。全知全能方式长于叙述,因此刘北汜的小说都用讲故事的形式写成,《雨》讲李子魁的故事,他除了与说书人争斗外,还与一个女人相好,用谎话欺骗着她,他倒了霉,还有比他倒霉的人;《山谷》讲伢子和他父亲,把伢子父亲的死作为一个谜底放在幕后,步步紧逼、步步深入,最后谜底亮出,小说收场,这些都是吸引人的。小说还注意人物心理的刻画和环境描写,如对李子魁和伢子爷爷的心理有较深入的刻画,环境如《雨》中的道路和破屋,《暑热》中的大杂院和柏树下,《山谷》中黄昏时的山色都较出色。

若要选一篇刘北汜的代表作,笔者认为是《雨》。

三、卢静、马尔俄的小说

卢静 1939 年入西南联大,酷爱文学,创作了许多诗歌、散文和小说,是西南联大较为著名的作家之一。

小说《沧桑》的主人公余太婆有个观念:"只要子孙好,有出息,兴兴衰衰,全在人为。"她身世很苦,丈夫是个赌鬼,打她、抢她的钱,后来还不出赌

---

① 刘北汜:《重印题记》,《山谷》,南昌:江西人民出版社,1981 年,第 1 页。

债被人弄死了。那时她才二十岁,在亲戚的帮助下,她摆个竹货摊,渐渐发迹,还建了一所五开间的大房子。现在她老了,孤苦伶仃,可她很硬气。一天,鬼子来了,她被弄死,房子被东洋兵烧了。听到这个结局,"我"耳畔又响起她的话:"兴兴衰衰,全在人为。""沧桑"指世态变化。作品对于身处抗战艰难岁月中的人,是一种巨大的勉励。作者还有《期待》反映汉奸的家庭及暗杀汉奸的事,《骑士录》批判大学生的消极思想与生活。

西南联大应征去美国空军"飞虎队"做翻译的学生不少,但写飞虎队的作品却不多,因此,卢静的短篇《夜莺曲》十分难得。小说以空军战士奈尔为主人公,选取他生活中的几个片段,叙写他的心灵。小说没有连贯的故事,没有矛盾冲突,用散文笔调作铺张描写。构成小说核心内容的是"美",作品按美的原则选材并进行描写。第一节写奈尔从宿舍开汽车去机场执行起飞任务。一路上,展开了他小时候有关中国的联想和初次驾飞机到昆明的回忆。他被鸡足山、苍山、洱海迷住,他早就打听到昆明有西山、龙门、昆明湖,心向往之。第二节奈尔和女友丝蒂娜在咖啡室约会。他们谈对昆明的感受,昆明的风物景色、人及文化他们都喜欢,尤其喜欢夜莺每天晚上在窗外唱歌。第三节写奈尔参战并牺牲。奈尔已有击落敌机十四架的战绩。这天,奈尔奉命去轰炸敌人阵地,飞机不幸被高射炮击中,"为了这新生的古国,也为了人类","他的灵魂却已随着那美丽的夜莺歌声升上天,进了天国的大门"。小说的格调是平静的,没有波浪起伏的情节,而是对山川、人物、文化、生活的美的颂歌,奈尔参加战斗、消灭敌人、英勇献身都被写得很美。读该小说是一次美的航行、诗的陶冶。《夜莺曲》于1942年发表,受到读者一致好评,作者大受鼓舞,又把它扩充为中篇小说,由巴金编入"文学丛刊"出版。《夜莺曲》是一篇优美之作。

和卢静一样写空军战士的还有马尔俄,他有短篇《飓风》,写英、美空军联合作战的故事,充满强烈的英雄主义色彩。蒙树宏评价说:"《飓风》则重视刻画人物性格的复杂性及其变化发展,写得真实可信。"①《飓风》发表在《文聚》上,后来,作者以《飓风》作为自己的短篇小说集名,列入《文聚丛书》出版计划,可见这篇小说在当时的影响和作者对它的看重。

另一篇小说《逃去的厨夫》也是一篇优美之作。小说写一个怕枪者精神变化的故事。主人公厨夫的父亲曾做过贼头,杀过很多人,后来放下屠刀,带着妻儿到远处种田为生。一天他验枪走火而死,因此厨夫对枪极度恐惧。他被征到部队,神经紧张得难以忍受。敌人从大鹏湾登陆,"我"和他所在的部队被调往广州增援前线。一天早上,人们发现他不在了,找回来后被看守。夜里,敌炮乱响,他吓得像疯子一样怪叫。有一天抓回两个日本兵,让他做饭给俘虏吃,他不肯,有人用枪吓唬他,没想到他宁死不做饭。有一天,"我"问厨夫:"你还想逃吗?"不意问出一个秘密:昨晚逃过,过河时发现一具女尸,胸上有枪眼,又跑回来了。从此部队不再看守他。可是厨夫又逃了,且没再回来。部队奉命撤退,"我"被调到江东一个民团做领导,不意厨夫在民团里打鬼子。他讲述了自己后来的经历:逃回家,家园一片瓦砾,全村人都被鬼子杀了,仇恨燃胸,进了民团,再也不怕枪了。"我"问他还记不记得父亲的故事,他说"记得",但"以后不要再提"。小说对厨夫的性格描写十分真切。他开初极端怕枪,中间有所转变,后为复仇,竟不怕枪。枪在他心目中是一个情结,深仇大恨解开了他的情结。他虽然怕枪,以致临阵逃跑,听到炮声会疯叫,但他明白是非,懂得民族大义,先是不给日本俘虏做饭,后来自愿参加民团,常破坏敌人的交通线。他热爱亲人,逃跑的另一个原因是"我还有一个妻和一个儿子在家"。他在脱逃途中看到一具女尸,"想到我的女人,也许就是她",又悄悄回到前线部队。最终他逃走也是想看看家人。当"家早已变成瓦砾,再看不见一个人",他参加了抗日组织。这一切的发展变化顺理成章,厨夫的形象也就刻画得栩栩如生。这篇小说不像他的《炉边的故事》《网》等作品的散文笔调或者交代故事,而是集中写人,所以人物形

---

① 蒙树宏:《云南抗战时期文学史》,昆明:云南教育出版社,1998年,第129页。

象刻画成功。小说叙事简洁,过渡巧妙,语言简练。除开头写父亲之死即厨夫怕枪情结的形成稍嫌冗长外,其他文字都恰到好处。小说的结构也很巧妙,以厨夫怕枪的心理为中心内容,结尾落到"父亲的故事"上,照应开头。

马尔俄作品的中心内容是写抗战,写人民的灾难、觉醒、反抗、战斗,从多方面反映了中国人民的抗战精神。所以,不忘抗战是马尔俄作品的内容特色。

四、李金锡、白炼、田堃的小说

李金锡和白炼是同班同学。他俩较早参加冬青社活动,发表了不少诗歌、散文和小说,成为西南联大较为著名的作者。

李金锡较早的小说《晚安,年青的女工们》,写昆明纺织厂的四个女工的生活。年轻人总是充满生机的,她们白天各自上班,晚上在宿舍里说说笑笑,打闹取乐,气氛活跃。一天夜里,小秀回宿舍时,看到几个人正在打一个女子,走近看看,是文英。原来,文英被引诱,当了娼妓,因没有伺候好客人,惨遭毒打。宿舍中轻松活泼的气氛从此消失,"咱们这号人,反正命坏,不当女工,就当鳖",大家沉浸在惨淡的命运忧戚中。小说紧扣性格落笔,主要人物小秀聪慧、开朗、活泼的形象跃然纸上。作品的思想稍嫌表层,但写法上却有优长,以小秀起,以小秀结,既使故事集中,又能首尾照应。这篇小说是西南联大文学作品中极少的以工人生活为题材的作品。之后,李金锡又写了《纺织温暖的姑娘》,塑造纺织女工的形象。这两篇小说确立了李金锡是西南联大作者中写纺织女工的唯一一人的地位。

《赶马车的》写一个汽车驾驶员的人生经历。当时的汽车驾驶员很稀奇,可如今,英雄落难,赶起了马车。赶马车不挣钱,生活日益窘迫,老婆跑了,他心里很苦。但他自有信念:"日头不会整天挂在天正当中","日头不会永远不落"。小说以"我"夜里乘马车回城为线索,用马车师傅讲述的方式写出,故事中包含着一些人生哲理,并有一种悲凉的情调,笔调有似契诃夫。作者还有《腊月的村镇》反映农民的困苦和农村人际关系的复杂。

李金锡瞩目校外，关心普通人的生活，以题材的广泛体现出知识分子的社会情怀，尤其是反映纺织工人的生活命运，形成了其内容的独特性。但他的小说大多浮于表面，不能深入地挖掘人物的内心和性格，较少虚构与开掘，艺术魅力稍差。

白炼的小说集中写日军侵略下中国百姓的苦难生活。《恨》描写日本侵略军造成一家人的悲惨遭遇："我"去找同学，遇到一个聪明伶俐的九岁小女孩。她本是镇江人，父母开粮店，生意很好。两年前，日寇入侵，父母带着一家人逃难。路上，哥哥病死了，父亲和姐姐被日本飞机炸死了，妹妹下落不明，妈妈带着她逃到昆明，把她送进儿童教养院，自己开起了米线摊。母亲听说女孩生病，一急就疯了。后来病好了，但米线生意很差。昨天，她又疯了。"我"看着聪明的小女孩，酸从中来，"我"仿佛又听到她先前所唱的清脆歌声。小说以集中的笔墨反映出战争中人民的苦难，语言明快，故事真实感人。

另一篇小说《卖水汉》仍然以"我"为叙述者，讲卖水汉的故事，笔力集中，人物形象突出。当时，昆明的自来水覆盖面很小，市民饮用井水，一些有钱的人或无力挑水者便买水为生，于是市里出现了挑水工这个职业。挑水工全是力气活，挣钱很少，又得不到尊重，生活很苦。小说里的卖水汉性格刚强，极少说话。他本是人力车夫，两年前，日本飞机炸死了他一家人，炸毁了房屋和车，他无路可走，当了卖水汉。小说笔力集中，故事引人，形象突出，语言流畅，是一篇优秀作品。

白炼长于讲故事，作品往往以"我"为叙述者，增加了故事的可信度。作品在故事中刻画人物性格，表达思想感情，有一定深度。作品语言老辣，有表现力。照此发展，作者的小说创作是有前途的。可惜作者后来没再创作，一颗希望之星消失了。

同样揭露日军罪恶的是老社员田堃。田堃发表的第一篇小说《虚惊》反映日本侵略使许多人失去了家园和生存资源，逼民为盗，社会治安不良的现象。西南联大建在城外，不时遭土匪威胁。《虚惊》写一天夜里，听说土匪将来,同学们的紧张心情。另一篇《盐》揭露日本侵略造成老百姓连盐都吃不上的困苦生活。小说主题鲜明,人物心理清晰,形象逼真,且笔法简练,与《虚惊》相比,有很大的进步。

《这就回到家了——纪念春妹》是一篇力作,讲述一家人逃难到外地,思家心切,又千辛万苦奔回老家,路上损失了财物、丢失了爱女的悲惨故事。主人公住在黄河北面,日本军队打来,他带着家人逃到安徽,"可是苏州的退却,南京的失守,战争像一把顺风的野火,即刻扑到他做事的安徽来",他又带着全家逃到四川边界的小城。在敌人践踏下的老家,还有哥哥一家,有房子,有财产,他们日夜思念,寝食不安。三年后,他带着妻子、九岁的春妹和三岁的皖生回家,一路劳顿不说,到了黄河边,贵重东西被负责检查的日本兵抢走,过河去城里投亲,亲戚被逼死了,转车回家,车上日本兵争座位,打了他的妻子。快到家时,车外突然出现了日本兵,前面的车厢"轰"的一声被炸了,火势袭来,车厢里一片混乱,他们挤到车下,却不见春妹!他复奔上车,什么也看不见,喊春妹,春妹不应。他倒下了。醒来时,躺在医院,哥哥站在他床前,可春妹,再也见不到了……这是一个令人撕心裂肺的故事。日本侵略者造成了中国人民惨重的灾难:城市被烧,火车被炸,生产停顿,景象萧条,人民生命不保,文化创造被毁坏一空!逃难悲惨,回家更遭殃。小说采用逃难者回家这一巧妙情节,揭露了日本侵略军的罪恶,反映了敌占区人民的痛苦,构思独特,主题深刻。

田堃落笔不忘抗战,作品从多个方面反映了日本侵略下中国人的痛苦生活,把日本侵略者打出去,这是他作品的总主题。他不仅用作品宣传抗日,而且亲自上前线抗击侵略者。这成了他散文作品的主要内容。

第六节　冬青文艺社的散文创作

冬青社的作者,写散文的较多,比较著名的有刘北汜、辛代、杜运燮、汪曾祺、马尔俄、田堃、李金锡、黄丽生、白炼、顾回等。散文的内容主要有：一、关于故乡故人的，二、关于大学生活的，三、关于社会状况的，四、关于军旅生活的，五、抒发内心情感的几类。

一、刘北汜的散文

刘北汜酷爱文学，尤其喜欢散文创作，1939 年入中文系，次年转历史系。作为冬青社的中坚分子，刘北汜写作品、编刊物，成绩颇大。在创作方面，他写过诗歌、小说、散文，散文曾结集为《曙前》和《人的道路》出版。

《曙前》中的作品，全是在昆明亦即冬青社时期创作的。作者说："从 1939 年到 1946 年 7 月，我在昆明生活了七年，四年读大学，不少时间是在敌机轰炸声中度过的。后三年，先后在三个中学教书，日子也过得艰辛得很，却较多地接触了群众，接触了农村生活。正是这些，构成了我这些作品的一些篇章，一些人或事。"①他的散文写昆明市和农村的人事或景象，人物都是些下层人：养花人、养蜂人、农人、耍猴人、钉马掌人、残疾人等；事主要有日军轰炸，城里人的生存手段，农村人干农活、做副业、婚嫁丧事、小孩玩乐等；景象较多为城里人的生活环境，房屋被轰炸的惨象，农村建筑，田园风光，山色草木等，都不是所谓的"大题材"。

哀民生之多艰是作品的突出主题，在战争的煎逼下，普通人的生活几乎难以为继了，为生存而挣扎是最好的概括；控诉日军侵略是作品的又一个主题，老百姓的生存艰难是日寇造成的，作品展开的背景是战争环境；作品的另一个主题是歌颂劳动，作者选取的人无一不靠自己的本领生活，既不"吃人"，也不损人，活得有骨气，有精神；对于自然的敬仰和人世的慨叹也是作品时时流露的思想，山上的树年年绿着，荒野的花春春开着，而人们的建筑却已破败，山中的寺庙、河边的磨房、村外的寄柩所，乃至人们的住房都破败不堪，只有山脚下新建的工厂使人欢欣。

---

① 刘北汜：《曙前·附记》（手稿），1983 年 6 月 27 日。刘桐提供。

在写作方面,有以下几点特色:

(一)选材细微

作者力避大题材和长文,采取"拆开"写的办法,把宏大的题材拆为若干方面,一事一题,一人一文,做到内容集中,短小轻便。例如,写农村的人事,分开去是婴儿的啼哭、儿童的玩耍、姑娘的出嫁、成人的做工、老人的锄禾、死人的灵柩等,是红墙、院落、草屋、磨房、花轿、路碑、窑场、打场、寄柩所等,合起来则是一个村庄的生活面貌。这样处理题材,可能与当时刊物的版面有关系,报纸杂志尤其是小报愿意发短文,但在主观上则是细微题材更适合作者的审美观念和散文诗的表现。

(二)观察立场

这里的观察立场实际是"观察者立场"。作者在文中只取观察立场,而没有参与其事,有时候是近观。这可能与作者外来人的身份有关,也与他的工作和生活有关,他是老师,虽然住在城里的大杂院、住在农村的寺庙旁,但工作不与当地人交往,很少有机会深入了解他们。这种立场是所有外来作家共同的,并非某人独有。观察者立场决定刘北汜很难写出人物内心的感情,所以在他写人的散文中,《陌生的人》最为精彩,因为陌生人最适合观察者立场。观察者立场用在景物描写上殊为恰当,请看《峡谷》中的一幅"太阳落山图":"白色的路已经模糊了。在天边,在不可测知的远方,红色的云霞正被涂抹着,山峰一样的云成了淡青色的溪流,变为池塘,变为烟,轻轻地缭绕在一片黄色的田野上,一刻后又成为深紫色的颗粒而悬混着,被一片黑郁盖没了。太阳似乎被什么拉着,发烧地向下坠落。"

(三)客观描写

客观描写决定于观察者的立场,因为表达观察所得,必须取客观的态度。"山脚下一个村庄,白天看来是那么小和朴素,每到晚上却会有无数的灯火亮起来,像似最亮的星,每夜都闪烁在那里。"(《山村灯火》)写景是这样,写人也是这样,如写一个老人:"每天我能看到他蹲在那里理着花朵,直到疲倦的时候。他底手指不是剪剔花叶便是忙着翻弄泥土。他总在工作。//院子是静的,望着老人,望着花,我知道老人过得并不寂寞。"(《花和老人》)作者笔下的每篇文章都是有感而发,但绝不作孤立的抽象描写,或者不大段地抒发感慨。有人认为:"他写的是真情实感,由日常生活、习见景物触发感兴,较少求助于幻想或悬思,显得朴素自然,这在 40 年代新进作者中较为突出。"①此言甚是。

(四)自然素淡

自然素淡是一种风格。这种风格与客观描写的态度有关。刘北汜的散文有山写山,有水写水,有事写事,有人写人,全都从现实中来,以表现客观实际为目的,绝不离开现实生活而臆造,对于所写对象往往作如实记录和客观的描写,不夸大,不虚饰,所以自然。刘北汜的散文有感情,但感情总是藏在所写景象或人事之中,有时由景生情,也是淡淡而出,绝不提高热情,加大"嗓门",纵情恣肆。读其作品,感情不会被"点燃",但也不会不动情,这是素淡。素淡也体现在语言上,刘北汜作品的语言朴实、明晰、高雅。刘北汜的淡与汪曾祺不同,他俩在程度上有差别。

《曙前》集里的散文短小精悍,甘饴隽永,作者认为是散文诗。刘北汜的另一些散文,与《曙前》有些不同,显得丰富、有趣和深刻。《青葱》是一篇游记,分为七节,每节约千字,取所需之景而写之,内容有趣,记叙跳脱,语言生动,文笔流畅。《拾粪的人》写一个老人,他每天干着肮脏而简单的活,可他也需要尊重。他一向沉默寡言,态度平和,当孩子们厌恶他臭、瞧不起他时,他愤怒了,用一种特殊的方式发泄不平。文章不算长,却写活了一个人,可谓精练。《晨景》是一篇六千字的长文,写城门外一条街的困苦生活景象和人们在清晨的种种活动。文章的转接技巧高妙,在介绍完小街后,先出场的是一个精神病人,他在街上行走,遭人嘲笑,被一个小姑娘推进屋,接着是一个扫街的老太婆吼起一个睡着的哑巴,哑巴想把一个小偷被杀的事告诉小

---

① 俞元桂:《中国现代散文史》(修订本),济南:山东文艺出版社,1997 年,第 544 页。

堂倌,在堂倌把哑巴"嘘"走的一刻,曾经从身后踢了哑巴而躲起来的小孩跑出来希望小堂倌赏赐自己,这时城门边出现了两个卖艺人,男的装瞎,女的装傻,女人将道具帽戴在男人头上,再从帽顶的四个洞中插入香去,男的发出"痛"叫声——这是预演。太阳出来,小街渐渐热闹起来了……文章全用描写,把一条沉寂的小街写活了。此文的题材和内容近似曹卣的《一百一十户》,但主题和写法各不相同。

二、辛代的散文

辛代和刘北汜的作品同样短小精悍,同样具有诗情画意,同样属于散文诗。如果说刘北汜的作品以写昆明为特色,那么辛代的作品则以题材广泛,思路开阔为特点。

最能体现辛代开阔视野和胸襟的作品是《风》。文章由昆明近来多风引出家乡东北平原的风,再联系到故都北平的风,最后回到南方昆明的风,把祖国南北之风的特点和性格描写了出来。东北平原的风,"那坚强,那自信,简直是不可轻侮的。虽然冷,但在心中隐藏着一种比火还热的东西"。北平的风与此不同,是有颜色的:"北平的黄土出名,却不知风更出名,就因为有风,所以黄土才能乘势撒野,把天地搅得黄澄澄的,那是从蒙古沙漠吹来的风啊,它夹带着千千万万的黄沙而来,使人担心是沙漠要搬了家,天是黄的,地是黄的,空间也是黄的,好像除了黄就没有别的颜色存在。坐在屋里,看窗纸也是一片黄色。风撕着人的衣服,撕着人的面发,阻止人的走路,顶风走的人不到三步他就得喘起来。沙子打在脸上像飞沙走石。"这不是今天所说的"沙尘暴"吗?"报上登着一个外国专家的预言,五百年后的北平将什么都没有,完全是一片沙漠。听到的人都为这美丽的古城叹惜,诅咒风沙。然而又是多么坚强的风啊,它还是一样的吹着,吹着,它的唯一的目的好象只有尽力吹,颇有一点顽固同愚直,但也正是它可爱的地方。"北方的风性格如此,南方的风特点如何?文章说:"昆明的风就又和这不同了。它吹得没有那么有力,却有它一样多的沙子。风里面又杂有寒冷,且冷彻心底,毫不使人觉得有温暖之意,令人感到可怜。南方是山明水秀之邦,想不到风却不如北方。"文章约三千字,一段到底,可见作者写作时气势饱满,思路贯通。作者调动多种艺术方法,融进深厚感情写风,笔法细腻,生动形象,亲切感人,其老辣程度为辛代散文之冠。此文或许是 20 世纪文学中写风的最好作品之一。

取眼前之人事,联系远方之同类加以叙写,是辛代散文的基本思路。但他也有只写眼前人事的,这样的作品往往注意一种情调,抒发深刻的心理感受,可以《哀歌》为代表。文章下笔即写心理感受:"我说,没有比盲人手中的弦音哀感动人的了⋯⋯声音大半是幽怨中有一分凄凉像对自己不幸的诉说⋯⋯我还得说,这些黄昏与夜的歌者,多半是人生旅途尽头上的徘徊者了⋯⋯"作者先把人带入一种凄恻哀怨的情调之中,再写事实。原来,作者是听了盲人的胡琴而生发的感受。"我问一歌者:'有什么悲哀么?'"歌者答道:"先生,我眼里不见天日有二十年了,这胡琴也随我南北奔走二十年,二十年来我觉得人间皆可哀。"万没想到盲人哀的不是自己,而是人间!"人间皆可哀!这句话击打着我的灵魂了。如一苦吟的诗人,久索枯肠,偶得一佳句,便不忍离口了。我不同诗人,诗人有的是一分喜悦,我有淡淡的怅惘、空虚。一个自欺欺人的谜语,为他一语道破。如同一个向往海市蜃楼的痴者,当人揭破这幻景时,他仍不胜悲哀"——"我打量着老人,并在他的胡琴上安排我的沉思。"老人走了,琴声消失,"我仍在月下徘徊"。我哀盲者,盲者哀人间,哀歌不绝于耳,沉思难止于心。人间可哀!

可哀之事太多了,作者在人生旅途中感到了"生命的疲乏",于是有了一篇《旅人手记》。作品写一个疲惫的旅人在同伴的感召下奋然前行的故事。"旅人"已在洞中睡了七天,他从迷惘中醒来,仍然感到筋骨有些疲惫。"他想在这不长的旅途中写下他的所见、所遇,向人们诉说诉说,也可以免掉一些孤单同寂寞",但"生命的疲乏迫使他停住脚步,在僻陋的一角打了个盹。哪知醒来时已多少春秋。他岂真有'搁笔'之意?他似乎大有所悟,铺纸伸笔,想写下一点什么。忽听得马摆串铃的响声,自远而近。不禁想到和他一同起足的旅人已经走过有几站之地。于是,他拍拍身上的尘土,穿上草鞋",又继续前进。这是一篇虚构的散文,"旅人"应该是作者的自画像。作者并不是"为赋新词"而塑造"旅人"的形象,而是生活的实际使他产生的感慨使然。正如李广田当时所说:"生在这时代而尚不感到苦闷的,那一定是麻木不仁的人。"①

辛代曾对笔者说:"我曾立下以写作为生的志向,因此认真钻研写作,作品还得到沈从文的赞赏。但大三开始,专攻历史,放弃了文学创作。"②而事实并非完全如此。我们发现他在1940年8月即辛代大三以后还发表了许多篇散文和小说,这才有了以上的评介。这些作品,无论思想和艺术,都继续走着他在南荒社时期的道路,而且步伐更加坚实,文笔更加成熟。他所表现出的宽阔视野、博大胸怀、雍容气度、灵活笔调和丰富手段,不仅在冬青社,就是在西南联大也是独标高格的。他既没有杜运燮浓烈,又没有汪曾祺素淡,也没有刘北汜纯净清丽,却自有他独特的散文风格。辛代是西南联大少有的几个散文成就较高的作者之一。

三、杜运燮的散文

杜运燮1942年参加远征军,随后到了印度,散文《露营》写作者在印度露营的生活经历,天黑后,部队开车前行,到达目的地,修好工事,接着休息,准备第二天迎击敌人。文章写汽车在夜里不开大灯行军几个钟头的感受,写树林、村庄、星宿,写自然界的各种声响,写炮手如何布置工事,真是丰富多彩,写景状物,堪称上佳。请看下面一段文字:"印度的夏夜来得很突兀。大地万物都还正在神往于那山头有奇谲色彩的云雾继续着令人惊叹的种种变化,大家毫无一点准备,侵略的夜便大踏步地冲进来了,弄得云霞、远山、丛树、河水、风都不欢而散,扫兴地退回自己的阴影里,预备长夜的噩梦。过不

---

① 李广田:《缪弘遗诗·序》,文艺社编:《缪弘遗诗》,昆明:殉国译员缪弘追悼会筹备委员会,1945年,第1页。

② 李光荣访方龄贵记录,2004年5月12日,昆明方寓。

久，一点不愉快的激动渐渐冷却之后，大地却也就显得静谧，仿佛从未曾为了什么而动心过似的：风的手是凉快的，树叶的絮语是悦耳的，萤火虫的小灯光明灭，节拍与夜的旋律非常调谐，第一只豺狗在远处丛林里试声，大家这就明白夜的降临已是既成的事实了。"作品由这样美丽的文字组成。经过辛勤劳顿，搭好了"安乐窝"，躺在床上深感舒服，"但立刻望见树顶挂着成串成串的果子，看来已经成熟，我担心被大风一吹，恐怕要落雹一样撒下来。于是连眼睛都闭不下来"。作者毕竟是文职，忧心过头了。文章把夜里行军的感受，热带丛林的夜晚描绘得图画一般，就是在艾芜的《南行记》里也没有这样的内容和精彩的笔致。

我们知道，杜运燮擅长诗歌，散文只是偶一为之，但他的散文往往表现出诗情画意，具有较高的艺术价值。《海》是诗与文的组合，前一部分是诗，后一部分是散文。诗赞美海，通过海鸟、海水、天空等富有动感和色彩的形象的描写，写海的美好，散文由海景到海的性格和海的给予，再到身边的滇池，又回到海边的故乡，情感由赞美到思念。散文部分主要写了记忆的海和想象的海。记忆的海是美丽的："海水如何拥抱抚摸那绵软软的沙滩，带虹彩的贝壳，如何忽然为高风卷入了海底；水面，白昼闪银，夜晚闪金，星星渔火明灭于水天之交，月光来得迟了，依旧给远屿画一个优美的轮廓，傍边挺立着削瘦而挺拔有力的灯塔，放射出多芒的青光和红光，让归晚的倦帆，得路回家。海天流云，千变万化，便是东西奔走，也不比陆上，安步当车，行得缓慢；它们多如乘长风，驾一叶扁舟，悠然间轻航过数万朵白色浪花。住在陆上的，也难得见到红艳艳的日轮，每天水面上来，水面下去，永远生气勃勃，鲜明照眼。雷雨将来，必先遣五彩的北极光，时隐时现于灰沉的天壁，夜欲来前，也照例升起了温暖的晚霞，而后现出一粒黄昏星，一饼清凉完整的明月。"多么美丽的景象，多么漂亮的文字！在作者心目中，海是神秘、宁静、博大的："海就是记忆——是收容一切的地方，在那一碧浩瀚里，也收容了你的过去"，"她是这世界上伟大之表率，美丽之源，诗的宝藏，记忆之都……"可是，强盗来了，海边溅满了强盗和乡人的血。追忆美好的景象，作者不愿提起，但又不能忘怀家乡的罹难。作者收回思念，想象海："海水还是水晶蓝，海面比以前大得多，大得多。"文章采用对话的形式写，但又不以对话贯穿始终，显得多样复杂，充分体现出诗人的思维特色。

作者喜欢水，因而也就喜欢桥。《夜桥》写作者漫步桥上的所见所感。"这个小城，我喜欢的只有它的桥"，"我去看它，多半在早上或晚上，有时是黄昏；很少在太阳像要晒死几个人才甘心的样子的时候"，"一整天里所见所闻，给你积存的多少烦恼，只要晚饭后踏上这座桥，便觉得轻松许多"。这是夜桥的好处，是作者喜欢这座桥的原因。这座桥让人想到朱自清笔下的月下荷塘，它们具有同样的"功能"。由于需要这种功能，作者常常在天黑时独自一人走到桥上去看风景、想心事。一遍又一遍地来回走，竟觉得这桥有"魔性"："在这头时觉得那边更好些，到那头时，又觉得这边好"，为此反复往来，不忍离去，以致有一次宪兵来劝他走开。其实，桥只是一座平常的桥，风景也并无什么特殊，只因作者融入了自我，桥才美丽。文章夹叙夹议又夹描写，把一座普通之桥的夜色风景写得丰富多彩。其中有的议论很精彩："朦胧的记忆与幻梦常比眼前美丽，淡淡的忧郁给人一种难得的快乐"——也许从这里可以领会作者的审美观念；"我祝福能看到一个过渡时代，一切在变，在破坏，在建设"——作者热爱身处的生活并对未来充满了希望。

作者对生活的热爱还表现在另一篇散文《都市的早晨》中。文章说："我赞美都市的早晨"，因为"在早晨，都市里见不到寄生虫、吸血者，以及为他们所安排而骄傲的种种罪恶"，"因为它让我欣赏它的真面目"，"因为这时候那些我们所憎恨的人都在死了一般地睡着，我面对着一群我所赞赏的人们"。文章围绕这三个"因为"，写出了都市的早晨：关闭的店面，起床洗漱的人，人行道上的东西，"但我最喜欢久久的留在十字路口注视的，是早晨的行人"：挑担的、买油条的、卖报的、赶车的、拉车的、小学生……一座生气勃勃的城市从死寂的街道上苏生。三句"我赞美都市的早晨"穿插文中，起到了组织文章的作用，句子虽是排比，但又有变化，使结构活泼多样而又完满精致。文章一千多字，是一篇漂亮的美文。

杜运燮的散文繁丽丰富，内容密集，如同油画，有一种"浓得化不开"的感觉，与他诗歌的秀丽明白不尽相同。在写法上，作者不遵从"文章作法"，无线索，无照应，思维跳跃，既非意识流，又非散点透视，往往信马由缰，尽意而已，这倒形成了随意而写的特色。作者善于写景，不仅写出姿态多样、奇异独特的景致，而且绘声绘色，各种感官并用，或许作者觉得诗歌无法细致绘景才用散文抒写。作者的语言功力，在写景中表现得最为充分。

杜运燮以诗名世，散文的光彩被诗的成就给笼罩了，其实，他的散文在西南联大作家中是突出的，即使放在现代文学史上也有特色。

四、汪曾祺的散文

如果说杜运燮的散文像色彩浓丽的油画，那么，汪曾祺的散文则是素淡雅致的水墨画。淡雅是平和心态的表现。作为一个二十来岁的青年，汪曾祺能够具备平和的心性，把文章写得如此淡雅，现代作家中实在不多。汪曾祺的淡雅表现在以下几个方面：

首先，选材上的生活化。汪曾祺的散文，绝不选人们普遍关心的题材，绝非人民性、大众化的一类。他曾对人说："请莫同我谈政治，我一点都不懂。"他不仅不谈政治，也不参与政治活动，所谓"精神状态"不佳。为此，曾遭到闻一多的严厉批评。但汪曾祺依然我行我素，不谈政治。汪曾祺谈些什么呢？谈生活。例如，他在《花·果子·旅行》中写道："水从壶里倒出来乃是一种欢悦。杯子很快就满了，满了，乃是好的。倒水的声音比酒瓶塞飞出去的声音另是一种感动。"他在《小贝编》中写道："窗前这片雨是那朵（疑为'哪座'）山头的轻云"，"舀一瓢影子"，"所有的东边都是西边的东边"。这些是锦句，或者说警句，是从生活中提炼出来的哲理。作者也写人，但他笔下的人完全是生活化的，绝不把政治意味安放在人物身上，《钓》中有这样一段："在往日，便是这样冷僻的小村，亦常有古旧的声音来造访的。如今，没有碎布烂铁换糖的唤卖，卖通草花的货郎的小鼓，走方郎中踉跄的串铃；即便本村的瞎先生，也暂时收起算命小锣的铛铛，没有一个辛苦的命运来叩问了。正是农忙的时候呀！"这样的生活与事件是汪曾祺乐意选取的描写对象。

其次，精神上的士大夫情调。真正的士大夫情调是多样的。士大夫首先是政治人物，他们最关心的是政治，在政治之余才寄情山水书画。但人们往往把文化修养和生活享受派给了士大夫，而忽视其政治情怀。这里的"士大夫情调"也沿袭这个意思。汪曾祺的散文不仅谈花鸟虫鱼、诗书琴画、饮食人事，而且谈隐藏其中的美感意味，所以，具有浓厚的士大夫情调。《灌园日记》分《朱砂梅与百合》《荔枝》《蝴蝶》《蒲公英和蜜蜂》四节，分写花、果、蜂、蝶，其中写朱砂梅道："朱砂梅一半开在树上，一半开在瓶里，第一个原因是花的性格，其次才由于人……它的蕊盛开了，决不肯死，而且它把所有力量倾注于盛开，能多久就多久。"在另一篇散文《干荔枝》中有这样一段："一个不穿衣服的脏孩子……用一枝盛开的梨花追着打一条狗，梨花纷纷舞落。这是多么好的画题。我用这幅画写了一首诗。诗题《春天》，结尾是：看人放风筝放也放不上，/独自完（玩）弄着比喻和牙疼。"这是谈画、谈诗，但也有花、有书、有人事。而在散文《花·果子·旅行》中，汪曾祺写道："过王家桥，桥头花如雪，在一片黑绿色上。我忽然很难受，不喜欢。我要颜色。这跟我旺盛的食欲是同源的。我要水果。水果……精美的食物本身就是欲望。"可见，汪曾祺的饮食极讲品位。

最后，表达上的平和冲淡。淡雅并不是没有是非观，没有善恶感。汪曾祺向人讲述在街上看到的一出恶作剧：一个"大学生给那个瞎子帽子上插了碗大的大红蜀葵花，引得一街人那么愚蠢的笑了半天。我告诉你，我可实在不发生兴趣，给那个大学生狠狠的两个耳光多好呵"。他接着写听者道："你说如果真打了那个东西（打了那一街的人），倒是很有趣的事。而你一边说着一边整理你方才大笑时摇动得披下来的头发，把一根夹针咬在嘴里！"（《干荔枝》）读这个故事，令人不禁想到阿Q将一腔怨愤转嫁给小尼姑时，"'哈哈哈！'阿Q十分得意的笑！/——'哈哈哈！'酒店里的人也九分得意的笑!"——酒店里的人也是阿 Q。而认为打了那个大学生,也就打了那一街人的人(因为他们觉得"很有趣"),听着这个故事也在哈哈大笑!——他们同样愚蠢,同样该打。这是汪曾祺对不人道者的愤怒。但汪曾祺绝不把这个故事引申发挥,夸大渲染,更不把它往政治上挂,写成一篇关于人性的论文或大学生道德问题的文章,他就这样轻淡地一抹过去了。

汪曾祺所写的花鸟虫鱼等自然突出的是生活的趣味,很少有大起大落、激动人心的浓烈感情,这是平淡的表现。在他的作品里,多半是这样的描写:"有人喜欢花开在瓶里比开在枝上更甚,那是他把他自己开在花里了。一样最美的事物是完整的,因为完整,便是唯一的。一首乐曲使乐曲之外的都消失了"(《小贝编》);"木香附萼的瓣子有一点青色。木香野,不宜插瓶……山上野生牛木菊只有铜钱大,出奇的贫瘠……矢车菊和一种黄色菊科花都如吃杂粮长大的脏孩子,要经过很大的努力才能喜欢它"(《花·果子·旅行》)。

在那样一个战争年代和特殊的环境里,汪曾祺能够养成这样一种平和清淡的心境和审美趣味,是令人佩服的。读他的早期作品,更能理解汪曾祺为什么能够成为那样一个文学大家——他注意观察和理解生活,注意发掘生活中的美。他当时就被称为"审美家"!说来也不奇怪,他的这种淡雅心性和审美情趣是从小养成的,是家风,读读他发表在《文聚》上的散文《花园》和写童年、少年时代的小说《翠子》《除夕》等就知道了。可惜至今还不见研究汪曾祺的家庭、早期创作与"著名作家汪曾祺"关系的有力文章。

五、马尔俄、田堃的散文

马尔俄创作了数十篇作品。他的散文以回忆故乡为主题,可分为童年生活的回忆和故乡沦陷后的怀念两类。两类又有交叉,因童年生活的美好记忆而想到沦陷的故乡,又因故乡的沦陷而怀念童年的美好生活,而引起回忆的主因是日本占领了故乡,因此作品中饱和着抗战思想,回旋着把日本侵略者赶出去的呼声。

　　以回忆童年生活为主的是《山之颂》《海曲》《古国散记》等篇。"我生长在一个靠海的外国城市,我的童年埋藏在广漠的沙滩,儿时的欢笑、游玩都是对着白浪相叠的海洋……"这是《山之颂》的开头。文章由海边的童年乐趣写到海边的山,再写到江边肇庆峡的山,作者只是平平地描写山的面貌,似乎没有奇特之处,也没有"颂"之味,临末,写祖国的高山如壁垒,阻挡住敌骑,一下突出了山的伟大。而广州,"全无丝毫的抵抗"的退守,会使"那些奔驰于故乡的山也会感到耻辱的吧?"此语一出,全篇鲜亮,难怪作者要说:"我登过不少高山,对于山渐起了敬服英雄的心","山之颂"顺理成章。《海曲》说:"我的耳朵像螺壳,爱听海的歌唱。"文章写海的声音、海的故事、海的心曲。这是回忆作者七年前在海边成长的文章,那时日寇还没有侵入。《古国散记》分《湖之夜》和《白马庙》两节写越南文化。前一节写盲婚制度,后一节写供奉汉将马援的白马庙,读后能够了解一些异域文化。

　　以怀念沦陷后的故乡为主的作品是《圣夜》《寂寞的感觉》和《寄语》等。《圣夜》从安徒生童话《卖火柴的小女孩》写起,写到自己童年时代的圣诞夜,再写到去年的一个圣夜。去年,"我"从敌人的炮火中逃到某小镇,但小镇也遭了日机轰炸,圣夜来到,"我"从住所的窗外望去,见一个母亲把一个死去的孩子放在一堆瓦砾上,烧纸祭奠。这瓦砾也许就是她们的家,孩子是被炸死的。"圣诞老人今夜会来吗?""我"呆呆地想……《寂寞的感觉》通过综述友人的来信表达抗战思想,较有特点。《寄语》同样怀念友人,表达抗战思想,却写得更好。"你"从山中来,"我"从海边来,"你"讲山的故事,"我"讲海的故事。"你""我"溯江而上十五天,又继续远行,再继续远行,一直到了距家很远很远的地方,然后分手。"你"到了一片湖水的地方,留下了,"我"到了高原腹地,停脚了。"你"怕进山中,因为爸爸葬身于敌人的炸弹。"我"怕听水声,因为妈妈住在一个临江的小村,"敌人正猛烈进攻那里",最后悲痛地说:"敌人已经进到你的故乡!"文章有诗意、有情意,紧扣战争、流浪,把"你"和"我",山和海交叉叙述,最后"我"住在高原,"你"住在湖边,各遂其愿,但无法忘记那山城、那海边,眼下它们正在铁蹄下呻吟。

马尔俄的散文与他的小说一样,总在写着故乡的事,总在表达着把日寇赶出去的心愿。思想转化为行动,便有了从军出国作战的壮举,便有了发表在《文聚》等报纸杂志上的作品。抗日题材是马尔俄作品的中心题材,抗战文学是马尔俄的历史贡献。

和马尔俄一样,出征到了热带雨林并产生出文学作品的是田堃。田堃从军出国抗击日本侵略军,在野人山一带驻扎数月,回国后创作了一组《野人山居随笔》,反映野人山的"野性"和奇险,很有文学意味:

内容一,关于性与爱。故事一,一个兵打仗归来情急,见一个半裸的山头女人,前去邀她性交,那女的见了两张卢比,拉着她向有人高的茅草丛中去。突然,那兵中止跑了,因为女人带有一把牛耳尖刀。故事二,一个军官,曾经吃过缅奸的亏,后来抓住在日本统治时期的县长,发誓要把他一家杀了。提审时见十六岁和十五岁的两个姑娘哭泣,改变了主意。第二天请两个姑娘吃饭。第三天把他家人全放了。从此,"官长的公文包中多了两样东西:缅甸姑娘赠的照片,同一个缅英文地址"。故事三,两个中国士兵把一个摆夷姑娘带到营房附近修一间草屋住下,过起了三人同居的生活。不久事露,部队把两个士兵关起来,送姑娘回家。之后,姑娘每天来禁闭室看那两个兵。有人问她嫁给哪一个,她怔了许久说:"我嫁给他们两个。"不久两个士兵被调离,姑娘仍来禁闭室前发怔,还跪求马参谋放出那两个兵。

内容二,关于蛇。故事一,两个美国兵在镇边大树下等车,一个靠在树上睡着了,一个偶然回头,见足球大的一个蛇头正在他们头上吐着红舌尖!他大叫,两人拔腿就跑,遇一辆吉普车,开车回去,蛇无了踪影,一个兵的帽子还挂在树上。故事二,黎明时分,通讯班长和一个兵去森林里查线,闻前面有呼吸声,班长让兵掩护,自己前去查看。兵卧倒,见班长身子越去越快,脚却拖着,再看,远处大树上悬着一个斗大蛇头,张着大嘴迎接班长!兵吓昏了,醒来已在营房,班长从此失踪。故事三,一个坦克手掉了队,调头回营,路上横着一根两人抱不住的树干,开坦克压过去,坦克在"树"上被颠了一下,他奇怪,爬出炮塔来看,是一条蛇,在蠕动!

内容三,关于打猎。故事一,孟拱草鹿很多,"我"想弄点鹿肉请客。几个人打到一只小鹿,怪可怜的,遂请医官治疗,一个上校则主张杀了。第二天,那上校请吃鹿脯,坐上席才知道是死了的小鹿。"从此我没有再猎鹿,鹿肉味道似乎也不好吃了。"故事二,冯上校说自己得到了打虎绝技,打到一只虎就请大家吃。可他总是讲大话,练动作。一天,他果然请大家吃,且摆出虎的头、皮、肉、骨给大家看。席间,他正大讲射虎的经过,一个士兵冲来报告:"那山头不走,说一只老虎只换四个牛肉罐头,他不要……"上校骂走那兵,且举杯说:"这是只小虎,还要打一只大虎送你们。"

如此这般,这些故事闻所未闻。作者知道艺术的节制,较少议论抒情,让读者自己去体会文中之义,即使有感想,也点到为止,不加引申发挥,因此,文章以故事的原汁原味吸引人。而且,故事以第一人称叙述,给人以真实感。奇景、奇物、奇风,真事、真人、真情是田堃异国散文的最大特色。

六、其他作者的散文

李金锡和卢静创作量巨大,在西南联大颇有文名。

李金锡的散文一般篇幅短小,可分为抒情和议论两类。抒情散文以《枯皱的春天》为代表。作品首先写北国春天的美好:"春水融释冬冰,河面上织起一层涟漪,河堤上的柳丝黄了,绿了,长了,原野上的雪被揭开了,青葱的麦田掩遮了田垄,和煦的风吹皱了河水,拂动了柳丝,吻笑了麦苗,更吹醉了每一个把希望寄托在禾苗上的人底心胸,心胸舒展,心上的春天是滋润的,欣荣的。"可是,"今年"的春天,"河身消瘦了,河水是浑浊的,翻着过多的泥沙,柳丝摆拂着乡居者生活的怨愁。雪被消融了,露出枯黄的土地——一望无垠,原野变成了沙洲。春天来了,春风流动在这穷荒的沙洲上,唤不起把希望寄托在田垄上的人底欣悦,每颗心都干涸地发皱,因此,心上的春天也是枯皱的"。两种春天,对比鲜明。文章接着写在枯皱的春天里人们的生存状况:老年人卖田,青年们牺牲、谋生,小生命枯皱,"枯皱的春天,枯皱的生命,枯皱的生命干涸了,然而有谁管他呢,他们是被遗弃的一群,被忽视的一群,他们底光,他们的热被吸收尽了,他们的原野变成沙漠,他们枯皱,他们卧倒在吹着枯皱的春风的沙原上"。文章借北方春天的景象写北方人的生命、生活、生存问题,结构紧凑,气势贯通,语言简练,抒情色彩浓厚,是一篇抒写特定环境中春天景象的优秀散文。

议论散文是李金锡的长项,发表的篇数也较多。《光》写人类对光的依赖,《偷窃》讲文学之道,《作家与战争》讲作家与时代的关系,它们是这方面的代表。李金锡的作品多取材生活实际,针对现实中存在的问题展开议论,具有现实意义。不过,作者毕竟缺乏深刻的生活体验,所写显得浮泛轻浅。

卢静的《蛙》是一篇说明性的散文,这在西南联大文学中是不多的,文章没从生物学角度写蛙,而是从蛙的生存状态和人对蛙的态度去写。文章开头以神话的形式写出蛙的诞生:"蛙,这绿色的小动物说是由农夫们触犯了日神的母亲,(母亲)不准它在长途奔波里饮一口污秽的池塘之水,润一润它枯焦的嘴唇而变就的……"自从蛙一诞生,"每当傍晚在如梦的乡村里便起着一阵浪潮似的惑人的蛙鸣"。有人憎恶,有人喜欢,有人以蛙来营利。喜欢者以孩子较普遍,憎恶者缘于聒噪,而营利者冷心冷意,只见利益。营利者是蛙的杀手,蛙的另一种天敌是蛇。蛇以蛙为美食。许许多多的蛙死于人和蛇。但是蛙是杀不尽的,严冬过后,"那些已死了(的)蛙们的卵子经过了空气的吐育,日光的抚摸,便熙熙攘攘地活跃着。等到堤岸上的柳枝绿尽的时候,它们却又在池塘边田畦里蹦蹦地跳着,咯咯地叫起来了"。文章以神话开头,很吸引人,中间在对三种态度的人和蛇的描写中穿插一些故事,读来饶有趣味,结尾收束于蛙的生命,照应开头,启示未来。这是一篇生动有趣、技巧高超的说明性散文。

《芦墟之夜》和《金狗家的》写日本侵略下老百姓的惊恐生活,表达了抗日的思想,也是较好的作品。

黄丽生和顾回写小说和散文,作品不多,却有优秀之作。

黄丽生是冬青社早期社员。小说《铁棚顶的小屋子》是一篇较为成功的作品。散文有《黎明,静静的林子》《喇叭》等。黄丽生写得最好的散文是

《鹰》。昆明初冬的一天，一个青年在院落旁的小楼上读书，"可是他是怎样倦乏啊……他把眼光越过了栏杆，在远处他看见一座耸立在昆明城上空的古塔，一朵硕大的雪玫瑰似的云，一只鹰，在纯洁的蓝天背景上，它飞翔着，那是一种孤傲的征服者的姿态！"鹰飞远了，他想到"一个不肯沉默的中学生，固执而骄傲的一个云南孩子"，才十七岁就带兵到云南的极南边去了，而"我们"呢？"我们在城市里能够做点什么呢？""我感到一点热和烦闷"，"我需要望着远处了，在那里，我明白为什么天空蓝得那么可爱了，一只鹰在飞翔着，在天蓝的辽阔的背景上"。文章在艺术上较为讲究，由鹰的飞翔想到一个有作为的少年，是象征，又是联想，由"我"的无作为联系少年保家卫国，是对比；结构上由近景到天空，由鹰到少年，最后又到天空，严密紧凑且回环照应；感情上起伏变化，错杂交织，初由抑到扬（"我"倦乏无为到鹰的高傲），再由扬到抑（中学生带兵远行到感觉人生悲苦），后仍由抑到扬（"我"并没翻开书，感到热和烦闷而看鹰在蓝天飞翔）；在语言上，写景很美，但有的描写显得多余，有的句子颠倒不通，其中可能有排版的错误。

顾回原名彭国焘，1940 年考入社会学系，是布谷文艺社社员，后参与冬青社活动。他的作品《假洋鬼子》是一篇优秀小说。《山城风景》则是长篇通讯，报道昆明人对"太平洋战争"的兴奋。"一九四一年十二月八日的太平洋上的台风刮到了这海拔两千公尺的高原上的山城，无边的黑云漫天卷来，遮盖了那五彩的云霓，年轻人的手臂和火把同时举起来了，美丽的山城的姑娘也兴奋得一晚没有休息。"接着分《号外》《办公室里》《宿舍中》《火的长流》四节记述这一天昆明人的兴奋：小孩的报纸卖得十分火爆，会计室里回老家的设计代替了平时的算盘珠子声音，大学生这天下午围着报纸大发议论，晚上，"火把点起来了，全市学生大游行"，黄包车夫也买了火把点起来，跟着"火的长流"奔走。文章采取由静到动、先抑后扬的结构，开头说："曾被人加上'四季如春'外号的美丽山城，热天不会流汗，冬天不必烤火。这古老的美丽山城，正如一位具有独特风格的世家出身的闺秀，温和、端庄、磊落大方地让一切动植物不分季候地在她的关照下生长，她是很爱恬静的，好似她从不大声地说过一句话,也不曾轻易地笑一笑。"到文章后部,这位恬静的"闺秀""翻转了身",火把遍街,全城沸腾,从四五岁的小孩到白发老人全都走出家门,创造了民国大龙灯以后的第二次热闹。作者善于结尾:第一节末尾,小孩卖完报后又去报馆问还有没有,走出门计算一天的巨额收入,忽然掉头大嚷"先生! 明天早上的报纸给我留下一百份";第二节末尾快嘴老张下班在门口遇到电影迷小刘,愉快地请他去看电影,小刘说:"今晚上要上谢科长家去听收音机";第三节末尾写道:"图书馆的管理员觉得最奇怪,他想:'为什么今晚没人来抢座位、抢参考书呢?'"第四节末尾说"整个城市像翻转了身"。此文的意义在于报道了太平洋战争带给昆明人的喜悦和兴奋,是一篇珍贵的历史记录。从艺术效果看,这应为一篇力作。这以后,作者还写过一些精彩的报道。通讯报道,或者说报告文学是顾回写作的专长。

冬青文艺社从 1940 年初建立到 1946 年 5 月停止在昆明活动,跨越了七个年头,是西南联大存在时间最长的社团。由于其间西南联大遭受政治高压,冬青社在校内沉寂了三年,从校园活动情况看,其历史明显地呈现出活跃——沉寂——活跃的轨迹。这与西南联大学生的政治活动史相一致,也就是说,冬青社是最能体现西南联大学生活动历史的社团,弄清了冬青社也就弄清了西南联大学生活动的大致情况。

但冬青社的成就却不能以"活跃"或"沉寂"来判断。由于采取向外发展的策略,因而冬青社在"沉寂期"取得的成就是三个时期中最大的。

在组织方面,由于本科学生一般在校学习四年,冬青社的骨干很少有贯通了该社团的前后历史的,也就是说,冬青社是不同级的同学先后继承,连续发展的。这是冬青社不同于西南联大其他社团的组织特点。冬青社的成员有哪些,由于当时没有登记和统计,无法弄清楚,我们只知骨干约二十人,全体成员五六十人,是西南联大较大的文学社团之一。

在活动方面,除了一般社团所做的出版壁报和举办演讲会等外,冬青社创办了《革命军诗刊—冬青》《文聚》《中南报·中南文艺》三份文学刊物,这在西南联大文学社团中是开拓性的。这些刊物上发表了许多校内外以至全国各地作家的作品,有一些是中国现代文学的扛鼎之作,成绩颇大。由于有自己的刊物且活动历史较长,冬青社的创作成绩在西南联大社团中是较为突出的。而壁报《冬青》,不仅在各种壁报中坚持时间最长、"版本"最多(校本部版、南院版、师院版、工学院版等),而且是全校唯一的一份杂文壁报,特色显著。

冬青社发表了多少作品,今天已无法统计,估计有数百篇之多。除了他们自己的报刊之外,昆明的各种报纸杂志和贵阳、桂林、重庆、上海等地的报纸书刊上都刊登过他们的作品,冬青作家的创造力是惊人的。最值得称道的是,他们创作了被公认为中国现代文学代表作的《春》《出发》《森林之魅》《滇缅公路》《追物价的人》等作品,和《还原作用》《我》《神魔之争》《登龙门》《被遗弃在路旁的死老总》《一个有名字的兵》《诗六首》《异体十四行》《翠子》《悒郁》《谁是错的》《海河庄》《雨》《夜莺曲》《逃去的厨夫》《峡谷》《风》《露营》《花园》《蛙》《枯皱的春天》《山城风景》等优秀作品。冬青社为抗战文学做出的贡献是十分突出的。

从冬青社走出的作家、教授、研究员、编辑、记者等文化人士有一大批,例如:汪曾祺、穆旦、杜运燮、刘北汜、陈时、林元、王铁臣、萧荻、萧珊、祖文、张定华、吴宏聪、巫宁坤、卢静、辛代、罗寄一、于产、吴燕晖、秦泥、彭国涛、贺祥麟、李金锡、马尔俄、黄丽生、唐振湘、王佐良、杨周翰、刘晶雯等,他们为中国现当代文学和文化的研究与创造做出了巨大贡献。尤其是他们中间产生了汪曾祺、穆旦这样的文学大家,杜运燮、刘北汜、辛代、于产、秦泥等著名作家,以及林元、巫宁坤、萧荻、吴宏聪、王佐良、杨周翰等著名文学编辑和著名文学研究家,这是应该被历史记住的。冬青社参与培养文学人才的功绩不可磨灭。

在西南联大的政治和文学史上,冬青社还有另一方面功绩,那就是坚持了左翼思想和文艺。群社解体后,是冬青社,从群社生长出来的冬青社继续保持进步文艺思想,同时以文学活动的方式保持了左翼势力。虽然冬青社的后期,在校内活动的政治色彩较浓而文学成就不大,但其政治性是从前期一直延续并坚守下来的。这是冬青社的一个特点。

但是,目前学界对于冬青社的研究还相当薄弱。由于篇幅的原因,本章对一些优秀作品的评价也不够充分,对一些作者及其作品没有介绍,对大量的作品尚未涉及,对于杂文和批评文章只字未提,这些只好留到将来再弥补了。由此也可以看出,研究冬青社大有文章可作。本章的研究只是一个开始。

第六章　文聚社

文聚社组建于西南联大自由气氛遭受压抑的 1941 年秋,发起人林元,参与策划者有马尔俄、李典、马杏垣、穆旦、杜运燮、刘北汜、田堃、汪曾祺、辛代、罗寄一、陈时等,他们是文聚社最初的社员。这些人中,除李典和马杏垣不是冬青社成员外,其他都是冬青社的骨干分子,林元、刘北汜、杜运燮等则是冬青社的核心人物。这就是说,文聚社是从冬青社树干上生发出来的新枝。由于当时的政治气氛不适宜在校内开展进步文艺活动,文聚社继续冬青社的做法,把活动放在校外,活动以"西南联大文聚社"的名义进行。

1942 年 2 月 15 日,文聚社的机关刊物《文聚》杂志问世,标志着文聚社公开活动的开始。《文聚》杂志宣称是一个"纯文学"刊物,只"欢迎各种纯文艺稿件",意思是不发政治性和社会性文章。这既是刊物在白色恐怖中涂抹的保护色,又是对文学艺术性追求的宣言。沿着艺术性的路子,《文聚》杂志刊发了许多优秀作品,有的成为作家的代表作,有的进入了 20 世纪中国现代文学代表作的行列,例如,冯至的《十四行六首》,穆旦的《赞美》、《诗》(即《诗八首》),杜运燮的《滇缅公路》。《文聚》杂志的基本创作队伍是上述文聚社骨干和西南联大搞文学创作的老师沈从文、李广田、冯至、卞之琳、朱自清、孙毓棠等。《文聚》杂志一开始就确定了"走向社会,面向全国"的方针和目标,因此,在《文聚》上发表作品的人,除西南联大的师生外,还有昆明、国统区和解放区的著名作家,包括魏荒弩、程鹤西、袁水拍、靳以、何其芳等。抗战胜利,《文聚》杂志停止出版。1945 年 12 月,林元和马尔俄办《独立周报》,辟《文聚》副刊,继续开展文聚社的活动。其间,文聚社还出版了《文聚丛书》,计划出十种,已出卞之琳的《〈亨利第三〉与〈旗手〉》、穆旦的《探险队》、沈从文的《长河》三种,计划出版冯至《楚国的亡臣》(即《伍子胥》)一种。1946 年 5 月,西南联大宣布结束并准备北返,文聚社随之停止了活动,出版计划也就终止了。

文聚社以刊物为存在形式,这是文聚社的最大特点。过去对西南联大学生社团的这种存在形式没有认识,出现了不承认文聚社是西南联大社团的观点,这是不恰当的。

在历史上,文聚社做出了这样的贡献:集合了西南联大的文学精英,创办了一份具有独特价值的文学杂志,发表了许多优秀作品,较为广阔地反映了抗战时期大后方和前线的生活,产生了一些能够代表一个作家乃至一个时代的文学经典,推出了几位中国诗歌的代表作家,尤其是推进了中国现代主义文学的发展。所以,文聚社是 20 世纪中国文学史上一个地位较高的社团。

文聚社能够取得如此巨大的成就,是西南联大文学发展的必然结果,一方面,文聚社得到朱自清、沈从文、冯至、卞之琳、李广田、孙毓棠等文学名师的指导和支持,另一方面,文聚社拥有西南联大文学创作的人才优势和社团经验。南湖、高原、南荒、冬青诸社团培养出来的成熟作家,到文聚社时期走向了创作高峰,前面诸社团的经验又为文聚社经营社团、创造佳绩提供了参考,一言以蔽之,文聚社是后来居上。既然后来居上,文聚社成为西南联大取得最高文学成就的社团,就是顺理成章的了。

第一节 文聚社的形成

1941年春,西南联大突降白色恐怖,共产党指示西南联大暴露了身份的党员疏散撤退,"长期埋伏,隐蔽精干,积蓄力量,等待时机"。西南联大党组织考虑到群社也处于危险之中,于是暗自通知群社平日表现积极,较为暴露的骨干也各自撤离昆明。群社机关刊物《群声》的主编之一林元接到通知:"形势相当紧张,出完最后一期《群声》,你利用你的社会关系撤退隐蔽吧!"一个星期一的清晨,一期崭新的《群声》壁报吸引了众多师生:"千古奇冤,江南一叶,同室操戈,相煎何急"几个大字如银光闪射,重庆《新华日报》、延安《解放日报》和其他解放区出版的八开小报及十六开期刊上关于"皖南事变"的文章跃入读者眼帘——这是一期《"皖南事变"剪报特辑》,是《群声》的终刊号。当天下午,林元到昆明西郊海源河一户人家隐藏了起来。接着,校园里《冬青》《腊月》《热风》等琳琅满目的壁报消失了,读书会、时事会、辩论会等没有了,嘹亮的歌声停歇了,进步师生面部表情僵滞了……但昆明毕竟不是重庆,蒋介石的政令不能通行无阻。三青团中央组织处处长康泽受命到昆明逮捕进步学生,遭到云南省主席龙云和地方知名人士的抵制,未能得逞。夏天开始,气氛渐趋缓和。秋季开学,疏散出去的同学陆续回校上课。林元也回到了学校。他对此时校园的荒凉、寂寞极不满意,又不可能恢复群社和冬青社的活动,便想利用昆明较为宽松的政治氛围办一份刊物。他后来回忆说:

> 我是读中文系的,平日爱学习写点散文、小说,不甘寂寞,便在十月间和马尔俄(蔡汉荣)、李典(李流丹)、马蹄(马杏垣)等商量办一个文学刊物。穆旦(查良铮)、杜运燮、刘北汜、田堃(王铁臣、王凝)、汪曾祺、辛代(方龄贵)、罗寄一(江瑞熙)、陈时(陈良时)等同学不但自己积极写稿支持,还出主意和帮助组织稿件,这就也成为文聚社的一分子了。这些人中,多数是群社社员,或参加过群社的活动,有的是冬青文

艺社社员。马杏垣、王铁臣是地下党员。冬青社是群社的一个文学小组扩展成的,原属于群社。马杏垣、王铁臣都是地下党员在群社或冬青社里的积极分子。文聚社与冬青社、群社,可以说是一脉相通的。李流丹和马杏垣喜爱美术,学习版画,创刊号上就有他们的木刻创作。封面也是他们参加设计的。马尔俄是我的广东同乡,读的是经济系,但爱文学、音乐,写些散文,英文也不错,对西方文艺很感兴趣。他不问政治,但有是非感。办刊物要钱,当时有很多广东人在昆明做生意,有些我们认识,马尔俄还在昌生园当会计,他认识的生意人就更多,我们就通过这些人的关系,为《文聚》杂志拉广告。有广告费,刊物才得以办成。

经费问题解决后,我们便向一些搞文学的老师请求支持。他们满口答应,都说昆明文坛太沉寂了,应该有一个刊物。《文聚》便以"昆明西南联大文聚社"的名义出版,于 1942 年 2 月 16 日问世……①

林元的这篇文章初发于 1986 年《新文学史料》第 3 期,是迄今为止唯一的一篇关于文聚社的专文,弥足珍贵。此外,笔者在采访过程中,得到过文聚社成员辛代先生的介绍,可以和文聚社创始人林元的文章相互参照:

文聚社的主要负责人是林元,我也是发起人之一。当时西南联大写文章的人都跟沈从文先生熟悉。我记得"文聚"之名就是沈从文先生起的。当时以"文"为名的刊物较多,如《文学》《文丛》《文摘》《文献》《文林》《文艺》《文笔》《文苑》等,沈先生仿照这些名称,为我们的刊物起名《文聚》,社团相应叫"文聚社"。大力帮助林元的是他的广东老乡蔡汉荣(马尔俄)。办刊物很不容易。当时昆明金碧路的商人,十之八九是广东人。他们向广东的生意人请求赞助,经费靠广东生意人的支持。

---

① 林元:《一枝四十年代文学之花——回忆昆明〈文聚〉杂志》,《碎布集》,北京:文化艺术出版社,1991 年,第 283—284 页。《文聚》创刊于 1942 年 2 月 15 日。"16 日"为"15 日"之误。

这样,《文聚》才能出版。①

方龄贵与林元交往很深,他俩同年考入西南联大,同住在昆中北院,同办《边风》壁报,同入冬青文艺社,又一同发起文聚社并经营《文聚》杂志,因此方先生的回忆较为可靠。如今方先生是著名历史学家,记忆清晰,注重基本材料,提供的东西至为可贵。

通过上引两段话,我们可以知道文聚社的缘起、发起人、主要成员、名称来源、起名者、社团性质、支持者、刊物经费来源、出版时间等基本情况了,在此无需再做重复叙述,这里需要阐释的是文聚社与冬青社的关系。

有论者在说到两个社团时,把它们当作彼此无关的社团,这是有悖于两个社团的发展事实的。林元在上引一段话中明确地说:文聚社的最初社员,"多数是群社社员,或参加过群社的活动,有的是冬青文艺社社员……文聚社与冬青社、群社,可以说是一脉相通的"。请注意林元的语言顺序:前一句话从群社说到冬青,后一句话从冬青说到群社。就是说,从发展关系看,是先有群社,再有冬青,而后有文聚;从关系密切程度说,是先冬青后群社。这种关系居于冬青社由群社发展出来,文聚社由冬青社发展而来的历史事实。虽然文聚社是在西南联大遭受政治高压的环境中,在借鉴冬青社"向外发展"方针的思考中,开创生存领地的新军,但从最初的成员或者如方龄贵所称的"发起人"来看,除李典和马蹄外,全都是冬青社社员,而且是冬青社的一些骨干分子。在学校公开活动已不可能,与《贵州日报》的合作不尽如人意的情况下②,创办一份新的文学杂志,无疑是冬青社的最佳选择,所以,才会有以林元为核心的几位冬青社骨干另立文聚社,出版《文聚》杂志的举动。李典和马蹄搞美术,尤长于木刻和漫画,不写文学作品,所以没有参加冬青社。马蹄是群社骨干,文艺股积极分子,后发起爱好美术的同学独立组成热风社,出版《热风》壁报。李典可能参加过群社和热风社的活动。据方龄贵

---

① 李光荣访方龄贵记录,2004年5月21日,昆明方寓。

② 有关这方面的情况,请参看《冬青文艺社》一章。

先生说:"李典是华侨,搞木刻,不是西南联大学生,但他住在学生宿舍,因此参加了西南联大的一些活动。他现在在香港,是有名的美术家。"①看来,李典思想积极,有特长,确实参加过群社的活动,因而和林元的关系很好。但他不是学生,怎么能住在西南联大并参加学生活动呢? 为此,笔者曾请教过王彦铭先生。王彦铭1941年考入西南联大中文系,毕业后留校任教,后任云南师范大学教授,为人朴实厚道,治学严谨。他说:"西南联大学生很自由,入学报到时分给一个床位,管你住不住或住什么人。有的外人不仅住在学生宿舍,还去旁听老师讲课,参与学生活动。"②李典大概属于这样的校外人。杜运燮虽然没有明确说由冬青社发展出了文聚社,但是承认冬青与文聚的联系。他在《白发飘霜忆"冬青"》一文中说:"冬青社社员林元毕业后,还在昆明编辑出版了文艺杂志《文聚》月刊。"③杜运燮1942年春从军去了前线,不了解学校的具体情况,所以把林元的毕业时间记错了。林元毕业于1942年夏,《文聚》出刊时未毕业。由于时间记错,影响了他对文聚社从冬青社生发出来的判断,但他强调"冬青社社员林元",并在该文中把《文聚》和冬青社的《中南文艺》副刊放在一起讲述,可见他认为《文聚》杂志是冬青社的一块园地,冬青社与文聚社关系密切。总之,无论是文聚社的发起人林元还是冬青社的骨干杜运燮,都没有把文聚社看作独立于冬青社之外的社团。姚丹看到了这个事实,说西南联大的文学社团,在"人员的组成中,又的确有一定的延续性,其中冬青社和文聚社人员有交叉"④,此为有识之言。不过文聚社与冬青社的人员不是一般的"交叉",他们本来就是同一群人。

文聚社与冬青社的一脉相承还表现在文学主张、艺术追求、作品的风格特色等方面。这在下面的各节中再行论述。总之,文聚是"冬青"老树上长

---

① 李光荣访方龄贵记录,2004年5月21日,昆明方寓。

② 李光荣访王彦铭记录,2004年3月8日,昆明王寓。

③ 杜运燮:《白发飘霜忆"冬青"》,西南联大校友会编:《笳吹弦诵在春城》,昆明:云南人民出版社,1986年,第325页。

④ 姚丹:《西南联大历史情景中的文学活动》,桂林:广西大学出版社,2000年,第227页。

出的新枝,两个社团最初是一个团体、两块牌子,后来文聚逐步生根独立,长成大树了。

《文聚》杂志问世于 1942 年 2 月,而文聚社的形成时间则更早,林元说是 1941 年 10 月。西南联大这学期 9 月 21 日开始上课,10 月间发动组成社团,符合实情。因此,文聚社形成于 1941 年 10 月。

第二节　文聚社的追求

和西南联大的大多数文学社团一样,文聚社一开始没有提出明确的纲领和组织原则,只是聚集一些文学作者,踏踏实实地办刊物。林元的话或许可以看作文聚社的"宗旨":

> 《文聚》创刊,我们就宣称是一个"纯文学"的刊物,意思是说不是政治性的。所以这么说,是由于当时革命正处在低潮,白色恐怖还隐藏在社会的阴暗角落,联大的三青团分子正在趾高气扬;还有一个原因,是当时的有些文学作品艺术性不强,特别是有些诗歌,就只有"冲呀""杀呀"的口号。这在抗战初期,是起过动员民众的历史作用的,到了抗战中后期,光是口号就不行了。我们认为应有艺术性较强的文学,再说人们的精神生活也需要艺术滋养,于是《文聚》便比较注意艺术性。由于作者队伍中大多数人都生活在民主堡垒里,而联大校外的作者,又大多数是进步或革命的作家,就当然离不开政治,于是政治性与艺术性的统一,则是我们追求的目标。

> 《文聚》上的文章,像每个人的脸孔一样虽然各自不同:各有各的艺术观,各有各的生活体验,各有各的思想感情,各有各的创作方法,各有各的表现形式……但在这些文章中,却有一个共同点,都心有灵犀共同追求着一种东西,一种美,一种理想和艺术统一的美,一种生活的美,一

种美的生活……①

　　这是四十多年后林元的回忆与总结。《文聚》杂志既无"发刊辞",也无"编后记"之类表明编辑态度的文字。所谓"宣称",只是在《投稿简约》中说"欢迎各种纯文艺稿件",未表明"追求的目标"。不过,查考《文聚》杂志及后来的"文聚丛书"和《文聚》副刊的内容,林元的话大体符合实际,可以相信。这两段话有几个重要的意思:第一,《文聚》是"纯文学"刊物;第二,《文聚》上的作品"注意艺术性";第三,《文聚》坚持"政治性与艺术性的统一"或"思想和艺术统一";第四,《文聚》追求一种美。《文聚》的宗旨就是文聚社的宗旨。这四点可以看作文聚社的主张和追求。

　　关于《文聚》杂志是"纯文学"刊物,应作两方面的理解:首先,刊物性质是文学的,《文聚》自始至终只刊登文学作品,没登其他文章;其次,当然也有白色恐怖下作自我保护的意思,以免引起官方的过分关注。关于"注意艺术性",一方面为了对抗社会上流行的标语口号式的文学作品,向读者提供美感强烈的文学读本,另一方面也是学院派作家的艺术素养使然,在那些满腹艺术经纶的作家笔下,必然有艺术的表现。关于"政治性与艺术性的统一","思想与艺术统一"等,应该是延安文艺座谈会之后的语言,但《文聚》上的作品确实具有进步的思想倾向性,"由于作者队伍中大多数人都生活在民主堡垒里,而联大校外的作者,又大多数是进步或革命的作家",写出的作品就具有进步或革命的倾向。关于追求一种美,这种美就是艺术美,无论"生活的美"还是"美的生活",通过文学作品表现出来的就是艺术美,这是艺术的本质决定的:真正的艺术品都是美的,从形式到内容都美。文聚社的作者,无论校内外的都有较高的艺术修养,他们创作的作品,或者说经编者挑选而后发表的作品,都是具有较高审美价值的艺术品。

　　文聚社的上述主张与追求和冬青社是一致的。公唐在《记冬青社》一文

　　① 林元:《一枝四十年代文学之花——回忆昆明〈文聚〉杂志》,《碎布集》,北京:文化艺术出版社,1991年,第391页。

中说:冬青社"还从事深刻的研究工作,用以提高写作的艺术水准。它不是为艺术而艺术,也不认为宣传即等于艺术,它抱定文艺并不超然于政治的观点,而唯有艺术水准愈高的作品愈有政治的作用"①。公唐的话和林元的话何其相似乃尔!可是,公唐和林元的文章,前后相隔整整四十年。这一方面可以从侧面证明林元所说的可靠性,另一方面也让人相信文聚社和冬青社是一脉相承的。

文聚社是否将艺术和美的追求,思想与艺术的统一贯穿到底了呢?

《文聚》第 1 卷第 2 期刊登了赵令仪的一首诗:《马上吟——去国草之二》。诗歌写战士奔赴边疆、守卫祖国的情怀:"停马于祖国的边疆上,我们守卫着祖国的门",大约是诗人从军到滇缅边界,防止日本侵略军入侵之时创作的诗,爱国的主题鲜明,因此,《文聚》很快发表了。赵令仪的这首诗为《文聚》输入了新鲜的空气,是继第一期上杜运燮的《滇缅公路》之后写滇西的作品,当时的滇西,是中国国际交通主动脉,同时也将成为抗日的前方,备受国人关注,《马上吟》向人们报告了祖国的安全,同时歌咏了边疆土地的可爱,受人欢迎。诗人笔下的滇缅边地,有软软的雪、悄悄绿了的草原、镜子一样的江水,满眼"山地的花""翠绿的新芽",是"土地长成了春天,春天恋着我们/多情的马蹄",因此,诗人深情地写道:"我们宝爱着马,/更宝爱生长我们的土地。"作者确实有较高的艺术修养,且濡染了士大夫情调,所取景物多为传统文学中常见的山、水、花、草等,虽然有"让战争强健我们的土地"的刚健句子,但整个情调是清丽的,更适合于知识分子的欣赏习惯,而缺少战争形势下的昂扬、激越、豪迈和刚劲。诗歌的艺术水准是高的,特别能够感染知识分子情调浓厚的读者。由于思想和艺术两者皆优,闻一多在 1943 年选编《现代诗抄》时把它选入了。但到了 1945 年 5 月,在昆明的诗人节纪念大会上,闻一多演讲中否定了它:"这诗里是些什么山茶花啦、胸脯啦,这一套讽刺战斗、粉刷战斗的东西,这首描写战争的诗,是歪曲战争,是反战,是把战

---

① 公唐:《记冬青社》,西南联大除夕副刊社编:《联大八年》,昆明:西南联大学生出版社,1946年,第 133 页。

争的情绪变转,缩小。这也正是常任侠先生所说的鸳鸯蝴蝶派","几乎每个在座的人都是鸳鸯蝴蝶派,我当年选新诗,选上了这一首,我也是鸳鸯蝴蝶派"①。我们知道,闻一多的演讲极富煽动性。这段话出现在演讲中,是夸大了《马上吟》的负面因素,因为闻一多是用它来衬托艾青和田间诗歌的人民性和战争主题的。士大夫情调也罢,鸳鸯蝴蝶派也罢,都是情感倾向问题,并不指艺术性,所以,这首诗的艺术性没有被否定。至于思想内容,这首诗不是描写战争,而是描写祖国边地的美好,表达爱国情怀的。为什么要守卫边疆,因为边疆美好,所以作者极力描写土地的可爱,诗中的"山茶""新芽""绿"等,正是取眼前之景而成,毫无矫揉造作,不足为病。当然,此诗不属于雄阔、健朗、昂扬、深刻那一类,缺少如《滇缅公路》那样的气度。闻一多选它时还没有成为"斗士",而在讲上述一段话的时候,思想激进了,论诗的标准也变了。今天看来,我们应更肯定闻一多此前选诗的眼光,而不能用后来他态度的改变完全否定这首诗。

主编林元还举了《我怀念你呀,莫斯科》一首来说明《文聚》的政治态度和思想倾向。他说:"《文聚》是跟着时代的步伐前进的。当着战斗或斗争激烈,《文聚》就唱出高昂的歌声。1943年德国法西斯疯狂地进攻莫斯科,全世界人民都揣着沉重的心情注目这座革命的灯塔,《文聚》一卷五六期合刊'头条'便发了杨刚一首长诗《我怀念你呀,莫斯科》。这首诗热情奔放,格调昂扬,'保卫莫斯科!'喊出了全世界革命人民的心声。这在反苏、反共、反人民的国民党反动派统治的大后方,真像一声巨雷。"②发表这首诗,显示了文聚社的国际眼光,文聚社同仁是自觉地站在反法西斯战线一边的。无论在思想和艺术上,这首诗都是突出的,它比《马上吟》具有革命性、战斗性,更雄壮、高昂、进取。

1945年,《文聚》杂志停刊后,林元和马尔俄另办《独立周报》,"文聚"便

---

① 闻一多:《艾青和田间》,《闻一多全集》第2卷,武汉:湖北人民出版社,1993年,第232页。

② 林元:《一枝四十年代文学之花——回忆昆明〈文聚〉杂志》,《碎布集》,北京:文化艺术出版社,1991年,第389页。

成为该报的一个副刊，继续保持了《文聚》杂志的思想和艺术追求。西南联大发生"一二·一"惨案后，《独立周报·文聚》出"'一二·一'运动特辑"，林元作社论《对"一二·一"运动如何才是公平处置？》，声称不过问政治的马尔俄写散文悼念"四烈士"，特辑上还有卞之琳的散文诗，李广田和冯至的诗。李广田的诗《我听见有人控告我》表达了一个胸怀正义的知识分子的自责与转变。在学生罢课之初，"我"超然于外，带了书包去给学生上课。走进校园，被争取民主和自由的空气感染。惨案发生后，"我"空手走进灵堂，站在烈士遗体前，接受新的一课，如一个小学生，"等待"老师——正义者的"发落"。这种深刻的自省与进步，对于袖手于运动之外的人是一种引导。卞之琳的散文诗《血说了话》表达了强烈的控诉："为了争取说话的自由，血说了话……死难者的血渍也正是流氓政治的伤痕。"和他的诗一样，卞之琳的散文也充满了睿智和哲理。冯至的十四行诗《招魂》则是生者对死者的呼唤，死者答道："我们从来没有离开你们"，并且说"咱们合在一起呼唤吧——/正义，快快地到来！/光明，快快地到来！/自由，快快地到来！"诗歌采用"对话"的方式，表达了烈士精神长存，并永远激励着大家一起追求正义、光明和自由的思想。这首诗的主题、构思、形象、格式、修辞、语言等都是值得称道的，可以说是"一二·一"诗歌海洋里一颗耀眼的明珠，因此它被镌刻在"四烈士"墓地的石碑上，作为一首著名的诗载入了史册。

以上所举是思想进步、政治性强的作品，《文聚》上的大量作品是政治性不明显、艺术性较高妙的。这些作品当然有进步的思想倾向，但不表现出明显的政治态度，而是把思想倾向溶化在艺术表现中，让人在审美的过程中受到思想的感染和启发。《文聚》的开篇之作《赞美》便是这样的作品。此诗"赞美"的是"农夫"——"人民"在政治上的觉醒，情感如瀑布倾泻，感同身受地诉说古老的民族所遭受的灾难、贫穷和耻辱，作者要以"带血的手和你们一一拥抱"。那些看似迟缓、麻木、冷淡、疲惫的老农，已经在苦难中慢慢地抬起头来，诗人兴奋地欢呼："一个民族已经起来。"诗歌思想明确，感情强烈，老农的形象和艺术表现激动了不少读者，当时即受到大家的好评，今天仍誉满文坛,是中国现代文学的代表诗作之一。像这样"注意艺术性"的诗在《文聚》上还较多。如穆旦的《诗》(《诗八首》)、《合唱二章》,杜运燮的《滇缅公路》《恒河》《欢迎雨季》,汪曾祺的《待车》《花园》,罗寄一的《诗八首》,刘北汜的《青色的雾》,辛代的《红豆》;老师的作品如沈从文的《王嫂》《秋》《新废邮存底》《芸庐纪事》,冯至的《十四行六首》《一个消逝了的山村》《一棵老树》《爱与死》,李广田的《青城枝叶》《日边随笔》《雾季》《悔》,孙毓棠的《失眠歌》等,还有校外作家何其芳、袁水拍、金克木、魏荒弩、程鹤西、曹卣、姚可崐等的作品。这些都是有强烈的美感,以艺术性打动人心,向人们提供优美的精神享受的作品。

还可以举一个例子来证明文聚社对艺术品位的追求。"一二·一"惨案发生后,昆明成了诗的海洋:"愤怒使昆明的学生、市民、工人,喷射出成千上万首燃烧着的诗篇。满城是诗的控诉、诗的呼唤、诗的咆哮。"①文聚社社员同大家一样愤怒,把《独立周报·文聚》副刊办成"'一二·一'运动特辑",发表诗文,表明态度,参与抗议斗争,但特辑上没有登一首只宣泄愤怒、缺少艺术表现力的诗,其后也很少发表所谓"一二·一"群众诗歌式的作品。可知,《独立周报·文聚》坚持以艺术标准办刊。

以上足以说明文聚社是一个坚持进步性,保持艺术性,追求审美性,达到思想性与艺术性统一的文学社团,并且,文聚社把这种主张与追求坚持到底了。这在昆明、在抗日战争时期,可谓独标一格,难能可贵。文聚社能够对 20 世纪中国文学做出较大的贡献,根本原因恐怕就在于坚持对艺术美的追求,保证了文学作品的艺术品位。这也是今天文聚社受到学界关注的原因。

文聚社能够在战争的氛围里坚持行走在艺术美的道路上,又与它的另一个追求目标——走向全国相关联。

---

① 王笠耘:《诗的花环(代跋)》,龚纪一编:《"一二·一"诗选》,北京:人民文学出版社,1983 年,第 265 页。

　　文聚社一开始就树立了"走向社会,面向全国"的志向。林元说:"《文聚》虽然是'西南联大文聚社'出版的,虽然作者队伍是以联大师生为主,但它是一个走向社会,面向全国的刊物,有联大校外的作者,有昆明以外的国统区的作者,还有解放区的作者。"①林元在这里不仅指明了《文聚》"走向社会,面向全国"的办刊目标,而且肯定了《文聚》的开放气度,并把作者的广泛度作为走向全国的标志。的确,办刊物,办一份好刊物,办一份走向全国的刊物,作者队伍强大与否是一个决定性的条件。下面我们将按作者的结构情况来看《文聚》追求目标的实现。

　　云南地处祖国西南边陲,文化、经济、交通等相对落后,例如,当时没有一条通往内地的铁路。要在昆明办一份走向全国的刊物,相对于中心城市北京、上海或当时的重庆,困难大得多,如果把从中心城市辐射全国比做顺水行船的话,从边缘走向中心就像逆水行舟。好在昆明有几所著名大学,尤其是西南联大这样的大学,联系着中心和内地的许多城市。文聚社有效地利用了这一优势条件而实现了自己的追求目标。

　　首先,文聚社立足于西南联大,以西南联大作者为基本队伍。西南联大老师中有许多著名的新文学作家:杨振声、朱自清、闻一多、冯至、沈从文、李广田、卞之琳、陈梦家、孙毓棠、钱钟书、陈铨等,实力相当强大。文聚社成立时,杨振声、闻一多、陈梦家已较少搞文学创作,钱钟书离开了西南联大,陈铨与文学社团少有联系,其他老师兼作家则在不同程度上对文聚社给予了支持,尤其是沈从文、冯至、李广田,他们不但为文聚社出谋划策,撰写稿件,还约外地著名作家撰稿支持以壮大《文聚》的作者队伍。学生创作队伍中,林元、穆旦、汪曾祺、刘北汜、杜运燮、陈时、马尔俄、罗寄一、杨周翰、田堃、方敬、祖文、王佐良、辛代、李金锡、流金、马逢华、许若摩等都经过西南联大的文学训练,有的经过南湖、高原、南荒、冬青等社团培养,是西南联大学生中

---

　　① 林元:《一枝四十年代文学之花——回忆昆明〈文聚〉杂志》,《碎布集》,北京:文化艺术出版社,1991年,第386页。

文学水平一流的作者。所以说,《文聚》集中了西南联大最为强大的作者队伍。

其次,团结了西南联大校外的许多著名作家。楚图南、赵令仪、曹卣、江篱、李慧中等是活跃在当时报刊上的昆明作家,其中楚图南是云南的著名文化人,曹卣曾经是南荒文艺社的社员,在香港《大公报》和全国各地多种报刊上发表过若干作品,出版过《一百一十户》等文学著作。著名作家和翻译家赵萝蕤、姚可崑、魏荒弩、程鹤西旅居昆明,从事文艺活动,在文艺界有较大影响。外地著名作家有身在桂林的杨刚,身在重庆的靳以、袁水拍、姚奔,身在延安的何其芳等。这么多的名家汇集在一起,《文聚》在社会上焉能无名?

一个刊物要走向全国,另一个重要条件是刊登一些优秀作品。著名作家固然是优秀作品成就的,但著名作家写出的不一定全是优秀作品,同理,普通作者写出的不一定全是一般稿件,有时也是优秀作品。因此,办刊物光有著名作家不行,还要有优秀的编辑,靠编辑的敏锐眼光去识别稿件的优劣,甚至帮助修改完善一篇稿件,使其具备优秀的品质,最后有足够的勇气发表优秀作品。《文聚》的编辑林元及其同学们就有这种眼光和勇气。《文聚》创刊号上有多位著名作家和多篇优秀稿件,可头篇作品是穆旦的诗歌《赞美》。要知道,《赞美》问世前的穆旦,还没有太大的名气。编者慧眼独具,看出了这首诗的思想和艺术光芒,把它放在多篇优秀作品之前发表出去。果然,诗歌一出,立即"受到不少读者赞美"。《文聚》上发表的作品,受到读者赞美的还有沈从文的小说、冯至的诗歌、李广田的散文、朱自清的诗论、罗常培的散文,以及杜运燮、穆旦、罗寄一、许若摩的诗,汪曾祺、刘北汜、祖文、林元的小说,陈时、马尔俄、王佐良、辛代的散文,此外还有赵萝蕤、曹卣、赵令仪、姚奔、何其芳、程鹤西、李慧中等人的作品。穆旦的《诗八首》、杜运燮的《滇缅公路》、罗寄一的《诗六首》中的两首、赵令仪的《马上吟——去国草之二》发表不久即被闻一多选入《现代诗抄》一书,沈从文的小说,李广田的散文,冯至、穆旦、杜运燮的诗则是当今中国现代文学史上常提的作品,而冯至的多首十四行诗、穆旦的《赞美》《诗八首》、杜运燮的《滇缅公路》已被列为 20 世纪中国新诗的代表作品。一份出版期数不多的刊物发表了如此众多的优秀作品,走向全国的风姿绰约可见。

艺术美和走向全国的追求成就了文聚社的文学业绩。"走向社会,面向全国"的目标与艺术性的追求协调一致。追求艺术性是《文聚》在抗战时期许多文艺刊物中独标一格的风格与个性,而走向全国的追求目标正是靠了这种独特风格与个性实现的,所谓"言而无文,其行不远"。所以,文聚社通过追求艺术性的"文艺目标"实现了走向全国的"政治目标"。

第三节　文聚社的刊物

文聚社先后办过几种出版物:《文聚》《独立周报·文聚》《文聚丛书》。三种出版物各有侧重,各具特色,而《文聚》更具代表性,下面将作重点分析介绍。

《文聚》杂志是一份纯文学刊物。1942 年创刊,由文聚社出版,主编林元、马尔俄,发行人先后有李典、赵汝其、庄重等,昆明崇文印书馆发行,昆明金马书店经售,每期二十多页、三十多页不等。初标半月刊,24 开本;从第 2 期起为双月刊,16 开本;后成为不定期刊,32 开本。共出 2 卷,每卷 3 期。历时四个年头,至 1945 年出最后一期,未告而终。关于《文聚》的总期数,云南文学研究家蒙树宏先生曾肯定地说:"《文聚》只出过 6 期,第 1 卷 3 期,第 2 卷 3 期"①,可他在《云南抗战时期文学史》一书中没有说期数;林元在《一枝四十年代文学之花——回忆昆明〈文聚〉杂志》的专文中也没有说,但他在文中提到第 1 卷曾有第 4 期和第 5、6 期合刊,那么,《文聚》的总期数应该是 8 期。林元在该文末尾说:"我所存的《文聚》杂志已于 1984 年全部捐献给中国

---

① 李光荣访蒙树宏记录,2005 年 12 月,昆明云南大学图书馆。

现代文学馆。"笔者据此曾于 2004 年和 2006 年两次到中国现代文学馆,均没有找到《文聚》第 1 卷第 4 期和第 5、6 期合刊。在此只能依据所见六期进行论述。

由于《文聚》杂志不易查找,现将各期内容分别介绍于下:

创刊号 1942 年 2 月 15 日问世,推出了十题十二篇作品,诗歌有穆旦的《赞美》、杜运燮的《滇缅公路》、罗寄一的《一月一日·角度》;散文诗有陈时的《悲剧的金座》(外一章《地球仪》);散文有李广田的《青城枝叶》、马尔俄的《怀远三章》、上官碧(沈从文)的《新废邮存底》;小说有汪曾祺的《待车》、林元的《王孙》(大学生类型之二);评论有佩弦(朱自清)的《新诗杂话》。创刊号上组织了强大的西南联大作者阵容,从老师到学生都是影响遍及校内外的作者,虽然有的学生当时文名不彰,但后来成长为著名作者了。创刊号上的作品,不仅有许多可圈可点之处,而且有好几篇在作者的文学道路上和 20世纪中国文学史上有一定地位,如《赞美》和《滇缅公路》。可以说,《文聚》创刊号旗开得胜且一举成名。这样的刊物在中国现当代文学期刊中实不为多。

第 1 卷第 2 期 1942 年 4 月 20 日出版,分诗歌、小说、散文三栏,刊登了十三题十六篇作品。诗歌有卞之琳译《里尔克少作四章》、杨周翰译叶慈的《拜占廷》、穆旦的《春的降临》、杜运燮的《马来亚》、赵令仪的《马上吟——去国草之二》;小说有刘北汜的《青色的雾》、田堃的《雨中》、沈从文的《王嫂》、祖文的《媳妇迷》;散文有方敬的《司钟老人》、辛代的《红豆》等。本期"头篇""二篇"都是译诗,说明文聚社对于翻译作品的重视,尤其是里尔克的作品,对西南联大文学创作的影响不可低估。自该期起,《文聚》的发文种类和栏目设置基本固定。

第 1 卷第 3 期 1942 年 6 月 10 日出版,登载文学作品十二题二十六篇。小说有沈从文的《秋》、林元的《哥弟》;散文有罗莘田的《苍洱琐记》、赵萝蕤的《书呆子自白》、曹卣的《欺凌》、马尔俄的《桥》、江篱的《病院偶题》;诗歌有冯至的《十四行六首》、闻家驷译《魏伦诗三首》、穆旦的《诗》(《诗八首》)、姚奔的《我写春天》、许若摩的《商籁》。以上作品又有几题出类拔萃之作,最优秀的仍然是诗歌,冯至的十四行诗被推为中国现当代哲理诗的顶尖作品,穆旦的《诗八首》被公认为现当代爱情诗的扛鼎之作,它们一同进入了 20 世纪中国文学的代表作行列。其他如沈从文的《秋》、罗莘田的《苍洱琐记》、曹卣的《欺凌》、姚奔的《我写春天》等都是优秀的作品。本期的作者在第 2 期扩大的基础上再一次扩大,又推出了一些"新"作者。

第 2 卷第 1 期 1943 年 12 月 8 日出刊,发表了九题二十篇作品。小说有沈从文的《动静》、李广田的《雾季》、马尔俄的《飓风》、方敬的《经纪》;散文有何其芳的《为孩子们》、姚可崑译《忆里尔克》、李金锡的《角度》;诗歌有冯至的《译里尔克诗十二首》①、李慧中的《野马川(外二则)》。本期的作品,以小说较突出,《动静》《雾季》《飓风》都是较好的作品。本期值得注意的有两点:一、校外作者比以前更多,且由前一期的国统区重庆作者扩大到解放区延安作者;二、里尔克作为译介的中心对象,前面曾刊过卞之琳的译诗,本期又刊冯至的译诗和姚可崑的介绍性译文,这就把里尔克隆重地推荐给读者了。

第 2 卷第 2 期于 1945 年 1 月 1 日出刊,载十题二十二篇作品。小说有沈从文的《芸庐纪事》、李金锡的《"还是一个人?"》、靡芜的《某太太》;诗歌有冯至的《译尼采诗七首》、穆旦的《合唱二章》、罗寄一的《诗六首》;散文有李广田的《日边随笔》、靳以的《短简》、姚可崑译歌德的《自然》、黄丽生的《沉思者》。本期亦不乏精彩之作,沈从文的《芸庐纪事》、穆旦的《合唱二章》、罗寄一的《诗六首》、李广田的《日边随笔》,都堪称作家的代表作。作者中又有一些新名字,靡芜、靳以、黄丽生都是第一次出现在《文聚》上。他们的出现,说明《文聚》的影响已远达国统区和解放区,并引起了著名作家的重视,前期的何其芳、本期的靳以、下期的魏荒弩、袁水拍、程鹤西都赐稿支持。

第 2 卷第 3 期于 1945 年 6 月刊出,载作品十题三十篇。散文有汪曾祺的《花园》、流金的《新生三续》、马尔俄的《林中的脚步》;小说有冯至的《爱与

---

①　目录标题"十二首",正文标题"十首",实际是十首,"二"为衍文。

死》、魏荒弩译左琴科的《略莲与敏卡的故事》；诗歌有杜运燮的《恒河·欢迎雨季》①、袁水拍译《几首英国歌谣》、穆旦的《线上》、朱自清的《常识的诗》、程鹤西的《旅途存稿》。本期有几篇重要的作品，如汪曾祺的《花园》、马尔俄的《林中的脚步》、冯至的《爱与死》、杜运燮的《恒河》《欢迎雨季》、朱自清的《常识的诗》等。这是目前所见《文聚》的最后一期，其中没有显示出任何停刊的迹象，但《文聚》就此中止了。主要原因是抗战胜利了，迁移到昆明的人们，倍感欢欣鼓舞，纷纷做着回家的准备，文聚社也无心再继续编辑《文聚》杂志，便停止出版了。

概括起来，六期《文聚》共发表了六十五题一百二十七篇作品，它们基本上是诗歌、小说、散文三类纯文学作品，其中诗歌二十三题八十四首，小说十七篇，散文二十五题二十六篇，以题目论，最多的是散文，以篇章论，最多的是诗歌。据此可以得出这样的结论：诗歌和散文是文聚社创作的主攻方向，诗歌则是文聚社最喜欢的文学体裁。事实上，文聚社取得最高成就的也是诗歌。另外，这些作品中有相当一部分是翻译作品，计有《里尔克少作四章》、《拜占廷》、《魏伦诗三首》、《忆里尔克》、《译里尔克诗十首》、《译尼采诗七首》、《自然》、《略莲与敏卡的故事》、《几首英国歌谣》（九首）、《常识的诗》（十一首）等十题四十八首（篇），几近《文聚》文章总数的五分之二。有的栏目的第一篇作品是翻译，以后才是创作，第2卷第2期开卷"头篇"就是翻译。这说明文聚社对引进外国文学资源较为重视。而在所发的翻译作品中，里尔克的诗数量第一，外有一篇介绍里尔克的文章，可以见出文聚社对里尔克的推重。里尔克的思想种子在西南联大文学中生根开花，恐怕与《文聚》对里尔克的推介之功分不开。

在《文聚》上发表文章的作者计有三十九人，其中西南联大学生（包括西南联大毕业工作的同学）十八人，教师七人，校外作者十四人②。发表作品最

---

① 《恒河》《欢迎雨季》是两首诗，《文聚》刊登时作一题，合为《恒河·欢迎雨季》。本处遵照原文，述及题目时用"《恒河·欢迎雨季》"，涉及内容时作"《恒河》《欢迎雨季》"。

② 靡芜当系笔名，据现有资料未能确考其身份、职业，在统计中暂作校外作者。

多的学生是穆旦,有《赞美》《春的降临》《诗》《合唱二章》《线上》五题;其次是马尔俄,有《怀远三章》《桥》《飓风》《林中的脚步》四题;再次是杜运燮,有《滇缅公路》《马来亚》《恒河·欢迎雨季》三题;再其次是汪曾祺有《待车》《花园》,林元有《王孙》《哥弟》,方敬有《司钟老人》《经纪》,罗寄一有《一月一日·角度》《诗六首》,他们各自发表两题;其余作者各发表一题。老师中发表作品最多的是沈从文,有《新废邮存底》《王嫂》《秋》《动静》《芸庐纪事》五题;其次是冯至和李广田,冯至有《十四行六首》《译里尔克诗十首》《译尼采诗七首》《爱与死》四题,李广田有《青城枝叶》《悔》《雾季》《日边随笔》四题;再次是朱自清,有《新诗杂话》《常识的诗》两题;还有卞之琳、罗常培、闻家驷各发表一题。校外作者除姚可崑发表两题外,其余作者均发表一题。

以文章题数计,西南联大学生发表三十一题,老师十八题,校外作者十六题,学生作品最多,老师和校外作者题数相差不大。毕竟文聚社是一个学生社团,机关刊物《文聚》应以发表社员和本校学生的作品为主。老师在上面发表作品有两层意思:一是支持学生,以老师的名誉和作品的成就,提升杂志的品位,使杂志赢得更多的读者;二是作为范本,起指导作用。老师的文章有三类:一类是创作,如沈从文的《王嫂》《秋》、冯至的《十四行六首》、李广田的《日边随笔》,都是优秀的文学作品,可以称为"代表作"的文字;再一类是翻译作品,如里尔克和魏伦的诗,翻译本于借鉴目的;第三类是表达观点的,可称为随笔式论文,如朱自清的《新诗杂话》提倡诗歌散文化、民间化,沈从文的《新废邮存底》提倡正确的积极的人生态度,强调国家民族的观念,这类文章对文聚社的创作无疑具有指导意义。值得注意的是《文聚》在有限的篇幅里发了那么多校外作者的作品,表现出文聚社的宽阔胸怀和走向全国的抱负。

文聚社的第二种出版物是《文聚丛书》。它有一个气势不小的出版计划,《文聚》曾登广告,拟出一套十部,包括小说集:沈从文《长河》(长篇)、冯至《楚国的亡臣》(中篇)、刘北汜《阴湿》(短篇)、林元《大牛》(短篇)、马尔俄《飓风》(短篇);散文集:李广田《日边集》、赵萝蕤《象牙的故事》、方敬《记忆的弦》;诗集:穆旦《探险队》、卞之琳《〈亨利第三〉与〈旗手〉》。除《〈亨利第三〉与〈旗手〉》是翻译外,其余全是创作。丛书的作者可以称为"《文聚》骨干作家群":沈从文、冯至、李广田、卞之琳是西南联大的老师,刘北汜、林元、马尔俄、方敬①、穆旦是西南联大的毕业生,赵萝蕤是西南联大的家属。西南联大规定夫妻不得同校工作,故此尽管赵萝蕤饱读诗书,也只能做陈梦家教授的家属。《文聚丛书》作家群显示了西南联大文学创作人才的整体实力,虽然并没囊括西南联大全部创作人才,但这些作家在当时(1943 年以后)都是声名卓著的了。

《文聚》第 2 卷第 1 期封二上有即出和已出《文聚丛书》介绍。一、沈从文近著《长河》:"沈从文先生在题记里说:个人所能作的②,十年前是一个平常故事,过了将近十年,还依然只是一个平常故事。过去写的也许还能给他们一点启示或认识,目下,什么全说不上了。想起我的读者在沉默中所忍受的困难,以及为战胜困难所表现的坚韧和勇敢,我觉得我应当沉默,一切话都是多余了。"二、穆旦诗集《探险队》:"最大的悲哀在于无悲哀。以今视昔,我倒要庆幸那一点虚妄的自信,使我写下过去的这些东西,使我保留一点过去生命的痕迹的,还不是那颗不甘变冷的心么?所以,当我翻阅这本书时,我仿佛看见了那尚未成灰的火焰,斑斑点点的灼炭,闪闪地、散播在吞蚀一切的黑暗中。我不能不感到一点喜。"三、福尔与里尔克原著《〈亨利第三〉与〈旗手〉》,卞之琳译:"《亨利第三》的作者在第一次欧战前在法国曾被选为'诗王',《旗手》德文单行本在两次欧战之间曾销行五十万册以上;卞之琳先生的译笔忠于原作的风格、原作的音节,而长序又是一篇有独立价值的文章。"《文聚》第 2 卷第 3 期封二刊登最近出版《文聚丛书》的消息:一、穆旦诗集《探险队》,介绍文字与上引"预告"相同;二、《长河》,沈从文近著,介绍文字在上引"预告"文字前增加了以下内容:"沈从文先生在题记里说:作品设

---

① 方敬的毕业文凭是西南联大时期发出的。

② 原文为"个人作所能的",据第 2 卷第 2 期封三改。

计注重在将常与变错综,写出'过去''当前'与那个发展中的'未来'……然而就我所想到的看来,一个有良心的读者,是会承认这个作品不失其为庄严与认真的,虽然这只是湘西一隅的事情,说不定它正和西南好些地方差不多。"

上引文字可以帮助我们大致了解以上三本书的一些情况了,下面再作一些补充。《〈亨利第三〉与〈旗手〉》问世于1943年3月,是一部叙事散文诗集,所译两书都是欧洲文坛上的一流作品,在当时产生了巨大影响。卞之琳的译笔以严谨传神著称,也是第一流的。书前的长篇序言,详细地评介了两个诗人及其作品,是一篇价值独特的论文。《探险队》是穆旦的第一本诗集,出版于1945年1月,收入诗作二十五首,其中《神魔之争》一诗空缺,扉页题有"献给友人董庶",诗集包括作者从长沙到蒙自再到昆明的部分诗作,表现了穆旦探索诗路的艰难历程,是研究穆旦早期诗歌和诗歌发展道路的重要作品。出版于1945年1月的还有《长河》,印数一千册,很快售完,广受读者欢迎。《长河》是抗战时期沈从文寻求民族生存力的重要成果,也是他一生所写作品中唯一的一部长篇,是继《边城》以后的另一部代表作,因此是研究沈从文的重要资料。

冯至的小说《楚国的亡臣》正要付排,抗日战争胜利了,人心思归,在这种情况下,出版发行的经济风险加大,于是停止了印刷。这部作品大约还是可以算作文聚社成果的。《楚国的亡臣》后来由上海文化生活出版社出版,书名改成了《伍子胥》。

《文聚丛书》未出版的另外六本书,后来都由其他出版社出版了。

《文聚丛书》32开本,书名红字,由昆明崇文印书馆印刷,金马书店发行。崇文印书馆经理祁仲安和金马书店经理庄重都是思想开明人士,经营一些进步书刊,所以《文聚丛书》和《文聚》杂志都由他们印刷和销售。庄重还是巴金的朋友,巴金到昆明时,他曾去看望。《文聚丛书》今天在一些历史较长的图书馆和私人藏书家那儿能找到。

抗战胜利后立即北返回家,只是人们的一种愿望,事实上各方面条件不具备,国民政府也发出不急于迁归的号召。过了一段时间,文聚社仍想有所作为,但续出《文聚》杂志的难度和经济风险都太大,因此林元和马尔俄便另办四开版《独立周报》,把《文聚》作为该报副刊,刊头沿用杂志的"文聚"二字字样,仍然由崇文印书馆印刷,1945年12月初创刊,社址在昆明青云路地藏寺7号,出版者标明"文聚社"。该报不同于其他报纸的是不以发表新闻稿件为主,而是针对当时人们普遍关心的问题发表议论,如"五五宪草"问题、政协会议问题、"东北问题"、美国问题等,实际上是一份以政治为主的综合性报纸。第四版《文聚》副刊,也不专发诗歌、小说、艺术性散文等纯文学作品,再加上小报的版面有限,发纯文学作品不多,文学意味不及《文聚》杂志和《文聚丛书》,但也发表过一些好作品,如冯至的《招魂》、马逢华的《歌乐山小品》、穆旦的《通货膨胀》、杜运燮的《一个有名字的兵》等。

《独立周报》存世不多,且不全,要找到它不容易。但愿有一天能够出现这样的奇迹:配齐《独立周报·文聚》。

第四节 文聚社的特点

文聚社继承了西南联大文学社团的优良传统而发展成熟,与西南联大其他文学社团包括后来成立的文艺社、新诗社、剧艺社相比,文聚社自有其特点。概括起来,文聚社的特点主要有以下一些:

一、以刊物为存在形式

西南联大的壁报很有名。壁报绝大多数是社团出版的,文学社团大多有壁报。文学社团的名声、地位和影响与壁报大有关系。在本书所论的七个社团中,南荒社和文聚社没有办壁报。南荒社以集会和创作为存在形式,文聚社以办刊物为存在形式,两个社团的存在形式各有特点。

　　林元发起组成文聚社的目的,就是要办一个文学刊物。这个刊物被沈从文定名为"文聚"。社团形成后,以筹办《文聚》杂志为中心工作,几个月后,一本精致的纯文学刊物诞生了。这在西南联大文学社团史上是一个创举。从此,《文聚》杂志成了文聚社存在的形式,文聚社的所有活动都围绕着《文聚》的刊出开展,计划、组稿、写稿、改稿、编辑、登记、印刷、出版、发行……除此而外,别无其他活动。它不像别的社团那样,开会、演讲、游园、投稿或者出壁报。"没开过会,没聚会过,像地下党单线联系,没什么集体活动,仅写文章、办刊物。我常跟他们见面,写过文章。"①由于仅以刊物为存在形式,社员活动就以写文章、出刊物为主,不需要其他活动,哪怕是最基本、最常见的社员大会都没有,而采取约稿、交稿、谈稿的单线联系方式。老社员辛代的话证实了这一点。这种方式也是办杂志的文学社团常采用的。在中国现代文学史上,文学研究会成立过后、创造社办起了刊物之后,就没有举行过社员大会,而是以刊物凝聚社员、团结作者,靠刊物显示生命力。由于这样,文学研究会的解散是以《小说月报》编辑部被炸而停刊为标志,创造社的解散是以刊物编辑部被查封为标志的。在西南联大的几个主要文学社团中,南荒社应香港《大公报·文艺》的要求而组成,作品多在其上发表,且《文艺》副刊编辑萧乾是南荒社社员,但香港《大公报》毕竟不为南荒社所有,南荒社对它没有支配权,稿子发不发或发什么样的稿子须得服从《大公报·文艺》的需要,更不可能以南荒社的名义去组稿,并借此巩固和壮大组织,所以,南荒社要采取集会的形式维系组织的生命。文聚社又有不同,有自己办的刊物,靠刊物上发表作品联系社员和作者,只要办好刊物就行了。

　　所以,文聚社要以办刊物为目标,要千方百计地维持刊物的生命:《文聚》的存在便是文聚社的存在,《文聚》的兴旺即是文聚社的兴旺。《文聚》杂志1943年12月出了第2卷第1期后,曾因经费等问题停过刊,大家都感遗憾,读者询问,社员焦心,师生想办法挽救,至1945年元旦,终于又复刊和读

①　李光荣访方龄贵记录,2004年5月21日,昆明方寓。

者见面,表明文聚社又复活了。与此同时,文聚社还有另一种存在形式,那就是《文聚丛书》。它以单行本的形式走向读者,显示着文聚社的生命状态。抗战胜利,社员、编辑及大多数读者人心思迁,《文聚》杂志和《文聚丛书》都停刊,表明文聚社停止了活动。过了一段时间,编者发现北返不是眼前的事,人们仍然需要精神养料,开始寻求新的存在形式,这就有了《独立周报》,《文聚》也作为一个副刊出现在报纸上——文聚社再次复活了! 1946 年 5 月,西南联大结束,文聚社的同学和老师都要离开昆明,《文聚》副刊停止了,文聚社由此终结。

二、靠基本成员和老师支持

办刊物需要基本的作者队伍。林元有了办刊的动议之时,便想到了这一点,因此,《文聚》杂志是先有了文聚社,才创办杂志的。在西南联大社团中,有的是先有刊物,后有组织,有的是先有组织,再有刊物,有的是刊物和组织一起考虑。文聚社先谋划刊物,再考虑组织,而在形成顺序上是先有组织后有刊物。

文聚社的基本成员,也就是被林元称为"文聚社的一分子"的马尔俄、李典、马杏垣、杜运燮、刘北汜、田堃、汪曾祺、辛代、罗寄一、陈时等文聚社元老,他们"不但自己积极写稿支持,还出主意和帮助组织稿件"①。正是靠了这些基本成员的支持,文聚社才成立了组织,创办了刊物并且维持了刊物的发展。

社员积极写稿,落实在刊物上,便是发表作品的数量多少。上文说过,在《文聚》杂志的所有学生作者中,发表作品最多的是穆旦,计有五题十二首诗歌,其次是罗寄一,计有两题八首,再次是马尔俄,计有四题,再其次是杜运燮,计有三题四首,发表两题的有汪曾祺、林元,其他几位,陈时、刘北汜、

---

① 林元:《一枝四十年代文学之花——回忆昆明〈文聚〉杂志》,《碎布集》,北京:文化艺术出版社,1991 年,第 384 页。

田堃、辛代都发了一题,陈时是一题两篇。李典和马杏垣不写文学作品,但《文聚》的封面及插图都是他俩设计并创作的。《文聚丛书》中还有刘北汜、穆旦、马尔俄、林元的集子。这些社员实在是《文聚》杂志的创作骨干。他们不仅提供了作品,而且提供的是能够显示《文聚》杂志水平的作品。

社员约来的稿件,除了西南联大同学和昆明作者的,还有外地作家的。林元不一定认识那么多西南联大的作者同学。例如,外文系的杨周翰、王佐良、祖文、李金锡,历史系的流金,电机系的许若摩等,这些人的稿子很可能是穆旦、杜运燮、陈时、马尔俄等约来的。外地的稿子,今天所知靳以的是刘北汜约来的,袁水拍的是穆旦约来的。可见,这些基本社员实在不是一般的投稿者,而是文聚社和《文聚》等刊物的主人公。因有他们的力量,《文聚》才能更好地实现"走向社会,面向全国"的目标。

老师主要是中、外文系从事创作和理论研究的几位。在文聚社组成、刊物有了着落之后,林元等便分别找朱自清、沈从文、李广田、冯至、卞之琳等老师,请求支持,他们都欣然答应。朱自清为《文聚》创刊号提供了研究论文,提出了诗歌要走出"老家",到"民间"去的主张,在艺术上则提倡散文化。他在课堂上赞扬杜运燮的《滇缅公路》,介绍《文聚》杂志,这对于宣传《文聚》、扩大其影响大有作用。沈从文为社团起名"文聚社",为刊物起名"文聚",他在散文《新废邮存底》中谈了战争中的人生态度后,一连发了四篇小说支持《文聚》杂志,有的是代表作《长河》中的精彩片段,有的是新作,皆堪称范文。李广田连发四篇作品,把著名的《青城枝叶》和《日边随笔》发表在《文聚》上了。冯至的十四行在人命不保的战争环境中思索生命的价值和意义,哲理性强,十四行形式的灵活运用和圆熟的技巧生发出巨大的艺术魅力,使这些诗成为中国哲理诗的高峰。以上老师——作家的名字对于读者本是一种召唤力,优美的作品又提高了刊物的品位,使之在文学园林中开放出异样的花朵。老师不但热情赐稿,还为《文聚》拉来了外援,李广田约来了何其芳的稿子,沈从文转来杨刚的诗歌,这些作家的文稿给《文聚》增色不少,推动《文聚》朝着"走向社会,面向全国"的目标迈进。老师们给予文聚社的支持实在是起到了扩大声威、提高水平、增强力量、推动影响的作用。

靠基本成员和老师的支持，是文聚社组织与活动的特点，也是文聚社获得成功的基本经验。

三、集合精英，走向全国

抗日战争中期以来，在国民党统治区的大后方，形成了三个文化中心：重庆、桂林和昆明。以文学刊物而论，重庆和桂林均以大型报刊杂志和出版丛书享誉文坛，比较起来，昆明相对落后一些。当时在昆明出现的文艺刊物，影响较大的仅有《文艺季刊》《文化岗位》《战歌》《诗与散文》《文聚》等六种，而《文聚》创刊时，前三种已经停刊，《诗与散文》由月刊变为不定期刊；丛书有"枫林文艺丛书""白鸥文丛""民主文艺丛刊"等三种，无论是数量和质量都不能与重庆和桂林的相比。《文聚》的诞生，正适应了昆明文坛的需要，它有如滇池边上的报春花，向人们报告着昆明文坛春天的信息。

与重庆、桂林相比，昆明的文坛又自有特色，那便是以大学为龙头。抗战大撤退中，迁入昆明及其周边的大学有西南联大、中法大学、同济大学、中山大学、国立艺专等，再加上当地的云南大学、省立英专、省立艺专等，当时在昆明的大学蔚为壮观，这就形成了昆明特有，而重庆和桂林所不及的大学文化现象。这种文化的最大特点是融汇中西、贯通古今。大学里的文科老师都是读古书长大的，国学根底很深，并且接受过"五四"新文化的洗礼，是亦新亦旧、新旧兼备而又统一为现代文化的；且多数老师出国留过学，接受了西方文化的熏陶，具备了民主、自由、科学的素质，可以用追求民主、自由、正义、光明来概括当时大学老师的思想特征。在老师的教育和影响下，大学生也基本上具备了这些素质。昆明的大学又以西南联大为中心。西南联大流动着北大、清华、南开的血脉，具有领先潮流的气质，在文学观念上继承了"五四"新文学的传统，坚持白话文，广泛吸取西方文学的营养，勇于开拓创新。《文聚》杂志和《文聚丛书》就生长在这种土壤上。

西南联大文学运动的一个特点是组织社团，靠社团集中文学人才、创作作品、培养文学尖子。从南湖诗社到冬青文艺社,西南联大培养出了一批文学精英,文聚社的第一批骨干就是这批精英。他们当时在西南联大、在昆明是小有名气的作家。而后来,我们知道,他们中的穆旦、汪曾祺、杜运燮、刘北汜等都是被写进20世纪中国文学史的作家,而他们当时的优秀作品,也是他们整个文学生涯的代表作。这就是说,文聚社由一批西南联大的文学精英组成。除文聚社最初的骨干成员外,文聚社还团结了一大批文学精英同学,例如与文聚社骨干先后同学的方敬、王佐良、杨周翰,当时已是小有名气的作家;稍后入学的祖文和流金①,他们已发表过许多小说和散文,流金还担任过《中央日报》昆明版文艺副刊《平明》的编辑;较后入学的李金锡和许若摩,是活跃在当时文学报刊上的作者,尤其李金锡,作品频频刊登在全国各地报刊上。

西南联大赐稿《文聚》的老师,朱自清、沈从文、李广田、卞之琳都是大名鼎鼎的作家,罗常培和闻家驷似不以文学创作著称,但也是在自己研究的领域出类拔萃的学者。

《文聚》的校外作家,姚可崑是德国留学生,赵萝蕤是清华研究生,赵令仪似是云大学生,曹卣是同济大学学生,江篱是中山大学学生,姚奔是复旦大学学生,他们不一定以文学创作为追求的中心目标,但都是小有名气的作者;著名作家魏荒弩和程鹤西当时旅居昆明;何其芳、靳以、袁水拍是解放区和国统区的著名作家。这么多各地著名的人物同登一个舞台,其"演出"因而可观。

有这么多西南联大校内外文学精英共同扶持,《文聚》杂志和《文聚丛书》自然能够走向全国,事实上它们当时在重庆、桂林和延安产生了较大的影响。文聚社一开始就制定的走向社会和全国的目标,从实际效果看来,是实现了的。

---

① 流金为休学后复学。

四、坚持在校外活动

文聚社诞生在"皖南事变"后的非常时期,白色恐怖笼罩校园,进步社团活动烟消云散,学生政治情绪低落,对集体生活不感兴趣,甚至相互间不相闻问,不但宣扬民主的壁报匿迹,就是拥护当局正统的壁报也感到无趣而遁形。这里引一段当时的记录来证明:"三十年春天以后,同学大都消沉下来,少数人埋头于功课,其余的时间极无聊,整天坐茶馆打 bridge,跳舞也时兴起来了。宿舍形成了无数个破布隔离的小天地,代替了时局分析政治讨论会的,是'红学'的演讲。"①在这种情况下诞生的进步社团,自然无法在校园内活动。所以,文聚社一开始就实行在校外活动的方针。

南荒社也是在校外活动的。不过,南荒社在外活动的原因与文聚社不同。如果说文聚社在外活动有迫不得已的原因,南荒社在外活动则是主动的选择。一方面,南荒社的组织目的是为香港《大公报·文艺》提供稿件,无须在校内刊出壁报;另一方面,南荒社的组织原则是团结昆明地区的学生作者,社员已超出学校范围,不便在校内活动,所以采取校外活动的方式。文聚社最初的社员全是西南联大的学生(李典除外),决定在校外活动是迫于政治形势。

要特别一说的是林元。他在群社的进步身份是暴露了的,1941 年春他撤退到乡下隐蔽,秋季才归来复学就发起办刊物、成立社团,这本是具有冒险性的举动。他自身都需要在校内保持沉默、隐蔽,当然不能在校内公开宣布成立社团,出版刊物,开展活动了。所以,文聚社采取在外活动的方针还与林元的处境有直接关系。

由于不可能在校内活动,文聚社开初在校外办刊,那么,到了 1943 年秋季以后,西南联大自由风气抬头,特别是 1944 年"五四"开始,民主空气相当

① 资料室:《八年来同学的生活与学习》,西南联大除夕副刊社编:《联大八年》,昆明:西南联大学生出版社,1946 年,第 45 页。

浓厚,进步思想占上风的形势下,文聚社为什么不回校内活动呢？这恐怕有
三个原因:

(一)行为惯性。从1942年在社会上办刊以来,文聚社摸到了办刊的方
法,走熟了在外活动的路子,如果要放弃熟路,改为在校内办刊和开展活动,
则需要做许多工作,虽然这也是他们所熟悉的,但大家都不愿意也没必要去
走新路。任何人都愿意顺从行为惯性,在熟路上走下去,文聚社也一样。

(二)大部分骨干社员已经毕业,这是最主要的。到1944年,马尔俄、刘
北汜、田堃、汪曾祺、罗寄一、陈时等都已毕业离校,穆旦离开了西南联大,辛
代虽然在校但已是研究生,杜运燮还在印缅战场。尤其是核心人物林元早
已不再是西南联大学生,不可能再回到学校去组织学生活动。只不过,他们
不忘自己曾经是西南联大的一员,《文聚》是西南联大学生创办的,所以仍然
以西南联大文聚社的名义在外活动。

(三)《文聚》的性质和影响。《文聚》是纯文学刊物,追求艺术性,把思想
倾向隐藏于形象之中,而政治是直陈观点,甚至需要标语口号。不难想象,
《文聚》如果回到学校,与当时的政治表现的差距便会突出来。《文聚》发
行至四面八方,在社会上享有较好的声誉,支持者越来越多,稿件从各个方
面寄来,各地读者期待一览,总之,《文聚》是各界人士公认的一个纯文学的
好刊物,大家都知道它是西南联大文聚社主办的。这就没有必要再从社会
的大范围缩回学校这个小圈子开展活动了。

历史证明,文聚社坚持在校外出版《文聚》杂志、《文聚丛书》、《文聚》副
刊是正确的。

五、以现代派为主的多元综合

以现代派为主的多元综合本是冬青社的风格。文聚社由冬青社骨干组
成,自然会把冬青社的风格保持并发展下去。所以说,文聚社和冬青社从组
织到追求都是一脉贯通的。

西南联大的老师中,属于现代派的作家不占多数,中文系的朱自清、沈

从文、李广田等的思想和作品虽然具有现代派的某些因素,但不能把他们称为现代派作家。朱自清反对诗"钻进""老家","纯粹的抒情",而主张要散文化,这不仅是抗战以来中国诗的潮流,也是世界诗的潮流。为此,他翻译了美国著名诗人罗色·巴克尔夫人的十一首诗,并称赞其"自然如话""幽默有深味"。朱自清大概是要以"常识的""散文的"诗去纠正中国象征诗兴起以后出现的艰涩难懂,他夸奖《滇缅公路》,也因为该诗符合了他的主张,罗色·巴克尔夫人的诗 1944 年才出版,朱自清的文章 1945 年就发表了,说明西南联大师生是站在世界文坛前沿的,但却不能以此说明朱自清是现代派。西南联大外文系的老师就"现代"了,卞之琳、冯至可作代表。卞之琳对奥登的推崇是诗坛的著名事件,而在《文聚》上,他又推崇里尔克的诗,他还译了里尔克的散文诗《旗手》。冯至则是里尔克的大力推荐者,他在《文聚》上译介了里尔克的十首诗,并以一本《十四行集》体现了里尔克的诗歌观念,对西南联大和中国文学产生了影响。

1942 年以后冬青社的骨干已基本上倾向于现代主义,汪曾祺、穆旦、杜运燮、罗寄一、王佐良、辛代等是他们中的代表。汪曾祺发表在《文聚》上的小说《待车》,完全用现代派的方法写成。王佐良的《骑士》、辛代的《红豆》、陈时的《悲剧的金座》等都是现代主义的作品,或写生活的片断,或写情绪,或表达刹那间的感觉,多用象征、隐喻的笔法。现代派手法在诗歌中表现得尤为突出。穆旦的《诗八首》和杜运燮的《滇缅公路》,都是被公认的我国现代派诗歌的代表作,此外,罗寄一的《一月一日》和《角度》通过许多意象表达一种感受,揭示现代人生存的痛苦,许若摩的《商籁》(二首)用圆熟的技巧表达人的欢乐愁苦,体现出对人生的深刻思考,十四行体的运用也显得十分熟练。

《文聚》上的作品也不全是现代派的。李广田的《青城枝叶》、沈从文的《动静》《秋》、罗常培的《苍洱琐记》都不"现代"。就是《文聚》发表的翻译作品,也有许多不是现代主义的。杨周翰译叶慈的《拜占廷》虽然用象征手法表达思想,但充满了理想主义的情愫,或许应归为浪漫主义一类。苏联作家左琴科的作品,现代派意味并不足,魏荒弩译《略莲与敏卡的故事》就较为"现实"。袁水拍译的九首英国歌谣,谁也不会把它想为现代派。学生的创作照样多有现实主义的作品,小说如林元的《王孙》《哥弟》、刘北汜的《青色的雾》、田堃的《雨中》、祖文的《媳妇迷》,散文如马尔俄的《怀远三章》、流金的《新生三续》等都是现实主义的。

战争的环境让人难以浪漫,但不能说作品中缺少浪漫主义情愫。《文聚》中的一些作品也是有浪漫主义因素的。

总之,《文聚》以现代派为主,但不局限于现代派。

文聚社以上五个特点,前三个最具个性特征,是西南联大各文学社团都不具备的,后两个特点,一个是与同类社团对比显示出来的,另一个是通过继承发展而突出出来的,也就是说,前三个特点最值得重视。

第五节　文聚社刊物上的诗歌

由于文聚社社员和冬青社社员交叉,无法区分两社同一时期的作品,只好以不甚科学的外在条件为依据,认定文聚社的刊物上发表的作品为文聚社所有,而把文聚社刊物以外的作品划归冬青社名下。情知这种方法让文聚社吃了亏,也只好如此。

诗歌是年轻人最喜欢的文学体裁。在文聚社刊物上发表诗歌的西南联大学生是穆旦、杜运燮、罗寄一、陈时、许若摩等,老师有冯至、卞之琳、李广田等几位,校外作者为赵令仪、姚奔、李慧中、程鹤西、杨刚等。诗歌形式还包括了散文诗。由于本书以文学社团为研究对象,主要关注文聚社社员的作品,而对老师和校外作者的作品只好割爱不论,尽管这些作品的成就较高。

文聚社的开篇之作是《赞美》:

走不尽的山峦的起伏,河流和草原,

数不尽的密密的村庄,鸡鸣和狗吠,

接连在原是荒凉的亚洲的土地上,

在野草的茫茫中呼啸着干燥的风,

在低压的暗云下唱着单调的东流的水,

在忧郁的森林里有无数埋藏的年代。

它们静静地和我拥抱:

说不尽的故事是说不尽的灾难,沉默的

是爱情,是在天空中飞翔的鹰群,

是干枯的眼睛期待着泉涌的热泪,

当不移的灰色的行列在遥远的天际爬行;

我有太多的话语,太悠久的感情,

我要以荒凉的沙漠,坎坷的小路,骡子车,

我要以槽子船,漫山的野花,阴雨的天气,

我要以一切拥抱你,你,

我到处看见的人民呵,

在耻辱里生活的人民,佝偻的人民,

我要以带血的手和你们一一拥抱。

因为一个民族已经起来。

这是《赞美》一诗的开头。《赞美》在西南联大文学发展史上是一篇特出的作品,它宣告了一种新的美学观念的诞生,并把一种新的艺术风格推向成熟,因此,此诗在西南联大文学史上具有重要地位。

《赞美》抒写了民族的深重苦难:贫瘠的土地、干燥的风、忧郁的森林、荒凉的沙漠、坎坷的小路、阴雨的天气;说不尽的灾难、道不完的悲哀、难忍耐的饥饿、不可知的恐惧、绵绵不绝的呻吟、无边无际的等待;数千年历史的重压、若干代祖先的耻辱、希望和失望的交替、犁头和锄头的轮番、粗糙而佝偻的身躯,看着自己溶进死亡……农民的也是民族的痛苦实在是太多了! 从鲁迅笔下的闰土到茅盾笔下的老通宝再到叶紫笔下的云普叔,我们可以从他们的形象中看到以上的部分或者主要内容,但没有一个形象承载着如此广博的历史和沉重的民族内涵。穆旦不仅看到了民族的痛苦,而且看到了民族的觉醒,这才是《赞美》的思想光芒和时代意义所在。我们的民族没有被深重的灾难压垮,并且在极度的忍辱负重中蕴蓄着巨大的力量,他们在苦难中、在耻辱里、在忧患下抬起头来了! 诗歌以"一个民族已经起来"作为每一节的结尾,形成音乐主旋律的回旋效果,产生出强烈的艺术力量。这声音不是绵绵不绝的潇潇春雨,而是雄浑的具有震撼力的轰隆隆的春雷。穆旦曾经从长沙步行三千里到达昆明,又在蒙自的田边住过数月,再在昆明城外读书、教书,见过许许多多农民,懂得他们的挣扎与繁衍,了解"那曾在无数代祖先心中燃烧着的希望",而且深知"这不可测知的希望是多么固执而悠久"[1],才能写出这样深刻的作品,才能迸发出"一个民族已经起来"的欢呼。

这首诗让我们感觉到作者思想感情的移位。这些身居京津大学堂的师生,被战争洪流推到社会底层,从而了解到民间的生活、认识了民族的苦难与不屈,思想感情逐步从上层社会转向底层民生。这是一个了不起的变化,是抗战文学的坚实根基。刘兆吉湘黔滇步行一路采集民歌,林蒲写《湘西行》,闻一多从乡下人"愚鲁、迟钝、萎缩"的外表下,看出"每颗心里都有一段骄傲"[2],都是思想认识转变的证明。但此前没有一个人像穆旦这样以江河奔流般的感情,用急雨般的语言倾吐出对于那些粗糙肮脏、痛苦干瘪的农民的大海一样的深爱:"我要以一切拥抱你,你,/我到处看见的人民呵,/在耻辱里生活的人民,佝偻的人民,/我要以带血的手和你们一一拥抱。"

如果说,此前穆旦的诗以描写生命个体心灵的紧张剧烈著称的话,这之后穆旦的创作道路更宽广了。在南荒文艺社时期,穆旦和赵瑞蕻等探索一种散文体的诗歌,穆旦的《防空洞里的抒情诗》《一九三九年火炬行列在昆

---

① 穆旦:《原野上走路——三千里步行之二》,李方编:《穆旦诗全集》,北京:中国文学出版社,1996 年,第 84 页。

② 闻一多:《〈西南采风录〉序》,《闻一多全集》第 2 卷,武汉:湖北人民出版社,1993 年,第 194 页。

明》、赵瑞蕻的《昆明底一个画像——赠新诗人穆旦》等即是探索的结晶,但在这些诗中,诗人的技法还较生涩。穆旦再经过《从空虚到充实》《玫瑰之歌》《在寒冷的腊月的夜里》《华参先生的疲倦》《小镇一日》等的试验,到了《赞美》,这种诗体和艺术风格成熟了。我们还注意到,1940 年穆旦发表评论《他死在第二次》,肯定了艾青"诗的散文美"主张,并且认为"我们终于在枯涩呆板的标语口号和贫血的堆砌的词藻当中,看到了第三条路创试的成功"①。可见,穆旦的散文体诗歌的探索不仅有创作实践,而且有理论思考,他获得成功也就不奇怪了。

《赞美》是文聚社冲锋陷阵的先锋,是文聚社和穆旦前进的旗帜,同时也应该是 20 世纪中国文学的一面旗帜。

穆旦的贡献在于不断地创造,不断为中国文学推出新的精品。他发表在《文聚》的《诗》(《诗八首》)和《赞美》一样,被学术界推为 20 世纪中国文学的代表作品。但《诗八首》和《赞美》完全不是一路诗歌,它们表现出截然不同的思想和艺术风格。《赞美》的思想感情显露热烈,明朗易懂,《诗八首》则内敛深沉,难以理解。因此,许多解诗者包括一些著名学者都为《诗八首》作过解读。

穆旦自己说:《诗八首》是一组爱情诗,"那是写在我二十三四岁的时候,那里也充满了爱情的绝望之感",并在奥登的《太亲热,太含糊了》一诗旁作了这样的注解:"爱情的关系,生于两个性格的交锋,死于'太亲热、太含糊的'俯顺。这是一种辩证关系,太近则疏远,应该在两个性格的相同与不同之间找到不断的平衡,这才能维持有活力的爱情。"②这是我们理解这一组爱情诗的钥匙。我们看到,在这一组爱情诗里,通常的感情的缠绵与热烈、顾恋与相思的描写全然不见,有的是理性的思考、哲理的分析和深刻而又剧烈的矛盾冲突。这里引几位诗评家的话对这组爱情诗加以论述。

---

① 穆旦:《他死在第二次》,香港《大公报·综合》,1940 年 3 月 3 日。

② 穆旦语,转引自郭保卫:《书信今犹在,诗人何处寻》,杜运燮等编:《一个民族已经起来》,南京:江苏人民出版社,1987 年,第 177—178 页。

　　蓝棣之说："《诗八首》所写的，是爱情生活不可克服的深刻矛盾和把爱情作为一个短暂生命阶段来看待的爱情观念……仿佛他写诗是为了提醒自己：爱情中充满了克服不了的烦恼，而且是短暂并且最终是虚无的，以使自己从中摆脱出来。"①的确，照这样的理解，《诗八首》"太冷漠"了。但这组诗所表达的爱情，有灾难、有恐怖、也有矛盾、有冲突，还有惊喜、有沉迷，更有安恬、有平静。在诗人看来，爱情是极其复杂、极其丰富的心灵和生命的过程，是上帝"给我们丰富，和丰富的痛苦"的一种方式。的确，"丰富，和丰富的痛苦"之语紧接着《诗八首》创作的《出发》中写出，有助于理解《诗八首》。孙玉石和郑敏都把《诗八首》看作一个有机的整体。孙玉石认为：第一首写爱情初恋的时候，一方爱的热烈与另一方的冷静之间所形成的矛盾；第二首写"你""我"的爱逐渐变得成熟起来，由摆脱理性的控制而开始进入热烈的阶段；第三首写已经达到"丰富而且危险"的境界，"你""我"完全超越了理性的自我控制之后，爱情热恋的时刻到来，"你""我"之间才获得了爱的狂热与惊喜；第四首进一步讲两个人进入真正的热恋之后，在一片宁静的爱的氛围中，所产生的种种复杂的情感的表现；第五首是爱情的交响乐章，在这里进入了转折之前的宁静部分的抒情；第六首继续上一首的热烈后产生的宁静的思绪，进入了一种更深入的哲学的思考；第七首写经过爱的热烈，也经过爱的冷却后的生命的爱情，才能够变得如此的成熟而坚强，使它成为独立生长的生命，成为相爱者的"你我"战胜一切恐惧与寂寞的力量的精神支点；第八首奏出人类生命的真正的爱情，也是诗人"你""我"自己的"我们的爱"的"巨树永青"的赞歌②。显然孙玉石是把《诗八首》看作描写爱情不断发展攀升的过程的交响诗，是爱情由初恋到成功，最后走向"平静"的赞歌。郑敏更注重这组诗所表现的几种爱情的力量的矛盾斗争与情感的起伏变化。她认

---

　　①　蓝棣之：《论穆旦诗的演变轨迹及其特征》，杜运燮等编：《一个民族已经起来》，南京：江苏人民出版社，1987 年，第 62—63 页。

　　②　见孙玉石：《穆旦的〈诗八首〉解读》，《中国现代主义诗歌史论》，北京：北京大学出版社，1999 年，第 371—382 页。

为:《诗八首》"是一次痛苦不幸的感情经历"的描述,"全组诗贯穿着三股力量的矛盾斗争。这三股力量'你''我'和代表命运和客观世界的'上帝'。上帝在这里是冷酷无情的,他捉弄着这对情人,而就是在'你'和'我'之间,也是既相吸引而又相排斥的,他们之间有着不可逾越的距离,而又有着强烈的吸引力"。组诗的"主题是既相矛盾又并存的生和死的力,幸福的允诺和接踵而至的幻灭的力"①。笔者以为,郑敏的分析更切合组诗的实际一些。组诗所写的爱情经历并不是线性发展的过程,而是充满了性格的交锋并在他种力量的"玩弄"中寻求平衡的过程,其中所写的矛盾、痛苦、斗争、拥抱、背离、生长、定型、飘落,读来令人心灵震颤。

关于这组诗的独特性,王佐良肯定了它的哲理化,"使爱情从一种欲望转变为思想","把现代青年知识分子的爱情特点……突出出来",评价说:"这样的情诗在中国的漫长诗史上也是从未见过。"②袁可嘉则通过比较突出了穆旦情诗及其《诗八首》的特点:"新诗史上有过许多优秀的情诗,但似乎还没有过像穆旦这样用唯物主义态度对待多少世纪以来被无数诗人浪漫化了的爱情的。徐志摩的情诗是浪漫派的,热烈而缠绵;卞之琳的情诗是象征派的,感情冲淡而外化,可意会而不可言传;穆旦的情诗是现代派的,它热情中多思辨,抽象中有肉感,有时还有冷酷的自嘲。"③这些评价都较为恰当。

《诗八首》在形式上不同于《赞美》,是一组较为整齐的诗歌,体现出穆旦诗的另一种风格特色。

对于《诗八首》的思想和艺术的阐释远没有结束,如同历史上最优秀的文学作品那样,《诗八首》将会被一代又一代人阐释下去。《诗八首》的魅力还远远没有穷尽。

---

① 郑敏:《诗人与矛盾》,杜运燮等编:《一个民族已经起来》,南京:江苏人民出版社,1987 年,第 34、38 页。

② 王佐良:《穆旦:由来与归宿》,云南省政协文史资料研究委员会编:《云南文史资料选辑》第 34 辑,昆明:云南人民出版社,1988 年,第 330、331 页。

③ 袁可嘉:《诗人穆旦的位置》,杜运燮等编:《一个民族已经起来》,南京:江苏人民出版社,1987 年,第 14 页。

　　穆旦除《赞美》和《诗八首》外,在文聚社的刊物上还发表了《春的降临》《合唱二章》《线上》和《通货膨胀》等。这几首诗也是经常被论者谈起,为新诗提供了多种经验,经得起多方分析的优秀作品。

　　文聚社的诗歌杰作,还有《滇缅公路》《诗六首》等。

　　滇缅公路穿梭在滇西高原的崇山峻岭中,像一条巨龙,抬头时与蓝天亲吻,俯身时到江流饮水。太平洋战争后,海上交通被截断,它成了中国唯一的一条国际大通道,欧美援华物资由它输入,它"送鲜美的海风,送热烈的鼓励,送血,送一切",支持了中国抗战。要知道,这条巨龙是滇西人民(主体是农民)在没有机器帮助的条件下,凭一双肉手,在悬崖峭壁和沟涧河谷中抠出来的通衢大道! 面对如此伟大的工程及它的巨大贡献,杜运燮倾其热情进行了歌颂:

> 不要说这只是简单的普通现实,
> 试想没有血脉的躯体,没有油管的
> 机器。这是不平凡的路,更不平凡的人:
> 就是他们,冒着饥寒与疟蚊的袭击,
> (营养不足,半裸体,挣扎在死亡的边沿)
> 每天不让太阳占先,从匆促搭盖的
> 土穴草窠里出来,挥动起原始的
> 锹镐,不惜仅有的血汗,一厘一分地
> 为民族争取平坦,争取自由的呼吸。
>
> 放声歌唱吧,接近胜利的人民,
> 新的路给我们新的希望,而就是他们,
> (还带着沉重的枷锁而任人播弄)
> 给我们明朗的信念,光明闪烁在眼前。
> 我们都记得无知而勇敢的牺牲,
> 永在阴谋剥削而支持享受的一群,
> 与一种新声音在响,一个新世界在到来,

如同不会忘记时代是怎样无情，
一个浪头，一个齿轮都是清楚的教训。

看，那就是，那就是他们不朽的化身：
穿过高寿的森林，经过万千年风霜
与期待的山岭，蛮横如野兽的激流，
神秘如地狱的疟蚊大本营……
就用勇敢而善良的血汗与忍耐
踩过一切阻碍，走出来，走出来，
给战斗疲倦的中国送鲜美的海风，
送热烈的鼓励，送血，送一切，于是
这坚韧的民族更英勇，开始拍手：
"我起来了，我起来了，我就要自由！"

…………

早啊！好早啊！路上的尘土还没有
大群地起来追逐，辛勤的农民
因为太疲倦，肌肉还需要松弛，
牧羊的小孩正在纯洁的忘却中，
城里人还在重复他们枯燥的旧梦，
而它，就引着成群各种形状的影子，
在荒废多年的森林草丛间飞奔：
一切在飞奔，不准许任何人停留，
远方的星球被转下地平线，
拥挤着房屋的城市已到面前，
可是它，不许停，这是光荣的时代，
整个民族在等待，需要它的负载。

诗人对于滇缅公路和修路人纵情礼赞，其思想感情与穆旦的《赞美》相一致,《赞美》从苦难而沉默的农民身上看到"一个民族已经起来",《滇缅公路》则歌颂"他们""给我们明朗的信念,光明闪烁在眼前";《赞美》预示着民族解放与兴旺的伟大力量,《滇缅公路》则感到"一种新声音在响,一个新世界在到来",号召"放声歌唱吧,接近胜利的人民"。这样说来,似乎《滇缅公路》比《赞美》更有思想亮度。两首诗发表在同一期《文聚》上,其写作时间前后相差不远,都在抗日战争极其艰难的时期,作者能从人民群众身上看到胜利的力量和希望,已表现出深远的思想眼光。我们在这里要特别肯定的是作者的思想立场,他们把视线移出校园,转向民间,自觉而深情地向农民行礼,是由对个人主义的信仰移就人民大众的表现。这种思想观念的坚实,从两位诗人在写作了各自的诗歌不久,都参军上前线、抗击日本侵略军的行动中也可以得到确认。

《滇缅公路》发表不久,朱自清即在课堂上评价介绍,后又在《诗与建国》一文中把它作为"现代诗"的例子加以分析;闻一多编《现代诗抄》时把它选入其中。这两位大家的肯定和鼓励,一方面缘于诗的思想感情倾向,另一方面缘于诗的艺术表现。

这首诗把滇缅公路写动了,写活了。一条沉默无言、没有生命、更不会行动的公路,被作者赋予了活力:"滇缅公路得到万物朝气的鼓励,/狂欢地运载着远方来的物资,/上峰顶看雾,看山坡上的日出,/修路工人在草露上打欠伸:'好早啊!'"滇缅公路"倾听村落里/安息前欢愉的匆促,轻烟的朦胧中/洋溢着亲密的呼唤,家庭的温暖,/然后懒散地,沿着水流缓缓走向城市"。诗歌赋予它的主要动作是"负载"和"走":"踩过一切阻碍,走出来,走出来","走向城市","还要走,还要走"①,"在荒废多年的森林草丛间飞奔"。诗歌还用一连串繁密意象写滇缅公路的多面形象:"看它,风一样有力,航过绿色的原野,/蛇一样轻灵,从茂密的草木间/盘上高山的背脊,飘行在云流中,/俨然在飞机座舱里,发现新的世界,/而又鹰一般敏捷,画几个优美的圆

---

① 原诗有"还要走,还要走"一句。

弧,/降落到箕形的溪谷。"这样一条充满活力的"公路"自然不会让读者感到乏味了。可见,作者的艺术手法是高妙的。

《滇缅公路》同样被列入 20 世纪中国文学的优秀作品。

除《滇缅公路》外,杜运燮在文聚社刊物上发表的诗歌还有《马来亚》《恒河》《欢迎雨季》《一个有名字的兵》等。这几首诗各有特点,体现了作者多方面的探索,一同成为杜运燮的代表作。前三首写的是外国,可以称为国际题材作品。国际题材在西南联大文学中不多见,这是继向意之后杜运燮的又一贡献。

《诗六首》的作者罗寄一在西南联大写了不少诗,颇有诗名,但他后来写诗不多,故不为人们注意。闻一多 1945 年编《现代诗抄》,选入罗寄一的三首诗,其中两首为《诗六首》中的第一首和第四首。

发表在《文聚》创刊号上的《一月一日》和《角度》慨叹现代人生存的艰难,前一首因除旧换新而引出,"无组织的年月就这样流","多少次艰难而笨拙地/描画圆圈,却总是开头到结尾/那一个点,羁押所有的眼泪和嗟叹",新年总该有新的希望,但生命的列车总是穿梭在痛苦的山洞里。后一首从一个角度、普通人的角度观察生存状况:"理智也终于是囚徒,/感情早腐烂了","有炸弹使血肉开花,也有/赤裸的贫穷在冰冷里咽气,/人类幸福地摆脱/彼此间的眼泪,听候/死亡低低地传递信息"。两首诗的调子是暗淡的,反映了知识分子在战争的灾难岁月里对于人生的独特感受,充满了现代意识。

《诗六首》发表时,末尾有注:"*Mrs. Miniver* 影片观后,三月廿五。"①该影片中译名《忠勇之家》,是二战期间最优秀的战争文艺片之一。原注说明这组诗属于"观后感"一类文章。但作者用诗的形式表现,就不是一般的观感议论,而是另有所托了。诗里既没有出现影片的主人公,又没有写出故事发生的地点,甚至没有留下可以追寻的痕迹,可以断定,影片只是一个诱因,组诗要表达的是早已存在于作者心中的东西——爱情观。我们认为这组诗

---

① *Mrs. Miniver*,原文为"*Msr, Miniver*",不通,"Msr,"疑为"*Mrs.*"之误。故改。

是一个有联系的由低级到高级的发展过程,其主题是爱情。作者抽取了影片中的爱情内容,加以发挥。正如穆旦的《诗八首》没把爱情表现为缠绵、幸福、迷醉、顾盼一样,这组诗也没有这样的感情,但它不像《诗八首》那样紧张、矛盾、冲突、背离,它基本上是直线发展的,从"面对"到"莽撞"、到"赞美"、到"拥抱"、到"承受",步步发展完成。《诗八首》和《诗六首》两组诗的相同之处是,它们不同于传统的爱情诗或一往情深或失恋悲痛,而是用理智控制情感,写出了爱情中的隐晦,表达了清醒的意识和痛苦的感受,只是,《诗六首》没有《诗八首》的痛苦程度深。在《诗六首》中,大量使用了沉默、眼泪、悲哀、叹息、静寂、哀愁、焦灼、暗淡、绝望、严酷、寂寞、寒冷、耻辱、厌倦、阴暗、哀痛、悲痛、怔忡、消逝等表达非幸福情感的词语,但它没写出爱人之间心灵的剧烈交锋,因此它不像《诗八首》那样震撼人心。在哲理的升华与表达方面,《诗六首》亦有《诗八首》的睿智:"我将更领悟血与肉的意义""幸福与哀痛在永久的意义里激荡"。《诗六首》的最大思想价值在于揭示爱情的"承担":"上帝庄严地说:'你要承担'","让我们时时承受人类的尊严,/我们底生命将是它不息的喷泉"。《诗六首》中的一些句子是相当机智深刻的,例如:"你底眼睛将为我设榻安卧,/监护我梦中陨落的怔忡","你底风姿绰约的形影,/直趋我燃烧而弥漫的灵魂"。从以上分析可知,罗寄一接受了西方现代主义诗歌的影响,他的诗歌具有浓厚的现代派因素。

尽管与穆旦的《诗八首》相比,《诗六首》有些黯然,但《诗六首》仍不失为一组好诗。它与《诗八首》特点不同,自有突出之处。因此,《诗六首》在西南联大的诗歌中应为上乘之作。

文聚社推出的西南联大学生诗人还有许若摩和陈时。

许若摩在《文聚》上发表了两首十四行诗,题名《商籁》,两首诗的前两节各四句,后两节各三句,每句均为十一字,看上去整齐匀称,相当规整。十四行是西南联大较为通行的诗体,许多师生都运用过,这两首诗可视为成功的例子。诗歌吟咏宇宙人生,写得奇幻迷离,例如第一首开头一节:"跨上无形的翅翼飞入静朗,/是一声两声清脆的笛音吧?/来自轻妙清莹缱恋的羽间,/让欢悦突然浮映上了脸颊";第二首末一节:"对着水面底潋涟于是哀沉,/哀沉于自身底缱绻的病魂,/但愿自身也随同光影而灭。"诗中所写心灵的感受,多为幻想奇景。

陈时以诗歌创作为主,他发表在《文聚》上的是两首散文诗。第一首《悲剧的金座》感叹人间的悲剧。作者产生了对于人类命运的悲悯和对不良社会的愤怒。由于"我往往是愤怒的瞪大眼睛看着现实的世界",平日里"给我快乐,美丽的梦幻和灵感"的古希腊雕像变成了"人生的悲剧的金座",因为此刻"我看见古城 Ponpey 的毁灭,我看见古罗马灭亡,我看见巴黎的陷落,北平的陷落……"作者"愤怒得颤栗","要打碎这社会的黑暗"。但是,"每当我想冲出去的时候,我往往陷在自己的悲剧中"。这"自己的悲剧"就是只有思想而无行动,每次想冲出去时都迷恋书斋生活,只能看着"悲剧的金座"流泪。第二首《地球仪》表达的也是这种痛苦情怀:"我的眼泪滴在地球仪上,浸流过好几个城市。"陈时感染了现代青年的深沉痛苦,以致不能自拔。其作品对我们认识长于思想、短于行动的现代知识分子有作用。

诗歌是文聚社文学成就的代表,作品较多,以上只讲了几个西南联大学生的代表作品,对于他们的其他作品未作介绍,而老师和校外作者的作品则只字未提,此中原因,除了研究范围外,还有篇幅的关系,望读者谅之。

第六节　文聚社刊物上的小说

在文聚社刊物上发表小说的作者有:西南联大学生汪曾祺、林元、刘北汜、马尔俄、田堃、方敬、祖文、李金锡等,老师有沈从文、冯至、李广田,校外作者靡芜。在此着重讨论文聚社社员的代表作品。

文聚社的主心骨林元,是文聚社的代表作家,但他的主要兴趣在组织社团和编辑刊物方面,文学创作不多。1937 年,还是中学生的林元就在广东办过一份名为《怒吼》的杂志,宣传抗日救亡。1938 年考入西南联大以后,先是组织边风社,出版《边风》壁报并自任主编,后参加群社,任机关刊物《群声》壁报主编,再后参与发起组织冬青文艺社,任《冬青小说抄》的负责人,最后组织文聚社,任《文聚》杂志等刊物主要编辑。林元的小说具有现实主义特色,取材于生活实际,典型环境、典型人物,细节真实,情节完整,主体明确,现实意义重大,语言符合人物个性,且注意语言的运用和比喻辞格的锻造,艺术成就较高。林元小说在新中国成立后影响不大而不为今人所知的原因,可能有两点:一、主人公并非英雄人物或者正面典型,不符合新中国文学的审美要求;二、《文聚》存世极少,知者不多。若把林元的小说放在抗战文学的环境中来考察,其价值显然。以今天的审美眼光看,虽然小说在艺术表现上创造性贡献不多,但其人物形象却是典型而独特的。

"大学生系列"是既有联系又各自独立的三个短篇小说。每篇刻画一个主人公,而前一篇的主人公又是后一篇的人物,因此互有关联。第一篇名为《大学生》,创作于 1939 年 6 月,时文聚社还没有成立,是边风社而非文聚社的作品,但它与后两篇构成系列,所以放在这里谈。《大学生》的主人公叫张德华,是一个视恋爱为大学生活全部内容的人,他时常挂在嘴边的话是"所以我说在大学时期的唯一需要便是恋爱"。他"便天天依着这需要做去",频繁地参加各种集体活动:社团、集会、上图书馆,目的在于寻找恋爱对象。终于他找到一个姓刘的姑娘,便不再参加集体活动而以恋爱为主业,时常出入于金碧路的餐馆、咖啡馆。而对于读书,他从来不想。他转而不满昆明没有豪华的舞厅、电影院、游泳池,没有擦皮鞋的人,而羡慕香港的奢靡生活。他非常注意自我形象,时常拿出小镜子来照,为密斯刘奉承的夸奖"鼻子高"而洋洋得意,他为自己名字的读音与英国的爱德华接近而自豪。作品写他的动作都是定型化的:拉拉领带,抚抚头发,把手甩一甩。这个形象从外表到内心都是应该鄙弃的。事实上,他是一个游离于大学生之外的人,他认为演剧、歌咏、会议、壁报等都是"不着边际"的工作,对同学利用暑假读书、写文章、考察社会、宣传群众不理解,"他想,在读大学的时期,他们不晓得尽情地娱乐一下,剧烈地恋爱一下,那简直是蠢猪!"这样的纨绔子弟,自然与"大学生"身份不符,在下一篇里,他因考试多门不及格而被学校开除。

"大学生系列"第二篇《王孙》,发表时有副标题"大学生类型之二",后改"类型"为"原型"。主人公王孙不像张德华以恋爱为大学时期的唯一需要,而是无主见、无兴趣、整天浑浑噩噩,以致多门课程不及格,结果,和张德华一样,被学校开除了。王孙上大学还担负着家族的重任。王家人住在陈家村,因家族小,无权无势,遭陈家欺负,连坟山旺地都被陈家抢去了,王孙考上大学,家人和族人异常高兴,指望他读书做官,为王家长威风。可他在学校里,读不进书、听不进课,功课一塌糊涂,临考开夜车抱佛脚,结果可想而知。他和张德华一样,没有国家民族观念,对爱国活动不感兴趣,游离于群体之外,不知道自己该做什么、怎么做,羡慕别人恋爱,希望和别人一样花钱,全没自己的见解。同学"黑格尔"告诉他有一套西服是追女生的先决条件,他就去买一套西服,穿上西服出门,得意地站在心仪的"双辫子"姑娘旁边看布告,不幸看到被开除学生的名单里竟然有自己的名字!在下一篇小说里,他在张德华的商店里做店员,但他醒悟过来了,要重考西南联大。

第三篇《大牛》,副标题"大学生类型之三",后亦改"类型"为"原型"。大牛不像王孙那样一无兴趣,一无所长,相反,是爱好广泛,优长特出,"他会打各种球,会骑马,会骑单车,会游泳,会唱歌,会拉手风琴","此外,他爱摄影,爱集邮,爱看电影,爱听音乐,爱管闲事,爱跟人打架,尤其是爱敲人请客",最擅长打篮球,是校队的主力。这么多兴趣爱好集于一身,哪有心思和时间学习。此外,他还有一些特点,他慷慨大方,常买礼物给女朋友,有钱时,"他不请则已,请时必请人吃个痛快";他善于谈论和吹牛,有许多不见经传的谈资;他聪明有心计,交际手腕高,有经济头脑。由于物价上涨,家里寄来的钱不够用,又好摆阔气,他不得不当卖了心爱的照相机,可是不几天就花光了钱。他心生一计,以自己被敌机炸伤住院为名骗来了家里的七千元钱,盘下一间饭馆,当起了老板,每月进账两三千元。他犹感不足,便学张德华"跑仰光"。他以倒卖汽车获利四倍为诱饵,集资三万多元,作为进货资本。女朋友劝他别再做为知识分子所不齿的经商活动,他却自有理论。三个半月后,他从仰光带回许多洋货,立即拎一大袋去给女朋友,心想会换来无上夸奖。没想到,当他拿出宝石金戒指、衣料、香水、口红等送给女朋友时,女朋友表示"不要",并"再见"离去。他失望地木立着,迷惑不解。大牛虽然恋爱,但不同于张德华以恋爱为唯一需要,也与王孙的平庸无能不同,他头脑灵活,有追求,只不过把追求的目标定偏了,所以学业无成,恋爱也以失败告终。

西南联大有一类超然于政治之外,埋头做自己事的学生,被称为"逍遥派"。逍遥派又有专心学习的、沉溺恋爱的、行旁门左道的、无所事事的等几种。林元的"大学生系列"为逍遥派的后三种画像,惟妙惟肖。作者虽然没对笔下的人物褒贬评骘,但批判的态度隐藏在情节之中,深得现实主义笔法之妙。张德华、王孙、大牛虽然追求不同,性格各异,但有几点是相同的:不用心读书,追求恋爱和金钱,分不清主次;无国家、民族和社会观念,思想精神局限于小我之中,走个人之道,结果归于失败;大牛虽然没有被学校开除,但他从不谈学习,其结果可以想见只会与张德华、王孙无异。从艺术上看,三篇小说都是成功的,而且一篇比一篇好,说明作者的艺术正处于探索发展中。《大学生》一开头就把张德华定型于恋爱第一的人,至末尾也没有什么变化,虽然形象凸显于读者眼前,但基本上是一个扁平的形象。大牛就不同了。他对于金钱的欲望是逐渐发展的,作品还一再表现出他的发财观的"现实依据":物价上涨、生活必需、恋爱支出、出国理想等。这些要求一步步使他走上了追求金钱的道路。作品通过他追求金钱的过程描写,塑造人物形象,因此大牛的形象是立体的,有动感的。在叙事上《大牛》也更为巧妙。小说前面写大牛有多种爱好,其中有"会骑单车",末尾,大牛从仰光回来,就骑着一辆单车,去学校找女朋友翠英。前面多次点染翠英喜欢用唇膏把嘴唇涂得像石榴花一样,末尾大牛送外国口红给她时,她拒绝,大牛感到"一朵鲜红的石榴花全退色了!"这样的伏笔和照应非常精当。叙述方法上也有独到之处。例如,大牛犹豫卖不卖照相机,自然就会翻开相册,看一张张"爱的痕迹":这张是大观楼的风景,这张是去黑龙潭的马路,这张是西山的龙门,这张是石林,这张是澄江抚仙湖,这张是……通过照片的描写,既写了风景,又写了人物形象,还写了他和女朋友丰富、浪漫而又漫长的恋爱历程,一举多得而又简明集中,正是叙事的妙法。

应该说,"大学生原型"远没有写完,"系列"还可以继续写下去,但林元接着捧出的是《哥弟》。《哥弟》写滇池边的一家渔民。祖母相信算命先生"水居兴旺"的话,带着两个孙子住在船上,哥哥十八岁,弟弟十六岁。弟兄俩捕到大鲫鱼,一定送给黄伯伯和小菁吃。黄伯伯是海河庄的乡长,小菁是他的独生女儿。哥弟与小菁青梅竹马,两小无猜,长大后,奶奶托媒说小菁给哥哥做媳妇,黄伯伯当然欢喜。奶奶造下一条新船为哥哥安家。离结婚日期约二十天时,部队征兵,保长集中壮丁抽签,不巧"去"签被哥哥抽到了。哥哥并没犹豫和悲伤,他以前去省城卖鱼时听过大学生演讲,知道当兵抗日的意义和青年人的义务。回家时,他绕道去找黄伯伯,黄伯伯也鼓励他去当兵,他托黄伯伯两件事:一是照顾奶奶,二是让小菁和弟弟……哥哥入伍后,奶奶逢人便问:"哪一天才把鬼子打走,哪一天我的大淼才回来?"弟弟看到祖母,想起小菁,迫切地希望哥哥回来;小菁的眼里充满了忧郁,有时看到新船,羞涩地想:"什么时候才把鬼子打走呢……"小说歌颂了普通的老百姓,在国家需要青年从军卫国时,老百姓积极、坚定地支持国家。在海河庄,谁都没有逃避当兵的思想——"一个民族已经起来"! 这一主题本是抗战文学作品反复表现的,但《哥弟》把它寓于优美的故事中传达出来,没有说教感,这就超越了一般的抗战作品。战争打乱了人民的生活,破坏了人民的幸福。这篇小说通过当兵这件事,在表现人们勇于当兵的同时,着重描写了哥哥走后亲人们的忧心和焦虑,这在更深的层次上表现了"反战"的主题。林元在"皖南事变"后,曾去海源河隐蔽过半年,《哥弟》的思想内容正是他这段生活所得,小说具有坚实的生活基础,真实可信。

《哥弟》的成功有以下几点值得总结:1. 采用板块结构,截取生活中的几个片段加以表现。先写哥弟俩在滇池捕鱼的情形,再插写他俩和小菁小时候一块儿玩耍、烧蚕豆吃的情景以及长大后的心理变化,后写哥哥提亲,准备婚事,应征入伍等,全篇六节,结构匀称,脉络分明,勾连有序。2. 细节描写尤显特色。例如,写哥弟与小菁小时候在蚕豆田里嬉戏,弟弟躺在船上看着水上的月色想心事,小菁拒绝哥哥帮助洗衣服,哥哥抽到"去"签后的表现,哥哥入伍后奶奶的问话、弟弟的心理、小菁的想念等都写得贴切深入,匠心独具。小说着重表现人物的性格和心理。哥弟俩十分要好,性格却各有不同,哥哥沉稳,弟弟开朗,同样耿直豪爽,哥哥却不多说话,弟弟则爱说爱唱。哥弟俩同时爱一个姑娘,但表现各不相同。哥哥用帮助洗衣服的方法接近小菁,奶奶要给他提亲,他斩钉截铁地表示"我要娶小菁做婆娘",临结婚而被征兵,则把小菁和弟弟托付给黄伯伯;弟弟对小菁"确有一点偏爱",不过他认定"小菁更应是属于哥哥的",当哥哥订婚后,他"对着远方那点渔火诉说心情",他为哥哥高兴而强压了爱,哥哥将结婚,他感到高兴,哥哥被征兵入伍后,他真诚地盼望哥哥回来与小菁完婚。3. 表现出一种情调,一种水边农村特有的情调:宁静、富足、友善、和谐,人们按照千百年流传下来的法则,生存在这种情调中。4. 具有地方色彩。除"昆明""滇池""昆明海"等真实地名外,文中的景象、风情习惯及人物的心理语言等都有显著的"昆明滇池味"。5. 开头结尾意味幽远。作品以客观介绍的笔调开头,以不知结论的话语结尾,"什么时候才把鬼子打走呢……"[①]意味深长。

读《哥弟》,也许会想到沈从文的《边城》。的确,《哥弟》从人物设置、情节结构、情调色彩都类似《边城》,可以认为这篇作品是《边城》艺术的再生,但它又不是《边城》的简单模仿,而有自己的面目和特色。大概由于篇幅的关系吧,它没有《边城》细腻,也不及《边城》迷人。我们以为,《哥弟》之于《边城》,有如《为奴隶的母亲》之于《祝福》。可以把《哥弟》看作林元小说的代表作。

从《大学生》到《哥弟》,林元的创作从不成熟走向了成熟,我们欣喜地看到,此时的林元已经具备了一个优秀小说家的基本素质。可是林元却依旧

_____

① 此文 1942 年以《哥弟》之名初刊时,抗战未见胜利的曙光,故以此句结尾。1947 年重刊时,抗战已胜利两年,作者又加了几段关于抗战胜利后的情形的描写,结尾变成:抗战胜利欢呼声过去,"快是第三个秋夜了。大淼还没有回来! 那条新船还静悄悄地躺在海叉口上"。

很少创作,直到 1947 年才写出了中篇小说《纪念册》。

汪曾祺在文聚社时期写了许多小说,但发表在文聚社刊物上的仅有《待车》一篇。1942 年前后,汪曾祺在做小说试验,探索多种表现手法,《待车》便是一篇代表性的"探索小说"。小说借鉴西方现代小说的技法,不讲故事,不写情节,甚至没有人物形象,只写"我"的思绪,以及在思绪中的见闻和言语,自然也有动作,而这些见闻、言语、动作没有连贯,没有逻辑、没有推进,由于没有确定的时间、地点、人物、故事等要素,简直不知所云。实际上,作者是在探索一个人在独坐无聊时的思维活动,因此小说的描写是符合实际的,并不是毫无意义的杂乱无章的语言堆砌。尽管这篇小说的"意识流"让人难以确定文本意义,但它显示了汪曾祺小说的一些特点:一是生活化,作品选取日常生活中的若干事件或事物来写,力避"精神生活"的内容;二是淡,作品中的人物、事件、场面远离政治、远离激情、远离价值;三是语言简洁,作品不用大段大段的描写,甚至不用长句子,语言短促直截,一语中的;四是写景状物独具慧眼,写出人们习焉不察的景致。而这些又反映出一个小说家观察生活、认识生活的能力及其习惯。请看小说开头一段描写:"书放在映着许多倒影的漆桌上。烫金字的书脊在桌面造成一条低低的隧道。分在两边的纸页形成一个完全的对称。不用什么东西镇住,也不致把角上的单数号码变成双数的或把双数的变成单数。平平贴贴,如被一只美丽的手梳得极好的柔润的发。"再看这样的句子:"下午渐渐淡没了。如一杯冲过太多次的茶,即使叶子是极好的";"车站前小花圃里的美人蕉花朵红艳艳的,而枯的仍不减其枯";"校园里的鸟声像一缸蜜,越来越浓"。这些描写和比喻都是极佳的。汪曾祺带给《文聚》的是一种全新的艺术风格。

祖文本是南荒文艺社的代表作家之一,他的作品以反映北方农村生活为特点,艺术上走的是与林元同样的现实主义路子。在《文聚》上他仅发表了《媳妇迷》一篇小说,写一个帮工的精神生活。刘治四十多岁,光棍,在"我"家做了多年佣工。在九岁小女孩"我"的眼里,刘治很好,不知为什么,妈妈要把他赶走。妈妈说刘治"不正经",进城看一回戏,回来肚子下面长了一个疖，会传染，刘治病没好完，妈妈就让他回家去养病。小说开头，妈妈让"我"送一碗热汤面给刘治吃，并让"我"快去快回，离他远点。"我"边走边想，刘治是挺好的一个人。一次，"我"进城看完戏走散了，独自回家，天快黑时路过一块坟地，怕得不知如何是好时，刘治来接我了；有一年，村里"过兵车"，怕夜里出事，刘治一人拿枪守在楼上；前年有人替他说媒，刘治很是高兴，但对方要彩礼太多，没成，刘治因此情绪低落，人们叫他"媳妇迷"。半年后不叫了。刘治住在大门旁边的小房子里，他吃了两口面又躺下了，问"我""东家奶奶说我什么"之类。"我"看他怪难受的，陪他说了一会儿话，才抬着碗筷回后院。被妈妈责备了一通。过了三天，刘治挎着包袱，挂着拐杖，流着眼泪，一歪一斜地走了。这时干爹出现，说刘治欠了他三十块钱，问妈，妈说"我们散了吧。"干爹说："散了好。脏病好不断根。"祖文本是小说创作的行家里手，对艺术表现驾轻就熟。本篇人物集中，主线清楚，以不解事的小孩"我"为叙述人，在情节发展过程中交代人物情况，把妈妈和刘治之间的秘密隐伏其中，人物心理刻画出色，语言简洁利落。

　　同样以小孩的眼光写大人的是田堃的《雨中》。小说写两家人，一家穷人，一家富人。故事写穷人家的孩子花妞跟母亲去买米挨了掌柜打，第二天，花妞决定把这件事告诉富人金家的两个小妹妹，让她们叫她家的司机老张伯去打那个凶恶的米店掌柜。天快黑时，母亲来金家接花妞，出门，迎面开来一辆汽车，车里坐着老张伯和米店掌柜，谈笑风生，从她们身边飞驰而去。花妞不解，抱着娘的腿哭了。小说写出了穷人和富人两个阶级的生存状况，穷人买公米受气挨打无处申诉，富人结成同盟相互得利。这些事小孩怎能懂呢？作者不是简单地把穷人（花妞家）和富人（金家）处理成对立的关系，相反还写出了两家的友好，从而在深层次上反映出社会的复杂性。这说明作者不是简单地从阶级论观念出发构思作品，而是以社会生活的实际为依据，写出了人与人之间的复杂关系，体现出现实主义的力度。从叙事的角度看，小说以孩子的思想眼光写家庭和社会，自有好处。小说以《雨中》为题，把下雨作为故事的特殊环境：花妞去金家时雨脚初歇，汽车奔突，躲闪不迭,从金家回家时,大雨倾盆,汽车风驰而过,溅一身水,隐含穷人的泪水和贫富的悬殊,笔法可取。略显不足的是情节简单了些,尤其是结尾太简单。

李金锡发表过许多作品,是西南联大学生中创作较丰富的作者之一。他发表在《文聚》上的小说《"还是一个人?"》写一个女大学生的求偶之心,较为真切、生动。"一个人"是"单身"的意思。快毕业了,同学们都出双入对地走着,有的还结了婚,有的甚至抱起"宝贝",而"自己还是一个人"! 重庆某大学的黄瑞轩小姐这时发急了。她去话剧《家》里饰演钱大姑太,认识管道具的工学院同学张先生。一次演出完毕,张先生送黄小姐回宿舍,月下并行,黄小姐感觉很好,遂假说今天是自己的生日请张先生夜宵。此后,张先生连送她两个礼拜。黄小姐以为有了爱,但戏演完后连续十多天盼不到张先生面影,焦躁难耐,遂主动找去。张在送黄小姐的路上,告诉她:"下月十五是北平一个人的生日。"她听懂其意为"再见",作品写道:"她继续朝回去的方向走,神志昏迷,还是一个人!"小说对黄小姐的心理刻画较准确生动,显示出艺术功力,但把黄小姐得不到爱的主要原因说成身体条件不好,这就影响了作品的思想深度。

靡芜的《某太太》写一个视钱如命的人。她新婚后随丈夫去重庆工作,一路上眼手不离那只装着金银财宝的皮箱。丈夫出差后,她夜里枕着皮箱睡。她怀孕后,想买一点爱吃的东西,但舍不得花钱,生孩子也不进医院。有一天,背着孩子去赶街,返城的路上发现自己带的钱丢了,回家后,神情呆滞,又不敢跟丈夫讲。吃完晚饭,再去集市,也没找见,越想越觉得活着没意义了,遂投河。被救往家里,换裤子时,从袜筒处掉下一包东西——是自己以为丢了的钱! 在战争的穷困处境中,钱对于人们的重要性不言而喻,这个形象有一定意义。但因丢失了一包钱就不想活,有些特殊。此外,"某太太"在家里没地位,随时被丈夫辱骂,她的愿望只是丈夫当上大官后不要抛弃自己,受气挨骂都是可以忍受的。她的形象体现了妇女地位的低下。小说虽然冷静地叙事写人,但对"某太太"持否定态度,而在反映40年代的妇女地位方面,却意外地获得了价值。

马尔俄、方敬、刘北汜的小说,在其他章节论述,教师和校外作者的作品分散在各章节讨论,不清楚身份的作者的小说仅有靡芜的一篇,故在此作了介绍。

通过以上分析,可知文聚社的小说以现实主义作品为主,同时兼具现代主义作品,呈现出多样性,其中,林元的作品体现出较高的现实主义成就,可以看作文聚社的代表作,汪曾祺的作品采用了全新的创作方法,体现出勇于探索的精神,为我国的文学创作提供了新的样式,值得重视,其他作家的作品也有新的贡献。

第七节 文聚社刊物上的散文

《文聚》上刊载散文二十余篇,作者包括老师、学生和校外人士,其中西南联大学生有汪曾祺、马尔俄、辛代、王佐良、方敬、流金、黄丽生等,他们之中,有的是文聚社的发起人,有的是后来参加文聚社活动的成员。

《花园》是《汪曾祺全集》散文卷所收的最早一篇散文。其实,汪曾祺在此文之前已发表过多篇散文了,只是《汪曾祺全集》一篇都没收。《花园》在汪曾祺早期散文中确有特色。文章回忆作者老家的小花园,如鲁迅写百草园一样,是从记忆中"抄"出来的。文章不是客观地介绍这座小花园,而是倾注了感情,记述"我"在花园里的种种趣事。"散"和"淡"是这篇文章的两个特点。文章似无统一的结构,以"每当家像一个概念一样浮现于我的记忆之上,它的颜色是深沉的"开始,写家中建筑物的颜色:青黑色主调,"一下雨,什么颜色都黑郁起来",反衬出"小花园是我们家最亮的地方"。其实,小花园的"亮"恐怕不仅是自然色,还是作者情感的颜色。文章接下去并不写颜色,而是写动植物,采用分类法,每类一个单元:先写草,"我"拉起巴根草,压下站立的草,碰臭芝麻,很好玩的;次写小动物,"我"捉天牛,玩蟋蟀,逮红娘,愚弄土蜂,怪有趣的;再写鸟、花、龙爪槐等,各有妙趣;最后写人的活动。文章还可以继续写下去,但没有了。末尾作者写上这几句说明:"似乎该再写一段作为收尾,但又似无须了。便这样吧,日后再说。"可"日后"并没见他"再说"。这正是作者采取的一种结构方式,统称开放式。上世纪 80 年代初中国作家学外国,采取多结尾或不结尾,让读者"参与创作",备受好评。其实,汪曾祺早在 40 年代就已经这样做了。全文是板块拼合式结构,虽说以"我"的思想活动为线索贯穿,但在行文中没有过渡和照应,将文中的几个板块拆开另行组合也未尝不可,这大约是"散"的体现了。在语言风格上,采取一种"说话"的方式,作者对读者讲述儿时的趣事,不装腔,无雕琢,清楚到位即可,不作铺排突出,行止自如,这或许就是"淡"的意味了。这篇文章已经显示了汪曾祺后来的散文特色。正如鲁迅的《朝花夕拾》或者再小一点《从百草园到三味书屋》一样,这篇文章还是研究汪曾祺儿童时期生活的第一手资料。

辛代是西南联大著名的学生作者,发表了许多散文和小说作品,其文学成就在当时已被公认。他曾"预备写文章度此一生",到了大三,专攻历史,才逐步减少了文学活动[①]。这是他在《文聚》上发文不多的原因。《红豆》是一篇抒情散文。在中国文化中,红豆是相思之物,作者以此为题,表达的自然是相思之情,不过此相思的对象不是具体的某一个人,而是风雨中的人们。作者的家乡在沦陷区东北,产生这种感情是不难理解的。但也不能把文中的"舍身以去"看作革命者的牺牲精神或者佛家的"普度众生",作者毕竟是一介书生,他仅凭自我的力量说话,没有那么高的思想境界。这个书生富有的自然是传统文人的思想情怀,忧国忧民忧花忧草,因此他特别喜欢那支哀怨的西班牙歌曲 La Paloma,喜欢它的凄凉调子。但他内心却充满了矛盾和挣扎,因为时代和环境不允许哀怨和凄凉的情调,他梦见了春天,"有花,有草,有阳光,有和风吹人欲醉,有溪流清浅。蜂、蝶、虫、鸟,凡春天所当有的一切不缺",这里有明媚健朗的思想情调,可是"风雨骤至",摧残着花草

---

① 李光荣访方龄贵记录,2004 年 5 月 21 日,昆明方寓。

春天,"我"冲了出去,"披风戴雨","涉山、渡水,马不停蹄,汲汲皇皇"地去"搭救"春天,醒来,手里还握着梦中摘就的"红豆"——最终还是归于那种相思,那份凄凉! 而此时,正是秋天将尽的时光,"外面风雨正急,我将舍身以去"搭救春天。也就是说,作者努力从凄凉中挣脱出来,去获取健朗的精神生命。但不可太当真,这只是一个梦,只是梦的继续,作者所抒发的仍然是中国知识分子的千古情怀。要将这种情怀化为实际行动,还有一段距离。作品的结构大致如下:由凄凉的歌引出凄凉的秋天,又不甘拥有凄凉的情调而梦寻春天,最终所得仍然是一颗相思红豆! 而"人间不能没有春天","我""舍身"去搭救春天了。《红豆》的语言仍保持着辛代的一贯特色,爽朗明晰,准确到位,不枝不蔓,不铺张扬厉,不坚挺豪迈,在刚柔之间保持着平衡与稳健。

马尔俄多写散文,《文聚》上刊登了《怀远三章》《桥》和《林中的脚步》等。他的散文取材广泛,体式多种,手法多样。《怀远三章》包括《红棉》《泥土》《火》三篇怀念故乡的散文。马尔俄是广东人,故乡被敌人蹂躏,游子怀念起来更加痛切。马尔俄不像辛代那样含蓄,而是直接写出敌人的罪恶,尽管"他不问政治"[①],但笔下往往表达出抗日这个大政治。马尔俄的故乡多红棉,"我只记得家在南方,有一个季节遍山长满红色的木棉花,那些没叶的枝桠在粗大的树干轮生,红色的花装饰着它们,高插在半天,骄傲的,如少女饱满的青春。于是,满山满谷是红色的,在阳光下闪烁,或者,在一所古老的宅院点缀着那黑色的静寂"。这是多么美丽壮观的景象! 作者称赞道:"记得它们是有英雄的气质。""而现在,那些英雄在敌人的铁蹄下怎样生长呢?"作者的怀念更为揪心了:"那些红色的花是代表血吧! 我想,白色的棉絮是忠诚的明证!"这种英雄的树木是不会屈服的。文章最后说:"我的故乡是以红棉为名啊!"这就不是一般的怀念一种植物,而是把故乡和植物合二为一了。

---

①　林元:《一枝四十年代文学之花——回忆昆明〈文聚〉杂志》,《碎布集》,北京:文化艺术出版社,1991年,第384页。

《泥土》抒写对故乡泥土的眷恋，作者问故人："你能够在信封里装一撮泥土吗？我愿嗅到故乡的土香"，但他立刻想到："这会有血腥吗？"可知故乡的陷落时时刺痛着作者的心。《火》不是怀念，而是希望："让大火毁了你吧！可怜的故乡，你的耻辱和罪恶必须在火焰里洗练……让那些巨厦倾倒，让绿树和花朵变成灰黑的木炭，让谷粒化为灰烬，让我们的血肉和敌人的血肉化成一堆焦土。"作者希望故乡在烈火中获得新生。

《桥》是另一篇抒情短文。文章以朋友画出的一座桥开篇，引出现实中真正的桥，再写出想象的心灵之桥，又想到鹊桥，想到芦沟桥，从而歌颂生活的美、文化的美、友情的美，以及抗日战争的伟大壮举，结构精巧。文中说："流水有意划开地的界限，而桥却把那距离连在一起"，这是人类的创造；"有时我用思念筑起了一条很长很长的桥，好像是一条多彩的虹"，这是友情才能通行的心灵之桥；"我们从那桥畔开始了一个伟大的旅程，我们将被引到自由之土。在中途，我们用了血与火装饰它的荣耀，正如它那光荣的名字——芦沟桥所给予我们的荣耀"，这是中国人走向独立与自由的桥。作者认识到抗战的伟大与荣耀，所以文章最后写到芦沟桥，歌颂抗日战争的辉煌壮举。

马尔俄不仅思念沦陷的故土，不仅用笔歌颂伟大的抗日战争，而且自己挺身而出，奔赴抗日前线了。《林中的脚步》就是他参加远征军去印度参战时的生活片断。这不是一篇简单的生活记录或抒情小品，而是对于抗战烈士的深切怀念和英雄行为的纵情歌颂。作者热爱自然，住在野人山森林边的帐篷里，"总是怀念外面那片森林，那条小溪，还有那朵小白花"，因此，常常独自涉水到对岸看那老树枝干上寄生的小白花。一次，丛林中传来脚步声，却看不见一个人。"我"循声追踪，看见一个兵，手里拿着"我"珍爱的那朵小白花站在一棵树下。接着，那个兵讲述了一个故事：三年前，他们的队伍从缅甸撤退过来，高山，森林，江水，大雨，饥饿，很多弟兄死在路边。二哥坐在这棵树下休息一会儿，可是再没有力气站起……"他来了！"一个人的脚步声从远而近又从近而远地过去。"你看见他吗？"他问。"我听见他的脚步声",这时,"我心里起了一种熟识的感觉,我记得我上一次在伊洛瓦底江畔亲眼看见多少人英勇地倒下去,可是我总不肯承认他们是永远地倒下。因为他们的英勇,他们的血,叫他们在我的心里又站起来。我曾经看见那些伊洛瓦底江的英雄都站起来了。我曾经清楚地听见他们的脚步声在那片烧焦了的森林沿着江边向前进。如今,另一个脚步又在我心上踱来踱去,他来了!那声音愈来愈响,愈来愈多,那些倒在这带荒林的人都站起来了,以同样的步伐向一个地方去"。史迪威公路上鸣吼着汽车,日本人再也回不了野人山了。可是,我们的英雄,"我清楚地听见那些步伐整齐的声音向前走去"。那是一种奇妙的感觉,在原始森林中,或者说在幽深莫测的地方,人会产生特殊感觉,我们但愿它是真的。

马尔俄的作品充满了诗意,有些抒情短篇或许可以看作散文诗。他的散文不长于叙事,而注重诗意的开掘和情感的抒发,讲求意象的提炼,具有跳跃的思维特点。在内容上则以抗战为主要内容和思想倾向,是典型的抗战文学。作者不忘失地之痛,不忘战争创伤,下笔总离不了沦陷区人民的呻吟,总要鼓舞抗战的勇气。马尔俄的这一特色增加了《文聚》的抗日色彩,加强了《文聚》的时代性。

黄丽生是冬青社社员,也是文聚社社员。他发表在《文聚》上的《沉思者》写一位小提琴手,他脸上刻着孤高、骄傲和厌倦的情绪,目光和"我"偶然相触,立刻害羞似地避开。他拉出的琴声幽咽悠远,如怨如诉。他不是颓唐,不是厌世,也不是离群,他是在思考,用自己的脑筋,思考人生的诸多问题,别以为他是一个老者,不,他是一个青年,他也不是一个哲学家,只是他的经历与思想还不足以弄清所思考的问题,所以表现得如此深沉。文章问道:"他在人间如此郁郁不乐地行走着,为什么啊?他难道不是我们这批在追问着生命的意义,而又被无穷的问题所沉压的青年们的塑型吗?"作者是给沉思的青年画像。时代痛苦造就了一批思考者,思考者的探索将有益于人生,有利于社会的发展。

方敬与西南联大关系特殊。他是北大外文系学生,抗战时他没随校西迁而借读于四川大学。但毕业文凭是融入西南联大的北大发的,因而西南联大毕业生名录里载有他的名字。文聚社成立时,他已蜚声文坛了。他在《文聚》上发表的《司钟老人》是一篇优秀散文。其时作者住在一座寺庙旁,山幽林深,万籁俱寂,唯有钟声按时传来,回荡在林泉中,于是想起几个司钟老人。第一个是作者在雾山城近郊读中学时的司钟老人。他"秃头,白胡子,每天每天按时敲着钟","十年,二十年过去了,他仍在那儿始终不懈地执行他的神圣的职务","他本身就是一个缄默不宣的故事呢。他恬适地渡着日子,好像超脱了时间","终于在一个冬天的夜晚无声地逝去了","他那最后一次的敲击便成了他自己的丧钟"。第二个是作者在北京大学读书时的司钟老人,"一个白发老者,长袍大袖,穿得整齐,俯着头,恭恭敬敬地站在那高高的尖铁钟架前,手拉着系在钟锤巅端的长长的绳子。于是悠扬的钟声便在古城碧静的圆空下,在古老的红楼前,舒徐而宏朗的散开,散开……终于芦沟桥的炮声震哑了他的钟声"。第三个是昆明南菁中学的司钟老人,他"穿一件旧得发白的粗蓝布大褂,满是补丁,头戴一顶脏瓜皮帽,一双破胶鞋不相称地套在脚上",他守着一口小时钟,随身跟从,几乎每分每秒地监视着。实际上他不会上发条,甚至不会看时间,后来学会了,但常出错,近来,他错得太离谱,挨骂了,被解职了。他毫无怨言,认真负责地做着许多杂务,不久恢复他的敲钟工作。听说他读过书,还考过秀才,不幸落第后,对什么事情都灰心了。他家道中落,干过许多活计。听说现在他家里还有老伴、大儿子、二儿子,可是从不来往。有一天"我"冒昧地问他,才知道二儿子随蔡都督出去打仗,去了四川,杳无音信。以上三个老人有着共同的特点:沉默寡言,孤独度日;忠于职守,与人无争。对于三个老人的踏实人生文章多有肯定,同情他们的孤独与痛苦,褒扬他们的人生态度。在结构上,文章采用倒叙手法,用回忆的形式写成,所有内容都收束在寺旁小屋的书桌边。文章的语言精练老到,颇有韵味。请看文章的开头与结尾两段:"山居生活是寂寥的。幽谧的丛林,幽谧的蹊径,更其幽谧的是首首相望的圆山顶。这是一个冷漠的单调的静境。说静,也确实静,住在庙侧的小屋子里,一天到晚什么也听不见,除却几次按时飘来的钟声。""现在那脆朗的钟声把我从沉思里唤醒了。那是这儿唯一的音乐,使我感到快慰与清凉的音乐。那是一只宛转的曲调,尽情地唱出老人的身世,性情和灵魂。那是司钟老人的生命之歌。"

赵萝蕤身份特殊,准确地说,她是西南联大教师的家属。因《文聚丛书》中有她的书目,在此一提。在昆明期间,赵萝蕤读书、创作、写论文,发表了不少文章。她发表在《文聚》上的《书呆子自白》是一篇自我嘲讽的文章,机智有趣。开头说:"活了这二三十年,总算叫书给上了当了。从此想一怒而去,还我本色;而举目四望,竟仍为书所困,时时上着书所给上的大当小当。"作者否定书、诅咒书,要逃离书的监牢,但已不可能,满脑子都尽是"先有鸡蛋呢,还是先有鸡"或"在'手'字上面也许是一只脚,'足'上也许是一只手,甚至于甚么也不是,是一担粪,或是一圈电线,或是一叠钞票"之类的形而上的问题,参不透,理不清,因此自骂:"书呆子! 书呆子!"古来非书的知识分子不少。但凡"满腹经纶"碰到实际问题,总觉得知识不能当饭吃、当枪使,于是就妄自菲薄,要拿起武器,拿起锄头或榔头去做实际的工作了,实际上,能够实行的有几人? 即使实现了,也未必是人性的解放和人类的进步。因此,这只是传统文人的另一种幽情,连鲁迅那样的大文豪,也时常感叹知识和自己的无用,更何况是"小文豪"。因此,《书呆子自白》的思想并不新鲜。但文章一边大呼"吃亏""上当",一边又被书本牵着鼻子走,这倒是新鲜的,文章确实交代了自己被那些纠缠不清的问题弄得昏昏沉沉,弄得难以忍耐的精神状态,因而名之曰"书呆子自白"。在全民抗日的时期,能够刊发这样的纯粹写知识分子心理与生活的文章,可以见出《文聚》兼容并包的气度。

以上是《文聚》所载散文的重要作品,但既不是文聚社的全部作品,也不全是《文聚》的代表作品。几位与西南联大有特殊关系的校外作者的作品,由于篇章不多,意义特殊,作了介绍。《文聚》上成就最高的散文是老师的作品,李广田、沈从文、罗常培的文章都是精品。由于研究重心和篇幅的关系,老师的作品将另作专门论述。

《文聚》杂志是西南联大向全国发行的唯一一份文学期刊,在当时的昆明可算一份大型文学刊物,即使在全国范围内,也可以列为抗战时期出版时间较长的文学刊物之一。《文聚》杂志上刊登的作品,有的是 20 世纪中国文学的代表作,许多是中国现代文学的优秀之作。在《文聚》的各期中,质量最高的应为第 1 卷第 1 期和第 3 期,第 1 卷上刊登了穆旦的《赞美》、杜运燮的《滇缅公路》、李广田的《青城枝叶》等名篇,第 3 期上推出了沈从文的《秋》、冯至的《十四行六首》、罗莘田的《苍洱琐记》、穆旦的《诗八首》等佳作。由于《文聚》杂志上发表了多篇可称为作家代表作乃至 20 世纪中国文学代表作的作品,再加上《文聚丛书》和《独立周报·文聚》副刊的辅助,文聚社对中国现代文学的贡献不可忽视。

在文聚社社员中,冲出了穆旦、汪曾祺等 20 世纪中国文学的代表作家,方敬、杜运燮、刘北汜等著名作家和颇具特色的罗寄一、辛代、马尔俄、陈时、王佐良、流金、李金锡、田堃、祖文、许若摩、杨周翰等优秀作家,文聚社对中国文学的贡献是突出的。

如果说推出了众多卓越作品的刊物是优秀刊物,走出了多位杰出作家的社团是优秀社团的话,那么,《文聚》杂志堪称中国现代优秀的文学杂志,文聚社就是中国现代优秀的文学社团。所以,《文聚》杂志和文聚社在 20 世纪中国文学史上应享有重要地位。

第七章　文艺社

　　文艺社是西南联大后期"在册"人数最多的文学社团。它创始于西南联大自由空气的复兴期,活跃在民主斗争最激烈的"运动期",行进在学校去留波动的结束期,是最能代表西南联大后期文学发展历程的一个社团。在西南联大后期高昂激荡的政治热情中,它表现出了一种战斗的姿态,积极主动地参与争民主、反内战的斗争。它注重文艺理论的学习和探讨,以期指导创作实践。可惜,由于学校生活的发展变化和文艺社存在时间不长,理论未能走向成熟,又由于政治运动和学校北返等原因,创作没有得到充分展开。因此,与其他文学社团相比,文艺社的文学成绩显得单薄一些。但我们看到,它抒写了何等努力奋进的历史啊!可以说,它是一个朝气蓬勃、奋勇前进的社团。它走过的历史道路,为我们提供了可资借鉴的经验和值得深思的教训,所以,今天研究西南联大文艺社具有特别的意义。

第一节　文艺社的组成与活动

文艺社成立的时间是 1945 年 3 月 26 日。而它的"社庆"时间是 10 月 1 日。这是为什么呢？

话得从"皖南事变"说起。1941 年"皖南事变"后，国民党大肆清查共产党。秉承自由民主精神的西南联大，同样遭到了政治高压，进步势力受到沉重打击，具有政治色彩的老牌社团群社悄然解散，骨干社员被迫离校，冬青文艺社的活动转向校外，往日积极活跃的社团纷纷停止了活动，原先张贴壁报的墙面成了广告墙，各种"寻物""征求""招领""出让"的启事贴满了墙壁，校园呈现出沉寂萧索的景象。过了一段时间，高压渐渐减弱，文学的种子也在孕育着萌芽。1943 年秋季开学后，一份名为《耕耘》的壁报出现在各种启事之中，十分鲜明突出，同学们无不驻足观看。这给正在考虑活动方式的几个文学青年以极大的启示。几天后，《文艺》壁报出现在了《耕耘》的旁边。它们犹如两朵金灿灿的秋菊，引来了众多观者。这一天，正是 10 月 1 日。文艺社的"社庆日"便被定在这一天。

发起《文艺》壁报的是张源潜、程法伋、杨淑嘉、陈彰远、王汉斌、何孝达、林清泉等同学。他们是外文系和历史系二年级的学生。首倡者是张源潜。他先找了程法伋商量，认为可以一试，接着他俩分头邀约其他人参与发起壁报组织。此方法与西南联大的第一个文学社团南湖诗社相同。求得大家的同意后，大家约定在一家茶馆里聚会，讨论创办壁报之事，会上决定把壁报名起为《文艺》，作品由大家共同提供。好在第一期的作品都是现成的，发起人都上过大一国文课，都有得到过老师夸奖的文章，因此创刊号很快编成。报名字样套用《大公报》的"文艺"二字。他们听说赫赫有名的《大公报·文艺》副刊之名是大作家沈从文先生题写的，而沈从文就是西南联大的老师。怀着崇敬的心情，他们把"文艺"两字按比例放大，作为刊头。为了打响第一炮，他们还注意了版面的编排和字体，做到美观、醒目，与《耕耘》的朴素大方形成了鲜明的对照。果然,《文艺》壁报一挂出,就得到了读者的赞赏。

西南联大规定,成立社团(包括壁报的出版)必须到训导处去登记,在登记表上写出两个负责人和一位导师的名字。登记在表上的负责人是发起人张源潜和程法伋,导师是李广田先生。李广田先生是程法伋去请的,他教过程法伋的大一国文课,并曾介绍他的文章发表,对他印象不错,两人的关系也较密切,因此,程法伋一提出,李先生就欣然应允,并鼓励他们要好好办下去。

《文艺》壁报刊出,大家心里说不出地高兴,尤其见壁报前挤满了人,并投以满意目光和由衷赞许,更是信心倍增,大家互相勉励,一定听李先生的话,好好办下去。为此,社员再次开会,讨论下一步工作,大家同意制定一些规定,依规出刊。会议决定,壁报每半个月出一期,每期两万字左右,分小说、散文、杂文、诗歌、文艺评论等文体,社员也做了分工:张源潜写小说和散文,杨淑嘉写散文,何孝达写诗,王汉斌提供杂文。不久,王楫进入西南联大,立即参加了《文艺》壁报的工作,参与写小说和散文,他还写得一手好字,自愿担当起了壁报的抄写任务。从此,《文艺》壁报的内容、形式以及社员的分工都有了规定,也就是说,文艺社从一开始就构建了较为完整的组织机构和出版机制,是一个有规约的社团。这一良好的开头,不仅保证了社团工作的顺利开展,也形成了它的良好传统,在以后的发展进程中,文艺社都相当注意健全组织和有序地开展工作。这一特点在西南联大文学社团中是突出的。

文艺社虽然组织健全,但没有明确的宗旨和章程,也没有明确的文艺思想,社员们平时多读了一些鲁迅的著作,头脑里具备了文艺为人生的观点,认为文学作品要切实表现社会人生。而当时,《耕耘》壁报上刊载的作品多表达作者内心的苦闷或向往,具有脱离现实的抽象倾向,又比较追求形式的完美,具有唯美主义的色彩,体现了“为艺术而艺术”的倾向。这不符合文艺社社员的文艺观念,于是,他们决定向《耕耘》壁报发起一场关于文艺观念的论争。经过几次讨论,明确了思想,推举程法伋与何孝达执笔,针对《耕耘》壁报上发表的现代派诗歌写出评论,批评那种"唯美主义、象征手法和颓废情绪"的倾向[①],从而引起了一场文艺"为人生"还是"为艺术"的讨论。文章在《文艺》壁报上刊出,立即引出耕耘社的反应。《耕耘》壁报上刊登文章指出《文艺》壁报上的诗歌是"标语口号式"的,根本算不上诗。耕耘社写现代主义诗歌的主要是袁可嘉。据同学回忆:"可嘉在同学中是出类拔萃的,有自己的独立见解,不随声附和。当时他反对'为人生而文学',反对'文以载道',主张为艺术而艺术,主张文学不能急功近利,为政治服务,而是应当写'永恒的主题'。"[②]袁可嘉和耕耘社的观念与文艺社针锋相对,不可调和,双方各执己见,展开论争,在壁报上持续了三四期,不分胜负。但在现实主义思潮占主导地位的当时,文艺社的主张得到了更多的支持。"为人生"还是"为艺术"是一场从文学研究会和创造社论争开始就一直"悬而未决"的诉讼,文艺社和耕耘社的论争没有结论并不奇怪。论争的意义在于推动双方去进一步学习文艺理论,各自明确写作方向。

与耕耘社的论争扩大了文艺社的影响,文艺社更加自信了。1944 年 5 月,文艺社决定举办一场文艺晚会。晚会的发起与"五四"青年节有关。"五四"是公认的青年节,每年这一天,青年都要举行纪念活动。1939 年,延安西北青年救国会和国民党三民主义青年团分别定 5 月 4 日为青年节。西南联大自诞生开始每年都像北大、清华、南开一样举行"五四"纪念。可是这一年,国民党政府宣布改 3 月 29 日革命先烈纪念日为青年节,号召举行纪念活动。继承"五四"青年传统的西南联大学生坚决不予理睬,纷纷酝酿纪念"五四"青年节的活动。在这一思潮中,文艺社便准备举行文艺晚会。经与李广田先生商量,确定晚会的中心议题为《"五四"以来新文艺成就的回顾》,拟请

---

① 张源潜:《回忆联大文艺社》,西南联大校友会编:《笳吹弦诵在春城》,昆明:云南人民出版社,1986 年,第 367 页。

② 杨天堂:《西南联大时期的袁可嘉》,北京大学校友联络处编:《笳吹弦诵情弥切》,北京:中国文史出版社,1988 年,第 141 页。

朱自清、闻一多、杨振声、沈从文和李广田讲散文、诗歌、小说，请罗常培讲"五四"新文学运动的意义和影响。去请闻一多时，他提议诗歌可请冯至和卞之琳讲，自己讲"五四"新文艺与文学遗产的问题。于是，主讲人确定为八位。更令社员高兴的是，八位先生均乐意承担。于是，拟定了题目，每人预备讲半个小时，地点定在学校南区 10 号大教室。海报贴出，全校轰动。聚这么多著名作家于一堂讲演新文艺，不仅在"皖南事变"以后是第一次，而且在西南联大历史上也前所未有。同学们欢呼雀跃，届时纷纷提前涌去听讲，教室被挤得水泄不通，以致后来的先生无法挤进去。文艺社主要筹办者只好临时决定把会场更换到图书馆大阅览室，听众又蜂拥而去。由于准备不足，又遭坏人拉闸断电，主持人李广田被迫宣布改期举行，晚会就这样终止了。文艺社社员缺乏经验，没有估计到会发生意外，文艺晚会被迫终止而受到沉重打击，不知如何是好。但师生要求重开的呼声甚高。后经中文系国文学会马千禾与齐亮的奔走，晚会于 5 月 8 日在图书馆前大草坪重新举行，且新增了孙毓棠和闻家驷两先生演讲，晚会内容更加完满。十位先生的讲题如下：

罗常培：《"五四"前后新旧文体的辩争》；

冯　至：《新文艺中诗歌的收获》；

朱自清：《新文艺中散文的收获》；

孙毓棠：《谈谈现代中国戏剧》；

沈从文：《"五四"以来小说的发展及其与社会的关系》；

卞之琳：《新文艺与西洋文学的关系》；

闻家驷：《中国的新诗与法国文学》；

李广田：《新文艺中杂文的收获》；

闻一多：《新文艺与文学遗产》；

杨振声:《新文艺的前途》。①

晚会前半场由罗常培主持,后半场由闻一多主持,先生们的演讲精彩异常。听众除西南联大学生外,还有云大和其他大中学校的学生。三千余人席地而坐,自始至终秩序井然,晚会开得十分成功。

"五四"文艺晚会进一步扩大了文艺社的声誉。虽然重开的晚会主办单位易为国文学会,但其思路是文艺社的,因此,有文艺社的一份功劳,同学们也予以认可。5月中旬,西南联大各壁报负责人召开联席会议,通过了成立西南联大壁报协会之议案,并推举文艺、生活、耕耘三家壁报社为常委。

《文艺》壁报每月1日和15日按期出版,在读者中声誉较高,投稿者逐渐增多。经常写稿的除老社员外,有李明、邱从乙、叶传华、杨凤仪、马如瑛、刘晶雯、刘治中、尹洛、刘海梁等。王景山和赵少伟甚至停止了自己主办的《新苗》壁报,加入《文艺》。这都是一场讨论和一场晚会以及《文艺》壁报对同学吸引的结果。人员增多了,力量壮大了,为了进一步开展学习和研究,大家觉得有必要正式成立社团。

经过认真筹备,1945年3月26日晚,举行了由《文艺》壁报发起人和写稿者共同参加的茶话会,宣布文艺社正式成立。至此,文艺社完成了由同人组织向群众组织,由壁报社向研究社的转化。组成文艺社的社员以上面列出的同学为主干,共二十三人。会上大家相继发言,纷纷表示要在团体的生活中加强学习、充实自己,提高研究能力。会议决定把10月1日《文艺》壁报创刊的日子作为"社庆日",还选举产生了新的领导。程法伋、张源潜和王楫为总干事,程法伋抓总,张源潜负责研究,王楫负责编辑出版壁报。另举许宛乐为总务干事,何孝达、叶传华为研究干事,王景山、赵少伟、廖文仲为出版干事。新的组织机构保证了文艺社各项工作的顺利进行。

由于领导工作得力,文艺社的工作便按照"研究"和"出版"两个方面有

---

① 西南联合大学北京校友会编:《国立西南联合大学校史》,北京:北京大学出版社,1996年,第451—452页。

序展开。

在研究方面，文艺社首先举行了"A. 纪德讨论会"。A. 纪德是法国作家，那一两年，A. 纪德的作品《窄门》《田园交响乐》《赝币制造者》《地粮》等相继在中国翻译出版，在文艺界产生了巨大影响，有人称 1944 年为"纪德年"。文艺社适时举行讨论，意在以这位作家为例，解决生活、写作与世界观的关系问题。讨论会纪录刊登在 5 月 15 日《文艺》壁报第 28 期上。这一年暑假，文艺社举行了鲁迅和斯坦贝克讨论会。鲁迅讨论会于 8 月 12 日晚举行，请鲁迅研究家李何林出席指导，由谭作人、杜定远、李维翰等社员作中心发言。李何林以独到的见解讲鲁迅小说，给与会者很大启发。斯坦贝克讨论会 8 月 26 日晚举行。斯坦贝克是美国作家，他的《愤怒的葡萄》在中国很流行。讨论会由赵少伟作中心发言，他讲关于《愤怒的葡萄》的读书报告，而后社员自由发言，最后由何孝达作会议小结。此外，文艺社还和中华全国文艺界抗敌协会昆明分会联合举办过讲座，和"文协"昆明分会、冬青文艺社联合举办过法国作家罗曼·罗兰和俄国作家阿·托尔斯泰的追悼大会。

研究的另一个重要方面是讨论社员的作品。文艺社根据个人的文学兴趣，设立了小说、散文杂文、诗歌、论文书评四个组，社员自由参加一至两个组。各组每月召开一次会议，交换阅读习作，提出修改意见，有时重点讨论某一两篇作品，好的作品则推荐给壁报社刊登。这样做既让作者获得思想认识的提高和技巧的改进，又保证了《文艺》壁报的质量，还增强了社员学习研究和写作的兴趣。

1945 年 8 月，从军抗日的文艺社社员缪弘壮烈牺牲的噩耗传来，全体社员极为悲痛。为了表达对这位社员的纪念，文艺社从缪弘的诗稿中选出一部分，把《文艺》壁报第 31 期办为"缪弘专号"，于 8 月 18 日出版。次日又与西南联大学生自治会、外文系 1947 级（按，1947 指毕业时间，今称 1943 级）级会、南开中学校友会西南联大分会联合举行追悼会，悼念这位年轻的诗人英烈。文艺社还选编了一本《缪弘遗诗》，请李广田先生审定，由同学们捐资出版，作为永久的纪念。

　　同年9月新学期开学后,文艺社贴出启事,公开征求新社员。一批同学报名参加,文艺社人数达六十多人,成为西南联大当时的文学社团中登记在册的社员人数最多的社团。彭佩云、孙霭芬、于文烈、武运昌等就是这时加入文艺社的。

　　1945年10月1日是文艺社的重要日子,这一天,文艺社诞生两周年了。社员为"社庆"做了许多准备。9月30日清晨,一期倍大号《文艺》壁报挂在"民主墙"上,篇幅达四万字。当晚,举行高尔基讨论会,导师李广田出席并讲了话,参加者四十余人,何孝达主持会议,许多社员发言。10月1日晚,举行文艺晚会,中心议题是"抗战八年来的文艺总检讨",到会者一百多人,包括文艺社、新诗社和剧艺社的社员,并邀请了许多文化名人出席。会议开始后,先由田汉先生讲抗战期间的戏剧运动,再由孟超讲杂文,闻一多讲诗歌,李广田讲小说,李何林讲文艺理论,尚钺、黄药眠等自由发言。其中李何林主要阐述了毛泽东《在延安文艺座谈会上的讲话》的基本精神。在昆明的公开场合介绍毛泽东文艺思想,这大概是第一次。"社庆"办得很成功。这是文艺社在昆明的第一次也是最后一次社庆。

　　社庆后一个月即11月1日,文艺社的另一件大事告成——《文艺新报》创刊。前面说过,文艺社的工作分"研究"和"出版"两个方面展开。出版方面的主要工作是编辑和张挂《文艺》壁报,每半月一期,从不间断,是为常规工作,现在又增加了《文艺新报》的出版。两份出版物同时并举,为文艺社的两份社刊。

　　《文艺新报》的诞生,不仅在文艺社是第一次,而且在西南联大文学社团的历史上也是第一次①,它结束了西南联大文学社团没有社报的历史,因此它在西南联大文学社团的发展史上具有创新意义。文学社团有了自己的报纸,刊登的作品不再从墙壁上随风飘落,而是随着报纸广为传播、留存后世了。

　　但是,《文艺新报》生逢云南政治形势急转直下、阴霾密布之时,才出了

---

　　① 此前马千禾、张光琛、吴国珩等办过一张《大路周刊》,但此报不以社团名义问世,且并非文艺性质,更兼此报今已不存,无法了解其详。

两期,"一二·一"运动就爆发了,文艺社社员全体投入声势浩大的政治斗争,工作和创作发生了大转向。11月26日起,为抗议反动军警前一晚对几所大学共同举办的"时事晚会"的鸣枪威胁,西南联大率先罢课,程法伋被选为西南联大罢课委员会常委。28日,昆明市三十一所大中学校罢课,昆明市学生联合会成立昆明市罢课联合委员会,西南联大被推为常委。为了有效地进行斗争,"罢联"决定创办报纸《罢委会通讯》。《文艺新报》的编辑班子被选为《罢委会通讯》的编辑班底,王楫任主编,王景山、赵少伟、刘治中为辅,文艺社全体社员都是宣传报道的组织者和撰稿人。就在"一二·一"惨案发生的当天,《罢委会通讯》创刊,为四开小报,最初每日一期,后为不定期出刊,至12月27日学生复课,共出十五期,外加增刊两期,计十七期。在如此严峻的政治局势和繁重的编辑压力下,文艺社不得不停止学习和研究活动,甚至常规出版物《文艺》壁报都中断了出刊。

《罢委会通讯》停刊后,《文艺》壁报复刊,仍然坚持半月一期,至1946年5月出最后一期,内容为纪念"五四"运动。这一天为5月4日,是西南联大宣布结束的日子。在西南联大壁报史上,《文艺》无缘"开创于前",却是"坚持到最后的"。

《文艺》壁报从1943年10月1日创刊,至1946年5月4日终刊,共出三十六期。这对于一个学生社团来说,是一个不小的数字。文艺社从一开始,就在出版新一期时,将旧的一期《文艺》壁报小心揭下,裁开,装订成16开小册子,每期一册,总计三十六册。这是研究文艺社和西南联大历史最为宝贵的一份资料。西南联大复员北返时,文艺社委托一位留在昆明的社员保存这份资料。世事沧桑,数十年后,三十六册《文艺》壁报装订本已不知下落,实在可惜!

西南联大北返前,文艺社全体社员举行最后一次集会。会上,导师李广田先生作了语重心长的讲话,勉励大家要注重社会改造,从事实际斗争。这次会议并未宣布文艺社结束,而是动员大家去到北平后继续开展工作。

回到北平后,文艺社社员分属北京大学和清华大学。他们在各自的学校成立了北大文艺社和清华文艺社,仍旧组织学习和研究,出版壁报等,继续开展活动。北大文艺社先后由赵少伟、徐承晏、朱谷怀、王景山等负责,清华文艺社由张源潜、郭良夫、刘海梁等负责。这两个社团是西南联大文艺社的延续,直到新中国成立前才停止活动。

第二节　文艺社的出版物

文艺社的出版物有三种:《文艺》壁报、《文艺新报》和《缪弘遗诗》。

《文艺》壁报是文艺社的主要机关报,贯穿文艺社始终,内容如上所述,此不赘述。

《文艺新报》也是文艺社的机关刊物之一,是今存研究文艺社最可靠的文字材料。在西南联大几个重要的文学社团中,编有自己报纸的,文艺社是唯一的一个。因此,文艺社的基本情况也比其他几个社团清楚一些。可惜,今存《文艺新报》已不全。这也难怪,特殊年代的出版物,连《抗战文艺》这样的全国性大刊的完本,如今都仅存一份,何况一份学生小报! 好在《文艺新报》残缺不多,今天仍可作为独立的材料进行研究。

《文艺新报》创刊于 1945 年 11 月 1 日,标明"半月刊",依法呈请政府新闻出版机关登记,公开出售。报纸负责人程法伋,主编王楫,副主编王景山、赵少伟,编委刘治中、刘晶雯等。张源潜曾参与初创工作,负责出版事宜。报纸为 4 开小报,格局大致为:第 1 版,理论文章;第 2、3 版,散文和杂文;第 4 版,小说;诗歌穿插在第 2、3、4 版中,第 3 版左下角固定为书评。报纸没有发刊词,编辑室有一则短文,具有发刊词的意义:"'联大文艺社'是一个学习的团体,是一些爱好文艺的联大同学组成的,现在有六十个社员,经常在做一些充实自己的工作——从读书到生活,从写作到讨论——也时常举行一些演讲会;如今为鼓励与提高我们的学习情绪,我们办了这样一个小小的刊物,使我们在外界的监视下,能有更大的警惕和努力。热忱地希望得到读者们的批示!"这一"代发刊词"相当低调地强调了文艺社和《文艺新报》的"学习"态度。《文艺新报》以注重理论学习和关注现实生活为特色。头版头条是理论文章,一般请名家执笔,文章篇幅长,占用版面多,是当期重头文章;每一期都保持一篇文艺评论文章也是重理论的表现,评论对象一般是当时文坛上比较关注的作家作品。文艺社崇奉鲁迅"为人生"的文学观,作品多取材于现实人生,尤其是在"一二·一"运动及其以后,作品多描写眼前的人和事。

由于"一二·一"政治运动突然爆发,打乱了《文艺新报》的发展,报纸的文艺性中剧增了政治性。这样,《文艺新报》的历史大约可以分为三个阶段:第1、2期为探索阶段,第3、4期为战斗阶段,第5、6、7期为恢复发展阶段。王楫、张源潜、王景山、刘克光等几位文艺社骨干兼《文艺新报》编辑都肯定地说,《文艺新报》总共出了八期,但第8期今已不存,他们也记不起第8期的内容和文章篇名,所以具体情况不得而知。《文艺新报》虽然出版期数不多,但与当时社会上出一两期就完结的报刊相比,已数难得。在风急雨骤的年代,文艺社能够坚持出版《文艺新报》,表现了同学们对于文学的由衷热爱和执著追求,这种精神是值得嘉许的。现将《文艺新报》发表的作品统计如下表:

期号 文体	一	二	三	四	五	六	七	总计
论文	2	4	1		2	1	1	11
诗歌	5		3	9	4	3	4	28
小说	1	1				1	1	4
散文	3			3	2		1	9
杂文	3	1	11	10	4	7	2	38
总计	14	6	15	22	12	12	9	90

说明:1. 表中数字单位为篇(首);2. 第2期缺第2版;3. 论文包括文学理论和评论;4. 社评、祭文列入杂文类;5. 报道列入散文类。

从表中可以看出:第一,文艺社的创作是努力的。在七期《文艺新报》

中,发表了九十篇(首)文章(其中包括老师和校外作家的九篇),数量不少。第二,《文艺新报》发表最多的是杂文。虽然这与政治斗争有关,但在风潮未起之前出版的第 1 期上就有三篇之多,说明杂文是文艺社重视的文体。第三,诗歌是文艺社创作较多的文体。诗情在年轻人的心中激荡,较多写诗是年轻人的特点,但也要看到,从第 3 期起,诗歌成为作者战斗的武器,其作用有如杂文。第四,《文艺新报》重视理论学习。在七期中发表了十一篇论文,而且论文多出于老师之手,说明文艺社追求理论学习的态度。第五,散文和小说创作处于弱势。

《缪弘遗诗》是文艺社编辑的唯一一本书,是研究文艺社创作的重要读本之一。作者缪弘,江苏无锡人,家庭背景复杂,1943 年,考进外文系。1945 年 4 月考进译员训练班受训,结业后到美国空军"飞虎队"做译员。1945 年 7 月,在桂林反攻战中牺牲,时年不到十九岁。

缪弘是一位热爱创作且成果丰富的作者。在 1945 年 4 月 9 日入译训班以前,他曾把近三年的小说和散文作品整理成集子,题名《十八年》,扉页上写着"纪念亡母和我十八岁的生日",集子凡三册,可见创作力的旺盛。缪弘遗作中有新诗四十多首,文艺社从中选出二十二首编辑成册,定名《缪弘遗诗》,请导师李广田审定,李广田为书题签并作序。《缪弘遗诗》于 1945 年 8 月印行,仅五百册。诗集无论影响面和影响力都不算大,至今所见到的评论仅有冯至的《新的萌芽——读缪弘遗诗》。人世沧桑,五百册书已和对它的评论一样稀少了。

《缪弘遗诗》按写作时间编排,起于 1942 年 5 月 21 日,终于 1945 年 4 月 9 日。这二十二首诗,内容宽泛,涉及面广,若要从思想上加以归纳,确乎难事。李广田从诗集中读出了"痛苦"和"苦闷"[①],当是灼见;冯至称赞它"新的萌芽"[②],是从诗集中看出了将来成长的良好势头,目光敏锐。但是,这些概括都偏于一面,不是从全书出发概括其思想和艺术特点的。我们用"青春期

---

① 李广田:《缪弘遗诗·序》,文艺社编:《缪弘遗诗》,昆明:殉国译员缪弘追悼会筹备委员会出版,1945 年,第 1—5 页。

② 冯至:《新的萌芽——读缪弘遗诗》,昆明《中央日报》,1945 年 10 月 10 日。

心灵独白"概括之。心灵的独白有两个特征,一是发自内心,二是真实。

集子里的诗都不是鸿篇巨制,在艺术上也缺乏完美、圆润,它们表现的基本上是些小感触,诗意清新,篇幅短小,虽然不乏深入的思考或高度的概括,但没有打磨雕琢,或渗进一些外在的东西。这样的诗都是出自内心的真情实感,犹如透明的晶体,观者能够洞穿底里。这"底里"的东西,即作者"独白"的"青春期心灵"是什么? 有以下几个方面:

1. 苦闷与痛苦

苦闷与痛苦是《缪弘遗诗》的感情基调。这说明作者的内心是充满了酸涩苦痛的,即使在辞旧迎新的快乐除夕之夜,作者所感到的也是"我孤独地又过了一冬"(《除夕》)。李广田说:"生在这时代而尚不感到苦闷的,那一定是麻木不仁的人。"[1]这是同时代人的"证词",也是导师的评语,它能让我们充分理解《缪弘遗诗》表达的苦闷与痛苦。缪弘的苦闷源于各个方面,不可笼统论之。

首先是青春期的苦闷。正如姜德明说:"这是一位少年歌者的吟咏,有的诗还带着少年诗人常有的一点苦闷。"[2]在人生所经历的痛苦之中,青春期的苦闷是轻微的。缪弘没有夸张、渲染,把这种苦闷写得痛不欲生——这正是他"青春期心灵"的真实体现。集子中的第一首《问》,"问"的就是这种苦闷:

> 在绿荫下,
>
> 听着玎琤的流水,
>
> 你总是紧锁着双眉。
>
> 喂!
>
> 朋友,
>
> 你在想着谁?

---

① 李广田:《缪弘遗诗·序》,文艺社编:《缪弘遗诗》,昆明:殉国译员缪弘追悼会筹备委员会出版,1945年,第1页。

② 姜德明:《新文学版本》,南京:江苏古籍出版社,2002年,第150页。

这是"不识愁滋味"的"少年愁",诗表现得很含蓄。而到了少年与青年的转折点上,诗人的愁就更深沉一些了:"不想叹息,/也不敢企望,/我只是默默地走着!"(《十八年》)

其次是时代的苦闷。李广田说:"缪弘君的诗里所表现的苦闷,也正是我们大多数人所感到的苦闷。"①日寇侵略使他离乡背井,只身逃到大后方,家乡的思念、破国的忧心,那是多深的痛楚,更兼政治的黑暗,统治者的贪污腐败,哀鸿遍野的现实,一个进步的青年焉能不痛苦? 缪弘生活在这样的时代里,把个人的感情与时代的情绪结合了起来,抒发心灵的苦闷也就是表达时代的痛苦。他感到:"欢愉中有痛苦,/甜蜜中搀杂着辛酸"(《遗忘》),他呻吟道:"现实太闷郁,/太沉寂",因此祈求上帝给予"猛烈的刺激"(《祈求》)。

最后是生活的苦闷与痛苦。抗战初期,缪弘只身从无锡逃到重庆。这对于一个十六岁的少年来说,是难以承担的。他想家了,思乡的感情不时袭上心头,于是他创作了《思乡曲》:放"一叶纸舟"顺江而下,漂到家乡去报平安。诗的表面没有写苦闷,而词句背后的苦闷是谁都能够感受出来的。《缪弘遗诗·后记》说:1944 年冬,缪弘"和他的哥哥缪中君同时投军,却遭到别有用心的同学的猜忌,才改考翻译员。为这事他受的刺激很大,因此才有《赶快》《倦》几首诗的产生"。爱国从军所受的"猜忌",可能源于他的"日本通"父亲。这时,他痛苦地写道:"赶快/把双目闭上,/免得再多看见人间的不平,/赶快/用手把耳朵堵住,/免得再有壮烈的声音,/鼓起了以往的热情。"(《赶快》)这不是诗人真的要闭目塞听以自欺欺人,"而是陡然地有了热情却仍不能有甚么行动","明明看见了道路而不能举足向前,这正是痛苦中的最大痛苦"②。

通过以上分析,我们看到一颗苦闷心灵的搏动,诗人在痛苦中煎熬着。

---

① 李广田:《缪弘遗诗·序》,文艺社编:《缪弘遗诗》,昆明:殉国译员缪弘追悼会筹备委员会出版,1945 年,第 1 页。

② 李广田:《缪弘遗诗·序》,文艺社编:《缪弘遗诗》,昆明:殉国译员缪弘追悼会筹备委员会出版,1945 年,第 2 页。

诗人虽然年届少年与青年之间,却承载了太多的痛苦。可是诗人并没有被
苦闷淹没,而是在苦闷中寻找着出路。

　　2. 追求与归宿

　　冲破苦闷,寻找出路是《缪弘遗诗》的另一个重要内容,也是诗人"独白"的
一段心曲。少年之心往往充满幻想,请听缪弘的向往:"前面:/有山,/有水,/
有森林/和湖沼,/有自由的天空,/可供我任意逍遥。"(《挣脱》)此时,这位少年
的眼中展现着的是多么广阔、自由而美丽的天地呵! 但它毕竟是少年的憧憬,
实际生活给予他的是打击、郁闷、痛苦,甚至是创伤。诗人一再告诫自己:"不
要让水银般的眼泪/滚入你的酒盅,/不要让铅铸似的忧郁/压上你的心头!"
(《残章》)他呼唤"北风","扫尽这些残叶败草,/以待来年的春朝"(《暴力》);他
祈求"上帝"给予"猛烈的刺激",给予暴风雨及暴风雨后的"太阳"。

　　什么样的人性是美好的,诗人认为是"傻子",因为"傻子是英雄的别名"
(《傻子》)。正是这样的傻子,才有要做肥田的落叶的愿望:"不吝啬于我的
尸体腐烂成泥……/会有个勤劳的农夫,/挖我去肥田。"(《落叶》)正如姜德
明所指出:"他的诗显得比他的年龄要成熟、深沉。"[①]缪弘不止一次写过死后
的情形,这可以看作身后的"追求"吧。他在《愿(其一)》里写道:

> 死了,
>
> 我愿化作一阵轻烟。
>
> 不用哭声送,
>
> 随风飘荡在雨后的天空;
>
> 因为那里
>
> 最净,
>
> 最青。
>
> 或是变作一颗沙砾,
>
> 也不要眼泪,

---

①　姜德明:《新文学版本》,南京:江苏古籍出版社,2002年,第150页。

> 安卧在海洋深处；
>
> 因为那里
>
> 最深，
>
> 最静。

而对自己死的方式，他也在《落叶》一诗中作了"设计"：

> 一阵刺骨的寒气吹动了我，
>
> 无情的推送，
>
> 送我上天空。
>
> 在最后一阵有力的旋转后，
>
> 我躺在柔软的污泥沼里，
>
> 在那里，
>
> 我满意地发出我自己的气息。

传统诗话中多有"诗谶"的记述，缪弘的诗句与经历与此差相仿佛——诗中所写的情形与他后来降伞身亡惊人地相似！这种归宿及其方式不能说是他的追求，却是他之所愿。

3. 同情与歌颂

用现代人的审美眼光去读《缪弘遗诗》，其中有两首很显眼，它们是《缝穷妇》和《补鞋匠》。反映平民大众的人生，是"五四"开启的现代文学道路。全面抗战以来，一直过着优裕生活的知识分子加入了流亡大军，普通民众就是他们的左邻右舍，劳动群众自然成了他们的描写对象。在缪弘留下来的不多的诗歌中，就有两首这样的诗。《缝穷妇》描写了一个老裁缝的形象："她的脸就是她一生的缩图，/行行的皱纹，/泄露了/青春的消逝，/生命力的流去。"用这样跳动的诗句，画出了一个缝衣妇人的面貌，也许她并不老，但她的面容显出了生活的沧桑。这样一副沧桑的面孔包含了多少人生的苦难！也许她服从了命运，她没了追求，她甘心天天为人作嫁："不曾忘掉身后生活的鞭策，/戴起老光眼镜，/低着头，/依旧/缝着别人的衣衫。"这是她的生存方式,作者写她默默的工作自然包含着歌颂,但对她的生活艰辛给予了巨大的同情。

《补鞋匠》短短八句,写出了丰富的内容。写补鞋匠的诗不少,大多以鞋匠为吟咏对象。何达就有一首《老鞋匠》,深切地叹惜老鞋匠的人生与命运。缪弘的《补鞋匠》立意一反他人,名为"补鞋匠",实际写的是补鞋客,咏叹补鞋客生活的艰辛与贫困。诗歌的表达很奇特,以作者自己为叙述人,却以补鞋匠的眼光来看人情世态,这样,短诗就有一个叙述者和一个观察者,他们共同作用于人生。叙述者以"你"的口吻说"你补缀了人们的贫苦""你该知道……"这个"你"是补鞋匠。诗歌又从补鞋匠的眼光看到了"人们的贫苦",知道了"人们是在走着怎样艰辛的路"。但无论道路怎么艰辛,补鞋客还得前进,这就是人生,是补鞋客的生存困境。看得出,补鞋客的形象中熔铸了缪弘的人生。而使补鞋客得以前进的人,正是补鞋匠,他帮助补鞋客"重新踏上了征途"。所以诗人才涌起了歌咏补鞋匠的激情。《云南日报》发表这首诗,确实是有思想和艺术眼光的。由于今天难以找到这首诗,全引于此:

> 在一块小小的皮子下,
> 你补缀了人们的贫苦;
> 也是你,
> 使伫足的人,
> 重新踏上了征途。
>
> 从这些破烂的鞋子,
> 你该知道,
> 人们是在走着怎样艰辛的路。

4. 抗战与爱国

祖国遭到外敌侵略,家园遭受铁蹄践踏,自己被迫流浪远方,在这种情况下,恐怕除了汉奸而外,没有不爱国的。所以,西南联大的文学作品,表达抗战爱国的情绪是普遍现象。但是,缪弘诗歌表达抗战爱国内容又有自己的特色。

《思乡曲》写道:"在江边,/我放下一叶纸舟,/在船头报着平安,/舟尾写着问候。"这是奇特的想象和表达。由于诗人的故乡在海边,而自己则在金沙江边,所以诗写道:"愿:/它能随大江东去,/直向海边流。"这种想象当然只是一种"愿",甚至带有孩子似的天真情怀。怀乡与爱国的感情是统一的。看到归栖于梁上的燕子,诗人诉说:"梁间檐下不是你的住处,/……雨过后,/依旧去找你的惊涛骇浪。"这是咏燕子,还是咏自己?在这里,诗人与燕子同化了。诗人在西南联大读书,只是"歇歇腿"而已,他的目标是"惊涛骇浪",即在"惊涛骇浪"中建功立业。所以,诗人见到梁间燕子时关心的不是过去的历程,而是将去的地方:"且休诉说旅途的艰辛多阻,/请告我雨后的去向。"(《燕》)这"去向"是哪里?是驱逐侵略者的战场,因为那里才有"惊涛骇浪"。所以,他见到"悠悠""泳过"的一群鸭子,便幻化出这样的诗句:"希望这些鸭子是战舰,/但我更希望所有的战舰都是鸭子。"这实在是战争年代才有的心理。而诗人真正欣赏的是"在宁静的湖面,/画出几条宁静的波纹"的情景(《鸭子》)。"战舰"只是沦陷的故乡和前方的战火的幻影,"宁静的波纹"才是和平的永久象征。

而当想象无济于事的时候,这位青年人的抗战爱国思想便表现为行动了。前方将士流血牺牲,后方百姓献血支援。西南联大曾经多次动员师生献血,缪弘已经五次献出了鲜血。在第五次献血后,诗人写了著名的《血的灌溉》一诗:

没有足够的食粮,

且拿我们的鲜血去;

没有热情的安慰,

且拿我们的热血去:

热血,

是我们唯一的剩余。

你们的血已经浇遍了大地，

也该让我们的血，

来注入你们的身体；

自由的大地是该用血来灌溉的。

你，我，

谁都不曾忘记。

　　诗歌表现出一种英雄豪气，诗句节奏鲜明，铿锵有力，这在缪弘的诗中是独特的。诗人深知和平与战争的哲理："自由的大地是该用血来灌溉的。"于是，他怀着一腔热血，投入了抗日行列。缪弘把去"飞虎队"做翻译官看作生活中可喜可贺的事，1945 年 4 月 9 日，在入译训班的前一日，诗人兴高采烈地买了一束蔷薇花志喜庆贺，并且写下了《蔷薇》一诗："折一朵蔷薇，/来追念，/背后的流年，/摘一叶花瓣，/来纪念，/我一生中的今天。"诗人信心满怀地告别过去，要去用自己的血灌溉大地了，因此他用蔷薇花做纪念。这首诗节奏轻快，感情明朗，体现出诗人内心的欢欣。诗人真的把那蔷薇花一样的生命献给了战场，把那殷红的鲜血，灌溉了祖国的大地！还是让我们再回到《落叶》来，为了抗击日本侵略者，为了祖国的和平统一，诗人如一落叶：

不吝啬于我的尸体腐烂成泥，

也不对逝去的往昔，

再作无聊的悲泣。

我只幻想：

明年

会有个勤劳的农夫，

挖我去肥田，

有金黄的谷粒，

会因我的滋养

而成长。

缪弘以他年轻的生命实现了自己的人生愿望和价值。

"读过这些诗,我们认识了一个人,也认识了这个时代。"这是李广田为《缪弘遗诗》所作序言的篇首语,实情的确如此。《缪弘遗诗》主要不是为了发表而进行的创作,用意在于记录自己的心迹,所以诗歌采取"独语"的方式,没有雕饰,没有夸张铺陈,以朴素明丽的语言,道出了一颗真实的青春期心灵。这颗心灵甚至是有些幼稚而又超出了一个少年所应达到的思想水平的。诗中蕴涵的烦闷与痛苦,追求与同情,反映出时代的内容,因此,这颗心灵又是包蕴了时代的。这样,这些诗既是个人的,又是时代的,能够让读者认识个人和时代,又都归结为诗歌的"独语"方式。

缪弘所处的是一个动荡与激荡交织的时代。他进入西南联大以后,伟大的抗日战争也进入了后期,一方面国力已经走向衰弱,另一方面知识青年的抗战从军热情高涨,西南联大也由政治的沉寂期转向高涨期,逐渐成为"民主堡垒"和"民主坦克"。在这种背景下产生的文学,必然是激情澎湃、充满战斗豪情的。文艺社和新诗社的创作主调都是这样。可是缪弘的诗歌却不具备汹涌的激情和战斗的精神,没有太多的鼓动性和号召力,风格平和宁静,生活意味浓厚而缺乏政治性。也就是说,缪弘的诗风与文艺社的格调不相契合。鲁迅评论殷夫的诗说:"这诗属于别一世界。"①援引这句话来评缪弘的诗,也可以说:这诗之于文艺社,属于别一世界。其实,缪弘诗歌的特殊价值也正在这一点上:它展现了文艺社的别一世界,丰富了文艺社的创作。

从历史上看,任何特殊的思想开初都是孤寂的。上文曾说缪弘生前知者不多,死后虽然出版了《缪弘遗诗》,也没有引起特别的注意,以致文艺社的人对他似乎都无从言说,今天要找他的材料很困难。其原因恐怕在于缪弘诗歌风格的特殊,与文艺社的创作主流不合。

缪弘诗歌的风格,多近于殷夫和汪静之的早期诗,独白自己的心灵,清

---

① 鲁迅:《白莽作〈孩儿塔〉序》,《鲁迅全集》第 6 卷,北京:人民文学出版社,2005 年,第 512 页。

丽自然,天真单纯。他们都以吟咏内心的苦闷和憧憬为内容,只是缪弘诗中缺少爱情的歌咏,这或许体现的是选编者的观念,而不是缪弘诗歌之所缺。从诗歌史的角度看,缪弘的诗除少数几首,如《补鞋匠》《鸭子》《祈求》外,确实没有提供多少新的东西,正如冯至所说:"在十年前,或二十年前,努力于新诗的青年也许写过比这里的诗更为成功的诗,或是更美的诗句",但缪弘诗歌"没有雕琢,没有粉饰,没有怪诞,没有空虚的喊叫,没有稍欠真实的夸张,也没有歪曲的古典与矫揉造作的象征,在单纯的字句里含着协调的韵律"①的特点却是其他人的诗歌所没有的,因而是独特的。

第三节　文艺社的主要创作

文艺社除在自己的壁报和报纸上发表作品外,还把作品投到校外的报刊上发表。今天所见文艺社的作品不多,但有的具有较高水平。作品有诗歌、小说和散文,但最突出的是杂文。

一、诗歌

文艺社写诗的人,除缪弘而外,主要是叶华和何达。他们三位同时又都是新诗社的社员。这不奇怪,当时西南联大文学社团之间,社员多有交叉,有的同时参加了几个社团,如王景山所说:"联大时期,文艺社和冬青社、新诗社、剧艺社、阳光美术社、高声唱歌咏队这六大文艺社团,是亲如一家的。像何达、叶华以及王松声、萧荻、郭良夫、张源潜诸位,都是一身数任。"②问题在于,怎样区分哪些诗歌属于文艺社,哪些属于新诗社呢?大约只能以文艺

---

① 冯至:《新的萌芽——读缪弘遗诗》,昆明《中央日报》,1945 年 10 月 10 日。

② 王景山:《忆叶华》,《西南联大北京校友会简讯》(内刊)第 15 期,1994 年 4 月。

社的报刊作为判别的条件,在《文艺》壁报和《文艺新报》上发表的诗歌属于文艺社,此外的属于新诗社。明知这样的条件对于文艺社不公,但文献记载有限,限于条件,也只好如此。

叶华,原名叶传华,1941年考入土木工程学系,毕业后去广东,后出国在越南工作,有《叶华诗集》传世。从发表在文艺社的刊物上的几首诗看,叶华具有现代气质和浪漫因素。最能够体现这个特点的作品是《鼓》:

> 斗室中,容貌清癯的儒士,
> 盘坐着,伸出纤巧的瘦指,
> 抚弄一张古瑟。
>
> (打开宽广的门窗吧。)
>
> 荒原上满脸赤肉的苗男子,
> 屹立,大手掌抓住一把短椎木,
> 咚咚击响一面鼓!

《鼓》的联想非常奇特,由儒士抚弄的古瑟,联系到苗族男子敲击的鼓。诗首先描写儒士抚瑟的情形,"容貌清癯""纤巧的瘦指"是儒士的形象,"斗室"是他抚瑟的环境,"盘坐"是他的姿势,"伸出""抚弄"是他的动作。这些词语相当准确地描绘出了一个抚瑟者的形象。这个形象是千百年来中国传统文化的积淀,是传统审美心理中的儒雅典型,这个形象由上述特征组合,有如一尊雕像。单从这个形象,看不出作者的态度。诗中描写的另一个形象则是"满脸赤肉""大手掌"的苗族男子,"荒原上"是他击鼓的场所,"屹立"是他的姿势,"抓住""击"是他的动作。这些动作和特征同样凸显出一个击鼓者的形象。由于中国传统审美文化的偏向,这个形象似乎不是主流意识所欣赏的。诗人同样没有对这个形象表达出态度。但是,诗歌把他和抚瑟者形象放在一起,相形之下就有了"态度"。

还是让我们来看看西南联大的文化背景吧。西南联大作为中国文化的传承者,儒雅风度当然是他们的审美标准,"儒雅得很"是当时常见的赞美词。可是,西南联大又经历了抗战中的大迁徙,尤其经过数千里的湘黔滇步行,师生沉入了民间,接受了民间文化,且把民间文化注入了西南联大的传统文化中。于是,师生的审美观念也随之发生了变化。闻一多就赞美过那些"愚鲁、迟钝、畏缩"的乡下人的心灵,并由此提倡"原始""野蛮"的"兽性"即"力"①。1943年秋,他在课堂上大谈诗人田间,称他为"时代的鼓手",后来又把讲稿整理成文发表。我们不知道叶华是否听了闻一多的课,但至少这件事他是清楚的。因为,何达课后即将笔记整理成文,以《擂鼓的诗人和听鼓的诗人》为题,发表在11月1日出版的《文艺》壁报第3期上,臧克家曾写《擂鼓的诗人——寄闻一多先生》,对闻一多"擂鼓"大加称赞。另外,当时重庆的报刊上也有写闻一多讲田间的文章。叶华受闻一多提倡的"力"和"鼓"的影响显然。然而,是否可以把这首诗解读为闻一多"我们不需要琴师。我们的琴师太多了,现在我们需要的是鼓手"②之语的形象化表达呢?尚无法确认。关于苗族,可能来自于湘黔滇旅行团的"记忆"。旅行团从湖南到贵州,一路上多与苗族接触。叶华没有参加过旅行团,但他完全可能接受了这一记忆。再一种可能是把别一种民族误认为苗族。昆明坝子少有苗族,最多的是彝族,彝族是昆明街头随处可见的。诗人或许把彝族误认为苗族了。不过,对于诗的分析,无须这样坐实。

在诗里,瑟和鼓是两种文化的象征。瑟代表古雅的传统文化,鼓代表强力的民间文化。诗人把抚瑟和击鼓加以对比,否定柔弱的传统文化,褒扬雄健的民间文化。诗歌的场景已表现出了诗人的倾向:"斗室"逼仄,"荒原"广阔。诗人的美学倾向是在广阔一边的。还请注意诗中的标点符号。抚瑟之后是句号,击鼓之后用的是感叹号。这个感叹号意为对"咚咚"响起的大鼓的赞美。另外,这首诗的题目叫《鼓》不叫《瑟》,至少可以用《鼓与瑟》,但没有,也是这种态度的表现。总之,这首诗抑瑟扬鼓即颂扬荒原上的苗男子,

---

① 闻一多:《西南采风录·序》,《闻一多全集》第2卷,武汉:湖北人民出版社,1993年,第194页。

② 闻一多语,转引自何达:《闻一多·新诗社·西南联大》,赵慧编:《回忆纪念闻一多》,武汉:武汉出版社,1999年,第266页。

贬抑斗室中的抚瑟师是可以肯定的。

在艺术表达上,这首诗也较为完美。其他不论,只说抚瑟与击鼓的联系。斗室抚瑟与荒原击鼓不会相闻。诗歌把它们各自作为一节,而在其中仅用一句:"(打开宽广的门窗吧。)"诗句还加了括号。这一句既是一个过渡,又是一种联系。有了它,抚瑟和击鼓再不是毫不相关的两种乐器在鸣响了。这首诗无论在题旨,还是构思、表达方式上都具有现代意味,而且是较为精致的现代诗。

叶华的另外两首诗《夜太阳》和《阳光》,顾名思义,都是歌颂光明的。《夜太阳》想象奇特,诗歌以星星的口吻说:"烘烘闪闪的尽是/苦痛中多样的沉思",有一天凝聚、熔炼后,或许会变成一轮"夜太阳",让黑夜充满阳光,使夜间的害人者不敢行动。《阳光》礼赞太阳给予大地的光明,阳光"倾泻""冲泻""流泻"于大地,诗人尽情地欢呼。诗歌大气磅礴,具有浪漫气息。这两首诗出现在抗战胜利后的1945年,显然作者是有寄托的。在艺术上,它们显示出诗人的另一种风格。

何达,原名何孝达,1942年入历史学系,1943年参与组织文艺社,负责诗歌创作,1944年参与发起新诗社并任社长。他的诗早为同学喜爱而在昆明各校园中流传,并在社会上产生了一定的影响,是大家公认的诗人。何达的主要活动在新诗社,他自己似乎也对新诗社更有感情,所以主要在新诗社一节中论述他,这里只介绍目前确知属于文艺社的几首诗。

何达发表在《文艺新报》上的五首诗中,《图书馆》最为著名。这首诗当时就在同学中流传,后来也每为同学和诗歌研究者提起。《图书馆》写于"一二·一"惨案发生后第四天。惨案发生后,西南联大腾出最好的建筑图书馆作为"四烈士"的灵堂,社会各界纷纷前往吊唁,一时间,花圈、挽联、挽歌布满了灵堂。图书馆成为诗歌的海洋、愤怒的海洋。在这种氛围中,何达写下了这首诗。这首诗赋予图书馆新的功能和意义:图书馆不只是藏书和读书的地方,而且还是民主的课堂。人们来这里悼念死者,宣泄内心的悲愤,汲取力量,从而更加坚定意志,图书馆在此过程中起到了特殊的作用:

"图书馆做了灵堂,灵堂也就是图书馆","这是最真实的教育……/这是最感人的艺术/这是最惊心动魄的现实"。于是,大学打开门,图书馆打开门,让那些从来没进过大学门的人都进来,在这里,千万人"眼中有泪/心中有火/脑子里有了决定"。诗人宣告:"这是一个历史的转捩点/这是一个伟大的时代",其特征在于人民的普遍觉醒。千千万万人进了图书馆,认识了自己的道路,这是反动派想象不到的"四烈士"死难的意义和图书馆的作用。因此,诗人指着敌人说:"你,刽子手/也进来呵/认识一下人民的愤怒。"在当时的氛围中,诗歌是最好的战斗武器,它能够揭露罪恶,抒发感情,感染读者,鼓舞斗志,所以为人民群众所乐用。去吊唁的人,许多都献上挽联或诗歌,图书馆内外到处都是诗(挽联),写诗、读诗、抄诗成为青年学生和部分群众在"一二·一"运动期间的生活内容,后来还出过一本《"一二·一"惨案死难四烈士荣哀录》,其中很大部分是挽诗和挽联。对于这些诗歌和对联的意义,《图书馆》给予了充分的赞颂:

> 每一句话都立起
>
> 直挺挺地立起
>
> 每一个字都坚强
>
> 都抱着最大的决心
>
> 每一笔都有力
>
> 又粗又壮又威风
>
> ——这是人民的意志
>
> 人民的愿望
>
> 人民的思想

由于诗人站在大众的立场,反映了当时的情况,表达了人民的愿望,这首诗在当时产生了很大的影响。这首诗能够产生这样的影响还与它的朗诵诗特点有关系。它曾被同学们朗诵了无数次。由于诗歌意思显豁,朗诵者能准确把握诗的思想感情,听众能够一听即明白朗诵的内容;诗句音调协调,朗朗上口,便于朗诵;语言的铿锵有力,多用短句、排比句,形成有力的朗诵效果。这些特点都有助于它成为名诗。

《选举》可以看作何达的另一首名诗《我们开会》的姊妹篇。选举本是开会的内容之一,因此两首诗在精神上有联系,都歌颂了集中、统一和团结:

> 所有的手全都举起来了
> 我们选举
> 我们的队长
>
> 他是我们情感的
> 鼓风炉
> 他是我们思想的
> 望远镜
> 他是我们力量的
> 起重机
>
> 他和我们一起鼓掌
> 而且笑着说:
> "好!我也赞成!"

《选举》写大家选出可信赖的领头人,表决时大家意见一致,被选举的人为了不辜负大家的信赖,也自信地"赞成"。为什么意见能够高度统一?因为"他是我们情感的/鼓风炉/他是我们思想的/望远镜/他是我们力量的/起重机",所以众望所归。诗歌不交代背景,不叙写过程,而是单刀直入,从表决写起:"所有的手全都举起来了",最后,选出的队长也和大家一样高兴,"鼓掌"且"笑着说""我也赞成",诗即戛然而止。这种突起突收的方式收到了强烈的艺术效果。

《灯》和《四烈士大出丧》各有所长。前一首歌颂海洋里的导航灯。诗人用拟人的手法,颂扬灯的"工作",且诗人也要去充当发光物,表示"我愿把生命交给你燃烧"。后一首借"四烈士"大出丧表达向民主挺进的决心。出丧前,尽管当局多方劝阻,"我们"仍然坚决举着棺木游行。因为游行是号召,号召千万人跟着队伍走,"走向四烈士指点的中国"。大约此诗不够简练,朱自清没有把它选入诗集《我们开会》。

二、小说

今天能够见到小说作品的文艺社社员只有王季、史劲、刘晶雯和张源潜等人。以质量而论,有的小说具有较高水平,但多数为平平之作。

王季发表的小说数量为文艺社之冠,故首论之。王季,原名王楫,1943年秋考入外文系。进校后他立即投入《文艺》壁报工作,写小说和散文,文名较盛,《缪弘遗诗》的后记即出自他的手笔,昆明文艺界进步人士曾举行"和平建国时期的文艺工作方向"座谈会,座谈会内容也是他记录、整理而后发表的。

王季的第一篇小说《主妇们的消遣》,写住在一个四合院的三个家庭主妇一天的生活。她们三家人都是因日本侵略从北方迁来的,由于租借同院的屋子而发生了往来。三个主妇各自的丈夫都有工作,属于"薪水阶层"。三家人一家姓钱,一家姓羊,一家姓洪。钱太太大学毕业,羊太太念过两年大学,洪太太凭借家学渊源,能够看报。丈夫们上班去后,太太们在同一庭院中打发一天的时光。"钱太太较普遍的节目是把佣人陈嫂骂一顿","羊太太的节目是在回来午餐的先生耳边唠叨",洪太太的主要节目是做家务。钱太太骂完陈嫂后,坐在走廊上休息。羊太太在先生"逃走"后,倚门念两句诗。钱太太不懂诗歌,只能哼两句中国歌曲,她最喜欢唱的是民歌《达板城的姑娘》。羊太太为此批评了她好几次:"应当唱外国歌,中国没有音乐!"她认为唱中国歌有失大学生的身份。钱太太旧习难改,这天又唱起"达板城"来了,羊太太为维护大学生的尊严,照例进行了批评。可没想到这一次批评却引起了一场口舌。口舌后,钱太太仍我行我素,羊太太却不能忍耐了,开始在背后攻击她。以往她们两人因受过高等教育而结成思想同盟,瞧不起洪太太,认为她守旧。现在,羊太太则说钱太太比洪太太还守旧,把佣人当猪狗。这样一来,新女性只剩羊太太一个人了。新女性的最大特点是平等,羊太太在家就与先生讲"平等"：如果太太的朋友来，先生不为其斟茶，太太也不为来访先生的朋友斟茶。这又为钱太太提供了攻击的材料：为什么不像先生一样出去挣钱？不出去又熬不住，晚间只想出去串门子，还私下议论说，她大学没念完的原因是肚子大了，"奉子女之命结婚"。这话传到羊太太耳朵里，又发生了一场风波。就这样，她俩常常舌战一场。而每次舌战到"一方或双方觉得有收兵的必要时，一直在旁边打圆场的洪太太总能水到渠成做一个和事佬"。于是两位太太都改变了对洪太太的鄙视态度，转而对她好。有时候，两个太太又非常投机，"那是当她们有了一个共同的消遣的时候。"所谓共同的消遣就是聊天。譬如聊学生时候的金嗓子、独唱、出风头，说追自己的同学如何多。又谈到某同学、某夫人、某电影、美国明星、法宫艳后等。而她们的谈话往往被卖柴卖炭、收购旧衣服的叫声打断。钱太太还有一个本事，就是杀价。她能把先生讲定的柴炭价钱减下百八十元，然后为她的杰作得意好半天。如此这般，太太们就是这样消遣着无聊的时光。

在小说中，作者较为准确地把握了人物的文化教养、生存环境与生活内容，描写出了生活改变人的力量和人性的弱点。作品选择知识女性作为描写对象，隐含着对她们命运的同情。作品上半部分的环境描写和人物心理刻画较为精彩，可惜末尾部分则显得有些仓促平淡，后劲不足。

王季的另一篇小说《未举行的婚礼》写一个女大学毕业生的婚姻。主人公李瑛大学毕业后，做了高中化学教员。但她毅然辞去了工作，为的是与表兄周大昌同居。她觉得只要两个人相爱，同居就足够了，她甘愿做一个家庭妇女，至于别人的议论，她可以不管，反正她和大昌是从小订的婚，青梅竹马，两小无猜，亲人们都同意的，为爱情放弃工作，她觉得值得。她常感自足，作为一个女人，该得的都得到了，大学文凭、工作、家庭。可是，一个痛苦的事实出现了：大昌变了，他白天睡觉，晚上通宵打麻将，过着庸俗无聊的生活。即使这样，李瑛还是愿意终身不渝。不过，"当她发觉大昌的生活日渐糜烂，而对她日趋冷淡，甚至将她所应得的那份热情献给另一个女子以后，她觉得他们的关系有明朗地确定一下的必要"，她坚持举行婚礼，以作为"一重保障"。大昌最初反对婚礼,后来虽勉强答应,但对婚礼漠不关心,照样夜不归宿,应付牌局。离婚期只有五天了,对于结婚的事他一概不理,李瑛要买一块装饰柜面的布他都不给钱。平时李瑛总是忍耐,可这一次她忍不住,不意间一挥手从柜子上碰倒一个花瓶,打碎了。这时大昌刚刚起床,正要去赴牌局,看到花瓶破碎,讽刺了一句,幸灾乐祸地走了。李瑛恍然大悟:"她再也抓不住他了","她已经在实际上变成了一个弃妇"。她痛哭了起来,不知什么时候天黑了。经过一夜的思索,第二天,她提着行李箱,只身乘火车去滇南找同学去了。李瑛的婚姻完结了,但人身却得到了解放。因此,作品对她的出走给予肯定。

作者对于李瑛出走的安排作了精心设计。故事发生在一整天的时间里,李瑛早上起床时看到床前的五斗橱上有一封信,是同学写来的,同学听说她辞了职,来信邀请她去一所中学教书,这所中学在滇越铁路边,教师中有许多大学同学。李瑛这时急于筹办婚礼,没去考虑。当她意识到自己婚姻的悲剧,伏在五斗橱上痛哭时,又看到了这封信时,这时她看到的是新的道路、新的希望,通过一夜的痛苦思索,她带着这封信出走了。可见小说的伏笔与照应较为成功。作品对李瑛的心理刻画取得了较高成就,早上醒来的思考,起床后对婚礼的计划,下午与大昌的交涉,傍晚的悲伤,写得细致入微,恰如其分。作品还通过大昌的堕落揭示出金钱对灵魂的腐蚀。作品写道:"大昌的转变是两年前跑了一趟仰光以后的事,而变得如此使她失望,甚至影响到她对大昌的感情,则是这半年里大昌手头变得非常阔绰以后的事。这是一个伟大的时代,它所以使两个在同一处出发的人跑上两条完全不同的路,因此也改变了他们的性情和人格,改变了他们的生活方式,使他们愈来愈疏远了。"这段话揭示了李瑛婚姻失败的总根源,同时也指出了大昌不能正确对待金钱的恶果。

从《主妇们的消遣》到《未举行的婚礼》,可以看出王季是一个关心知识女性命运的作者。接受过大学教育的女性,难道把个人、家庭和国家花费的代价,都全数付与婚姻吗?李瑛为婚姻放弃了工作,苦苦争取一次婚礼的

"保障"。钱太太、羊太太成天以娱乐和争斗"消遣"无聊的时光,与普通市民妇女无异而又缺少普通妇女的生活本领。李瑛及早从婚姻的陷阱跳出,避免走向钱太太、羊太太那样的生活,奔向了新的人生道路。作品揭示出妇女独立的重要意义。工作独立是一切独立的先决条件。工作独立后,才能谈得上经济的独立、人格的独立乃至婚姻生活的独立。所以李瑛的形象寄托着作者的希望,她的觉醒与出走是作者予以赞颂的。描写妇女的出走是"五四"文学的思潮之一,以后仍时有表现,李瑛的出走自然不新鲜。但是,李瑛的出走又具有新的时代内容。比如,滇缅公路这条抗战时期的交通大动脉,在输入各种军需物资的同时,也输入了商人暴发的机会和灵魂的腐蚀剂。为了抗拒这种精神毒害的恶果,她出走了。因此,《未举行的婚礼》的意义值得注意。

王季还有一篇小说《雾季的悲哀》,表现青年学生反抗政治高压、争取言论自由的事,或许就是作者曾有过的实际生活。老杜和小王为壁报上是否刊登一篇关于"国共谈判"的文章而发生了争执,开初老杜不同意登,小王动摇后,老杜又坚持登,文章刊出,果然惹起了风波,连学校训导处都出面干预。小说对老杜和小王的性格把握较为准确,刻画得较为鲜明。小说把背景放在重庆某大学,这是小说笔法,明眼人不难看出,作品反映的是西南联大的现实。小说把雾作为气候的特征,写"雾吞噬着一切"既反映了"重庆"的地域特点,又制造了小说的环境气氛,象征着政治的高压与晦暗,这样的环境描写是成功的。

以上说明,王季的小说已日趋成熟,并有很好的发展前景,可以把他看作文艺社小说的代表作者。很遗憾,这棵希望之树未能参天。

史劲,原名刘克光,曾用名刘治中,1942 年考入师范学院文史专修科。《文艺》壁报创刊后,他积极写稿,遂成为文艺社社员。短篇小说《古屋之冬》写一个普通教师的艰难生活。当时就有人说它"有鲁迅小说《故乡》的味道"①。确实,其思想内容、人物性格和表现风格都具有鲁迅农村小说的特色。小说以第一人称写成。"我"是一个小学教师,寒假回家过年,家中的情形使"我"难以面对。父亲已年迈,他眼见家境每况愈下,当然要把气撒在儿子头上。这一次,他又说开了:"你祖父挣下的二十多亩田,我总算保住了,可是为了你读书,卖了三亩田,你母亲死时又典出去两亩田。指望你长成后把这点命根子拿回来,可你先生不像先生,少爷不像少爷,讲究起来了,肩不能挑,手不能拿","隔壁王大顺,有个好儿子当了乡长,一下就神气起来了。你们张校长、顾主任,不是也开了大盐号了吗?他们从前都不如我们的"。"你早听老子的话,守住祖宗的根业,还会受什么人的气?""我活不了几天","你自己的事,你自己去料理吧,不要羞辱了祖宗!"一席话,说得"我"无地自容。不知为什么,这几年生活一年比一年窘困,"我"每年回家总是两手空空,年终结算,还负了学校的债。此次承蒙校长的仁德才预支到下学期两个月的薪水,买了一匹元青土布和两斤棉花准备给老父亲做冬衣,妻子的、孩子的都没钱买。妻子倒是很能够理解"我"的难处,不多说话,默默做活,但她的小腹日渐隆起,"这不能不算是我们眼前的致命伤"。旧家庭以人丁兴旺为荣,现在有了孩子却成了"伤"。妻子喂了两头猪,一头病死了,一头在年关将近时被李老板拉去顶了账。而此时,"像铅块似的沉重的压下来的年关,几乎使人不得喘息"。五岁的大宝和三岁的阿玲不晓事,只知道要东西,只知道争吃打闹。"我"独自走到院子里,愁绪万端,债务、女人、孩子、父亲,简直不敢想,这时房里两声婴儿啼哭,一个小生命又已诞生。"做了罪孽的儿子,又做了罪孽的父亲","我"呆呆的这样想……

　　作品中的"我"简直是一个苦难者的画像,辛苦挣扎,穷困潦倒,上对不起父亲,中辜负了妻子,下有愧于儿女。"我"该怎么办?像王乡长、张校长、顾主任那样,昧心发财,还是保持自己的高尚,做一个正直的人?小说末尾写道:"我看看土屋,看看老树,也许父亲的话对,也许我的不对;再看看皎洁

---

①　王景山:《怀念治中兄》,《刘克光纪念文集》(内部发行),2002 年,第 398 页。

的青天,看看树枝上摇曳着的朝阳,我又想也许还是我想的对,父亲想的不对。"小说多用人物的语言行动表现人物心理,人物形象较为鲜明、突出,景物描写也较为精彩,这大约得益于白描手法,因此,这篇小说具有中国传统小说和鲁迅农村小说的神采。史劲要是发展下去,或许会有更佳的作品问世。但他的小说创作此后戛然而止,用心多在杂文上面。

此外,刘晶雯的《野店中》,写一个流浪汉的苦难,揭露"抽壮丁"制度的黑暗丑恶,张源潜的《大学路线》写一大学女生与一男生看电影的心理活动,笔调细腻,均有一定特色。

三、散文

散文是文艺社创作最勤、在报刊上发表数量最多的文体,可以把散文看作文艺社的主要创作成就。不过,文艺社的散文是"大散文",即包括杂文、报道等在内的散文,而不全是文艺性散文。

王季有一组总题为《昆明散记》的散文,共七篇,从多个方面记述了昆明当时的社会面貌,是珍贵的历史文献。

第一篇《飞来的珍品》讲在物资极为匮乏的抗战后期,昆明的商品却不少,尤其是各种贵重的奢侈品,应有尽有。"在昆明,只怕货色不好,不怕货色太多或太贵,且越是贵重的东西越销得块。"这是一个畸形的社会,一边是多数人在饥饿线上挣扎,一边是少数人在靡费各种奢侈品。这些东西从哪儿来? 驼峰航线。飞机在空运作战物资的同时,运来了各种珍品,所以有"飞来的珍品"这一题名。

第二篇《吉普与驴子》讲两种交通工具。吉普车是现代文明的代表,驴子则是古老文化的延续。拥有吉普车等于拥有了现代文明。与吉普车相比,驴子的文明程度当然有差距。吉普车与驴子的糅合,正是昆明文明的形象。正如一个青年"穿着笔挺的西装,梳着油光光的头,坐在店堂里,架着二郎腿,歪着头押二尺最云南的水烟筒,而他就是今日文明的缩影"。至此可知,文章的主旨并非通过对比讽刺现实,而是记述"昆明的文明"。

　　第六篇《自由职业》说一个朋友要到昆明谋求出路,昆明有一种新的职业,"在这个或那个贸易商行里做事……不久就可以借到或挪到一点本钱,伺机自己囤一笔货,他就这么慢慢地做起来了,阔起来了"。作者以传统思想看待经商——暴富——享乐——颓废的世相。但用今天的眼光看,当时的昆明虽然畸形,却具备了商品经济模型,给冒险者提供了发财的机会,值得社会学家研究。

　　第七篇《纵横篇》对昆明"建国"的惊人成就予以揶揄。"近三年来,昆明建盖起了南屏街的夹道大厦和大观路的小别墅,市貌大有改观。"文章认为,在许多破烂的街道边出现这样的两条街,不能证明什么成就,用"百千万人民的痛苦换来百千人的幸福,国土的横的缩减换来大厦的纵的发展是这次战争里的特殊形态"。作者的立场是人民的,文章写出了社会发展不平衡、资本家乘机暴富、国家穷困的现象。文章夹叙夹议,与前几篇相比,"记"的成分大大削弱,议论的成分增加了。

　　王季的另一篇文章《头》则纯为议论性散文了。文章把载重卡车和民间以头顶来负载的方式作对比,说明以头负重的落后不合理,劝他们"放下吧"。这是不切实际的书生之见。文章在构思上很有特色,但议论成分过重改变了散文的性质。看来作者擅长议论。他停止散文创作而写杂文,是明智的。

　　王季的杂文具有自我批判的精神,同时反映出西南联大后期的思想走向。《言行篇》围绕"言"和"行"而发议论。通常认为这时代的人长于言而短于行,文章认为不全对,因为"有些人的行动何尝不够美妙? 其美妙就在于和言论的脱节,像是背道而驰的两节车"。当时,这类专写思想批评的文章很多,或许可以称为灵魂的解剖,一如穆旦的诗。《轭》也是一篇自我批判的文章,这篇文章更进一步,走向"非知识"了。文章把眼镜与牛肩上的轭、马背上的辕相提并论,认为"眼镜是人自己加上去的轭"。作者号召:"脱掉那眼镜!"因为眼镜是知识的商标。这就等于说,不用学知识了,知识无用。西南联大后期确有这种"非知识"的思想。《隔膜》写作者去一个小城市旅行的感受,充满了自我解剖甚至自责。文章说,"我"到了乡间,发现自己和广大人群有隔膜,并被这层膜束缚着。作者认同人民大众,用劳动者的眼光来评价生活,并愿意走向民间,进而对自己进行解剖,否定作为知识者的自我。这种要求知识者放弃自我、走向底层群众的思想在西南联大后期的"进步势力"中较为强烈。可惜此文还欠严谨,表意也不够显豁。

杂文写作较成功的是史劲。史劲从 1944 年至 1946 年,连续发表了《骑驴之见》《国情举隅》《刀笔及其他》《借镜和忌镜》《人的召唤》《略论感化》《屋的哲学》《乡人所见》《冒牌老百姓》《神治》《新双包案》等二十余篇杂文,是文艺社发表杂文最多的作者。

《骑驴之见》议论中庸之道。文章说:"中游"是保不住的,中庸思想不可取,中庸之道不可行,若要实现目标,要么骑马先行,要么靠脚力稳步向前,切不可以骑驴自居。中庸是中国人的普遍心态。作者非中庸,当然是希望中国人勇往直前的。另一篇杂文《屋的哲学》,据同学回忆,是"李(广田)先生改定的题目"①。文章讲述建造房屋的"哲学"。作者认为旧的方式是"自上而下",新的方式是"自下而上","自下而上"比"自上而下"好,所以,建造房屋应该采用新的方式。这篇"哲学"揭示的就是这样一种"普遍规律"。作者自然有所寄寓,但文章没有明言,只能由读者自己去体会。《冒牌老百姓》揭露达官贵人假"老百姓"之名去兜售违背人民意愿的主张之行径。时代已经发展成了"人民的世纪"②,似乎只有老百姓最吃香,所以达官显贵、皇亲国戚都来冒充老百姓。文章最后说:"老百姓虽然可以冒牌,老百姓自己就有照妖镜,不认识老百姓的照妖镜的厉害,还是不要轻易尝试,留神毕露了原形,那就无法跑掉。"文章写于反动军警鸣枪威胁学生时事晚会的"一一·二五"之后,显然是有针对性的,因此有很强的现实意义。与上述文章相比,《乡人所见》最具杂文风格,文章谈古论今,纵横捭阖,收放自如地批判了乡

---

① 熊朝隽:《难忘的回忆——追忆刘克光兄》,《刘克光纪念文集》(内部发行),2002 年,第 409 页。

② 闻一多:《人民的世纪》,《闻一多全集》第 2 卷,武汉:湖北人民出版社,1993 年,第 407 页。

人的愚顽,同时也讥刺了学者对青年的误导,同样有很强的现实针对性。这篇文章显示了作者杂文的成熟品格。

《借镜和忌镜》是一篇优秀杂文,可以看作史劲的代表作,后来被收入《中国新文学大系》。杂文以人们对待镜子的态度来讲做人的方法。文章从战国人邹忌讽齐威王纳谏的故事,讲到一部电影中女王怕见自己凋萎的面容而打碎镜子的事,说明镜子的用处,并由此引出"面子问题",于是产生了"忌镜"现象,得出"镜子和面子是可以打交道的"结论,作者的观点是:"爱面子的人一定要爱镜子,不是'忌镜'而是'借镜'。"但"借镜"也有借错了的,例如借了哈哈镜,事物就变了形,所以要找到好镜子。邹忌是"借镜"得益的典型,女王是"忌镜"掩丑的典型。镜子是忌不了的,镜子碎了,还有水,把挑水的人杀了,血也能照出面容。爱面子的最好方法是多多"借镜",照出自己的真相,正确对待缺陷。"我们中国人是世界上最好面子的第一个民族",文章最后说:"对着第一流的好面子的大国民,我愿意说几句话,更希望大家都爱真面子,都照好镜子……愿大家都找到不落尘埃的好镜子!"文章揭示的道理确实令人深思,文章也因此获得了生命力。而在艺术上,此文具有"杂"的特色,讲古人、讲今人、讲外国人、讲中国人普遍的面子观念,许多事情纷至沓来,但都串在"借镜"与"忌镜"的思路之中,读来既感中心突出,又觉丰富多彩。

史劲还有一篇当时著名的文章——《三万人的行列——记昆明"一二·一"死难四烈士的殡葬》,是第一篇在香港报道1946年3月17日昆明各界为"四烈士"送葬情况的文章。

张源潜也写过一篇报道式文章,记述作者乘"川滇特快"从昆明到曲靖再返回的旅程。文章真实地记录了车况、景象、社会状况和风土人情,是研究交通和社会史的宝贵史料。

张源潜1942年考入外文系,首先发起文艺社。1945年,他随中国青年军二〇七师远征剧团去上海,路上写了几篇"行军散记",报道路途见闻。第一篇《开小差》,写剧团到贵阳的第二天,"两个伙夫开小差跑了",剧团如何解决吃饭问题的事。第二篇《黄鱼的命运》。"黄鱼"指通过与汽车司机的私人关系搭乘汽车的乘客。文章写狠毒的汽车司机图财害命,半路上赶杀七条"黄鱼"的事。第三篇《俘虏们》写优待日本俘虏的事。俘虏的待遇比国人优厚,他们可以趾高气扬地自由上街,甚至干出欺压百姓的事,"他们并不承认这战争是失败的。在心底里他们还存着报复的念头"。这些报道涉及广阔的生活,记录了人情世态,是了解认识当时社会的好材料。

王景山也写了一篇报道《庄严的葬仪——记"一二·一"殉难四烈士殡葬典礼》,在昆明发表后,又为重庆、上海等地报刊转载,传播很广。此文与史劲《三万人的行列》并为"四烈士"出殡报道的双璧。

王景山1943年考入外文系,与赵少伟创办壁报《新苗》,后加入文艺社,成为骨干。王景山以杂文登上文坛,连续发表了《颂扬之类》《还要牺牲》《从"匪"到"奸"》《维持"治"安》等,尤其是在"一二·一"运动中,他写下了多篇檄文。《颂扬之类》可为代表。文章是从报纸上大登颂扬之辞而引出的感慨。在前方抗战中,明明是失败退却,却要用我军"转进","敌窜××"作报道,抗战胜利后,报上又是满目"德政""治绩""感戴""鸣谢",再加上"爱民如子""仁心仁术""见义勇为""拾金不昧"等,"却也颇有三代盛贵之遗风。满以为这样总可以'安居乐业'享'天下太平'之福了,而事实又往往不如想象的那么美满"。文章说,报总是要读的,"只好硬着心把每天报纸上颂扬之类的东西继续看下去,大报之不足,小报;日报之不足,晚报",又看到一篇感谢一位兽医,并宣扬其"兽医丹"之功效的文章,其颂扬之辞颇丰,文章的落款是:"翠湖东路佛教会的猫、白马庙108号李公馆的猪、金牛街37号的牛共谢。"文章接着发议论,最后说:"不过从这老实的启事中,我却终于悟出一些道理来了,盖就是一般堂而皇之的颂扬之类也者,个中情形大概和这差不多,顶多是他们较聪明,因而所玩的把戏也较聪明而已。"此文抓住社会的一种普遍现象,举出若干事例进行分析,并挖掘出颂扬背后的东西,在不动声色的叙述中,对"颂文"的制作者进行了讽刺,杂文意味很浓。此文可以作为文艺社杂文的代表作之一。

通观文艺社的创作,确实没有产生出艺术高超、影响巨大、能够代表一个时期的作品,但个别作品还是具有相当高的水准的。例如,何达的诗《图书馆》、叶华的诗《鼓》、王季的小说《主妇们的消遣》和《未举行的婚礼》、史劲的小说《古屋之冬》和杂文《借镜和忌镜》、王景山的杂文《颂扬之类》,这些作品,为文学史提供了新的内容,是其他作品不能代替的。因此,从文学创作的角度看,文艺社仍是值得注意的。而以文学社团的活动内容论,文艺社又有着自己的特点。

第四节　文艺社的特点

在西南联大所有文学社团中,文艺社是最具有组织特征的:有固定的社员,有统一的组织,有自己的报纸,按一定的计划开展活动,并且形成了自己的特色。文艺社在思想方面较清楚地体现了西南联大后期的主流倾向,其文学思想也可以称为西南联大后期的"主旋律",虽然创作成就与西南联大其他文学社团相比稍微逊色,但这并不是文艺社自身不努力,而是时代思想决定的。事实上,文艺社同仁一向采取"不求闻达、埋头苦干、只问努力的严肃态度",当时就"被人认为埋头干,不多说话"[1]。再从后来的发展看,文艺社没有培养出一个著名作家,甚至文艺社的绝大多数社员包括骨干后来都不再进行文学创作。其中的原因何在? 或许下面归纳的特点能够作些回答。文艺社的特点,概括起来有:组织机构健全,战斗姿态突出,注重理论研究,站在时代潮头等。

一、组织机构健全

西南联大的文学社团,往往有骨干无组织机构,即使有社长,大多也是

---

① 文艺社:《关于联大文艺社》,西南联大除夕副刊社编:《联大八年》,昆明:西南联大学生出版社,1946 年,第 139 页。

为应付学校的社团管理规定而临时填在登记表上的,并未行使"长"的职责。文艺社则不然,不仅有社长,还有干事,而且还把社员分成几个小组,组织形式较为完备。文艺社的组织情况和负责人,上文已经说过,此从略。这里再谈谈机构设置情况。

《文艺》壁报,设有社长二人、专任作者五人。专任作者负责撰写壁报所需的诗歌、散文、小说和文学评论等稿件,有时也向其他同学约稿。

文艺社成立后设立干事会。干事会的建制仿西南联大学生自治会的干事制,设总干事三人,干事会下设总务、研究、出版三股。社员则分为诗歌、小说、散文杂文、论文书评四个组。

《文艺新报》设社长一人、主编一人、副主编二人、编辑数人,社员全部充当通讯员。

文学社团本是组织松散的民间团体,像文艺社这样组织机构明确、负责人落实、社员组织有序的文学社团,在整个中国现代文学史上也不多见。由于组织健全,人员确定,各负其责,文艺社的工作多半在有计划的状态中进行,因此开展得活泼多样而有序。

二、战斗姿态突出

文艺社从头至尾都摆出了一副战斗姿态,文艺社社员也以斗争为乐、为荣,数十年以后,在文艺社社员的心目中,念念不忘的是当年战斗的成绩,所以,说文艺社具有战斗性的特点不该有误。其战斗性体现在以下一些事件中:

文艺社一"出场"就显出了批判的架势。《文艺》壁报是在《耕耘》壁报的启发下产生的,但产生后即刻向《耕耘》壁报发起了一场论战。虽然论争并没有分出胜负,但文艺社的观点赢得了更多人的支持。事实上,文艺社就是通过这场论争而声名大振、发展起来的。

在"一二·一"运动中,文艺社的战斗姿态得到了更充分的展示。由于文艺社素来表现积极,又有较强的组织性,还有《文艺新报》这块阵地,在"一二·一"运动的舆论宣传中发挥了巨大的作用。首先是出版《文艺新报》"反对内战号外"和"一二·一殉难四烈士纪念专号",以文学为武器参加战斗。其次是编辑《罢委会通讯》,为了集中精力投入编辑《通讯》的战斗,把社里的常规活动如学习、研究以及《文艺》壁报都停止了。文艺社在"一二·一"运动中的表现当然是形势所迫,民主运动遭压制,同学被打杀,在此情况下,稍有良心的人都会满腔义愤,文艺社同仁奋起反抗是正义行为。但同时,它也是文艺社自己的选择,当时西南联大有许多学生社团,唯有文艺社担当起掌握宣传喉舌的重任,是文艺社向来的思想倾向所决定的。因此,从"一二·一"运动中的表现看文艺社的战斗姿态最清楚。

在各类文学作品中,文艺社偏爱杂文,也可以看作战斗精神的需要。杂文的最大长处在于它的战斗性。文艺社充分发挥杂文的战斗作用,参与夺取了民主斗争的胜利。杂文可以看作西南联大的文学传统之一,冬青文艺社的壁报《冬青》就是杂文壁报,老师中也有多人写杂文,但文艺社的杂文创作与自己的诗歌小说等文学作品相比,不仅数量多,而且质量也是最高的。文艺社多写杂文并以杂文达到创作的最高成就,与作者的战斗姿态有关。

三、注重理论研究

文艺社设一个常委和两个干事负责研究工作,显示出文艺社对于理论研究的重视,在出版物的栏目设置上也体现出研究探索的特点。《文艺》壁报,每一期都有理论或评论文章。《文艺新报》的头篇文章一定是论文,其篇幅几乎占了整版,第三版左下角是固定的文学评论栏。另外还设"文艺信箱"栏,请名师解答读者疑惑的理论问题。如此重视理论研究,在西南联大的文学社团中是较为特出的。

文艺社宣称自己"是一个学习的团体"。每月举行的作品讨论会就是"学习"的一种方式。据《联大八年》载:文艺社"每组每月有一次讨论。因此每星期都有一个讨论会在举行着"①。文艺社举办讲座的目的也在于学习，如请本校教授和校外专家讲新文学史、当前的文学动态和文学理论问题等。

通过学习和研究，文艺社写出了若干论文和书评，其数量和质量均不亚于文艺社自己的小说、诗歌和散文创作。这种情况在西南联大各文学社团中也是特出的。文艺社社员当时发表的论文和书评，大约在二十篇以上。发表作品不算多的文艺社，有这么多学术文章发表在校内外报刊上，可谓成绩斐然了。

四、站在时代的潮头

注重学习的文艺社，具有注意现实和政治的特点，最终表现为站在时代的潮头，随波起伏。所以，文艺社的思想与活动，较好地体现了西南联大后期的风云际遇。这对于一个文学社团来说，有好的一面也有坏的一面。可以说，文艺社的成就与不足均与此有关。

当西南联大政治高压渐弱、民主自由思想开始复苏的时候，文艺社破土而出，占风气之先。在校园气氛仍处于寂静沉默之时，文艺社发起与耕耘社的论战，"使全校的各种社团几乎都牵入涡漩"②，促进了校园中民主自由思想的活跃。缪弘同学把生命献给了抗日战争，文艺社参与组织悼念活动并选编《缪弘遗诗》，表达了师生的愿望。文艺社创办了一份报纸，开创了西南联大文学社团的第一。在"一一·二五"时事晚会后，文艺社率先编出报纸"号外"，喊出"我们坚决反对内战""我们全力支持罢课""分散只会失败，团结才有力量"等口号，赢得了同学的支持。在整个"一二·一"斗争中，文艺社一直站在运动的前列。西南联大复员前，文艺社发起"艺联"，与剧艺社、新诗社合并，准备到北方的新环境中开展更有效的活动。这些说明，文艺社了解现实，对政治动向把握准确，因此才能充当思潮的先锋，站在时代的

---

① 文艺社：《关于联大文艺社》，西南联大除夕副刊社编：《联大八年》，昆明：西南联大学生出版社，1946年，第141页。

② 文艺社：《关于联大文艺社》，西南联大除夕副刊社编：《联大八年》，昆明：西南联大学生出版社，1946年，第140页。

潮头。

对政治敏感并且表现出极大的热忱，是文艺社的一个特点。文艺社的其他一些活动，如发起"五四"文艺晚会、举行"一二·一"运动中文学各部门的检讨会等都带有政治活动的色彩。数十年后，文艺社多位骨干的回忆文章都津津乐道政治活动与革命斗争，而不介绍文学社团的主业——文学创作，就是当年热情的余留。由于政治热情极高，他们必然要充当群众的代言人，这就要求把自己溶进群众之中，汇入时代潮流。于是，文艺社社员便失去了独立的自我。本来就没有找到创作中的"这一个"，没有形成坚强的"自我"的文艺社社员，又在政治热情的推动下和时代潮流的激荡中追波逐浪，更丧失了未成型的自我，淹没了发自初衷的文学观念。这是文艺社未能创作出更多的优秀作品、没有培养出著名作家的原因。

与此相关的另一个原因是文艺社的文学观念。文艺社崇奉现实主义。现实主义是当时文坛的主导思想，也是导师李广田坚持的文学观念。李广田一再告诫社员要关心现实问题，反映社会斗争，揭露阶级矛盾。文艺社的作品，无论小说、诗歌还是散文都表现出了鲜明的现实主义倾向。但在严酷的政治斗争当中，文学不可能再置身事外，而是被当作武器和工具使用了，现实主义于是沦为"工具主义"。而在现实斗争中，文学的力量微不足道，要改变生活的现状，只能去做实际工作。在这种认识的推动下，文艺社便产生了否定文学、放弃文学的念头。上文说过，王季的作品中表现出"非文学"的倾向。"一二·一"运动之后，文艺社没有写出好的小说和诗歌，连他们最拿手的杂文也少了。李广田的话很有代表性："文艺的目的是变革现实和改造社会，在实际斗争中有许多事比文艺更重要。要投身现实斗争，必要时应该割掉'文艺爱好'的尾巴，从事更直接的实际斗争。"①李广田的话是在文艺社的最后一次集会上说的，相当于"临别赠言"，文艺社社员笃信并照办了——

---

① 李广田语，转引自王楫、刘克光：《文艺壁报和文艺社》，云南西南联大校友会编：《难忘联大岁月》，昆明：云南教育出版社，1988年，第244页。

当然这也是文艺社社员的共同思想。既然随时准备"割掉'文艺爱好'的尾巴",怎么指望文艺社后来会有著名作家出现呢？事实是,后来文艺社的许多社员放弃了文学创作甚至远离了文学活动。这是我们总结历史时应该注意到的。

第八章　新诗社

　　新诗社是西南联大后期一个重要的文学社团。在两年多的历程中，新诗社以勇于创新的姿态和生气勃勃的精神面貌，开创了西南联大文学史上的新局面，成为西南联大文学中的一个重要派别。"新"是新诗社的主要追求和精神特质，做全"新"的人，写全"新"的诗成为新诗社的宗旨。因此，新诗社的价值和特点集中体现在一个"新"字上。

　　朗诵诗是新诗社的创新主体。新诗社致力于朗诵诗的创作和诗朗诵的效果探索，创作了一些可以跻身于中国朗诵诗代表作行列的诗歌，培养出何达等有影响的诗人，并且开创了西南联大的朗诵诗活动，推动了昆明地区朗诵诗运动的发展，使朗诵诗成为西南联大和昆明文学活动的翘楚。

　　开放式是新诗社的组织特点。虽然在西南联大的文学社团中开放的组织前已有之，但新诗社把"开放"推进了一大步，成为真正意义上的开放。新诗社到底有多少社员，不得而知。新诗社举办的朗诵会，动辄上千人。这在西南联大的历史上没有过，恐怕在昆明也不多见。朗诵会是新诗社发表诗作的重要方式。

　　新诗社的诗不是为自己创作，也不是为少数惯听"弦外之音"的欣赏者创作的。所以，为大众写诗、走群众路线可以看作新诗社的另一个"新"。在西南联大,从来没有哪个诗人的作品一发表就拥有那么多的受众。新诗社是西南联大最注重接受美学运用的文学社团,而新诗社的诞生、发展、观念和成就都与中国现代诗坛宿将闻一多紧密相连。因此谈新诗社须从闻一多说起。

第一节　新诗社的成立与活动

　　汪曾祺说:"能够像闻先生那样讲唐诗的,并世无第二人。"[①]1943 年秋季开学,闻一多仍然讲"唐诗",同学们前呼后拥挤进教室,晚到的同学只好站在门窗之外听讲。闻一多站在讲台旁,打开布包,左手取出一个本子,右手轻轻拍着说:"有一天,佩弦先生递给我一本诗,说……你看,新诗已经写得这样进步了。"然后,转身在黑板上写下"田间"两个字。他接着说:"他的诗,我一看,有点吃惊,我想,这是诗么? 再看,噫,我说,这不是鼓的声音么?"[②]闻一多越讲越兴奋,把这堂"唐诗课"变成了"田间课"——

　　"鼓——这种韵律的乐器,是一切乐器的祖宗,也是一切乐器中之王……提起鼓,我们便想到了一连串形容词:整肃、庄严、雄壮、刚毅和粗暴、急躁、阴郁、深沉……鼓是男性的,原始男性的,它蕴藏着整个原始男性的神秘。它是最原始的乐器,也是最原始的生命情调的喘息。"讲完了鼓,闻一多接着朗诵了田间的两首诗。他称赞说:"这里便不只鼓的声律,还有鼓的情绪。这是鞍之战中晋解张用他那流着鲜血的手,抢过主帅手中的槌来擂出的鼓声,是祢衡那喷着怒火的'渔阳掺挝',甚至是,如诗人 Robert Lindsey 在《刚果》中,剧作家 Eugene O'Neil 在《琼斯皇帝》中所描写的,那非洲土人

---

　　① 　汪曾祺:《闻一多先生上课》,《汪曾祺全集》第 6 卷,北京:北京师范大学出版社,1998 年,第 300 页。

　　② 　闻一多语,转引自何达:《闻一多·新诗社·西南联大》,《北京文艺》,1980 年第 2 期。

的原始的鼓,疯狂,野蛮,爆炸着生命的热与力。"①

　　闻一多只顾讲下去,同学们则感到耳目一新,眼界大开,精神振奋,原来诗还有这样的写法,原来还有这么好的诗,使得多年来浸淫在古诗研究中的大学教授都对它刮目相看,大加推崇!也许连闻一多都没有想到这堂课给予同学们的震动有多大。下课后,同学们在餍足感之外,还有一种饥渴感,一边陶醉在课堂的情景中,另一边如饥似渴地寻找田间和解放区的诗来读。这堂课引起的是西南联大部分学子审美观念的改变、另一种诗风的酝酿,它在学子们心目中埋下了一个诗的新品种——朗诵诗的种子。

　　1943 年的西南联大,"皖南事变"后的阴霾还没有完全消退。也是在秋季开学后,几个耐不住寂寞的青年开始喊出了自己的声音,在满目萧索中,出现了《耕耘》《文艺》等壁报。而闻一多这位埋头于古籍的"老教授"也在这时,心灵被田间诗歌的"鼓点"震动,并立即将这种震动传递给学生,大家似乎看到了乌云边的一片蓝天,开始步出门户朝那里张望,从而使寂静的校园出现了躁动。换句话说,闻一多的"田间课"适时地出现在西南联大民主自由空气开始复萌之时,并为这种空气的复苏注入了催化剂——这恐怕也是闻一多没有想到的。

　　在这场躁动中一个最有代表性的人是何孝达(何达)。作为历史系 1942级学生的何孝达,当时站在窗外旁听闻一多的课,田间那擂鼓的声音和闻一多听鼓的感受使他大为惊异,心灵受到震撼。他凭借记忆把闻一多的讲课内容整理成文发表于壁报,以让更多的人共享,同时,一头扎进图书馆急迫地翻阅那些新的诗歌,吮吸新的养分。和他一样饥渴地阅读诗歌的还有另一些人。终于有一天,在图书馆里,发生了一段巧遇:

　　1944 年春的一个上午,何孝达坐在图书馆的阅览室里读新诗,从会心的愉快中偶然抬起头来,看到斜对面一个浓眉大眼的青年也在读诗,他的神情

　　① 闻一多:《时代的鼓手——读〈田间的诗〉》,《闻一多全集》第 2 卷,武汉:湖北人民出版社,1993 年,第 197、199 页。

专注而真诚,十分可爱。何孝达写了一张字条:"朋友,你爱诗吗?"递过去。对方立即投来热情的目光,报以灿烂的笑容。这个人叫沈叔平,是1942级政治系的学生。两个人相约走出阅览室,在图书馆前面的大草坪进行交谈,两颗诗心越谈越投机,越谈越亲近,大有相见恨晚之感。他们想到:爱诗的人,绝不止两个,为什么不把大家火热的心连在一起呢?于是,分头探问,寻找爱诗的朋友。

爱诗的人很快找到十二个。大家希望组织起来,但不知怎样操作为好。大家不约而同地想到一个人,希望得到他的指导,而这个人就是上年秋天大谈田间,把新诗的魅力注入学生心灵的闻一多。闻一多那么忙,愿意指导几个初学写诗的青年吗?大家心里没底。于是,公推与闻一多比较接近的中文系同学康乃去探询闻一多的意见。没想到,闻一多满口应承,并说:就在这个星期天,你们到我家里来,我们可以多谈谈。大家内心说不出地高兴,盼望着星期天的到来。

那个金色的星期天,1944年4月9日在大家的盼望中到来了。这天早晨,何孝达、沈叔平、施载宣、康乃、赵宝煦、黄福海、周纪荣、赵明洁、段彩媚、施巩秋、王永良、万绳楠在学校集合出发,去昆明十多公里以外的龙头镇司家营拜访闻一多先生。闻一多带同学到村边几棵尤加利树下的草地上,围成一圈坐下,同学们各自朗读自己的作品,六七岁的小妹闻翻也朗读了她的诗作《金色的太阳》。这是同学们初次体验集会朗诵。闻一多认真听完大家的朗诵,又点评了每个人带去的习作,接着开始了谈话。他首先表示非常支持大家组织诗社,然后谈了他对诗的看法:

他首先就批判中国传统的"诗教",说:"温柔敦厚,要不得。"

他说,一向旧社会的诗人,把诗当作媚人娱己的玩意儿。他说:"我们不要这样的诗。"

他说,不一定要把诗写好,好不好没关系。甚至于写不写诗都没有关系,要紧的是做一个"人",真正的人,不做奴隶。

他说,今天的诗人不应该对现实冷淡旁观,应该站在人民的前面,喊出人民所要喊的，领导人民向前走。

他说，要写诗，也不一定用文字写，最好是用血肉来写，用整个生命来写。①

闻一多的话成了后来成立的新诗社的纲领性文献，它决定了新诗社的方向，贯穿在新诗社的全部活动中。

这一次十二人与闻一多座谈，在新诗社的历史上具有奠基的意义：思想道路的奠基、诗歌形式的奠基、活动方式的奠基。

在司家营座谈后一个星期里，同学们多次聚会，商讨诗社的事，最终确定了以下几方面的意见：关于诗社的名称，突出一个"新"字，取义于闻一多那天所谈的一段话："我们的诗社，应该是'新'的诗社，全新的诗社。不仅要写新诗，更要做新的诗人。"②关于诗社的发起人，就是那天司家营拜访闻一多的十二人。关于导师，当然是闻一多先生。关于成立日期，就定为司家营访谈的日子，即1944年4月9日。关于诗社的宗旨和方向，大家把那天闻一多坐在草地上的谈话内容归结起来，得出四条纲领：

一、我们把诗当作生命，不是玩物；当作工作，不是享受；当作献礼，不是商品。

二、我们反对一切颓废的晦涩的自私的诗，追求健康的爽朗的集体的诗。

三、我们认为生活的道路，就是创作的道路；民主的前途，就是诗歌的前途。

四、我们之间是坦白的直率的团结的友爱的。

关于诗社的组织，采取开放的方式，以发起人为骨干，团结众多社友，把社员扩大到整个校园。大家选举何孝达和施载宣为社长。四十年后，新诗社的主要成员对其组织作了这样的总结："新诗社的'大门永远开着'。当年

① 何达：《闻一多·新诗社·西南联大》，《北京文艺》，1980年第2期。
② 闻一多语，转引自史集：《闻一多先生和新诗社》，《云南师范大学学报》，1987年第2期。

参加新诗社活动的朋友，不必履行什么手续，愿意来的可以随时来参加活动，不想再参加的，随时可以不告而别……新诗社也没有什么组织机构……但具体的活动则常由大家轮换主持的。"①关于活动和出版物，以"新诗"为中心举行各种活动，如读诗、写诗、评诗、组织诗歌朗诵等，出版壁报《诗与画》。

一切准备停当，于1944年4月中旬的一天，在西南联大南区学生服务处的小礼堂，举行了新诗社成立大会。出席大会的除发起人即骨干十二人之外，还有好多同学，其中有叶传华、秦光荣、沈季平、曹思义、陈柏生、郭良夫、伍骅、温功智、缪弘等。

经常参加新诗社活动和写诗的同学，据新诗社骨干回忆，除发起人和上面提到的一些人外，还有吴征镒、张源潜、王景山、赵少伟、王松声、缪祥烈、李复业、李建武、李恢君、马士豪、李维翰、叶世豪、伊洛、杨百达、因蔺等人，校外人士，今天所知的有杨明、彭桂萼、王明、张家兴、董康等人，这些人，应该说是新诗社的基本成员。有许多西南联大校内外的人，曾参加过新诗社的朗诵会或者写过诗歌，后来自称是新诗社的成员。根据新诗社从未登记社员的实际情况，承认他们是新诗社社员完全可以。这种情况不仅反映出新诗社开放的组织特点，而且说明了新诗社吸引力和影响力的巨大。

新诗社的成立，为西南联大的文学活动组织了一支生力军。新诗社成立后开展的一系列活动，尤其是朗诵诗的创作和大型诗歌朗诵会的举办，无论在文艺方面还是政治方面，都赢得了自己在西南联大历史上的地位。

新诗社最经常的活动是朗读和讨论社员的习作。开初，每周或两周举行一次朗读讨论会。社员们拿出诗作，朗读或传阅，大家提出批评意见，帮助作者修改。这实际是司家营草地朗诵并讨论的继续。

闻一多经常参加集会，他"总是叼着烟斗和大家坐在一起倾听着，在最后才发表他中肯的评语"②。秦泥记述了闻一多作朗诵示范的情况："谈兴正

---

① 史集:《闻一多先生和新诗社》,《云南师范大学学报》,1987年第2期。
② 史集:《闻一多先生和新诗社》,《云南师范大学学报》,1987年第2期。

浓时,他往往会随手拿起一首诗高声地朗诵起来,作出示范。"①朗诵社员的习作,是闻一多言传身教的一种方法。闻山这样写道:闻一多的朗诵是那样富有表现力和吸引力,"像要把诗的全部思想、音韵、作者的感情,都融化在他的声音里似的;他在体味着,欣赏着,同时也在重新表现着"②。

　　冯至有时也来参加朗诵会。他在《从前和现在》一文中回忆到:"在昆明时,我曾经被约请参加过几次新诗社的聚会,聚会的地点有时在西南联大简陋的课室,有时在学校附近的一所小楼上,每次开会回来,心里都感到兴奋,情感好像得到一些解放。灯光下听着社员们各自诵读他们的作品,彼此毫不客气地批评,我至今还没有忘记一些诗在诵读时所给我的印象,虽然原文我记不清了。"③

　　参加聚会的人多了,大家便走出小屋,在教室里进行。教室里再坐不下,就到室外旷地。这是一种别有情致的朗诵会,像新诗社初始的司家营朗诵会那样,几棵小树,一块草地,一阵轻风,充满了诗情画意。闻一多和冯至经常出席这样的朗诵会。四十年后,冯至仍保持了这样的记忆:"每逢春秋佳日,在近郊的小树林,在某家花园,在课堂里,或在月光下,大家热烈讨论,纵情朗诵,细心聆听闻一多的名言谠论,我从中也得到不少启发。"④这种"在某家花园""在月光下"举行的朗诵会,可以举 1944 年 10 月 1 日为例。这一天是中秋节,新诗社在英国花园举行赏月诗歌朗诵会,邀请闻一多和冯至参加,到会社员四十五人。大家坐在草地上,周围是高大的柏树,明月当空,环境幽美,大家朗读诗歌,谈论感想,欢声笑语阵阵,闻一多和冯至就新诗创作问题讲了话。

　　有了以上的朗诵经验和理论提高,新诗社便试图组织大型诗歌朗诵会。

---

　　①　秦泥:《如坐春风,如沐朝阳》,赵慧编:《回忆纪念闻一多》,武汉:武汉出版社,1999 年,第 223 页。

　　②　闻山:《教我学步的人》,赵慧编:《回忆纪念闻一多》,武汉:武汉出版社,1999 年,第 175 页。

　　③　冯至:《从前和现在——为新诗社四周年作》,《冯至全集》第 4 卷,石家庄:河北教育出版社,1999 年,第 129 页。

　　④　冯至:《〈闻山散文集〉序》,《冯至全集》第 5 卷,石家庄:河北教育出版社,1999 年,第 156—157 页。

机会很快到来。1944年10月9日,是新诗社成立半周年的日子,新诗社决定在这一天举行纪念晚会。骨干们齐心协力积极筹办,晚会如期在学校南区学生服务处小礼堂举行,到会的有教授十四人和文化界人士、大中学生一百多人,闻一多、冯至、楚图南、光未然、李广田、闻家驷、吕剑、沈有鼎、李何林、尚钺等先生均出席。诗朗诵开始,首先是社员叶传华朗诵自己的作品《心脏的粮食》,其次是楚图南朗诵惠特曼的《大路之歌》和尼古拉索夫的《在俄罗斯谁能欢乐与自由》,接着是闻家驷朗诵法文诗,冯至朗诵德文诗,再下来是孙晓桐朗诵《阿拉伯人和他的战马》,光未然朗诵《我们是老百姓的女儿》,最后是闻一多朗诵欧外鸥的《第二次世界大战的讣闻》和《被开垦的处女地》。发言开始。多位先生谈了对于新诗的看法。时间过得真快,电灯熄灭了,点燃的一排排蜡烛也矮下去了,于是请闻一多作了总结。

成立半年就举行如此盛大的纪念会,在西南联大社团史上却是第一次。纪念会的成功给新诗社极大的鼓舞,他们看到了朗诵诗的美好前景和诗朗诵的巨大力量,更加坚定了对于朗诵诗的信心。

大约在这个时候,闻一多介绍校外的学生参加新诗社的活动。校外人士的加入,改变了新诗社为西南联大内部组织的性质,使其逐渐发展成为一个昆明的诗歌社团了。随着诗歌朗诵会由内到外、由小型到大型,新诗社的名声越来越响,队伍越来越壮大,很快发展到几百人。不过,这是一支没有"登记"的队伍,所以无从知道具体数字。

此后,新诗社的朗诵活动在内部和外部两种场合展开。内部仍然以学习、交流、探讨为主,目的在于帮助作者提高写作和朗诵水平。外部场合是举办大型诗歌朗诵会,目的在于发挥朗诵诗的宣传鼓动作用——这才是朗诵诗的大用场,是闻一多提倡的那种朗诵诗。

内部场合和外部场合的朗诵除主题的散与专、人数的多少、出席者的身份、场面的大小及氛围等不同外,被朗诵的诗歌也不同。内部场合朗诵的多是社员自己的创作,外部场合则社内外的诗歌都朗诵,又以中外名诗为主。在外部场合集会上经常被朗诵的有冯至、艾青、田间、臧克家、绿原、马亚可夫斯基、普希金、尼古拉索夫、惠特曼等诗人的作品。这说明新诗社并不局限在"自我"的圈子里,他们的目光是开阔的,是具有世界性的。

这里列举主要的几次外部朗诵会:

1945 年 4 月 21 日,与文协昆明分会在学校南区 10 号教室联合举办"马亚可夫斯基逝世十五周年纪念会",田汉、闻家骊、李何林、光未然、常任侠、吕剑和社友二百余人出席,何达、郭良夫、李实中、光未然等朗诵。

5 月 2 日,举办诗歌朗诵晚会,地点在学校东食堂,一千多人出席,闻一多、何达、刘振邦、何兆斌、李实中、朱自清、胡庆燕、光未然、吕剑、郭良夫、许健冰、金德濂、常任侠等朗诵。

6 月 14 日,与文协昆明分会、西南联大、云南大学、中法大学、新中国剧社等十六个团体,在云南大学至公堂举办"诗人节纪念晚会",出席者一千余人,光未然、韩北屏、李实中、何达及云南大学文艺研究社全体社员等朗诵。

9 月 3 日,在学校东食堂举办"为胜利、民主、和平、团结而歌"朗诵会,闻一多、光未然、李公朴、黄药眠、孟超等出席,到会者一千多人,闻一多、光未然、吴征镒、李公朴、郭良夫、萧荻等及一些中学生朗诵。

10 月 29 日,与文艺社、冬青社等团体联合举办"西南联大成立八周年庆祝"朗诵会,地点在学校东食堂,一千多人出席,朗诵者无记载。

这里重点介绍一下 1945 年 5 月 2 日举办的诗歌朗诵会。这是一次著名的盛会,三年后朱自清仍把会议情形写入论文,数十年后还被西南联大学生经常提起。这次朗诵会是昆明四所大学联合举办的"'五四'纪念周"的活动之一,由新诗社主办。朗诵会开始,首先由闻一多致辞,他简要地介绍了用诗歌朗诵来纪念"五四"的意义和新诗的发展道路,论说了朗诵诗的价值和前途,提高了听众对朗诵诗的认识。随即开始诗歌朗诵,气氛热烈,"戏剧界、文化界的朋友们在台上朗诵,中学生、排字工人也对着(扩)音机演说"[①]。

---

① 　资料室:《三十四年"五四"在联大》,西南联大除夕副刊社编:《联大八年》,昆明:西南联大学生出版社,1946 年,第 25 页。

这是诗歌爱好者的狂欢！朗诵节目最精彩的要数闻一多朗诵艾青的《大堰河》，朱自清"从他的抑扬顿挫里体会了那深刻的情调，一种对于母性的不幸的人的爱。会场里上千的听众也都体会到这种情调"，"觉得是闻先生有效的戏剧化了这首诗，他的演剧的才能给这首诗增加了些新东西，它是在他的朗诵里才完整起来的"。此后，《大堰河》几乎成了闻一多的保留节目，又在多次会上朗诵过。光未然朗诵自创的《民主在欧洲旅行》深深打动了听众，博得热烈的掌声，在听众的要求下，他又朗诵了艾青的《火把》。李实中朗诵讽刺诗《我的实业计划》，他的朗诵"抓得住一些大关目，又严肃而不轻浮"，但"听到那洪钟般的朗诵，更有沉着痛快之感"①。

新诗社的其他活动中，最为出色的是为贫病作家募捐。"文协"昆明分会积极响应中华"文协"总会的号召，在昆明发起募捐活动。在这场活动中，新诗社采取了行之有效的方法，获得了好成绩。首先，在闻一多的建议和支持下，新诗社选出了部分诗作，在《扫荡报·副刊》上出了一期专页（内容将在第四节中介绍）。专页除随报纸发行外，还印成单张，上面加盖了闻一多"为响应文协援助贫病作家基金运动义卖"的字样，由新诗社社员去市内义卖。义卖所得收入全部作为捐款。其次，通过诗歌朗诵会募捐。1944年10月9日举行的新诗社成立半周年纪念诗朗诵会，实际也是募捐会。事先，新诗社草拟了《给贫病作家的慰问信》，朗诵会开始前，闻一多、楚图南、尚钺、冯至、李广田等一百二十三人在《慰问信》上签名，壮大了新诗社的声威，增强了募捐的号召力，当晚便获得了较大数目。之后，新诗社继续努力，到1945年2月，共募得三十六万元捐款。此数占西南联大募集总数六十二万元的一半多，占"文协"昆明分会二百余万元的六分之一，占全国后方各大城市三百多万元的十分之一强，成绩相当可观。新诗社得到了"文协"昆明分会和"文协"总会的感谢。

"一二·一"运动的爆发改变了新诗社的方向，他们不得不投入政治斗

---

① 朱自清：《论朗诵诗》，《朱自清全集》第3卷，南京：江苏教育出版社，1996年，第225页。

争,朗诵会的形式也由群众大集会变成了小集会。在运动中,新诗社写了大量的诗歌。那些诗,有的保留了下来,绝大多数则随时光流逝了。

"一二·一"运动后,西南联大出现了较为平静的"喘息期",新诗社没再举行大的活动。1946年4月9日,是新诗社成立两周年的日子。新诗社在这一天举行纪念晚会。这天晚上,闻一多、李广田、李何林等先生莅会并做了演讲,新诗社社员朗诵了诗歌。

西南联大于1946年5月4日宣告结束。结束后不久,新诗社在一家"青年公社"的茶馆楼上,举行话别会。这时,新诗社的骨干有的毕业了,有的留在昆明做事,有的跟着学校回北平,大家不光是告别昆明,还是互相告别,因此,每个人都有些话要说。第一个站起来发言的是闻一多,他的第一句话就说:"这两年多,我跟新诗社,是肉血不可分的。"①接着,骨干们相继表达自己的感想和心情,大家相约到了北方继续开展活动。夜深了,大家依依不舍地告别。

告别只是暂时的。不久,新诗社又在平津地区重聚了,而且,"这把火已经烧遍了华北","许多许多的新诗社都起来了"——北大新诗社、清华新诗社、南开新诗社、中法新诗社、师院新诗社、北洋新诗社、朝阳新诗社、燕大新诗社……他们继续着西南联大新诗社的精神,创造着新的朗诵诗。只是,导师闻一多永远留在了昆明。1948年4月9日,新诗社成立四周年时,何达写了一首题为《新诗社》的诗,抒写了新诗社和闻一多的血肉联系:"新诗社举起一只大旗/上面写着三个大字:/'闻一多'!""新诗社是闻一多的纪念碑/新诗社是闻一多的铜像。"②有这样一些传人,当可告慰烈士英灵了!

---

① 闻一多语,转引自何达:《闻一多·新诗社·西南联大》,赵慧编:《回忆纪念闻一多》,武汉:武汉出版社,1999年,第274页。

② 何达:《新诗社》,《我们开会》,上海:中兴出版社,1949年,第207、210页。

第二节　新诗社朗诵诗目标的确立

诗朗诵作为中国诗歌的一个传统,是古已有之的,但朗诵诗作为一个诗歌品种,却是 20 世纪 30 年代才兴起的。殷夫的一些诗适合朗诵,光未然在延安时已写出很好的朗诵诗,国统区的高兰朗诵诗名气很大。但奇怪的是,新诗社似乎对他们的朗诵诗"一无所知"。新诗社当时无人提到早已著名的一些朗诵诗人的作品,在后来的回忆文章中也没露出蛛丝马迹。而且光未然就在昆明,还多次参加新诗社的活动并朗诵诗作。出现这种现象,并不是新诗社的"无知",而是他们的"无视"。因为,西南联大图书馆的一些报刊上就刊载着朗诵诗。昆明的报刊上也有标明"朗诵诗"字样的作品。生活在这种环境中的"爱诗者"不可能不知。新诗社这种只字不提的现象不能说明他们不了解当时的朗诵诗,而是他们不把那些朗诵诗看作自己效法的对象。换句话说,新诗社创作的朗诵诗并不是当时流行的那种朗诵诗。

新诗社对于朗诵诗的关注可以追溯到闻一多的"田间课"。在那次课上,闻一多满怀深情地朗诵了田间的《多一些》和《人民底舞》,田间的诗经过闻一多的朗诵创造,那鼓点般的诗句强烈地震动着听者的神经,一种新的诗美观念开始进入他们的意识。实际上,在文学史家那里,田间的诗并不是朗诵诗,而是街头诗,文学史家还给了它一个新名词——"战斗诗"。但由于倾倒于闻一多那美妙绝伦的朗诵,新诗社的同人便把它"误读"为朗诵诗了。历史上有许多的发明创造是因"误读"而引出的。新诗社同人由于"误读"了田间的"战斗诗",认为朗诵诗应该是田间那样的,因而导致了西南联大朗诵诗"异类"的产生。遗憾的是,我们无法知道从"田间课"到司家营草地谈诗这半年间新诗社同人做了怎样的探索,甚至无从知道在司家营草地上他们朗诵的是些什么诗,也就不可能了解他们走向田间诗的历程。

新诗社成立后开展的一系列朗诵活动,是对朗诵诗意识的加强。他们的活动,是对朗诵诗创作和诗朗诵艺术的双重探讨。由于史料缺乏,我们无从知道新诗社每次活动的情况,不知道社员创作了哪些诗歌,在会上朗诵的有哪些首,社员对诗艺有什么认识和提高,但从当时的一篇文章看,社员对朗诵诗有过争论。在 1944 年 7 月 9 日举行的朗诵会上,有人提出"诗是否可以分为朗诵诗和非朗诵诗两种"的问题,便出现了两种意见:"一部分人说根据语言和文字应是一致的这一原则,所有的诗应该都可以朗诵,目前还有一些人写诗很难懂,但是,假如写甚么诗的时候都准备被朗诵的,那么渐渐便会把难懂的字都去掉了,因此提倡朗诵诗还可以改进文字。另一部分人则以为诗除了音(乐)之美外,还应有图画之美,有些诗却不必一定都能被朗诵的,而且诗如果只有音乐之美那就编乐谱好了,何必要诗,而且文字无疑的是比语言更持久些更典型些,就是因为能使人更深远地欣赏了解,不是一下子就过去了,诗就是这样。"会上,两种观点相持不下。"这争辩还涉及到诗的内容和形式,诗的对象,诗和歌的起源和它们的关系"等问题,最后还是由导师闻一多作了总结①。这段引文说明,新诗社推崇朗诵诗,已经确定了向朗诵诗发展的方向,但是大家对朗诵诗的理论并不很明确。有的人认为所有的诗都应该是朗诵诗,其用意在于为朗诵诗争地位,但却失之偏颇了。

当时新诗社关于朗诵诗理论的材料,目前仅找到这一份。虽然据此(当然还有诗歌作品)可以得出新诗社在 1944 年 7 月明确了朗诵诗的追求方向的结论,但对具体的发展情形仍难以推测。不过,我们对新诗社导师闻一多的诗歌观念的发展脉络还是大致清楚的。由于闻一多对新诗社进行了有效的指导,通过考察闻一多的诗歌观念的变化来佐证新诗社的朗诵诗观念也是行得通的。

闻一多对于新诗社的活动有请必到,而且每次都要发言,或者阐释理论,或者点评诗作,或者做朗诵示范。而重要的讲话和典型的示范会被人记

---

① 王志华:《一个诗歌朗诵会》,《扫荡报·副刊》第 143 号,1944 年 7 月 19 日。

录发表或在后来回忆出来。这是探寻闻一多诗歌观念的重要线索。众所周知，闻一多是"新格律诗"的创造者和主要提倡者，后来，他专攻古代文学。1943 年秋，他在与白英选编《中国新诗选译》的过程中，读到田间的诗集，闻一多便情不可遏地把那"鼓的声音"介绍给听"唐诗"课的同学，从而唤起一群青年人写诗的自觉意识。此时，闻一多似乎还没有思考朗诵诗问题。1944 年 4 月 9 日在司家营草地上与同学的谈话，他强调写"新"诗，做"新"人，用生命写诗等，新诗社根据他的谈话精神归结的"四条纲领"中没有"朗诵诗"一词，说明闻一多还没有提出朗诵诗理论。新诗社成立后，闻一多经常参加社员的聚会，在此过程中，闻一多才对朗诵诗进行了深入的思考。闻山的一段回忆说明闻一多在此过程中的变化——有一天晚上，新诗社在一座小楼上聚会，闻一多来了，和大家一起朗诵诗、谈诗，他突然问："你们以为我到你们中间是干甚么来的？"接着自答："我是到你们中间来取暖的！其实，哪里是我领着你们，那是你们推着我走！"①"推着我走"指包括文学观念在内的思想意识。在新诗社朗诵活动的推动下，闻一多对诗歌的道路和朗诵诗理论进行了思考，得出了他的见解。在上述 7 月 9 日晚新诗社的聚会上，社员对朗诵诗问题发生了争论后，闻一多发表了他的见解："朗诵诗的对象，是大家，是许多人在一起，这样就能互相认识和团结，单是这一点已经应提倡朗诵诗了，而且朗诵诗尤其应该朗诵给人民大众听……但是渡过了这个难关以后，今天需要热情呼喊需要简单有力的诗句的人民，到了那个时候，他们的水准将被提高了，他们的生活将较……优裕些，应该为今日所唾弃的图画美的诗，那时将会兴盛起来。而且为了争取今天那些知识分子（因为他们总是偏执着'诗应该是玄妙的'，他们看轻朗诵诗），所以为了改变他们，就应该采取他们的方式去说服。故此一直在今天图画美的诗也不可完全丢掉！"②这是我们今天所见的闻一多关于朗诵诗的最早的言论。闻一多

① 闻山：《教我学步的人》，赵慧编：《回忆纪念闻一多》，武汉：武汉出版社，1999 年，第 177 页。
② 闻一多语，转引自王志华：《一个诗歌朗诵会》，《扫荡报·副刊》第 143 号，1944 年 7 月 19 日。文中"应该是他们的今天"应理解为"今天是人民的今天"。

的话有五个突出观点：第一，朗诵诗应该"朗诵给人民大众听"，这是"强调朗诵诗"的理由；第二，诗朗诵时"许多人在一起"，"能互相认识和团结"，这是"提倡朗诵诗"的另一个理由；第三，朗诵诗的提倡是时代的要求，因为朗诵诗面对的是"今天需要热情呼喊需要简单有力的诗句的人民"；第四，将来人们的文化水准提高，生活优裕后，供人看的图画美的诗将会兴盛；第五，在今天的情形下，供人听的朗诵诗和供人看的图画诗应该并行。闻一多的这些观点是从时代的特点出发，从人民群众的需要角度、从诗歌的社会作用立论的。

但是，当王志华的文章发表时，闻一多却不愿在文中出现自己的名字，于是文章只好用"导师"代之。这是为什么？如果不是闻一多对文章中记述自己言论的文字不满意的话，只能解释为闻一多对自己的观点还不十分确定。的确，此次讲话仍然是即兴发言，它是在同学发生了争辩而又分不出对错的情况下，导师表明自己态度时的言论。它说明闻一多此前对朗诵诗理论有了研究和思考，但还没有"定型"，他不愿发表自己不完全成熟的观点。

把 7 月 9 日的即兴讲话作为闻一多朗诵诗的基本观念，还因为闻一多此时正处于政治思想转变的起步期，他的思想逐步由个人转向大众，由个体转向群体。他由于重视群体和人民的力量而重视朗诵诗的宣传鼓动作用，顺理成章。

新诗社在闻一多朗诵诗观念的指引下，更加坚定了推行朗诵诗的态度。经过三个月的训练，于 10 月 9 日开始，新诗社走出社内圈子，对外举行诗歌朗诵会了。自此，新诗社开始向成熟迈进。之后，新诗社频繁地举行诗歌朗诵会乃至上千人的朗诵大会，就是把诗"朗诵给人民大众听"的实践，在组织上抱定愿意来的都欢迎的态度，就是发挥诗歌的"认识和团结"作用。新诗社是按照闻一多指引的路子走的。新诗社的成绩证明，闻一多的朗诵诗观念是正确的。

正是鉴于闻一多的朗诵诗观念和新诗社的成绩，我们把新诗社朗诵诗观念的确立时间定在 1944 年 7 月，并把 7 月 9 日作为标志性的日子。

第三节　新诗社的出版物

新诗社的出版物有一份诗壁报、一张诗专页和两本诗集。壁报今不得见，在此介绍诗专页和诗集。

一、专页《诗叶之七》

《七月诗叶》是昆明《扫荡报·副刊》的一个栏目，属刊中刊。《诗叶之七》是《七月诗叶》的一期，为新诗社专刊，1944 年 10 月 8 日刊出，共登诗七首。新诗社出诗专页有两个目的，一是纪念半周年生日，二是为援助贫病作家义卖。

《诗叶之七》所刊的诗是何达的《我们的心》《我们开会》、萧荻的《祝》《最初的黎明》、俞铭传的《拍卖行》、因陈的《原始》、白鹄的《夜歌》。诗前有新诗社的《给读者》，诗后有《七月诗叶》编者的《编后献词》。由于"诗叶"难觅，这里将做较详细的介绍。

署名"新诗社"的《给读者》云：

> 我们喜欢诗，诗是我们的生命。
>
> 但我们认为创作的道路和生活的道路是一致的。在这个时代，我们不容许低吟慢唱、轻吁短叹，我们"如斯巴达的婴儿，受鞭笞的洗礼而成长"。
>
> 因此，我们唱出了我们粗旷的、勇敢的歌……

短短几句话，表明了新诗社的诗歌态度：将生命融入诗中，创作出反映时代精神的粗旷而勇敢的诗。这个态度在新诗社成立时提出的"纲领"中已有体现，在新诗社后来的活动中也体现着。所以，这几句话对于把握新诗社的思想态度是重要的。

署名"《七月诗叶》编者"的《编后献词》，表达了对新诗社成立半年的道贺，赞扬新诗社为援助贫病作家义卖的举动，同时也遗憾地表示"好诗未能一一刊出"。看来,新诗社送去的诗还有一些,以后也没有机会再刊出了。这就不像新诗社骨干在回忆文章中所说的"究竟出了几期已经记不清了"①。实际只出了这一期,新诗社留下的悬念可以解开。

编辑吕剑确实是有眼光的。"好诗未能一一刊出",而刊出的都是好诗。所登的诗都是诗人各自的代表作,同时也是新诗社的代表作。何达的《我们开会》先被闻一多选入《现代诗抄》,后诗题被朱自清选为何达诗集的书名,并在序言中对此诗作了肯定性的评价,再后又被入选《中国新文学大系》等重要文献,成为中国现代优秀作品。《我们的心》以诗化的语言准确反映了当时西南联大学生的心情。何达后来曾多次引用此诗,想来是他比较满意的作品,诗也确实可作为何达的代表作之一。萧荻的《最初的黎明》为作者得意之作,五十年后作者自编诗选,仍用此诗题作书名。《祝》为新诗社所推崇,《给读者》中"如斯巴达的婴儿,受鞭笞的洗礼而成长"之句,就出自此诗。俞铭传的《拍卖行》被闻一多选入《现代诗抄》,后又被别的诗集选载,历来被认为是诗人的代表作。因蒢的《原始》思路开阔,想象奇妙,很有特色。白鹈的《夜歌》立意新颖,亦是一首力作。

《诗叶之七》上的这七首诗,较好地体现了新诗社前期的创作特色,可以看作新诗社前期诗歌的代表。以内容而论,它们反映的是知识分子的生活,不具备新诗社后期的激烈情感和战斗锋芒,也很难说具有大众性。以艺术而论,它们体现的是知识分子的审美心理,从风格到语言都带有许多个性的特点,缺少后期朗诵诗的通俗性。这些诗带有新诗社探索时期的痕迹,体现出现代诗向朗诵诗的转变,其思想和艺术都是建立在诗作者的"个体诗"和读书人层面的"大众性"之上的。

二、长诗《死在战场以外的中国兵》

1945 年 8 月,日本投降的消息传遍全国,人民欢呼雀跃,庆祝胜利。而

---

① 史集:《闻一多先生和新诗社》,《云南师范大学学报》,1987 年第 2 期。

昆明后方的这群知识分子,关注点已经转移到国家政治上了,当时最响亮的口号是"民主"与"自由"。由于被暴力勒住喉咙及投鼠忌器的缘故,八年中他们不能喊出来。而这时,战争胜利了,压抑已久的苦闷终于冲破暴力与顾忌,他们喊了出来。长诗《死在战场以外的中国兵》(以下简称《中国兵》)就是在这种背景下产生的。诗歌在抗战胜利后的第二天夜里写成,可以说是中国最早的"战后文学"之一。

《中国兵》写成后,得到了闻一多和新诗社的推重,作者说:"第一次发表就是闻一多先生朗诵的,后来新诗社又多次朗诵过。"[①]1946 年 5 月,新诗社将它出版印行,封面上标有"联大新诗社出版"字样。作者杨明,当时是中法大学学生,因闻一多在中法大学兼课而介绍他到新诗社。《中国兵》由李广田先生题写书名,新诗社社长何达作序。全诗分十一节,分别为:被绑出来了;你终身信持的功课;人不如猪;你们身上的肉被走了私;让你记着这个榜样;睡梦中你醒过来;模糊了人生的界限;战场的路,于你这样远;你倒下了,在陌生的都市;这是一笔糊涂账;结算,我们要结算。长诗以第二人称讲述一个壮丁——军人的悲惨命运,从思想到艺术都有一些可取之处,尤其是对战争的反思及为朗诵诗提供的经验值得总结。

三、长诗《抢火者》

《联大八年》中的《新诗社》一文说:《抢火者》是新诗社"出版的诗集",但书中并没有提供任何与新诗社有关的信息。据说,《新诗社》一文出于何达的手笔。何达是新诗社的主要负责人,《抢火者》的作者戈扬是新诗社的成员,而《新诗社》一文写在《抢火者》出版之初,应该相信何达的话是对的。

叙事长诗《抢火者》,副标题"献给'一二·一'死难四烈士",浪花文艺社1946 年 4 月初出版。全诗分四章,描写"一一·二五"到"一二·一"惨案全过程。记述清楚,现场感强,完成了规定的主题。《抢火者》给我们的最大感

---

① 李光荣访杨明记录,2004 年 4 月 14 日,昆明医学院第一附属医院干部治疗科。

受是情绪的宣泄。诗歌较真实地写出了"一二·一"期间学生们的反内战、争民主的思想情绪,能把读者带入当时的情景和氛围中去。作为朗诵诗,作者用情绪去感染听众、激励听众,其效果是显然的。以题材而论,"一二·一"是当时最大的政治,以此为诗进行朗诵无疑能满足听众的愿望。但是,《抢火者》是典型的急就章,缺乏应有的艺术提炼,从思想内容到艺术表现再到排版印刷都显得相当粗糙。

第四节　新诗社社员的诗作

新诗社的诗基本上是朗诵诗(包括歌词),诗的选材是大家所关心的社会或政治问题,诗的艺术表现有一些共同的特点,即浅显通俗、节奏强烈、情绪激昂,不乏直陈呼告,因此,他们走的是大众化的诗歌道路,他们重视诗歌的兴、观、群、怨,用诗歌去鼓动群众,激发力量,化为行动。这在西南联大文学中是独标一格的。新诗社的作者较多,在此选介几位:

闻山,原名沈季平,因写了一首关于山的诗得到闻一多的赞赏而以"闻山"作笔名。他于1943年考入外文系,曾参加中国青年军赴印缅作战,后随校复员入清华大学。闻山的诗保存下来的仅有《山,滚动了》一首:

山,拉着山

山,排着山

山,追着山

山,滚动了!

霜雪为它们披上银铠

山群,奔驰向战场啊!

奔驰啊!
你强大的巨人的行列
向鸭绿 黄河 扬子 怒江
奔流的方向,
和你们在苦斗中的弟兄
长白 太行 大别 野人山
拉手啊!

好大的气魄、好大的力量!山,愤怒了,"巨人的行列"出发了,无数的山勠力向前,谁能挡得住呢?于是,这位十七岁的诗人,在抗日战争最艰难的岁月,宣告了中国胜利的消息:

……
当你们面前的太平洋掀起了胜利的狂涛
山啊!
我愿化一道流星
为你们飞传捷报

有这样的山,诗人怎能不满怀信心,准备充当胜利的信使呢?

这首诗给人的最初印象是拟人的成功运用。诗把山当作人来写,赋予它人的感情,面对凶暴残忍的侵略者,以巨人的身躯"拉着""排着""追着""滚动"着,"奔驰向战场",它还与"弟兄""拉手"前进,静止的山在诗人笔下变成了行动的山。诗的效果再通过排比推进,山的形象更为鲜明。开头四个"山"句的排列,接连写了四种动作,富有活力的动态的山一下出现在读者眼前。排比还使笔墨俭省,诗味突出。再仔细品味,这首诗还有两点很突出:一是想象奇特,山本是静止的无感情的物体,诗人把它想象成出征的英雄,"披上银铠","奔驰向战场",而且想象山能够排成"巨人的行列","拉"起"弟兄"的手前进;二是气势雄伟,在祖国辽阔的国土上,从东到西,山以整齐的行列,"滚动""向战场",这是多么宏伟壮观的景象啊,任何敌人在这样的气势面前都会魂飞魄丧。面对此景,太平洋也兴奋得"掀起胜利的狂涛"——又一番雄大壮观的景象。这首诗可以称为抗战诗的杰作。闻一多把它选入《现代诗抄》后,又被收入《中国新文学大系》等书,成为中国现代诗歌的代表作之一。

白鸬,原名赵宝煦,1943年从西安一路写诗到昆明,考入化工系,后转政治系,是新诗社的发起人之一。《夜歌》是一首四十行的写景抒情诗,以"夜色是美丽的呀/夜色的世界是美丽的呀"为主旋律歌唱夜色,立意新颖,受到关注。诗人选取在昆明常见的景物尤加利树、仙人掌以及"卧像"进行描述,抒写出它们在"朦胧的夜色里"的美:"夜色/在周身遍钉着针刺的仙人掌上/在伸着长臂的尤加利树上/聪明地镀一层朦胧/于是一切都迷着眼睛/在朦胧里/多情地笑了。""在朦胧的夜色里/一座伟大的/古希腊雕塑的卧像呀。"那座"古希腊雕塑卧像"应该是滇池边的西山"睡美人"。睡美人是大自然雕塑在昆明的最美的杰作,每一个到昆明的人都会为之击节赞叹。睡美人被朦胧的夜色涂饰,更加迷人,诗歌用整整三节大加赞赏。作者赋予夜色的主体感情是温柔,高高的尤加利树是温柔的,浑身长刺的仙人掌也是温柔的,西山睡美人更其温柔。温柔的感情基调在朦胧中才倍加突出,因此作者非常喜爱这朦胧的夜色,希望它能保持下去,并在朦胧中尽情地欣赏夜的温柔,诗歌结尾说:"而太阳升起的时候/还远哪!"作者不是不喜欢太阳,而是怕太阳会破坏夜色的美。美丽的事物需要美的心灵去发现。诗人从习以为常的事物中发现了美,这就是创造。

如果说闻山和赵宝煦的诗歌朗诵出来,知识分子能够听懂的话,俞铭传的诗则不能朗诵。他虽然是新诗社的一员,但他所走的诗歌道路与新诗社大相径庭,是现代派的道路。俞铭传诗歌的取材不是朗诵诗人喜爱的政治,而是能够体现现代文明和时代色彩的机械化和商业。《夜航机》和《压路机》是两首较著名的诗,一咏天上的机械,一咏地上的机械,表现的不是什么"诗意"和感情,而是诗人的观感和思考。《金子店》和《拍卖行》也是名诗,写商业的情况和买卖的行情。《金子店》写金价的暴涨和"拜金"者的心理,十分生动。《拍卖行》写店里的物品——"失宠的尤物"的命运,讽刺深刻。《拍卖行》虽然作为新诗社的代表作发表在《诗叶之七》上,但它仍然不是为朗诵而作的,这说明早期新诗社的风格是多样的。

俞铭传的诗歌属于收不到朗诵效果的现代诗,诗歌不仅听不懂,有的甚至不易看懂,诗中那些名词、术语、典故(而且多为外国的)、外文、意象、隐喻、暗示、言外之意,必须经过思考才能弄懂。俞铭传虽然是新诗社的代表诗人之一,但他没有沿着新诗社的朗诵诗道路前进,而是停留在新诗社的前期,并且发展成西南联大后期现代主义诗歌的代表诗人。

与俞铭传的道路不同,尹洛则由抒情诗逐步转向了朗诵诗的创作。尹洛,原名尹落,另有伊洛、沙珍等笔名。1944 年,尹洛从重庆到昆明,也是一路写诗进入历史系,随后参加新诗社活动的。西南联大的新鲜和明朗使他兴奋不已,情不自禁地喊道:"这新天地/这新天地呀/我将是你中间的一个人。"(《新的呼吸》)不几天,他又信笔写出了《朝阳花》,诗歌把小孩、鲜花、太阳三种形象叠印在一起,构成一幅美不胜收的画卷:小孩仰望着朝阳花的金花环,朝阳花仰望着温暖的太阳;朝阳花得到了太阳的恩惠,又把光明的种子撒向小孩的心田。不过,诗人的心情很快就不那么"单纯"了。《给诗人》努力写出"这时代"对于一个"真正的诗人"的要求:是一个农人、工人、兵士或学生,是鼓手或号兵,写诗也不再是编织"桂冠",诗歌是"烟火""炸药""枪刺""蒺藜",诗人要以诗歌为武器,去和群众一起开辟"将来的世界"。这首诗已体现出人民性的思想,重视诗歌改造社会的作用,同时也流露出"非艺术"的思想迹象。这首诗可以看作诗人文艺思想的转折。其后,尹洛致力于朗诵诗的创作。"一二·一"惨案发生,尹洛连续写了一些朗诵诗作为"烟火""炸药""枪刺""蒺藜"投向战场。在许许多多的悼诗中,《血的种子是不会死亡的》具有代表性,诗中歌颂死者永生,并告慰死者:"你们的名字会和自由民主一样被呼唤着","大地上自由之树将成为森林"。诗歌表达了大家的心里话,因此,它被节录镌刻在"四烈士"纪念碑的《悼诗录》中,永远激励后人。

萧荻本为冬青社的骨干,又参与发起了新诗社。他的创作也是由"阅读的诗"转向朗诵诗的。萧荻原名施载宣,1939年进西南联大,初读化学,后攻历史,1946年毕业。他经历丰富且多才多艺,是文艺活跃分子。1943年,盟军抗击日本侵略军的印缅大反攻开始,作者异常兴奋,作《云的问讯》,借印度上空的云表达欢快的感情。这时的萧荻走着现实主义道路,风格朴实,浅显易懂。这样的诗风容易迈向朗诵诗。他确实把这时的诗带进了新诗社:《诗叶之七》上刊登的《最初的黎明》写于1941年,《祝》写于1943年,并非新诗社时期的创作。到了1945年6月,萧荻写出了较为成熟的朗诵诗《保证——给屈原》,歌颂屈原的人格和坚持真理、敢于反抗的精神,歌颂他的死和诗作的意义,并向这位"歌者的先锋""提出保证"。诗歌把"我们"和屈原对比,突出了屈原的伟大,但也不轻视"我们"的作用。诗歌力求通俗明白,节奏有力。受到"一二·一"运动的激发,他的诗成为大众思想的承载体和传播器,实现了诗歌大众化,《不仅是为了哀悼》和《绕棺》就是这方面的代表作。

萧荻走着一条由"个性化"现实主义到"大众化"现实主义的道路。大约被大众"化"了,1945年以后他没有写出好诗,1948年他在整理旧稿时痛苦地发现:"这黑鸦鸦的一片/是谎言,是呓语,带着病菌/没有价值,全不是诗"(《诗——整理旧稿有感》),于是他放弃了诗歌创作。萧荻的道路值得我们深思。但他毕竟当过诗人,他的一些好诗,如《寄别》《往事——忆萧珊》《云的问讯》《树与池水》等还是值得一读的。

"一二·一"的确是朗诵诗的催生素。面对恶魔的残暴和同学的鲜血,哀悼、控诉、战斗激情猛烈爆发,而诗歌正是表达这种感情的最好载体,因此,朗诵诗大量地产生了。新诗社一年多来苦心探索的朗诵诗遇上了最好的展示机会。前人说:"国家不幸诗家幸。"这话虽不是真理,却有符合实际的因素,新诗社此时大显身手,创作了数量众多的朗诵诗。

沈叔平1942年进入政治系,运动中他写了《欺骗》《悼潘琰》《奠与控告》三首诗,从不同侧面,表达了对于"一二·一"运动的态度和感情。

因荪的身份无人知道。《诗叶之七》上刊登的《原始》，赞美早晨是"一张从未被修改过的图画"，想象奇丽。他较为著名的是《我们还要赶路——祭烈士》，这首诗控诉现实的黑暗与龌龊，表示自己要像先烈一样以死去改变现实，不同于一般的悼念诗，所以，被节录刻在"四烈士"纪念碑上了。

彭允中 1942 年考入师范学院国文系。他的《潘琰，我认识你》和《灵前祭四烈士》具有独特价值。闻一多牺牲后，他写了《闻一多先生遇害》，把"一二·一""明杀"学生和"七一五"暗杀教授联系起来，控诉了国民党政府的累累血债。彭允中的诗思想明确，诗句有力。

许明的身世也无人知道，他的诗有奇思妙想，注意提炼形象，诗意跳跃，语言凝练，短小精悍，巧妙地表达出独特的思想，富有美感。《风》《潮》《说》都是这样的诗篇，有人说："这是宣传，也是闪光的诗。"①

新诗社社员写于"一二·一"运动并保存下来的诗还有黄海的《争回失去的太阳》，缪祥烈的《党国所赐》《妈妈，要是你今天还活着》《给慰劳我的人们》，吴郎沙的《灵魂与剑》《刀》《送葬》，芳济的《生命伸向永年》，东方明的《给武装同志》等。运动中还产生了一种特殊的诗歌——歌词，既可以唱，又可以朗诵。例如严宝瑜的《送葬歌》是"四烈士"出殡大游行时，殡仪队哀唱的，也在许多场合朗诵过。

第五节　何达的朗诵诗

在新诗社社员中，创作成就最高的是何达。何达对诗歌情有独钟，用心殷殷，直至以诗为生命，最终在诗歌创作上取得了卓越的成就。诗坛上有

---

① 王笠耘：《诗的花环（代跋）》，龚纪一编：《"一二·一"诗选》，北京：人民文学出版社，1983 年，第 265 页。

"西南联大三星"之说，"三星"指穆旦、杜运燮、郑敏，这是就西南联大现代诗派而言的。西南联大诗坛还有其他"星"，何达便是其中一颗。何达的贡献在于朗诵诗。正如西南联大学生中现代诗的成就以穆旦、杜运燮、郑敏、袁可嘉等的诗为标志一样，何达的诗是西南联大朗诵诗成就的标志。西南联大的朗诵诗创作和朗诵诗运动与何达的名字紧密相连。

朱自清认为，朗诵诗和传统诗"根本的不同在于传统诗的中心是'我'，朗诵诗没有'我'，有'我们'，没有中心，有集团"①。何达的诗正是"我们"的诗、"集团"的诗。这个"我们"，有时候是"人民"，有时候是"大家"，有时候也是"我"，反正不是作者自己。作者已经融入"集团"，所说的话已是"集团"的意识，作品中的"我"只是"集团"的代言人。读何达的诗一定要注意这种关系。

新诗社追求的全"新"的诗，说穿了，是融合听者、走向大众的"人民的诗"，这是西南联大前所未有的。经闻一多的辅导，新诗社通过一段时间的试验，逐渐形成了"新"诗歌的观念，他们努力获得大众意识，成为集团的代言人，在写诗的立场上，以"我们"代替了"我"。这第一首以"我们"写成的"新"诗是何达的《我们的心》：

> 我们太潮湿了！
> 我们太寒冷了！
> 把我们的肋骨
> 像两扇大门似地
> 打开！
> 让阳光
> 直晒到我们的心。

全诗一句一个"我们"。这个"我们"不是新诗社，而是西南联大的学生。当时，西南联大的政治热情还没有从"皖南事变"后的高压中复苏，大家互不

---

① 朱自清：《介绍何达的诗集〈我们开会〉》，何达：《我们开会》，上海：中兴出版社，1949 年，第 3 页。

闻问,热血青年实在难以忍耐了。所以,何达才会喊出这样的诗句。这首诗无疑是西南联大"五四"精神复苏的先声。其后,何达写出了著名的《我们开会》。西南联大民主空气复苏后,会议多了起来。《我们开会》不仅描写了会议的情形:"视线""集中在一个轴心","背""砌成一座堡垒",而且写出了会议达到的目的:"灵魂""拧成一根巨绳","我们""变成一个巨人"。虽然这首诗对于开会这个大题目"只写出了很少的一点"①,但它确实抓住了开会的典型形象,大家背向外,注意力集中,目光朝一处看,最终达到思想的统一和精神的团结,收到以少见多,以形象取胜的效果。

以后何达写的"我们诗",有《我们》《雾》《过昭平》《士兵们的家信》《选举》《罗斯福》《玛耶可夫斯基》《五四颂》《民主火》《我们是民主火》《写标语》《五四晚会》《图书馆》《四烈士大出丧》《我们不是诗人》《舞》《人民的巨手》《我们的话》《无题》《不怕死,怕讨论》《悼六一惨案三烈士》《献给师长们》《火葬》《新诗社》等。这些诗,尽管内容不同,风格各异,但有一点是相同的,即属于某一个"集团"(群体)。作者不是从自我的立场出发去观察世界,认识事物,而是站在群体的立场,用大众的眼光去对待人和事,进而表达出群体的思想、愿望和意志。这种诗不同于以往表现群体利益的某些诗的地方在于,以往的诗人取一个观望者的角度去表现群体,何达则将自己融入群体,虽然都是表现群体,但两种诗对群体的意志和愿望的表现程度不一样。这就是何达所说的:"在/为生存而奋斗的人们的面前/我/火一样地/公开了自己。"(《无题》)读这些诗,你感觉到的,不是诗人在表达自己的思想感情,而是群体在表达"我们"的思想感情。这是何达以及新诗社的自觉行动。当然,从历史的角度看,新诗社不是先行者,在他们之前,田间已写出部分大众诗,在解放区,大众文艺已成为文学的一个方向了。但在昆明,他们还是先行者。何达自己就说:"今天青年代的诗都在发展这个'我们'而扬弃那个

---

① 清华大学中文系某班学生的意见,转引自朱自清:《论朗诵诗》,《朱自清全集》第3卷,南京:江苏教育出版社,1996年,第259页。

'我',不管朗诵不朗诵。"①由此可以看出,何达诗的特点、新诗社的贡献以及"我们诗"的创作倾向。

何达的"我们诗"同时也是朗诵诗。由于朗诵诗反映的应该是当前群体所关心的现实问题,表达的是群体的意愿,何达的"我们诗"基本上都被朗诵过,有的如《五四颂》《图书馆》等被多次朗诵,成为"最尖锐、最猛烈的/武器/最高大最新式的/工厂"(《玛耶可夫斯基》)。诗朗诵一定是针对一定的群体,在一定的场合中进行的。群体的思想倾向不同,文化修养不同,诗朗诵的效果也不同,即使是同一群体,在不同的场合朗诵同一首诗,效果也会不同。上列何达的个别诗,写的不一定是政治问题,但由于是当时大家热心的事并在特定的环境朗诵,效果也是相当好的。我们今天无法再现当时的情境,只能展开想象。譬如《舞》一首,我们想象在一片原始森林里,在熊熊燃烧的篝火旁,在鼓声的强烈节奏中,一群赤裸的青年男女,狂热地跳起了舞。周围一团漆黑,唯有他们在火光的映衬下显出明暗交错的舞动着的身形。他们是那样投入、那样狂热,仿佛不是在跳舞,而是在融化,融化在此时此刻的情景中了。在一段舞的间歇,一个男高音突然爆发出:

> 烧起臂膀的火焰
> 摇动乳房的铃铛
> (和声:)舞啊　舞啊
>
> 愤激的脚步
> 捣碎了地面
> (和声:)舞啊　舞啊
>
> 眉毛跳进眼球
> 眼球跳进口唇
> 肌肉跳进骨头

---

① 何达语,转引自朱自清:《介绍何达的诗集〈我们开会〉》,何达:《我们开会》,上海:中兴出版社,1949年,第3页。

> 骨头跳进血液
>
> （和声：）舞啊　　舞啊
>
> 我跳进他
>
> 他跳进你
>
> 卷起情感的旋风
>
> （和声：）舞啊　　舞啊①

随即，新的一段舞又开始了……在那狂舞的特别情景里，这样的朗诵何其带劲！

然而，诗歌毕竟是个人创作的。人活在群体之中，也活在独立的自我之中。诗人在传达群体的意愿之时，也表达自我的心灵。何达虽然以朗诵诗的形式充当了群体的代言人，但他在"代言"之外，也表达"自我"。这就构成了他诗作中与"我们诗"并行的"自我诗"（有时两种是交叉的）。这类诗又可以分为几种：第一种是赞美亲情和友情的，《朋友》《家信》《弟弟，你好好地睡罢》《给叶华》等即是；第二种是描写爱情的，《等》《你》《期待》《一个名字》《爱》《听》等即是；第三种是写景状物的，《灯》《路》《贵州速写》《清华园风景》等即是；第四种是表达内心感受的，《我走》《思想》《他们》《诗朗诵》《忆安南》等即是；第五种是同情劳动者的，《老鞋匠》《黄包车夫》《一个少女的经历》《自杀》《萧大妈》等即是。第一种"亲情和友情"是个人之交，不可能用"我们"来表达；第二种"爱情"更是个人化的；第三种"写景状物"出于自我的观察和认识，代表不了群体；第四种"内心感受"无法公众化，但在一定的条件下有可能转化成群体认同；唯有第五种"同情劳动者"的诗可以是"我们"的，是典型的朗诵诗。总之，第四种诗可能是朗诵诗，在一定的对象、范围和场合中，朗诵效果也会相当好，但前三种诗就不一定适合朗诵了。何达不愧是优秀的诗人，上述五种诗，每一种都有佳作，尤其是一些短章，写得巧妙。这里举著名的《老鞋匠》来看其成就。当时许多人都吟咏过补鞋匠，在《文艺

---

① 各节中的"（和声）"为引者所加。

社》一章中我们曾分析过缪弘的《补鞋匠》一诗。而在同类题材的诗中,何达的《老鞋匠》独具特色。其特色在于把老鞋匠的命运与破鞋的命运"等同"起来。诗先写老鞋匠的工作的艰辛:"两手绷紧了青筋……/一针一用力/一锥一喘气",他一生补缀过不知多少双鞋子,不知使多少人重新踏上了征程。如今,"他老了/他失去了青春/就像那些破皮/失去了光彩"。接着咏叹道:"他——/老鞋匠/也是一双快要解体的破鞋啊/被拖曳在/生活的道路上!"无论读者还是听者,都会被这样的结尾打动:老鞋匠补鞋一生,自己的命运如同一只被拖曳在路上的破鞋,多么凄凉、多么无奈!此诗不长,却很成功。老鞋匠的形象、心灵、动作和工作环境、艰难的生活、悲凉的命运都传达给读者或听者了。而这成功,除了巧妙的构思外,还靠了新鲜的比喻和适度的夸张——手法的恰当一直是何达诗歌艺术的特点。

说到艺术,何达是新诗社作者中艺术手段最高超的诗人。他的诗总是以一种艺术的色彩和方式呈现出来。因此,许多诗,既是宣传品,又是艺术品。这就出现了这样的情况:不同创作方法和流派的选本都收有他的诗。朗诵诗关注实际、反映现实,自然属于现实主义,但现代主义诗集也收了他的作品。《我们开会》《老鞋匠》《过昭平》《风》四首,被闻一多选进《现代诗抄》后,又被杜运燮等选编的《西南联大现代诗钞》收录。这说明何达不拘泥于一种创作方法。他的诗既拥抱现实,又表现心灵,讲究艺术,具有个性,因而,既是大众的,又是独创的。的确,何达的一些诗很有现代色彩,除上面的四首外,还可举出《女人》《给》《期待》《士兵们的家信》《选举》《灯》《一个名字》《舞》《一个少女的经历》等,这些诗都具有某种现代意味。基于这样的事实,我们认为用创作方法来框范何达,把他划分为现实主义诗人或现代主义诗人都是徒劳的。何达诗歌的主要艺术特色有以下三点:

一、构思精巧。何达极为注意诗的构思,他的每一首诗都包含着匠心。《雾》写一种氛围,一种令人郁闷的氛围:"雾,雾/到处是雾//是墙/我们推倒它/是铁栅栏/我们锯断它/是高山/我们炸翻它//然而是雾/到处是雾//睁着眼睛/看不见东西/伸出拳头/碰不到对象/抡起大刀/射出子弹/——雾还是雾。"这是多么顽强的障碍,多么使人烦乱的环境啊!"雾,到处是雾"的反复把郁闷情绪提到了极点。推不开,炸不倒,让不掉,打不着的描写把人的烦乱心绪表达得淋漓尽致。"我们不能这样霉掉烂掉",怎么办?"烧起漫天的大火……明明白白地干一场。""雾"的隐喻,"干一场"的内涵,当时的人都很明白。在那样的环境中,这种构思与表达至为恰当。由于构思巧妙,有时诗意大幅度跳跃,达到了经济的目的,《一个少女的经历》就是这样的诗。这首诗通过一个少女的乳房五次被人摸,表达了少女的苦难经历:第一个是工头,第二个是情人,第三个是日本人,第四个是美国兵,第五个是中国警长。不同人的变化,反映了中国社会的变迁和少女的底层地位,人不同而做的事相同,少女被人乱摸的痛苦相同,中国人苦苦奋斗的结果仍然相同。而最后一个人竟然是中国警长!诗歌的意思很明显。这首诗不仅写出了少女的经历,而且写出了几个时代(或时期),表达了作者的思想倾向,全诗却只有十九行,语言经济,效果十分突出。

二、比喻生动。何达的诗,每一首都有比喻,有的全是比喻构成,似乎没有比喻就写不成诗。记得艾青说过这样的话:诗人的职责是寻找最恰当的比喻。何达曾亲炙艾青的教诲:"到桂林,艾青先生纠正过我的方向"①,学到了艾青寻找比喻的能力。他诗中的比喻,既新鲜独特,又丰富繁丽。一首《等》,全是比喻构成:"多少年我等着你/像柴等着火/言语等着口舌/琴弦等着歌。"还有比这种"等"更执著的吗?他等的可是"唯一"!再如"我们要说一种话/干脆得/像机关枪在打靶/一个字一个字/就是那一颗颗/火红的曳光弹/瞄得好准"(《我们的话》);"字是一只只的船/句是一列列的船/我们的口/是闸/船等着水/水/是我们的情感"(《朗诵诗》);"滇越铁路/像一条毒蛇/张着血口/在云南府//滇越铁路/像一条铁链/打在奴隶的肩上/又打在奴隶的朋友的后腰"(《忆安南》)。不用说诗题,单是欣赏诗句的比喻,也够赏心悦目了。一些政治性很强的内容,由于用了比喻,便减少了说教气,不

---

① 何达:《给读者》,《我们开会》,上海:中兴出版社,1949年,第213—214页。

那么枯燥了。例如:"五四/是从喑哑的历史里/跳出来的/血红的大字/五四/是从喑哑的世纪里爆发出来的/怒吼的声音//五四/用中国人的愤怒/震落了/签订卖身契的笔/五四/在青年人的生命上/挂上了/拯救民族的勋章。"(《五四颂》)四句诗,四个比喻,把静止的"五四"写活了。在何达诗中,这样精彩的比喻俯拾皆是。

三、细节典型。一般说,细节是叙事文学的要素,抒情作品不以此为要求。何达写的是抒情诗,本不以细节为意,但他却与众不同地抓住典型细节加以描写,显出特色。"是男孩子的错,爸爸的/巴掌打在女孩子的头上/娘说——/'有什么哭头/命和我生得一样苦/又怪哪个?'"(《女人》)全诗几乎都由细节构成。由于细节的妙用,使语言相当简洁;六行诗,写出了两代女人的共同命运,揭示了男权社会的不公平。写老鞋匠,突出他手背上绷紧了的青筋,锥鞋度针时用力与喘气的神情。而写老鞋匠的生产资料:"桌底下/像停尸房/狼藉着无法补救的破皮"(《老鞋匠》),这既是细节描写,又是比喻,生动形象。又如写萧大妈"穿着破棉袄""缠着两只小脚""梳着花白头发""瘪着老嘴""眯着老眼",来吊唁"四烈士",问她"怎么晓得的",她"举起绽开了棉絮的袖口/指指耳朵/又指指眼睛/扯起喉咙大声喊着/说:/'我不聋/也不瞎'"(《萧大妈》)。几个细节,使萧大妈的形象跃然纸上了。"大声喊"的话,似乎是说给另外的人听的。作者讥刺"我们的诗人",正忙于"向白云作恬淡的遐想","捕捉水纹的颤动的线条","温习公子王孙的甜梦","向短垣斜杏轻吁浅笑","掏出一瓣心香奉献给过路的红衣女郎"(《我们的诗人》)五个细节,写出了一个"有福的"诗人。这个诗人实际是时代的废物。作者的态度、感情全都通过细节表达了出来,胜过其他的若干话语。

以上分析说明,何达的诗是经过精心构建的艺术诗。虽然诗人写诗的目的是为现实斗争服务,甚至宣告"我们不是诗人"①,但他所写的诗都是通过认真思索、调动各种艺术手法写成的,因此具有很高的艺术价值。政治运

---

① 何达的一首诗,诗题就叫《我们不是诗人》。

动中的大喊大叫,虽然可收一时之效,但难于成就流芳百世的艺术精品。何达的诗不与此为伍。虽然他的诗也宣传、也鼓动,但力避标语口号和平铺直叙,而是靠艺术的力量去感染,去鼓动。可以说,何达的诗较好地实现了思想和艺术的统一,内容和形式的统一,是"艺术的政治诗"的成功典范。闻一多曾要求文艺发挥艺术的力量去达到政治的宣传目的,何达实现了这一要求,所以,何达是闻一多亲手培养出来的一位优秀诗人。

第六节　新诗社的特点与贡献

西南联大有两个诗社:南湖诗社和新诗社。南湖诗社因存在时间较短,特点还不明显,新诗社在昆明两年多,时间相对长一些,形成了自己的特点。其特点可从组织、活动和诗作三个方面来概括:

一、组织特点

新诗社的社员以诗歌为媒介聚合在一起,"诗为媒"是新诗社组织上的最大特点。广义地说,文学社团都是以文学为媒介聚集在一起的。在西南联大,南湖诗社、南荒文艺社、冬青文艺社、剧艺社等社团也是因对文学或戏剧的爱好而会聚成社的,但这些社团在组织的过程中,社员往往有这样那样的熟识关系。新诗社连熟识关系都不需要,仅凭对诗的爱好就可以聚在一起了,于是形成了"诗为媒"的总体特点。在此总特点下,新诗社还有以下几个组织的特点:

1. 在发起过程中,由陌生人爱诗而订交进而发起成立诗社,这在西南联大是独特的。

2. 在宣告成立之时,就拟定了纲领,这在西南联大文学社团中也是独一无二的。文学社团是松散的民间组织,纲领、章程等本来可有可无,后人评价文学社团依据的是创作而不是态度,但有这些东西,"组织"的特点更明显一些。新诗社在"纲领"中强调诗是工作与"生命",强调诗的思想性和集体性等,这在西南联大也是全新的。

3. 开放性是新诗社的另一个组织特点。南荒文艺社和文聚社是开放的,但它们的开放以发表作品为条件。新诗社则不同,只要爱好诗歌就可以参加新诗社的活动,可以算作新诗社的社员。新诗社极大的开放度,在西南联大历史上是第一个,也是最后一个。

二、活 动 特 点

1. 朗诵会。朗诵会是新诗社活动的特殊形式。西南联大文学社团活动的主要内容是写作品、出壁报、开讨论会、推荐文章发表等,这些,新诗社也有,而新诗社最为别致的是开朗诵会。尤其是举行数百、数千人的中、大型朗诵会,这是新诗社独有的。

2. 群众性。中型乃至大型朗诵会得以多次成功举办,主要在于适应了群众的需要,在此把它归纳为群众观念。创作时心里有群众,从群众的立场出发写诗,反映群众的愿望和要求,这是朗诵诗的特点,也是朗诵诗能够吸引群众的根本之处,还是新诗社创作中不同于其他文学社团的地方。

3. 行动性。"行动性"是朱自清提出的概念。他说:"行动性在一两年来大学生的各种诗刊里常见,大概都是为了朗诵做的。"[1]朗诵本身也是行动。因为朗诵是宣传,"而宣传与战斗正是行动或者工作"[2]。通过朗诵,把诗中的"集体"愿望告诉大家,使大家思想明确,提高热情,最终化为行动。新诗社不仅创作行动的诗,社员自己也在实际工作中"行动":"新诗社曾经狂热地为贫病作家募过捐","在青年从军时,有六个社员投笔从戎,有一个在战

---

[1]　朱自清:《介绍何达的诗集〈我们开会〉》,何达:《我们开会》,上海:中兴出版社,1949 年,第 13 页。

[2]　朱自清:《论朗诵诗》,《朱自清全集》第 3 卷,南京:江苏教育出版社,1996 年,第 256 页。

场上牺牲了"①,在"一二・一"运动中,新诗社参与了护校、治丧、出殡、宣传等实际工作,迁校过程中,新诗社有的成员参与了队伍组织和物资运输等工作,回到北京后,在北平各大学的抗暴运动中,新诗社仍然冲锋在前,发挥了作用。

三、诗作特点

新诗社诗作的特点,又可以从思想和艺术两个方面去认识。

(一)思想特点

朗诵诗必须反映人民群众的思想愿望,否则就失去了"市场"。不过,人民的概念很大,我们还是倾向于朱自清"群众的诗"的提法。由于生活的限制和文化意识的层次不同,诗人终究只能代表某些群众或某个集体。以新诗社最为大众化、最具人民性的"一二・一"诗歌来说,作者真正代表的只是进步的知识分子群体。市民的同情与愤怒是由于政府杀死了赤手空拳的学生,而对于知识分子所指向的目标——民主、自由,他们是不甚理解的。这就是"一二・一"运动中的诗歌仍然带有启蒙性质的原因,歌曲《民主是哪样》的流行可以证明这一点。闻一多和新诗社重视朗诵诗的宣传教育作用,朱自清、李广田、吕剑等一再从理论上阐释朗诵诗的宣传意义,其根源也在于此。所以,我们一方面要肯定新诗社在闻一多的引导下努力趋向人民,又不能夸大新诗社的人民性成分。

群众或者集体最关心的首先是政治。朗诵时,听众——集体或群众最感兴趣的不是个人的痛苦或对宇宙的玄思默想,而是有关民生疾苦的大事——政治。闻一多指出:"政治乃是诗的灵魂。"②李广田认为:"群众情感中最易动(按,"动"指感动或激动),而且最需要的是政治的情感。"③在老师的引导下,新诗社的诗歌逐渐增加了政治的分量。以何达的诗作为例,1944

---

① 新诗社:《新诗社》,西南联大除夕副刊社编:《联大八年》,昆明:西南联大学生出版社,1946年,第152页。

② 闻一多语,转引自《记诗歌朗诵会》,《联大通讯》第2期,1945年5月21日。

③ 李广田:《谈诗歌朗诵》,《扫荡报・副刊》第385号,1945年6月16日。

年,他还写了多首抒发个人内心情感的爱情诗,但从 1945 年 5 月开始,他接连写了《五四颂》《民主火》《我们是民主火》《写标语》《五四晚会》《图书馆》《四烈士大出丧》等,从题目可以看出,这些诗的选题都是政治性的。"一二·一"运动中朗诵诗能够发挥前所未有的作用,正是其政治力量的显示。

新诗社站在群众的立场,表现政治,目的是要宣传鼓舞群众。文艺与宣传的关系,抗战时期曾经展开过较为广泛的讨论。而新诗社是自觉地担负起宣传的责任了。新诗社组织大规模的诗歌朗诵会,正是发挥诗的宣传作用的举动。"一二·一"运动把诗歌的宣传作用提升到新的高度。政治运动期间往往是诗歌发挥宣传功能的高峰期。

与宣传性紧密相连的是工具性。宣传必须有工具,朗诵诗便是宣传的工具。闻一多说:"文学必然有功利性,诗必然是政治的工具。"①朱自清后来总结新诗社几年来的活动说:朗诵诗"是宣传的工具、战斗的武器"②。可见,新诗社是把朗诵诗作为思想宣传的工具来使用的。何达的诗说:"我们的'诗'/只是铁匠的/'锤头'/木匠的/'锯'/农人的/'锄头'/士兵的/'枪'。"(《我们不是诗人》)其意已够显豁了。

新诗社在诗歌观念上的群众性、政治性、宣传性和工具性必然指向另一种观念:不做诗人。何达公开宣布:"我们不是诗人!"杨明更为不敬地说"我对'诗'一点兴趣都没有,更不必说什么'诗人'。"③写诗而非诗,做了诗人而非诗人,就是他们的深刻矛盾。虽然"事出有因",但终究影响了他们的诗歌成就,就是闻一多选编的《现代诗抄》也没有收几首新诗社的诗。后来大多数社员放弃了诗歌创作,真正"不是诗人"了。这是新诗社的成功,还是历史的遗憾?后人应该报以赞赏,还是惋惜呢?

(二)艺术特点

新诗社表现政治,注重宣传,但不忽视艺术追求。不过,朗诵诗的艺术

---

① 　闻一多语,转引自《记诗歌朗诵会》,《联大通讯》第 2 期,1945 年 5 月 21 日。
② 　朱自清:《论朗诵诗》,《朱自清全集》第 3 卷,南京:江苏教育出版社,1996 年,第 256 页。
③ 　杨明:《死在战场以外的中国兵·后记》,昆明:联大新诗社,1946 年,第 32 页。

要求不同于传统诗歌。其特点表现为：

1. 听的艺术。新诗社努力寻找"听"的感觉,创作供人听的诗歌。大家每一两周集会一次,进行朗诵试验,检验听的效果。闻一多经常亲临现场,指导试验。试验的结果,产生了一大批"听的艺术"的诗。这些诗,正如朱自清所说："得去听,参加集会,走进群众里去听,才能接受它,至少才能了解它。"因为它的"味儿""是在朗诵和大家听里"①。

2. 浅显。一听就懂,这是"听的艺术"的需要。新诗社一开始就不求深奥,摈弃玄思,杜绝弦外之音,追求让人一听就明白的效果。要浅显,就不能用典。正如李广田所说："用中国典故已是不对了……用洋典就更荒唐了。"②为要浅显,还必须单纯,那种复杂、博大、深奥的内容不适合朗诵诗。

3. 通俗。通俗的东西一定浅显,而浅显的东西不一定通俗。听朗诵时不可能去推敲、思考,必须入耳即懂,这就要求朗诵诗浅显明白,而通俗则是浅显明白的一途。通俗就要考虑听众的接受程度。由于听众不同,对通俗的要求也就不同,所谓通俗也是有层次之分的。新诗社的通俗是针对中等教育以上的人,即知识分子的通俗。新诗社走向通俗的途径有三条：一是语言,二是手法,三是形式。语言多采用大众语、口语、浅显的书面语,极少用成语、熟语、文言词汇和文绉绉的拖泥带水的语言。手法多用直陈、排比、比喻、递进、呼告等有助于听懂的手法。例："不要低声说死去的人倒霉了。/说：/正直的人倒霉! /说：/今天中国人倒霉! 更要说：/我们人民不要倒霉下去! /更要大声说：/我们要终生去争取/人民自己的好运气!"(许明《说》)新诗社朗诵诗的形式既不是参差错落的阶梯诗,也不是匀称整齐的"新格律诗",而是根据内容和感情决定诗体的形式多样的自由诗。朗诵诗的形式是提供朗诵者参考,让朗诵者掌握诗的内容、感情和节奏的。

4. 节奏。节奏是朗诵诗的命脉。同样写开会,何达的《我们开会》和《不

---

① 朱自清：《论朗诵诗》,《朱自清全集》第3卷,南京：江苏教育出版社,1996年,第257页。

② 李广田：《关于诗的朗诵问题小记》,《扫荡报·副刊》第318号,1945年3月19日。

怕死，怕讨论》的节奏不一样。前一首表达团结、果断、坚定的情绪，节奏较为简短、紧凑、有力；后一首情绪多变，一开始呼告、怨愤，中间热烈、激动，接下来深情、耐心，最后中和、平静，节奏也随着情绪而发生中速、高昂、坚决、缓慢、平稳等变化。朗诵诗采用的长句、短句、提行、缩行等多半是为了表达情绪和节奏的需要。一般来说，表达紧凑、急促、有力等宜用短句，表达缓慢、平和、深沉等宜用长句。朗诵诗有时在句与句之间，采用跳跃、复沓等手段，也是因为感情和节奏的需要。这些都是新诗社诗人常用的方法。

尽管新诗社强调诗的政治色彩，把诗作为宣传的工具和斗争的武器，宣称"不是诗人"，但他们用心于"工具"和"武器"的有效性研究，创作了不少诗歌，对朗诵诗作出了贡献。其贡献可概括为以下几点：

1. 诗和诗人

新诗社创作的诗歌数量巨大，尤其在"一二·一"运动中，创作的诗歌不计其数。在"一二·一"运动期间："愤怒使昆明的学生、市民、工人，喷射出成千上万首燃烧着的诗篇。满城是诗的控诉、诗的呼唤、诗的咆哮……整个昆明就是它的发表园地，昆明成为一个巨大的诗刊。"①这些诗作者中，有相当一部分是新诗社的社友，那"巨大的诗刊"上的诗作，有相当一部分属于新诗社的"版权"。可在那血雨腥风的日子里，谁又顾得上署名和保存诗作呢？所以，绝大部分诗都散佚了。今天能见到的新诗社的诗只有两百多首，此外还有三部叙事长诗②。这些作品中确有一些好诗可以流传下去，如《我们开会》《老鞋匠》《图书馆》《舞》《山，滚动了》《云的问讯》《树与池水》《拍卖行》《压路机》《金子店》等。

新诗社的政治诗为西南联大文学提供了新内容，同时也为中国现代文学提供了新内容。新诗社以前的西南联大诗歌，当然有写政治的，但不以

---

①　王笠耘：《诗的花环（代跋）》，龚纪一编：《"一二·一"诗选》，北京：人民文学出版社，1983年，第265—266页。

②　三部叙事长诗是：《死在战场以外的中国兵》《抢火者》《一天》。《一天》署名"集体创作"。当时西南联大进步的诗作者多为新诗社社员，故此处把它放在新诗社名下。

"政治诗"名,新诗社把政治作为诗的灵魂,反映出人民群众的愿望与要求,在民主运动中发挥了特殊的作用,成为特色。他们的政治诗基本上是朗诵诗。新诗社的朗诵诗继承了以田间、艾青为代表的解放区诗歌的优秀品质,又加以创造性的发挥,开拓了中国朗诵诗的新天地。上列优秀诗篇,有的是政治性很强的朗诵诗,有的是供人阅读的现代诗,均为中国现代文学所没有,是为新的文学贡献。

有诗作必有诗人。从新诗社走出的诗人有何达、叶华、秦泥三人,他们一生写诗。由朱自清选编的诗集《我们开会》是何达的代表作,也是新诗社最为优秀的诗集。50年代以后,何达出版了《何达诗选》《长跑者之歌》等诗集,其中《长跑者之歌》反响较大。而《我们开会》则影响了一个时期。抗战到新中国成立之前是一个朗诵诗的时代,何达的诗在哪里朗诵,哪里就响起一片掌声,他成为校园朗诵诗人学习的榜样。朱自清当时就把《我们开会》看成是那个时代的诗歌代表。因此,如果把何达视为20世纪中国的一个优秀诗人,他当之无愧。何达与叶华都是文艺社和新诗社的双重成员,他们的诗与文艺社有交叉。叶华是一位呼唤强力、赞美光明的诗人。他的诗具有浪漫气息和现代意味,其中《鼓》是一首力作,它曾得到西南联大师生的普遍好评。叶华爱大海,学成后去与海亲近,后到越南从教,一生写诗不断,有《叶华诗集》出版。他因在海外,与国内音信隔绝,多不为人知。秦泥诗情茂盛,诗人气质浓厚,诗作丰富,他的浪漫气质与新诗社的现实精神有所出入,且中途离开学校外出工作,所以他的诗风与新诗社的风格不同,我们把他放在《冬青文艺社》一章评介。秦泥1947年创作《北平悲歌》后止笔,直到1979年才重握诗笔,至晚年仍诗兴勃发,有诗集《晨歌与晚唱》和《秦泥晚年作品集》(第一辑为诗歌)行世。

新诗社培养起来的第二类人才是文学工作者,如闻山、萧荻、郭良夫、康倪等。他们后来写新诗不多,但一生从事文学和文化工作,为新中国的文学工作做出了贡献。

2. 学院派朗诵诗

姚丹说:"或许朗诵诗,不能从'独创性'这样的标准来要求它,因为它是集体的艺术,甚至按闻一多的溯源,朗诵诗还是'原始的'。这样'原始的''集体的'诗,它有另外一套衡量的标准,不能与'现代的''个人的'诗混为一谈。"①此话的后一句完全正确,即朗诵诗不属于"个人的"和"现代的",但说朗诵诗不存在"独创性"只符合一定范围的实际,比如相对于苦心孤诣的个人创造而言。何达说新诗社写的是闻一多"所提倡的比田间更新的诗"②。"比田间更新"就是"独创"。新诗社以"新"为标榜,其朗诵诗"新"在何处?第一,它是集体的而非个人的。这在西南联大的历史上是没有的,在中国文学史上也与殷夫、田间、艾青等诗人有所不同。第二,它是可听可看的。新诗社的诗既有"音乐美"又有"图画美",既可以朗诵又可以阅读。这是一种新的诗歌美学观,不仅在西南联大,即使在中国文学史上也是全新的。我们把这种"新"的诗称为"学院派朗诵诗"。与一般的朗诵诗相比,学院派朗诵诗自有其特点:

首先,学院派朗诵诗的服务对象是知识分子,《联大八年·新诗社》载:"新诗社……每次开会时,到会的有中法大学的,云南大学的,英语专科学校的,天祥中学的,五华中学的,昆华中学的,昆华女中的,昆华商校的,云大附中的,联大附中的……还有云南日报的,省政府的,税务局的,银行界的……"③这段话历来被论者作为新诗社大众化以至人民性的根据。但其中没有提到最广大的"人民大众"——工人、农民、市民等,因为他们不识字。所以说,新诗社的服务对象是受过中等以上教育的知识分子。这与田间、柯仲平等延安诗人服务于农民和士兵不同。尽管闻一多的思想从1944年起转向人民群众,但要诗歌服务于工农大众,还没有找到入口。在这种情形下,新诗社把诗歌从个人的圈子里解放出来,推到学生、公务员、职员之中,已经是相当难能可贵的了。

---

① 姚丹:《西南联大历史情景中的文学活动》,桂林:广西师范大学出版社,2000年,第380页。

② 何达:《闻一多·新诗社·西南联大》,《北京文艺》,1980年第2期。

③ 新诗社:《新诗社》,西南联大除夕副刊社编:《联大八年》,昆明:西南联大学生出版社,1946年,第151—152页。

其次,学院派朗诵诗较具文化色彩。这一点通过比较更易看出。高兰、田间、柯仲平等人诗歌的主题多为战争、生产、生活、祖国等,较为宽广,而新诗社诗歌的主题多为民主、自由、反战、文化等,虽然都可归为政治内容,但新诗社社员所关心的更具文化色彩,或者说更形而上一些,而延安和校外的朗诵诗人所关心的更为实际和生活化一些。学校本属文化承传机构,文化在学校师生心目中的地位是崇高的。新诗社的朗诵诗主要表现的是以"五四"精神为标志的现代文化。这种思想的确是现代知识分子尤其是大学师生所秉持的,人民大众还没有普遍接受,即使是萧大妈①这样的进步市民,也只是出于正义和人道,即对军警行凶的愤怒、对死伤学生的同情,并没有真正理解学生捍卫民主自由的意义所在。

再次,学院派朗诵诗注重艺术性。何达的几首名诗《我们的心》《我们开会》《老鞋匠》《舞》体现了高超的艺术技巧,其他社员的诗,如《山,滚动了》《鼓》《云的问讯》《说》等也都体现出艺术匠心。运用艺术匠心,讲究艺术形式的结果,是创造了既可以朗诵又可以阅读的朗诵诗。我们知道,"个人的"诗看起来美但听起来茫然,有些"大众的"诗听起来明白但读起来乏味,而新诗社的朗诵诗克服了这两类诗的偏向,兼顾了听和读的受众。新鲜的形象,自然匀称的结构,注意修辞格的运用等,是学院派朗诵诗艺术上的特点。诗行的排列亦体现出新诗社诗人的艺术匠意。这样的诗行,既为朗诵服务,又为阅读服务,具有可听的音乐美和可看的形式美。

最后,学院派朗诵诗具有书卷气。尽管何达的诗里出现了"滚你妈的蛋"(《不怕死,怕讨论》)这样粗鲁的语言,但在同一首诗里,也反复地出现了"情绪""理智""冷静""应该""民主""战斗""讨论"这样文绉绉的词语。新诗社的诗,语言凝练,有文气,与民众口头的语言差距很大。例如"对于这个时代/我/是一个'人证'/我的诗/是'物证'"(何达:《无题》)这样的诗句,包含

---

① 萧大妈,何达诗《萧大妈》的主人公,市民。

着太多的意思,初听只明白表面,思考才得其内蕴,是可看的朗诵诗。同是何达,写罗斯福的死:"今天/地球/打了一个哆嗦/摇落了/全世界人民的/热辣辣的泪珠/我鼻子发酸/抓住身旁的胳膊/'不,/朋友,/不要哭'。"(《罗斯福》)这些诗句,听起来明白,但其间包含了多少动作,省去了多少描写! 还是何达,写"一个名字":"它缠绕着我的梦/编织着我的幻想/辨认着我的愿望/和我的智慧商谈/和我的勇敢作伴/它,这个名字/是我生命的标题。"(《一个名字》)这些诗句,即使朗诵出来,也是"印刷体"的,而词语,似乎还带着墨香。

3. 朗诵诗运动

朗诵诗起于何时,尚无确切定论。闻一多认为是"原始的",但原始的哪怕是古代的朗诵诗,恐怕都与1940年代的朗诵诗没有关系。沈从文说:朗诵诗"这名目虽近数年方出现,它的实验已进行了许多年"①。朱自清的判断与他差不多:"抗战以来的朗诵运动,不但广大的展开,并且产生了独立的朗诵诗。"②根据他们的见解,可以认为朗诵诗和朗诵诗运动都产生于抗战。姚丹则认为朗诵诗要更早一些:"在中国诗坛,这种形式早就存在,殷夫有大量此类诗作",但朗诵运动,则是西南联大兴起来的:"在学生运动中如此广泛地使用朗诵诗,恐怕当由联大算起。"③1945年吕剑的文章说:"最近昆明举行了几次诗歌朗诵,成绩都不错,有一次,参加朗诵会的诗人、诗歌工作者、诗歌爱好者达千余人之多,这在昆明,真是了不起的举动。拿诗歌来直接的和广大的人群见面,这在昆明,恐怕还是第一次。"④姚丹肯定新诗社在学生运动中运用朗诵诗,吕剑肯定新诗社开创了群众场面,再考察新诗社后来的一系列朗诵诗活动的盛况,说新诗社在昆明、在中国校园兴起了一场朗诵诗运动是不会有错的。从诗歌史上看,说新诗社推进了抗战以来兴起的朗诵诗

---

① 沈从文:《谈朗诵诗》,《星岛日报》,1938年10月5日。

② 朱自清:《论朗诵诗》,《朱自清全集》第3卷,南京:江苏教育出版社,1996年,第253页。

③ 姚丹:《西南联大历史情景中的文学活动》,桂林:广西师范大学出版社,2000年,第392页。

④ 吕剑:《诗·行动》,《扫荡报·副刊》第359号,1945年5月14日。

和朗诵诗运动也是符合实际的。

吕剑所说的那一次"达千余人之多"的朗诵会,应该是 1945 年 5 月 2 日晚新诗社举办的诗歌朗诵会。而我们认为新诗社"拿诗歌来直接的和广大的人群见面"要更早些。1944 年 10 月 9 日新诗社成立半周年纪念晚会,虽然只到会一百多人,但出席者有教授、文化界人士和大中学生,范围广泛。晚会激起了听众对于诗歌的热情,新诗社受到鼓舞,产生了开展朗诵诗活动的勇气。因此,新诗社开展的朗诵诗运动应该从 1944 年 10 月 9 日算起。

新诗社除自己举办诗歌朗诵会外,还时常被邀请去其他学校出席诗歌朗诵会,起到指导和示范的作用。据新诗社的几位骨干回忆,"去得较多的是郊区龙头村的云大附中,当时张光年(光未然)、赵沨、魏猛克、刘北汜等同志都在那里教书,他们的文艺活动是开展得很出色的。我们也去过昆华女中、五华中学、昆华商校等学校,他们的许多同学都是经常来参加新诗社的集会的"①。许多学校都举行诗歌朗诵会,说明诗朗诵已成为一时的风气,而新诗社被邀请参加会议,并做示范和指导,说明新诗社是朗诵诗运动的带头者和推动力量。

除专门的诗歌朗诵会外,诗朗诵还成为各种集会的节目,这在诗歌历史上恐怕也不多见。例如:1945 年 5 月 5 日下午,"文协"昆明分会等七团体,联合举办第一届文艺节晚会,以演讲为主,开场则由温功智朗诵艾青的诗《索亚》,闻一多演讲前,两位同学朗诵了艾青的《向太阳》和田间的《自由向我们走来了》《给战斗者》;同月 27 日,民主周刊社等五团体召开欢迎新中国剧社晚会,节目丰富,其中有李实中朗诵吕剑的诗《今日抒情》;6 月 14 日,"文协"昆明分会、西南联大等十六团体,在云大至公堂联合举办诗人节纪念晚会,会上先有多人演讲,次有张光年朗诵《离骚新译》、云大文艺研究社朗诵《聪明人、主子和奴才》、韩北屏朗诵《一个序曲》、李实中朗诵《黎明之前》和《都市》、何达朗诵《给屈原》,后有新中国剧社的演唱……在以上昆明市各

---

① 史集:《闻一多先生和新诗社》,《云南师范大学学报》,1987 年第 2 期。

文化团体的集会中都以诗朗诵为内容,这表明诗朗诵已成为大众喜爱的节目,进而也表明了诗朗诵在社会上的普遍程度,因此,朗诵诗已在昆明的知识分子群体中形成了运动。

任何运动都必然生成于一定的社会基础之上。新诗社能够在昆明掀起朗诵诗运动,主要是适应了西南联大和昆明爱国民主运动的蓬勃开展。新诗社成立不到一月,西南联大拉开了纪念"五四"运动二十五周年的大幕,师生政治热情高涨,爱国民主成为运动。政治运动需要"宣传的工具、战斗的武器","直接与实生活接触"的朗诵诗,能够提升成千上万人"行动或者工作"的激情①,这样,随着西南联大和昆明爱国民主运动进入高潮,朗诵诗也就掀起了运动。爱国民主运动与朗诵诗是双向选择,一拍即合,共同发展的。假若没有爱国民主运动,就没有朗诵诗运动,假若没有朗诵诗运动,爱国民主运动也就失去了一股动力。而新诗社,正是这股动力的鼓风机。姚丹说:"作为纯正的学院学者和诗人,闻一多和朱自清却肯定只具有宣传功能的朗诵诗的价值。"②从思想意义来说,确实是这样。尽管闻一多、朱自清等教授尤其是朱自清专门论述过朗诵诗的朗诵情境和氛围、艺术方法和语言,但他们都是从朗诵诗的宣传功能出发的。政治宣传是朗诵诗成长壮大的催生素,离开了政治宣传,朗诵诗便是侏儒,因此,我们把政治宣传看作朗诵诗的一个特点。朗诵诗的优长和缺点,朗诵诗的影响和生命力均维系在政治宣传上。弄清了这一点,也就明白了这个结论:新诗社的朗诵诗运动是生长在西南联大和昆明爱国民主运动的土壤之上的。

---

① 朱自清:《论朗诵诗》,《朱自清全集》第 3 卷,南京:江苏教育出版社,1996 年,第 256 页。另,闻一多有言:"兄弟什么都不懂,只有用文学精神,提起大家的情绪。"(见《闻一多全集》第 2 卷,第 385 页)朗诵诗正是"提起大家的情绪"的一种文学。或许这正是闻一多重视朗诵诗的原因。

② 姚丹:《西南联大历史情景中的文学活动》,桂林:广西师范大学出版社,2000 年,第 392 页。

尾论　西南联大文学社团的历史地位

　　纵观中国现代文学史,不难发现文学社团的价值和地位。可以说,一部中国现代文学史,少不了对于文学社团的描述;也可以说,文学社团是推动新文学发展的巨大力量。在西南联大,文学社团的价值和意义大约与中国现代文学头十年的情况相近:假若抽掉了文学社团,就构不成完整的西南联大文学史。笔者对西南联大文学社团在文学创作方面的认识是:学生文学几乎是西南联大文学的半壁江山,而学生文学又基本上与文学社团相关。

　　西南联大所处的时代是中华民族的灾难年代。或许是"国家不幸诗家幸"吧,那个时代又是文学的黄金时代。由于文学参加了抗战救国的伟业,在抗战中发挥了无可替代的作用,人们给予文学高度重视。这对青年人的吸引力很大。那些怀着文学梦走进西南联大的同学,在"组织起来"的时代风气感召下,相继组织社团,从事文学创作,取得了可喜的成绩。本章把西南联大文学社团放在中国现代文学史上考察它们的贡献和价值,进而评论它们的文学史地位。

西南联大文学社团的承续

有论者认为,西南联大文学是京派的余脉,这没有问题,但稍嫌以偏概全。事实上,西南联大文学是"五四"文学的继承和发展。西南联大作家仍然面临着"五四"文学的任务,并且走着"五四"文学的道路。组织文学社团进行文学活动与创作,就是"五四"文学道路的延伸。我们知道,"五四"过后,新文学作家人数骤增,文学发展也要求有强大的创作队伍来推进,于是应《小说月报》之需,文学研究会诞生了,随后,组织文学社团成风,据茅盾的初步统计,在 1922 年至 1925 年间,"全国先后成立的文学社团及刊物,不下一百余"[①],从而形成了中国现代文学作家组织社团进行文学创作的传统。组织社团的传统流传到西南联大,遂形成了十几个纯文学社团及许多包括文学创作的社团。更有幸者,西南联大文学社团得到了"五四"文学社团健将的真传。西南联大的第一个文学社团南湖诗社在酝酿过程中,即得到曾经是清华学校上社的发起人和新月社的代表诗人及理论家闻一多的指教,成立时增加了文学研究会重要成员、《诗》月刊的编辑朱自清为导师。之后成立的西南联大文学社团大多得到过中国现代文学史上著名文学社团成员的指导。西南联大文学社团的高起点与富有文学社团经验的导师的指导分不开,西南联大文学社团的成就与"五四"文学社团经验的滋养大有关系。

在"五四"及 20 年代至 30 年代组织文学社团的风气催动下,西南联大留下组织与活动史迹的有十多个文学社团。在这十多个文学社团中,笔者认为较成功的是南湖诗社、高原文艺社、南荒文艺社、冬青文艺社、文聚社、耕耘社、文艺社、新诗社以及剧艺社九个。由于所掌握的材料有限,无法对耕

---

① 茅盾:《小说一集·导言》,赵家璧主编:《中国新文学大系》第 3 集,上海:良友图书印刷公司,1935 年,第 5 页。

耘社做细致梳理与描述,剧艺社的剧本创作将放在另一本专著中去论述,这样本著所论的是七个文学社团。如今,这七个文学社团,至少有南湖诗社、南荒文艺社、冬青文艺社、文聚社和新诗社五个在许多文章和著作中被经常提及,因此可以说"著名"。而冬青、文聚、新诗三社由钱理群、吴福辉、温儒敏首次写入中国现代文学史[①],从而引起学界的注意,其后被多部文学史写入,因而更为著名。

笔者所谓"著名",是这些社团提供了新的组团经验、创作了新的作品和培养了新的作家,对现代文学发展做出了重要贡献。

南湖诗社诞生于西南边邑小城,当地从事新文学创作的作家几乎为零,不可能邀约校外人员参加社团,无论在组织与活动上都是一个地道的"校园文学社团"。校园文学社团是西南联大学生文学社团的"身份"。南湖诗社诞生时,文法学院学生不多,大家彼此认识,在组社方式上便采取由发起人亲口邀约文学爱好者参加的形式,这当然不是新创,但它奠定了西南联大文学社团的基本组织方式。在当时的蒙自,不但没有可供发表作品的报刊杂志,出版印刷也无条件,因此,南湖诗社继续在岳麓山脚文学院里以学生出壁报的方式开展活动,向外投稿只是个人行为,这又使得西南联大文学社团以壁报作为"机关刊物"的形式。

"校园文学社团"的基本特征被南荒文艺社突破。香港《大公报·文艺》编辑萧乾为组织稿件,建议西南联大同学联合校外作者,集中稿件投寄《文艺》副刊采用。由南湖诗社演变而成的高原文艺社接受建议,吸收外校学生作家及萧乾参加,改称南荒文艺社。虽然南荒文艺社的基本成员是西南联大学生,但吸收了几位校外人员。这一组织形式大约可以追溯到湖畔诗社。但湖畔诗社是以校外人员应修人为骨干的一个诗社,南荒文艺社则是以西南联大学生为主体的诗社。南荒文艺社在活动方面也与湖畔诗社不尽相

---

① 钱理群、吴福辉、温儒敏:《中国现代文学三十年》,北京:北京大学出版社,1998年,第583页。

同,且活动次数要多得多。南荒文艺社活动的主要形式是创作文学作品交给社里统一投寄香港《大公报·文艺》,每个作家以一篇作品署名"南荒文艺社",稿费归社里做活动经费,活动通常是举行茶话会,讨论文艺、交流创作,其地点也在校外。南荒文艺社的组织与活动形式为文聚社、新诗社等部分继承。

冬青文艺社综合了南湖诗社和南荒文艺社的优长。在组织方式上限于校内学生,没有向校外发展成员。在活动方式上前后两期在校内出版壁报,而且办得很出色;中期迫于政治形式向外发展,到《贵州日报》上办《革命军诗刊—冬青》和在昆明的《中南报》(三日刊)办《中南文艺》副刊,与南荒文艺社的活动方式相同。作品多在《云南日报》《中央日报》《大公报》《今日评论》《自由论坛》等报刊上发表。由于文章载体不敷使用,冬青社又创办《文聚》杂志。冬青社的活动方式直接过渡到文聚社。关于冬青与文聚的关系,下文将着重讨论。冬青文艺社坚持七年,尽管中间在校内有过暂时停顿,但它是西南联大文学社团中存在历史最长的,其历史与西南联大的文学发展进程相吻合,足以代表西南联大文学的发展历程,因此,冬青社的历史在西南联大最有典型意义。冬青社的壁报与副刊方式直接继承于高原社和南荒社。在它之前,虽然有向外发展的浅草、沉钟等社团,但冬青社与它们的组织与活动方式并不相同。

文聚社在西南联大社团史上有些特殊,无论组织形式还是活动方式都与其他社团不同。有人认为它不是西南联大的文学社团,这是误解。其实,它对西南联大文学社团的组织与活动方式有继承也有创新。它诞生于西南联大特殊的政治环境中,不得不采取在外活动的办法。若从组织关系上说,它以冬青社为班底,基本成员是冬青社的骨干。文学社团本来就是松散的组织,文聚社更为松散,它没有建立正常的组织关系,不过组织生活,不组织集体活动,只是认认真真地办刊物,以刊物作为组织联系的纽带,以发表作品作为社员参加活动的方式,以文章作为社员在社的证据,以刊物作为组织存在的标志。当然,它的核心成员多有一份工作,即办刊物亦即组稿、编辑与出刊并发行。林元和马尔俄是《文聚》的开创者,穆旦、刘北汜和方龄贵等都代表文聚社组过稿。《文聚》出版时,在"版权页"上印着"出版者昆明联大文聚社"。如果排除政治环境的因素,单纯地以西南联大学生社团在外活动的方式而论,文聚社是南荒社的继续和革新,而且它直接取法于冬青社在外办副刊的经验。作为一个"纯文学"刊物,它不像冬青社那样感应西南联大脉搏的跳动,它平时与西南联大的生活缺少呼应,但在大是大非问题上它却高声吼出西南联大的心声:"一二·一"惨案发生后,它冒着政治风险以最快的速度发表诗文吊唁死难同学并要求严惩凶手。文聚社的组织方式上承南荒社,下启新诗社。

新诗社像文聚社那样靠骨干社员操办社务组织活动,没有登记社员,不确定组织方式,采取开放的形式,愿者可以随时参加活动,不愿时可随时离开。这种"组织方式"是文聚社方式的延续,同时具有创新的成分。新诗社的活动也和文聚社一样,概括起来主要是创作和发表文学作品。新诗社以朗诵诗著名。平时社员创作朗诵诗,在社内朗诵交流、切磋修改,每逢纪念节日,便组织动辄上千人的大型朗诵诗会,召集社员自由参加,以朗诵的形式口头发表诗歌。朗诵诗需要火热的生活激发热情,所以在"一二·一"运动中,新诗社社员最为活跃,创作的诗歌最多,朗诵形式也很灵活,朗诵诗的战斗作用得到充分发挥。运动结束后,新诗社回到原来的组织与活动方式中,继续写诗与组织大型朗诵会。

作为校园社团,西南联大文学社团的组团与运作方式依托于校园。以上文学社团的组织与活动方式很难说对社会上的文学社团有多少适用性,因此难以讨论其社会影响,但在我国校园文学社团中,其组团与活动方式是有一些开创和贡献,并产生了影响的。西南联大结束北返后,新诗社、文艺社等继续在京津地区活动,它们全面继续西南联大时期的方式方法,自然在新的条件下又有开拓。西南联大文学社团的组织活动方式同样为昆明师范学院所继承,对昆明地区的学校产生了影响。

而西南联大的作品和作家却是具有较大社会历史影响的。这两方面的内容下文将作详细讨论,此不赘。这里主要讨论了西南联大文学社团在组织活动方面的承续关系。

西南联大文学社团的经验

西南联大的文学社团为我们提供的历史经验,可以总结出以下一些:

一、适应时代

西南联大文学社团存在于抗日战争和反内战时期。那个时期的思想主潮是团结,无论政治、军事、社会、民众都在有组织地行动。这种思潮在学校的反映之一是组织社团。西南联大在不长的九年间组织了上百个社团,即是这种思潮的表现。文学社团的组织是适应社会组织思潮的结果。从南湖诗社到十二月文艺社都是在时代与环境的要求下,一群奋发有为的文学青年组织起来的。南湖诗社想表现抗战的伟业,文聚社要创造无愧于时代的文学,新诗社要用诗歌团结号召民众,新河文艺社要传达民主运动的呼声,这些都是时代回声。组织起来后,社团的活动便紧随时代的脚步。在抗战的年代,创作抗战作品:首次反映日机轰炸昆明的小说《许婆》,报道美国志愿援华空军大队"飞虎队"的《夜莺曲》,描写中国远征军驻扎缅甸野人山生活的《林中的脚步》等都以抗战为中心内容。这些作品的出现首先是社员对于战争的关切,也是社团参战的结晶——许多社员从军服务或者奔赴战场。由于对大后方民众的关注,有对湘黔滇一线民生的描写与民歌的收集,还有对蒙自民歌和春联的收集,产生了《哥弟》《雨》《山谷》等小说,《乡居》和《滇缅公路》等诗歌。又由于站在民主运动的前列,有了朗诵诗运动,有了反内战作品:《图书馆》《凯旋》《民主使徒》等作品在反内战文学中具有突出地位。总之,西南联大文学社团在时代思潮中诞生,在时代思潮中成长,同时在时代思潮中成熟。

二、结缘政治

前文曾以"政治性"作为西南联大文学社团的一个特点。社会上的文学社团往往只专注于文学创作，或者说，校外文学社团的社员个体对政治是关注的，但作为社团，并不组织政治活动。而西南联大的文学社团则与校内外政治紧密相关。这方面，冬青社、文艺社和新诗社最为典型。1944 年，国民政府改革命烈士纪念日为青年节，西南联大隆重纪念"五四"以抗议：《文艺》《耕耘》等二十多种壁报刊出"五四"纪念专刊，"民主墙"焕然一新。文艺社邀杨振声、罗常培、朱自清、闻一多、冯至、沈从文、李广田、卞之琳、孙毓棠、闻家驷等十教授，组成强大的文艺阵容，以"五四与新文艺运动"为主题演讲，造成了巨大的政治影响。同年，西南联大三青团和进步势力争夺学生自治会的人选，冬青社、耕耘社、新诗社、文艺社在选举过程中发挥了重要作用，促使同学把票数集中到大家拥护的同学名下，获得了选举的胜利。抗战是当时最大的政治。在抗日斗争中，冬青社的杜运燮、巫宁坤作为首批报名者进入"飞虎队"做翻译，文艺社和新诗社的缪弘则在一次战斗中奋勇冲锋而光荣牺牲，冬青社和文聚社的穆旦、杜运燮、马尔俄、田堃以及新诗社的闻山等参加中国远征军赴缅甸作战。西南联大文学社团的政治性在民主运动中表现得最为充分。在西南联大后期的民主运动中，文学社团与其他社团作为运动的主要力量，独当一面，克敌制胜，发挥了强大的政治作用。

三、骨干作用

文学社团是文学爱好者自发的组织，纯属民间行为，其存在全靠社员的热情维持。在民间社团中，必须有骨干人物发挥组织领导作用。西南联大的文学社团中不乏这样的骨干。向长清联络到二十多个同学，发起成立南湖诗社，并在社团中组织会议、出版壁报，刘兆吉曾描述过他对《南湖诗刊》的投入情况："有的稿件写得太潦草，或者字写得太大，占篇幅过多，与其他稿子不协调,退回去要作者重抄吧,又怕影响他的积极性,向长清就不厌其烦的代为抄写,有时熬到深夜。"①他深得社员的拥护,诗社变为高原文艺社,他无可替代地继续负责,改为南荒文艺社,他仍然被推举为负责人。林元主持了群社文艺股的独立,是冬青社的主要负责人,主持出版多种刊物,举办多场讲座。后来又组织文聚社,创办《文聚》杂志,约稿、编辑、出版、发行,把《文聚》办成抗战时期昆明的大型文学刊物,乃至中国现代文学史上的重要期刊。何达把对诗的热爱融化在新诗创作及其朗诵诗之中,他联络同学组织诗社,组织大型朗诵诗会,团结成百上千的爱诗者,把朗诵诗推向人民大众,成为当年最著名的诗人。我们还看到,在这几位社团核心人物身边,还有一些骨干:向长清身边的刘兆吉、林蒲、赵瑞蕻、穆旦等,林元身边的杜运燮、马尔俄、刘北汜等,何达身边的沈叔平、萧获、叶华等。

四、导师指导

导师是校园社团特有的条件和优势。西南联大管理文件中明确规定社团要请导师:"学生会社应聘请教职员为顾问"②,后来改为请本校教授为导师。西南联大拥有一批著名的作家教授,他们指导了学生文学社团,保证了学生文学创作的基本水平。在特殊时候,有的社团没有到训导处登记导师,但实际上是有导师指导的。南湖诗社首开导师指导之风。向长清和刘兆吉请朱自清和闻一多做诗社导师,在他们的指导下,诗社坚定地走在创作新诗的道路上。冬青社前期的导师有闻一多、冯至、卞之琳、李广田四位。导师们指导了社员的文学创作与刊物出版,还为社团作讲座,提升社员的文学修养。文艺社的现实主义道路是导师李广田劝勉的结果,他还为文艺社选编《缪弘遗诗》并作序。闻一多对新诗社的指导悉心仔细,从朗诵实践到理论

---

① 刘兆吉:《南湖诗社始末》,云南省政协文史资料研究委员会等编:《云南文史资料选辑》第34辑,昆明:云南人民出版社,1988年,第466页。

② 《西南联大学生会社管理规则》,北京大学等编:《国立西南联合大学史料》第5卷,昆明:云南教育出版社,1998年,第624页。

创立,都在新诗社的活动中完成,以至难以分清是新诗社成就了闻一多的朗诵诗理论,还是闻一多的理论成就了新诗社的朗诵诗创作。新诗社的一些诗歌因闻一多的意见而修改定型,一些诗歌因闻一多朗诵而名扬诗坛,一些人因闻一多的鼓励而走在诗歌创作的道路上,沈季平因闻一多夸赞他的《山,滚动了》而取用笔名"闻山"。沈从文不是某个社团的导师,但他对于高原社、南荒社、冬青社和文聚社的指导尽心尽力,他辅导出多位作家已是学术界公认的事实。总之,西南联大文学社团的成绩与导师的指导不可分割。

五、开放办社

西南联大文学社团的经验告诉我们,要把社团做大做强,必须走出校园,与社会结合。西南联大文学社团的开放有几种情况。第一,吸收校外人员参加社团。南荒社吸收了萧乾、曹卣、庄瑞源、吴风、陆嘉等校外人员;文聚社不登记社员,邀请校内外、省内外作家写稿以加强刊物质量;新诗社的校外成员比校内成员还多,如中法大学的杨明创作了很好的朗诵诗。第二,与报纸副刊联系发表作品。高原社通过沈从文先生推荐作品给香港《大公报·文艺》,得到编辑萧乾的赏识而改组为南荒社,其作品更加有力地支持了《文艺》副刊的版面。高原、南荒社支撑的版面还有昆明的《中央日报·平明》。第三,在社会报纸上办栏目。冬青社先在《贵州日报》办《革命军诗刊—冬青》副刊,后来又在昆明的《中南报》上办"副刊"。布谷文艺社在《柳州日报》上创办《布谷》副刊。这些副刊推出了许多社团的作品。第四,办报刊向社会发行。文聚社创办《文聚》纯文学刊物,主要刊载本校师生的作品,其编辑目标是面向社会,走向全国,刊物发行到云南省内外,成为西南联大的重要文学刊物。文艺社创办《文艺新报》向社会发行,无奈"一二·一"运动爆发,公开发行渠道被阻断,只能改为内部发行。《匕首》和《十二月》也生不逢时,没能走向公开。开放获得的是社会认可,于是才有社会地位。

六、长期发展

大学生在校时间通常为四年,除去新生阶段和毕业季,能够投入某项业余活动的有效时间约为三年。如何避免因骨干毕业离校社团即解散,是大学生社团必须面对的问题。在这方面,西南联大文学社团做过一些有益的探索,还是没有最终解决好这一问题,为后来留下了经验和教训。其探索大约可以归纳为这样几途:1.因势利导,变化发展。南湖诗社变为高原文艺社,高原社变为南荒文艺社,一次比一次成功。虽然南湖诗社与高原文艺社不存,但南荒文艺社延续了其历史。2.加入大社,合并发展。冬青文艺社成立,边风文艺社加入;布谷文艺社从叙永回昆明后,加入冬青社。边风和布谷与冬青一起发展了。文艺社影响扩大,新苗社加入,并入了文艺社的发展。3.毕业生继续社团工作。刘北汜毕业后,仍谋求冬青社的发展,他接编《中南报·中南文艺》,把该副刊办成了冬青社的准刊物。林元毕业后,续办《文聚》杂志,使文聚社获得长足发展。4.最佳方法是培养同学接班。在冬青社,林元离开,有杜运燮、刘北汜等,杜、刘相继离开,有何扬、袁成源、高彤生等,骨干接骨干,把冬青社的历史延续了七年。但是,像冬青社这样的社团并不多。即使冬青社也没有很好地解决连续发展的问题。试想,如果冬青社能够把创作实力最强的同学都吸收进来,把创作保持在前、中期的水平上,冬青社的文学贡献将更大。而最遗憾的莫过于南荒文艺社的解散。假若南荒社与冬青社联手,冬青社与文聚社结合,再吸收文艺、新诗社,构成南湖—高原—南荒—冬青—文聚—文艺—新诗的链条,西南联大文学社团的历史地位必将伟岸崇高。但是,历史没有"假如"。这只是后人对于历史教训的总结,报以前人的遗憾罢了。

西南联大文学社团的"团组"

上文说过,校园文学社团的特点是社员流动大。大学生在校时间为四年。学生通常大二、大三才开始组织社团,过三两年该生就毕业离校了。因此,像文聚社、冬青社那样坚持活动五年、七年的社团实在不多。但笔者发现西南联大的文学社团之间呈现为连续或共生的状态:南湖、高原和南荒社,冬青和文聚社,文艺和新诗社之间都保持着不可分割的关系,有时就是一家。

南湖诗社得名于蒙自南湖,后随蒙自分校迁回昆明。离开了南湖,不能再称南湖诗社了,遂更名为高原文艺社。"南湖"变"高原",只是离开了命名地而改名而已,人还是那些人,刊出的还是壁报,所不同的是,为符其名,社员除诗歌外,还创作其他文体,社员也增加了几人。若说高原文艺社与南湖诗社是一家,大概不会引出多少异议。高原文艺社仅存数月,应香港《大公报·文艺》编辑萧乾之邀另组为南荒文艺社了。这次变动与上次变更名称不同,而有一些重要的变化:首先是突破校园规范吸收了校外人员,其次是将作品载体由壁报改为报纸。但仔细考察,"另组"并没使两个社团的基本性质发生改变——南荒文艺社的主要成员是高原文艺社的全体,两社的骨干相同,且负责人同为一人。虽然增加了几个校外成员,但萧乾是名义社员,外校的四个学生,因所在学校离西南联大较远,不参加社里的具体事务与活动,他们发表在《大公报》上的作品应该是自己寄去的,也没有一篇署上"南荒文艺社"之名,这说明他们只是南荒文艺社的"挂名"社员。陈思和先生曾对社团与流派两者的研究范畴做过划分,他说:"前者研究的是社团的兴衰聚散,重点在人事;后者研究的是创作风格的流变,重点在创作。"[1]若把握人员组成情况以及人与人之间的相互关系这个"兴衰聚散"点研究社团,南荒文艺社实质上是高原文艺社的继续。此前笔者曾给这三个社团下过这样的结论:"南湖诗社因离开南湖更名为高原文艺社,高原文艺社因组成南荒文艺社而停止活动。这样,南湖诗社、高原文艺社和南荒文艺社构成了一条发展链。若以组织情况和文学观念而论,可以把它们看作一个社团的三

---

① 陈思和:《中国现代文学社团史研究书系·总序》,金理:《从兰社到〈现代〉》,上海:东方出版中心,2006 年,第 4 页。

个发展阶段"①,这个结论今天仍然应该坚持。在这里,笔者将它们命名为"南湖·高原·南荒社"。

这样组合还有一个好处,即解决三个社团的作品归属问题。南湖诗社时期创作的作品,在高原和南荒社时期发表,高原社时期创作的作品在南荒社时期发表,应属于哪个社团?笔者以前的处理是归于后者,但作品实际是在前一个社团里投向报刊的,这对前者并不公道;若归于前者,有的又判断不清创作和投寄的时间。三社组合为一,就不存在这一问题了。

文聚社的出现缘于林元对于文学的热情。他本是群社文艺股的负责人,文艺股独立为社团与他关系极大,所以他又是冬青社的负责人。由于他思想进步,"皖南事变"后,党组织要求他秘密离开昆明,他便到了滇池边一个乡村隐蔽,遂与学校不通音信。半年后的一天夜里他化装入城打探消息,方知危险已经过去。秋季他回校复学,但学校的情况已不复先前,生动活泼的局面被一扫而光,同学之间互不闻问,校园气氛清冷。他对这种局面非常不满,希望做些改变,但他还不适合抛头露面,便与冬青社的骨干商量,大家一致认为"向外发展"是唯一的路子。这时,冬青社与贵州日报社合办的《革命军诗刊—冬青》已经停刊,而且鉴于这次合作的经验,"借鸡生蛋"难以施展抱负。林元想出了一条路:办杂志。其时,冬青社的处境很艰难:不能在校园里活动,与贵州日报社的合作终止,筹办的《冬青诗刊》因经费问题告吹,大家正在寻找新的路子。林元提出办一份文学杂志正符合冬青社社员的愿望。本是冬青社负责人的林元便顺理成章地以冬青社社员为班底,创办纯文学杂志《文聚》。事实上,林元在当时能够依靠的也只有冬青社的成员。这位精明的青年,依靠冬青社的人脉,找赞助、拉广告、请教老师、联络作家,把这件事情办成了。因此,《文聚》杂志是冬青社全力倾注的刊物,也是冬青社当时的唯一杂志。虽然创办《文聚》的是文聚社,但实际上骨干力量都是冬青社社员。请看《文聚》第 1 期的作者,除西南联大老师外,全是冬

---

① 李光荣、宣淑君:《季节燃起的花朵》,北京:中华书局,2011 年,第 98 页。

青社社员。由于文聚社与冬青社本是一群人共同主办《文聚》杂志,因而可以把文聚社和冬青社视为难分彼此的社团。笔者在之前的研究中认为:"文聚社与冬青社的人员不是一般的'交叉',他们本来就是同一群人……两个社团最初是一个团体、两块牌子"①,"后期冬青社是双轨运行:一条是新社员在校内开展活动,出版《冬青》壁报;一条是老社员在校外办报刊和搞创作,发表作品。两条道路并行发展,共同构成了丰富多彩的冬青社后期"②。这个判断正是"沿着说下去"的基础。基于对冬青社和文聚社是"一个团体、两块牌子"的认识,可以把两个社团命名为"冬青·文聚社"。

文艺社和新诗社的组合较难处理。文艺社因不满校园的沉寂而成立,新诗社因受闻一多称颂新诗的激励而成立,两个社团成立的动因不一样;文艺社创作多种体裁的作品,新诗社只写新诗,作品体裁不一样;文艺社提倡现实主义,新诗社探索朗诵诗,创作风格不一样。两个社团从缘起到发展方向都不同,历来被认为是两个社团。但是,如果以"人事"而论,或许会得到不同的认识。首先,两社的社员重合。新诗社的标杆何达(何孝达)是文艺社的发起人之一、《文艺》壁报的诗歌主创,在新诗社活动期间,他和另一位新诗社骨干叶华(叶传华)被推为文艺社的"研究干事",可见他是文艺社的中坚人物。出于对诗歌的爱好,他发起组织新诗社,并被推为社长,但他仍然是文艺社的骨干。其他新诗社的主要人员如叶华、张源潜、郭良夫、王景山、赵少伟、萧荻、缪弘等也是文艺社的重要成员。而文艺社的成员则全都参加新诗社的活动,有的还是新诗社重要活动的积极筹办者,是新诗社的骨干。根据新诗社的组织原则③,文艺社成员全体都是新诗社的成员。其次,两社共同组织活动。文艺社的壁报《文艺》和报纸《文艺新报》上刊登新诗社

---

① 李光荣、宣淑君:《季节燃起的花朵》,北京:中华书局,2011年,第216－217页。

② 李光荣、宣淑君:《季节燃起的花朵》,北京:中华书局,2011年,第159页。

③ 新诗社的主要成员这样描述新诗社的"组织原则":"新诗社的'大门永远开着'。当年参加新诗社活动的朋友,不必履行什么手续,愿意来的可以随时来参加活动,不想再参加的,随时可以不告而别……新诗社也没有什么组织机构……但具体的活动则常由大家轮换主持的。"见史集:《闻一多先生和新诗社》,《云南师范大学学报》,1987年第2期。

社员的诗歌,文艺社组织的"五四"文艺晚会,新诗社把它作为本社的事情来做;新诗社组织的大型诗歌朗诵会,文艺社同样把它视为本社的事情来组织,骨干参加筹办,社员全体到会。这种"人事"关系可以用"不分彼此"来形容。诚如文艺社骨干王景山所说:西南联大文学社团"我中有你,你中有我","联大时期,文艺社和冬青社、新诗社、剧艺社、阳光美术社、高声唱歌咏队这六大文艺社团,是亲如一家的。像何达、叶华以及王松声、萧荻、郭良夫、张源潜诸位,都是一身数任"①。问题在于,像文艺社和新诗社这样"我中有你,你中有我"的社团,由于文艺社对于社员有登记,分得清某某是哪个社团的,可他们的作品所属怎么区分呢?以前笔者在处理两个社团的作品时,采取了一种武断不公的办法:"以文艺社的报刊为判别的条件,在《文艺》壁报和《文艺新报》上发表的诗歌属于文艺社,此外的属于新诗社"②。冬青社和文聚社的作品所属也如此,当时的处理是《文聚》以外的作品全属冬青社,也是武断不公的。若要消除这种不公,目前最恰当的办法是合并两个社团,将其作为一个社团看待。

基于以上的分析论述,可以得出这样的结论:西南联大著名的七个文学社团可以合称为:南湖·高原·南荒社、冬青·文聚社和文艺·新诗社三组社团,或者称为三个"团组"。

西南联大文学社团与思潮

西南联大的文学思潮不一定由文学社团兴起,却往往与文学社团有关,社团至少在文学思潮的形成中起到推波助澜的作用。近些年的研究表明,

---

① 王景山:《忆叶华》,《西南联大北京校友会简讯》(内刊)第15期,1994年4月。
② 李光荣、宣淑君:《季节燃起的花朵》,北京:中华书局,2011年,第291—292页。

西南联大的文学思潮有的领先于云南,有的是全国文学思潮的前导,在中国现代文学史上具有地位。

一、战场文学

中国的抗战文学最初宣传意味浓重。西南联大文学"晚出",跳过了这一步,一开始就在寻找抗战力量,挖掘致胜根源。在南湖·高原·南荒社,写战争和大后方文学的作品,多是对沦陷区人民生存状况和战场上英雄主义的描写,刘兆吉的三幕剧《何懋勋之死》则把战场和校园联系起来,写长沙临大学生何懋勋投笔从戎、抗日牺牲的故事,充满了悲剧的崇高美。

一个何懋勋倒下,更多何懋勋继起。在昆明,上千师生奔赴战场,成为大学从军的排头兵。冬青·文聚社与文艺·新诗社的社员从军,创作了《滇缅公路》《夜莺曲》《山,滚动了》《森林之魅》《林中的脚步》等一些充满战场实感的作品。这些作品在中国现代文学中是独特的。

抗战中后期,西南联大作家开始了对于战争的反思。穆旦从滇缅战场归来,迎接他的不是"胜利"而是"失败":和以前的兄弟产生了"隔膜",生活变得"陌生",并感到会"在和平里粉碎"(穆旦:《退伍》)。这其实是所有退伍军人面对现实生活的心理体验。而那些受了伤或生了病退下战场的军人,遭遇就悲惨了:有的逢人乞讨,有的倒在路旁。一位乞讨者"手中的一枚勋章"仍"冷冷地闪着光"(秦泥:《一个伤兵之死》),一位倒在路旁的兵,对死后被抛尸野外任兽鸟撕食尸体深感恐怖,希望得到一个"墓":"随便几颗土"(杜运燮:《被遗弃在路旁的死老总》)。那些客死他乡的侵略者,只能抱着还乡梦在异国土地上夜夜痛哭(杜运燮:《林中鬼夜哭》)。显然,西南联大作家对于战争的思考超越了具体的战争而通向人类。从这个高度出发,我们就能理解汪曾祺的《复仇》与穆旦的《出发》了。汪曾祺希望仇家放下利剑,联手开凿和平的道路。穆旦把战争的"毒害"归结为"上帝"的"计划"。参战归来,穆旦拨开了"上帝"的迷雾,指出战争乃"古老的职业",发动者为的是"其中的利润"(《野外演习》),每次战争都是"一次人类的错误"(《退伍》)。笔者认为西南联大作家的战争思考是"超越战争的人本思考",并且认为西南联大的战争反思提升了我国抗战文学的思想高度,是对我国抗战文学的特殊贡献①。

由于向死而生的战争体验,西南联大的战场文学比一般抗战文学更有生活的实感与战场的质地,这些作品既汇入了抗战文学的大潮,又独创了国外战场文学这一分支②,而反思战争更是超越一般抗战文学,引导了战后反思战争的文学。

二、现代派文学

学界公认现代派文学是西南联大诗歌的一个重要贡献。英国老师燕卜荪曾在课堂上领着学生读"艾略特的《普鲁弗洛克》,读奥登的《西班牙》和写于中国战场的十四行,又读迪仑·托玛斯的'神启式'诗"③,把现代诗的技法传给了学生。于是,在南湖·高原·南荒社里产生了《防空洞里的抒情诗》《一九三九年火炬行列在昆明》和《昆明底一个画像——赠新诗人穆旦》等诗歌。笔者曾论证过穆旦的《防空洞里的抒情诗》在形式上是对《J. 阿尔弗瑞德·普鲁弗洛克的情歌》的借鉴④。这种诗体的特点是散文化。也就是说,散文化是西南联大现代诗的一个重要标志。朱自清等文学社团导师还给予西南联大学生以理论支持:"这个时代是个散文化的时代,中国如此,世界如此。"⑤遗憾的是,"散文化"或曰"散文美"的界定仍然是理论界未结的"悬案"。如果从语言、句子和排列几个方面来看,西南联大文学社团的诗歌确实具有散文体的意味。穆旦、杜运燮、秦泥、陈时、闻山、何达、尹洛等人的诗大致都可以算作散文体,著名的《赞美》《在寒冷的腊月的夜里》《追物价的

---

① 李光荣:《文学抗战的艺术呈现——论西南联大抗战文学》,《社会科学研究》,2014 年第 5 期。

② 在现代著名的抗战文学作家中,没有像穆旦那样穿行野人山,从战友的白骨旁走出来的,也没有像杜运燮、闻山、马尔俄等走过(近)野人山的。他们的作品多反映了国外战场的情况,是抗战文学中特有的。

③ 王佐良:《谈穆旦的诗》,《王佐良文集》,北京:外语教学与研究出版社,1997 年,第 429 页。

④ 参见李光荣:《穆旦的诗体贡献》,《文艺争鸣》,2016 年 10 月号。

⑤ 朱自清:《抗战与诗》,《朱自清全集》第 2 卷,南京:江苏教育出版社,1996 年,第 345 页。

人》《图书馆》等无不如此。

　　散文体诗可以从胡适、周作人、郭沫若、徐志摩、闻一多那里追根溯源，而西南联大的散文体诗配合了抗战时期艾青"散文美"诗的追求，成为抗战文学的一种特色。艾青散文体诗歌《他死在第二次》给予穆旦的震动就是两地诗歌思潮交汇的证据。龙泉明称创作散文体诗歌是抗战诗歌的一种"运动"①，西南联大的散文体诗潮即是抗战诗歌运动中的一股潮流。

　　过去把现代派的成就归为个人（如前贤论著中较多涉及的穆旦、汪曾祺等），笔者则认为是西南联大的文学思潮，西南联大文学社团在现代派思潮中发挥了较大作用。考察西南联大文学社团史不难发现，南湖·高原·南荒社里的穆旦、赵瑞蕻、林蒲，冬青·文聚社里的穆旦、汪曾祺、马逢华，文艺·新诗社里的叶华、俞铭传、何达，耕耘社的袁可嘉等，都有现代派素质，有的就是现代派的先锋。西南联大的现代派诗人回到北方，加强了北方现代派文学的力量，推进了现代派文学的发展。他们的创作丰富了 40 年代末期我国的现代派文学。值得注意的是西南联大诗人还参加了南方《中国新诗》等杂志的建设，成为"中国新诗派"的中坚和代表诗人。穆旦、杜运燮、郑敏、袁可嘉等就是中国新诗派不可或缺的诗人，袁可嘉的诗论还推进了 40 年代末现代派理论的发展。

　　三、反内战文学

　　抗战尚未结束，西南联大就兴起了民主运动，并且把反对内战和争取民主结合起来。为了扩大宣传，争取民众，西南联大联合外校学生组织活动，并吸引社会人士参加，在昆明形成了声势浩大的民主运动。这场运动影响到全国许多城市。

　　在这场运动中出现了一个文学社团——新诗社。新诗社探索朗诵诗的创作，其追求风格与民主运动需要的大众化、通俗化相适应，从而成为民主

---

　　①　龙泉明：《中国新诗流变论》，北京：人民文学出版社，1999 年，第 426 页。

运动的推动力。1945年春,新诗社与文艺社等联手,连续举行多次大型朗诵会,既普及了朗诵诗,又推进了民主进程,为社会各界大为推崇。朗诵诗在昆明的普及,到了每次大会召开之前必有诗朗诵的程度。这是朗诵诗的气象,也是民主运动的胜利。产生于运动中的《我们开会》《我们的心》《山,滚动了》《一个伤兵之死》《雾》《老鞋匠》等即是朗诵诗的代表。

西南联大的朗诵诗在重庆的朗诵诗走向衰微之后兴起,不同于重庆等城市的风格特色。它中兴了抗战以来从武汉发起的朗诵诗运动,是文艺·新诗社对现代文学的特殊贡献。

一场血案改变了文艺·新诗社的文学创作道路。云南军警为扑灭民主运动之火,制造了"一二·一"惨案,挑起内战。文艺·新诗社社员挺身而出,以笔为武器,与反动派展开斗争。他们创作了大量的朗诵诗,供同学们上街宣传朗诵,昆明各大中学生和进步人士也以朗诵诗迎击敌人,昆明的大街小巷响彻诗朗诵的声音,"四烈士"灵堂成为朗诵诗的陈展馆,"昆明成为一个巨大的诗刊"①。可以说,"一二·一"运动也是一场朗诵诗运动。

当国内政治形势乌云压顶,内战正在酝酿,全国还处于沉闷之中的时候,文艺·新诗社以朗诵诗和剧本为先锋,引导了中国的反内战文学,开创了一个新的历史时期的文学思潮,其影响贯穿于整个解放战争时期。戈扬的《抢火者》、沙珍的《血的种子是不会死亡的》、萧荻的《绕棺》、何达的《四烈士大出丧》等朗诵诗,郭良夫《审判前夕》《民主使徒》、王松声的《凯旋》《告地状》等剧作,即是我国第一批反内战文学。可惜西南联大作家的这一贡献至今还没有得到适当的评价。

西南联大文学社团开创的文学思潮当然不止以上三种,因篇幅所限,只能简述如上。

---

① 王笠耘:《诗的花环》(代跋),龚纪一编:《"一二·一"诗选》,北京:人民文学出版社,1983年,第266页。

西南联大文学社团的名作

文学社团的基本任务是文学创作。西南联大文学社团创作的作品，在数量上占据了西南联大文学成就的"半壁江山"。由于对文学作品质量的判断见仁见智，为求稳妥，这里所举作品基本上是有评定的。

诗歌是西南联大文学社团创作最好的体裁，况且，西南联大有两个"诗社"，诗歌的数量最多。南湖诗社创作了西南联大文学社团的第一批诗歌，其中《太平在咖啡馆里》《我看》《南湖短歌》等深得大家推崇。《太平在咖啡馆里》是蒙自分校的"流行诗"。诗歌针对某些同学因身处乱世而意志消沉的表现创作，取眼前之景赋予感情，讽刺意味浓厚，读来真切而平易，"受到不少同学的欣赏，传诵一时"①。《我看》对于春光的描绘深见功力，诗中充盈辽阔如天宇一样的遐思与惬意，赵瑞蕻评这首诗是"'五四'以来中国新诗中的精品"②。同样被赵瑞蕻称为"实在是难得的创作"③的《南湖短歌》，当时在同学中广为传诵，如今在蒙自家喻户晓。诗歌借南湖美景抒发流离者的内心，诗意葱茏，情感浓郁，达到了情景交融、物我同一的境界，散发着新月派诗歌的余韵。

"南湖"进入"高原"和"南荒"后，穆旦奉献出《合唱二章》《防空洞里的抒情诗》《从空虚到充实》《蛇的诱惑》《漫漫长夜》《玫瑰之歌》等名诗，这些诗得到评论界的一致肯定。值得指出的是，《防空洞里的抒情诗》是穆旦较早有意用散文作诗的试验，由此开拓出散文体诗歌的道路。伴随着散文化探索的是现代主义风格，他这期间的诗具有现代主义气质。较早将现代主义融入现实主义的"老诗人"林蒲，在南湖诗社时期就写出了《忘题》等名诗，这时

---

①　刘重德：《跋山涉水赴联大　读书写诗为中华》，蒙自师范高等专科学校等编：《西南联大在蒙自》，昆明：云南民族出版社，1994年，第37页。

②　赵瑞蕻：《南岳山中，蒙自湖畔》，《离乱弦歌忆旧游》，上海：文汇出版社，2000年，131页。

③　赵瑞蕻：《南岳山中，蒙自湖畔》，《离乱弦歌忆旧游》，上海：文汇出版社，2000年，132页。

又奉献出"近乎'完美'"①的《乡居》《羽之歌》等。《乡居》用散点透视法写乡村的闲静:山茶、鸭子、水牛、芭蕉、水凫、红萍相组合,植物"慵懒",动物"瞌睡",寥寥几笔,描画出一幅舒适自在的农村生活。

　　如果说南湖·高原·南荒社的诗歌奠定了西南联大学生诗歌的基础,冬青·文聚社的诗歌则到达了高峰。冬青·文聚社的重要诗作有《还原作用》《五月》《赞美》《春》《诗八首》《出发》《森林之魅》《神魔之争》《滇缅公路》《被遗弃在路旁的死老总》《命令》《一个有名字的兵》《追物价的人》《诗六首》《旅行》《异体十四行》《诗二首》《山景》等。这些诗为研究者津津乐道,入选多种现代文学作品集,其中的一些被写进中国现代文学史。例如,闻一多生前曾将发表不久的《还原作用》《诗八首》《出发》《诗六首》之二首、《诗二首》《滇缅公路》《旅行》《山景》等选入诗集《现代诗抄》,朱自清曾在课堂上评价油墨未干的《滇缅公路》,周珏良赞扬《春》:"无论在何时何地都会被承认为一首好诗"②,唐湜评价《森林之魅》"以其思想的深沉,情感的融合与风格的透明该是中国新诗坛里的最高成就之一"③。

　　《机场通讯》为一组十八首的组诗。由于埋藏于故纸堆不为人知,没有他人的评论。有的如《在乡下的无线电台里》《机械士》等曾单独发表过,得到学者的好评。组诗写"飞虎队"及其所用的巫家坝机场,由于"飞虎队"在保卫我国天空中的战功,组诗写成了对"飞虎队"的颂歌。这是写"飞虎队"乃至抗战空军内部的独一无二的抒情组诗,可以看作诗人的代表作之一,亦是中国现代文学的重要作品。

　　文艺·新诗社的一些诗歌在当时很流行,由于发表和传播渠道不畅,评论并不多见,著名诗歌有《血的灌溉》《补鞋匠》《鼓》《图书馆》《我们开会》《我

---

① 姚丹:《西南联大历史情景中的文学活动》,桂林:广西师范大学出版社,2000年,第231页。

② 周珏良:《读穆旦的诗》,王圣思编:《"九叶诗人"评论资料选》,上海:华东师范大学出版社,1996年,第315页。

③ 唐湜:《穆旦论》,王圣思编:《"九叶诗人"评论资料选》,上海:华东师范大学出版社,1996年,第349页。

们的心》《老鞋匠》《拍卖行》《压路机》《山，滚动了》《死在战场以外的中国兵》《一个伤兵之死》等。其中，《血的灌溉》《补鞋匠》由李广田收入《缪弘遗诗》，《我们开会》《老鞋匠》《拍卖行》《压路机》《山，滚动了》由闻一多收入《现代诗抄》，《图书馆》《我们开会》《我们的心》《老鞋匠》由朱自清收入《我们开会》，《死在战场以外的中国兵》和《一个伤兵之死》多次被闻一多在大会上朗诵①。唯有《鼓》没被选入，但它实在是一首具有浓厚的古典诗味的现代派好诗。

小说也是西南联大文学社团里成就较高的体裁。南湖·高原·南荒社的小说《许婆》《兽医》《二戆子》《纪翻译》《老》等发表在《大公报》《中央日报》《今日评论》等全国著名的报刊上。林蒲的《二戆子》是西南联大学生文学的第一本集子，作品一出版，就有人评论说："他的作品是很有真实的动人的力量。"②

冬青·文聚社的小说，著名的有《复仇》《谁是错的》《河上》《老鲁》《青色的雾》《雨》《夜莺曲》《飓风》《逃去的厨夫》《哥弟》等，这些作品大多发表在著名报刊上，在当时的反响强烈。"文聚丛书"中刘北汜的《阴湿》和马尔俄的《飓风》，因西南联大北返没出成，后来集子为巴金收入"文学丛刊"出版。蒙树宏评价短篇《飓风》"重视刻画人物性格的复杂性及其变化发展，写得真实可信③。《哥弟》反响较好，后来经作者修改，重新发表。至于汪曾祺的《复仇》《谁是错的》《河上》《老鲁》，好评较多。

文艺·新诗社的小说，最好的是史劲的《古屋之冬》，据现代文学史家王景山说，《古屋之冬》发表当初，就有人评说"有鲁迅小说《故乡》的味道"④。

西南联大学生的散文，影响较大的有《湘西行》《人》《横过湘黔滇的旅行》《蜀小景》《野老》等。《湘西行》在《大公报》上发表时，"由于该文对于湘西独特的风俗民情描写得极为出色，被人误认为是出于沈从文之笔"①。同样发表在《大公报》上的《人》，被认为在集子《二戆子》中最为优秀："不论在技巧或内容来讲，这篇都是最成熟的、最动人的。"②人们最初是从《横过湘黔滇的旅行》了解西南联大师生怎样从长沙步行入滇的。《今日评论》介绍作者说："《蜀小景》与《平原》的题材均是他专长的。"③

西南联大学生的剧本不多，在当时较为著名的是《何懋勋之死》、《凯旋》、《告地状》、《民主使徒》(《潘琰传》)等几部。其中影响最大的是《凯旋》，一次演出结束，观众"哭成一团，怎么劝也不肯走，在无可奈何的情况下，只好由王松声出来说：'别哭了，那是演戏'"④。它的艺术效果可以和《放下你的鞭子》媲美："活报剧《放下你的鞭子》动员抗日、《凯旋》反对内战，演完了观众边哭边喊口号"⑤，"《凯旋》在中国话剧史上同抗日战争中《放下你的鞭子》一样，在动员人民反对内战中发挥了重大作用"⑥。

把以上剧作放在中国现代戏剧文学史上去估量，大约可以排在二三流的行列，最差也不会低于三流，可它们是学生社团创作的作品，因此我们不得不对西南联大文学社团及其剧作者刮目相看。

西南联大文学社团的名家

文学社团的另一功能是培养人才。学生社团的育才功能尤其突出，新潮社出了杨振声、傅斯年、顾颉刚等而有地位，湖畔诗社因汪静之、应修人、冯雪峰等而著名，西南联大的学生文学社团亦走出了一批批作家和文学研

---

① 于建一：《我所知道的诗人艾山》，《人物》，1996 年第 3 期。
② 杜文慧：《评〈二戆子〉》，香港《大公报·文艺综合》第 826 号，1940 年 4 月 28 日。
③ 《本期撰者》，《今日评论》第 2 卷第 9 期，1939 年 8 月 20 日。
④ 松岭：《〈凯旋〉的创作和演出》，《新文化史料》，1999 年第 6 期。
⑤ 王蒙：《再说文艺效果》，《王蒙文集》第 6 卷，北京：华艺出版社，1993 年，第 406 页。
⑥ 崔国良：《名家十日谈：王松声和街头剧〈凯旋〉》，《城市快报》，2004 年 11 月 26 日。

究家,成为我们今天仍要关注的对象。

　　说穆旦是西南联大培养出来的诗人,不会有异议,说穆旦是西南联大文学社团培养出来的诗人,恐怕就有人说"不"了。的确,人才的养成需要各方面的条件,教育居其首位,西南联大的文学教育与文学环境养育了穆旦的诗人素质,再加穆旦的努力追求,才有穆旦的诗名。但如果我们注意到西南联大文学环境里的社团成分,再考察穆旦在文学社团里的活动情况,就不会说"不"了。其他从西南联大文学社团出来的作家亦当作如是观。

　　穆旦是南湖、高原、南荒、冬青、文聚社的"五朝元老"。他参与发起了这五个社团,并在社团中积极工作,出谋划策、参加活动、努力创作,既得到社团的养育,又丰富了社团的成就,可以毫无悬念地说,穆旦在哪个社团,就是哪个社团的创作旗手和代表诗人。我们可以通过社团梳理出穆旦的诗歌道路。在南湖诗社,他带着"湘黔滇旅行"的豪气,感受到南国天地的空阔宏大,胸中充满豪迈刚劲的情愫,表现在诗歌里,就是一种宽广雄阔的浪漫气息。这时,他的诗友林蒲已经开始用现代主义方法处理题材与情感了,他还沉醉在对春的歌咏、美景的描绘和情感的抒发之中。离开蒙自进入高原社,现代主义开始出现在他的诗作中,但浪漫主义仍然是他的主调。南荒、冬青社时,现代主义占据主位,把他那种复杂、矛盾、紧张、焦灼、痛楚的内心表达出来,取得了前所未有的诗歌成就,成为著名的现代主义诗人。因此,穆旦是在文学社团里探索、发展、成熟的,社团给予他的甚多,创新的氛围、师友的鼓励、发表的园地等都是催生诗人的条件,到文聚社,他已走出了自己的诗歌道路,成为独领风骚的诗人,之后他没再参加别的社团了。几经风雨灾难,"文革"后他复出,又把他在西南联大时期的诗风带给诗坛,引起诗坛的震动。

　　论成才与文学社团的关系,汪曾祺比穆旦更为典型。他是冬青社的首批成员,在社友的鼓励下,一篇篇作品刊登出来,创作动力大增。他初期的作品带有模仿的痕迹,随着课堂所获的增多,他探索各种写法,现实主义和现代主义方法并举,无论诗歌、小说还是散文都呈现多种风格,成为冬青社的优秀作家。汪曾祺参与发起文聚社前后,创作成绩突飞猛进。由于两社并存,这时的作品分不出哪篇属于冬青社,哪篇属于文聚社。由于他很少参加后期冬青社在校园的活动,可以把他离开西南联大前后的作品归为文聚社。这就出现了这样的轨迹:通过冬青社的培育,到文聚社他已经显示出成熟的气象。他的成熟并非《邂逅》时期突然的飞跃,而是在文聚社时期就实现了的。笔者访问西南联大校友时,他们不约而同地说汪曾祺是西南联大的著名作家。1946年他返归故里路过香港时,报纸刊登"年青作家汪曾祺近日抵达香港"①。所以,汪曾祺是西南联大文学社团培养出来的作家。上世纪70年代末,他把40年代的创作链接起来,捧出《受戒》《大淖纪事》等作品,赢得文学界一片赞誉。

作为冬青社的发起人和负责人之一,杜运燮付出甚多,收获也很大。最大的收获就是他结识了穆旦及王佐良、杨周翰等一帮现代主义诗人。他没有听过燕卜荪的课,难以走近艾略特,却随诗友靠近了奥登,最终成为西南联大诗人中奥登的第一传人。他当然注重现实内容,但在处理题材时,往往采用幽默诙谐的口吻表达,增添了冬青社作品的现代主义成分。他的成名作同时又是代表作是提供文聚社的第一首诗歌《滇缅公路》。这时他已从军而暂时离开西南联大,虽然是文聚社的发起人之一但无法参与文聚社的工作。他带着冬青社的诗歌技艺在"飞虎队"和印缅战场创作了现代文学中特有的作品,其中一些刊登在《文聚》上,履行一个社员的职责。当他毕业离开昆明时,已经是一个著名诗人了。纵观他的创作,他的代表作都是在冬青·文聚社时写成的。上世纪80年代他以朦胧诗重出诗坛,刮起一股现代派诗歌的旋风,开拓了新时期诗歌的发展道路。究其实质,这是他在西南联大文学社团里的素养之释放。

新诗社的组织与领导者何达,原先是文艺社的诗歌骨干,他拜闻一多为

---

① 汪朗等:《老头儿汪曾祺——我们眼中的父亲》,北京:中国人民大学出版社,2000年1月,第56页。

师,在闻一多的指导下探索朗诵诗的创作,取得了非凡的成绩。新诗社的道路就是他的道路,新诗社的发展就是他的发展。在新诗社之初,他的诗虽然可以朗诵,但带有浓厚的知识分子气息,不能贴近大众。新诗社逐步走向朗诵诗创作后,他尽量采用大众语言,自觉创作平易通俗、入耳即懂的诗,在每次诗歌朗诵会上发表,引起强烈的反响。"一二·一"运动爆发,他用诗歌发出高亢的呐喊,成为广大群众的代言人,使反动派胆颤,还把那段历史"镌刻"在诗歌史上,是今天了解西南联大反内战民主运动的史料。他还把新诗社的诗风带到北平,推动了上世纪40年代下半期中国的朗诵诗运动。他是新诗社的创作旗帜,他的诗是新诗社的招牌。他的诗集《我们开会》代表着上世纪40年代朗诵诗的最高成就,是闻一多朗诵诗观念的最佳体现、朱自清朗诵诗理论的有力证据。何达与新诗社紧密相联:假若没有新诗社,就没有何达的朗诵诗成就,而没有何达朗诵诗的成就,就不能说明西南联大朗诵诗运动的巨大功绩,新诗社的文学地位也会降低许多。新中国成立后,何达定居香港,1979年应邀回大陆参加中国第四次文学艺术工作者代表大会。

　　以上几位都是成就一种文体,开一代文风,代表中国现代文学一个方面或一个时期文学创作的西南联大作家,他们一生的事业都跟文学联系在一起,尽管历史与个人的原因使其创作有过中断,但他们始终从事文学创作,且在不同阶段取得了巨大的成就,是文学史不能不写入的作家。

　　像他们一样或断或续,后来或晚年仍在创作且成绩不菲的作家还有刘北汜、秦泥、于产、巫宁坤、赵瑞蕻、林蒲、叶华、闻山等,他们的主业也许并不是文学,但他们仍坚持业余创作。刘北汜,中国作家协会会员,出版过《人的道路》《山谷》《荒原雨》等作品。秦泥,中国作协会员,发表中篇小说《两对旅伴》、出版诗集《晨歌与晚唱》等。于产,中国作协会员,短篇小说《芙瑞达》获1978年全国优秀短篇小说奖,报告文学《一九四六年在上海周公馆》(合作)获第一届蓝盾文学奖。巫宁坤退休后移居美国,创作了许多英文的散文和小说,自传体小说《一滴泪》享誉西方,翻译过《了不起的盖茨比》《白求恩传》等著作。赵瑞蕻,中国翻译协会副会长,译有《红与黑》《梅里美短篇小说选》

等,出版诗集《梅雨潭的新绿》、散文集《离乱弦歌忆旧游》、著作《诗歌与浪漫主义》等。林蒲是美国南方路易斯安那大学教授,出版《暗草集》《埋沙集》等,被称为"一位默默地耕耘在诗坛上的爱国诗人"①。叶华旅居国外,笔耕不辍,有《叶华诗集》出版。闻山,中国作协会员,诗书画俱佳,散文创作颇丰,有《闻山全集》行世。

从事文学研究和翻译的专家有:武汉大学教授刘绶松,中山大学教授吴宏聪,中国现代文学馆馆长杨凤仪,辽宁师范大学教授康侃,首都师范大学教授王景山,中国社会科学院外国文学研究所研究员袁可嘉,湖南师范大学教授刘重德,河南大学教授李敬亭,美国南方大学教授陈三苏,广西大学教授贺祥麟,北京外国语大学教授王佐良,北京大学教授杨周翰,西南大学教授刘兆吉,北京市戏曲研究所向长清,云南省社会科学院刘治中,上海师范大学中国古代史专家程应镠,云南师范大学蒙元史专家方龄贵,扬州师范学院地方史、西南联大史专家张源潜等。

从事与新闻出版相关工作的专家有:商务印书馆郭良夫、文艺研究杂志社林元、羊城晚报社萧荻、收获杂志社萧珊、中国语言杂志社周定一、香港画家李典、新华社刘晶雯、人民中国杂志社秦泥。

还有从事政治工作的王汉斌、彭佩云、马杏垣、田堃、何扬、程法伋、彭国涛、马如瑛、陈盛年、黄平、刘波,甚至还有化学家邹承鲁等。

以上所列仅为一鳞半爪,并非统计结果,而且一个人的工作与单位是变化的,可能有多个,将其固化为某个单位、从事某项工作并不科学。前举各例,是为了说明西南联大文学社团推出了一大批人才,他们为中国和世界文化的建设做出了重大贡献。

本章从西南联大文学社团的承续关系、西南联大文学社团的办社经验、西南联大文学社团的"团组"结构、西南联大文学社团与文学思潮、西南联大

---

① 于建一:《我所知道的诗人艾山》,《人物》,1996 年第 3 期。

文学社团的创作贡献、西南联大文学社团走出的作家六个方面论述了西南联大文学社团的历史贡献。西南联大学生的文学社团虽然独立，但社团之间有联系，有继承也有创新，可以构成一部文学社团史；西南联大学生在特殊的学习环境中组织文学社团，进行自我训练，探索出组团与活动的经验，提供后世借鉴；西南联大的七个重要文学社团，根据组成人员相同这个必要条件，可以组合成三个大的团组，其实力均可以进入中国现代文学社团史；西南联大文学社团参与或者创造的文学思潮，影响达云南乃至全国，在抗战文学和战后文学中发生着作用；西南联大的文学社团创作出一大批文学作品，在西南联大文学中大放异彩，丰富了中国现代文学的内容；西南联大文学社团辅助学校培养出一批批新文学作家及文学与文化研究者，他们对中国和世界文学与文化做出了独特贡献。这些情况表明，西南联大文学社团对中国现代文学做出了重大贡献，其实力和功绩完全应当写进中国现代文学史，所以，西南联大文学社团在中国现代文学史上具有历史地位。

引用文献

报纸

《罢委会通讯》(昆明)

《朝报》(昆明)

《城市快报》(天津)

《春城晚报》(昆明)

《大公报·文艺》(天津、汉口、重庆、香港、桂林、上海)

《独立周报》(昆明)

《贵州日报》(贵阳)

《联大通讯》(昆明)

《柳州日报》(柳州)

《扫荡报》(昆明)

《文艺新报》(昆明)

《星岛日报》(香港)

《学生报》(昆明)

《益世报》(天津、昆明)

《云南日报》(昆明)

《中南报》(昆明)

《中央日报》(重庆、昆明)

刊物

《百花洲》(南昌)

《北京大学校刊》(北京)

《北京大学学报》(北京)

《北京文艺》(北京)

《匕首》(昆明)

《楚雄师范学院学报》(楚雄)

《春城戏剧》(昆明)

《当代评论》(昆明)

《国文月刊》(昆明)

《红河学院学报》(蒙自)

《华风》(美国)

《今日评论》(昆明)

《剧艺社社友通讯》(北京)

《抗战文艺》(重庆)

《民主周刊》(昆明)

《南开大学学报》(天津)

《南开校友通讯》(北京)

《清华大学学报》(北京)

《人物》(北京)

《十二月》(昆明)

《世界学生》(重庆)

《文聚》(昆明)

《文学评论》(北京)

《西南联大北京校友会简讯》(北京)

《新文化史料》(北京)

《新文学史料》(北京)

《学术探索》(昆明)

《音乐研究》(北京)

《云南大学学报》(昆明)

《云南民族大学学报》(昆明)

《云南社会科学》(昆明)

《云南师范大学学报》(昆明)

《战国策》(昆明)

《中国社会科学》(北京)

《中国现代文学研究丛刊》(北京)

《自由论坛》(昆明)

著作

一、校史论著与史料

北京大学等编:《国立西南联合大学史料》,昆明:云南教育出版社,1998年。

北京大学校友联络处编:《笳吹弦诵情弥切》,北京:中国文史出版社,1988年。

蒙自师范高等专科学校等编:《西南联大在蒙自》,昆明:云南民族出版社,1994年。

南开大学校史编写组:《南开大学校史》,天津:南开大学出版社,1989年。

南开大学校史研究室编:《联大岁月与边疆人文》,天津:南开大学出版社,2004年。

南开校友总会编:《南开校友通讯》丛书,内部资料。

清华大学校史研究室编:《清华大学史料选编》,北京:清华大学出版社,1994年。

清华校友总会编:《校友文稿资料选编》,北京:清华大学出版社,2000年。

王学珍、郭建荣主编:《北京大学史料》,北京:北京大学出版社,2000年。

西南联大北京校友会校史会编:《国立西南联合大学校史资料》,北京:北京大学出版社,1986年。

西南联大除夕副刊社编:《联大八年》,昆明:西南联大学生出版社,1946年。

西南联大校友会编:《笳吹弦诵在春城》,昆明:云南人民出版社,1986年。

西南联合大学北京校友会编:《国立西南联合大学校史》,北京:北京大学出版社,1996年。

杨立德:《西南联大教育史》,成都:成都出版社,1995年。

姚丹:《西南联大历史情景中的文学活动》,桂林:广西师范大学出版社,2000年。

云南文史资料研究委员会等编:《云南文史资料选辑》第34辑,昆明:云南人民出版社,1988年。

云南西南联大校友会编:《难忘联大岁月》,昆明:云南教育出版社,1998年。

张寄谦编:《中国教育史上的一次创举》,北京:北京大学出版社,

1999 年。

二、个人资料与文集

卞之琳:《卞之琳文集》,合肥:安徽教育出版社,2002 年。

曹禺:《曹禺文集》,北京:中国戏剧出版社,1990 年。

曹元勇编:《穆旦作品集·蛇的诱惑》,珠海:珠海出版社,1997 年。

杜运燮:《杜运燮 60 年诗选》,北京:人民文学出版社,2000 年。

杜运燮:《海城路上的求索》,北京:中国文学出版社,1998 年。

杜运燮:《热带三友·朦胧诗》,北京:中国戏剧出版社,2006 年。

杜运燮、张同道编选:《西南联大现代诗钞》,北京:中国文学出版社,1997 年。

杜运燮等编:《一个民族已经起来》,南京:江苏人民出版社,1987 年。

冯友兰:《三松堂全集》,郑州:河南人民出版社,2000 年。

冯至:《冯至全集》,石家庄:河北教育出版社,1999 年。

戈扬:《抢火者》,浪花文艺社,1946 年。

龚纪一编:《“一二·一”诗选》,北京:人民文学出版社,1983 年。

何达:《我们开会》,上海:中兴出版社,1949 年。

姜德明:《新文学版本》,南京:江苏古籍出版社,2002 年。

李方编:《穆旦诗全集》,北京:中国文学出版社,1996 年。

李广田:《荷叶伞》,北京:华夏出版社,1996 年。

李岫编:《中国现代作家选集·李广田》,北京:人民文学出版社,1984 年。

林蒲:《暗草集》,香港:人生出版社,1956 年。

林元:《碎布集》,北京:文化艺术出版社,1991 年。

刘北汜:《荒原雨》,广州:花城出版社,1984 年。

刘北汜:《山谷》,南昌:江西人民出版社,1981 年。

刘北汜:《曙前》,上海:文化生活出版社,1948 年。

刘超先、蔡平:《寒窗集——刘重德诗文选集》,长沙:湖南师范大学出版社,2002 年。

刘兆吉:《刘兆吉诗文选》,重庆:西南师范大学出版社,2003 年。

刘兆吉:《西南采风录》,北京:商务印书馆,2000 年。

鲁迅:《鲁迅全集》,北京:人民文学出版社,2005 年。

穆旦:《穆旦诗集》,北京:人民文学出版社,2001 年。

浦江清:《清华园日记·西行日记》,北京:生活·读书·新知三联书店,1987 年。

钱穆:《八十忆双亲·师友杂忆》,北京:生活·读书·新知三联书店,1998 年。

秦泥:《晨歌与晚唱》,成都:西南财经大学出版社,1994 年。

三联书店编辑部编:《闻一多纪念文集》,北京:生活·读书·新知三联书店,1980 年。

沈从文:《沈从文全集》,太原:北岳文艺出版社,2002 年。

孙菊华、戴炽昌编:《刘克光纪念文集》,内部发行,2002 年。

田汉:《田汉文集》,北京:中国戏剧出版社,1986 年。

汪曾祺:《汪曾祺全集》,北京:北京师范大学出版社,1998 年。

王蒙:《王蒙文集》,北京:华艺出版社,1993 年。

王圣思编:《"九叶诗人"评论资料选》,上海:华东师范大学出版社,1996 年。

王佐良:《中楼集》,沈阳:辽宁教育出版社,1995 年。

文艺社编:《缪弘遗诗》,昆明:殉国译员缪弘追悼会筹备委员会,1945 年。

闻黎明、侯菊坤编:《闻一多年谱长编》,武汉:湖北人民出版社,1994 年。

闻一多:《闻一多全集》,武汉:湖北人民出版社,1994 年。

吴宓:《吴宓日记》,北京:生活·读书·新知三联书店,1999 年。

萧荻:《最初的黎明》,自印,2005 年。

辛笛等:《九叶集》,北京:作家出版社,2000 年。

许渊冲:《诗书人生》,天津:百花文艺出版社,2003 年。

许渊冲:《追忆逝水年华》,北京:生活·读书·新知三联书店,1996 年。

杨明:《死在战场以外的中国兵》,昆明:联大新诗社,1946 年。

赵慧编:《回忆纪念闻一多》,武汉出版社,1999 年。

赵瑞蕻:《离乱弦歌忆旧游》,上海:文汇出版社,2000 年。

郑敏:《郑敏诗集》,北京:人民文学出版社,2000 年。

中国现代文学馆编:《穆旦代表作》,北京:华夏出版社,1999 年。

朱自清:《朱自清全集》,南京:江苏教育出版社,1996 年。

三、文学史论著与史料

"一二·一"运动史编写组编:《"一二·一"运动史料选编》,昆明:云南人民出版社,1980 年。

陈白尘、董健:《中国戏剧史稿》,北京:中国戏剧出版社,1989 年。

郭绍虞主编:《中国历代文论选》,上海:上海古籍出版社,1979 年。

刘勇主编:《中国现代文学专题》,北京:高等教育出版社,2001 年。

蒙树宏:《云南抗战时期文学史》,昆明:云南教育出版社,1998 年。

钱理群、吴福辉、温儒敏:《中国现代文学三十年》,北京:北京大学出版社,1998 年。

孙玉石:《中国现代主义诗歌史论》,北京:北京大学出版社,1999 年。

田本相:《曹禺传》,北京:北京十月文艺出版社,1988 年。

吴戈:《云南现代话剧运动史论稿》,北京:中国文联出版社,2001 年。

先燕云:《三千里地九霄云——宗璞与云南》,昆明:云南教育出版社,2000 年。

俞元桂主编:《中国现代散文史》(修订本),济南:山东文艺出版社,1997 年。

朱东润主编:《中国历代文学作品选》,上海:上海古籍出版社,1979 年。

原版跋语

　　本书是本人主持并与宣淑君共同承担的国家社科基金项目《西南联大文学社团研究》的成果，也是第一部研究西南联大文学社团的专著。我们的目标是：全面、系统地研究西南联大九年间的文学社团，通过具体描述、分析和概括，展示其面貌，评价其贡献，归纳其特点，揭示其地位，总结出具有规律性的认识，以填补中国现代文学研究在这方面的空白，使成果成为西南联大文学社团及其文学、抗日战争时期文学、中国校园文学以至中国现代文学研究的基础性论著之一。全书由综论和七个社团的分论构成。

　　能够结成这份成果，首先要感谢国家社科基金项目评审专家和社科规划办的同志，没有他们的肯定和支持，很难想象会有这部专著。2003年课题获准立项的时候，最终成果只是四篇系列论文。这不是因为我们有特别的研究专长，而是西南联大文学社团所具有的研究价值使然。但在研究过程中，我们发现四篇乃至更多一些论文都不能完成研究任务，原因在于，前人没有对西南联大文学社团做过梳理和描述，各个社团的历史面貌不清。在这样的前提下做综合研究，无疑像建空中楼阁，且在作论的技术路线上也不可取。经过慎重考虑，我们向国家社科规划办提出了"调整研究内容，改变成果形式"的申请。申请得到批准,于是才有目前这部以系统研究西南联大文学社团的历史面貌为主要内容的专著。

西南联大虽然只有九年,文学社团却有十几个,还不包括有文学创作的综合社团和一些专业社团。这些社团主要由学生组成。老师没有专门的文学社团。老师组建的综合社团"战国策"派,文学研究界多予关注,本书也不研究。这样,本书实际研究的是学生文学社团。对于数量较多的西南联大文学社团,有两种研究策略,一种是研究具体的社团,一种是综合研究所有社团。由于西南联大文学社团的基本历史面貌不清,我们采取前一种策略,从十几个文学社团中选出七个文学成就较大且资料较为充足的社团作为重点研究对象,对其组织活动、主张追求、作者创作、特点贡献、地位影响和经验教训等进行论述,以期对这些社团做出较为全面的介绍和有一定深度的分析评论。

原创性是我们在课题申报之初提出的学术目标,成书后再行自问,我们做到了。事实上,进行此项研究,即使想不原创也不可能,因为没有人在此领域做过专题研究。此前所见涉及西南联大文学社团的论述,除本人的前期成果外,只有一篇论文和一部专著做过相对集中的一些论述,其他皆为回忆文章。在这种前提下做细致、全面的历史梳理和系统、深入的学术研究,自然是原创了。

在研究中,花费精力最多的工作是搜集材料。我们用了两年多时间,查阅报刊,访问西南联大文学社团成员及其家属,购买书籍,并广交朋友,从多渠道获取国内外相关信息或线索。通过以上多方面旷日持久的努力,掌握了大量有关西南联大文学社团的资料。在此基础上,我们又用了很大的功夫来甄别材料。当年文学社团成员的回忆,因时间久远,难免有不详或不实之处;后人写的文章,亦常有猜度或误解;即使是当时报刊所载的文字,也因种种原因不一定准确。这就要通过辨识,找出事实真相。我们通过对若干材料的分析整理,拂去数十年的历史尘埃,看清了西南联大文学社团的面目,才敢动笔去勾勒。写时又往往因为一则材料而多方求证,耗费许多时日才继续下笔;或者因发现新材料而推翻先前的判断,重新写过。如此这般,研究和写作真是一个又艰辛又快乐的旅程。

在写作上，我们给自己订立了以史料说话的原则，尊重基本事实，做到言必有据，论从史出。我们坚信，见解人人可发，而材料（事实）是唯一的。由于同样的材料可以形成不同的观点，而每一个观点都必须建立在材料之上，可以认为在一定程度上，发现一则新材料的价值比得出一个新观点更为重要。在这种思想指导下，我们对材料运用最为看重。本书使用了许多新材料，描述西南联大各文学社团的历史，同时提出了一些新的观点，匡正了此前一些不准确的说法。例如，对于冬青社在校内恢复组织与活动的时间的考证和冬青社是否停止过活动的见解。又如，研究汪曾祺的文章数以百计，专著也出了好几部，但几乎都没有讨论过汪曾祺写于冬青社时期的多篇小说和散文，因而对汪曾祺文学风格形成的历史未能得出确论，本书改写了这种历史。再如高原文艺社、南荒文艺社，则是由我们第一次写出专文的社团。

学术是一项极为严肃的工作，必须以生命投入，但学术不像种地，投入越多收获就越大，且任何人都不能穷尽学术问题，也不能不犯错误，尤其是作为"第一"的事物，常常显露出生成的不足。因此，我们不敢保证本书没有缺陷和疏漏，其成败优劣，总逃不出专家的法眼和读者的高见，无须在此多言。我们愿做的是，以虚心的态度等待来自各方面的批评意见。在此要表白的是，我们的研究和写作态度——这是我们问心无愧的。上述对于资料的收集辨析与运用已涉及态度问题。的确，为寻找一则资料寝食不安，为求证一则资料费时数月的事是常有的。在材料的运用上，我们尽量使用第一手材料，第二、第三手材料仅供参考或作为线索使用，一定要找到第一手材料才放心。为研究本课题，我们采访了当年西南联大文学社团的数十位社员，获得了"口述历史"，但对其所言，我们都做过核实考证，绝不轻信使用。如南荒文艺社的负责人问题，两位老先生所说不一，我们参考老先生所说，再通过对相关人物经历的考察，得出了正确的结论。除使用第一手材料外，不以"孤证"立论，也是本书写作的原则。掌握了大量可靠的材料，有了为文的可能，再通过材料的分析，弄清各个社团的历史和创造，明确其地位和贡献,找到其特点和规律,才算有了写作的准备。由于事先把握住了各个社团的特点,就能形成不同的文章结构,使各个社团即一章与一章的写法相异,最终,获得新的材料言说,新的理论概括,新的表达角度。虽然这样的分析和构思过程艰苦而费时,但体现了我们的态度和追求。

感到遗憾的是没能给耕耘文艺社列出专章。我们深知耕耘社在西南联大文学社团中的地位和对中国现代文学所做的贡献,但资料不足,只好付缺。将来若有知情者写成文章,则是西南联大历史研究的幸事,并为中国现代文学研究做了填补空白的贡献。

樊骏老师说:"学术研究是最具集体合作性质的工作。"的确,每项学术成果的取得都凝聚了许多人的心血,前人的成果、今人的协助都是必不可少的成功因素。以本课题而言,研究时使用前人的成果自不待言,今人的帮助亦是值得记录的。在选题阶段,樊骏和钱理群老师对本人确定以西南联大文学为主攻方向起了决定性的作用。在收集资料阶段,许多西南联大前辈或其家属给予了无私的帮助和支持:周定一、方龄贵、王景山、秦泥、郑敏、刘兆吉、杨苡、郭良夫、严宝瑜、刘方、张源潜、闻山、许渊冲、李曦沐、李凌、汪仁霖、胡小吉、张道祖、王康、黎章民、于承武、宋伯胤、潘乃穆、周锦荪、彭国涛、林毓杉、何以中、陈战杰、刘重德、欧阳澄等数十位先生接受了访谈;杜运燮、林元、于产、王松声、赵瑞蕻、刘北汜、马文珍、郑天挺、刘波、刘克光、闻一多、李广田、冯至等先生的亲属通过书信、网络或电话提供情况,有的送书、寄材料、提供线索或联系知情者;西南联大爱好者陈良伯、刘庆楠等先生提供资料,袁可嘉先生及其女儿几次从美国打来电话,张友仁先生源源不断寄来新作。另有任继愈、邢方群、马识途、张彦、裴毓荪、方堃、张定华、刘晶雯、吴钲镒、邹承鲁、马逢华、陈明逊、赵宝煦、张寄谦、钱惠濂、贺联奎、孙晓耕、王楫、程法伋、何扬、萧荻、吴宏聪、王勉、闻立鹏、王彦铭、母履和、彭允中、卢濬、许铮、熊朝隽等前辈,马学良、向长清、卢静等先生的亲属,以及杨明、王用华、余斌诸先生或者接受采访,或者来信指点,或者亲临教诲。他们之中,王景山、张源潜、方龄贵、周定一、周锦荪、刘方、刘晶雯等多次接受采访或长期通信赐教。西南联大研究专家张新颖、戴美政、姚丹等无私地提供资料线索或赠予资料,孙敦恒、郭建荣、梁吉生、吴宝璋、闻黎明等给予了帮助,杨立德曾是课题组一员,因另有研究任务退出课题组,仍关心本课题的研究,素不相识的编辑余开伟应求寄赠图书。云南省图书馆和云南大学图书馆提供了查阅资料的方便,相关老师给予长期服务。西南联大北京校友会、云南校友会和上海校友会、剧艺社社友会等长期馈赠资料、提供信息或给予其他帮助,曾骥才和陈有余两位先生在其中做了大量工作。云南师大和西南民大提供了部分研究经费,两校的文学院提供了研究时间。在写作阶段,方龄贵、王景山、张源潜、郭良夫、吴宏聪、秦泥、张定华、刘方、许铮、严振等审读了部分章节,他们提出的宝贵意见对完善内容起到了很好的作用。在部分成果发表阶段,刊登过拙稿的报刊的编辑给予了最初的赏识,张晓敏、郭娟、李今、傅光明、王德明、罗骥、杨育彬、王珏、陈灿平、江云岷、朴宰雨、黄基秉、姜仁达、李建平、李怡、张树伟、耿嘉、冯秋子等诸位老师付出过辛劳。最感幸运的是,我们对西南联大文学社团的研究得到了中国现代文学研究专家吴宏聪、王景山、樊骏、王信、田本相、张恩和、刘正强、蒙树宏、钱理群、吴福辉、温儒敏、陈思和、张中良、解志熙等的关怀和指导。南湖、高原、南荒三社元老周定一,南荒、文聚两社发起人之一方龄贵,耕耘社社员周锦荪一直关心本书的写作并给予多方支持。本人的研究生曾贞、游剑利、刘敏参与校读了全部书稿。钱理群先生百忙中为拙著作序,中华书局玉成出版,云南西南联大校友会和西南民族大学提供了出版资助,张彦周和张玉亮老师辛劳编辑……这些人和事都令我们感念不已。如果没有以上诸君和机构的帮助与支持,本研究要获得成功,难以想象。在此,我们谨向诸位先生和机构的人员表示最诚挚的谢意!

本书稿是本人辛勤工作的见证。五年间,我们有忧愁也有欢乐,有失落感也有收获。穆旦诗《我看》云:

让欢笑和哀愁洒向我心里,
像季节燃起花朵又把它吹熄。

　　这里表达的是青春期的独特感受,但学术研究似乎也与此相同,是在寻找和体验"欢笑和哀愁"。

　　而"季节燃起花朵又把它吹熄"一句,我们更愿把它理解为对人生的描述,青春年华是这样,人的生命也同样如此。但人生有业绩,业绩不会被"吹熄"。所以,本书取其前半句作为书名,表达对于西南联大文学青年的青春及其社团业绩的深情礼赞。

李光荣

2008 年 3 月 30 日

新版后记

  本书是在中华书局2011年12月版《季节燃起的花朵——西南联大文学社团研究》的基础上增删而成的。原书出版后，曾得到学术界一致好评。钱理群先生的《序》先行发表于《中国现代文学研究丛刊》，王景山先生以九旬高龄写的评论同样刊登在《中国现代文学研究丛刊》上，李立平、徐希平、陈友康、马绍玺、汤巧巧、邓鹏飞、苏利海、戴美政、孙子雅等先生发表评论予以肯定。由于印数不多，三年后脱销，旧书市场却价格居高，有朋友索要及读者需求已无法满足。欣逢西南联大在昆明办学八十周年，社会各界举行庆祝，才有这本小书的出版。因此，首先要感谢云南师范大学将其列入"西南联大研究文库"提供出版资助，其次要感谢中华书局的褒奖提携和编辑张玉亮先生的青睐抬举，同时感谢编辑李闻辛先生为本书付出辛劳，还要感谢上列写过评论的先生及读者的鼓励厚爱。本书也是西南民族大学中央高校基本科研业务费专项资金项目资助的研究成果。

  此次增订，对原著的思想观点、整体结构未做大的变动，但新增了第一章中的第一、五两节和"尾论"；从章节结构的角度增删了少数字句；订正了一些句子和文字；同时更名为《西南联大文学社团研究》。限于篇幅，把原著关于西南联大校外作家的论述删去一万余字。

还需要说明的是署名问题：原书的著者之一宣淑君，本是国家课题"西南联大文学社团研究"的主要研究者，对《季节燃起的花朵》的全书初稿提出过许多宝贵意见，曾参与过一些地方修改，付出了大量的劳动。此次增订，她不再署名，但她的功劳是早已凝结在本书之中了的。

西南联大研究是本人半生的事业，将来还会继续，目前正在推进关于文学作品的整理研究。出版本书还抱有以文会友、得到更多同人来共襄研究盛举的希望。

著　者
2018 年 7 月 26 日